चूँ

चूँ

कविता महाजन

हिन्दी अनुवाद

डॉ. स्मिता दात्ये

वाणी प्रकाशन

वाणी प्रकाशन
ज्ञान के विविध आयामों के प्रकाशक

वाणी प्रकाशन का 'लोगो' विख्यात चित्रकार मक़बूल फ़िदा हुसेन की कूची से

वाणी प्रकाशन, 4695, 21-ए, दरियागंज, नयी दिल्ली-110002
वाणी प्रकाशन, अशोक राजपथ (पटना कॉलेज के सामने), पटना (बिहार)

CHOON

by Kavita Mahajan

Translated by Smita Datye

Novel

ISBN : 978-93-5000-249-0

महाराष्ट्र राज्य हिन्दी साहित्य अकादमी
के सहयोग से प्रकाशित

प्रथम संस्करण

मूल्य : 595/-

वाणी प्रकाशन

फोन : 0091#11#23273167, 23275710

फैक्स : 0091#11#23275710

वेबसाइट : www.vaniprakashan.in

ई-मेल : vaniprakashan@gmail.com

vani_prakashan@yahoo.com

आर.टैक ऑफसेट प्रिंटर्स द्वारा दिल्ली-110095 में मुद्रित

जिनसे 'चूँ' निकला,
उन सभी जिह्वाओं को

भींगरुटी असे रू ते किटकीतें पाहे :
धरी : कांटा रोवी :
नेऊनि आपुलेया घरांतु घाली रू दार लींपोनी जाए :
'एउनि मागुती मातें खाईल' म्हणौनि
भेणें तीएतें चींती :
चिंतीत चिंतीतां तीसीहि पाख नीगति :
तेही तीएसारीखी होए।।

(ततैया (बर्) कीटकी को दंश कर उसे अपने घर में कैद कर लेती है। कीटकी सोचती है कि अब ततैया मुझे खा लेगी। इस प्रकार वह मन में ततैया का स्मरण नित्य करती है। इस चिंता के कारण ही उसके पंख निकल आते हैं और वह स्वयं ही ततैया का रूप धारण कर लेती है।)

—भींगरुटीए का दृष्टांत, दृष्टांत पाठ

एक

1

वड़गाँव पहुँचने में पूरे बारह घंटे लग गए। चार-पाँच बार बसें बदलनी पड़ीं। पूरा शरीर कसमसा रहा था। एहसास हुआ कि अब इस प्रकार के सफर की आदत नहीं रही। सुमेध ने इस परियोजना में मुझे शब्दशः धकेल ही तो दिया था, वर्ना यह सफर भला मैंने किया ही क्यों होता? उसकी संस्था की अध्ययन-परियोजना ग्राम पंचायत में चुनी गई महिलाओं के संदर्भ में थी।

उसी से संबंधित एक मुद्दे पर शिविर का आयोजन किया गया था।

विषय था—महिला सरपंचों के विरुद्ध भारी मात्रा में प्रस्तुत किए जानेवाले अविश्वास के प्रस्ताव।

इस परियोजना में काम करना स्वीकार करने के बाद अनुभव हो रहा था कि न जाने कितने वर्षों बाद दूसरी दुनिया में प्रवेश किया है।

सुमेध ने कहा था, "अब हर काम पति से पूछकर करने की आदत छोड़ दो। भला उससे पूछने की जरूरत ही क्या है? वह भी तब, जब उसने तुम्हें 'छोड़' दिया हो? इस शब्द-प्रयोग के लिए माफी चाहता हूँ, पर अब तो तुम्हें यह शब्द बार-बार और हमेशा ही सुनना पड़ेगा। यदि उसे इस बात की जानकारी होना तुम बहुत ही जरूरी समझती हो, तो उसे बता भर दो। करूँ या न करूँ, जाऊँ या न जाऊँ, इस प्रकार से अनुमति लेने के चक्कर में मत पड़ो।"

जब बताया तब तो साहब ने कुछ नहीं कहा, पर उनकी नजर में प्रश्न तो थे ही। जैसे कि, इन बातों से तुम्हारा क्या लेना-देना है? जानती भी हो कि राजनीति किस चिड़िया का नाम है—भले ही वह बिलकुल ग्राम स्तर की ही राजनीति क्यों न हो। भला किसलिए यह सारा झंझट?

यह तो मैं भी नहीं समझ पा रही थी। लेकिन वैसे भी सारे संबंध प्रेम की तरह अपने आप पनपनेवाले तो होते नहीं। अधिकांश शादियाँ देख-परखकर, तयशुदा होती हैं। और फिर, भला हर्ज ही क्या है अब इस उम्र में विचारपूर्वक कोई नया काम हाथ में लेने में? और, किसी प्रकार का त्याग-व्याग करके तो यह काम करना है नहीं, बल्कि, और कुछ भी करना शेष नहीं रहने के कारण करना है। पर क्या मैं यह कर पाऊँगी?

ऐसा कोई प्रश्न मन में उठे, तो रेवती की तरह खुद से ही कहना होगा ... क्यों नहीं कर पाऊँगी! भले ही साहब जैसे अनुशासन के साथ न हो पाए, पर कर पाऊँगी जरूर।

यदि कोई मुश्किल आए, समस्या आए, तो सुमेध का साथ है ही।

पर सुमेध ने कहा, "तुम्हें अकेले ही घूमना पड़ेगा। साथ-वाथ का नाटक नहीं चलेगा। अब इन सारी बातों की आदत डाल लो।"

अनुमान नहीं कर पा रही हूँ कि सालों पुरानी आदत को छोड़कर एकाएक नई आदत डालना किस सहजता से हो पाएगा। साथ ही एक और चिंता खाए जा रही थी--अब इस दुनिया में ऐसा कोई नहीं है जिसे मेरी चिंता हो, पर आसपास ऐसे बहुत से लोग हैं, जिनसे डर लग सकता है। रेवती जैसा कोई आसपास नहीं है, जो यह बता सके कि यह डर कम कैसे होगा, या कैसे नष्ट होगा। मन में चाह तो है कि ऐसा कोई हो, पर है नहीं।

अब घूमना है, तो न किसी का साथ है, न कोई देखभाल करनेवाला और न इस बात का अंदाजा है कि कैसे जाना होगा, क्या सावधानी बरतनी होगी, क्या मुश्किलें आ सकती हैं, कहाँ कौन-सी सुविधाएँ होंगी-न होंगी...किसी बात का कोई अंदाजा नहीं।

अभी तो बस बिसात के इस खाने से उस खाने में सरक पाई हूँ, और अभी से ही सिर पर आकाश और पैरों तले की जमीन इतनी नई-सी लगने लगी है।

साहब का सारा काम कितना सुव्यवस्थित हुआ करता था।

कहीं भी जाना हो, तो महीना-भर पहले प्लान बनता, फिर रिजर्वेशन्स किए जाते। वापसी के टिकट भी पहले ही खरीदे जाते। जहाँ जाना हो, वहाँ की सारी व्यवस्था...होटल के बुकिंग, क्या-क्या देखना है, क्या खरीदना होगा, किस बात के लिए कितना बजट होगा आदि की पूरी योजना, साथ में रास्तों के नक्शे, उस स्थान की जानकारी देनेवाली पुस्तिका। फिर सफर में पहने जानेवाले अलग कपड़े...यहाँ जीन्स या स्कर्ट पहना जा सकता है, तो अब चाहे अच्छा दिखे या न दिखे, पर पहनने होंगे, वैसे घर में पहने हुए अच्छे नहीं लगते इसलिए...चाय, नाश्ता, खाना...सब कुछ तयशुदा, उसमें किसी भी कारण से कोई चूक हो, तो साहब भड़के ही समझो। केवल मुझ पर ही नहीं, बिट्टू पर भी, या उनके विचार में जिसकी भी गलती हो उस पर। फिर चाहे वह टैक्सी ड्राइवर हो, ऑटोवाला हो, वेटर, टिकटचेकर, सहयात्री हो, या फिर दूकानदार या रास्ता चलता कोई राहगीर ही क्यों न हो। उस समय तो मुझे लज्जित ही होकर रह जाना पड़ता। उनकी चिड़चिड़ाहट बर्दाश्त करनी पड़ती। अब बिट्टू बड़ा हो चला है, तो मन में आता था कि साहब अब इस प्रकार से गाली-गलौज न करें, तो बेहतर। पर उनसे यह कहना यानी सब कुछ फिर अपने ही सिर पर ले लेना। कभी एकाध बार कुछ दिनों के लिए कुछ फर्क पड़ जाता, पर उसमें भी आड़ी-तिरछी बात सुननी ही पड़ती।

यदि साहब के साथ रहते आज की यह स्थिति उत्पन्न हुई होती, तो क्या हुआ होता? सोचकर ही हँसी आने लगी।

पहले दादर से एशियाड बस ली। जो मिली वही। वह रास्ते में अचानक खराब होकर बंद हो गई। फिर कंट्रोल रूम को सूचित कर दूसरा इंतजाम। सफर फिर शुरू हुआ, तो घाट में रास्ते का काम चल रहा था। अपार यातायात। घाट में वाहनों की लाईनें लगी हुई। लोग उतर रहे थे, घूम-फिर कर लौट रहे थे। भुट्टे, चिक्की या खाने जैसा जो भी मिले, खरीदकर खाए जा रहे थे। देखकर लौट रहे थे कि लाईन कितनी लंबी है।

नतीजा कुल मिलाकर तीन घंटे की देरी।

आखिर पहुँची बस स्टैंड पर। फिर अगली बस के बारे में पूछताछ की, तो पता चला कि आज इस इलाके में पंचायत समिति के चुनाव हैं, इसलिए बहुत-सी बसें उसी काम में लगाई गईं हैं। वहीं साफ हो गया कि एक साथ पूरी यात्रा नहीं हो पाएगी। मुश्किल से एक बस में घुस पाई। दो घंटे का खड़े-खड़े सफर, फिर दूसरी बस और फिर तीसरी बस। एक छोटे गाँव के बस स्टैंड पर चाय पी। मेरे कटे हुए बालों और वीआईपी सूटकेस की तरफ देखते हुए कैंटीनवाले ने गिलास की बजाय खास कप में चाय पेश की। मोटा-सा सफेद कप। बहुत मीठी, गाढ़ी चाय। मसाले की सुगंध। ''भैया, अच्छी चाय देना''...इस अनुरोध का यह परिणाम।

रात साढ़े आठ के करीब वड़गाँव पहुँची। तब बिजली नहीं थी। वहाँ की 'समन्वय' नामक स्वयंसेवी संस्था में व्यवस्था होनेवाली थी। संस्था का कार्यालय, गेस्ट हाऊस, कर्मचारियों के निवास स्थान आदि सब एक पहाड़ी पर। वहाँ का प्रमुख कार्यकर्ता महावीर। वेतनभोगी। सीधे उसी के घर पहुँच गई। पहले एक बार फोन पर बातचीत हो चुकी थी।

उसने कहा, "मैंने सोचा कि अब आज आप नहीं आएँगी। इतनी देर से कोई नहीं आता यहाँ। तेंदुए का डर होता है।"

दोनों पति-पत्नी खाना खा रहे थे। हाथ-पाँव धोकर उनकी रोटी में से ही आधी रोटी खाई। मुझे लगा, कहीं ऐसा तो नहीं कि उन्हें भूखे रहना पड़ा हो।

पर उसकी पत्नी ने कहा, "कौआ बोल रहा था, तभी लगा था कि कोई अतिथि आएगा। इसीलिएं एक रोटी ज्यादा ही बना रखी थी।"

मैंने हँसकर गर्दन हिला दी। काम के बारे में, परिसर के बारे में कुछ बातचीत की। कुछ घरेलू बातचीत भी। फिर गेस्टहाऊस पहुँच कर सो गई।

सुबह दरवाजा खोला और चित्रलिखी-सी खड़ी ही रह गई।

उजला आकाश और पहाड़ियों की कतार। रात जिस रास्ते से आई, वह डामर

की बलखाती सड़क साफ दिखाई दे रही थी। उसके दोनों तरफ पहाड़ों की तलहटी तक पहुँचे हुए हरे-भरे पेड़। कोई समूह में, तो कोई अकेला। बीच में सर्वत्र फैली हुई पीली घास...घुटने तक ऊँची तो होगी ही। झाड़-झंखाड़ सूखे हुए। पर पिछले दो महीनों में ठंड के मौसम के कारण घास पर जो लालिमा चढ़ी दिखती थी, वह गर्मी की आहट से मानों पिघल-सी गई थी। कुछ समय पहले अपनी ऐसी ही किसी यात्रा के दौरान लगातार कुछ दिनों तक वैन गॉग के चित्रों जैसा ललाई लिए पीला रंग देख-देख कर तो सिर घूमने लगा था। आँखें दुखने लगी थीं। लगा, यदि महीने-भर तक इस घास के साथ रहना पड़े, तो शायद मैं पागल हो जाऊँ। अब बदलते रूप को देखकर आँखें जुड़ा गईं।

बीच के पठार पर छोटी-छोटी बस्तियाँ दिखाई दे रहीं थीं। लग रहा था कि बीच में शायद कोई नदी है, पर पानी नहीं दीख रहा था। शायद पतली धारा हो। कातकरियों के (एक आदिवासी जनजाति) कुछ इक्के-दुक्के घर दिखाई दे रहे थे। शराब बनाने के लिए नदी का किनारा सुविधाजनक होता है। और, रात महावीर बता रहा था कि इन कातकरियों के पास अपनी कोई जमीन-जायदाद नहीं होती, जैसी उसके पास है। इतने में एक घर से धुँए का पहला बादल उठा। चूल्हा जला होगा।

धीरे-धीरे मुझे अनुभव होने लगा कि मेरे सामने आकाश नहीं, कोई कागज है।

उँगलियों में सिहरन होने लगी।

श्वेत प्लेट में जलरंगों की छटाएँ तैयार होने लगीं। कागज पर रंगों की एक-एक हल्की-सी पर्त उभरने लगी।

आकाश की हल्की नीलिमा के उजले होते जाने की यह शुरुआत थी।

जहाँ बादलों के सफेद टुकड़े हैं, वहाँ ब्रुश को हल्के से उठाकर कागज को वैसा ही सफेद रहने दिया जाना चाहिए।

फिर पहाड़ों पर मटमैली छटा।

यलो ऑकर, इंडियन रेड, सैप ग्रीन, सेपिया...रंगों के नाम भी याद आने लगे। जाने कितने सालों बाद!

सड़क लाँघकर रंग जब इस पार आ रहे थे, तो बीच में ही एक पर्णहीन पेड़ पर तीन बहुत बड़े फुँदने थे...फूलों से ऐसे लदे हुए जैसे किसी उत्सव के लिए सजी हुई लकड़ियाँ हों। फीके जामुनी रंग के फूल। सफेद के साथ कुछ जामुनी, कुछ लाल और बीच में ही बहुत फीकी नीली छटा—होने न होने जैसी।

रंगों की पर्तें मुड़ते हुए कागज के निचले दाहिने छोर तक पहुँचीं। रुक गईं।

सामने सीढ़ी के पास गमले में लालिमा ली हुई एक बड़ी-सी पत्ती दूसरी दो कोंपलों को बढ़ने देने के प्रयास में बदन सिकोड़कर बैठी हुई थी। कोंपलों में अभी भी पारदर्शिता बाकी थी। उनमें से प्रकाश छन रहा था।

चारों ओर देखा। कितने सारे चित्र! चाहे जितने लोग उकेरना शुरू करें, पर

ये चित्र कभी खत्म नहीं होंगे।

सोचा, चलो अब दूसरा कागज लें...

इतने में एक मैना चहचहाते हुए आई ध्यान आकर्षित करते हुए। बचपन का एक गीत याद आया। जिस दिन जितनी मैना दिखेंगी, उस दिन का हिसाब उस गीत में बताया गया था

एक अकेली दुख देगी, दो दुकेली सुखदा हैं

तीन दिखें तो चिट्ठी मिले, चार दिखें तो खेल जमे

पाँच दिखे तो पकवान मिले...इस तरह वह गीत आगे बढ़ता जाता।

पिछले महीने की यात्रा के दौरान शहापुर तहसील में गई थी, तब मठाकरों में (एक जनजाति) प्रचलित एक विवाह गीत जिजा बहन ने सुनाया था। उसमें शालुंकी (मैना) थी वरमाता- यानी विवाह करनेवाले युवक की माँ।

"शालुंकी कहे मैं वरमाय, पीले हैं मेरे पाँव..."

जिजा बहन मन लगाकर गा रही थी, और बाकी महिलाएँ उसका साथ दे रही थीं। बीच में ही उठकर नाचने लगती थीं। वे नृत्य की अलग-अलग पद्धतियाँ दिखाती थीं। शादी में सम्मानसूचक हल्दी पाँवों में लगाने के कारण सुंदर पाँवोंवाली, काजल लगी-सी बड़ी-बड़ी आँखों वाली यह मैना!

मैं तो उस समय चल-चलकर ही थक गई थी। चलने की आदत बिलकुल नहीं थी। लगता था कि अब पैर टूट जाएँगे। औरतें नाचने के लिए बुला रही थीं, पर शरीर में जैसे जान ही नहीं रह गई थी। झोपड़े की दीवार से टिककर बैठी मैं गाना टेप कर रही थी। उसी गीत की यह मैना मन में घर कर गई।

सामने से एक आदिवासी महिला आती दिखाई दी। साड़ी पहनने की पद्धति से लगा कि महादेव कोली जनजाति की ही होगी। शायद संस्था में काम करती हो। अनुमान सही निकला। चाय पूछने आई थी।

ये यहाँ की व्यवस्थापिका...राधाबाई!

उससे उन जामुने रंग के फूलों का नाम पूछा। तो कहा, "ग्लेरीशिडी।"

इन फूलों की महक से मोहित होकर चूहे उसे खाने के लिए आते हैं और मर जाते हैं। इसीलिए हम ये फूल तोड़कर अनाज-कोठार के पास रखते हैं–उसने बताया।

कितने आकर्षक रंग-महक है उनकी।

चाहा कि एक फूल मैं भी खाकर देख लूँ।

कुछ महीने पहले एक कविता लिखी थी, जिसकी अंतिम पंक्तियाँ थीं–

"और अब
यह अंतहीन यात्रा
निरर्थक प्रश्नों की बंजर जमीन पर से होते हुए
मीलों मील उजाड़..."

क्या मैंने ही लिखी थीं ये पंक्तियाँ? जिस दिन लिखी थीं, उस दिन की 'मैं' से आज की 'मैं' कोई और ही प्रतीत हो रही थी...बिलकुल भिन्न! दूसरे छोर की।

लगा कि मैं सालों से एक ही रेखा पर, एक ही दिशा में, एक ही ऋतु में यात्रा करती आई हूँ। और सतत् उन्हीं दृश्यों को देखकर, अनुभव कर, जीकर मैंने अपनी दुनिया उसी एक उजाड़ के वर्तुल में सीमित कर रखी है और कहे जा रही हूँ कि मीलों तक सब कुछ ऐसा ही उजाड़ और बंजर है...

पर मैंने इस अलग काम में अपने को उलझा लिया है। काम के बहाने से, एक नई दुनिया को समझ पाने के बहाने से बिलकुल अनजान अलग राहों की यात्रा शुरू कर दी है। हाँ, कुछ गलतियाँ हो रही हैं, कहीं फजीहत पल्ले पड़ रही है, तो कहीं धोखा। परंतु यह सब पहलेवाली अभ्यस्त सड़कों पर भी तो होता ही था। वह मेरा ही दोष। पर अब कई रँगों में रंगा हुआ, सुरों से पगलाया हुआ, आकारों से व्याप्त, सुगंधों से महकता हुआ, स्पर्श से लुभाया हुआ एक अत्यंत आकर्षक आदिम विश्व मेरे आसपास ही कहीं है। मेरे ही समकालीन आदिवासी कहलानेवाले लोग उस विश्व में एक अलग ही समृद्ध जीवन जी रहे हैं। उनके संघर्षों का, आनंद का, वेदनाओं का, विचारों का स्तर एकदम अलग है।

और मैं जिस स्तर पर हूँ, वहाँ के लोग—जिनमें मैं खुद भी हूँ—अपना खुलापन खो बैठे हैं। जूतों में सिकुड़े-सिमटे हुए पाँवों जैसा जीवन जीने की ही हमें आदत हो गई है। इस कारण हम सोचते रहते हैं कि इससे पाँव सुरक्षित रहते हैं, पैरों के तलुए नर्म, साफ, गोरे और पारदर्शी बने रहते हैं। तब तक हम मिट्टी, कीचड़, कंकड़ प्रस्तर, काँटें, हरियाली, सूखी घास-पत्तियाँ, लहरें आदि के स्पर्श से अपरिचित ही होते हैं। बहुत ही नाजुक, जरा-सी बात से दुखी होनेवाला और हवाबंद रहकर सड़ा-गला जीवन जीना हम स्वीकार करते हैं तो सिर्फ इसलिए, कि वह हमें सुरक्षित, सुसंस्कृत और सभ्यता का निदर्शक प्रतीत होता है, बस!

काम के आरंभिक दिन बहुत सुस्ती में बीते। काम में न कोई गति थी, न उसका स्वरूप स्पष्ट था। पर मन आगे भाग रहा था। नई जिम्मेदारी उठाने के लिए उत्सुक था। यह सब प्रशिक्षु का उत्साह था और उससे कोई विशेष लाभ होनेवाला नहीं था। जरूरी था कि सुमेध की योजनानुसार ही सब कुछ हो और योजना बनाने में ही न जाने कितना समय जैसे समेटकर एक ओर रख देना पड़ा।

महाराष्ट्र के कुल 37 जिले। उनमें शामिल तहसीलें। तहसिलों में शामिल गाँव। गाँवों की बस्तियाँ। उनका अद्यतन नक्शा। उसमें पूरा विवरण कि किस भाग में कौन-सी आदिवासी जनजातियाँ रहती हैं। काम का क्षेत्र इस प्रकार निर्धारित करना था कि महाराष्ट्र की कुल जमा 47 आदिवासी जनजातियों को शामिल किया जा सके।

इस प्रकार से पूरा टेबल-वर्क चल रहा था।

यह तय होने के बाद अगली बैठक से पहले इस बात का पता लगाना था कि इस कार्यक्षेत्र में काम करनेवाली स्वयंसेवी संस्थाएँ कौन-सी हैं, कौन-से व्यक्ति काम करते हैं? हमें उनसे सहयोग किस प्रकार प्राप्त हो सकेगा, आदि।

प्रत्यक्ष फील्डवर्क शुरू करते समय 'प्रगत' के स्टाफ के कुछ लोग मेरे साथ काम करनेवाले थे, पर अभी उनके नाम तय नहीं हुए थे।

सुबह सबसे निबटकर मैं हॉल की ओर चली, तो एक-एक का आना शुरू हो चुका था। मार्गदर्शन करनेवाले वक्ता, कार्यकर्ता, और कुछ महिलाएँ भी। ये लगभग सभी निर्वाचित थीं—आरक्षित सीटों से। और, वास्तविकता यह थी कि आरक्षित सीटों के कारण ही वे सरपंच बन पाई थीं।

कुछ समय काम करने के बाद उनका पद चला गया था।

अविश्वास के प्रस्ताव के कारण।

शिविर की तैयारी करते समय मुझे याद आया कि में प्रशिक्षुओं के लिए पेन लाना तो भूल ही गई हूँ। क्या फूहड़पन है मेरा...कैसे सुधरूँगी मैं? सारे आवश्यक सामान की ठीक तरह से सूची बना रखने में क्या हर्ज था भला? अब यहाँ पेन कहाँ मिलेंगे? यदि साहब चिल्लाते रहते हैं मुझ पर ऐसी बातों के कारण, तो कुछ गलत नहीं करते।

कुछ लज्जित से स्वर में महावीर से कहा, तो वह हँस पड़ा। उसने कहा, "बस इतनी-सी बात...मैंने सोचा पता नहीं क्या समस्या आ गई है...कैसे मुँह लटका लिया है? चलिए, यहाँ गाँव में नीचे उतरेंगे, तो चाहे जितने पेन मिल जाएँगे। एक जनरल स्टोअर है।"

जब तक मैं पर्स लेकर आती, उसने जीप निकाली।

"रात नींद तो अच्छी आई न?" उसने पूछा।

"हाँ। वैसे भी मुझे बहुत गहरी नींद तो कभी लगती नहीं। चौकन्नी रहती हूँ। और, रात तुम लोगों का कुछ चिल्लाना वगैरह सुनाई दे रहा था। एक बार तो सोचा उठकर आऊँ देखने। फिर सोचा मैं जाकर भी क्या करूँगी? यहीं की कुछ हमेशा की समस्याएँ होंगीं। कुछ झगड़ा वगैरह। उसमें मैं क्या कर पाऊँगी?"

उसे हँसी आ गई।

"तेंदुआ आया था रात में। बूढ़ा बाबू अकेला था रखवाली के लिए। वह एकदम चिल्लाया कुछ खुसखुसाहट की आवाज सुनकर। फिर सभी दौड़ पड़े। सोने की तैयारी में ही थे। लगभग ग्यारह बजे होंगे। हमारे हाथों में केवल डंडे। पर चिल्लाने की आवाज से या और किसी कारण से...भाग गया।"

"मैंने तो इस बात की कल्पना भी नहीं की थी।" मैंने कहा।

"बूढ़ा अभी तक घबराया हुआ है। क्वार्टर्स में रहनेवाले बच्चे कल ही कहीं

से एक कुत्ते का पिल्ला ले आए थे। दिन-भर बच्चे उसी के साथ खेल रहे थे। आप जिस कमरे में सोई थीं, उसी के पीछे रात उसे बाँध रखा था। बस उसी को उठाकर ले गया तेंदुआ।"

दो दिन पहले ही पिछली पहाड़ी पर दिन-दहाड़े सुबह दस बजे एक लड़की को मार डाला। जंगल में लकड़ियाँ बीनने गई थी अपनी माँ के साथ। साथ में दो औरतें और भी थीं। तेंदुए ने झपटकर सीधे उसी का गला पकड़ा। गर्दन तोड़कर खून पी गया। साथ की दोनों औरतें तो कुल्हाड़ी फेंककर पीठ पीछे ही भाग गईं। माँ न भाग पा रही थी, न रुक पा रही थी। अपनी आश्रमशाला की ही लड़की थी। नौवीं कक्षा में पढ़ रही थी। दो दिन की छुट्टी में घर गई थी। पता लगने पर हम गए थे मातमपुर्सी के लिए। मुँह ऐसे फाड़ा हुआ। दाँत टूटे हुए और जबड़ा खुला हुआ। बाल रक्त में भींगकर सूख गए थे। ऐसा दिख रहा था मानो सिर में लाल मिट्टी-भर दी हो। ऐसे दहाड़ मारकर रो रही थी उसकी माँ। हम चुपचाप खड़े। कंधा दिया, तो फूल की तरह हल्की लग रही थी। आँखों के सामने से वह तस्वीर हटती ही नहीं।

कल मतदान था, तो वही चर्चा। मीटिंग में एक ने सीधे ही पूछ लिया, यदि मतदान के लिए तेंदुआ आ जाए, तो क्या करेंगे? समाचार-पत्रों ने भी इसे मोटे अक्षरों में छाप दिया।"

एक मोड़ से आगे निकले, तो सामने से दस-पन्द्रह लोग जा रहे थे। आगे एक औरत, पीछे मानो उसके डैनों की भाँति फैले पुरुष। उनके पास पहुँचते ही महादेव ने जोर से ब्रेक मारा।

"ये मुकणे बहनजी हैं। निर्वाचित हैं पंचायत समिति में। अपने ही गाँव की हैं।" वह फुसफुसाया।

सड़क के बीचोंबीच चलनेवाले एक ओर हट गए और हमें देखकर जीप की खिड़की के पास आ गए।

"ये मुंबई की प्रफुल्ला दीदी—शिविर के लिए आई हैं। उनकी संस्था की ओर से ही शिविर का आयोजन है।" महावीर ने मेरा परिचय कराया।

मैं अब तक 'प्रगत' को 'सुमेध की संस्था' कहती थी...अब 'हमारी संस्था' कहने की आदत डालनी होगी।

मैं शहरी तरीके से 'अभिनंदन' बुदबुदाते हुए हाथ जोड़ ही रही थी, कि बहनजी ने शेकहैंड के लिए हाथ आगे बढ़ाया। एक क्षण के लिए तो मैं अकबका ही गई। फिर हाथ मोड़कर खिड़की से बाहर निकाला। चूड़ियों से लदे उनके हाथ में अपना चूड़ी रहित खाली हाथ दिया। कहा कि विस्तार से बातें करने के लिए फिर मिलेंगे। उन्होंने हँसकर गर्दन हिला दी।

जीप फिर चल पड़ी।

वाह! बहनजी के चेहरे पर कैसा आत्मविश्वास था! कैसे मस्ती में तनकर चल

रही हैं। दुबली-पतली काया। जरीवाली नौ गज की धोती...कुछ लालिमा लिए जामुनी रंग की...नाजुक किनारी वाली। पाँव में चरमराती चप्पलें। पाँव की उँगलियों में बिछवे। साँवला चेहरा। माथे पर गोल, मोटी-सी, बड़ी-सी बिंदी। कान में मोटे आभूषण। गले में-भरा-भरा-सा मंगलसूत्र। आँखें जरा-सी भूरी। तेल से चिपचिपे बालों का कसकर बाँधा गया छोटा-सा जूड़ा।

वे मेरे मन को एकदम ही भा गईं।

महावीर से कहा, "इनसे मिलना, बातें करना चाहिए।"

तो वह बोला, "इस बार नहीं हो पाएगा। वे हड़बड़ी में होंगी। पर अगली बार उनसे जरूर मिलिए। मैं आपसे कहने ही वाला था। यदि ये चुनाव न होते, तो वे शिविर में भी आई होतीं। अपने बचत दलों में से एक दल की वे अध्यक्षा भी हैं। बहुत इंटरेस्टिंग स्टोरी है उनकी। पिछले ग्रामपंचायत के चुनाव में बहनजी निर्विरोध चुनी गईं। सरपंच भी बनीं निर्विरोध। वह भी तब, जब सरपंच का पद महिलाओं के लिए आरक्षित नहीं था, तब। और, फिर दो वर्षों बाद आया अविश्वास का प्रस्ताव।"

"इनके विरुद्ध भी?"

"जी हाँ!"

"क्या कारण था?"

"वही पुराना। नियमित बैठकें आयोजित नहीं करतीं। ग्राम सभा का आयोजन नहीं किया। बैठक में सदस्यों की राय पर विचार किए बिना अपने आप ही निर्णय ले लिए जाते हैं। वगैरह।"

"ओह! बहनजी मानती नहीं होंगी उनकी सारी बातें। जब खुद की समझ में बात आने लगे, तो दूसरे की कौन सुनेगा?"

"फिर भी बहुत कोशिशें की उन्होंने। उन दिनों यहाँ तहसीलदार एक महिला ही थीं। उन्होंने भी काफी समझाया इन लोगों को। कहा कि केवल वे महिला हैं, इसलिए इस प्रकार से झूठा अविश्वास का प्रस्ताव रखना सरासर गलत है। पर कौन सुनता? बहनजी उनकी मुट्ठी से खिसक गई थीं, तो फायदा ही क्या? या तो उनकी बात सुनो, या पद त्याग करो—यही विकल्प था। तब बहनजी ने पद त्याग दिया। सदस्य तो हैं ही। बैठकों में जाती ही हैं। पर उन्होंने भी मन-ही-मन प्रण कर लिया था कि इन लोगों की आँखों के सामने ही फिर से चुनाव जीतकर दिखा दूँगी। और तब, बहनजी सीधे पंचायत समिति के चुनाव में खड़ी हो गईं, हिम्मत के साथ।"

महावीर यह सब बता रहा था, तब तक चौराहा आया। अलग-अलग गुटों में जमा होकर लोग परिणामों के बारे में चर्चा कर रहे थे। बस स्टैंड का छोटा-सा शेड वहीं था। समाचार-पत्र का स्टॉल भी वहीं। एक चौकोर फोन का बूथ। एक चाय का ठेला। कुछ दूकानें—एक बनिये की, एक जनरल स्टोर, एक चूड़ियों की। मेरे पेन खरीदने तक महावीर एक गुट में शामिल हो गया।

इतने में अपने डैनों सहित बहनजी पहुँच गईं। सबकी निगाहें अपने आप ही उनकी ओर मुड़ीं। मैंने भी पेन से अपना ध्यान हटाया और चौराहे पर चल रहे राजनीतिक नाटक की ओर लगाया।

सामने ही बहनजी के विरोधियों का दल खड़ा था। आठ दस लोग। कल तक बहनजी के नाम से गालियों की बौछार करनेवालों में से प्रमुख। बहनजी उस दल के पास पहुँचीं। मुस्कराते हुए नमस्कार के लिए हाथ जोड़े।

उनमें एक प्रौढ़ सज्जन थे। सफेद झक् खादी के कपड़े। भरा-पूरा शरीर। तोंद निकली हुई। बहनजी ने पल्लू से सिर ढँककर उनके पाँव छूकर उन्हें प्रणाम किया। बीच सड़क पर-चौराहे पर। वे कुछ लज्जित-से पीछे हटे।

"मेरे गुरु हैं आप। आपके ही कारण चौथी तक पढ़ाई कर पाई हूँ। अँगूठा नहीं लगाना पड़ता, पढ़कर हस्ताक्षर कर सकती हूँ।" बहनजी ने खनकती आवाज में कहा।

गुरुजी "हाँ, हाँ" कहते हुए गर्दन हिलाते रहे।

बहनजी औरों के साथ भी कुछ औपचारिक बातचीत करती रहीं।

पूरे वातावरण में तनाव। सुबह नौ-साढ़े नौ का समय। पर हवा मानो दोपहर जैसी गर्म हो गई थी।

दमकते चेहरे से बहनजी चौराहे से गाँव की तरफ मुड़ीं, पर चौराहे की रंगत तो उतर ही गई थी। मैंने पेन खरीदे, पैसे चुकाकर बिल लिया।

ग्यारह बजे शिविर की शुरुआत हुई।

प्रारंभ में वेणुबहन मेघवाले का लिखा एक गीत गाया गया।

पहाड़ों की आदिवासी नारियाँ हैं हम अरे सरकार
एक सवाल तुमसे पूछती हैं हम अरे सरकार
और भला हम झेलेंगी तकलीफें कितनी अरे सरकार
इन चोरों ने तो चुरा लिया जंगल ही अरे सरकार
सब्जी भी नहीं मिलती है खाने को अरे सरकार
फूल भी नहीं बालों में सजाने को अरे सरकार
घर हमारा घास-फूस लकड़ी का अरे सरकार
टूटा है दरवाजा उस झोपड़ी का अरे सरकार
अब हम चुप नहीं रहेंगी अरे सरकार
अब अपना हक हम छीनेंगी अरे सरकार
अब राज हमारा आएगा अरे सरकार

दो औरतें एक पंक्ति गाती थीं और बाकी औरतें उन्हें दोहराती थीं। कुछ औरतें बिलकुल नईं थीं, शायद किसी शिविर में पहली बार आई थीं। वे केवल सुन रही थीं।

फिर सबका आपस में परिचय का कार्यक्रम। नाम, पता, कौन-सा चुनाव लड़ा, वगैरह। अलग-अलग तरीके से पहनी गई साड़ियाँ। चेहरे, हाथ गुदे हुए। तेल लगे बालों का कसकर बाँधा गया जूड़ा। गठीले, छरहरे बदनवाली औरतें। गले में पहनी प्लास्टिक या पीतल के मणियों की मालाएँ चमकाते हुए, हाथ की रंगीन चूड़ियों को खनकाते हुए सामने की मेज पर फाइलें रखकर प्लास्टिक की रंगीन कुर्सियों पर तनकर बैठी हुई थीं। कोई बिलकुल स्वाभाविकता के साथ, तो कोई कुछ झिझक के साथ।

फिर अनुभव कथन शुरू हुआ।

उस पर विचार-विमर्श, उलटे-सीधे प्रश्न।

आज की चर्चा में प्रमुखतः सब औरतें ही थीं। इसीलिए धीरे-धीरे बातचीत में खुलापन आने लगा।

फिर भी कुछ औरतों के साथ उनके पति भी आए थे। एक के ससुर भी। उन लोगों को शिविर में शामिल किया जाए या नहीं, इस पर हमारे बीच हल्का-सा विवाद भी हुआ। पर फिर पीछे की तरफ कुछ कुर्सियाँ लगाकर उन्हें भी बैठने की अनुमति दे दी गई, यह सोचकर कि इससे उनका भी कुछ अलग तरह से प्रबोधन हो जाएगा।

उनका सोचना था कि औरतें भला क्या चर्चा करेंगी। इस शिविर में उन्हें शायद इस प्रश्न का उत्तर मिल जाता।

पर ये औरतें कुछ गुमसुम ही थीं।

चर्चा से कुछ हमेशा के मुद्दे सामने आए।

वैसे भी, 'राजनीति में आईं महिलाएँ' कहते ही बहुतों की यही प्रतिक्रिया होती है कि यह सब तो एक 'नाटकबाजी' है। उसमें से राजनीति का मुद्दा तो अलग ही रह जाता है और चर्चा में शेष रहता है केवल स्त्रीत्व।

अधिकांश स्थानों पर यह मान लिया जाता है कि महिला सरपंच पुरुषों के कहे अनुसार ही कामकाज करेंगी। उनकी ओर से उनके घर का या पंचायत का ही कोई सदस्य कामकाज करता रहता है।

इन महिलाओं के पास राजनीति का अनुभव शून्य है और उन्हें किसी प्रकार का कोई प्रशिक्षण भी नहीं मिला है। केरल और पश्चिम बंगाल में इस प्रकार के प्रशिक्षण दिए गए हैं और वे काफी उपयोगी सिद्ध हुए हैं।

प्रस्थापित सत्ताधारी पुरुष यह सहन ही नहीं कर पाते कि सालों से जो सत्ता उनके हाथ में रही है, वह अब औरतों के—वह भी दलित-आदिवासी औरतों के हाथ में चली जाए।

आर्थिक विपन्नता के कारण ये महिलाएँ चुनाव का खर्च नहीं उठा सकतीं। प्रस्थापित सत्ताधारी इस आर्थिक भार को वहन करते हैं। इसी कारण अप्रत्यक्ष रूप से वह पद भी उन्हीं के अधिकार में होता है।

कुछ स्थानों पर उपसरपंच ही कामकाज चलाते रहते हैं। महिला सरपंच तो

केवल नाम के लिए होती हैं। उपसरपंच अपने कानूनी और संवैधानिक अधिकारों की मर्यादाओं का सीधे-सीधे उल्लंघन करते नजर आते हैं।

अधिकांश महिला सरपंच लिख-पढ़ नहीं सकतीं। कोरे लेटर-हेड पर उनसे अँगूठा लगवा लिया जाता है। कई बार जबरदस्ती से भी हस्ताक्षर करवा लिए जाते हैं या अँगूठा लगवा लिया जाता है।

प्रस्ताव मंजूर न करना, प्रस्ताव पर हस्ताक्षर न करना जैसी घटनाएँ भी होती हैं।

गोडतला गाँव के टोकरपाड़ा की कडुबाई ने शुरू में ही अपना अनुभव सुनाते हुए कहा कि उसे तो एक बार ग्राम पंचायत के कार्यालय से ही भगा दिया गया था। यह बताते हुए वह बहुत अपमानित अनुभव कर रही थी और क्रोध से उसकी आँखें भर आईं थीं।

"सरकार ने कहा है, इसलिए तुम्हारा नाम सामने आया है, लेकिन ज्यादा इतराने की जरूरत नहीं। इन वारलियों (एक जनजाति) को खाने के लिए दाना नसीब नहीं होता, पर बैठने के लिए कुर्सी चाहिए।" उपसरपंच ने कहा था। वह कुणबी (एक जाति) था, परंतु साहुकारी करता था, इसलिए सब उसे साहूकार ही कहते थे। काफी खेती थी उसके पास। था तो बूढ़ा, पर एकदम स्वस्थ। कडुबाई के जन्म से पहले से ही हर साल वही सरपंच बना करता था। गोडतला गाँव में कभी चुनाव हुए ही नहीं थे। सब एक विचार से तय होता था। और, अब महिलाओं के लिए इस आरक्षण की वजह से सारा मामला गड़बड़ा गया था।

कडुबाई तो बड़ी होने तक उसके घर में बच्चों को सम्हालने का—आया का काम करती थी। उसी के घर की जूठन खाकर वह बड़ी हुई। फिर साहूकार के बच्चे भी बड़े हो गए, तो कडुबाई खेती-किसानी के काम करने लगी।

सत्रह-अठारह साल की उम्र में उसका विवाह हो गया। पर चार महीने होते न होते पति ने जंगल में जाकर फाँसी का फंदा गले में डाल लिया। कारण का पता नहीं चला। कोई कहता है कि फारेस्टर के साथ उसका झगड़ा हुआ, किसी का कहना था कि जंगल के भूत ने उसे पकड़ लिया था, तो किसी का दावा था कि किसी ने उसे मारकर फिर पेड़ पर लटका दिया था। कोई कुछ, तो कोई कुछ सच बात किसी को पता नहीं। पर मामला पुलिस में गया। पुलिस केस मिटाना पड़ा। काफी परेशानी हुई। तब तक तो कोई बच्चा-वच्चा भी नहीं हुआ था। फिर कडुबाई अपने बाप के घर वापस आई। अब तक दूसरी शादी कर घर बसाने के लिए उसका मन राजी नहीं हो पाया था। मजदूरी करती थी और अपना पेट पालती थी।

जब यह पद आदिवासी महिला के लिए आरक्षित हुआ, तो लोगों ने विचार करना शुरू किया। तब कडुबाई का नाम सामने आया। कम उम्र की है, पढ़ी लिखी नहीं है, साहूकार के घर उसकी चार पीढ़ियाँ काम कर चुकी हैं। पति गुजर चुका है,

इसलिए दुखी है। गुमसुम रहती है। ज्यादा बातचीत नहीं करती। कुल मिलाकर एकदम सही प्रत्याशी। उन्होंने सोचा कि वह उनकी सारी बात मानेगी। इसीलिए उससे चुनाव लड़वाया। पर धीरे-धीरे सब कुछ बदलता गया। वास्तव में काफी समय से कडुबाई के मन में क्रोध जमता आ रहा था। पति की मृत्यु के बाद उसके साथ किया गया बर्ताव, पुलिस केस के दौरान गाँव के नेताओं का असहयोग, गाँव में अलग झोपड़ा बनाते समय खड़ी की गई बाधाएँ...कई बातें मन में सुलग रही थीं। चुनाव के बहाने इस सारे को मूर्त रूप मिला, बस!

वैसे चुनाव जीतने पर भी कोई खास अंतर नहीं आया था। हमेशा की तरह ही जीवन बीत रहा था। पर एक दिन यह शांति भंग हुई। बाजू के सेतपाड़ा की शेवलीबाई को पता चला कि 'इंदिरा आवास योजना' के तहत घर मंजूर होनेवाले हैं। इसीलिए वह कडुबाई से मिलने पहुँची।

पिछली बरसात में शेवलीबाई के घर की छत उड़ गई थी। घर लगभग टूट चुका था। केवल दो दीवारों की आड़ बाकी थी और पेड़ ही छत का काम कर रहा था। बिना दरवाजे के घर में कभी कुत्ते घुस जाते तो कभी ऊपर से बंदर कूदते। खाना बना कर रखा हो, तो उसमें पक्षियों की बीट गिर जाती। उसके पाड़े के कई परिवार ईंट-भट्टी के काम के लिए पलायन कर चुके थे। बाकी का पेट मजदूरी पर पलता था। भला घर बाँधने में उसकी मदद करने के लिए कौन आता? जंगल से एकाध लकड़ी भी लानी होती, तो फारेस्टर के खुले मुँह को पैसों से बंद करना पड़ता। वे पैसे कहाँ से आते? वह विधवा थी। चार बच्चे थे। खेती-बाड़ी तो कुछ थी नहीं। मजदूरी कर, जंगल की कैरियाँ-करौंदे बेचकर गुजारा कर रही थी। उसने सोचा, घर मिल जाए, तो अच्छा हो।

उसके नाम की सिफारिश करने के लिए कडुबाई ने निर्वाचित होने के बाद छह महीनों में पहली बार पंचायत के कार्यालय में कदम रखा।

"सूची तैयार हो चुकी है "पंचायत के कार्यालय में उसका आना अच्छा नहीं लगा, इसे दर्शाते हुए उपसरपंच ने चिढ़कर कहा।

"किस-किस का नाम है सूची में?" कडुबाई ने भोलेपन से पूछा। यह पूछताछ उन्हें कुछ ज्यादा ही चुभ गई।

ग्रामसेवक ने विवश होकर नाम पढ़कर सुनाए। सुनते हुए कडुबाई चकित होती रही। सब परिचित लोग ही थे। अपने ही गाँव के। इनमें से शेवले का घर तो पक्का बना था। किरकिरे के घर में ब्लैक एंड व्हाईट टीवी भी था। ये नाम तो गरीबी रेखा के नीचे आनेवालों की सूची में भी नहीं आ सकते थे। इन नामों को तो इन्हीं लोगों ने शामिल किया होगा। अन्य तीन नाम भी एक ही पाड़े से संबंधित थे।

कडुबाई ने सोचा कि केवल अपने पाड़े का ही नहीं, बल्कि पूरे गाँव का विचार किया जाना चाहिए। जिन्हें सचमुच जरूरत है, उनके बारे में पहले सोचा जाना

चाहिए। भले ही औरों को भी दें, पर जिनके पास कुछ भी नहीं है, उनकी जरूरत पूरी होने के बाद दें। बित्ते-भर का खरगोश मारकर लाए, तो हम बाँट कर खाते हैं। इन्होंने तो हाथी पाया है, पर उसका नाखून तक नहीं दिखाना चाहते।

"ऐसा करने से कैसे चलेगा?" बस, कडुबाई ने इतना ही कहा था, कि उपसरपंच के बदन में आग लग गई। उसने पाँव से चप्पल उतारी, पर बाकी के सदस्यों ने उसे समझा-बुझाकर रोक लिया। पर कडुबाई के समर्थन में किसी भी सदस्य ने एक शब्द तक नहीं कहा।

माँ-बहन की गालियाँ देते हुए ही उसने कडुबाई को पंचायत के बाहर भगा दिया। कहने लगा, "तुम्हें क्या बहुत समझ आ गई है? अपनी सारी होशियारी अपने ही पास रखो। ज्यादा चूँ-चपड़ की तो याद रखना। साली, केंचुए की जात! आज दो कौर खाने को मिल रहे हैं, कल वे भी नहीं मिलेंगे। पहली और आखरी बार चेता रहा हूँ, दुबारा यहाँ कदम मत रखना।"

तब तो कडुबाई ने भी जिद पकड़ ली। शेवलीबाई को साथ लेकर तहसील के गाँव पहुँची और सीधे खंड विकास अधिकारी से मुलाकात की। शिकायत दर्ज की। कहा कि जिन्हें योजना का लाभ दिया गया है, उनके नामों की जाँच कर लें।

मामला काफी गरमाया।

स्वयं कडुबाई तो आस-पास उगनेवाली सस्ती-सी सब्जियों की पत्तियाँ खाकर गुजारा करती थी, पर उपसरपंच के घर हमेशा खानेवाले अधिकारी को उसने अपने घर मुर्गी की दावत दी और शेवलीबाई का काम करवा लिया। गाँव में अफवाह फैल गई कि कडुबाई ने अधिकारी के साथ संबंध बना लिए हैं। स्वाभाविक ही यह अफवाह फैलाने वाले उपसरपंच ही थे।

परंतु इतनी-सी बात को लेकर टूट जाने के लिए कडुबाई कच्ची मिट्टी की नहीं बनी थी। उसे तोड़ने के लिए तो कुल्हाडी के पचास वार करने पड़ते।

कडुबाई ने बिरादरी की पंचायत के सामने न्याय की गुहार लगाई।

बताया कि जिस दिन अधिकारी उसके घर खाने पर आया था, उस दिन शेवलीबाई भी उसी के घर पर थी।

शेवलीबाई ने गवाही दी।

फिर पता नहीं कैसे, बिरादरी की कुछ और महिलाएँ उसके साथ हो गईं और बोलनेवालों के मुँह पर ताले लग गए।

"उपसरपंच के घर इतने लोग खा-पीकर जाते हैं, तब तो कोई कुछ नहीं कहता, और अब, सरपंच के घर खा लिया, तो इसे इतना तूल क्यों दिया गया?" उसने अपनी भड़ास निकाल ही ली।

इस बात ने तो आग में घी का काम किया।

आखिर, चोरी-छिपे साजिश रची गई, महीने-भर में ही कडुबाई के विरुद्ध

अविश्वास का प्रस्ताव रखा गया। काफी प्रयासों के बावजूद कडुबाई अपना पद नहीं बचा पाई। सरपंच का पद हाथ से जाता रहा।

कुछ ऐसी महिलाओं को भी शिविर में बुलाया गया था, जो अभी भी सरपंच बनी हुई हैं। जो केवल सदस्य हैं, वे भी शामिल हुई थीं। ये सभी महिलाएँ आस-पास के इलाके से ही थीं।

अपने वास्तविक अधिकार कौन से हैं? उनका उपयोग कैसे किया जाए? उनका उपयोग कर कौन-कौन से काम किए जा सकते हैं? शिविर का एक उद्देश्य यह भी था कि उनमें इन बातों को लेकर जागरुकता उत्पन्न हो।

कडुबाई के बाद दूसरी महिला सामने आई—चान्नी।

नाग तो था चाँदनी, पर पक्का काला रंग, जरा-सी चपटी नाक, चमकीली आँखें। शायद उसकी आँखों की चमक देखकर ही उसका नाम चाँदनी रखा गया हो।

चाँदनी ने शादी नहीं की थी अब तक। इसीलिए घर के, बाहर के, बिरादरी के लोग उससे कुछ नाराज ही थे। बचपन में ही उसके माँ-बाप गुजर गए थे। फुई यानी बुआ ने उसका और उसकी बड़ी बहन तथा भाई का पालन पोषण किया। अब बहन की शादी हो चुकी थी और वह पास के ही गाँव में रहती थी। फिर भाई ने भी शादी कर ली। उन्नीस-बीस साल की चान्नी भाई के ही घर में भौजाई और भाँजे-भाँजियों के साथ रहती थी।

सौभाग्य की बात थी, कि इस स्थिति में भी चान्नी को शिक्षा प्राप्त हुई थी। उनके इलाके में भाऊसाहब पटवर्धनजी ने पाठशाला खोली थी। ताराबाई मोड़क से सीखकर आई शिक्षिकाओं में से एक शिक्षिका उसी गाँव में रहने आई। उसने घर-घर जाकर बच्चों को एकत्र किया। घर के कामों को निपटाने के उद्देश्य से चान्नी की बड़ी बहन को तो बुआ ने नहीं छोड़ा, पर चान्नी के लिए पाठशाला में जाना संभव हुआ। फिर आगे चलकर तहसील के गाँव में लड़कियों की आश्रमशाला खुल गई, तब पढ़ने के लिए वहाँ भी गई। दसवीं की परीक्षा में अंग्रेजी-गणित ने दगा दे दिया, पर उतना पढ़ पाना भी उसके लिए बहुत बड़ी बात थी।

वह स्वयं तो सरपंच पद के लिए पात्र थी ही, आरक्षण के निकष भी पूरे हो रहे थे। इसके अलावा वह थी पढ़ी-लिखी और काम करने के लिए तत्पर। चान्नी की महत्त्वाकांक्षाएँ जबरदस्त थीं। एक बार आश्रमशाला में तहसील से तहसीलदार बहनजी झंडा-वंदन के लिए आई थीं, तब उसने पहली बार ऐसी महिला को देखा था, जो गाड़ी में बैठकर आई, कुर्सी पर बैठी और जिसने झंडा फहराया। दौड़ प्रतियोगिता में मिला पुरस्कार उसके हाथों से ग्रहण करते समय वह खुशी से फूली नहीं समा रही थी। चान्नी की आँखों से उस तहसीलदार बहनजी का प्रतिबिंब कभी नहीं मिट पाया।

गाँव में चान्नी ने छोटे मोटे काम करना तो शुरू कर ही दिया था। केवल सहायता के काम। वह भी इसलिए कि लोग उसके पास काम लेकर आने लगे थे, क्योंकि वह लिख-पढ़ सकती थी। किसी को कोई प्रमाणपत्र चाहिए, किसी को खसरा नंबर की नकल...किसी को कोर्ट में जाना है, तो किसी को पुलिस के पास...चान्नी सबके साथ जाने के लिए तैयार। सब तो अपने ही हैं और सबके काम यानी अपने ही काम...यही थी उसकी सोच।

फिर जब महिलाओं के लिए पद आरक्षित हुआ तो स्वाभाविक ही चान्नी उम्मीदवार बनी और सहजता से निर्वाचित भी हुई। बिना कोई खर्च किए। प्रश्न तब उठा, जब सरपंच का पद भी आरक्षण की सीमा में आने की बात पता चली। फिर उसे सरपंच बनने की इच्छा हुई। परंतु नेताओं ने जान लिया कि उसका सरपंच बनना उनके लिए भारी पड़ेगा, और उसे सरपंच होने से दरकिनार कर दिया गया।

अपनी चिकू की बाड़ी की रखवाली के लिए मुखिया ने एक परिवार रख छोड़ा था। उनके लिए बाड़ी में ही एक झोपड़ा बना दिया था। इस परिवार में एक पति-पत्नी और उनका युवा पुत्र था। पाटील की कृपा से उस परिवार की रानूबाई वरठा सरपंच बनी और उपसरपंच के पद पर मुखिया ने अपने ही भाईबंदों में से एक को बिठा दिया।

सरपंच पद न मिलने के कारण शुरू में तो चान्नी कुछ दुखी हुई, पर उसने अनुभव किया कि सदस्य होना भी कुछ कम महत्त्वपूर्ण बात नहीं है। ग्रामपंचायत के सदस्य के रूप में चान्नी काफी जागरुक थी। शुरू से ही। चुनाव होने के बाद की पहली बैठक में ही उसने इस बात पर जोरदार आपत्ति उठाई कि बैठक में महिलाओं के बजाय उनके पति क्यों शामिल होते हैं। गोविंद वरठा को मजबूर किया कि वह बैठक से चला जाए और रानूबाई को बैठक के लिए बुलाया। साफ-साफ कहा कि उसकी अनुपस्थिति में बैठक नहीं होने दी जाएगी। स्वयं सरपंच न बन सकी, उसकी जगह रानूबाई ने ली, इस बात का गुस्सा भूलकर और सरपंच रानूबाई के निरक्षर तथा दमित होने की बात को पहचान कर चान्नी ने उसके साथ बातचीत करना और उसे काम समझाना शुरू किया।

वैसे तो चान्नी ग्रामपंचायत की सदस्य अभी ही बनी थी, पर गाँव के लोगों में उसकी प्रतिमा उनकी भलाई के लिए काम करनेवाली एक कार्यकर्ता के रूप में पहले से ही बनी हुई थी। पंचायत में उसका निर्वाचन शुरू में तो उसके सामाजिक कार्यों के लिए सहायक ही साबित हुआ। सदस्य के नाते वह गाँव के कामकाज की ओर सीधे ध्यान देने लगी। उसे प्रश्न पूछने का अधिकार मिला। लोगों के लिए उपयोगी योजनाएँ या कार्यक्रम जरूरतमंद लोगों तक पहुँचाना संभव होने लगा। कार्यकर्ता की भूमिका को पंचायत सदस्य की भूमिका से मदद मिली। पर यह अधिक समय तक नहीं चल पाया।

राजनीति में ऐसी कई बातें होती हैं, जो सामाजिक नहीं होतीं। कुर्सी के लिए प्रतियोगिता होती है। जाने-अनजाने चान्नी भी उसमें फँस गई। राजनीतिक उठापटक ने उसके भीतर की कार्यकर्ता को ऐसे दबा दिया जैसे सिल के नीचे मछली दबी हो। सारे सामाजिक सरोकार वगैरह का भूत दिमाग से उतर जाने तक। इस घटनाक्रम में मोड़ तब आया, जब डेढ़ वर्ष बाद सरपंच रानूबाई की आकस्मिक मृत्यु हो गई।

चान्नी का यह अनुभव रहा था कि धन और सत्ता के बल पर मुखिया जिस प्रकार की राजनीति खेल रहे थे, उसमें उसके जैसों की ईमानदार आवाज किसी को सुनाई तक नहीं देती। इस डेढ़ वर्ष के दौरान उसने यह अच्छी तरह जान लिया था कि उनके साथ लड़ाई करनी हो, तो उनके जैसे ही हथियारों का प्रयोग करना होगा। उसने चतुराई से कुछ सदस्यों को अपनी ओर मोड़ लिया।

"जीवन-भर यदि आप लोग मुखिया की बात ही सुनते रहेंगे, अपना दिमाग एक ओर रखकर उसी के दिमाग से काम करते रहेंगे, तो ताज हमेशा मुखिया के ही सिर पर रहेगा, आप लोगों का सिर बाहर-भीतर दोनों तरफ से खाली ही रह जाएगा। यदि ऐसा ही चलता रहा, तो अगली बार आरक्षण हट जाने और सीट खुली हो जाने पर भी आप में से किसी को मौका नहीं मिल पाएगा।"—चान्नी ने सबको भली-भाँति समझा दिया।

पाँच पैसे तक खर्च किए बिना चाल चली और उसके समर्थकों ने मुखिया की बराबरी से राजनीतिक दाँव-पेंच लड़ाते हुए सरपंच का पद अपनी ओर खींच लिया।

सरपंच के पद पर चान्नी चुनी गई, पर हारे हुए मुखिया ने खूब चिल्लपों मचाई। सरपंच होने के बाद चान्नी ग्रामपंचायत के कार्यालय में गई, तो दरवाजे में ही दो-चार पत्थर तेजी से आ टकराए स्वागत करने के लिए। सिर पर चोट लग गई। कार्यालय में उसके प्रवेश से पहले ही मुखिया के लोग घुस गए। सारे कार्यालय में तोड़-फोड़ की गई, टेबल-कुर्सियों के पाँव तोड़े गए, बोर्ड उखाड़ कर पटक पटककर तोड़ दिए गए। उस दिन चान्नी कार्यालय में जा ही नहीं सकी। झल्लाते-तनतनाते घर लौटना पड़ा।

फिर चार दिनों बाद सब कुछ शांत होने पर चान्नी ने तय किया कि वह साथ में कुछ औरतों को लेकर पूरी तैयारी के साथ कार्यालय जाएगी। पर ग्रामपंचायत के कार्यालय की चाबी उपसरपंच ने अपने ही पास रखी थी। चाबी के लिए चक्कर काटकर चान्नी ने सरपंच पद का भार तो सम्हाला, पर पूरा रिकार्ड, सारे कागजात तो ताले में बंद। कहने लगे कि अलमारी की चाबी ही नहीं मिल रही। यह भी कहा कि ताला तोड़ने पर शिकायत दर्ज करेंगे। आखिरकार, चान्नी ने ग्रामसेवक की सहायता से इस पूरी हकीकत को बयान करनेवाला विस्तृत पत्र खंड विकास अधिकारी को भेजा। पता नहीं कैसे, पर यह बात मुखिया को मालूम हो ही गई।

उन्होंने पुष्टि करवाई और फिर चान्नी के घर के सामने उसे गालियाँ देते हुए खूब ऊधम मचाया।

परंतु उन्हें ग्रामपंचायत कानूनन उसके हवाले करनी ही पड़ी। लेकिन उससे पहले कुर्सी, टेबल, अलमारी, रजिस्टर आदि सब कुछ अपने घर ले गए। उसके लिए फिर झगड़े-झंझट हुए। चाबी और कागजात हाथ आए, तो चान्नी ने काम करना शुरू किया। उसने ग्रामपंचायत की पहली ग्रामसभा आयोजित करना तय किया। नोटिस घुमाई गई और दबी हुई आवाज में की जानेवाली चर्चा सुनाई देने लगी। गाँव में दबाव का वातावरण था। गाँव के लोग सभा में उपस्थित रहने की मनःस्थिति में भी नहीं थे, प्रस्ताव रखना और चर्चा करना तो दूर की बात थी। इस बात का पता लगने पर चान्नी ने पुलिस बंदोबस्त पाने के लिए आवेदन दिया।

सभा शुरू होने से पहले उसने स्वाभाविक ही ग्रामसेवक को संदेश भेजा। उसके आने पर उससे पूछा कि बजट कितना मिला है। तो उसने कहा, "चान्नीबाई, तुम तो दसवीं की परीक्षा भी पास नहीं कर पाई। खेत में मजदूरी भी तुम नहीं कर सकती। पहले अपना पेट पालना सीखो। गाँव के मामलों में नाक घुसेड़ोगी, तो उससे तुम्हारा पेट-भरनेवाला नहीं।"

ग्रामसभा की अध्यक्ष यानी सरपंच। विरोधियों ने एक भी प्रस्ताव पारित नहीं होने दिया और ग्रामसभा तितर-बितर कर डाली।

परंतु इन सब झंझटों के कारण ग्रामपंचायत का दैनिक कामकाज और गाँव के विकास के कार्यक्रम खटाई में पड़ गए। विरोधियों ने मुख्य कार्यकारी अधिकारी से शिकायत की कि सरपंच अपने पद का गलत इस्तेमाल करते हैं। इसके प्रत्युत्तर में चान्नी ने भी इसी आशय की शिकायत उपसरपंच के विरुद्ध दर्ज की। साथ ही, सरपंच की मुहर का प्रयोग कर उपसरपंच अपने हस्ताक्षर से जो कागजात दे रहे थे, उन्हें प्रमाण के तौर पर प्रस्तुत किया। आरोपों-प्रत्यारोपों का घमासान शुरू हो गया।

चान्नी ने अपना पक्ष रखते हुए कहा कि उपसरपंच स्वयं को सरपंच मानकर अधिकारों का प्रयोग करते हैं। सरकारी कागजातों पर, प्रमाणपत्रों पर हस्ताक्षर करते हैं, मैं सरपंच हूँ तो मेरे खिलाफ प्रचार करते हैं, इस प्रकार की कार्रवाई करते हैं कि बाकी के सदस्य मासिक बैठकों में न आने पाएँ, मुझे सहयोग न दे पाएँ। सदस्यों को भड़काते हैं। जो लोग मेरे समर्थक हैं, उन्हें धमकाया जाता है और कुछ लोगों को तो अलग-अलग पुलिस के मामलों में ही फाँसा गया है। साथ ही मेरे चरित्रहनन का प्रयास भी जारी है।

विराधियों का कहना था कि सरपंच महोदया कई-कई दिनों तक गाँव के बाहर रहती हैं और अपने अधिकारों का हस्तांतरण भी नहीं करतीं। गाँव में बिजली की बत्तियाँ भी समय पर नहीं जलतीं और विकास के अन्य सारे काम रुके हुए हैं। जरा-जरा-सी बात पर सरपंच महोदया पुलिस में जाती हैं और वरिष्ठ अधिकारियों

से शिकायत करती हैं। इस कारण अब हमें कार्यालय जाने में ही डर लगने लगा है। कहा नहीं जा सकता कि वे हम पर कब कौन-सा आरोप लगाएँगी। आदिवासी होने के साथ-साथ महिला होने का वे नाजायज लाभ उठाती हैं।

इसके साथ ही विरोधियों ने समानांतर रूप से घरेलू स्तर पर भी मोर्चा खोला। उन्होंने चान्नी के भाई के मन में विष घोला, "तुम्हारी बहन का चरित्र अच्छा नहीं है। जाने कहाँ-कहाँ किस-किस के साथ घूमती-फिरती रहती है। उसे इसी तरह मौज मनानी है, इसीलिए तो वह शादी नहीं करती। अन्यथा, तुम्हारी बिरादरी में क्या इस तरह से बिना विवाह रहनेवाली कोई लड़की दिखाई देती है? विवाह विच्छेद हो चुकी या विधवा हो चुकी औरतें भी सहजता से दूसरा विवाह रचा लेती हैं और इसने अब तक शादी ही नहीं की। शादी न करने का भला और कौन-सा कारण हो सकता है? इस तरह मर्यादा भूल चुकी औरत को तुम अपने घर में रहने की अनुमति कैसे दे सकते हो? कहीं ऐसा न हो कि उसकी देखा-देखी तुम्हारी बेटियाँ भी उसी के रास्ते चल पड़ें।"

"तुम मेरे घर में नहीं रह सकती," कहते हुए चान्नी के भाई ने उसे घर से बाहर कर दिया।

आखिरकार, चान्नी वहाँ से बीस पच्चीस किलोमीटर दूर दूसरे गाँव में अपनी बहन के घर रहने चली गई। वहीं से रोज गाँव में आना-जाना करते हुए उसने अपना कामकाज करना शुरू किया। आज उसे सरपंच बने एक साल हो रहा है, पर वह कोई भी ठोस काम नहीं कर पाई है। कुछ करना उसके लिए संभव ही नहीं हुआ है। उसका सारा समय सत्ता की प्रतियोगिता का सामना करने में ही व्यर्थ बीत रहा है। अब किसी भी समय उसके विरुद्ध अविश्वास का प्रस्ताव आ सकता है। इस कारण उसका मन भी बार-बार डाँवाडोल हो रहा है।

इन दोनों के अनुभव सुनते हुए धीरे-धीरे चर्चा को एक दिशा मिलने लगी। औरतें खुलकर बात करने लगीं।

पुरुषों की तरह अकेले ही ग्रामपंचायत के कार्यालय में जाकर बैठना, लिखना-पढ़ना आता हो, तो कागजात देखना, हिसाब की जाँच करना, गाँव की सभी बस्तियों-पाड़ों में लोगों के घर-दरवाजे पर घूम-फिर कर उनकी समस्याओं को समझना, किसी काम के पीछे पड़ते हुए उसे पूरा करना आदि सब कर पाना अक्सर संभव नहीं हो पाता।

बाहर चाहे जितनी बकबक कर लें, पर घर में घिग्घी बँध जाती है। घर का कोई भी काम किसी भी कारण से न तो टाला जा सकता है, न उसे आगे बढ़ाया जा सकता है।

काम के लिए जब चाहें तब घर से बाहर निकलना संभव नहीं होता।

निर्वाचित होने का यह मतलब नहीं कि घर के काम छूट गए। बल्कि हर

छोटे-मोटे काम को बारीकी से नापा-तोला जाता है। मीटिंग होने पर भी खाना पकाना, पानी भरना, कपड़े धोना, बर्तन माँजना, बच्चों को नहलाना-धुलाना, घर की साफ-सफाई, जानवरों का दाना-पानी...सब कुछ औरतों को ही करना पड़ता है। घर का कोई भी काम अधूरा नहीं छोड़ा जा सकता।

फिर, यदि घर की जमीन हो, तो खेती के काम, जमीन न हो, तो दूसरे के खेत में मजदूरी—यह सब तो लगा हुआ है ही।

महाराष्ट्र की अधिकांश आदिवासी जनजातियों में 'दहेज' की पद्धति प्रचलित है। लड़के का बाप लड़की के बाप को दहेज देता है और इसके लिए उसे कई बार ऋण भी लेना पड़ा होता है। घर का अनाज या कोई पशु भी बेचना पड़ा होता है। तब लड़की से विवाह के बाद यह उम्मीद रखी जाती है कि वह इस सारे नुकसान की प्रतिपूर्ति करे।

शामीबाई ने कहा कि "काम में थोड़ी भी कसर रह जाए, तो सास पूछती है, "इतने पैसे चुकाकर और कोठार खाली कर क्या इसी के लिए तुम्हें लाया गया है? तहसील या जिले के गाँव में किसी काम के लिए जाना हो, तो सास या पति से अनुमति लेनी पड़ती है। उन्हें समझाना पड़ता है कि वहाँ मुझे क्या काम है। वापस लौटने पर उन्हें एक-एक बात बतानी पड़ती है, मीटिंग की सारी कार्रवाई सुनानी पड़ती है, चाहे उनकी समझ में आए, चाहे न आए। जरा-सा भी इधर का उधर हो जाए, तो पोखर के मेंढक की तरह टर्राते रहते हैं।"

"बच्चा छोटा हो, तो सारा ध्यान घर में ही लगा रहता है। मीटिंग में देर हो जाए, तो मन घर की ओर भागता है। घर के लोग पूछते हैं कि वहाँ जाकर क्या मिलता है। सरपंच को विधायकों की तरह पैसा-वैसा तो मिलता नहीं।" नवसूबाई ने कहा।

अब कुर्सी तो रही नहीं। गाँव में बदनामी भी हुई। अब मैं तो दोबारा चुनाव लड़नेवाली नहीं। पति तो अभी भी आने से रोक रहे थे, फिर भी चली आई।" भांबरेबाई ने शांत स्वर में ऐसे कहा, मानो किसी और की ही कहानी सुना रही हो। "रास्ते से आते-जाते लोग मजाक उड़ाते थे। 'देखो, सरपंच महोदया जा रही हैं,' कहकर उँगली से इशारा करते हुए हँसते थे। कहते थे कि काम ही नहीं करती।' भला बिना वजह किसी की बात क्यों सुनूँ? इस कुर्सी से मेरा कोई फायदा तो होनेवाला है नहीं।"

तारूबाई ने उसका समर्थन किया। उसके अनुभव भी कुछ इसी प्रकार के थे।

"जब भी मीटिंग तय होती है, घर-बार भूलकर जाना पड़ता है। कभी तहसील के या जिले के गाँव जाना पड़े, तो मजदूरी से हाथ धोना पड़ता है। फिर ऐसा भी नहीं कि एक बार जाने से ही साहब से मुलाकात हो जाए, दस बार जाना पड़ता है।"

तारूबाई खेत में मजदूरी करती थी। उसकी अपनी कोई जमीन नहीं थी। वह विधवा थी। सात बच्चों की माँ। बड़ी दो बेटियों की शादी करवा दी थी—बारह-तेरह

साल की उम्र में ही। उनके भी दो-दो बच्चे थे। पहली पाँच बेटियाँ। छठा बेटा। एकाध बेटा और हो, इसलिए सातवाँ मौका, पर हुई बेटी। उसके बाद पति की मृत्यु हुई इसलिए, वर्ना और भी बच्चे हुए होते।

बाद में उससे पूछा, "दो-दो बच्चों के बाद अपनी बेटियों के तो ऑपरेशन करा दिए तुमने, फिर खुद का क्यों नहीं कराया?"

"वहाँ जाने पर पूछते न, कि कितने बच्चे हैं?" तो 'सात बच्चे' कहने में शर्म आती। इसीलिए नहीं कराया। ऐसा भी लग रहा था कि अब बच्चे होंगे ही नहीं।"

"कैसे?"

"ऐसे ही। और फिर पति भी मर गया, बात ही खत्म।"

महावीर ने तारूबाई के बारे में बताया था। बोलने में एकदम बेखौफ। मीटिंग में भी सीधे कलेक्टर के बाजू में बैठनेवाली। जो भी कहना हो, अपने तरीके से, अपनी भाषा में साफ-साफ बोलेगी, बिना किसी संकोच के।

यह उस समय की बात है, जब 'समन्वय' ने शिविर के उद्देश्य से इस बड़े हॉल का निर्माण कराया। विश्वविद्यालय के कुलपति को उद्‌घाटन के लिए बुलाया था। उन्हें भी उत्सुकता थी आदिवासी इलाका देखने की। फिर शाम को उनके सामने आदिवासी लोकनृत्य का भी कार्यक्रम आयोजित किया गया था। वे अपनी पत्नी के साथ आए थे।

जहाँ तारूबाई रहती है, उसी क्षेत्र में, परंतु ऊपर की तरफ हिरडेवाडी में कार्यक्रम का आयोजन किया गया था। किसी ने सलाह दी कि पहले प्रमुख अतिथि की आरती उतारी जाए। महावीर ने कहा, "तारूबाई से कहो, वह बोल्ड है। बातचीत भी कर लेती है।"

आरती उतारने के बाद वह अतिथि महोदय की पत्नी के माथे पर टीका लगाने लगी। उसका खाली माथा और मंगलसूत्र विरहित गला देखकर उन्होंने पूछताछ की। तारूबाई के विधवा होने की बात जानकर तो मैडम बरस पड़ीं, "विधवा के हाथों टीका लगवाया! क्या आप लोगों की अकल घास चरने गई है? चलिए, यहाँ से तुरंत निकल चलिए। अब एक पल भी यहाँ नहीं ठहरेंगे।"

कहते हुए उन्होंने अतिथि महोदय को खींचना ही शुरू किया।

वे भी पीछे-पीछे चल पड़े।

फिर महावीर ने अपनी गलती होने की बात कही। उनसे क्षमायाचना की। फिर भी मैडम नाराज ही थीं।

"तब से कान पकड़ लिए। दुबारा ऐसे आरती उतारने जैसे कार्यक्रम करने ही नहीं। साली, ऐसी बातें अपने ध्यान में ही नहीं आतीं। बात बस इतनी थी कि चतुर, निर्भय औरत होने के कारण अन्य कार्यक्रमों में जिस तरह तारूबाई को आगे करते हैं, उसी तरह यहाँ भी किया था, बस।" महावीर ने हँसते हुए कहा था।

कालीबाई कातकरी जनजाति से थी।

ठिंगनी। दुबला-पतला शरीर। सुबह चार बजे उठकर ही शिविर के लिए चल पड़ी थी। पाँच घंटे पैदल चलकर पहुँची थी। देह ऐसी मानो जान ही न हो। अविकसित। पर आवाज जबरदस्त।

"हमारी बस्ती में किसी के पास भी जमीन नहीं है। जिस जमीन पर खेती करते थे, कुछ समय पहले सरकार ने वह जमीन हमारे नाम कर दी थी। पर दो वर्ष पहले फॉरेस्ट के लोगों ने वह वापस ले ली। दूसरा कोई काम तो मिलता नहीं। हमारे वहाँ कई लोगों ने फॉर्म हाऊस बनाए हैं, पर कातकरियों को कोई काम नहीं देता। उन्हें चोर समझा जाता है। कहीं चोरी हो जाए, तो पहले हमारी ही बस्ती में आते हैं। बस्ती से सटा हुआ नया हाई-वे बना है। पता ही नहीं चलता कि पुलिस एकाएक कहाँ से आ पहुँचती है। भाग निकलना भी संभव नहीं हो पाता...और अब भागना चाहें, तो छिपने के लिए जंगल बचा ही कहाँ है।" कालीबाई कह रही थी।

उसे सरपंच का पद देना पड़ा, इसलिए गाँव के पुराने नेता चोट खाए हुए थे। इतने सालों से केवल मराठा जाति के ही हाथों में सत्ता थी। पहले आदिवासियों के लिए आरक्षण आया, फिर महिलाओं के लिए 33 प्रतिशत का आरक्षण और अब, इस बार सरपंच का पद भी महिला के लिए आरक्षित हो गया।

जिसके पास अपनी कोई जमीन न हो, ऐसी एक अँगूठा छाप औरत हमारी कुर्सी के साथ अपनी कुर्सी जोड़कर बैठे, यह भी कोई न्याय हुआ?

अभी भी ये लोग चूहे मारकर खाते हैं। कुछ लोग तो मरे हुए जानवर का मांस भी खाते हैं। हमारी चौखट पर कदम रखने की इनकी औकात नहीं और यह औरत गाँव की सरपंच? पर मजबूरी थी।

"लोगों ने बहुत परेशान किया। दूसरी महिला सदस्य तो बैठक के लिए भी नहीं आती थी। उसके घर रजिस्टर ले जाते थे और अँगूठा लगवाकर ले आते थे।

वे चाहते थे कि कालीबाई भी ऐसा ही करे। पर कालीबाई नहीं मानती थी।

एक बार रात में पुलिस घुस गई घर में। जोर-जोर से दरवाजा खटखटाया। खोला, तो उसे धकेलकर सीधे घर में घुसे चले आए। उसका बेटा सामने ही सोया हुआ था। उसे लकड़ी से पीटते हुए ही जगाया और ले गए पकड़कर। जीप रास्ते पर रुकी हुई थी, वहाँ तक पीटते हुए ले गए। कोई कभी इस तरह किसी जानवर को भी नहीं मारता। कालीबाई उनके पीछे-पीछे भागती रही...रोते हुए, गिरते-पड़ते हुए, गिड़गिड़ाते हुए। पर किसी ने कोई कारण नहीं बताया। बाद में पता चला कि गाँव में किसी ने अपना छोटा रेडियो चोरी हो जाने की शिकायत दर्ज की थी। इस पर शक हुआ, तो जीप में डाला और ले गए।

बस्ती के लोग जाग गए थे और वहाँ एकत्र भी हो गए थे; पर पुलिस के आगे किसकी चलती है? यदि सामने भालू या शेर आ जाए, तो उसका मुकाबला किया

जा सकता है, पर पुलिस के सामने भला कौन अपनी शक्ति का प्रदर्शन करे?

तहसील के गाँव में जाने के लिए इतनी रात गए कोई सवारी भी मिलना संभव नहीं। सुबह उठकर चार-छह लोग मिलकर गए, तो मामला रफा-दफा करने के लिए पुलिस ने पाँच हजार की माँग की। 'अन्यथा लगाते रहो चक्कर' कहा।

दो दिनों तक कालीबाई अपने नाते-रिश्तेदारों से सहायता माँगते हुए ऐसे भटकती रही, जैसे किसी गाय का बछड़ा जंगल में खो गया हो। पर सबके हाथ खाली थे। न इनके पास कुछ था न उनके पास। आखिर मुखिया से कर्ज लेना पड़ा।

पैसे देकर बेटे को छुड़ाना पड़ा।

हिरासत में पहले पुलिस ने और फिर मच्छरों ने उसका खून पी लिया था।

ऊपर से एस.पी. ने सुनाया, "सरपंच बन गई हो, तो क्या बहुत अकड़ आ गई है तुममें?"

बाद में पता चला कि यह उपसरपंच की करतूत थी, पर क्या किया जा सकता था?

अब रात को किसी के लिए दरवाजा नहीं खोलती। पति तो पीकर मुर्दे की तरह पड़ा रहता है। उससे कोई उम्मीद रखना बेकार है। फिर बेटी को ब्याहकर भाई को ही घर-जमाई बना लिया। मामा के साथ भाँजी का विवाह करवाया। उसकी पहली बीबी मर चुकी थी। अकेला ही रह रहा था। उसके लिए सुविधा हो गई, हमारे लिए सहारा।" कालीबाई ने अपनी कथा सुनाई।

कालीबाई मराठी भली-भाँति बोल रही थी। बाद में इस बारे में पूछा था, तो उसने कहा था, "आजकल हमारी तरफ सभी लोग मराठी बोलते हैं। आपस में तो हमारी भाषा बोलते हैं, पर आप जैसों को वह कैसे समझ आएगी? और अब तो, काम के लिए तहसील के गाँव जाना पड़ता है, वहाँ तो सब आप जैसों की ही भाषा बोलते हैं।"

"शिक्षा नहीं मिल पाई, बस यही एक समस्या है।" वह बार-बार कहे जा रही थी।

कालीबाई की उम्र पैंतीस के करीब थी, यानी मेरी हमउम्र। तेरह वर्ष की आयु में विवाह हुआ और चौदह वर्ष की उम्र में पहले बच्चे का जन्म। फिर एक के बाद एक तीन। चार में से दो ही जीवित रहे। बीस साल की उम्र में परिवार नियोजन का ऑपरेशन करवाया। यानी, जिस आयु में शहरों में रहनेवाले, सुशिक्षित, मध्यवर्ग के परिवार में बेटी के विवाह की बातचीत शुरू होती है, उस आयु में सब कुछ खत्म कर यहाँ की महिलाएँ रीत जाती हैं?

मेरी शादी भी तो बीस की उम्र में हुई थी। बी.एफ.ए. पेंटिंग के अंतिम वर्ष की परीक्षा बस खत्म हुई ही थी। अभी परिणाम भी घोषित नहीं हुए थे। पर विवाह की निमंत्रण पत्रिका में भैया ने पहले ही चिरंजीवी सौभाग्यकांक्षिणी प्रफुल्ला छपवा दिया। इक्कीस वर्ष की उम्र में बिट्टू का जन्म।

अब बिट्टू दसवीं कक्षा में जाएगा।

और देखो, इस उम्र में साहब को यह सूझा है। कम-से-कम बेटे की पढ़ाई

का तो ख्याल किया होता। अब यह वर्ष इतना महत्त्वपूर्ण है उसके लिए। मसें निकल रही हैं। घर में अंजली के साथ साहब की जो हरकतें चलती हैं, उसे देखेगा लड़का या पढ़ाई करेगा?

सिर भारी होने लगा।

"फुला दीदी, चाय तो पियेंगी ना?" पूछते हुए राधाबाई आई।

...फुला दीदी?

सुनकर मजा ही आ गया।

उस पुकार को सुनकर सारा मूड ही बदल गया।

कितना अलग!

लगा, सब कुछ नया हो गया है!

नया जन्म!

"रुको, मैं ही वहाँ आती हूँ, चाय यहाँ लाने की जरूरत नहीं।" कहकर मुस्कराते हुए मैं उसके साथ चली गई।

शिविर में आई औरतें चली गई थीं। जो रहनेवाली थीं, वे भी यहाँ-वहाँ बिखर गई थीं।

ढलती साँझ के समय बैंड की आवाज सुनाई दी। आगे बढ़कर देखा, तो मुकणेबहनजी का जुलूस जा रहा था। गुलाल से रंगे पुरुष बैंड के ताल पर जोरदार डांस कर रहे थे। मुकणेबहनजी बैलगाड़ी में थीं।

"अब रात को बकरा कटेगा। बोतलें खाली होंगीं। मंत्रीजी के प्रत्याशी को शिकस्त देकर जीती हैं मुकणेबहनजी। पिछले पन्द्रह वर्षों से पाटील साहब का ही प्रत्याशी कोलसे था...एक ही...लगातार तीन बार चुनाव जीतकर आया था। इस बार तो बहनजी ने इतिहास रच डाला!" महावीर बता रहा था। पता नहीं वह कब पास आकर खड़ा हो गया था।

नीचे से गुजर रहे जुलूस के लोगों ने जब महावीर को देखा, तो उसे लगातार पुकारने लगे।

"अपनी तो स्वयंसेवी संस्था है। हम पक्षगत राजनीति में कैसे जा सकते हैं? फिर भी, इस बार हम लोगों ने कुछ ध्यान दिया था। लोगों से कहा कि पन्द्रह साल तक चुने जाते रहने के बावजूद पहले वाले प्रत्याशी ने कुछ भी नहीं किया, तो अब किसी दूसरे को मौका देकर देखिए। ये लोग बहुत शराब उपलब्ध करा देते हैं। सवाल उठा कि हम इस मामले में क्या कर सकते हैं। जहाँ अपनी संस्था के काम चल रहे हैं, वहाँ हमारी बात सुननेवाले युवकों से कहा कि गाँव में शराब न आने दें, बताएँ कि यहाँ शराबबंदी है। कुछ स्थानों पर थोड़ा फर्क देखने में आया। एकसाथ तो बदलाव नहीं आ सकता न?" गंभीर स्वर में महावीर बता रहा था।

जुलूस में चल रहे दो लोग उसे बुलाने ऊपर आए, तो उसने यह कहकर उन्हें

वापस भेज दिया कि 'मुंबई से दीदी आई हैं, उनके साथ कुछ काम करना है।'

"इस तरह सीधे शामिल होना ठीक नहीं। कहीं लोगों की नजर में न चढ़ जाएँ।" वह स्पष्टीकरण देते हुए बुदबुदाया।

फिर कुछ देर तक वह संस्था से संबंधित भली-बुरी बातें बताता रहा। लग रहा था कि यहाँ ऐसा कोई नहीं है, जिस पर वह भरोसा कर सके और मन की बात कह सके।

राधाबाई ने खाना खाने के लिए आवाज दी। हॉल में सब एकत्र हुए थे। ज्वार की बड़ी-बड़ी मोटी रोटियाँ और मूँग की दाल। खाना खाने के बाद नींद।

बिस्तर पर लेटते ही बेवजह याद आया कि कल यहाँ तेंदुआ आया था।

फिर कल होनेवाले सत्र की याद आई। उठ बैठी।

आज कुछ औरतें बिलकुल ही खामोश थीं। कल उन्हें मुखर करना होगा। चाहे जो भी बोलें, पर बोलें तो सही। राजनीति नहीं, तो किसी दूसरे विषय पर, लेकिन चार लोगों के बीच बोलने की आदत उन्हें डालनी होगी।

सारे कार्यवृत्त पढ़े। नोट किया कि किन-किन मुद्दों को उठाया ही नहीं गया। कुछ मुद्दों का बस उल्लेख मात्र हुआ था, उन्हें अलग कागज पर लिख लिया।

सुबह के सत्र में निर्वाचित महिलाओं ने अपने कार्यकाल के दौरान किए गए कामों और ग्रामसभा का मुद्दा सबसे पहले चर्चा के लिए उठाया।

जब उनसे पूछा गया कि 'क्या ग्रामसभा में महिलाओं से संबंधित कोई प्रश्न कभी उठाया गया था?' तो एक भी उत्तर स्वीकृतिदर्शक नहीं था। उनके चेहरे के भाव मानो पूछ रहे थे कि "ग्रामसभा और महिलाओं के प्रश्नों का संबंध ही क्या है?"

एक ने तो उठकर पूछ ही लिया, "महिलाओं के प्रश्न यानी कौन से प्रश्न?"

किसी को इस बात का एहसास ही नहीं था कि महिलाओं के विकास के लिए कुछ अलग काम भी किए जा सकते हैं। जब उन्हें तीस-चालीस प्रकार के कामों की सूची सुनाई गई, तो पता चला कि केवल एक या दो ग्राम पंचायतों ने महिलाओं के लिए शौचालयों के निर्माण का एकमात्र काम किया हुआ था। इससे साफ प्रकट हो रहा था कि महिला-विकास के कामों को सही दिशा नहीं मिल पाई है और न ग्राम पंचायतों की इस दिशा में काम करने की इच्छा है।

ऐसे प्रश्न ही अधिक थे, जो सार्वजनिक हित से संबंधित थे या अपनी बिरादरी या वॉर्ड से जुड़े हुए थे, जैसे कि पीने का पानी, बिजली, मिट्टी का तेल, राशन, नलों की मरम्मत आदि।

इन कामों को करते समय भी महिलाओं के रास्ते में रोड़े अटकाए गए थे।

ग्रामसेवक ध्यान नहीं देते, अन्य सरकारी अधिकारियों से सहयोग नहीं मिलता, उनसे मिलने के लिए बार-बार कार्यालयों के चक्कर काटना किसी महिला के लिए मुश्किल होता है। सबसे महत्त्वपूर्ण बात यह कि इसके लिए जब चाहे तब घर से निकलना उसके लिए संभव नहीं होता।

"जाएँ, तो लोग कहते हैं कि यह औरत तो घूमती रहती है। पति भी आँखें तरेरता है। काम न हो, तो लोग कहते हैं कि सरपंच महोदया कुछ भी नहीं करतीं।" लासगाँव की सरपंच राजीबाई ने बताना शुरू किया।

"हमारे यहाँ तो लोगों ने ही बिछी-बिछाई पाईपलाईन फोड़ दी और ऊपर से गालियाँ सुनाईं कि गाँव को पानी ही नहीं मिलता।" पारोल की लताबाई ने कहा।

"हमारे घर आकर लड़कियों को धमकाया। मकान-कर की वसूली नहीं करने दी। बस्ती में न लाईट है, न सड़क ठीक है, न पानी मिलता है, तो कहने लगे कि मकान-कर नहीं देंगे।" कुशाबाई ने कहा।

"कहते हैं कि हमने ही पैसे खाए हैं।" लीलाबाई बोलीं। "मीटिंग में तय कुछ होता है और रजिस्टर में लिखते कुछ और हैं। हमें पढ़ना तो आता नहीं।"

अब तक चुप रहनेवाली औरतों में अब हिम्मत आ गई थी। जो औरतें कल खामोश रही थीं, उनसे प्रश्न पूछकर उन्हें चर्चा में शामिल करने का प्रयास किया जा रहा था।

इनमें से कुछ महिलाओं ने बताया कि वे एक बार भी ग्राम सभा में नहीं गई थीं। तीन महिलाओं ने तो कहा कि उनके गाँव की एक भी औरत कभी भी ग्रामसभा के लिए नहीं गई। ऐसे कोई विशेष प्रयास कहीं किए ही नहीं गए थे कि औरतें ग्रामसभा के लिए उपस्थित रहें। जहाँ औरतें ग्रामसभा के लिए जाती थीं, वहाँ भी उनकी संख्या कभी भी पचास से अधिक नहीं रही थी।

जो गाँव पूरी तरह आदिवासी नहीं थे, उनकी समस्याएँ तो और भी अलग थीं। वहाँ अब तक पुरुषों ने ही मुँह नहीं खोला था, तो औरतों की बात ही क्या!

वेणुबाई ने बताया कि इस बार उसके गाँव की औरतें पहली बार ग्रामसभा में शामिल हुईं, यानी बच्चों के साथ प्रभात फेरी में शामिल हुईं।

"सुबह से औरतें तैयार होकर बैठी थीं। स्नान कर, बालों में फूल गूँथकर। गाँव में किसी को भी कुछ मालूम नहीं था। बच्चे स्कूल में झंडा-वंदन के लिए गए थे। यह पहले ही तय कर लिया गया था कि जब बच्चों की प्रभातफेरी निकलेगी, तब औरतें भी उसमें शामिल होंगीं। बचत दल की सभा में चर्चा की थी महिलाओं ने। बच्चे आए, तो घर-घर से औरतें निकलकर बच्चों के साथ हो लीं। आदमी लोग देखते ही रह गए। स्कूल और पंचायत तो पास-पास ही थे ना। थोड़े से लोग वहाँ जमा थे, तो औरतें भी जाकर बैठ गईं सभा में।

सबकी बोलती बंद। जैसे तंबाकू खाकर बैठे हों।

तब ग्रामसेवक ने पूछा, 'यहाँ तुम लोगों का क्या काम है?'

तो मैंने कहा कि 'महिलाओं का प्रश्न प्रस्तुत करना है।'

तो सरपंच ने कहा कि 'आज की सभा में तुम लोगों के प्रश्न पर विचार नहीं किया जा सकता।'

औरतों ने पूछा, 'क्यों नहीं किया जा सकता?'

पर उस दिन की सभा में सरपंच और ग्रामसेवक ने हमारे प्रश्न के लिए समय नहीं दिया। कारण बताया गया, 'समय का अभाव।' पर फिर हमारे प्रश्नों के लिए अलग से मीटिंग बुलाना स्वीकार किया। दूसरे दिन हमारी मीटिंग आयोजित कर हमारे प्रश्नों के साथ न्याय किया।"

उसने विस्तारपूर्वक बताया। सुनते हुए मुझे मजा आ रहा था। औरतों के लिए 'महिला' शब्द का प्रयोग, 'स्वतंत्र, समय का अभाव, प्रश्नों के साथ न्याय करना' आदि शब्दों का प्रयोग!

"न्याय किया यानी क्या किया?" पूछे बिना मुझसे नहीं रहा गया।

"हमें बोलने दिया। हमारी बात सुनी। कहा कि विचार करेंगे। पर हमने भी बात ताने रखी। तब वादा किया कि बकरियोंवाली योजना का लाभ औरतों को दिया जाएगा। जब घर में औरतें नहीं होतीं, उस समय ग्रामसभा का ढिंढोरा पीटा जाता है। हमने उनसे वादा लिया कि अगली ग्रामसभा से पहले बचत दल की महिलाओं को स्वतंत्र रूप से पत्र दिया जाएगा। अगले साल से तो हम बच्चों के साथ झंडा-वंदन के लिए भी जाएँगी।" वेणुबाई ने सहज स्वर में कहा।

नवलीबाई ने अपना अनुभव सुनाया। उसके गाँव के बचत दल की औरतों ने सुना कि तहसील में आयोजित शिविर के दौरान किसी अन्य गाँव की महिलाओं ने झंडा-वंदन किया। उन्होंने तय किया कि वे भी झंडा-वंदन करेंगी और ग्रामसभा में जाएँगी। तदनुसार ग्रामसभा में उपस्थित रहीं। तो ग्राम सेवक ने यह कहकर सभा स्थगित कर दी कि कोरम पूरा नहीं हुआ है। अपने सारे काम धाम छोड़कर, अपने प्रश्नों की पूरी तैयारी कर और बड़े उत्साह के साथ औरतें ग्रामसभा में उपस्थित हुई थीं। पर दूसरे मौकों पर केवल चार लोगों के होने पर भी ग्रामसभा आयोजित करनेवाले इन लोगों ने कोरम के अभाव में केवल महिलाओं की सहभागिता से बचने के लिए सभा स्थगित कर दी। औरतों को यह नहीं मालूम था कि अगली सभा का दिन-समय उसी वक्त तय करना पड़ता है और तब उसके लिए कोरम की शर्त नहीं होती। वे सब चुपचाप लौट गईं। तो उसके बाद उन लोगों ने चुपचाप दूसरी सभा आयोजित कर ली।

"पर इस अनुभव से हमने भी सीख ली। एक बार हमें धोखा दे सकते हैं, बार-बार तो नहीं। अब हमने भी धमकी दे रखी है कि दुबारा यदि इसी तरह सभा स्थगित की, तो हम अगली तारीख की माँग करेंगी।" नवलीबाई ने बताया।

नवलीबाई का असली नाम नवली नहीं था। उसके पति की मृत्यु के बाद दूसरी शादी कर वह इस गाँव में आई थी। उसके दूसरे पति की भी यह दूसरी शादी थी। उसकी पहली पत्नी भाग गई थी। उसके स्थान पर वह इस नई को ले आया, इसलिए वह नवली कहलाने लगी। औरतें आपस में सहज ही नवली बोलती रहीं और यही उसका नाम हो गया।

"पहले औरतें भी बहुत उल्टा-सीधा बोलती थीं। कभी दुबारा शादी के लिए ताने देतीं, तो कभी हेटाई करतीं। पर अब मैं सदस्य हूँ, तो नहीं बोलतीं। मुझसे काम पड़ता है न!" नवलीबाई ने निर्वाचित होने का लाभ बताया।

सब हँसने लगीं खुसखुसाकर!

ग्रामसभा से संबंधित ऐसे दो-तीन अनुभवों के बाद कोपरा गाँव की महिलाओं ने आखिरकार पंचायत समिति के कार्यालय में बीडीओ से शिकायत की कि उन्हें ग्रामसभा की नोटिस दी ही नहीं जाती।

बीडीओ ने ग्रामसेवक को डपट लगाई, "अब से महिला मंडलों को अलग से सूचित किया जाए। सरकार इतने प्रयास कर रही है कि औरतों की सहभागिता बढ़े, और आप लोग रोड़े अटका रहे हैं। कल को यदि ये औरतें लिखित शिकायत करें, जिलाधिकारी से मिलें, समाचार-पत्रों में छपवा दें, तो कौन जिम्मेदार होगा?

अगली बार से ग्रामसभा की सूचना महिलाओं को भी दी जाने लगी।

दूसरे सत्र में इस बात पर चर्चा हुई कि महिला सरपंचों के विरुद्ध अविश्वास के प्रस्ताव रखने की पहल कौन करता है।

महिला सरपंचों के विरुद्ध अविश्वास के प्रस्ताव रखनेवालों में अधिक संख्या पुरुष उपसरपंचों की थी। उनके बाद क्रमशः ग्रामपंचायत के अन्य सदस्य, ग्रामसेवक, स्थानीय राजनेता, दूसरी जाति के लोग आदि का नाम आया। अविश्वास का प्रस्ताव रखने के लिए पुरुष सदस्यों को शराब के नशे में प्रलोभन दिए गए थे, तो महिला सदस्यों के लिए घर और जमीन के प्रलोभन ही काफी थे।

अब मुद्दा था उन उपायों का, जिनके जरिए अविश्वास के प्रस्ताव टाले जा सकते हों। रात को होनेवाली स्वतंत्र बैठक में इस संबंध में जानकार लोग विचार करनेवाले थे। परंतु मुझे अनुभवरहित तर्कों के आधार पर विचार करनेवालों की बजाय अनुभव सम्पन्न परंतु तर्कशुद्ध भाषारहित विचार रखनेवाली औरतों की बात सुनने में अधिक रुचि थी।

तब मैंने कहा, "तो अब इस बात पर कुछ विचार करें कि इस मामले में क्या उपाय किए जा सकते हैं?"

सुनकर भांबरेबाई तो उबल पड़ीं—"काहे के उपाय? अब कौन खड़ा होगा? कौन ऐसे झंझटों में पड़ेगा? भाई ने खुद आकर कहा, इसलिए यहाँ चले आए। अब न चुनाव चाहिए, न कोई सूचना या उपाय।"

पाँच-सात औरतों ने तुरंत उसका समर्थन किया।

तारूबाई ने कहा, "लोगों को पहले ही सोचना चाहिए। बाद में अविश्वास का प्रस्ताव रखने का मतलब ही क्या है? विश्वास हो तो मत दें, चुनें। बाद में ऐसा क्यों करते हैं?"

औरतों को शिक्षित होना चाहिए. गाँव के अन्य लोगों के विचारों पर भी ध्यान

दिया जाना चाहिए, जब तक गाँव के लोगों का भी समान अनुभव न हो, झूठी बातों के आधार पर पदच्युत न किया जाए। ग्रामसेवक की मनमानी को रोकने के लिए कुछ किया जाना चाहिए, संस्था के लोग सहायतापूर्ण सलाह देने का काम करें... आदि उपाय सुझाए गए।

इनमें से अधिकांश औरतों को प्रस्ताव रखे जाने के दिन तक यह मालूम ही नहीं था कि उनके विरुद्ध अविश्वास का प्रस्ताव रखा जानेवाला है। दो महिलाओं को तो मीटिंग के दौरान ही मालूम हुआ। जिन्हें पहले मालूम हुआ था, उनमें से तीन-चार औरतों ने कहा कि उन्होंने प्रस्ताव रोकने के लिए कोई प्रयास ही नहीं किए। पर कुछ महिलाएँ सीधे जिलाधिकारी या आयुक्त तक पहुँच गईं। एक ने बताया कि वह अपनी पार्टी के विधायक से भी मिलकर आई थी।

जाति और प्रदेश के अनुसार प्रत्येक औरत की भाषा अलग थी। मन में शब्दों की खिचड़ी बन रही थी। सब कुछ रिकार्ड तो कर लिया था, पर उसके आधार पर रिपोर्ट तैयार करते समय मुझे भी अच्छी खासी मशक्कत करनी पड़नेवाली थी।

सत्र के समापन के लिए महावीर ने 'समन्वय' की कावेरीदीदी चिटणीस को बुलाया था। अपने समापन भाषण में उन्होंने कहा, "महिला सरपंचों के विरुद्ध अविश्वास का प्रस्ताव रखते समय कहा गया है कि महिला सरपंच अपने कर्तव्य का ठीक-ठीक पालन नहीं करतीं और पंचायत द्वारा पारित प्रस्तावों पर कार्रवाई नहीं करतीं।

परंतु इन सरपंचों को काम करने योग्य वातावरण और अवसर कभी उपलब्ध नहीं कराया गया। उनमें ऐसी क्षमता का निर्माण ही नहीं किया गया कि वे भली-भाँति काम कर सकें। कानूनी मार्गदर्शन भी उन्हें नहीं मिला। इसीलिए उन्हें अविश्वास के प्रस्ताव का सामना करना पड़ा।

इस शिविर के अवसर पर हम कुछ ऐसे उपाय सुझानेवाले हैं, कि जिनके आधार पर ऐसे प्रस्ताव टालना संभव हो सके। उसमें से पहला और महत्त्वपूर्ण मुद्दा यह है कि महिलाओं के लिए 50 प्रतिशत स्थान आरक्षित हों..."

औरतें बेचैन होने लगी थीं। वे अब निकलना चाह रही थीं। उन्हें लग रहा था कि शाम होने से पहले निकल सकें, तो घर पहुँचने में रात नहीं होगी। जो दूर से आई थीं, उन्हें पुणे से दूसरी गाड़ी पकड़नी थी। दो-तीन ऐसी भी थीं, जो आज रहनेवाली थीं। जब इतनी दूर आई ही थीं, तो वे बारह ज्योतिर्लिंगों में से एक महाराष्ट्र में स्थित भीमाशंकर का दर्शन करना चाहती थीं।

चर्चा तो अच्छी हुई, पर मुझे संतोष नहीं था। पहली बात तो यह कि औरतों की संख्या काफी अधिक होने के कारण बहुत ही कम औरतों के साथ सीधे संवाद हो पाया था। वह भी अधूरा-सा लग रहा था। लग रहा था कि इन औरतों को फिर चुनाव के लिए खड़ा होना चाहिए और उन्हें इसके लिए तैयार करने का कुछ काम

तो इस शिविर में किया जाना चाहिए था।

दिन-भर कुर्सी पर बैठे-बैठे शरीर टूट रहा था।

औरतें तितर-बितर हुईं, तो कावेरीदीदी ने घंटे-भर दिमाग चाटा।

सच कहूँ तो मैंने ही सहजतापूर्वक उनसे कहा था कि, "स्वतंत्रतापूर्व काल में सामाजिक काम करनेवाले, स्वतंत्रता की लड़ाई में शामिल आदर्शवादी ऐसे लोग, जो बाद में राजनीति में न जाकर सामाजिक कार्य ही करते रहें, वे या तो अब रहे नहीं या किन्हीं कारणों से काम न करने की स्थिति में हैं। उनसे प्रेरित होकर सामाजिक कार्य करनेवाले लोग या तो व्यावसायिकता के फेरे में फँसे हैं या राजनीति में घुसे हैं, या फिर निराशाग्रस्त होकर किसी तरह अपना अस्तित्व टिकाए हुए हैं। स्वतंत्रतापूर्व काल से लेकर स्वतंत्रता के बाद भी तीस वर्षों तक किसी विचारधारा से संबंधित रहकर आप जैसे लोग कार्यप्रवृत्त रहे हैं। इनमें से कई लोग तो पूरा जीवन दाँव पर लगाकर काम करनेवाले लोग थे। परंतु उसके बाद की पीढ़ी यानी मेरी उम्र के जो लोग इस क्षेत्र में कार्यरत हैं, वे या तो उलझन में पड़े हुए हैं या सीधे-सीधे बीएसडब्ल्यू या एमएसडब्ल्यू जैसी उपाधियाँ लेकर सामाजिक कार्य के नाम पर नौकरी कर रहे हैं।"

कावेरीदीदी का चेहरा कुछ परेशान दिखा। शायद वे यह अनुमान नहीं लगा पा रही थीं कि मैं उनके अनुकूल बात कह रही हूँ, या आलोचना कर रही हूँ। माथे पर प्रश्नचिह्न की सिलवट दिखाई देती रही।

तब मैंने ही आगे कहना शुरू किया, "आज हमारे सामने ऐसी कोई विचारधारा नहीं है, जैसी कभी आपकी पीढ़ी के सामने हुआ करती थी। हमारी पीढ़ी सारे वादों की व्यर्थता का अनुभव कर रही है, फिर चाहे वह समाजवाद हो, मार्क्सवाद हो या हिन्दुत्ववाद हो। समय के अखंड प्रवाह में ये सारे छोटे-बड़े विचार प्रवाह पीछे छूटते गए और उनके स्थान पर नए विचार प्रवाह उतनी तीव्रता से सामने नहीं आ पाए। हम बह तो रहे हैं, पर दिशाहीन हैं। हमारे घर के या हमारे परिसर के लोग किसी एक दिशा में जा रहे थे और हम उनके पीछे चल रहे थे, केवल इसलिए हमारे माथे पर उस दिशा की मुहर लग गई। हममें से भला किसे मूल दर्शन ज्ञात है? इस पीढ़ी में भला ऐसे कितने लोग हैं, जिन्होंने सब कुछ पढ़कर, समझकर अपने विचारों को पुख्ता किया है? और, काम करने के लिए निश्चित विचारों की नींव न हो, तो दीवारें कमजोर होती हैं, काम संकुचित होते हैं। मुझे कम-से-कम आज तो यही लग रहा है कि अपने कार्य के मूल में कोई विचार पद्धति और निश्चित दर्शन अवश्य होना चाहिए। अन्यथा, हम जिन स्वयंसेवी संस्थाओं को मुजरिम के कटघरे में खड़ा करते हैं, उनके काम की तरह हमारा काम भी संदर्भहीन और निरर्थक हो जाएगा।"

वे अपने समय की राजनीति और उस राजनीति में स्त्रियों के स्थान के बारे में बताती रहीं।

वे अपने विचार व्यक्त कर रही थीं कि चाहे स्वतंत्रता आंदोलन हो या तिभाग नामक स्थान पर हुए किसानों के जैसा विद्रोह सभी में स्त्रियों की सहभागिता महत्त्वपूर्ण रही है। इस पर भी, आज की राजनीतिक निर्णय प्रक्रिया में और विविध स्तरों पर संसदीय संस्थाओं में स्त्रियों की स्वतंत्र सहभागिता और प्रतिनिधित्व बहुत ही कम है। यदि औपचारिक राजनीति में महिलाओं का पदार्पण दृढ़तापूर्वक होना जरूरी है, तो राजनीतिक प्रेरणा और आंदोलन का समर्थन—दोनों की आवश्यकता है। वे विस्तारपूर्वक विवेचन कर रही थीं कि स्वतंत्रताकाल में आंदोलन में सहभागी महिलाएँ राजनीति के बजाय समाज कार्य की ओर क्योंकर मुड़ गईं।

एक स्वतंत्र व्याख्यान!

हम दोनों ही बात कर रही थीं।

सच कहूँ तो वे बोल रही थीं और मैं सुन रही थी।

महावीर दो बार झाँक कर गया। मैंने उसकी आँखों में कुछ भयपूर्ण संदेह देखा। शायद उसे चिंता हो रही थी कि आखिर क्या बातें हो रही हैं।

रात को ऐसे वरिष्ठ कार्यकर्ताओं की, नेताओं की, विचारकों की और प्राध्यापकों की फिर से बैठक होनेवाली थी, जो उपाय सुझाने के लिए रुके हुए थे।...मजे की बात यह कि पिछले दो दिनों के शिविर में इनमें से कोई भी उपस्थित नहीं था।

शाम को कुछ फुरसत मिली।

गेस्टहाऊस के पीछेवाली खुली पहाड़ी पर चढ़ गई।

कई उतार-चढ़ाव। बीच-बीच में सपाट सतह...अलग-अलग रंग की छटाओं को समाविष्ट करनेवाली।

मैं अकेली ही।

आसपास कोई नहीं।

केवल हवा। शरीर के आर-पार जाती हुई।

सर्वत्र बिखरी ठंडक।

हवा का ठंडा स्पर्श ऐसी विलक्षण अनुभूति से सराबोर था, कि शरीर पर पहने कपड़े भी बोझ लगने लगे।

और एक सतह पर अचानक ही सुबह देखे ग्लेरिशिडी के फूलों का जंगल ही सामने खड़ा दिखाई दिया।

छनती हुई नाजुक रोशनी और पंछियों की चहचहाट। पैरों तले सूखे फूलों की झरी हुई पंखुडियों का ढेर था। ललाई लिए जामुनी रंग में से अब केवल नीले रंग का कुछ अंश उनमें बाकी था और सफेदी पीलेपन की ओर झुकी हुई।

लगा, कि कभी-न-कभी मूल रंग इस तरह सामने आ ही जाता है।

एक काला पंछी एकाएक जंगल से उठकर तेजी से आकाश की ओर उड़ा, मन

को घायल कर देनेवाली सिसकारी के साथ।

मटमैले रंग में से बीच में ही झाँकनेवाला एक प्रस्तरखंड—किसी ठोस विचार जैसा।

मैं उस सूखी घास-पत्तियों पर स्तब्ध खड़ी।

मुझे ऐसा लग रहा था कि युवावस्था और प्रौढ़ता की सीमा पर खड़े किसी मजबूत मर्दाने सुंदर पुरुष से पहली मुलाकात हुई है और मैं उसके आकर्षण में फँसकर उसके अनजाने उसी को देखती रह गई हूँ...और वह शरारती मुस्कान के साथ, हाथ बाँधे चुपचाप खड़ा, सब कुछ समझते हुए भी ऐसे दर्शा रहा है मानो मेरे इस बचपने की ओर उसका ध्यान ही नहीं है।

फिर अँधेरा घिरने लगा और विवश होकर मैंने उतरने की राह पकड़ी।

बहुत हल्कापन महसूस हो रहा था।

कुछ क्षणों के लिए ही सही, मैंने भयरहित मुक्ति का अनुभव पाया था। ऐसे क्षण, जो पहले कभी नहीं आए थे और भविष्य में आने की भी कोई संभावना नहीं थी।

उतरते हुए रुककर आकाश की ओर देखा।

सिर पर से कौओं का एक जत्था सरसराते हुए गुजरा।

मन-ही-मन कहा, चलो, वैन गॉग का चित्र अब कहीं जाकर पूरा हुआ।

2

सुमेध से कहा, "देखो, शिविर में आई औरतों ने मुझे नया नाम दे दिया,...'फुला दीदी'।"

"चलो अच्छा हुआ। देखा, ये लोग सारा जीना ही इसी तरह सरल-सहज बना डालते हैं। समझ जाओगी तुम भी धीरे-धीरे। और सबसे बड़ी बात यह कि मेरे अनुमान की अपेक्षा काफी जल्दी तुम अभ्यस्त होती जा रही हो। वेल,...अब इसी तरीके से हमें महाराष्ट्र के प्रत्येक जिले का काम करना है। ठीक तरह से दो वर्ष की योजना बनानी है। अब इस पहले शिविर की रिपोर्ट विस्तार से लिख लो। कागज के एक तरफ कामकाज का विवरण लिख लेना। तुम्हें प्रत्यक्ष काम करते समय किन बाधाओं का सामना करना पड़ा, वह भी लिखो, यदि पद्धति में कोई परिवर्तन सुझाना चाहो, तो उसका भी उल्लेख कर देना। अभी जो पद्धति अपनाई थी, वह तात्कालिक थी। केवल एक टेबल वर्क। जब हम प्रत्यक्ष कार्यक्षेत्र का अनुभव लेते हैं, तब बहुत-सी बातें बदल जाती हैं।"

"सच है। अरे, उस दिन मैं हिरडेवाड़ी में तारूबाई के यहाँ गई थी न, तब..."

"जरा रुको। मैं अभी ये फैक्स भेज रहा हूँ। अर्जेंट है। तुम एक काम करो ना! सब लिख ही डालो। तो मैं एक साथ ही सब पढ़ लूँगा।"

"अं..हाँ, ठीक है।" मैं बुदबुदाई।

"फुला दीदी, शुरू-शुरू में ऐसा ही उत्साह होता है। ये मत समझना कि मैंने तुम्हारे उत्साह पर पानी फेरा है। तुम्हें हर बात अपने पति को बताने की आदत लगी है ना! अब वह तो है नहीं, तो कुछ दिनों तक तुम इसी तरह किसी न किसी को पकड़कर सारी बातें सुनाती रहोगी। बेहतर तो यही होगा कि लिखने की आदत डाल लो। और हाँ,...तुम्हारी तकदीर अच्छी थी इसलिए उन औरतों को तुम्हारे नाम का अच्छा शॉर्टकट मिल गया। वर्ना, कटे हुए बालों के कारण अश्विनी को तो 'भोंडीबाइ' बना दिया था वड़गाँव की औरतों ने।"

मेरी हँसी छूट गई।

रात की मीटिंग याद आई। मीटिंग क्या थी, बातचीत तो जैसे सभी भाषाओं का निचोड़-सा था। माथा इतना ठनक रहा था सब कुछ सुनकर, कि बाद में ठीक से नींद भी नहीं आई। यदि मैंने यह बात रेवती को बताई होती, तो उसने कहा होता, "दिमाग को भी कसरत की जरूरत होती है प्रफुल्ला। विचार करने, निर्णय लेने, कुल मिलाकर बुद्धि का इस्तेमाल करने की तुम्हारी आदत ही छूट गई है। भाषा के बोझिल होने का सवाल नहीं है, असलियत यह है कि तुम्हें इस प्रकार की वैचारिक भाषा सुनने की आदत नहीं है।"

दिन-भर कुर्सी पर बैठे-बैठे शरीर अकड़-सा गया था। इसलिए इस समय हम सब नीचे दरी बिछाकर बैठे हुए थे।

"भारतीय स्त्री की मुख्य समस्याएँ आज भी शौचालय, स्वास्थ्य, पानी, रोजगार, गरीबी के कारण होनेवाली भूखमरी और कुपोषण से ही संबंधित हैं। भारतीय स्त्रियों में निरक्षरता की मात्रा 60.6 प्रतिशत है।" कावेरीदीदी ने कहना शुरू किया था।

ऐसे लगा जैसे दाँतों तले कंकड आ गया हो। दीदी ने तो एकदम उलटा ही क्रम बताया। यहाँ तो गरीबी के कारण होनेवाली भुखमरी और कुपोषण को पहले क्रमांक पर होना चाहिए। रोजगार, पानी, स्वास्थ्य और शौचालय तो बाद में।

खैर। अलग विचारों को मन से दूर रखकर चर्चा की तरफ ध्यान देना जरूरी था। नोट्स बनाने थे।

प्राध्यापक डॉ. सयाजी जाधव ने कहा था, "पंचायत के कामकाज में ही नहीं, बल्कि राजनीतिक या सामाजिक संदर्भों की दृष्टि से आवश्यक कामकाज में भी अपनी सहभागिता के लिए अत्यावश्यक ज्ञान और सुयोग्य प्रशिक्षण इन औरतों के पास नहीं होता। इसलिए ये औरतें अक्सर अपनी सत्ता का पूरा और योग्य उपयोग नहीं कर पातीं। देखा गया है कि कठिनाई के समय इन महिलाओं की सहायता करने की बजाय सरकारी अधिकारी उन्हें गुमराह करने का ही काम करते हैं। फिर भी,

अटकते-अटकते ही सही, अपने अधिकारों और प्राप्त सत्ता का उपयोग करना ये निर्वाचित महिलाएँ धीरे-धीरे सीख रही हैं। जरूरत इस बात की है कि हम उनके लिए विधिवत् प्रशिक्षण कार्यक्रम आयोजित करें।"

जाधवजी एकदम दुबले-पतले व्यक्ति हैं। गाल धँसे हुए। हमेशा ऐसे दिखाई देते मानो अकालग्रस्त इलाके से आए हों। मोटे काँच का चश्मा आँखों पर। आजकल उनकी नजर और भी कमजोर हो गई है। दो बार ऑपरेशन कराने से भी कोई विशेष लाभ नहीं हुआ है। इसलिए हमेशा किसी न किसी को साथ रखना पड़ता है। पढ़ने-लिखने के लिए दूसरों पर निर्भर रहना पड़ता है। पर कुल मिलाकर पढ़ाकू आदमी ठहरा।

'तेजस्विनी महिला विकास संस्था' की श्यामलादीदी पाटील चर्चा के लिए आई थीं। उनका काम महिलाओं से संबंधित था, वह भी अधिकांशतः शहर स्तर पर। राजनीति में सक्रिय महिलाओं के प्रशिक्षण के लिए हाल ही में उन्हें एक मोटी रकम मिली थी, इसलिए उनकी संस्था ने अब प्रशिक्षण शिविरों का आयोजन करना शुरू किया था। परंतु फिलहाल उन्होंने अपना ध्यान शहरों पर...यानी नगरपालिका में निर्वाचित महिलाओं पर केन्द्रित किया था।

उन्होंने कहा, "यह आरोप सचमुच महत्त्वपूर्ण है कि महिला प्रतिनिधि न तो स्वतंत्र रूप से कोई निर्णय ले पाती हैं, न कामकाज में भाग ले सकती हैं। यदि हम व्यावहारिक दृष्टि से विचार करें, तो मानना होगा कि अनुभवहीन महिला प्रतिनिधि यदि अपने रिश्तेदार या सहकर्मी पुरुषों से सहायता लेती हैं, तो इसे आपत्तिजनक या गलत समझना उचित नहीं है। बल्कि मेरा तो साफ मानना है कि प्रारंभिक अवस्था में यह आवश्यक ही होता है। इसी तरह तो इन महिलाओं को धीरे-धीरे काम का अनुभव मिलता जाएगा और अपने अधिकारों के प्रति जागरुकता बढ़ेगी। कम-से-कम आज की घड़ी में यह कहना गलत होगा कि पुरुष सहकर्मियों की सहायता के कारण महिलाओं की स्वायत्तता को खतरा है।"

"यह तो मैं भी मानता हूँ।" बाजीराव घाटगेजी ने कहा। "महिलाओं ने अभी-अभी तो राजनीति के पाठ पढ़ने शुरू किए हैं। गलतियाँ करते हुए वे इन प्रत्यक्ष अनुभवों से ही तो सीखेंगी और अपने बाद आनेवाली बहू-बेटियों को यानी कि निर्वाचित होनेवाली अगली पीढ़ी की महिलाओं को भी अपना अनुभव देंगी। इसी से उन्हें आत्मविश्वास प्राप्त होगा। उनकी आत्मजागृति होगी और उन्हें आत्मबोध भी होगा।"

"कहाँ का आत्मबोध बाजीरावजी?" राजश्री सातपुते ने कुछ चिढ़कर कहा। महावीर ने मुझे बाद में बताया कि वे हमेशा इसी तरह बात करती हैं। "महिलाओं के विकास की परियोजनाओं के अन्तर्गत हम आखिर करते क्या हैं? यही न कि अचार और पापड बनाने का प्रशिक्षण देते हैं। अब, इन महिलाओं के लिए हम

प्रशिक्षण शिविरों का आयोजन करते हैं यानी क्या करते हैं? हम बोलते हैं और वे सुनती हैं। ऐसा प्रशिक्षण नहीं चाहिए कि कोई आए, और व्याख्यान देकर चला जाए। इन महिलाओं को बोलने देना जरूरी है। उन्हें आपस में संभाषण करने दिया जाना चाहिए। साथ ही, मुझे ऐसा महसूस होता है कि व्यापक स्तर पर महिलाओं के संगठन का पुनर्गठन भी किया जाए।"

राजश्री पिछले पन्द्रह वर्षों से विविध संस्थाओं में काम का अनुभव ले रही थी। उसकी किसी से ज्यादा निभती नहीं थी। इसलिए हमेशा ही कभी यहाँ तो कभी वहाँ नजर आती थी। जो काम हाथ में लिया है, उसे पूरी ईमानदारी और आत्मीयता से करती थी, लेकिन उसमें इतना हौसला नहीं था कि अपना खुद का कोई काम शुरू कर सके।

इसके विपरीत बाजीरावजी सालों से एक ही संस्था से जुड़े हुए थे, किसी सरकारी कार्यालय के कर्मचारी की तरह।

"लो और सुनो। जो हैं, क्या वे संस्थाएँ और संगठन काफी नहीं हैं? महाराष्ट्र-भर में दो-चार हजार संस्थाएँ तो होंगी ही। एक और संगठन बना लेने से क्या होगा?" बाजीरावजी ने कहा।

"मैंने नई संस्था की स्थापना की बात तो की ही नहीं है। मैंने संगठन का पुनर्गठन कहा। जो सामाजिक संस्थाएँ, संगठन या राजनीतिक पार्टियाँ हैं, उन्हें चाहिए कि वे महिलाओं के मुद्दे पर एकत्रित रूप से विचार करें।" राजश्री परेशान हो गई थी।

कावेरीदीदी को भाषण के लिए एक मुद्दा मिल गया। वे शुरू हो गईं...

"आज तक के इतिहास को देखें तो किसी भी पार्टी ने विचारपूर्वक और प्रयत्नपूर्वक महिलाओं में नेतृत्व-गुणों का विकास नहीं किया। जिन महिलाओं ने राजनीति में अपने काम और व्यक्तित्व की धाक जमाई, वे अपेक्षाकृत ऊँची जाति और ऊँचे वर्ग की थीं। सोनिया गाँधी या मनेका गाँधी जैसी महिलाओं को इस क्षेत्र में आने का अवसर अपने पति को खो देने के बाद ही मिला। हमारे यहाँ महिलाओं के राजनीति-प्रवेश की यही प्रचलित प्रक्रिया है। दूसरा उदाहरण है फूलनदेवी का। उसे भी राजनीति में आने का अवसर मिला, लेकिन जीवन-भर अत्याचारों की चरमसीमा झेलने के बाद। और, पद मिलने के बाद भी स्त्रियों के राजनीतिक कर्तृत्व की ओर कहाँ तक ध्यान दिया जाता है? अपने यहाँ अब भी महिला को केवल एक औरत के रूप में ही देखा जाता है। अपने यहाँ के एक अंग्रेजी समाचार-पत्र ने सोनिया गाँधी को 'सेक्सी' का विशेषण दिया। इसे लेकर राज्य में काफी हो-हल्ला मचा। बाद में इस समाचार-पत्र ने लीपापोती की कि इस शब्द का प्रयोग 'सुंदर' के अर्थ में किया गया था। फूलनदेवी के साथ भी यही हुआ। हमारे प्रसार माध्यमों के लिए यह बात महत्त्वपूर्ण रही कि वे फेशियल करती हैं, सजी-धजी रहती हैं। उनकी

शादी, गृहस्थी, जायदाद संबंधी झगड़े आदि को लेकर समाचार-पत्रों ने अपने कॉलम रंग डाले। इस संबंध में एक शब्द भी नहीं लिखा गया कि निर्वाचित होने के बाद क्या उन्होंने कोई काम किया? यदि हाँ, तो उस काम में उन्हें कौन-सी कठिनाइयाँ आईं? उन्हें किस तरह दूर किया गया? राजनीति में महिलाओं के स्थान की तुलना में राजनीति में सक्रिय महिलाओं का स्त्रीत्व ही हमेशा अधिक महत्त्वपूर्ण रहा है। आजकल का तीसरा प्रचलित कारण है पति या उसकी चौकड़ी के हितों की रक्षा के लिए पद पर आसीन की गई महिलाएँ। ऐसी राबडीदेवियाँ तो हमें हर गाँव में मिल जाएँगी।

अपने देश में किसी भी पार्टी का गठन करने या उसकी नीति तय करने के दौरान क्या कभी महिला कार्यकर्ताओं के बारे में विचार किया गया है?"

यहाँ हम गाँव के संबंध में विचार करने के लिए एकत्र हुए हैं और कावेरीदीदी तो हर बात में देश का विचार ही सामने ला रही हैं। मैंने सोचा।

"ऐसा नहीं कि सभी जगह ऐसी ही स्थिति हो। आदिवासियों के प्रश्नों को लेकर काम करनेवाली प्रतिभा शिंदे, सुरेखा दलवी, मछुआरों के प्रश्नों को लेकर काम करनेवाली विद्या चव्हाण आदि पार्टी द्वारा निर्मित नेतृत्व के ही उदाहरण हैं। हमारा पक्ष इसके लिए प्रयत्नपूर्वक शिविरों या कार्यशालाओं का आयोजन करता रहता है।" सबनीसकाका ने कहा। शायद वे यह सूचित करना चाहते थे कि उनका पक्ष उनमें से नहीं है।

"समझौता करनेवाले लोग कभी भी नेता नहीं बन सकते और महिलाओं के लिए तो समझौता ही एकमात्र विकल्प होता है।" राजश्री ने फिर आवाज ऊँची की।

वैसे देखा जाए तो वहाँ बहुत ही कम लोग थे। रात का शांत समय। आसपास केवल खुले पहाड़ और जंगल। कहीं कोई आवाज नहीं। ऐसे में यह इतनी जोर से क्यों बोल रही है? क्या इसे ऐसा लगता है कि जोर से बोलने पर लोग उसकी बात मान लेंगे?

पर वह बोले जा रही थी। "हमारी राजनीतिक व्यवस्था महिलाओं को 33 प्रतिशत आरक्षण देने का दिखावा करते हुए यह दर्शाती रहती है कि महिलाओं को राजनीति में लाने के प्रयास किए जा रहे हैं। लेकिन वास्तविकता यह है कि महिलाएँ हमेशा घर में ही बैठी रहें, इसके लिए उन्हीं में से कुछ लोग षडयंत्र रचते रहते हैं। सभी पक्षों के लोगों की शिकायत होती है कि चुनाव जीतने की दृष्टि से महिला कार्यकर्ता मिलती ही नहीं हैं। परंतु एक पक्ष की हैसियत से ये पक्ष महिलाओं के नेतृत्व विकास के लिए नगण्य प्रयास करते हैं!"

उसे रोकते हुए प्रा. डॉ. सयाजी जाधव ने कहा, "सभी जगह यही स्थिति नहीं है। पहले तो हमेशा ही यह कहा जाता था कि राजनीति में पड़ने की दृष्टि से स्त्री पर्याप्त सक्षम नहीं है। परंतु अब, कोई भी राजनीतिक पक्ष उसकी क्षमता को लेकर पहले जैसा शंकित नहीं दिखाई देता।"

"और फिर, राजश्रीदीदी, समझौते कहाँ नहीं करने पड़ते?" महावीर ने शांत और मँजी हुई आवाज में कहा। "बल्कि उन्हें बताया जाता है कि राजनीति में कुछ अलग ही समझौते करने पड़ते हैं। 'क्या इस प्रकार के समझौते करना आपके लिए संभव होगा?' यह प्रश्न पूछकर महिलाओं को डराने का प्रयास भी किया जाता दिखाई देता है। यानी, जो कुछ भी करना है, उस पर निर्णय करने का काम इन पक्षों ने महिलाओं को ही सौंप दिया है। फिलहाल तो यही रुझान दिखाई देता है कि सभी राजनीतिक पक्षों की भूमिका केवल सहयोगात्मक या शुभचिंतनात्मक ही रहेगी।"

कावेरीदीदी को महावीर का इतना बोलना कुछ अच्छा नहीं लगा। उन्होंने उसे बीच में ही टोका। कहा, "सारांश यही, कि महिलाओं को मूल निर्णय प्रक्रिया में शामिल करना ही पक्षों का उद्देश्य होना चाहिए। स्त्री-पुरुष समानता का महत्त्व उनकी समझ में आया तो है, पर उसे आचरण में उतारने की कोई इच्छा उनमें नहीं है। इसके बजाय वे यही सवाल उठाते रहेंगे कि अपनी संस्कृति, अपनी परंपरा आदि का क्या होगा, औरतों में क्या कोई लाज-शरम बाकी नहीं रही?"

"लेकिन महिलाओं को ही उतनी शिद्दत से यह महसूस नहीं होता कि उनके साथ अन्याय हो रहा है...इसमें हमारा क्या कसूर? सबसे बड़ी बात तो यह कि महिलाएँ ही मानती हैं कि उन्हें कोई शिकायत नहीं है।...यह मैं नहीं कह रहा... अपने राजनीतिक लोग ही इस प्रकार के उत्तर देते हैं। महिलाओं को अधिकार देने के मुद्दे पर तो वे ना-नुकुर करेंगे ही। जो औरत हम पर निर्भर है, वह अब हमारे सामने सिर उठाकर बात करे, यह बात किस पुरुष को गँवारा होगी?" बाजीरावजी कहने लगे।

"बाजीराव...क्या आपकी समझ में आ रहा है कि आप क्या कह रहे हैं?" श्यामलादीदी ने अपनी सहनशक्ति का परिचय देते हुए कहा। बाजीरावजी सकपकाकर चुप हो गए।

"आर्थिक विकास के लिए राजनीतिक अधिकार और राजनीतिक अधिकारों के लिए आर्थिक स्वावलंबन के इस चक्रव्यूह को भेदने के लिए महिलाओं को ही अथक रूप से दीर्घकालीन संघर्ष करना होगा! अब यह दृढ़तापूर्वक कहने का समय आ गया है कि हमें उपकार नहीं चाहिए, अधिकार चाहिए।" राजश्री ने अपनी भूमिका स्पष्ट करना शुरू किया।

उसके बाद चर्चा उत्तरोत्तर गंभीर होती गई।

रिपोर्ट का कुछ अंश लिखा। पर उसमें मन नहीं लगा। आखिर तय किया कि घर जाने के बाद ही आराम से लिखूँगी। इस रिपोर्ट की बजाय वड़गाँव की कुछ और ही बातें थीं, जो मुझे आकृष्ट कर रही थीं।

विशेषतः हिरडेवाडी!

शिविर की समाप्ति पर तारूबाई ने कहा, "फुला दीदी, हिरडेवाडी चलेंगी?"

"क्यों नहीं।" मैंने सहजता से उत्तर दिया।

"हो आइए। मैं भी आपसे यही कहनेवाला था। आज ऊपर की तरफ गोला-बारूद पहुँचाने के लिए जीप जा ही रही है।" महावीर हमारी बातें सुन ही रहा था।

"गोला-बारूद?"

"जी हाँ। सुरंग के लिए। हिरडेवाडी में खेत-तलैया बना रहे हैं। कल ही पता चला कि खुदाई करते समय बीच में बड़ी-सी चट्टान आ गई है...इसलिए काम रुक गया है। आप वहाँ अपना काम भी देख आइए।"

मैं यहाँ वास्तव में किसलिए आई हूँ? केवल शिविर के लिए या किसी और छानबीन के लिए? क्या मैं 'प्रगत' छोड़कर 'समन्वय' में आना चाहती हूँ? लगता था कि महावीर शायद अब तक मेरे बारे में कोई अनुमान नहीं लगा पाया है। फिर उसने मुझे कावेरीदीदी के साथ भी बातचीत करते हुए देखा है। इसलिए वह कुछ ज्यादा ही उलझन में पड़ गया था।

मैं उसके मन में उठनेवाले इस संशय को कुछ कुछ समझने लगी थी। पर तय किया कि खुद होकर कोई खुलासा नहीं करूँगी। इससे संशय कुछ और बढ़ जाता है, तो बढ़े। जो भी सचाई है, उसे अपने आप धीरे-धीरे मालूम होती रहेगी।

स्वयंसेवी संस्थाओं का वातावरण, कुल राजनीति, उद्देश्य, विदेशी धन, रिपोर्टें...पिछले तीन महीनों में ये सब बातें मेरी भी समझ में आने लगी थीं।

सुमेध ने ठीक ही कहा था। उसके अनुमान की अपेक्षा मैं बहुत जल्दी अभ्यस्त हो चली थी...और अपने अनुमान की अपेक्षा भी।

हिरडेवाडी के लिए निकले।

साथ में राजाराम था। जीप में पीछे की तरफ उसने गोला-बारूद की गठरी रखी और खुद आगे आकर बैठ गया। दूसरा साथी था घोरपड़े। तारूबाई और मैं।

मोड़ काटते हुए जीप घाट चढ़ने लगी। पहाड़ियों की कतारें अब नजदीक प्रतीत होने लगीं। धूप चढ़ी तो पहाड़ नीले से दिखाई देने लगे। मृगजल की तरह झूठे लगने लगे। हर मोड़ कोई नया ही दृश्य लेकर आता था। नीचे चमकता हुआ नदी का पानी। छोटे से बाँध की दीवार। उसके पार एकत्र पानी। कोई नन्हा-सा पक्षी तक कहीं नजर नहीं आ रहा था। घरों के छोटे-छोटे समूह। विकीर्ण झाड़ी। खुली जमीन।

एक बस्ती के पास रुके।

"औरतें हैं?" घोरपड़े ने पूछताछ की। "मुंबई से दीदी आई हैं। उन्हें बात करनी है।"

"नहीं हैं भाई। आज सारी बस्ती ही साखरपाना के लिए नीचे गई है।"

"साखरपाना यानी सगाई, है न?" मैंने अनुमान लगाते हुए घोरपड़े से पूछा। उसने स्वीकृति में केवल सिर हिला दिया।

परंतु राजाराम ने तुरंत सगाई की पूरी रस्म विस्तारपूर्वक बतानी शुरू की।

"चलो..." कहते हुए हम आगे बढ़ गए।

हमने सोचा था कि औरतों के मामले में एक छोटा-सा सर्वेक्षण किया जाए...कि राजनीति में प्रवेश के लिए वे कितनी उत्सुक हैं? मतदान के संबंध में वे किस तरह फैसला करती हैं? क्या चुनाव लड़ना उन्हें अच्छा लगता है? झेल पाती हैं? क्या वे अपने अधिकारों और कर्तव्यों को जानती हैं?

एक-दो गाँवों में जाकर इस संदर्भ में औरतों से कुछ बातचीत कर कुछ अनुमान लगाने का इरादा था।

तब उसके अनुसार प्रश्नावली तैयार करना आदि काम तो करने ही थे।

फिर अगले चरण में सर्वेक्षण। उसके साथ-साथ निर्वाचित महिलाओं के लिए शिविरों का आयोजन। इस काम को करते हुए गाँववासियों का प्रबोधन। परियोजना का स्वरूप कुछ इसी प्रकार का था।

यह सब मैं मन में सोच ही रही थी कि जीप रुकी।

"फुला दीदी, अब आगे पैदल चलना पड़ेगा। चलेंगी न? या फिर ऐसा करें कि ऊपरवाली बस्ती में ही बातें करते बैठेंगे, तब तक ये लोग नीचेवाली बस्ती में गोला-बारूद पहुँचा आएँगे।

"नहीं..नहीं...पैदल चलूँगी क्यों नहीं। और तारूबाई का घर भी तो देखना है।" कहते हुए मैंने उतरकर चलना शुरू भी कर दिया।

खेतों के चौकोर टुकड़े। पीले।

कहीं कहीं जलाई गई जमीन।

बाकी सब कँटीली डंडियाँ। नजर को भी जैसे चुभती हुईं।

खेतों की मेड़ पर से होते हुए आगे चले।

मजे से।

आधा घंटा चलने पर देखा सामने एक गहरी खाई।

"अब उतरना है नीचे।" राजाराम ने कहा।

अब तक सब चुपचाप से चल रहे थे। जीप में भी मुझसे या आपस में भी कोई विशेष बातचीत नहीं कर रहे थे। वे जो ऊपरवाली-नीचेवाली बस्ती की बात कर रहे थे, वह अब मेरी समझ में आई। पर सब इतने खामोश क्यों थे? क्या इन लोगों ने महावीर की तरह मुझे अपने में से एक नहीं समझा है? तो अब, इन लोगों से भी बात करनी होगी।

उतार शुरू हुआ।

नौसिखिए की तरह मैं बहुत सम्हलकर कदम रख रही थी।

'पगडंडी' शब्द का साफ मतलब सामने दिखाई दे रहा था।

पैरों के नीचे सूखे पत्तों का ढेर। पाँव रखते ही पिंडलियों तक धँस जाता था।

सूखे पत्तों का रंग अद्‌भुत था। सूखे हुए जामुनी रंग की ऐसी छटा तो मैंने केवल पैलेट पर ही देखी थी, एकाध बार कपड़ों पर...पर प्रत्यक्ष प्राकृतिक रंग पहली बार। वैसे सूखी घास-पत्ते कहने से आँखों के सामने केवल पीला रंग ही आता है। इस ओर ध्यान ही नहीं जाता कि सूखी पत्तियों के भी कितने रंग और उनकी कितनी छटाएँ हो सकती हैं।

सारी बातों को हम कितना साधारण बना देते हैं।

कॉलेज के रास्ते बरगद के पेड़ थे। शाखाएँ तो ज्यादा नहीं थीं, पर लाल फल खूब लगते थे। और सूखी पत्तियों में ललाई लिए हरी छटा...हरा पीला और लाल।

कालिदास महोत्सव में उज्जैन भेजने के लिए मैंने एक चित्र बनाया था... ऋतुसंहार के एक श्लोक पर आधारित...श्लोक कौन-सा था? याद नहीं।

हाँ, चित्र की याद है।

सब तरफ सूखी हुई पत्तियों का ढेर नाइफ से रंग दिया था...उस बरगद के नीचेवाली रंगसंगति में...और उसमें से बन रहा था हवा में उड़नेवाली एक बड़ी-सी पत्ती का आकार...पतझर से मिलता जुलता पर फिर भी अलग-सा प्रतीत होनेवाला...उस आकार में फिर वहीं पतझर...

उस समय क्या था मेरे मन में?

सारे ऋतुओं में से मैंने इसी ऋतु को क्यों चुना था?

या नियति ने मेरे लिए पहले से ही यह सोच रखा था और मैंने केवल उसे चुना?

जब मैंने बताया कि मुझे ये रंग कहाँ मिले, तो सर ने कहा, "तुम अच्छी चित्रकार बनोगी।"

अच्छी तो खैर क्या बनती...चित्रकार भी नहीं बन पाई। क्यों?

और बीच में ही एक बड़ी-सी काली चट्टान आई। अब इस पर से नीचे कैसे उतरा जाए? तब एक झुरमुट का आधार लेकर मैं कुछ बाजू हट गई। राजाराम आगे बढ़ा। नीचे उतरा। ऊपर से तारूबाई ने मेरा हाथ पकड़ा। मैं चट्टान पर बैठ गई। सरकते-सरकते नीचे उतरी। देखा कि कुछ दूरी तक ऐसे ही छोटे-बड़े पत्थर हैं। क्या सूखी पत्तियों की अपेक्षा यह आसान है? जब तक यह सोचूँ, रास्ता पथरीला हो गया और मैं घबरा गई। बार-बार पाँव फिसलने लगे। पैरों में सादे जूते थे। पर वे यहाँ काम नहीं आ रहे थे। बार-बार डर लगता कि अब गिरी, तब गिरी। आखिर जूते उतार कर हाथ में पकड़ लिए।

"दीदी, पाँव में बहुत चुभेगा...और पैरों में कुछ न पहनें, तो बाद में बहुत दर्द होता है।" राजाराम ने कहा।

"होने दो दर्द। बाद की बाद में। अभी तो ठीक तरह से चल सकूँगी न।"

"आपको आदत तो होगी नहीं।" तारूबाई ने कहा।

"जब कॉलेज में पढ़ती थी, तब हम पाँच-छह जने मिलकर खूब घूमते थे ऐसी पहाड़ियों पर। और मेरी एक पक्की सहेली भी थी, रेवती! हर रविवार को एक पहाड़ी पर जाया करते थे हम। इसे ट्रैक कहते हैं। तब काफी चढ़ाई-उतराई की है। एक बार तो सात पहाड़ों को पार किया था और लौटने में फिर उतना ही चलना पड़ा था। पर पिछले चौदह-पन्द्रह वर्षों में कहीं नहीं गई।"

"जरा सा सुस्ताने के लिए रुकेंगी?"

मैं हाँफ रही थी।

सब रुके।

छाँव थी। चट्टान पर ही बैठ गए।

"...और उस समय की बात ही कुछ और थी। अब उम्र ढलने लगी है। शादी हुई, फिर बेटा। वजन बढ़ गया। कद भी मेरा छोटा ही है। लंबे डग नहीं रख पाती। आदत नहीं रही। उन दिनों तो गिरने-विरने का ख्याल भी नहीं आता था...अब खुद को सम्हालने की आदत हो गई है।"

"आपके कितने बच्चे हैं दीदी?"

"एक...बेटा है।"

"एक ही?"

"हाँ।"

"दुबारा बच्चा नहीं हुआ?"

"होने नहीं दिया।"

"क्यों?"

"पति नहीं चाहते थे। शहर में ज्यादा बच्चे हों, तो मुश्किल होता है। आजकल तो कुछ लोग एक भी नहीं चाहते।"

"तो शादी क्यों करते हैं?"

"क्योंकि अपने समाज की आदत है इसलिए। कुछ लोग शादी करते भी नहीं, ऐसे ही साथ रहते हैं। पर उनके मन में भी डर होता है।" मैंने शांतिपूर्वक कहा।

वारली जनजाति में एक पद्धति प्रचलित है, जिसे 'खंदाड्या' या 'घरोरी' कहा जाता है। इसके अनुसार शादी के समय बेटे का बाप बेटी के बाप को दहेज देता है। दूसरे और भी खर्चे होते हैं। यदि किसी लड़के की यह हैसियत न हो, तो वे शादी किए बिना ही साथ रहने लगते हैं, बच्चे भी हो जाते हैं, और फिर, जब संभव हो, तब शादी कर लेते हैं। मेरे मन में प्रश्न उठा कि क्या ऐसी कोई पद्धति महादेव कोली जनजाति में भी प्रचलित है? मुझे तो यह पद्धति बहुत अच्छी लगी थी। विवाहसंस्था और कुटुंबसंस्था का जैसे कोई संबंध ही नहीं। विवाह बस एक धार्मिक घटना हो जैसे, न कि सामाजिक। तारूबाई से पूछा इस बारे में।

वह बोली, "हममें ऐसी पद्धति नहीं है। कुछ लोग घर जमाई बना लेते हैं। पर अब वह भी कम हो गया है। बच्चे पढ़-लिख गए हैं। उन्हें घर जमाई बनना अच्छा नहीं लगता। यदि कोई बनना स्वीकार कर भी ले, तो पहले अपने नाम पर खेती लिखवा लेता है।"

राजाराम और घोरपड़े बेचैन हो रहे थे। मुझे हँसी आ गई।

"क्या मैं बहुत भारी, किताबी बात कर रही हूँ? अब धीरे-धीरे हो जाएगी तुम्हारी तरह बोलने की आदत। शहर की आदत इतनी आसानी से, इतनी जल्दी कैसे बदल सकती है?"

दोनों हँसे।

कुछ और नीचे उतरने के बाद झाँककर देखा, गहरे...

बुरुश की मोटी, टेढ़ी-मेढ़ी लकीरें...पीली-सी जामुनी, ईंट के रंग की, हरी-नीली... छाया में इन्हीं की गहरी छटा। पेड़ों के लच्छे ऐसे दिख रहे थे जैसे हरी छटा के बड़े बड़े गुच्छे हों। तनों का पता ही नहीं चल रहा था। मजेदार डाइमेंशन था।

राजाराम ने कहा, "दीदी, देखिए, वहाँ लोग दिखाई दे रहे हैं न...वहीं चल रहा है अपने खेत-तलैया का काम। अपने को वहीं जाना है।"

लाल-नीली धोतियों के बिंदु दिखाई दे रहे थे।

"इतनी दूर?" मैंने अनायास कहा। नीचे फिर से झुककर देखा। लगा, मुश्किल है। पिछले डेढ़ घंटे से चल रहे हैं और अब तक आधी दूरी भी नहीं नापी। अभी और इसी तरह के रास्ते से नीचे जाना होगा?

"नहीं हो पाएगा दीदी, तो आप और मैं ऊपर वापस चलते हैं। राजाराम पहुँचा आएगा गोला-बारूद।" घोरपड़े ने कहा।

"वापस? नहीं।" मैं क्षण-भर के लिए रुकी।

तारूबाई खामोश। निर्विकार चेहरा लिए खड़ी।

"वापस नहीं जाएँगे अब। इतना तो आ ही चुके हैं न...जिस तरह इतना आए हैं, उसी तरह आगे भी चलेंगे। पर आप लोगों को देर हो जाएगी...मेरी चाल से कदम मिलाते हुए...पर अब वापस नहीं जाना है। क्या होगा? ज्यादा से ज्यादा यही न कि शायद मैं नीचे गिर पड़ूँ और तुम्हें मुझे झोली में डालकर ले जाना पड़े, जैसे बीमार को ले जाते हैं। चलेगा न?" मैंने हँसते हुए पूछा।

तारूबाई के चेहरे से तनाव गायब।

"तुम्हें गिरने दूँगी भला? आओ, मेरा हाथ पकड़ लो। आते समय एक अच्छी लकड़ी दे दूँगी सहारे के लिए।" तारूबाई ने उत्साह से कहा।

रास्ते में एक झोपड़ा दिखाई दिया। पर वहाँ कोई नहीं था।

"वे हर्रे बीनने जाते हैं।" तारूबाई ने बताया।

"एक दिन में कितने जमा हो जाते हैं?"

"चार पाँच किलो हो जाते होंगे।"

"उससे कितनी कमाई होती होगी?"

"दो रुपये किलो।"

"क्या कहा? सिर्फ दो रुपये?"

पूरा दिन मेहनत करने के बाद इन्हें मिलते हैं आठ या दस रुपये...क्या दो वक्त की रोटी भी ठीक तरह से मिल पाती होगी?

मेरी आँखों के सामने अपने घर का महीने-भर का खर्च घूमने लगा। सारे आंकड़े हजार में...फिर भी हम मितव्ययिता जैसे शब्दों का इस्तेमाल करते हैं...

और यहाँ?

पहले जब बिट्टू छोटा था, तब उसकी देखभाल के लिए साहब गाँव से आठ-दस साल की एक लड़की ले आए थे। सब उसे ताईबाई कहते थे। बेटी होने के कारण नाराजगी से उसका नामकरण भी नहीं किया गया था...उसके बाद बेटा पैदा हुआ तो ये ताईबाई कहलाने लगी। हमारे घर में महीने का पूरा किराना भरा रहता है, यह बात भी उसे कितनी अद्‌भुत लगी थी।

आज पता नहीं क्या-क्या याद आ रहा था। वह सब भी, जिसका होना भी मैंने भुला दिया था।

आखिर उतार खत्म हुआ। पर यह ख्याल भी आया कि इसे चढ़कर ही वापस जाना होगा।

"यहाँ और कौन-कौन से काम करती हैं औरतें?"

"खेती के काम...जैसे खरपतवार निकालना, रोपाई, बोवाई, जमीन को जलाना आदि।" तारूबाई ने बताया।

"क्या औरतें हल नहीं चलातीं?" मैंने कुछ शरारत से पूछा। लगा कि अब वह कोई धार्मिक कारण बताएगी...या कहेगी कि यह काम औरतों के बस का नहीं।

पर तारूबाई पहुँची हुई चीज थी। कहा, "यदि हल भी औरतों को ही चलाना हो, तो पति की जरूरत ही क्या है?"

मैं अवाक्।

केवल ग्यारह घरों वाली छोटी-सी बस्ती...यहाँ की भाषा में कहें तो वाड़ी। बाँध बनते समय कई परिवार यहाँ से जाने कहाँ-कहाँ चले गए। जिनकी खेती-बाड़ी बच गई थी, वे लोग हठपूर्वक यहीं रह गए। फिर से घर बनाकर। नदी के उस तरफ कुछ घरोंवाली ऐसी ही एक और बस्ती थी। वहाँ पहुँचने के लिए नाव से नदी पार करने के अलावा और कोई रास्ता ही नहीं था। यानी, यहाँ की तुलना में वहाँ की हालत और बुरी होगी।

आते समय पहाड़ पर से दिखाई देनेवाला और पल-पल रंग बदलनेवाला, बाँध में जमा पानी का नजारा देखते ही रहने का मन कर रहा था। राजाराम ने कहा, “तीन गाँव डूबे हैं उसके नीचे। एक गाँव में तो बाजार लगता था। ऐसा महत्त्वपूर्ण गाँव जहाँ सबका आना-जाना लगा रहता था। जाने कब से वहीं बाजार लगता था। राधाबाई कई पुराने गीत जानती है, उसके गीतों में भी उस गाँव का नाम मिल जाएगा। शादी-ब्याह के कपड़ों की खरीददारी वहीं की जाती थी।”

”क्या नाम है उस गाँव का?” मैंने यूँ ही पूछ लिया।

“याद नहीं अब।” वह बुदबुदाया और खामोश हो गया।

बाद में राजाराम की अनुपस्थिति में घोरपड़े ने बताया, “उस गाँव का नाम है बाँठेगाँव। राजाराम वहीं का तो है। घर, खेती—उसका तो सब कुछ चला गया। लोग बिखर गए। कोई मुंबई तो कोई पुणे या नासिक पहुँचकर जो मिला, वही काम करने में लग गए। राजाराम का एक भाई पुणे के बस अड्डे पर कुली का काम करता है। बाप तो इसी तरह शोक मनाते हुए मर गया। चिटनीसजी ने इसे संस्था में काम दिया, इसलिए यही एक रह गया है यहाँ।”

खेत-तलैया का काम एक ओर चल रहा था और घर दूसरी तरफ थे। बीच में खेत। हम सीधे तालाब की तरफ ही चल पड़े। वैसे भी घरों की तरफ जाने से कोई लाभ नहीं था, क्योंकि घर खाली थे, सब लोग यहीं होंगे।

जिनके लिए यह तालाब बनाया जा रहा था, उन्हें ही मजदूरी देकर काम पर लगाया गया था। इटली की एक संस्था से आर्थिक सहायता मिली थी। पिछले तीन वर्षों में संस्था ने अब तक ऐसे पाँच तालाब बनाए थे और इसके बाद प्रतिवर्ष तीन तालाब बनाने का इरादा था। कुछ स्थानों पर पनढाल विकास, छोटे बाँध और कोल्हापुर पद्धति के बाँधों के काम चल रहे थे।

हमें देखकर एक-एक कर स्त्री-पुरुष जमा होने लगे। घोरपड़े गोला-बारूद लेकर उसे उड़ाने के काम में लग गया और हम विपरीत दिशा में दूर हटने लगे। चलते हुए तारूबाई ने सबसे परिचय कराया। सब लोग अभी-अभी खाना खा चुके थे। हमारा भोजन अभी नहीं हुआ था, पर कुछ खाने का मन भी नहीं था।

“ए...कला...तुम कुछ और दूर चली जाओ और इस दीदी को भी ले जाओ दूर” तारूबाई ने चिल्लाकर कहा।

वह गर्भवती और मैं मेहमान। शायद इसलिए हम दोनों की ज्यादा चिंता। मैंने मुड़कर देखा। वह सोलह-सत्रह साल की एक गर्भवती लड़की थी। हमारे मना करने पर भी और दूर भेज दिया हमें। हम चलते हुए एक पेड़ की छाया में बैठ गईं।

इतने में एक वृद्ध महिला ने पुकारकर कहा, “दूसरे पेड़ के नीचे बैठो। जरा ही देर में उस पेड़ की छाया पलट जाएगी। उस पेड़ का कोई भरोसा नहीं।”

क्या करते। फिर उठे। पर थोड़ी देर बाद देखा तो सचमुच उस पेड़ की छाया

सिमटकर जड़ के पास एकत्र होकर मुठ्टी-भर रह गई थी।

"कौन-सा महीना चल रहा है?" कला से मेरा स्वाभाविक प्रश्न था।

"सातवाँ"

"तालाब बनाने के काम पर लगी हो?"

"जी। काम तो करना ही पड़ेगा।"

"पहला बच्चा है?'

"जी।"

"प्रसव कहाँ होगा? यहाँ कोई दाई वगैरह तो होगी न?"

"नहीं। ऊपर की तरफ ही जाना पड़ता है। और, प्रसूति सुलभ हो, तभी दाई काम आती है।"

"पर ऊपर की तरफ भी अस्पताल नजदीक तो नहीं है। सीधे बाँध के पासवाली कॉलोनी में ही आना पड़ता होगा, है न?"

"जी। वैसे ऊपर की तरफ हिरडेवाडी में एक दाई है। पर अब वह भी बूढ़ी हो चुकी है। कहती है कि आँख से दिखाई नहीं देता।"

"मायका कहाँ है तुम्हारा?"

"है। बाँध के दूसरी तरफ गाँव है। पर वहाँ की हालत भी ऐसी ही है।"

"पढ़ी-लिखी हो?"

"जी। दसवीं पास हूँ।"

"और फिर भी यहाँ इस तरह..."

मैं बोलते हुए रुक गई। मैं कहना चाहती थी कि फिर भी ऐसी जगह पर पड़ी हो? यहाँ तुम्हारी पढ़ाई किस काम आएगी? अन्य अनपढ़ औरतों की तरह मजदूरी ही तो कर रही हो। ऐसे गाँव में शादी ही क्यों की? यहाँ न बिजली है, न पानी है, न सड़कें हैं और न आटा चक्की है। तुम्हारे बच्चों के लिए यहाँ पाठशाला भी नहीं होगी...और तुम्हारी प्रसूति कैसे होगी?...पर मैंने कुछ नहीं कहा। सोचा, मुझे यह सब कहने का अधिकार ही क्या है? वह भी तब, जब न कोई जानकारी है, न कोई परिचय...और प्रसूति के बारे में ज्यादा कुछ कहने-पूछने से बेचारी लड़की घबरा जाएगी। पहला बच्चा है। इतने लोग रहते हैं यहाँ, उनके भी तो बच्चे हुए ही। वे भी बीमार पड़े। जैसे वह निभ गया, वैसे ही यह भी निभ जाएगा।

फिर भोजन के समय अपने साथ कला को भी कुछ और खाने के लिए दिया। आज-आते समय ही राधाबाई ने चपाती-सब्जी साथ में दे दी थी। घोरपड़े और राजाराम अपनी हमेशा की आदत के मुताबिक खाकर ही चले थे।

सच पूछें, तो यहाँ आने का आज दोनों का ही मूड नहीं था। पिछले दो दिनों के दौरान चर्चा सत्र से संबंधित कई छोटे-बड़े काम उन्हें करने पड़े थे। कल रात हमारी मीटिंग भी हुई थी। यदि काम हो, तो आदमी को जागते रहने में मुश्किल नहीं होती,

पर बेवजह...यानी यदि कोई काम निकल ही आए तो...केवल इस संभावना को ध्यान में रखकर हमारे साथ उनका जागते रहना उनके लिए किसी सजा से कम नहीं था।

राजाराम से कहा था कि औरतों को एकत्र करे। पर धीरे-धीरे पुरुष भी आ बैठे सुनने के लिए। फिर बीच-बीच में उन्होंने भी कुछ न कुछ बोलना शुरू किया। शहर में इस तरह पुरुषों के सामने औरतों ने इतनी बातें न की होतीं। पर यहाँ औरतें बोल रही थीं। निस्संकोच। बल्कि उन्हें ऐसा कोई आभास ही नहीं था कि ऐसे कुछ विषयों पर इतनी खुली बातें नहीं की जातीं, उसमें कुछ शर्मवाली बात भी होती है। माहवारी की तकलीफ, प्रसूति, यहाँ डॉक्टर की सहायता न मिलना, परिवार-नियोजन...सभी विषयों पर सहज बातें हो रही थीं। दूर बैठी औरतें बोलते-बोलते नजदीक सरक आईं।

एक वृद्ध महिला थी। उसने कहा, "प्रसव पीड़ा शुरू हो जाए, तो औरत को झोली में डालते हैं। झोली को बड़े बाँस से बाँध देते हैं और चार लोग उठाकर ऊपर की तरफ ले जाते हैं।"

आँखों के सामने वह दृश्य तैरने लगा।

दिन पूरे होने पर प्रसव पीड़ा झेलती, कराहती-चिल्लाती औरत...पुरानी, फटी चादर से बनी झोली,...वह औरत स्थिर लेटी तो रहेगी नहीं...उसे इस पहाड़ पर चढ़ा ले जाना...बरसात में, कड़ी ठंड में भींगते-ठिठुरते...सम्हल-सम्हलकर, पाँव को फिसलने से बचाते हुए...जाने क्या हालत होती होगी उस औरत की, उसे उठानेवाले लोगों की, पेट में पल रही उस नन्हीं जान की...

तारूबाई ने कहा, "देखो फुला दीदी, तुम्हें हम यहाँ यूँ ही नहीं ले आए हैं, बल्कि यह सब दिखाने ले आए हैं। यदि यहाँ केवल सड़क भी बन जाए, तो हमारी कितनी सारी मुश्किलें हल हो जाएँगी। पानी के लिए हैण्डपंप लाना हो, तो उसे लाने के लिए सड़क नहीं है। बिजली के खंभे लगाने हों, तो सामान लाने के लिए सड़क नहीं है। ग्रामसेवक ध्यान नहीं देता, फॉरेस्टवाले सुनते नहीं। सड़क बनानी हो, तो कहते हैं कि जमीन फॉरेस्ट की है। उनकी लड़ाई खत्म नहीं होती, हमारी मुश्किलें हल नहीं होतीं। बच्चों की पाठशाला ऊपर की तरफ। यहाँ आंगनबाड़ी भी नहीं है। महीने में दो बार नर्सबाई ऊपर की बस्ती में आती है, यहाँ नहीं। कहती है, जरूरत हो, तो तुम लोग ऊपर आओ। यहाँ आज तक कोई नहीं आया, ग्रामसेवक भी नहीं। न कोई सरपंच आया, न पटवारी, न उसका साथी ग्रामरक्षक। कभी कोई नेता आए, संस्था से लोग आएँ, तो हमें ही ऊपर बुलाते हैं। पचास साल होने आए, यहाँ बाहर का कोई आदमी नहीं आया। महावीरभाई आए, उनके बाद ये घोरपड़े भाई...और अब तुम आई हो। लगा आधे में ही लौट जाओगी...पर पहुँच ही गई। अब आज यहीं रह जाओ और सब कुछ खुद देख लो।"

"हुश्श, तारूबाई, एक साथ कितना बोली हो। सुनते हुए मैं ही हाँफ गई..."

और कुछ न सूझा, तो मैंने कह डाला। सुनकर ही चकरा गई थी।

सब हँस पड़ीं।

वृद्ध महिला ने कहा, "वह तो ऐसी ही है। कलेक्टर के सामने भी घंटा-भर बात की। पर हुआ क्या?"

"ऐसी बात नहीं है आजी। मैंने तो मजाक किया था। यह सब देखने-सुनने के लिए ही तो इतनी दूर आई हूँ न मैं! और, किसी न किसी को तो बोलना ही होगा न? उसके बिना दूसरों को पता कैसे चलेगा? सबको अपने-अपने काम, अपनी परेशानियाँ होती हैं। यदि हम न बताएँ, तो ये लोग अपनी तरफ कभी ध्यान ही नहीं देंगे।

अब तारूबाई को ही देख लो। संस्था में आने लगी, शिविरों में आने लगी, तो उसे कितनी जानकारी मिली है। और आज उसी के कारण ही तो गाँव को इतना बड़ा तालाब मिल रहा है न?

अपनी जरूरतों, आवश्यकताओं के बारे में हमसे बेहतर कौन जान सकता है? हम सोचते हैं कि बड़े साहब हैं, पढ़े-लिखे हैं, कायदा-कानून जानते हैं...तो जो भी करना जरूरी है, वे ही समझ कर करें..."

बोलते-बोलते मुझे अपनी ही आवाज अपरिचित लगने लगी। मैं यह सब इन औरतों को बता रही हूँ या अपने आप को? समझ नहीं आया...कुछ भी...

बारूद का विस्फोट हुआ। पत्थर बहुत ऊँचे उठे।

तब हम सब उठीं।

बातें करते हुए तालाब तक पहुँचीं। काली सुंदर चट्टानें। कितने स्थानों से पानी रिस रहा था। पानी के झीने, पारदर्शी, नर्म-मुलायम परदे हौले से नीचे की तरफ जैसे ढुलक रहे थे...निःशब्द। वह तालाब किसी बड़े चौड़े घेर वाले कुँए जैसा लग रहा था। ऊपर पत्थर रचाते हुए अस्थायी मुंडेर भी बना ली थी। उस पर चढ़कर झुककर देखा। बहुत गहराई तक नहीं खोदना पड़ेगा...अभी ही इतने अच्छे झरने मिले हैं। चट्टानों की रचना देखते हुए ठहर गई। पहचान के लिए बीच-बीच में टहनियाँ लगाकर रखी हुई थीं। लगता था मानो वे चट्टानों से ही निकली हों।

मेरे देखने तक सब औरतें काम में जुट भी गईं। टूटी हुई चट्टान के टुकड़े चारों ओर बिखरे थे। पुरुष बड़े पत्थर उठाने लगे और औरतें पत्थर के टुकड़े टोकरी में भरने लगीं।

घोरपड़े और राजाराम को अब कहीं जाकर फुरसत मिली थी। वे हमारी बातचीत सुन रहे थे।

लगभग एक-डेढ़ घंटा हमने बातचीत की। एक तरफ मैं कुछ नोट भी कर रही थी। सब इधर-उधर हट गए, तो दो आदमी हमारे पास आए। तारूबाई से पूछा, "भाई

आए हैं, तो उनसे बात करूँ?"

"इससे अच्छा तो महावीरभाई से ही कहते। ये लोग क्या करेंगे, जाकर आखिर महावीर भाई से ही तो कहेंगे ना?"

"पर महावीर भाई तो इतने में इस तरफ आएँगे नहीं कह रहे हैं। तो इनसे ही कहकर देखते हैं।"

"हशाभाई, किसी दिन संस्था में आने में आपका क्या जाता है? एक दिन की मजदूरी गई तो गई। वैसे भी शराब में तो जाती ही है।" तारूबाई भुनभुनाई। पर फिर बोली, "ठीक है, जाकर एक बार बात कर लो।"

दोनों गए। बाप-बेटे थे। हशाभाई की नई बहू मायके भाग गई थी। चार महीनों में यह तीसरी बार हुआ। बार-बार समझाने कौन जाए? अब तो वह लौटना ही नहीं चाहती थी।

तारूबाई ने बताया कि अक्सर यहाँ शादी कर आई नई लड़कियों के भाग जाने की घटनाएँ होती हैं। महादेव कोली जनजाति सब तरफ फैली है। दूर की किसी लड़की को ब्याहकर लाएँ, तो उसे पहाड़-खाई चढ़-उतर कर पानी भरने, चालीस-पचास किलो अनाज का बोझ उठाकर पहाड़ पार कर पिसाने के लिए ले जाने की आदत होती नहीं। परिसर भी अलग। काम कर नहीं पातीं, तो भाग जाती हैं। तलाक देना ही पड़ता है।

लेकिन ऊपर की हिरडेवाडी में तलाक की संख्या कम है।

पहले यहाँ तलाक के लिए बिरादरी की ही पंचायत लगती थी। अब कोर्ट से हासिल करते हैं। फिर भी, यदि आपस में ही निपटाने की संभावना हो, तो प्रस्ताव रखकर दंड भरने के लिए कहा जाता है। जमीन औरत के नाम कर देते हैं। बकरी, गहने आदि कुछ लिया हो, तो वापस दे देते हैं। अब महादेव कोली जनजाति में शादी के समय लड़की को दहेज देने का रिवाज नहीं रहा। पहले तीन मन चावल, तीन आढ़क चने की दाल दी जाती थी। तलाक होने पर शादी के लिए किया गया खर्च वापस मिलता था।

हशाभाई ने कहा, "पत्नी को सम्हालने के लिए खर्च करो, पर पत्नी है कि फिर भी साथ रहती नहीं...ये हालत है।"

तारूबाई से पूछा, "इतनी सारी अड़चनों के बीच आप लोग यहाँ रहते ही क्यों हैं? ऊपर दूसरी जगह रहने क्यों नहीं चले जाते?"

"ऊपर भी कहाँ काम मिलता है? यहाँ थोड़ी ही सही पर हमारी जमीन तो है। जरूरत-भर का धान पैदा हो जाता है। फिर जो भी काम मिले, करते हुए जिया जा सकता है। ऊपर जाकर रहेंगे कहाँ? खाएँगे क्या?"

मैंने अनुभव किया कि कितनी सामान्य-सी बातें भी अब तक मेरे ध्यान में नहीं आतीं। मैं इनसे ये क्या सवाल पूछ रही हूँ?...पर किया भी क्या जाए? एक

साथ सारी बातें तो समझ आ नहीं सकतीं। एक विशिष्ट पद्धति से पैंतीस वर्ष जीने के बाद एकाएक सारी बातों से अलग कैसे हुआ जा सकता है?

तब बाकी सब कुछ मैंने दिमाग से झटक ही डाला। औरतों का एक-एक गुट बनाया और बोलना शुरू किया। एक ओर नोट कर रही थी। उनकी वर्तमान स्थिति... जीवन पद्धति...अड़चनें...विचार करने का तरीका...प्राथमिकताएँ...और फिर इन्हीं में से तो ढूँढनी थी उनकी राजनीतिक जानकारी और नेतृत्व क्षमता!

लौटते समय तारूबाई ने एक अच्छी सी लकड़ी ढूँढकर दी।

तारूबाई ने कहा, "बार-बार आओगी, तो चढ़ने-उतरने की आदत हो जाएगी। हाँ, बरसात में तुमसे नहीं होगा। चट्टानें टूटकर गिरती हैं। हमें आदत है, फिर भी हमारे लिए यह रास्ता मुश्किल हो जाता है। पर सब तरफ सुंदर हरा-भरा दिखाई देता है। अगली बार आओगी, तो अपने बेटे को भी ले आना।"

मैंने केवल गर्दन हिला दी।

सारे मर्द-औरतें ऐसे जमा हो गए थे, जैसे ससुराल जानेवाली लड़की को बिदा करने आए हों।

आजी की आँखें भर आईं। अपना खुरदुरा हाथ मेरे चेहरे पर फेरते हुए बोली, "मेरे घर चावल भी नहीं खाए। फिर आना रहने के लिए।"

"हाँ" कहते हुए मैंने कला से कहा, "भगवान करे, तुम्हारा प्रसव सुगमता से हो जाए। चाहे लड़का हो या लड़की...पर निर्विघ्न हो, यही बहुत है। नियमित रूप से गोलियाँ खाती जाना। तुमने कहा था कि रात को ठीक से दिखाई नहीं देता, वह इसलिए किसी जीवनसत्व की कमी है। डॉक्टर को ठीक से सारी बातें बताकर दवा ले आना। यदि मिले, तो रोज गाजर खाना।"

"उसे बताया है कि रोज चमगीदड़ की सब्जी खाने से रात में दिखाई देने लगेगा। हमने इतने साल यही तो किया है। आपके डॉक्टर-वॉक्टर तो अब आने लगे हैं। पहले था ही क्या? और डॉक्टर भी आखिर करता क्या है? मुझे तो उस पर भरोसा नहीं। पर ये नई लड़कियाँ मेरी बात मानती नहीं। कहती हैं कि उल्टी आती है।" आजी भुनभुनाई।

यहाँ से तुरंत निकलने का मन नहीं कर रहा था।

इतनी से देर में कला के साथ मन लग गया था। लगता था कि उसे अपने साथ ले चलूँ। कला ने भी काफी देर तक मेरा हाथ कसकर पकड़ रखा था। बिट्टू के जन्म के समय जब प्रसव पीड़ा सहन करना मुश्किल हो गया था, तब टेबल का स्टील का रॉड मैंने इसी तरह पकड़ रखा था।

उस समय उस बेजान रॉड़ का भी कितना सहारा महसूस हुआ था...

यह जानते हुए भी कि इसका कोई उपयोग नहीं है...

ठीक उसी तरह कला ने मेरा हाथ पकड़ रखा है। उसे इस बात का एहसास

भी है कि इसका कोई उपयोग नहीं होगा? मैंने उसका हाथ थपथपाया।

लौटने की राह पकड़ी।

घर पहुँचने पर पता चला कि अंजली के पाँव भारी हैं।

3

सच पूछा जाए, तो वड़गाँव से लौटते समय इतना अच्छा मूड बन गया था।

हालाँकि तबियत कुछ खराब हो गई थी। हिरडेवाडी से ऊपर चढ़ते हुए ही आवाज बदल गई थी। वह बेशुमार पतझड़...वह धूल...वह खाना जैसा पहले कभी नहीं खाया था...चढ़ते-उतरते समय शरीर से लिपटनेवाले झुरमुट...जाने किन-किन बातों का असर हुआ होगा। सारे बदन पर छोटी-छोटी फुंसियाँ निकल आई थीं और साथ ही तेज खुजली। इसके अलावा खाँसी भी और आवाज भारी।

घर पहुँचने पर सबसे पहले स्नान किया। रगड़-रगड़कर बाल धोए। सारे शरीर पर जैसे काली पर्त चढ़ गई हो। केवल मिट्टी। सफेद साबुन भी पहले काला हो गया। बंद बाथरूम में आराम से शरीर पर गर्म पानी उँडेलते हुए अपनी आदतन निश्चिंतता का एहसास हो रहा था।

फिर सीधे पहुँची डॉक्टर के यहाँ। कहा, “बहुत बेचैनी महसूस हो रही है। ये फुंसियाँ, यह खुजली और ये खाँसी। पर काम बहुत अच्छा रहा। सफर भी अच्छी तरह कटा। आत्मविश्वास का अनुभव कर रही हूँ। यदि यह काम न होता, तो मैंने क्या किया होता? पागल हो गई होती।” बोलते हुए रुलाई आने लगी।

डॉक्टर ने कहा, “कुछ और बात भी है अवश्य। अन्यथा इतनी-सी फुंसियों से इतना बेचैन होनेवालों में तो आप नहीं हैं।”

पिंडलियों में काली-नीली गाँठें बन गई थीं। वे उन्हें दिखाईं। पूरे शरीर में एक अजीब-सी कसक भरी हुई थी। क्या हो रहा है, वह ठीक से बताते नहीं बन रहा था।

“और क्या लग रहा है?”

“लगता है कि अभी तो यह सब काम मैं कर रही हूँ, ठीक है। पर उसमें रखा ही क्या है? मुझे वास्तव में क्या करना था? क्या यही करना था? यदि नहीं, तो सालोंसाल हम वही सब क्यों करें, जो नहीं करना चाहते? उससे तो अच्छा है, कि अब मर जाएँ। यदि यह मालूम न हो कि हम क्यों जी रहे हैं, तो मर जाना ही अच्छा है।”

“पर यह भी सोच देखिए कि मरना क्यों है?” डॉक्टर ने शांत स्वर में कहा।

मैं खामोश!

उन्होंने दवाएँ दीं, सुबह दो टिकिया, रात को दो।

वापस आई। शांता मौसी ने खाना बना रखा था। टीवी देखते हुए दोनों ने

खाना खाया। साथ-साथ शांता मौसी यह भी बताती जा रही थीं कि मेरी अनुपस्थिति में धारावाहिकों के पात्रों के जीवन में क्या-क्या हुआ।

बिट्टू को सम्हालनेवाली ताईबाई की शादी उसके बाप ने तय की, तो फिर से बिट्टू की सम्हाल का प्रश्न उठा। उसी समय शांता मौसी मिलीं। वे तब से यहीं हैं।

फिर साहब ने तलाक लेना तय किया, अंजली के साथ शादी करना तय किया। नौकरी का सवाल उठा, तो रिश्वत देकर पुणे स्थानांतरण करा लिया और पुणे में अंजली के साथ रहने चले गए।

बिट्टू को भी साथ ले गए। उसका स्कूल, उसका एडमिशन...सब कुछ पहले ही कर डाला था। कुछ कहने-सुनने के लिए बाकी ही नहीं था। आखिर बेटा तो उनका था, मैं तो केवल जन्म देनेवाली मशीन थी।

केवल शांता मौसी से मैंने कहा कि मेरे साथ रहें, काम छोड़कर न जाएँ।

और अब, मेरी अनुपस्थिति में साहब ने शांता मौसी को फोन किया था। कहा था कि अंजली के पाँव भारी हैं। वह घर में ज्यादा काम नहीं कर पाएगी। उसकी नौकरी भी चल ही रही है। फिर प्रसूति और बाद में बच्चे की देखभाल। कौन सब कर पाएगा? तो अब आप पुणे के घर में काम करने आइए, चाहे तो वेतन बढ़ा देंगे।

शांता मौसी ने सारी बातें आदत के मुताबिक विस्तारपूर्वक बताईं।

मैंने कहा, "अपना निर्णय आप खुद करें। मैं क्या कह सकती हूँ? अब तक मैं अपने ही निर्णय ठीक तरह से नहीं कर पाती। दूसरे, मैं आपको ज्यादा वेतन तो नहीं दे पाऊँगी। इसलिए अपने नफे-नुकसान के बारे में आप खुद सोचिए।

"पर मेरे जाने पर क्या आपको जरा भी बुरा नहीं लगेगा?"

"अब और क्या बुरा लगने वाला है मौसी? साहब चले गए, बिट्टू भी गया...जाने दो...उनके जीवन के बारे में वे ही तय करेंगे। मैं भला कब किसके काम आ सकती हूँ? रहूँ तो क्या, न रहूँ तो क्या! आप जल्दबाजी में कुछ फैसला न करें। ठीक से सोच समझकर निर्णय लें। मैं डॉक्टर के यहाँ हो आती हूँ।"

घर लौटने पर खाना खाया, टीवी और नींद।

सुबह सवेरे ही फोन खनखनाया।

साहब!

"यह क्या, अब तक सो रही हो?"

"नहीं।" मेरा शांत स्वर में दिया गया उत्तर।

"शांताबाई यहाँ कब आनेवाली हैं? उससे पूछकर बताओ। यहाँ का पता उसे ठीक तरह से लिखवा दो डायरी में। कहाँ उतरना होगा, कहाँ से रिक्शा लेना होगा, कितने पैसे लगेंगे, सब मैं ठीक से बता रहा हूँ, वह भी उसे लिखकर दो। या फिर,

ऐसा करो, उसे ही फोन दो, मैं उसे ही समझाता हूँ। तुम कुछ उल्टा-सीधा कर बैठोगी।"

मैंने शांता मौसी को पुकारा। उन्हें मौसी कहना या आदरपूर्वक बात करना साहब को पसंद नहीं। उनका कहना है कि नौकरों को नौकरों की जगह पर ही रखना चाहिए, ज्यादा सिर चढ़ाकर रखना ठीक नहीं। परंतु मैं शांता मौसी को कभी नौकर की हैसियत से नहीं बुला पाई और मौसी कहकर ही बुलाती रही।

उम्र में, अनुभव में मुझसे बड़ी किस्मत की मारी...बच्चा नहीं हुआ, तो पति ने छोड़ दिया, भाइयों के लिए बोझ बन गई, पढ़ी-लिखी तो थी नहीं...पर क्या इसलिए उसका कोई मान-सम्मान नहीं?

फोन शांता मौसी के हाथ में थमाया।

"मुझसे उधर आना नहीं हो पाएगा, साहब।" शांता मौसी की दो-टूक बात सुनकर मैं चौंक पड़ी।

"वह तो ठीक है साहब...पर अब ज्यादा वेतन लेकर मुझे करना भी क्या है? दौलत जमा कर मुझे किसके लिए छोड़ जानी है? और अब इस उमर में जच्चा-बच्चा की देखभाल का काम मुझसे नहीं हो पाएगा। आप कुछ और इंतजाम कर लीजिए..."

सुनते हुए भी मेरा कलेजा मुँह को आ रहा था।

साहब के साथ कोई इस तरह भी बात कर सकता है?

उस ओर से साहब ने शायद जोरदार फटकार लगाई। शांता मौसी ने रिसीवर मुझे थमा दिया। मेरा हाथ तो पहले ही काँपने लगा था।

"साली...क्या सिखा रखा है उस औरत को? दो कौड़ी की औरत मेरे सामने मुझे इनकार करती है? मैंने नौकरी पर न रखा होता, तो भीख माँगते घूमती होती या फोरास रोड पर सड़ती होती...पर उसे इतनी अक्ल कहाँ से आई? तुमने ही रोक दिया होगा उसे। तुम्हें अब तक उसके वेतन के पैसे भी मैं दिया करता था, अब वे नहीं मिलेंगे, याद रखना। उसे भी पता चले...नौकर रखने की तुम्हारी औकात ही क्या है...झख मारते हुए, हाथ-पाँव जोड़ते हुए पुणे आएगी। इनकार करती है...बाँझ कहीं की, चूतिया...और तुम भी याद रखना...दुबारा यदि ऐसा कमीनापन दिखाया तो...मुझसे पाला पड़ेगा।"

साहब ने फोन पटक दिया।

"शांता मौसी, क्यों साहब के साथ दुश्मनी मोल ले रही हो? वे कह रहे हैं, तो चली जाओ..."

"मुझे नहीं जाना वहाँ।"

"पर हर्ज ही क्या है? और दूसरी बात, आपका यहाँ का वेतन भी साहब ही भेजते हैं। अब कह दिया है कि वह भी नहीं भेजेंगे।"

"आप ये बताइए कि आपको मेरा यहाँ रहना पसंद है या नहीं?"

"पसंद क्यों नहीं होगा शांता मौसी? पर साहब... "

"तो फिर, अब आगे से आप मुझे वेतन न दें। इस घर में रहने और दो वक्त की रोटी के बदले काम करूँगी मैं। और वैसे भी, आपके यहाँ काम होता ही क्या है? पूरा दिन खाली ही तो बैठी रहती हूँ।"

"शांता मौसी..."

"सच दीदी, अब इस उम्र में कहाँ काम ढूँढती फिरूँ? काम मिले भी तो नए लोग, उनकी अलग आदतें...कहाँ किस किसके साथ पटरी बिठाती रहूँ? इतने साल आपके साथ रहने के बाद अब और कहीं जाने का मन नहीं करता। उस चुड़ैल के यहाँ तो हरगिज नहीं जाऊँगी। यदि आप ही ना कहें, तो कहीं और इंतजाम करना ही पड़ेगा। पर सच कहूँ, आप भी ना क्यों कहें? उन्होंने अब अपना अलग घर बसा ही लिया है, तो आपके जीवन में क्यों हस्तक्षेप करते हैं? आप तो नहीं देखने जातीं न कि वे वहाँ क्या और कैसे गुजारा कर रहे हैं?

"लेकिन पैसों का क्या? ऐसा नहीं कि मैं कुछ दे नहीं पाऊँगी...दूँगी...पर एक बार सारा हिसाब ठीक से देखना होगा..."

"तो देखिए। अकेली औरत को कितना और क्या लगता है? मेरा अब तक का वेतन आपने बैंक में जमा किया है, वह तो मेरे लिए मरते दम तक काफी होगा। बिना कुछ काम किए बैठे-बैठे खा सकती हूँ। पर अकेली कहाँ जाऊँगी, कहाँ रहूँगी और क्या करूँगी? और एक बात कहूँ आपसे, मुझ जैसी अनपढ़ औरत भी यदि अपना पेट पालने लायक कमा लेती है...तो आप तो पढ़ी-लिखी हैं..."

शांता मौसी अपने निर्णय पर दृढ़ थीं और ऊपर से मुझे नसीहत भी दे रही थीं।

"ठीक है, हो ही जाएगा कुछ न कुछ।" मैं बुदबुदाई।

रिपोर्ट लिखना शुरू किया।

यह काम मुझे अच्छा लगने लगा था अब।

पहले सोचो, फिर योजना बनाओ और फिर उसका कार्यान्वयन।

अन्यथा अब मेरा बचा ही क्या था?

कुछ छुटपुट लिखना होता था, पर वह नगण्य।

सब कुछ केवल भावुकता से भरा।

शब्द ही मेरी पहली और अंतिम कृति थे। वह करते समय भी चोरी-छिपे करना पड़ता...मन में यह भावना कि कुछ गलत, गुनाह कर रही हूँ।

दहशत।

हमेशा दहशत।

क्यों?

मन में सदा एक डर-सा, चाहे घर में रहूँ या बाहर।

साहब से पूछना होगा, साहब क्या कहेंगे? उन्हें क्या लगेगा? क्या यह उन्हें अच्छा लगेगा? पहले उन्हें ठीक लगे। कहीं नाराज हो गए तो? कहीं उन्हें पता चल गया तो? साहब के लिए...साहब को...साहब का...साहब के कारण...साहब... साहब...हमेशा सर्वदा साहब...केवल साहब...

सिर चकराने लगा। लगा कि सिर पर किसी ने प्लास्टिक का पारदर्शी थैला चढ़ा दिया है और एक वेगवान घोड़े पर बिठा दिया है। दिख तो रहा है सब कुछ, पर बोल नहीं पा रही हूँ। आवाज यदि निकलती भी है, तो बाहर नहीं पहुँच पा रही। अनजाने ही लगाम ढीली होती जा रही है। एहसास की पीठ से पकड़ छूटती जा रही है। रकाब में पाँव ठहर नहीं रहे। आजकल अपने आप पर से बार-बार पकड़ छूट रही है। यह समझ तो आ रहा है, पर कुछ कर नहीं पा रही हूँ। डर लग रहा है। डर। केवल डर।

वड़गाँव में पहाड़ पर उस अकेली साँझ में कितना निर्भय अनुभव किया था। उसके बाद कई दिनों तक यही लगता रहा कि अपना जीवन भी बदल ही जाएगा। अपनी मानसिक स्थिति भी बदल जाएगी। अब अपनी बाकी जिंदगी अपनी इच्छा के अनुसार जी सकूँगी। निर्भयता से।

पर यह अनुभव भी कितना नाजुक था। डर तो मेरे मन में जड़ जमाए हुए है और वह इतनी आसानी से उखाड़ कर नहीं फेंका जा सकता। फिर, वे दूर से भी मुझ पर निगाह रखे हुए हैं और मेरे भीतर से भी।

मैं डरती हूँ इसलिए वे डरा सकते हैं।

यदि मैं डरना ही बंद कर दूँ तो?

अब बंद करना ही होगा।

अविश्वास के प्रस्तावों के संबंध में हुई चर्चा के दौरान निश्चित किए गए उपायों को लिख रही थी मैं कि महिलाओं के लिए 50 प्रतिशत सीटें आरक्षित होनी ही चाहिए। इससे अविश्वास के प्रस्ताव जैसी घटनाओं के दौरान महिलाओं को संख्यात्मक समर्थन मिलेगा।

कानून, सरकारी योजनाओं के साथ-साथ महिलाओं को राजनीतिक नीतियों और दाँवपेचों का भी प्रशिक्षण दिया जाए।

ग्राम स्तर पर राजनीतिक सलाहकारों को तैनात किया जाए। इनमें अनुभवी राजनीतिज्ञों, कानून के जानकारों, शिक्षा विशेषज्ञों और स्वयंसेवी संस्थाओं में निरपेक्ष रूप से काम करनेवाले कार्यकर्ताओं का समावेश हो।

जो महिलाएँ पहली बार सरपंच पद पर चुनी जाती हैं, उन्हें कम-से-कम तीन

वर्ष का समय दिया जाए। इस काल खंड में अविश्वास का प्रस्ताव लाने पर कानूनन बंदी लगाई जाए। फिलहाल यह कालखंड केवल एक वर्ष का है।

ग्रामसभा में भी अविश्वास के प्रस्ताव पर चर्चा की जाए और ग्रामसभा की राय पर भी जिलाधिकारी विचार करे।

गरीबी रेखा के नीचे की जो महिलाएं सरपंच बनती हैं, उन्हें मानदेय मिले।

ग्राम पंचायतों से संबंधित सरकारी अधिकारियों. विशेषकर ग्रामसेवक और ग्राम विकास अधिकारियों को स्त्री विषयक समझदारी का प्रशिक्षण दिया जाए और उनके मन में स्त्रियों के संबंध में सकारात्मक दृष्टिकोण का निर्माण किया जाए।

महिला सरपंचों के साथ होनेवाले अन्याय के विरुद्ध न्याय माँगने के लिए जिलाधिकारी के कार्यालय में एक स्वतंत्र कक्ष की स्थापना की जाए और उनकी शिकायतों पर समय पर ध्यान दिया जाए।

साहब का फोन था।

"क्या कर रही हो?"

"काम।"

"कौन-सा?"

"रिपोर्ट लिख रही हूँ।"

"हं। फालतू..."

"फोन क्यों किया था?"

"मैं वहाँ दो दिन के लिए आ रहा हूँ। मुंबई की शाखा में काम है। रात शताब्दी से आऊँगा। खाना घर पर ही खाऊँगा।"

"कब आ रहे हैं आप?"

"चौदह। और पन्द्रह-सोलह को वहीं हूँगा।"

"मैं उस समय मुंबई में नहीं हूँ। तेरह को ही जा रही हूँ।" मैंने हिम्मत जुटानी शुरू की।

"कहाँ? और किसलिए? मुझे पहले क्यों नहीं बताया? अब जाना रद्द करो। किसी फालतू बात के लिए..." स्वर में अत्यंत तुच्छता का भाव।

"मैं अपने काम से जा रही हूँ। उसमें कोई बदलाव नहीं होगा। और, यदि मैं यहाँ होती, तब भी आपको यहाँ आने से मना कर देती।" अपनी काँपती हुई आवाज को प्रयत्नपूर्वक स्थिर करते हुए आखिर मैंने कह ही डाला। यह भी दिलासेवाली बात थी कि फोन पर ही बोल रही हूँ, आमने-सामने नहीं।

"क्या कहा?" निश्चय ही अब उनके माथे की नस फड़कने लगी होगी।

"हाँ। अब हमारा तलाक हो चुका है। आपने दूसरी शादी कर ली है। बेटा

भी आपके ही पास है। अब मेरे घर आने का कोई कारण ही नहीं है। यहाँ आकर रहने का तो बिलकुल नहीं। अब आगे से इन बातों को आप मानकर न चलें। एक बात और...मैं कहाँ जाती हूँ, किसके साथ जाती हूँ, क्या करती हूँ आदि सवाल अब आप मुझसे नहीं पूछेंगे। आपके ऐसे प्रश्नों का उत्तर देना मेरे लिए जरूरी नहीं है।"

"तुम्हारा दिमाग तो ठीक है?"

"एकदम ठीक है।"

इसी बीच घंटी बजी। रिसीवर हटाते हुए मैंने कहा, "शांता मौसी, जरा दरवाजा खोलकर देखेंगी?"

"शांताबाई अब भी वहीं है?"

"हाँ, और यहीं रहेंगी भी। यह मेरा फैसला है।"

"साली...कमीनी...किसके बल पर इतना उछल रही हो? भरण-पोषण का खर्च मुझसे ही लेकर जी रही हो और...रांड साली..."

"गाली मत दीजिए...भरण-पोषण का खर्च दे रहे हैं तो कोई एहसान नहीं कर रहे हैं। इतने साल आपकी गृहस्थी चलाई है। जब जरूरत थी तब नौकरी कर कमाया भी है। यदि उतनी नौकरी ही करती होती, तो आज आप जो खर्च दे रहे हैं, उससे बहुत ज्यादा कमा लिया होता। पर आपने ही नौकरी छुड़वाई, क्योंकि उस समय घर में मरने-खपने के लिए मेरी जरूरत थी। आपने यदि यह व्यवस्था न की होती, तो तुरंत तलाक मिलने का भरोसा भी तो नहीं था आपको। दूसरी शादी करने की जल्दी पड़ी थी, इसीलिए तो किया सब कुछ। इसलिए आगे कभी वह बात मत सुनाइए... और इसके बाद बिना मतलब फोन भी मत कीजिए।"

अब तक शांता मौसी दरवाजा खोल चुकी थीं। सामने सुमेध था...हाय! कहते हुए।

"अब इतनी रात को घर में कौन आया है?" साहब ने फिर गुर्राते हुए पूछा।

"यह पूछने का आपको कोई अधिकार नहीं है।"

"भाड़ में जाओ..."

मैंने फोन रख दिया।

सुमेध से बैठने के लिए कहा।

"एकदम से अधिकार पर उतर आई हो?"

"साहब का फोन था सुमेध। तलाक हो चुका है हमारा, तब भी उन्हें ऐसा लगता है कि मैं उनकी निजी सम्पत्ति हूँ। थक चुकी हूँ मैं अब। कभी न कभी यह सब इस तरह साफ-साफ कहना जरूरी ही था। अभी भी जैसे मुझ पर नजर रखे हुए हैं। यदि सौ बार कोई आपको यह बताए कि आप कितने फालतू, बुद्धिहीन या नालायक हैं, तो वही सच लगने लगता है। इस आदमी की ऐसी बातें मैं क्यों सुनूँ? किस रिश्ते के डर से? अब गाँव-देहातों की औरतों से मैं जो बातें कहती हूँ, वे ही बातें मैं अपने आप से दुहरा रही हूँ...जो बात शांता मौसी कह सकती हैं, वह मैं क्यों

नहीं? पढ़ी-लिखी हूँ,इसलिए? मध्यवर्ग से हूँ इसलिए? मेरी...यानी मेरे पति की कोई प्रतिष्ठा है, इसलिए? सुमेध, मैं सोचती थी कि ये आदिवासी महिलाएँ न जाने किस युग में जी रही हैं। पर अब सोचती हूँ, मैं भी जाने किस युग में जी रही हूँ?"

"प्रफुल्ला..."

"अरे...यह आदमी मुझे इतनी गंदी गालियाँ देता है, जैसे झोपडपट्टी में रहता हो, और मैं सुन लेती हूँ...सालोंसाल...भाड़ में जाओ बोला...इतने सालों से भाड़ में ही तो थी..."

"देखो प्रफुल्ला..."

"मुझे तुम्हारा यह समझाना नहीं चाहिए,सुमेध। ठीक इसी समय तुम आए, इसलिए तुमसे कहा...बस...जरा ठहरना। मैं चेहरा धोकर आती हूँ...शांता मौसी, चाय बनाएँगी हमारे लिए? बिस्कुट भी ले आइए।"

भीतर गई।

आज आखिर बोल ही डाला मैंने। जाने कितने सालों का जमा था। अब जो भी होना हो, होता रहे। कह तो चुकी ही हूँ, अब खाली सोचते रहने से क्या होगा?

फिर भी लगता है कि कोई साथ होना चाहिए।

रेवती जैसा।

पर बहुत अच्छा भी लग रहा था।

डॉक्टर ने ठीक ही कहा था। केवल दवाएँ खाने से क्या होगा? मूल रोग ही हटाना होगा। कम-से-कम, उसका निदान होने के बाद तो उपचार करना ही चाहिए।

अब, ये तो ठीक है कि जो रोग इतनी गहराई में पैठा हो, इतना बढ़ गया हो, उसे जड़ समेत उखाड़ना आसान नहीं है। उसके कुछ टुकड़े तो यहाँ-वहाँ बिखरे रहेंगे ही। उन्हें हटाने के लिए बार-बार खोदते रहना होगा, इसीलिए तो यह जीना है।

या फिर, इसी तरह धीरे-धीरे अपने खत्म होने के लिए तैयार रहना होगा।

और अब, विकल्प तो अपने ही हाथ में है।

सुमेध से बात करते हुए कावेरी दीदी के साथ हुई बातचीत याद आ रही थी। उससे कहा, "मेरे मन में कई प्रश्न उठे हैं। आंदोलन करनेवाले संगठनों और विकासात्मक कार्य करनेवाली संस्थाओं में कितना अंतर है? हमारे देश में यह सब कब और कैसे शुरू हुआ? महाराष्ट्र में कहाँ-कहाँ कौन-कौन-सी स्वयंसेवी संस्थाएँ हैं? इन संस्थाओं के काम का स्वरूप क्या है? इस क्षेत्र में पूर्णकालिक काम करनेवाले कौन-कौन हैं? संगठनात्मक काम किस दिशा में जा रहा है? शैक्षणिक क्षेत्र में, स्वास्थ्य के क्षेत्र में, महिला विकास, पर्यावरण, खेती आदि क्षेत्रों में क्या नई बातें हो रही हैं? आदिवासियों, दलितों, झोपडपट्टी के निवासियों, महिलाओं के प्रश्नों पर सालों से काम किया जा

रहा है? आज वे प्रश्न किस स्थिति में हैं?...समाचार-पत्रों में इस संबंध में कुछ न कुछ छपता रहता है। पर अगले दिन वह रद्दी में चला जाता है। नवयुवाओं, महाविद्यालयीन छात्र-छात्राओं तक यह सब पहुँचाने की दृष्टि से ठीक योजना बनाई जानी चाहिए।"

सुमेध ने कहा, "वैसे तो अपने पास थोड़ा-बहुत डाक्यूमेंटेशन किया हुआ है, पर ठीक तरह से नहीं। किसी न किसी को तो यह काम करना ही होगा। पर ऐसे काम के लिए पैसे कौन देगा? तुम कुछ ज्यादा ही सोच रही हो। शायद शुरू में ऐसे प्रश्न मन में उठते होंगे। पर हम यदि अपने कामों को प्राथमिकता देना चाहते हैं, तो सोचते रहने से काम चलनेवाला नहीं। दूसरी बात यह कि काम का दबाव इतना ज्यादा होता है आजकल, कि ऐसे प्रश्नों के उठने का समय ही नहीं मिल पाता।"

"मैं नहीं मानती। काम अपनी जगह होता है और विचार अपनी जगह।" मैंने अपनी ही बात आगे बढ़ाई।

सुमेध केवल हँसा। फिर बोला, "इस विषय पर फिर कभी बात करेंगे। अब मैं चलता हूँ। पर यह बात तो पक्की है कि तुम्हारा रोमांटिकपन कुछ कम करना जरूरी है। इसके लिए अब तुम्हें और ज्यादा काम सौंपने होंगे।"

रात-भर वड़गाँव का पहाड़ आँखों के सामने मंडराता रहा, जैसे साथ निभा रहा हो। मन से ही बार-बार मैं उस हवा पर सवार हुई-सी बहती जा रही थी, मानो किसी की याद आ रही हो।

हिरडेवाडी की चढ़ाई चढ़ते समय ही खाँसी शुरू हो गई थी। आवाज बदल गई। उस समय लगा कि हाँफने के कारण ऐसा हो रहा होगा। पर जैसे ही मैं बोलना शुरू करती, घोरपड़े हँसने लगता और राजाराम भी हँसी उड़ाने के चक्कर में होता।

जीप में बैठे-बैठे तय कर रही थी कि रात गेस्टहाऊस में काट लूँगी और सुबह की पहली गाड़ी पकड़कर घर के लिए चल पड़ूँगी। उतरने-चढ़ने के कारण सभी थक गए थे, इसलिए चुपचाप चले जा रहे थे।

अँधेरा हौले से सब तरफ ऐसे फैलता गया जैसे बेहोशी की दवा दी गई हो। सारा वातावरण मानो जम-सा गया हो। मोड़ काटते हुए धीरे-धीरे नीचे की तरफ सरकती हुई जीप। जैसे नसों में रक्त में तैरती गुठली हो। बीच में ही उसका सरकते जाने का एहसास होता उस बेहोशी के आलम में भी।

आखिर उतार खत्म हुआ। सीधा रास्ता मिला और सामने ही गेस्टहाऊस दिखाई देने लगा। मेरा गेस्टहाऊस, उनके घर और कार्यालय। जीप से उतरी वह भी मानो नीम बेहोशी में।

"शायद दीदी थक गई हैं।" पीछे से राधाबाई की आवाज सुनाई दी।

उसी हालत में सीढ़ियाँ चढ़कर ऊपर गई और कमरे का दरवाजा खोला। साबुन

से घिस-घिस कर हाथ-पाँव धोए। लेटी रही।

कुछ देर बाद राधाबाई ऊपर आई, खाने की थाली लिए।

पीछे-पीछे महावीर।

"थक गईं?" उसने पूछा।

"कुछ खास नहीं। पर खाँसी हो गई है और आवाज भी बदल गई है।" उठकर बैठते हुए मैंने कहा। "सोच रही हूँ कि कल सुबह की गाड़ी से लौट जाऊँ।"

"उसी के बारे में कुछ कहने आया था। यदि जल्दी न हो, तो आपकी दृष्टि से एक इंटरेस्टिंग केस है कल। साथवाली तहसील में ही है। घंटे-भर का रास्ता है। जीप से जाने लायक है।"

"क्या हुआ है?" आवाज के कारण बोलने का जरा भी मन नहीं था।

"वहाँ की एक महिला निर्वाचित हुई हैं। केवल दो मतों का अंतर है। इसलिए आज विरोधी पक्ष ने पुनर्गणना की माँग की है। आज दिन-भर में काफी उठापटक होती रही। आप रुकेंगी, तो कल असली नाटक देख पाएँगी। यदि जाना चाहें, तो मैं भी आपके साथ आना चाहूँगा।"

मैंने एक पल के लिए सोचा। दूसरे ही दिन जाने की कोई जल्दी तो थी नहीं। न ऑफिस की, न घर की, कोई जल्दी नहीं। बल्कि रुकने पर ऑफिस के काम में कोई मदद ही हुई होती। स्वास्थ्य के अलावा कोई दूसरा कारण नहीं था। और, ऐसा भी नहीं कि स्वास्थ्य बहुत खराब हो गया हो।

स्वीकृति दे दी।

"तो फिर, सुबह चाय-नाश्ता लेकर निकल पड़ेंगे। सुबह चाय के लिए घर पर ही आइए।" महावीर ने कहा।

जिस समय हम पहुँचे, पंचायत समिति चुनाव की पुनर्गणना खत्म हो गई थी। बाकी परिणाम घोषित हो चुके थे। यहाँ केवल दो मतों से भाजपा की नंदाबाई जीत गई थी और काँग्रेस की उषाबाई हार गई थी। उससे भी बढ़कर बात यह कि उषाबाई का पति ही पहले सभापति था, पर अब महिला आरक्षण के कारण उसने पत्नी को चुनाव के मैदान में उतारा था। पर उसने लोगों के लिए कोई काम किया नहीं था और लोग उससे काफी नाराज थे। उसी का यह परिणाम दिखाई पड़ा था।

ऊपरी तौर पर तो वह कह रहा था कि "हारेगी वह भी महिला ही है और जीतेगी वह भी महिला ही है। "परंतु मन-ही-मन वह काफी अपमान का अनुभव कर रहा था, जो उसके चेहरे से साफ झलक रहा था। किसी न किसी कारण से पत्नी पर अपना गुस्सा उतार रहा था।

महावीर देख रहा था कि क्या कोई परिचित नजर आ रहा है।

इसी बीच मघाबाई सामने पड़ गई।

निर्वाचित वह दूसरी बार हुई थी। प्रचंड बहुमत से चुन ली गई थी वह। कुछ बौनी-सी मघाबाई शरीर से दुबली-पतली थी। गालों की, गले की हड्डियाँ उभरी हुईं। चेहरा कुछ लंबाई लिए हुए। उसकी एक आँख में फूली की बीमारी (आँख की पुतली पर पड़ा सफेद दाग) थी। उसे देखकर ऐसा लगता था कि एक झापड़ पड़ जाए, तो जाने कहाँ जाकर गिरे।

"उसके रूप-रंग पर न जाइए। उसकी बात सुनिए। भाषण तो ऐसा जबरदस्त देती है कि विरोधी पक्ष के लोग भी उससे सहमत हो जाते हैं। भाषा पर जबरदस्त पकड़ है उसकी।" महावीर ने बताया।

उसने मघाबाई से मेरा परिचय कराया। वह हड़बड़ी में थी। वैसे, नंदाबाई के बारे में उसकी राय कुछ अच्छी नहीं थी। "उसके मुँह में जबान ही नहीं है, वह क्या बोलेगी"—उसका कहना था। उसे लग रहा था कि न बोलनेवाली महिला को चुनाव में खड़ा करने की बजाय गाँव में जो इतनी हिम्मतवाली औरते हैं, उनमें से ही किसी को खड़ा किया होता। पर उसकी बात भला कौन सुनता है?

"गाँव के लोग भी तो जानते हैं न कि काली गाय बैठी रह जाती है और लाल गाय चरती रहती है।" उसने कहा।

"यानी?" मैंने पूछा।

काली गाय यानी कोयला, और लाल गाय यानी बिच्छू। मघाबाई ने बात स्पष्ट की।

"तुम तो चुनाव जीत चुकी हो न, फिर चुप रहो।" नंदाबाई के पति ने उससे कहा था। उसने काफी कोशिश की थी कि वह स्वयं चुनाव जीत जाए, पर सफल नहीं हुआ था। राजनीति में इतने लोग थे कि उसकी ओर किसी ने ध्यान ही नहीं दिया था। अब, इससे पहले कि पानी सर के ऊपर से निकल जाए, जरूरी हो गया था कि पत्नी को सीढ़ी बनाया जाए।

नंदाबाई चुनाव से, इतने सारे लोगों से, अधिकारियों से घबरा रही थी। बड़ी मुश्किल से हिम्मत जुटाकर उसने एक बार इनकार किया था। पर उसके इस इनकार में कोई जोर नहीं था। दीमक लगे पेड़ की भाँति। फिर, उसे करना ही क्या था सिवाय इसके कि जहाँ कहा जाए, वहाँ हस्ताक्षर कर दे?

कोने में रखे मूसल से पीटते हुए पति ने धमकाया, "फिर कभी किसी बात से इनकार किया, तो जिंदा नहीं छोड़ूँगा।"

वह जो आवेदन लिखवा लाया था, उस पर नंदाबाई ने चुपचाप हस्ताक्षर कर दिए और तब उस दिन से वह उस भालू की तरह नशे में डूबा रहने लगा जो महुए के फूल खा चुका हो।

"इस पर भी इन विरोधियों ने पुनर्गणना का तमाशा किया ही सालों ने। उन्हें भी एक बार देखना होगा।" अपने गुट के लोगों के बीच वह बडबड़ा रहा था।

दोनों पक्षों के लोग और तमाशाई... कई लोग जमा हो गए थे। पहले काफी चर्चा चल रही थी। शर्तें बदी जा चुकी थीं। पर जैसे-जैसे समय बीतता गया, तनाव बढ़ता गया और वातावरण गंभीर होता गया। हलकी-सी फुसफुसाहट...बाकी पूरी खामोशी।

आखिरकार साहब बाहर निकले। उन्होंने परिणाम घोषित किए। पुनर्गणना में भी नंदाबाई का ही जीतना निश्चित हो गया। बाहर जीत का जश्न मनाया जाने लगा। उषाबाई के साथ आए लोग जाने कहाँ गायब हो गए। वे खुद भी सिर झुकाए वहाँ से खिसक गईं।

इतनी भीड़ और कोलाहल में मुझे यह मालूम ही नहीं हो पाया था कि नंदाबाई कौन हैं और कहाँ हैं। उन्हें देखने की उत्सुकता थी।

आखिर महावीर ने फिर मघाबाई से पूछा।

"वे अभी-अभी भीतर गईं हैं हस्ताक्षर करने।" मघाबाई ने बताया और जल्दी से सीढ़ियाँ उतरकर चली गई।

बाहर से ढोलक बजने की आवाजें आनी शुरू हो गई थीं।

महावीर से कहा, "यहीं पर उनसे मिलकर उन्हें बधाई देंगे। बाद में वे लोगों से घिर जाएँगी। नीचे शायद जुलूस की तैयारी शुरू हो गई है।"

"चलिए।" उसने कहा।

सब लोग या तो नीचे भाग गए थे या खिड़की से चिपक गए थे।

हम भीतर केबिन में गए, तो नंदाबाई अकेली बैठी थी।

मैंने उनके पास पहुँचकर उन्हें बधाई दी। भरी हुई आवाज में ही अपना परिचय दिया। वे उलझन में पड़ी हुई-सी, परेशान-सी ऐसे बैठी थीं, जैसे उनका इन सब बातों से कोई लेना-देना न हो। वे हाँ, हाँ कहती रहीं। पर लगता था कि उनके दिमाग में कुछ और ही चल रहा था--कुछ और अधिक महत्त्वपूर्ण।

फिर महावीर ने आगे बढ़कर कहा, "दीदी, आपको बधाई। पुनर्गणना में भी आप ही की जीत हुई है।"

"हाँ, अच्छा ही हुआ भैया। पर अब क्या मैं घर जा सकती हूँ? आखरी बस निकल जाएगी, तो मुश्किल हो जाएगी। घर में बच्चे मेरी राह देख रहे होंगे।" बहनजी खाली बैठे-बैठे ऊब गई थीं। वे बहुत व्याकुल होकर और परेशान स्वर में पूछ रही थीं।

यह तो अजीब ही बात थी। मैं केवल देखती ही रह गई।

"आपके साथ आए लोग सारे कहाँ चले गए?" महावीर ने कुछ चकित स्वर में पूछा।

"शायद नीचे चले गए हैं।" उन्होंने झुँझलाते हुए कहा।

मैंने जल्दी से खिड़की से नीचे झाँक कर देखा।

नंदाबाई का पति गुलाल से रंगा हुआ, अन्य विजयी प्रत्याशियों के साथ जुलूस की गाड़ी पर ऐसे सवार, जैसे खुद ही निर्वाचित हुआ हो। उसके गले में पीले-नारंगी

गेंदे के फूलों की मालाएँ झूल रही थीं। सफेद झक् कपड़े गुलाल से रँगे हुए थे। अभी भी गुलाल फेंका जा रहा था। नंदाबाई के पति के चेहरे पर चढ़ी मगरूरी जैसे उस गुलाल से सम्मानित की जा रही हो। उसकी आँखों में भविष्य के प्रलोभन अभी से नजर आने लगे थे। खयाली पुलाव पकने लगे थे।

उसके समर्थकों की घोषणाएँ गूँज रही थीं—

जीत किसकी? बबनभाई की।

और उसके बाद बजता हुआ ढमढमढम ढोल!

फिर घोषणाएँ।

मेरी आँखों के सामने मुकणेबाई की जीत के जुलूस का दृश्य तैर गया। बिलकुल सटी हुई पासवाली तहसील...पर कितना फर्क!

बहनजी ने महावीर से फिर पूछा, “भैया, अब तो मैं घर जा सकती हूँ न?”

अब इस पर महावीर भला क्या जवाब देता! उसने कहा, “जरा ठहरिए। किसी से पूछकर देखता हूँ।”

फिर वह वहाँ के अधिकारियों से पूछने गया, तो वे लोग फाईल लेकर आए।

जहाँ-जहाँ उन्होंने कहा, वहाँ-वहाँ बहनजी ने हस्ताक्षर किए। शायद वे थोड़ा-बहुत लिखना-पढ़ना जानती थीं। कम-से-कम हस्ताक्षर करने जितना तो जानती ही थीं। मेरे मन में हजारों प्रश्न घुमड़ रहे थे, पर उनमें से एक भी प्रश्न पूछना संभव नहीं था। सामने जो कुछ दिखाई दे रहा था, वह सिर को चकराने के लिए काफी था।

खिन्नता के साथ खिड़की से पीठ सटाए खड़ी रही।

नंदाबाई के चेहरे पर सिवाय परेशानी के और कुछ नहीं था। चुनावी जीत की गाड़ी पर सवार पति नाच रहा था और जो सचमुच निर्वाचित हुई थी, वह इस चिंता में थी कि घर जानेवाली आखरी बस निकल जाए, तो बच्चों का क्या होगा?

मधाबाई भी न जाने कहाँ गायब हो गई थीं।

अधिकारी महोदय ने नंदाबाई से कहा कि अब वे जा सकती हैं।

जिस समय यह बातचीत चल रही थी, ढोलक बजना अचानक रुक गया। कुछ शोर मचा, पर फिर पाँच मिनट बाद ढोलक की आवाज गूँजने लगी।

उन आवाजों के कारण मेरा ध्यान फिर से बाहर की ओर चला गया।

जुलूस पूरे जोश पर था। सामने लोग नाच रहे थे, गाड़ी धीरे-धीरे आगे सरक रही थी। बीच-बीच में गुलाल के बादल उड़ते नजर आ रहे थे। नंदाबाई का पति लोगों की तरफ हाथ हिलाते हुए अभिवादन कर रहा था। कोई बूढ़ा नजर आए, तो हाथ जोड़कर प्रणाम कर रहा था।

नंदाबाई इस तरह तेजी से सीढ़ी उतरकर नीचे चली गईं, जैसे बच निकली हों।

उनकी ही जीत की खुशी में बाजे गाजे के साथ जुलूस निकला था और वे उसी जुलूस के बाजू से रास्ता बनाते हुए धीरे-धीरे आँखों से ओझल हो गईं।

मघाबाई सीढ़ियों पर खड़ी दिखाई दीं। तनतना रही थीं। उनके आसपास जमा लोग भी देखते देखते खिसक लिए और जुलूस में शामिल हो गए।

"चलो देखें, क्या हुआ है"कहते हुए मैं और महावीर नीचे उतर आए।

मघाबाई की फुली की बीमारी वाली आँख क्रोध से और भी अजीब दिख रही थी। उसके हाथ-पाँव काँप रहे थे।

"क्या हुआ?" महावीर ने पूछा।

"चुनाव कौन जीता है? बहनजी या उनका पति?" मघाबाई ने उल्टे हमीं से पूछ लिया।

"यही बात तो मेरे मन में भी उठी थी।" मैं बुदबुदाई।

"क्या फायदा?" वे गरजीं। "मैं इतनी देर से जुलूस रोके झगड़ रही थी अकेली, तब क्यों नहीं आईं नीचे? एक भी इंसान मेरी तरफ से बोलनेवाला नहीं था। एक भी औरत ने जबान नहीं खोली। उल्टे पुलिस वाले ने लाठी से रास्ता रोक लिया। बोला, रोड़े मत अटकाओ। बहनजी, यदि मन में कुछ आता है न, तो उसके मुताबिक कार्रवाई भी करनी चाहिए। केवल मन में बात उठने से कुछ होता नहीं। कहती हो बात मन में उठी थी।"

"उनका क्या संबंध है मघाबाई?" महावीर ने मेरी पैरवी करने की कोशिश की। "वे तो अपने काम से आई हैं मुंबई से, मैं ही उन्हें यहाँ ले आया था।"

मघाबाई तुच्छतापूर्वक हँसी। "क्या संबंध है? तो प्रश्न क्यों पूछ रही थी? मजे की खातिर? औरत ही है न वह? तो फिर, औरत से संबंधित प्रश्न पर वह कैसे कह सकती है कि क्या संबंध है? साथ तो देना ही होगा। पढ़ी-लिखी है, शहर की रहनेवाली है। क्या हुआ है वह उसकी समझ में भी आया है। ऐसा नहीं कि समझ ही न आया हो।"

महावीर का चेहरा उतर गया था।

लोग हमारी तरफ देखते हुए हँसते-हँसते आगे बढ़ रहे थे।

आपकी बात ठीक है मघाबाई। पर मैं कुछ अनुमान ही न लगा पाई कि ऐसा कुछ हो रहा है। यह सब मैं पहली बार ही अनुभव कर रही हूँ। यदि मैं नीचे आपके साथ होती, तो अवश्य आपके साथ मैंने भी विरोध किया होता।" मेरी आवाज और भी भारी होती चली गई।

इतने में कहीं से एक छोटा-सा नुकीला पत्थर सनसनाते हुए आया और सीधे मघाबाई के माथे से टकराया। खून बह निकला। बाजूवाला दूकानदार चिल्लाया, "बहनजी, अब घर जाइए आप। बेकार बकबक करते हुए यहाँ झंझट खड़ा मत कीजिए। मेरी दूकान के काँच टूटेंगे आपके कारण।"

मघाबाई माथे की चोट दबाते हुए उसकी ओर क्रोध से देखने लगी। मैंने अपने हाथ में पकड़ा रूमाल उसके माथे पर दबाया और 'चलिए' कहते हुए उसे महावीर की जीप में बिठाया।

सब खामोश थे।

घोरपड़े हमेशा की तरह चुपचाप जीप चला रहा था।

महावीर गड़बड़ा गया था।

मैं बस बेचैन। कुछ न कर पाने की मुट्ठी-भर हताशा को आँचल में बाँधे, उदास।

स्वास्थ्य केन्द्र में जाकर मघाबाई की मरहमपट्टी कराई। वहाँ के डॉक्टर महावीर को पहचानते थे। इसलिए बिना किसी झंझट के आसानी से काम बन गया।

फिर मघाबाई को जीप से बस अड्डे तक छोड़ा।

बस अड्डे पर चारों ओर गोबर-मिट्टी और तले-गले पदार्थों की गंध बसी हुई थी। मख्खियाँ भिनभिना रही थीं। पाड़े-बस्तियाँ जितनी साफ-सुथरी थीं, शहर की हवा से प्रभावित तहसील का गाँव उतना ही गंदा था।

जीप शुरू होते समय देखा, एक बस के दरवाजे पर उमड़ी भीड़ में से नंदाबाई भीतर घुस रही थी। कंडक्टर बरस रहा था। सब तरफ गर्द-गुबार फैला था।

4

दुबारा वड़गाँव जाना तय हुआ। सोचा तेरह तारीख को चली जाऊँगी नमूना सर्वेक्षण के लिए। फॉर्म तैयार हो गए थे। लगा, यह महीना अच्छा गुजरेगा। स्वास्थ्य भी काफी सुधर गया था। डिप्रेशन कम हो गया था। बीच में ही टीस उठती थी...पर फिर शांत हो जाती थी। काम ही बहुत ज्यादा थे।

इस बीच मराठवाड़ा का एक चक्कर लगा आई थी। अब पश्चिम महाराष्ट्र और विदर्भ के लिए योजना बनानी थी।

इसी बीच दिल्ली के सेमिनार की बात आई।

सुमेध उसी के बारे में बताने आया था। पहले तो वही जानेवाला था। पर उसी समय उसके बेटे को छोटी माता निकली। सुमित्रा के...उसकी पत्नी के ऑफिस में जरूरी मीटिंगें थीं। उसे छुट्टी नहीं मिल सकती थी। तब सुमेध ने मजबूर होकर खुद का जाना रद्द कर दिया था।

"पर वहाँ जाकर मैं क्या करूँगी?"

"सेमिनार में क्या करना होता है प्रफुल्ला? बोलना होता है। अभी हम जिस परियोजना पर काम कर रहे हैं, उसी के बारे में बोलना है। वैसे भी, मैं तो तुम्हारी रिपोर्टें पढ़कर ही बोलनेवाला था। तुम्हारे लिए तो वह अधिक आसान और बेहतर हो जाएगा।"

"पर वहाँ किसी से मेरा कोई परिचय नहीं है। यदि मुझसे न हो पाया, कुछ गलत कर बैठी, तो?"

"तो क्या? वहाँ किसी से तुम्हारा कोई परिचय तो है नहीं, कि तुम पर कोई हँसे।"

"क्यों मजाक उड़ा रहे हो?"

"तो और क्या करूँ? क्या इससे पहले तुमने कभी रिपोर्ट लिखी थी कोई?"

"नहीं।"

"लिखना शुरू किया, तो कर पाई ना?"

"वह तो ठीक है। पर तुमने कितनी गलतियाँ सुधारीं। इसे तो कर पाना नहीं कहेंगे।"

"पता है, पिछले पन्द्रह वर्षों से मैं केवल रिपोर्टें लिख रहा हूँ। बेहतरीन रिपोर्ट लिख लेता हूँ, इसलिए इस फील्ड में अब तक टिका हुआ हूँ। यहाँ काम महत्त्वपूर्ण नहीं होता, महत्त्वपूर्ण होती है प्रस्तुति। लोग यह नहीं देखते कि क्या है, वे देखते हैं कि जो है, उसे प्रस्तुत कैसे किया गया है। उसी के बल पर तो हमें पैसा मिलता है। मैंने सुधार किया, यानी तुम्हारे माल का केवल पैकिंग बदला है। तुम भी सीख जाओगी यह सब देख-देख कर। यदि आँखें खुली रखकर देख सको। तब मुझसे भी उत्कृष्ट रिपोर्टें लिख सकोगी, खास इमोशनल टच वाली रिपोर्टें। सच कहूँ, तुम्हारी रिपोर्ट की कुछ लाइनें ऐसी जबरदस्त थीं कि बस। मान गया तुम्हें। और, इरा बात का बुरा भी लगा कि इतने सालों तक तुम्हारी तरफ मेरा ध्यान क्यों नहीं गया।"

"ऐसा क्यों?"

"क्यों यानी? कितना नुकसान हुआ है हमारा। ऐसे शब्दों को पढ़कर तो फंडिंग एजेंसियों ने रुपयों का ढेर लगा दिया होता।"

"बस भी करो। मैं दिल्ली जाने के लिए तैयार हूँ।"

"और हाँ...वहाँ अपने डॉ. दयाल भी होंगे। तुम चाहती थी न कि कोई परिचित भी वहाँ हो।"

डॉ. दयाल...

मुझे फिर वड़गाँव की वह शाम याद आई। वह प्रौढ़ पहाड़...ग्लेरिशिडी के जामुने फूलोंवाले पेड़ों के घने जंगल को सीने पर तमगे की तरह झलकाता हुआ...और जैसे सब कुछ साफ हो गया...

डॉ. दयाल...दयाल...

उस क्षण शायद मन में नाम नहीं उभरा था, पर लगता है कि भीतर किसी कोने में वे ही थे।

२

"डॉ. दयाल गोंडों की बस्ती में काम करते हैं। वहाँ उनका अत्याधुनिक अस्पताल और अनुसंधान केन्द्र है। एंजला—उनकी पत्नी—अमरीकी है। वह महिला-रोग विशेषज्ञ है। आरंभ में डॉक्टर कई वर्षों तक अमरीका में रहे। पर अब दोनों पूरा समय आदिवासियों के लिए ही काम करते हैं। केवल उपचार नहीं...और भी बहुत कुछ।

अपनी संस्था की तरह कुछ विकासात्मक परियोजनाएँ भी चलाते हैं। साथ ही उनका अनुसंधान कार्य भी चलता है।" परिचय कराते हुए सुमेध ने बताया था।

"आदिवासियों के लिए नहीं, आदिवासियों के साथ।" डॉ. दयाल ने सुधार किया।

उसी समय पसंद आ गया था वह आदमी। कुछ और भी औपचारिक बातें हुई थीं। पर उनके सामने अपने बौनेपन का एहसास हो रहा था। लगा, कि इस आदमी तक अपने हाथ कभी पहुँच ही नहीं पाएँगे। यह भी होश था कि ऐसी उल्टी-सीधी बातें दिमाग में नहीं आनी चाहिए। उसी समय यह पता चला था कि क्षण-भर में मन में कितना कुछ उलट-पलट जाता है। इस बात का आश्चर्य भी हो रहा था कि यह सब मेरे...मेरे ही मन में चल रहा है।

दयालजी ने पूछा, "इस क्षेत्र में कब से काम कर रही हो? इसी काम को करने की क्यों सोची?"

क्या कहती, अपना सिर?

सुमेध से कोई यदि ऐसा सवाल पूछे, तो वह साफ कहता है, "मैं पिछले अठारह वर्षों से इस व्यवसाय से जुड़ा हुआ हूँ। हम हमेशा समाज और धंधे को अलग रखकर देखते हैं। मेरा यह अनुभव रहा है कि सामाजिक दायित्व को अलग रखकर धंधा नहीं किया जा सकता और धंधा छोड़कर किया जानेवाला सामाजिक कार्य अल्पजीवी होता है।"

मैंने डॉ. दयाल से संदिग्ध रूप से यही कहा कि, "मैंने सुमेध की संस्था में हाल ही में काम करना शुरू किया है। ऐसी कोई बात मन में नहीं थी कि यही काम करना है। उसने पूछा और ज्यादा कुछ सोचे बिना मैंने हाँ कर दी, बस। पर शुरू करने के बाद अब यह काम मुझे अच्छा लगने लगा है। इसके पीछे मेरी कोई भूमिका, कोई दर्शन, कोई उद्देश्य नहीं है। सामाजिक काम करना है, समाज का ऋण उतारना है...ऐसा कुछ भी मेरे मन में नहीं है। मेरा मानना है कि हम जो कुछ भी करते हैं, वह अपनी सामर्थ्य के अनुसार पूरी ईमानदारी से करें, तो वह भी एक प्रकार से सामाजिक कार्य ही है, बस।"

इस पर डॉ. दयाल मुस्कराकर रह गए थे।

इसके बाद उनसे कभी कोई संवाद नहीं हो पाया। न मुलाकात, न बातचीत, न पत्र, न फोन...कुछ भी नहीं। एक असामान्य व्यक्तित्ववाले पुरुष से मेरा यह सामान्य परिचय था, बस।

दिल्ली यात्रा की सारी तैयारी पूरी हो गई। बैग में कपड़े वगैरह भर लिए। राजधानी एक्सप्रेस से निकलना था। पर्स मे कुछ छोटी-मोटी चीजें भर रही थी, कि दरवाजे की घंटी बजी। शांता मौसी उस समय दूकान में कुछ खरीदने गई थीं।

दरवाजा खोला, तो सामने साहब।

कल फोन पर हुई सारी बातचीत पल-भर में एकत्र होकर जैसे एक घूँसे में तब्दील हो गई और उसका सख्त गोला तेजी से मेरी कनपटी से टकराया। झनझनाट हुई। तिलमिलाते हुए नीचे बैठी और कमर में जूते की जोरदार लात पड़ी। जब तक कुछ समझ आता, बुरी तरह कुचली जा चुकी थी। मुँह से आवाज निकालने का भी अवसर नहीं मिला था। दरवाजा खुला पड़ा था।

शांता मौसी की चिल्लाहट सुनकर कुछ होश आया। तब तक उनकी चिल्लाहट सुनकर वॉचमैन दौड़ा चला आया था। ऊपरी मंजिल पर रहनेवाली एक-दो औरतें भी आ गई थीं। शांता मौसी ने लाकर पानी पिलाया। बाकी सारे लोग देखते खड़े थे, यह न समझते हुए कि क्या किया जाना चाहिए।

किसी तरह उठ खड़ी हुई। वॉचमैन से कहा, "इस आदमी को दोबारा गेट के भीतर पाँव न धरने देना। अब यह मेरा घर है। यहाँ इसे आने मत देना। यदि ज्यादा चूँ-चपड़ करे, तो पुलिस को बुला लेना।"

फिर साहब की ओर मुड़कर कहा, "याद रखिए कि अभी इस वक्त भी मैं पुलिस को बुला सकती हूँ। यदि कोठरी की हवा न खानी हो, तो यहाँ से चलते बनिए और दुबारा यहाँ आने की हिम्मत न करें। आपसे मेरा अब कोई रिश्ता नहीं है।"

एक शब्द भी कहे बिना साहब चलते बने।

शांता मौसी डॉक्टर को बुलाने के लिए कह रही थीं, पर अब उतना समय नहीं था। वस्तुतः काफी चोट लगी थी। जूते की कीलों के कारण पीठ रक्त से सन गई थी। खूब जोर से चिल्लाने, रोने का मन कर रहा था। हाथ में मोच आ गई थी और दर्द महसूस होने लगा था। पर मौन का कवच नहीं टूट रहा था।

ऊपर की मंजिल पर रहनेवाली मेहताबेन फर्स्टएड का बक्सा लेकर आई। तात्कालिक उपचार किए। राजधानी का समय हो चला था। निकलना जरूरी था। एक घंटा तो लोकल में ही लग गया। जल्दी से टैक्सी लेकर पहुँची और ट्रेन में सीधे सो ही गई।

जाने कब नींद खुली।

गाड़ी तेजी से भाग रही थी। सब तरफ नींद की बेहोशी थी। बत्तियाँ बुझी हुईं।

पानी पीने के लिए उठी। तो एहसास हुआ कि सारा बदन दर्द से टूट रहा है।

यदि त्वचा आवाज कर पाती, तो जाने कैसी चरमराहट सुनाई दी होती...

यदि हड्डियाँ बोल पातीं, तो कितनी कड़कड़ाट हुई होती...

यदि सारे बदन में जबानें निकली होतीं, तो इस मुर्दा वातावरण के कान इस लाल टीस के कोलाहल को सुन पक गए होते...

एक घूँट ठंडक गले से नीचे उतरी तो सिर में दर्द की लहर-सी उठी। फिर लेट गई बर्थ पर...

तो जाने कितनी देर ऐसा लगता रहा कि पूरा शरीर अपने स्थान पर तेजी से गोल-गोल घूम रहा है।

एक गहरी थकान के साथ सवेरा हुआ।

दिल्ली।

गर्मी खत्म होने और बरसात शुरू होने के बीच का मौसम। शरीर से पसीने की धारा बह रही थी।

शरीर में लबालब भरी हुई थकान। चार कदम तक ठीक से चल पाने का भरोसा नहीं लग रहा था। पता नहीं मैं किस बूते पर खुद को आगे धकेले ले जा रही थी, और क्यों? हाथ पर सूजन दिखाई दे रही थी, पीठ पर चिपचिपाहट महसूस हो रही थी। लगा, आना ही नहीं चाहिए था।

विश्वविद्यालय के गेस्टहाऊस में रहने का इंतजाम किया गया था।

रिसेप्शन पर नाम लिखाकर मुड़ी, तो सामने डॉ. दयाल खड़े। ऊँचा कद, भव्य माथा और मन की किसी बात को व्यक्त न करनेवाला अपारदर्शी चेहरा। लगा, कि इस व्यक्ति का यदि पोट्रेट बनाना हो, तो वह कभी वॉटर कलर में नहीं बनाया जा सकता।

पल-भर के लिए सूझा ही नहीं कि बोलूँ या नहीं, बोलूँ तो क्या बोलूँ? पर उन्हें प्रणाम करने के लिए झुकी, तो एहसास हुआ कि पीठ की पनाली से पसीना नहीं, खून रिस रहा है। खून के कारण आँचल पीठ से चिपक गया है। दाग तो निश्चित ही लगे होंगे। सोचकर शर्म आई कि कहीं दयालजी ने देख तो नहीं लिया इसे? उन्हें झुककर प्रणाम करने की जरूरत ही क्या थी? केवल हाथ जोड़ देना क्या काफी नहीं था?

"कैसी हो?' डॉ. दयाल ने पूछा।

"ठीक हूँ।" मैं बुदबुदाई।

"एंजला भी आई है।" डॉ. दयाल ने कहा।

"बाद में आपसे मिलने आपके कमरे में आती हूँ। फिर आराम से बात करेंगे। जरा फ्रेश हो लूँ।" कहते हुए मैं उनके सामने से निकल गई।

दो कप कॉफी मंगवाई। तब कहीं जाकर पलकों से बँधे बेहोशी के भारी पत्थर कुछ शिथिल हुए और जरा-सी ताजगी भी मिली। नहाई। पीठ का दर्द तो रहनेवाला ही था। चोट देखना भी संभव नहीं था। केवल चरचराहट का अनुभव हो रहा था। कुछ देर पलंग पर पेट के बल लेटी रही। गहरे रंग का ढीला-सा सूट पहना और फिर रिसेप्शन पर डॉ. दयाल के कमरे का नंबर पूछकर उनसे मिलने पहुँची।

एंजला थी।

"तुम प्रफुल्ला हो न?" उसने पूछा।

मैंने गर्दन हिला दी।

"न्यूजपेपर लाने दयाल बाहर गया है। तुम यहाँ भीतर आओ न।" उसने एक ओर हटते हुए मुझे भीतर बुलाया। जाना कि वह अच्छी तरह मराठी बोल पाती है। उसने दरवाजा भीतर से बंद कर लिया। कहा, "अब दिखाओ, क्या हुआ है? "

मैं अवाक्। चुपचाप कपड़े उतारे।

जब प्रणाम के लिए झुकी थी, तब डॉ. दयाल के ध्यान में यह बात आई होगी और उन्होंने ही एंजला को बताया होगा।

कैसी शर्म की बात थी यह।

पर ज्यादा कुछ पूछे बिना उसने एक मरहम लगा दिया। पीठ पर कपास की एक पतली-सी पर्त चढ़ा दी। "कुछ खाकर यह दवा ले लेना "कहते हुए उसने मेरे हाथ पर दवा की एक टिकिया रख दी। फिर कहा, "मैं कुछ और दवाएँ मँगवा लेती हूँ। सेशन शुरू होने में अभी समय है। तब तक तुम घंटा-भर आराम कर लो।" हल्के हाथों से फिर कुर्ता पहना दिया।

पाँच मिनट तक वहीं चुपचाप, शांत बैठी रही। अनुभवी समझदारी दिखाते हुए उसने भी कोई पूछताछ नहीं की। फिर उठकर धीरे-धीरे अपने कमरे में चली आई। उसे औपचारिक रूप से धन्यवाद कहने का भी ख्याल नहीं रहा। और कुछ बोलना-कहना तो दूर की बात थी।

सेमिनार शुरू हुआ। मैं एक पीछेवाली कुर्सी पकड़कर खामोश बैठी थी।

डॉ. दयाल ने विषय प्रवर्तन किया।

उन्होंने कहा, "अधिकांश स्वयंसेवी संस्थाएँ आजकल निर्वाचित महिलाओं के लिए शिविरों, परिषदों या मेलों का आयोजन करने में लगी हुई हैं। इनके जरिए उन्हें अपने अधिकारों और जिम्मेदारियों से परिचित कराया जा रहा है। परंतु यह पर्याप्त नहीं है।

उन्हें यह बताना अधिक जरूरी है कि सामान्य जनता के प्रश्नों को सुलझाने के लिए दैनिक कार्य-पद्धति की सीमा के भीतर क्या किया जाना चाहिए। धीरे-धीरे उन्हें यह समझाया जाना चाहिए कि इस प्रकार की स्थानीय समस्याओं के मामले में वे क्या रवैया अपनाएँ और प्रश्न किस प्रकार सुलझाएँ।

उनका काम कुर्सी पर बैठकर कुछ निर्णय करना मात्र नहीं है। प्रयास ये किए जाएँ कि उनकी राजनीतिक समझ विकसित हो। अन्यथा जब तक वे अपने पद का अर्थ और हाथ आई सत्ता का उपभोग करने का तरीका समझ पाती हैं, तब तक उनके पद की अवधि समाप्त होने का समय आ जाता है। इसीलिए आवश्यक यह है कि

पक्ष के वरिष्ठ नेता उन्हें जानकारी तो दें, पर साथ ही राजनीतिक आधार देते हुए भावनात्मक सुरक्षा भी उपलब्ध कराएँ।

यदि अपना कार्यकाल समाप्त होने के बाद भी कोई महिला कार्यरत रहती है, तो कहा जा सकता है कि उसका कार्यकाल सार्थक हुआ।"

उसके बाद पर्चे पढ़ने और चर्चा करने का कार्यक्रम था।

अगला मुद्दा यह था कि स्थानीय राजनीति में स्वयंसेवी संस्थाओं की सहभागिता हो या न हो, और यदि हो, तो किस सीमा तक हो।

दोपहर के भोजन के बाद एक स्लाइड शो हुआ और एक छोटी-सी डाक्यूमेंटरी फिल्म दिखाई गई। इसी कारण ऊब और नींद से बचना संभव हुआ।

फिर अगली चर्चा। मुद्दा था--अविश्वास के प्रस्ताव।

मुझे सेमिनार में कोई पर्चा नहीं पढ़ना था, पर धीरे-धीरे मैं इस चर्चा में शामिल हो गई। अब तक तो मेरे अनुभव की दुनिया काफी सीमित थी, पर एकदम नए और ताजे संदर्भ थे मेरे पास।

मैंने महाराष्ट्र की महिला सरपंचों के विरुद्ध रखे जानेवाले अविश्वास के प्रस्तावों के बारे में बताया।

मैंने बताया कि किस प्रकार कुछ महिलाएँ 'दोबारा इस राजनीति के झंझट में पड़ना नहीं' का निश्चय करती हैं और कुछ महिलाएँ 'अब दिखा ही दूँगी दोबारा खड़ी होकर' की चुनौती देती हैं।

शिविर में मिले अनुभवों और उन औरतों के वक्तव्यों के बारे में बताया।

अंत में अपना निष्कर्ष प्रस्तुत किया कि चुनाव के मैदान में उतरी महिलाओं को, चाहे वे निर्वाचित हुई हों या न हुई हों, अपनी सहनशक्ति बढ़ानी होगी। आक्षेप, टीका-टिप्पणी या चरित्र-हनन जैसी बातों से व्यथित हुए बिना उन्हें धीरे-धीरे यह सीख लेना चाहिए कि ऐसे मौके पर योग्य और संगत उत्तर कैसे दिया जाए। अपने विरोधियों को यह दिखा देना भी उन्हें आना चाहिए कि ऐसी टीका-टिप्पणियों का उन पर कोई खास असर नहीं होता।

अपनी बात पूरी कर कुर्सी में बैठी तो लगा, अरे! मैंने तो कर डाला। बिना किसी पूर्व तैयारी के...ऐन मौके पर...यह प्रत्यक्ष निरीक्षण का परिणाम है। केवल टेबल वर्क के बल पर, सौ पुस्तकें पढ़कर भी शायद मैं यह मुद्दा प्रस्तुत न कर पाई होती। वैसे, टेबल वर्क का भी अपना महत्त्व है।

सेमिनार का पहला दिन काफी अच्छा बीता।

मैंने यहाँ पहली बार अनुभव किया कि अपने शब्दों से, अपने शब्दों की प्रस्तुति से, अपनी विचार पद्धति से अपनी एक प्रतिमा बन सकती है। स्वाभाविक

ही इसी के कारण कुछ नए लोगों से मेरा परिचय भी हुआ।

उनमें से परितोष और श्रीप्रिया के साथ तो अच्छी दोस्ती भी हो गई।

श्रीप्रिया भारत के सामाजिक क्षेत्र में काम करनेवाली महिलाओं का व्यक्तिकोश तैयार करने के काम में लगी थी।

परितोष आदिवासी इलाके के किसी कॉलेज में प्राध्यापक था। शौकिया कार्यकर्ता था। इसके अलावा उसने कुछ लोक गीतों और लोक कथाओं का संकलन भी किया था। फिलहाल वह आदिवासियों के मंत्रों की जानकारी पाने में लगा हुआ था, जैसे साँप या बिच्छू का जहर उतारने का मंत्र, नजर उतारने का मंत्र, अनाज को खराब होने से बचानेवाले मंत्र, फसल को सुरक्षित रखने का मंत्र, पशुओं से कोई नुकसान न हो इसके लिए मंत्र, आदि। मन्नतों आदि के बारे में भी उसके पास काफी जानकारी थी।

"औरतों के पास और कोई काम तो होता नहीं, सिवाय मन्नतें माँगने और उन्हें पूरी करने के।" बिना वजह श्रीप्रिया को खिझाते हुए परितोष ने कहा।

मैंने कहा, "पर क्या तुम जानते हो कि पुरुष भी मन्नतें माँगते हैं?"

"नहीं तो, कहाँ?" उसकी उत्सुकता बढ़ गई।

"यदि पत्नी बार-बार मायके भाग जाती हो, तो वह ठीक से ससुराल में रहे, इसके लिए वारली जनजाति के पुरुष पल्हेरी नामक देवी से मन्नत माँगते हैं।"

"सुन लो ठीक से। और याद रखना, यदि तुम्हारी पत्नी मायके चली जाए, तो यह काम आ सकता है।" श्रीप्रिया ने बदला चुकाया।

"वह अब भला क्या मायके जाएगी? इतने सालों तक मायके में ही तो थी। मायके जाने का सात जन्मों का कोटा वह पूरा कर चुकी है।"

"क्या मतलब?" हम दोनों ने एक साथ पूछा।

परितोष की कहानी मजेदार ही थी। उसकी पत्नी उसी की छात्रा थी। वह नया-नया प्राध्यापक बना था। शुरू के दो-एक वर्ष तो एक-दूसरे से यह कहने में ही निकल गए कि उन्हें एक-दूसरे से प्यार है। फिर घरवालों को पता चला। हमेशा की तरह लड़की के घरवाले सहमत नहीं थे। इस डर से कि कहीं उसके पिता चुपचाप किसी दूसरे से उसकी शादी न करा दे, दोनों ने चोरी छिपे कोर्ट जाकर रजिस्टर विवाह कर लिया। जब पिता ने शादी करना तय किया, तो लड़की ने बताया कि उसकी शादी हो चुकी है। परितोष के पास विवाह का प्रमाणपत्र था। लड़की ने दूसरी शादी से इनकार किया, तो पिता ने भी अपना हठ नहीं छोड़ा। दोनों ने तय कर रखा था कि परितोष के घर आना है, तो भागकर नहीं, सम्मान के साथ। इस प्रकार के पारिवारिक नाटक में तेरह वर्ष बीत गए। आखिर पिता ने हार मानी और अभी-अभी चार महीने पहले उन्होंने बेटी को विधिवत् बिदा किया। अंत सुखद हुआ, इसलिए

कहानी को मजेदार कह सकते हैं।

"तुम इतने समय तक उसके बिना कैसे रह पाए?" श्रीप्रिया बहुत उतावले स्वभाव की थी।

"बहुत सारी हिन्दी फिल्में देखोगी, तो तुम अपने आप समझ जाओगी।" परितोष ने हँसते हुए कहा।

फिर श्रीप्रिया की कहानी।

श्रीप्रिया कई वर्षों तक मुंबई में थी। प्यार किया, फिर शादी की। एक बेटी को जन्म दिया। पर आपस में अनबन रहने लगी। पहले जो पति उसके कर्तृत्व से प्रभावित था, वह अब चाहने लगा कि वह अपना घर और बच्ची को सम्हालते हुए सुगृहिणी बनकर रहे। श्रीप्रिया मूलतः केरल की रहनेवाली थी। मुंबई का वातावरण उसे ज्यादा रास नहीं आ रहा था। एक बड़ी कंपनी में वह व्यावसायिक सामाजिक कार्यकर्ता के रूप में कार्यरत थी। पर आखिर नौकरी, पति और मुंबई तीनों को छोड़ने का फैसला किया। वापस केरल गई। वहाँ कोई तीन साल बाद दूसरी शादी की। जब वह अपनी बेटी को स्कूल छोड़ने जाया करती थी, तब वहाँ उसका यह नया पति अपने बेटे को स्कूल छोड़ने आया करता था। दोनों बच्चे एक ही कक्षा में थे। अच्छी दोस्ती हो गई। उसकी पत्नी चार साल पहले कैन्सर से गुजर चुकी थी। तब बच्चों के बहाने दोनों के बीच पहले परिचय, फिर प्रेम और अंत में विवाह हुआ।

"यह सब भी बिलकुल हिन्दी सिनेमा की तरह ही" श्रीप्रिया ने हँसते हुए कहा। उसे बहुत हँसने की आदत है। इसलिए उसके चेहरे की रेखाएँ भी वैसी ही हो गई हैं। जब भी देखें, वह हँसती हुई-सी प्रतीत होती है।

"और तुम्हारा क्या?" मेरी ओर मुड़कर परितोष ने पूछा।

"मेरा...? जब पढ़ाई चल रही थी, तभी शादी हुई। तयशुदा शादी। पिताजी का अकस्मात देहांत हुआ। हम चार बहनें, एक भाई। पिता के रहते दो बहनों की शादी हो चुकी थी। छोटी सोलह-सत्रह की थी। शादी की बारी मेरी ही थी। भाई किसी के प्रेम में था। मेरी शादी होने तक वे शादी नहीं कर सकते थे। हमारे यहाँ रिवाज है कि घर में किसी की मृत्यु हो जाए, और कोई शुभ कार्य करना हो, तो एक साल के भीतर करना पड़ता है, अन्यथा तीन वर्ष तक रुकना पड़ता है। उन्हीं दिनों मुझे एक विज्ञापन कंपनी में अस्थायी नौकरी मिली थी। पर मैं महीने-भर भी वह नौकरी नहीं कर पाई। वहाँ किसी काम से आए साहब ने मुझे देखा। शादी का प्रस्ताव रखा और महीने के भीतर शादी हो भी गई। मैं भी कभी किसी के प्यार-व्यार के चक्कर में नहीं पड़ी थी, और न कोई मेरे प्रेम के चक्कर में पड़ा था। साहब में कोई दोष भी नहीं था। होशियार, अच्छा रंगरूप, पर्याप्त धन, इकलौते पुत्र और जिम्मेदारी कुछ भी नहीं. दहेज की भी कोई माँग या शर्त नहीं थी। साधारण रूप-रंगवाली किसी लड़की को और किस चीज की दरकार होती है? शादी हुई, बेटा हुआ। जब जरूरत पड़ी थी, तब कुछ समय तक

टाइपिस्ट की नौकरी भी की। पर फिर मेरा सामान्य होना उनकी नजरों में और भी चुभता गया और साहब ने दूसरी शादी करना तय किया। छह महीने पहले ही हमने तलाक लिया है। बेटा साहब के पास ही रहता है। अभी तीन महीने पहले ही मैंने इस काम में अपने को उलझा लिया है।" बस, इतनी-सी कहानी है।

श्रीप्रिया ने सिर पीट लिया। परितोष गंभीर।

"पर तुम पति को साहब कहकर क्यों बुलाती हो?" श्रीप्रिया ने पूछा।

"ऑफिस में साहब कहती थी, वही आदत बनी रही। वैसे भी, पति को नाम लेकर पुकारना हमारे यहाँ किसी को पसंद न आया होता। केवल 'सुनिएजी' कहने की बजाय साहब कहना ही ठीक लगा। वही चल पड़ा।

"और तुम्हारे पति तुम्हें कैसे बुलाते थे?"

"अं...पुकारने की जरूरत ही नहीं पड़ती थी। जब वे घर पर होते थे, मैं आसपास ही हुआ करती थी। उनकी नजरों से परे रहना उन्हें बिलकुल पसंद नहीं था।" मैंने किसी तरह कहा। क्या मैं उन्हें बता सकती थी कि बिना गाली दिए उन्होंने मुझे कभी पुकारा ही नहीं?

श्रीप्रिया ने कहा, "ऐसी मनःस्थितियों से मैं भी गुजर चुकी हूँ। मैं तुम्हारी स्थिति को समझ सकती हूँ। पर अब अपने लिए कोई रास्ता खोजो, कोई अपना काम खोजो। तो सम्हल जाओगी अच्छी तरह।"

वहाँ आते-आते एंजला ने श्रीप्रिया की बात सुन ली। कहा, "किसके लिए काम खोज रही हो?"

"प्रफुल्ला से कह रही थी।"

"हं...प्रफुल्ला, यदि तुम गाइनाकॉलॉजिस्ट होती, तो मुझे यहाँ इतनी जरूरत है कि मैंने तुम्हें अभी अपने साथ काम पर ले लिया होता। पर कोई महिला यहाँ आने को राजी ही नहीं होती। पिछले दिनों एक आई थी। पर साल-भर में शादी कर ली और उसे जाना पड़ा। पुरुष गाइनाकॉलॉजिस्ट यहाँ किसी काम के नहीं। औरतें उसके पास जाती ही नहीं। हमारे यहाँ के सरकारी अस्पताल का डॉक्टर बस मक्खियाँ मारते बैठा रहता है।"

फिर सरकारी नौकरों की बात चली और बातचीत का विषय ही बदल गया। रात खाने के दौरान भी वही विषय चलता रहा।

"तुम ठीक तो हो न?" भोजन के समय डॉ. दयाल ने पूछा।

"जी हाँ...डॉक्टर साहब।"

"आगे कभी कोई जरूरत पड़े प्रफुल्ला, तो याद रखना... हम तुम्हारे दोस्त हैं।"

मैंने गर्दन हिला दी।

दूसरी शाम एंजला और श्रीप्रिया के साथ खरीददारी करने में गुजरी। श्रीप्रिया को अपनी बेटी के लिए काफी कुछ खरीदना था। एंजला के पास तो लंबी-चौड़ी

लिस्ट थी। जहाँ वह रहती थी, वह इलाका इतना दुर्गम और पिछड़ा हुआ है कि सहज उपलब्ध प्रतीत होनेवाली चीजें भी वहाँ मिलनी मुश्किल थीं। इसलिए जब कभी चार-छह महीनों में बाहर निकलना होता, वह खूब खरीददारी करती। उसकी तुलना में डॉ. दयाल काफी घूमते थे, पर एंजला ने ही हँसते हुए बताया कि उनकी खरीददारी के क्या कहने! मैंने कुछ गर्म शॉल खरीदे, किसी न किसी को भेंट देने के काम आएँगे सोचकर। शांता मौसी के लिए एक स्वेटर खरीदा। रेवती की बेटी और सुमेध के बेटे के लिए कुछ मिठाई।

जब देखा कि इन दोनों की खरीददारी काफी लंबी चलेगी, तो मैंने लौट जाने की सोची। थकान भी महसूस हो रही थी। एंजला तो मेरे स्वास्थ्य के बारे में जानती ही थी। 'चलती हूँ' कहकर गेस्टहाऊस लौट आई।

धीरे-धीरे रंग अँधेरे में घुलने लगे थे। प्रत्येक रंग की छटा भूरापन लेते हुए गहराने लगी थी। बंद कमरे में और भी उदास-सा लगने लगा।

आखिर गेस्टहाऊस के बाग में खुले में घूमने की सोचकर बाहर आई, तो पीठ पर हाथ बाँधे टहलते हुए डॉ. दयाल को देखा। अकारण ही धड़कन तेज हो गई। वापस लौटने का विचार करने तक वे मुड़े, और मुझे देखकर ठहर गए।

"इतनी जल्दी तुम लोगों की खरीददारी खत्म हो गई?" उन्होंने आश्चर्य से पूछा।

"जी नहीं। मेरा मतलब है...मेरी खरीददारी हो चुकी। पर कुछ बेचैनी-सी लग रही थी, इसलिए मैं अकेली ही वापस चली आई।" मेरी काँपती-सी आवाज में शर्मिंदगी आती गई।

उन्होंने मुझे घूरकर देखा। फिर बोले, "चलो, चाय पियें।"

बाग से बाहर निकले और टहलते हुए एक छोटा-सा गार्डन होटल देखा। वहाँ खुली हवा में बैठे।

"कैसे चल रहा है तुम्हारा काम? पसंद तो आ रहा है न? उन्होंने पूछा।"

"जी, अच्छा है। पर इससे पहले इस प्रकार का काम कभी किया नहीं। ऐसे काम का अनुभव नहीं है। इसकी कोई औपचारिक शिक्षा भी प्राप्त नहीं की है मैंने। बाकी सारे लोग काफी अनुभवी हैं, इसलिए अनजाने में ही तुलना हो जाती है। तब कुछ असहज-सा लगता है। परंतु अनुभव प्राप्त करने के उनके तरीके, काम और विचारों की दिशा इतनी अलग होती है कि लगने लगता है, इन सब बातों से अपना कोई संबंध ही नहीं है। यानी, मेरी डिग्री है चित्रकला में, मेरा अनुभव स्टेनो-टाइपिस्ट का और यह सब छोड़े कई साल बीत गए हैं। सामाजिक कार्य, स्वयंसेवी संस्था, राजनीति...इतने सालों तक तो ये सब मेरे लिए किसी दूसरी दुनिया की ही बातें थीं। मैं जो कर रही हूँ, उससे क्या लाभ है? उससे क्या निष्पन्न होगा?...कभी कभी

ऐसे प्रश्न भी मन में उथल-पुथल मचा देते हैं।"

डॉ. दयाल शांतिपूर्वक सुन रहे थे। फिर बोले, "यह सच है कि प्रत्येक का विचार करने का तरीका, कार्यक्षमता या किसी घटना या व्यक्ति को देखने का दृष्टिकोण...यह सब अलग-अलग हो सकता है। पर इसका यह मतलब कदापि नहीं कि दूसरों के अनुभवों से हमें कोई लाभ होता ही नहीं। हमें उससे लाभ उठाना भी सीखना चाहिए। तुम कई बातों से अनजान हो, तुम्हें वे बातें मालूम हो सकती हैं। हाँ, ऐसा कोई भ्रम मन में मत पालना कि अपने कारण, अपने काम के कारण कोई बहुत बड़ा परिवर्तन होगा। फिर, जो कुछ सामाजिक कार्य के नाम पर चल रहा है, ऐसा नहीं कि वह सब बहुत आदर्श है। ये सब बड़ी जटिल बातें हैं। इस समाजनीति में आजकल राजनीति और अर्थनीति भी बड़े अजीब तरीके से गुँथी हुई है। हम यह निश्चित रूप से नहीं बता सकते कि अमुक प्रश्न का यही उत्तर होगा।"

मैं किसी पढ़ाकू छात्रा की तरह ध्यानपूर्वक सुन रही थी।

"पर जैसे-जैसे मैं बाहर के अनुभव ले रही हूँ, समझने का प्रयास कर रही हूँ, वैसे-वैसे मुझे निराशा का अनुभव होने लगा है। क्या मैं यह कर पाऊँगी? यह काम स्वीकार तो किया है, पर क्या निभा पाऊँगी? बस यही सोचती रहती हूँ। अपना ही भरोसा नहीं रह गया है।"

डॉ. दयाल ने कहा, "तुम्हारी पीढ़ी तेजी से बदल चुके धार्मिक संदर्भों और उससे उत्पन्न दंगों को देख रही है। परंतु विभाजन के इतिहास की आँच उसे नहीं मालूम। खुली अर्थव्यवस्था की छाया में अपने भूत-वर्तमान-भविष्य की ओर स्पष्ट रूप से देखने की शक्ति ही कइयों में नहीं रही। इसमें से दुर्भाग्य की बात तो यह है कि इस धार्मिक उन्माद और खुली अर्थव्यवस्था के आक्रमण के सामने अपने यहाँ के सारे परिवर्तनवादी आंदोलनों ने हार मान ली है।"

"फिर भी डॉक्टर साहब, पिछले कई महीनों में घूमते-फिरते, अनेक लोगों के साथ बातचीत करते हुए मैंने यह अनुभव किया है कि आनेवाली नई पीढ़ी उधार के निराशावाद को लेकर आई बीचवाली पीढ़ी के समान ढोंगी नहीं है। कम्प्यूटर, सूचना प्रौद्योगिकी और जैव तकनीक की जो लहर आई, उसके कारण विदेश में जाने-बसने के लाभ-नुकसान को पहचानते हुए यह पीढ़ी उचित विचार करने में सक्षम है।

"ये सारे युवा केवल उपभोगवाद में फँसे हुए नहीं हैं। उनमें से कई लोग अपनी सारी शक्ति का उपयोग करते हुए खूब काम करते हैं, अपने काम के प्रति वे ईमानदार भी हैं, अपने स्त्री या पुरुष होने का एहसास उनके काम के आड़े नहीं आता। पहले के लोगों द्वारा किए गए काम में हुई गलतियों या उसमें की अच्छाइयों का भी उन्हें भान है। यह भले ही मेरा भोलापन हो, पर मुझे ऐसा लगता है कि इस मोड़ पर आने के बाद हमारे सामाजिक कार्यों को धीरे-धीरे एक अलग और सुयोग्य दिशा मिल सकती है।"

डॉ. दयाल मुस्कराते हुए मुझे देखते रहे। मैं अपने ही विचारों में खोई हुई थी। सोचा, भले ही वे इसे भोलापन समझें, पर आखिर यह मेरी राय है। जो कुछ मुझे लगता है, वह ईमानदारी से बताना भी तो होगा न! हो सकता है कि यह गलत हो। पर कोई यदि गलती बता दे, तो उसे स्वीकार करने का खुलापन भी मुझमें है। अपने को ही समझाते हुए मैंने अपनी बात जारी रखी।

"हमारी पीढ़ी के सभी लोगों को एक ही माला के मोती समझकर, उन्हें निरुपयोगी मानते हुए स्वयंसेवी कार्यों से दूर रखा जा रहा है। यह मान लिया जा रहा है कि उन्हें सामाजिक जिम्मेदारी का एहसास नहीं है, वे केवल उपभोग में लगे संकुचित दृष्टिवाले युवा हैं। खैर, जो स्वयंसेवी संस्थाएँ हैं, या जो आंदोलन चल रहे हैं, वे भी तो आपस में कोई संपर्क नहीं रखते। अपने विचारों, भ्रमों, सीमित कार्यों और आत्ममग्नता की चौखट से वे बाहर निकलना ही नहीं चाहते। इसलिए यह कहना भी निरर्थक होगा कि आज हमारे विचार कोई नहीं सुनता या हमारे जमाने की तरह आज विचारों के प्रति श्रद्धा और कार्य के प्रति निष्ठा रही ही नहीं। खुद ही दरवाजे भीतर से बंद करने, आनेवाले प्रत्येक को संदेह की नजर से देखने, भीतर आने से पहले ही हजारों नकारात्मक प्रश्नों से उसे परेशान करने के बाद यह शिकायत करना बेमानी है कि हमारी पीढ़ी की तरह अब कोई शुद्ध उद्देश्य लेकर, ईमानदारी और लगन के साथ इस क्षेत्र में आता ही नहीं।"

डॉ. दयाल आँखें सिकोड़कर, ध्यानपूर्वक मेरी बात सुन रहे थे। मुझे चुप हुआ पाकर, एक क्षण ठहरकर उन्होंने गंभीर स्वर में कहा, "एक दृष्टि से तुम्हारी बात भी सही है। ऐसी परिस्थिति में यदि धर्म नामक संकल्पना का ही गलत इस्तेमाल करनेवाले कर्मठ लोग या उनकी संस्थाएँ युवाओं को सीधे एक्शन प्रोग्राम देते हों और अपनी समस्त नैतिक उर्जा के साथ युवावर्ग उन अँधेरे रास्तों में खो जाता हो, तो उसमें कोई आश्चर्य नहीं। इसमें आखिर दोष किसका है? हमारा ही तो। एक हिसाब से हम ही उन्हें उस दिशा में धकेल रहे हैं।"

"पर क्या हम इन युवाओं को अपनी ओर आकृष्ट नहीं कर सकते? यदि आपकी पीढ़ी के लोग इसमें कुछ सहायता कर दें, तो इस काम को गति मिल सकती है। अपने यहाँ जो भी काम चल रहे हैं, उनका पूरा डाक्यूमेंटेशन नहीं हो सका है। जो भी हुआ है, वह केवल फंडिंग के लिए हुआ है।"

"तुम्हारे घर में आखिर कौन-सी समस्या निर्माण हुई है?" विषय परिवर्तन करते हुए डॉ. दयाल ने अचानक ही से पूछ लिया।

"समस्या..." जानती थी कि यह प्रश्न वे कभी न कभी पूछेंगे अवश्य। पर जब सचमुच समय आया, तो मेरे माथे पर पसीने की बूँदें छलछला आईं। क्या बताऊँ, कैसे और कितना? यह भी समझ नहीं आ रहा था कि कुछ बताऊँ भी या नहीं?

"बताना जरूरी नहीं है।" डॉ. दयाल ने जैसे मेरे मन की बात पढ़ ली हो।

"नहीं, ऐसा नहीं है। यानी जानबूझकर छिपाने जैसा कुछ नहीं है।" मैंने बात सम्हालने की कोशिश करते हुए कहा।

चाय आई। कप उठाने लगी, तो हाथ काँप रहा था। अपने पर ही क्रोध आने लगा। क्या मुझे अपने आप पर इतना काबू रखना भी नहीं आता? अनजाने ही खुद को ढीला छोड़ दिया। कंधे झुक गए थे।

"हाल ही में मेरा तलाक हुआ है। पति ने दूसरी शादी कर ली है। बस, इतना ही।" मैंने कहा।

"तो फिर ये जख्म..."

वह अब तक अपना अधिकार नहीं छोड़ पाया है...। मैं बुदबुदाई। "पर अब दुबारा ऐसा नहीं होने दूँगी। मार तो खाई...पर आते हुए उसे पुलिस की धमकी दे आई हूँ।"

"बच्चे वगैरह?"

"एक बेटा है। वह उनके साथ चला गया है।"

"काम में मन लगाओ...पर पहले अपना ख्याल रखो।" चाय खत्म कर काउंटर की तरफ जाते हुए डॉ. दयाल ने कोमल स्वर में कहा।

"वही कोशिश कर रही हूँ।" मैं अपने को सम्हालते हुए उठी।

मेरी थरथराहट थम गई थी, पर मन कर रहा था कि चुपचाप सो जाऊँ। अब न कुछ बोलूँ, न मन की कोई बात सुनूँ...यह सब खेल है...निरर्थक...अचानक आए खालीपन के कारण यह सब उल्टा-सीधा सूझ रहा है।

गेस्टहाऊस की तरफ वापस चल पड़े हैं। चलते समय हमारे बीच काफी दूरी थी, पर फिर भी सड़क की बत्तियाँ जैसे-जैसे नजदीक या दूर होती थीं, वैसे-वैसे हमारी परछाइयाँ छोटी-बड़ी हो जातीं, गहरी होते-होते एक दूसरे में मिल जातीं, फिर अलग हो जातीं।

"चलते समय शायद हमारा फिर मिलना या बातें करना न हो पाए।" रिसेप्शन काउंटर से चाबियाँ लेते हुए मैंने कहा।

"पत्र तो लिख सकती हो।" मुड़ते हुए ठहर कर डॉ. दयाल ने कहा।

कमरे का दरवाजा खोलते हुए ख्याल आया कि यहाँ से लौटने की बात पर मन में यही बात घुमड़ रही है कि काम के लिए अब कहाँ-कहाँ जाना है। मुंबई की तो याद भी नहीं।

वापसी यात्रा शुरू हुई, तो आँखों के सामने घर का चित्र बड़ा-बड़ा होते हुए तिरने लगा। सोचा, क्यों हमेशा लौटना पड़ता है घर की तरफ? किसलिए लौटना है?

कम-से-कम बिट्टू ही यदि मेरे पास होता!

पर उन्होंने उसे इतना ज्यादा अपनी तरफ कर लिया है शुरू से ही, वह

नन्हा-सा था तब से ही। आते-जाते हमेशा उसके कानों में यही वाक्य पड़ते कि तुम्हारी माँ कैसी मूर्ख है, उसे कोई व्यावहारिक ज्ञान है ही नहीं, बोलने-चालने में कोई स्मार्टनेस ही नहीं है, किसी भी मामले में उसे कुछ समझता ही नहीं, एक भी काम ढंग से नहीं कर पाती, जरा सी भी अक्ल नहीं है, उसे यदि भैंस के पास खड़ा कर दें, तो पहचानना मुश्किल होगा कि भैंस कौन-सी है...वगैरह।

फिर धीरे-धीरे उसने भी बाप की तरह बोलना शुरू किया। तुम्हें कुछ समझता भी है? तुम्हें कुछ बताने-पूछने की जरूरत ही क्या है? यह बात तुम नहीं समझ सकोगी... उसके मुँह से भी ऐसे वाक्य निकलने लगे। बड़ी सहजता से गालियाँ भी देने लगा वह।

पैसे तो बाप ही देता है, किसी भी बात की अनुमति उन्हीं से लेनी पड़ती है, घर में भी अपनी जरूरत की बात माँ से कहने में समय गँवाने की अपेक्षा सीधे बाप से ही कहें, तो माँ उनके आदेशों का पालन तो करती ही है...

माँ के होने न होने से फर्क ही क्या पड़ता है?

एक बार मैं अँधेरी स्टेशन पर लोकल में चढ़ने के लिए खड़ी थी। भीड़ का वक्त। उतरनेवालों में से एक बूढ़ी औरत किसी तरह नीचे उतरी। वह विरार लोकल में चढ़ी थी। बोरिवली में उतरना था, पर उतर न सकी थी। बाजू वाले पुरुषों के कम्पार्टमेंट से उसका बेटा उतरकर नीचे खड़ा था। गुस्से से 'माँ-माँ' कहते हुए जोर-जोर से पुकार रहा था। वह उतरी, पर जब भीड़ द्वारा धकेली जाती उसके सामने आई, तो उसी क्षण बेटे ने उसके चेहरे पर जोरदार झापड़ रसीद कर दिया। एक ओर वह उसे गालियाँ दिए जा रहा था कि अब फिर से पीछे जाना पड़ेगा और वक्त बेकार बरबाद हुआ। वह अपनी क्षीण आवाज में उसे कुछ बताने का प्रयास कर रही थी। उतने से समय में भी बाकी औरतों ने उसे भला-बुरा कहा, पर सभी को गाड़ी पकड़ने की हड़बड़ी थी। वह बड़बड़ाते हुए, उसे वैसे ही खींचते हुए ले गया।

जब साहब निर्णय कर चुके, तब एक बार बिट्टू से बात करने का क्षीण प्रयास मैंने कर देखा था। उसने कहा, "मम्मी, बी प्रैक्टिकल...तुम्हारे साथ रहकर क्या करूँ? व्हाट इज द यूज? तुम मेरे किस काम की हो? और, चाहे जहाँ रहूँ, पैसे तो डैडी ही देंगे ना? बेकार इमोशनल मत बनो। तुम्हें छोड़कर डैडी अंजली आंटी के पास चले गए, तो ठीक ही किया...हाऊ बोअर यू आर...वह तुमसे कहीं ज्यादा अच्छी है। तुम्हारी तरह मूर्खता भरे प्रश्न नहीं पूछती। सौ बार रास्ता नहीं रोकती। जब भी हमें किसी चीज की जरूरत होती है, वह उस समय खुद समझ जाती है, बिना कहे..."

काफी देर तक यही लगता रहा कि उसने मेरे चेहरे पर कसकर झापड़ मारा है।

घर पहुँची, तो भैया की चिट्ठी मिली।

"तुमने हमें बताया तक नहीं। इतनी बड़ी बात हो गई, तुम्हारे पति ने तलाक

ले लिया, दूसरी शादी की। यह सब एकाएक तो नहीं हुआ होगा। सूचित किया होता, तो कोई न कोई रास्ता निकाला होता। उसके पैरों पर गिरकर कहा होता कि मेरी बहन के अपराध क्षमा करो। कोई गलती हुई हो, तो माफ करो, पर तलाक न दो।

यह तो अच्छा हुआ कि करुणा का विवाह दुहाजू से ही सही, पर हो गया। अन्यथा, तुम्हारे तलाक की बात पता चलने पर सब कुछ और भी मुश्किल हो गया होता। अब तक यहाँ किसी को कोई खास मालूम नहीं हुआ है, पर ऐसी बातें छिपी नहीं रह सकतीं। मैं तो ऊब चुका हूँ, कोई न कोई झंझट पीछे लगा हुआ है ही। हम अपनी जिंदगी खुलकर जी ही नहीं पा रहे।

पहले दीदी की समस्या थी। उसके पति ने बैंक की रकम हड़प कर गोबर में मुँह मारा था। ऊपर से आत्महत्या की भी कोशिश की थी। उसकी रकम जमा की। नेताओं से मिलकर सारा मामला निपटाया। मैंने राहत की सांस ली थी कि अब उसकी गृहस्थी सीधी राह पर चल पड़ी है, तो तुम्हारा शुरू हो गया। तुमसे जरा भी सम्हालते नहीं बना।

तकदीर से इतना अच्छा पति मिला था। बेटा हुआ था। यदि तुमने चाहा होता, तो उसे मुट्ठी में रख सकती थी।

पर तुम सभी बहनें ऐसी ही कमनसीब हो..."

धीरे-धीरे पत्र की कोई भी बात दिमाग में जानी बंद हो गई। केवल निरर्थक अक्षर ही टेढे-मेढ़े होकर नाचने लगे आँखों के सामने। लेटी रही जाने कितनी देर, चुपचाप।

फिर एकाएक लगा कि भैया को पत्र का उत्तर भेजना चाहिए। सब कुछ अच्छी तरह डाँट-डपटकर लिखना चाहिए। उस दिन जैसे सीधे साहब से बात की थी, उसी तरह। साफ। होने दो, जो होना है। पैंतीस की उम्र होने आई, पर किसी न किसी से डरना खत्म ही नहीं हो रहा मेरा।

कागज कलम लेकर बैठी।

सिर भारी हो गया था। समझ ही नहीं आ रहा था कि मैं क्या लिख रही हूँ। धीरे-धीरे आँखों से आँसू बह निकले। कागज गीला होने लगा।

"...अपनी असंख्य बातें इतनी अजीब होती हैं कि उसके नीचे अपने हस्ताक्षर करने से डर लगता है। कुछ बातों को मैं वैचारिक स्तर पर समझ लेती हूँ, पर वे ही बातें जब भावनात्मक स्तर पर आ जाती हैं, तब उन्हें सहन करना असंभव हो जाता है। सबसे छिपाकर, सावधानीपूर्वक हम रात और दिन को प्रयासपूर्वक सी लें, तब भी अपने आप को तो पता ही होता है मन पर अपने ही लगाए हुए टाँकें का।

समझ नहीं आ रहा कि बिछी बिसात पर खुद को आगे बढ़ाया जाए या सारी संभावनाओं को नकारते हुए कुछ समय तक उसी जगह ठहरा जाए।

सच पूछें तो आप दोनों से मिलने की बात को लेकर कुछ भावुक, भीगे शब्द

मुझे कागज पर उतारने चाहिए थे, पर इस उजाड़ वातावरण में वे हाथ से खिसक कर खो गए हैं।''

मैंने डॉ. दयाल को पत्र लिखा था।

लिख चुकने के बाद बहुत हल्का महसूस हुआ था।

वैसा ही, जैसा पहले रेवती से बातें करने पर होता था।

अभी यहाँ मुझे अपने पास रेवती की जरूरत थी।

उसे याद कर और भी रोना आने लगा। रेवती...स्कूल के समय से मेरी पुरानी सहेली। दुनिया के हर विषय पर हम बातें किया करते थे। हमारे बीच कभी कोई निजी बात जैसे थी ही नहीं। संयोगवश शादी के बाद मुंबई में फिर साथ हो गया। एक ही उपनगर में रहे। शादी के बाद के सुख-दुख भी बाँटते रहे। साथ-साथ नौकरी की। केवल उस दुर्घटना के दिन मैं उसके साथ नहीं थी...यदि होती तो? कितना अच्छा हुआ होता। मिट गई होती उसी के साथ। आज जो ये दिन देख रही हूँ, ये दिन तो न देखने पड़ते। मुक्त हो गई होती। इस समय उसकी बहुत-बहुत जरूरत थी।

और आज डॉ. दयाल को लिखा गया यह पत्र...भेजूँ या न भेजूँ?

जो लिखना था, वह तो लिख ही चुकी थी...उनके नाम से लिखा अब उनकी चीज हो गई है...भेजना ही होगा। फिर पता लिखा, लिफाफा, टिकट...सब निपटाया। शांता मौसी से कहा कि जब वे नीचे दूकान में जाएँ, तब यह पत्र डाक पेटी में छोड़ आएँ।

रेवती का चेहरा बार-बार आँखों के आगे घूम रहा था...और उसके बाद उसकी छिन्न-विच्छिन्न देह...बिना चेहरे की...

बरसात के दिन थे।

हम दोनों को यह मौसम बहुत भाता था।

इन दिनों हम कॉलेज के ग्रुप के साथ हर रविवार को ट्रेक के लिए जाया करते थे। हर बार अलग पहाड़, कम-से-कम अलग रास्ते तो होते ही थे। बड़ा मजा आता था।

अपना पहला ट्रेक याद कर हँसी आ जाती है।

रात घर लौटीं, तो पाँव सूजे हुए। दोनों ने एक दूसरे के पाँवों की मालिश की तेल लगाकर और बाल्टियों में गर्म पानी भरकर उसमें पाँव डुबोकर बैठी रहीं कविताएँ सुनाते हुए।

फिर धीरे-धीरे ट्रेक पर जाने की आदत हो गई।

हम दोनों ने एक सपना देखा था।

ऐसे ही किसी बरसात के दिन, कुहरे भरी सुबह को केवल हम दोनों ही पहाड़ पर जाएँ। भीगी हरी पगडंडियों से गुजरते हुए सीधे शिखर तक। निश्चिंत, शांत बैठे रहें। काली चट्टानों पर लेटे रहें। आसपास इतना घना कुहरा छाया हो कि आजूबाजू के झुरमुट तक दिखाई न दें। सर्वत्र बिखरी शुभ्रता ही शुभ्रता। एक दूसरे के साथ कुछ भी न बोलें। केवल साथ होने का एहसास मन में लिए कुहरे के घुल जाने तक उसका अनुभव करते रहें।

फिर हल्के से एक-एक झुरमुट, एक-एक पेड़ अपना अस्तित्व उजागर करते हुए कोमल हरा रंग लिए उभरने लगेगा। टहनियों पर से पंछियों की आवाजें बह निकलेंगीं। पंखों पर से बूँदें झटकते हुए कोई पंछी हमारे सिर पर से होकर उड़ जाएगा। अचानक बरसात की कोई झड़ी हमें भिगो जाएगी और उसमें डूबे हम फिर से कुहरे में खो जाने का अनुभव लेंगी। उस मुक्त बारिश को झेलते हुए, हौले से नीचे उतरकर हम लौटेंगी अपने घर।

गर्म पानी से नहाते समय बाथरूम में लगे आइने पर भाप के कारण कुहरा-सा जम जाएगा। उँगलियों से आइने पर जमे कुहरे पर लिखेंगी हम अपने प्रिय व्यक्ति का नाम और उसी नाम के भीतर गौर से देखेंगी हम अपना चेहरा, अपनी उन्मुक्त देह।

आइने पर फिर से जमता जाएगा कुहरा हमारा रहस्य छिपाते हुए।

ऐसी सारी बातें, जो होनी चाहिए थीं, नहीं हुईं और कुछ उल्टा-सीधा ही घटित होता गया। फिर सब कुछ खत्म हो गया।

रेवती ने कहा था, "हमारे रंग कैसे हों? साफ, खूबसूरत, मुलायम, प्रसन्न... अव्यभिचारी। यदि आँखें कोई कुरूप चीज देख भी लें, तो हाथों को इतना सक्षम होना चाहिए कि वे उन्हें सुंदर बना सकें।"

सारे शब्द। केवल शब्द। खोखले। केवल छिलके जैसे। निःसत्व।

पर फिर भी उन्हें हवा में उड़ाकर उनसे मुक्त नहीं हुआ जा सकता।

वैसे ही जमा रह गए हैं मन में, इधर-उधर बिखरे हुए, अस्तव्यस्त।

"उस जंगल में चौबीसों घंटे रात जैसा घना अँधेरा छाया रहता है। ऊँचे-ऊँचे पेड़ प्रकाश का प्रवेश रोक देते हैं। केवल पतझड़ के दौरान ही सूर्य की किरणें चरमराती सूखी पत्तियों पर अपने पाँव रख सकती हैं। असंख्य प्रकार के पशु-पक्षी वहाँ मुक्त संचार करते रहते हैं। ऐसे विशाल जंगल में अचानक वड़वानल भड़क उठता है। आग की आँच पाकर प्राणी बेचैन हो जाते हैं।

सैंकड़ों हजारों गिलहरियों का झुंड अपने प्राण बचाने के लिए वड़वानल की

विरुद्ध दिशा में भागने लगता है। बिना इधर-उधर देखे वे इतनी तेजी से भागती हैं कि उनके मुँह से चित्कार तक नहीं निकल सकती। एक झुंड के पीछे दूसरा झुंड...भय की स्थिति और वेग के नशे में उन्हें पता ही नहीं चलता कि जंगल पीछे छूट गया है और सामने झरना है। एक झुंड बाद दूसरा झुंड उस कलकल करते झरने के पानी में गिर पड़ता है।

कुछ देर बाद चपलता से हलचल करतीं, झिलमिलाती आँखोंवाली, गुच्छेदार पूँछोंवाली असंख्य गिलहरियों के निष्प्राण शरीर उस पानी पर तैरते नजर आने लगते हैं।"

पाँच-सात वर्ष पहले कॉन रॉड रिक्टर के उपन्यास का यह प्रसंग बार-बार मन पर आघात करते हुए याद आता रहा।

फिर से वैसे ही आँखें भर आईं।

वही प्रसंग था। वैसी ही पुनरावृत्ति थी। अंतर केवल इतना था कि पेड़ों के जंगल की बजाय इमारतों का जंगल था। वाहनों की भीड़ थी। सूखे पत्तों जैसे लोग थे। उन्हें मगरूरी से कुचलने वाले असंख्य राक्षसी पाँव थे।

एक लेडीज स्पेशल लोकल गाड़ी थी। आग की आशंका थी, धुँए की निशानी थी। मृत्यु का भय था। प्राण बचाने की प्राकृतिक चाह थी। बरसात थी। अँधेरा था। मृत्यु का आमंत्रण लेकर सामने से आती दूसरी लोकल गाड़ी का भान नहीं था। उसके बाद केवल कोलाहल। भयंकर विचित्र शांति। निष्प्राण शरीरों की कतारें। दबी हुई सिसकियाँ। चीख और दहाड़ भरा रुदन।

सब कुछ वैसा ही दुबारा घटित हुआ था संदर्भ बदलकर। गिलहरियों जैसी चपलता अपना चुकी ये सारी नौकरीपेशा औरतें, जिंदा आँखों वाली, गुच्छेदार निपुणतावाली...भय ने उन्हें मृत्यु के हवाले कर दिया था।

यह घटना रात में घटी थी। दूसरे दिन सुबह स्टेशन में घुसते समय देखा कि समाचार पत्रों के गट्ठर खोले जा रहे हैं। तभी सुर्खियों पर नजर पड़ी थी। पर उन मृत महिलाओं की दुर्घटना का समाचार पढ़ने के लिए ट्रेन तो नहीं छोड़ी जा सकती थी। दौड़ते भागते सीढ़ियाँ चढ़ी, उतरी और ट्रेन में चढ़ भी गई।

सुबह जिस ट्रेन से उतरे बिना साँस तक लेना मुश्किल होता है, उसी ट्रेन में आज खिड़की के पास वाली सीट मिल गई। कॉलेज की दो छात्राएँ खामोश सामने बैठी थीं। दूसरी तरफ छह-सात महीनों की गर्भवती महिला उदास बैठी थी। सभी की आँखों में पानी छलछला रहा था।

बची हुई गिलहरियाँ किस तरह मुरझा गई थीं!

उतरने के बाद समाचार-पत्र खरीदा। छपे हुए नामों में कोई परिचित नाम नहीं

था। फिर भी दिल धड़क रहा था। सभी नामों के बीच परिचित नाम घुलते-मिलते नजर आने लगे। लाशों के चेहरों में एक अपना भी कुचला हुआ चेहरा दिखाई देने लगा। काम करने का मन ही नहीं हो रहा था।

किसी तरह टाइपराइटर पर कागज चढ़ाया, कि उसी समय दिनेश का फोन आया।

रेवती रात घर नहीं पहुँची थी। न सुबह। कोई फोन भी नहीं। सवेरे तो हम दोनों एक ही गाड़ी में हुआ करती थीं। शाम का कुछ पक्का नहीं होता था। कल सुबह भी तो हम साथ ही थीं। हाँ, शाम को मुझे बिट्टू को डॉक्टर के पास ले जाना था, इसलिए ऑफिस से कुछ जल्दी निकलनेवाली थी। वह आज सुबह कुछ देर से आनेवाली थी, इसलिए पहले ही कह रखा था कि सुबह गाड़ी के समय राह मत देखना। कल दोपहर एक बार फोन पर बात भी हुई थी।

कहीं रेवती लेडीज स्पेशल में तो नहीं थी?

"कहीं फोन वगैरह करके पूछा या नहीं?" दिनेश से पूछे बिना मुझसे रहा नहीं गया।

"कहाँ करता? बोरिवली में अलका के यहाँ कर देखा। वे लोग तो कुछ भी नहीं जानते थे। मैं अभी बोरिवली ही जा रहा हूँ। पता चला है कि दुर्घटना में घायल हुई सभी महिलाओं को बोरिवली के भगवती अस्पताल में रखा गया है।"

"बच्चियाँ कहाँ हैं?"

"उन्हें सम्हालनेवाली मौसी के पास छोड़ा है। चिनू ने तो रात से रो-रोकर बुरा हाल कर लिया है। रात एक बार तुम्हें भी फोन किया था, पर पता चला कि तुम डॉक्टर के यहाँ गई हो।"

"किसने उठाया था फोन? साहब ने?"

"हाँ।"

"उन्होंने मुझे कुछ नहीं बताया। केवल इतना बता देते कि तुम्हारा फोन था, तो क्या बिगड़ जाता? पर नहीं, अब यदि पूछूँगी भी, तो कहेंगे कि क्या मैं तुम्हारा सेक्रेटरी हूँ...खैर छोड़ो, अब तुम भगवती में जाकर पता करो और वहीं से मुझे खबर कर देना। या फिर, मैं आ ही जाऊँ? आ ही जाती हूँ। मेरे आने तक तुम वहीं रुकना। तुरंत निकल रही हूँ।"

ऑफिस में क्षमा और आरती को बताया। वे भी परेशान थीं। पर ऑफिस से तीनों का एक साथ निकल जाना संभव नहीं था। अकेली ही चल पड़ी। शरीर में हल्की-सी सिहरन हो रही थी।

फोर्ट से बोरिवली। पहुँचने तक डेढ़ घंटा लग ही गया।

भगवती की सीढियों पर दिनेश घुटनों में सिर छिपाए बैठा दिखाई दिया। पास ही अलका खड़ी थी। वह दिनेश की चचेरी बहन है। मैं जब तक उनके पास पहुँचती, अलका का पति मनोहर बिसलेरी की बोतल लिए आया। वहाँ पहुँचते-पहुँचते पाँव काँपने लगे थे। किसी तरह वहाँ तक पहुँची।

"कुछ पता चला?"

"नहीं। घायलों में तो नहीं मिली। लाशें देख रहा था. पर कुछ पहचाना ही नहीं जा रहा। दिनेश को वहाँ चक्कर आ गया, इसलिए बाहर निकल आए। तुम्हें कुछ याद है कि उसने कल कौन से कपड़े पहने थे, या और कोई निशानी बता सकती हो?" मनोहर ने कहा।

"चलो, फिर भीतर जाकर देखते हैं। अलका चाहे तो यहाँ दिनेश के पास रुक जाए।" मैंने कहा। दिनेश ने सिर उठाकर देखा तक नहीं। उसका शरीर अब तक थरथरा रहा था।

भीतर जाते हुए मनोहर ने कहा, "दिनेश तो बिलकुल पहचान नहीं पाया। वह तो कोई भी निशानी नहीं बता सका। वैसे लाशें भी बहुत खराब हो चुकी हैं।...पर फिर भी...देखने के बाद कुछ तो लगे कि यही है वह...खैर, तुम घबराओगी तो नहीं न भीतर जानेपर?"

"नहीं घबराऊँगी।...शायद उनमें रेवती हो ही नहीं। हो सकता है कि कुछ चोट आने की वजह से गाड़ी की किसी परिचित महिला के साथ उसके घर चली गई हो...हो सकता है कि उसने फोन भी किया हो, पर लगा न हो,...लाइन नहीं मिलती कभी-कभी..."

बार-बार मन में यही आ रहा था कि बस मन की तसल्ली के लिए ऐसी जगह आना होता है। रेवती तो यहाँ नहीं हो सकती। कैसे हो सकती है? नाक पर रुमाल लगाए हुए थी मैं। मनोहर बार-बार उन लाशों को देखते हुए आगे बढ़ रहा था। लेकिन सात सालों के साथ के बावजूद यदि देह में देह मिलानेवाला पति तक उसे न पहचान सका हो, तो किसी दूसरे से क्या उम्मीद रखी जा सकती है?

खून के दाग जमे हुए।

कीचड़ से सने अवयव।

मृत्यु के कारण भयावह हो चुके शरीर...

रेवती को 'शोले' फिल्म बिलकुल पसंद नहीं आई थी। लाशों की कतार लगा रखी थी इसलिए। "क्या-क्या उल्टा-सीधा दिखाते हैं फिल्मों में? ऐसा कभी होता है क्या? बिलकुल छोटे बच्चे को भी मरा हुआ दिखाया...पता नहीं माँ-बाप अपने बच्चों को ऐसी भूमिका करने की अनुमति कैसे दे देते हैं?" उसने व्याकुलता से कहा था...

और रेवती दिखाई दी। कतार में से एक। लाश।

चेहरा कुचला हुआ, पर वही कद काठी, वही लंबाई,...कपड़े...सब कुछ...

वैसे ही धप् से नीचे बैठ गई। मनोहर से कहा, "यह रेवती।"

"कैसे कह सकती हो?" उसने पूछ ही लिया।

"यह बरसात में पहनने के लिए खरीदी गई नीली साड़ी...हमने साथ ही खरीदी थी। कल गाड़ी में नेलपॉलिश लगाया था हमने, देखो एक जैसा है। "किसी तरह

उठकर उसके पास गई। हाथों में हाथ पकड़ा। ठंडा।" यह देखो, परसों उसका हाथ जरा-सा जल गया था। कह रही थी कि बहुत दर्द हो रहा है..."

"बाहर चलो।" मनोहर बोला।

फिर सारी औपचारिकताएँ...लाश अपने कब्जे में लेने की, घर ले जाने की, अंतिम क्रिया की...

रिश्तेदारों को फोन, अड़ोसी-पड़ोसी, मित्रों-सहेलियों को खबर देना।

और फिर कुछ हड्डियाँ, जरा-सी राख।

रेवती ने कहा था, "हम औरतें आइने की तरह होती हैं। दूसरों के चेहरे दिखाना ही हमारा अस्तित्व होता है। यदि कोई भी सामने न हो, तब भी अपने भीतर सामने की दीवार तो दिखाई देती ही है। अपनी काँच पर हमेशा पारा चढ़ा हुआ—रिश्तों का, परंपराओं का, नीति-नियमों का। कोई भी प्रकाश-किरण हमारे स्त्रीत्व को पारदर्शिता से अनुभव करते हुए आर-पार कभी नहीं जा सकती। पर कभी कोई जादू हो जाता है...और आइने पर कुहरा जम जाता है। और अपने भीतर अपने को ही देखते हुए आइना आत्ममग्न हो जाता है। एक ऐसा मुक्त कालखंड, जब कोई भी प्रतिबिंब लादा हुआ नहीं होता। कुहरा जमा आइना..."

तुम किस कुहरे में खो गई हो रेवती? किस पानी में प्रवाहित हुई है तुम्हारी राख?

और अब फिर यह बरसात का मौसम आ रहा है, जब कि तुम नहीं हो... रेवती, सभी अनुभव इतनी सहजता से ग्रहण कर उतनी ही सहजता से मोड़कर नहीं रखे जा सकते...और यह सब मुझे तब पता चल रहा है, जब तुम्हारे न होने के कारण मैं उन अनुभवों से इतने समय तक वंचित रही हूँ...

5

दिल्ली से वापस लौटते ही वड़गाँव की तैयारी शुरू हो गई। इस बार अधिक समय तक ठहरना था। सोच रही थी कि पूरा समय गेस्टहाऊस में ही रहकर आने-जाने की बजाय कुछ दिन गाँवों में...बस्तियों में ही रहूँ। सबसे महत्त्वपूर्ण बात यह कि इस बार मुकणेबहनजी से भी मिलना था।

इस बार भी सफर अच्छा रहा। बिना किसी बाधा के। पर मन नहीं लग रहा था। खिड़की के पास वाली सीट मिली थी, पर बाहर कुछ देखने का मन नहीं था।

बार-बार यही खयाल आ रहा था कि रेवती होती, तो मैं इतनी उध्वस्त न हुई होती।

उसके जाने के बाद तो बिलकुल निराश हो गई थी मैं। बिस्तर ही पकड़ लिया था।

इसी दौरान साहब का प्रमोशन हुआ था। बोले, "तुम्हारी इस फाल्तू नौकरी की अब कोई जरूरत नहीं है। छोड़ दो।"

मुझे भी लोकल से भय लगने लगा था। कहीं जरा-सा भी जाने की जरूरत होती, तो जाने की इच्छा न होती। तेज पेटदर्द शुरू हो जाता। न कहीं जाना पड़े, न किसी से बातें करनी पड़ें, ऑफिस में चलनेवाली तरक्की की होड़ नहीं चाहिए, न दुश्मनी हो, न हँसना-बोलना हो...मैं भली, मेरा घर भला। उस ऑफिस में जाते जान पर बनती थी, जहाँ रेवती नहीं थी। हाँ, वैसे क्षमा और आरती थीं वहाँ, पर रेवती का स्थान कौन ले सकता था? और, साहब यदि खुद ही कह रहे हैं, तो नौकरी छोड़ने में हर्ज ही क्या है...

अपने आप को बहुत मजबूर पा रही थी।

इसी दौरान भैया करुणा को लेकर आ गए। दिनेश के लिए।

"करुणा तीस की हो चली है। अब उसे तो प्रथम वर मिलने से रहा। यदि उसके नसीब में ही दुहाजू हो, तो हम क्या कर सकते हैं? फिर, दिनेश कोई पराया तो नहीं। पहचानवाला ही है। रेवती तो तुम्हारे लिए बहन से भी बढ़कर थी। करुणा के लिए भी वह बहन जैसी ही। दिनेश की दो बेटियाँ ही हैं। उनकी देखभाल भी अब कौन करेगा? दिनेश बिना शादी के तो रहेगा नहीं। किसी न किसी से तो करेगा ही। तो फिर करुणा में क्या बुराई है? उसकी बेटियों को अपनी बेटियाँ समझ कर पालेगी।"

भैया का तर्क गलत नहीं था।

दिनेश के घर में रेवती का स्थान करुणा ने ले लिया।

बीतते गए दिन, महीने, वर्ष।

वड़गाँव आया। इस बार जब पहुँची, कुछ उजाला था।

महावीर को सूचित कर चुकी थी।

राधाबाई ने खाना बना रखा था। चूल्हे पर बनी भाकरी, मूँग की दाल। खाकर सोने चली गई। शरीर में थकान भरी थी। नींद नहीं आ रही थी। खिड़की खोलकर बाहर देखते लेटी रही पलंग पर। घाट से गुजरनेवाले वाहनों की बत्तियों की रोशनी सड़क के मोड़ों पर मुड़ती हुई चली जा रही थी। घने अँधेरे में केवल रोशनी को सरकते हुए देखना वातावरण को भुतहा बना रहा था। कोई आवाज नहीं, न कुछ दिखाई देता हुआ। एक तेज रोशनी की लपट-सी ऊपर की ओर उठती हुई।

ठंडी हवा से कमरा भर गया। अपने आप नींद भी आ गई धीरे-धीरे।

सुबह उठने पर अनुभव किया कि मन हल्का होता चला गया है।

नहाई। चाय पी।

देखा, घोरपड़े आया हुआ है। एकदम से कला की याद आई।

नीचे उतर कर उसके पास पहुँची। हालचाल पूछने के बाद पूछा, "हिरडेवाडी की वह कला है न...उसकी डिलिवरी हो गई?"

"जी हाँ। आठवें महीने में ही उसने बेटी को जन्म दिया। डॉक्टर तो थे नहीं। कम वजन वाले बच्चों को शहर में जैसी पेटी में रखा जाता है, वैसी पेटी भी यहाँ नहीं है। आँखों के सामने दम तोड़ दिया उसने। कोई भी कुछ न कर सका।"

पल-भर के लिए मैं सुन्न हो गई। कितने खोखले थे मेरे शब्द। क्या-क्या नहीं कहा था मैंने। कैसे-कैसे सपने दिखाए थे उसे। मैं अपनी खुद की समस्याएँ तो नहीं सुलझा पा रही हूँ, और दूसरों की समस्याएँ सुलझाने चली हूँ।

बच्चा गोद लेने की बात चलने पर हिरडेवाडी की एक औरत ने कहा था, "अपना पेट का जाया तो जीता नहीं, बाहर का क्या जियेगा? इसीलिए गोद नहीं लिया। दूसरों का बच्चा अपने घर में लाकर क्यों मरने के लिए छोड़ा जाए?"

यह सुनकर उस समय लगा था कि कितना गलत और निराशावादी विचार है यह। पर आज उसकी भावनाएँ समझ पा रही हूँ और लग रहा है कि अपनी भी कुछ ऐसी ही हालत हो गई है...

फिर कमरे में चली आई।

डॉक्टर दयाल ने ठीक ही कहा था।

सभी फंडिंग एजंसियाँ आज हमारे यहाँ स्वास्थ्य के उद्देश्य से धन देती हैं, तो केवल प्रिवेन्टिव केअर के लिए। उन्हें बताने पर भी उनकी समझ में यह बात नहीं आती कि आगे के लिए भी यहाँ कोई जरूरत है। आज हमारे यहाँ के आदिवासी इलाकों में ही नहीं, ग्रामीण इलाकों में भी सरकार ने किसी तरह क्यों न हो, सुविधाएँ जुटा रखी हैं। वहाँ प्रिवेन्टिव केअर का ध्यान तो रखा ही जाता है। उन सुविधाओं में जो त्रुटियाँ हैं, उन्हें दूर करने के लिए प्रयास करो, पर एक ही बात के लिए बार-बार पैसा, समय और परिश्रम बरबाद न करो। आज यहाँ अच्छे सर्जनों की जरूरत है। विविध विषयों के विशेषज्ञ डॉक्टरों की जरूरत है। चिकित्सा से संबंधित आधुनिक मशीनों की जरूरत है। शल्य चिकित्सा के लिए नए-नए साधनों की जरूरत है।

तारूबाई के बताए एक-एक प्रश्न आँखों के आगे घूमते रहे।

मुझे भी कुछ करना चाहिए।

इतनी बाधाओं के बीच भी इतने सारे लोग कर ही रहे हैं न कुछ न कुछ।

मुझे भी अपनी क्षमतानुसार गिलहरी के हिस्से का बोझ उठाना चाहिए।

प्रत्येक मुद्दे पर केवल भावुक होने से काम नहीं चलेगा। यहाँ काम करने की जरूरत है। अतः भावना से पहले विचार उठने चाहिए। केवल प्रश्नों को समझ लेना मेरा उद्देश्य नहीं है। भले ही आज मैं केवल डाक्यूमेंटेशन का काम कर रही हूँ, पर मेरा मात्र यही ध्येय नहीं है। मेरा यह अंतिम उद्देश्य नहीं है।

तो फिर क्या है?

एकदम चौंक गई मैं।

ध्येय...उद्देश्य...मेरे शब्दकोश में ये शब्द कब आए?

मुझमें यह परिवर्तन कहाँ से, कैसे हो रहा है...

किस दिशा में शुरू हो रही है यह नई यात्रा?

अपने को ही साथ लेकर?

महावीर के साथ बैठकर आगे के कामों की योजना बनाने में पूरा दिन बीता। शाम को मुकणे बहनजी से मिलने की बात तय हुई थी।

महावीर ने बताया, "मुकणे बहनजी सभापति बन गई हैं।"

"सभापति? पर वह स्थान तो महिलाओं के लिए आरक्षित नहीं था न?" मुझे आश्चर्य हुआ।

"नहीं था, पर आदिवासियों के लिए आरक्षित था। पहले हम उनसे मिल आते हैं। बाकी बातें बाद में करेंगे।"

जिस औरत को लोगों ने सरपंच के पद पर नहीं टिकने दिया था, वह आज सभापति बन गई है। किस बल पर? कौन से दाँव-पेंच लड़ाए होंगे उसने? मेरी उत्सुकता बढ़ती गई।

"मुकणे बहनजी कुराडे के घर आई हैं।" घोरपड़े ने खबर दी।

"जाकर देखते हैं। यदि उनका काम हो चुका हो, तो वहीं से आगे उनका घर है...या फिर कुराडे के घर पर बैठकर ही बातें कर लेंगे।" महावीर ने घोरपड़े से कहा। घोरपड़े भी हमारे साथ हो लिया।

"कुराडे के यहाँ कोई धार्मिक कार्यक्रम है।" मेरी ओर मुड़ते हुए महावीर ने बताया।

"कैसा कार्यक्रम?"

"इन आदिवासियों का कुछ होता है दीदी।"

"अरे, पर क्या है, वह तो पता चले। सब धार्मिक यानी खराब, ऐसा नहीं होता भाई।"

"नहीं, ऐसी बात नहीं है।" महावीर ने जल्दी से खुलासा किया। "यहाँ जो कुराडे परिवार रहता है, उनकी काफी सारी खेती-बाड़ी है। नाते-रिश्तेदार भी बहुत हैं। बच्चे पढ़-लिख कर पुणे-मुंबई में नौकरी कर रहे हैं। इसलिए उनकी स्थिति अन्य आदिवासियों जैसी नहीं है। अच्छा चल रहा है। राजनीति की ओर भी ध्यान देते हैं। उनके यहाँ कुछ समस्या आ गई। उनके बड़े बेटे का बेटा पाँच-छह साल का है। वह बार-बार बीमार हो जाता है। डॉक्टर—इलाज वगैरह भी चल ही रहा है। पर वह ठीक नहीं हो रहा है। तब भगत ने कहा कि उसका नाम बदलकर उसके दादा का नाम रखोगे, तो उसकी तबियत ठीक होगी। आज सवेरे उसी का कार्यक्रम था। दोपहर पूरे गाँव को पुरनपोली की दावत दी। अब शाम को मटन की दावत है। हम सबको भी बुलाया था। एक बार तो होकर आना ही होगा। आप भी चलिए। मुकणे

बहनजी भी वहीं मिल जाएँगीं।"

टहलते हुए निकल पड़े। सड़क के दोनों तरफ बरगद के पेड़। उस पार खेत। काँटों के झुरमुट लगाकर खेत के रास्ते बंद किए हुए। आगे जाने पर छोटा-सा टीला मिला। ऊपर चढ़ते-चढ़ते ही कुराडे का घर दिखाई देने लगा। पुराना बड़ा-सा मकान। सामने बरामदा। लीपा हुआ आंगन। गोठ। बँधे हुए पशु। इधर-उधर घूमती मुर्गियाँ।

बरामदे में पंगत लगी थी। एक आदमी बाल्टी में भरा चावल हाथ से ही परोस रहा था। मुकणे बहनजी ने मुझे पहचान लिया।

मैंने कहा, "आपसे ही मिलने आई हूँ। कुछ बातचीत करनी थी आपसे। और हाँ, सबसे पहले आपको बधाई। महावीर भाई ने कहा कि आप सभापति बन गई हैं। इतने सारे संघर्ष के बाद आपने जो सफलता पाई है, उसके लिए आप बधाई की हकदार हैं।"

उन्होंने हँसकर गर्दन हिला दी। तब तक हमारे आसपास लोग इकट्ठा हो गए थे। महावीर ने सबसे परिचय कराया। उनमें भूतपूर्व सभापति और विद्यमान सरपंच भी थे। मुझे तुरंत ख्याल आया कि ये लोग ही तो मुकणे बहनजी के विरोधी थे। उन्हें कुर्सी से हटाकर सरपंच का पद प्राप्त करनेवाला यह व्यक्ति और भूतपूर्व सभापति, जो सरपंच की नकेल अपने हाथ में थामकर दाँवपेंच लड़ाते रहे थे। इनके सामने संघर्ष वगैरह शब्दों का प्रयोग नहीं करना चाहिए था मुझे, पर कर तो चुकी ही थी। अब क्या हो सकता था?

"मैडम, हमारा इलाका देख चुकी आप?" भूतपूर्व सभापति ने पूछा।

"कुछ गाँवों में घूम चुकी हूँ।" मैंने संदिग्ध उत्तर दिया।

"कैसा लगा आपको यहाँ का काम? सुना है आप अन्य आदिवासी इलाकों में भी घूम चुकी हैं। उनकी तुलना में हमारे यहाँ बेहतर विकास हुआ है या नहीं? हमने यहाँ काफी काम किया है।"

"जी हाँ, जानती हूँ। पर जब आपने पूछ ही लिया है, तो जो अनुभव किया है वह बता रही हूँ। कुछ भागों में काम हुआ है। वहाँ तक योजनाएँ पहुँची हैं, लाभ मिला है। पर कुछ इलाकों में लोगों को पता तक नहीं कि ऐसी कोई योजना होती भी है। अब आपके इलाके को ही लें। यहाँ केवल महादेव कोली जनजाति के लोग ही नहीं हैं, कातकरी लोग भी हैं। वे लोग भी गरीबी रेखा के नीचे हैं। क्या किसी भी कातकरी को 'इंदिरा आवास योजना' के तहत घर मिला है? गिने चुने लोगों को झोली भरकर मिलता है...बाकियों को बूँद-भर भी नहीं। और यह सब आप लोगों के हाथ में है।"

"ऐसे आपने कितने गाँव देखे हैं? बता दीजिए हमें कि हमने कहाँ काम नहीं किया है। हमारे गाँव में कहाँ आई थीं आप? यूँ ही इधर-उधर के चार गाँव देख लेने से हो गया?" सरपंच भड़क गया था।

"प्रत्येक गाँव देखना तो संभव नहीं। पर मैंने अलग-अलग परिस्थिति वाले

बारह-तेरह गाँव देखे हैं। यहाँ तक कि आपके हिरडेवाडी में भी गई हूँ...वहाँ का सरपंच भी अब तक वहाँ नहीं गया है। और सरपंचजी, भले ही मैं आपके गाँव में न आई हूँ, पर वहाँ की परिस्थिति की जानकारी मुझे आपके ही लोगों से मिल चुकी है। गरीबी रेखा के नीचे किस-किस के नाम लिखे जाएँ, यह बात आपके और ग्रामसेवक के हाथ में थी। आपने उन लोगों के नाम लिखे ही नहीं, जिनके साथ आपका झगड़ा था। किस बात की अकड़ दिखा रहे हैं?"

आसपास की भीड़ बढ़ गई, वातावरण में तनाव भी। महावीर जल्दी से बीच में आ गया। 'अगली पंगत परोसी जा रही है, भोजन के लिए चलिए...' कहते हुए उसने सभी को तितर-बितर कर दिया। कुराडे के घर के लोग यह पूछने के लिए आए कि सब प्रकार का खाना चलता है न। शाम साढ़े छह का समय। इस समय भोजन यानी...पर सोचा, राधाबाई के घर के लोग भी यहीं हैं भोजन के लिए, मैं न खाऊँ, तो उन्हें बेवजह मेरे लिए खाना पकाना पड़ेगा। "ठीक है, चलेगा" कहते हुए भोजन किया। कुराडे के परिवार की महिलाओं ने चलते समय टीका लगाकर हाथ में नारियल थमाया। बिंदी लगवाते समय मन में आया कि ये औरतें क्या तब भी मेरे साथ ऐसा ही बर्ताव करेंगी, जब उन्हें पता चलेगा कि मैं परित्यक्ता हूँ? उनसे औपचारिकतावश दो शब्द बोलकर लौटने के लिए मैं आंगन में आई। तभी मुकणे बहनजी से कोई मिलने आया। रुकना पड़ा।

"बहनजी से ऐसी कौन-सी बातें करनी हैं आपको?" सामने से आकर एक ने पूछा।

"यही कि वे इस क्षेत्र में कैसे आईं? उनके भले-बुरे अनुभव क्या हैं? पारिवारिक पृष्ठभूमि, शिक्षा, गाँव के लिए जो काम उन्होंने किए, और ऐसा ही कुछ..."मैंने सहजता से उत्तर दिया।

"पूछिए। पर उनके बारे में यदि आपने कुछ उल्टा-सीधा लिखा, तो हम भी देख लेंगे, याद रखना।"

"देख लेंगे का क्या मतलब? और उल्टा-सीधा मैं कहाँ लिखूँगी?"

"उसका क्या है...बहनजी को कुछ ठीक तरह से बोलना–बताना तो आता नहीं। उन्हें कोई अनुभव भी नहीं। हमने तो केवल इसलिए सपोर्ट किया कि वे हमारी जाति की हैं, हमारे रिश्ते में हैं। वरना उनकी औकात ही क्या थी? हमारी भी पहचान है ऊपर तक...हमारे साथ दाँव मत चले कोई...हम भी कमजोर नहीं हैं। आप लोगों का कुछ कहा नहीं जा सकता, पर हमने भी अपनी माँ का दूध पिया है।"

"आपको पता भी है कि आप क्या बड़बड़ा रहे हैं?" मैं भड़क ही गई। "आप मेरा नाम-पता तक नहीं जानते। आपको तो यह भी नहीं मालूम कि मैं यहाँ किसलिए आई हूँ? जो मन में आया, बोले चले जा रहे हैं।'

"ओ मैडम, कहे देता हूँ..."

"चिल्लाइए मत। आखिर आप हैं कौन? मेरे साथ इस तरह क्यों बोल रहे हैं? आपका संबंध ही क्या है?"

"मैं पुणे में कलेक्टर ऑफिस में काम करता हूँ। मुकणेबाई मेरी भाभी लगती हैं। उसका पति मेरा चचेरा भाई है। हमारे घर की औरत की चिंता हमें नहीं होगी तो किसे होगी। हम नहीं करेंगे उसकी रक्षा, तो कौन करेगा? हमारे खानदान का सवाल है, तो हम बात तो करेंगे ही ना।"

"पर कम-से-कम यह तो देखिए कि आप किसके साथ बात कर रहे हैं। मेरे बारे में आपको कोई जानकारी नहीं है, और आप जो चाहे बोले चले जा रहे हैं।"

"तो बताइए अपने बारे में, जो भी बताना चाहती हैं।"

"यदि शुरू में ही आपने ऐसी बात कही होती, तो आगे बात बढ़ती ही नहीं। मैं न कोई पत्रकार हूँ और न किसी समाचार पत्र में कुछ उल्टा-सीधा लिखनेवाली हूँ। आपकी इस स्थानीय राजनीति में मुझे रत्ती भर भी रुचि नहीं है। मेरे लिए तो यही अद्‌भूत बात है कि एक आदिवासी महिला प्रयास करते हुए आत्मविश्वास के साथ सभापति के पद तक पहुँचती है। राजनीति में कार्यरत सभी आदिवासी महिलाओं से मिली हूँ मैं, केवल आपकी मुकणे बहनजी ही एकमात्र नहीं हैं।"

"पर वे कुछ बता नहीं पाएँगी।"

इस बीच मुकणे बहनजी पास आकर खड़ी हो गई थीं और सुन रही थीं, बिना कुछ बोले।

"मुझसे पूछिए जो पूछना है। मुझे सब मालूम है। उनके ससुराल, उनके मायके के बारे में। पन्द्रह साल की उम्र में शादी कर वे हमारे घर में आईं हैं। उधर भीमाशंकर में उनका मायका है...मैं बताता हूँ न, बस बताइए कि आपको क्या जानकारी चाहिए।"

"लेकिन यह सब मुझे आपसे जानना ही नहीं है। मुकणे बहनजी से ही सुनना है मुझे सब। उन्हें बोलने दीजिए न जो भी बोलना हो। सब ठीक तरह से बताएँगी वे। आप क्यों बीच में टांग अड़ा रहे हैं?"

"देखिए मैडम..."

"मैं आपसे एक शब्द तक नहीं बोलना चाहती। आपकी कोई बात सुनने के लिए मेरे पास समय नहीं है। आप जा सकते हैं। चलिए मुकणे बहनजी।" मैं मुड़ी। मुकणे बहनजी गर्दन झुकाए मेरे साथ चलने लगीं।

"ठीक है, पर आप याद रखिए, जो भी मैंने आपसे कहा है।"

उनकी ओर ध्यान दिए बिना मैं आगे बढ़ गई।

"हमने बनने दिया इसलिए यह औरत सभापति बनी। हमारे घर की औरत।... वह मुख्यमंत्री भी बने, तो हमें खुशी ही होगी...बनकर दिखा दे वह...हम हैं न सपोर्ट करने के लिए..." वह अब भी बड़बड़ा रहा था।

शायद मुकणे बहनजी इसलिए चुप रहीं कि ससुराल के बंदे से क्यों झगड़ा

मोल लें। ...और उन्हें ऐसी घटनाओं का सामना तो करना ही पड़ा होगा इससे पहले भी...चुनाव होते ही जाने कितने पत्रकार आए होंगे। हो सकता है कि किसी ने कुछ विरोध में लिखा भी हो। शायद इसीलिए यह आदमी इतना भड़क गया था। पर आज मेरी जगह सचमुच कोई पत्रकार होता, तो झुंझलाकर लिख ही दिया होता उसने इनके विरुद्ध। हरेक का अच्छा-बुरा पक्ष होता है...और शायद वे लोग यह भी बर्दाश्त नहीं कर पाए होंगे कि उन सबको छोड़कर घर की एक औरत सबके आकर्षण का केन्द्र बन गई है।

अँधेरा गहराने लगा था।

मुकणे बहनजी का घर कुछ और ऊपर की तरफ था।

चल पड़े।

सड़क ठीक नहीं थी। आगे चलकर तो वह भी नहीं रही।

खेत की मेड़ से होते हुए चल रहे थे।

"संस्था की गाड़ी क्यों नहीं ले आए?" मुकणे बहनजी ने पूछा।

"पास ही है कहा महावीर भाई ने, तो चले आए टहलते हुए।"

मुकणे बहनजी का छोटा बेटा था साथ में। उसने कहा, "यहाँ ऊपर गाड़ी कैसे आ सकती है? सड़क ही कहाँ है? सड़क तो केवल कुराडे के घर तक है। माँ, अपने यहाँ तक सड़क कब बनेगी?"

"बनवा लेंगे अब।" उसके सिर पर हाथ फेरते हुए बहनजी ने कहा।"अब सभापति होने के कारण मुझे भी जीप मिली है, पर घर तक उसे नहीं ला सकते। अब सड़क बनानी ही होगी।"

बेटा उनकी उँगली थामकर चल रहा था। मैंने उसके स्कूल वगैरह के बारे में पूछा। घर पहुँचे। पाँच छह घर पास-पास बने थे। पत्थर की दीवारें। ऊपर टीन की छत। कुछ ठिगना दरवाजा। भीतर गए। भीतर से घर शहर के रंग में रंगा लगता था। बर्तन रखने के लिए स्टैंड। रेडियो। ब्लैक एंड व्हाइट टीवी। कैलेंडर और गैस का चूल्हा भी।

मुकणे बहनजी ने पति से परिचय कराया। वह पिंपरी के एक कारखाने में नौकरी करता था। आसपास के घर भी उन्हीं के सगे-संबंधियों के थे। खेतीबाड़ी भी थी।

मुकणे बहनजी ने कहा, "मेरे माता-पिता के पास भी काफी जमीन थी खेती के लिए, पर पहाड़ी इलाका होने के कारण कोई फसल न होती थी। चार सालों में एक फसल ले सकते थे। हम सात भाई-बहन। पाँच बहनें, दो भाई। मेरा नंबर चौथा। माँ-बाप ने शादी तय की।"

"तो फिर, दहेज लिया या नहीं?" मैंने हँसकर पूछा।

"जी हाँ, लिया। दहेज, कपड़े...सब हुआ।"

"पढ़ाई कहाँ हुई आपकी?"

"पढ़ाई...?"

"आप खुलकर बात कीजिए बहनजी। मैं कोई पेपर-वेपर में लिखनेवाली नहीं हूँ। इस बारे में कोई आपसे जवाब—तलब भी नहीं करनेवाला। हमें तो केवल इतना देखना है कि राजनीति में आई सभी आदिवासी महिलाओं की क्या स्थिति है।"

"जो सच है, वही बता रही हूँ मैडम। मेरी कोई पढ़ाई नहीं हुई। लिखना-पढ़ना घर पर ही सीखा। वह भी शादी के बाद। पढ़ने के लिए पेपर हाथ में लेती थी, तो शुरू-शुरू में फिल्मों के चित्र देख-देख कर नामों का अनुमान लगाना सीखा। तब धीरे-धीरे अक्षर पहचानने लगी। फिर पढ़ना सीखा...दादा कोंडके, निलू फुले...। पहले पृष्ठ पर की सुर्खियाँ पढ़ना सीखा। उसके बाद सीधे जाकर ककहरे की किताब ले आई और अपने आप पढ़ना सीख लिया। सरपंच पद के चुनाव आए, तो स्कूल में जाकर गुरुजी से प्रमाणपत्र माँगा। उन्होंने चौथी पास का प्रमाणपत्र दे दिया।"

मेरी हँसी निकल गई। चौराहे पर मिले गुरुजी और वह प्रणाम याद आया।

"कुछ और भी पढ़ती हैं या नहीं?"

"पुस्तकें पढ़ती हूँ न, कथा वगैरह भगवान की...पुस्तकें खरीदती थी, खरीदनी चाहिए। पढ़ना चाहिए। सीखना चाहिए। एक बार पुणे से यहाँ आते समय किसी दूसरी बस में ही चढ़ गई। बोर्ड ही नहीं पढ़ सकती थी। आधे घंटे बाद कंडक्टर आया, तो मैंने वड़गाँव का टिकट माँगा। उसने कहा कि बस वहाँ नहीं जाती। तब बीच में ही उतर जाना पड़ा। लोग हँसे। बहुत बुरा लगा। सोचा, यदि पढ़ना आता होता, तो मैं गलत रास्ते से न गई होती।"

यह औरत सच बोल रही है या बातें बना रही है? ये उसके अपने विचार हैं या किसी ने ये वाक्य उसे रटा दिए हैं? थोड़ी बातचीत के बाद धीरे-धीरे समझ आ ही जाएगा। परंतु यह अगर सच बोल रही है, तो कहना पड़ेगा कि अब तक राजनीति में पूरी तरह मँजी हुई नहीं है। या फिर, मँजी होने के बावजूद शायद उसे लगता होगा कि अपने आपको भोले रूप में प्रस्तुत करना ही होशियारी है।

"मुझे दिल से लगता था कि समाज की सेवा करूँ। अपने समाज को सुधारने का मुझे अवसर मिले। पर शिक्षित न होने के कारण सोचती थी कि कर पाऊँगी या नहीं। ग्राम पंचायत का चुनाव लड़ा। महिलाओं के लिए सीट आरक्षित थी। विरोधी पक्ष की महिला ने नाम वापस ले लिया, तो निर्विरोध चुन ली गई। उसके बाद सरपंच का पद महिलाओं के लिए आरक्षित न होते हुए भी निर्विरोध सरपंच पद के लिए भी चुनी गई। आदिवासियों के लिए आरक्षित थी वह सीट। महिला आरक्षित होने के कारण ही चुनी गई, अन्यथा किसी आदिवासी पुरुष को ही खड़ा किया होता उन्होंने। चार वर्ष तक सरपंच रही। फिर अविश्वास का प्रस्ताव रखा गया।"

“क्या कारण बताए गए?”

“सरपंच हमें विश्वास में लेकर काम नहीं करते, कामों की योजना बनाते समय हमारी राय नहीं लेते...? पहले केवल कांग्रेस के लोग विरोधी थे, फिर राष्ट्रवादी भी विरोधी हो गए। सात लोगों का निकाय था, उनमें से छह लोग एक तरफ। बहुमत उनका था। भले ही वे एक पक्ष के नहीं थे, पर पुरुष थे। एक महिला थी, पर उसका बच्चा छोटा होने के कारण अक्सर वह आती ही नहीं थी। या, आने पर भी केवल हस्ताक्षर कर चली जाती थी। अभी भी वही करती है। तहसीलदार मैडम का सपोर्टर था। पर कानून से उनके हाथ भी बँधे थे। फिर भी उन्होंने उनसे पूछा कि क्या सचमुच ऐसा हुआ है? बैठकें होती हैं या नहीं? आप मुद्दे प्रस्तुत करती थीं या नहीं? आपके कौन-से मुद्दे स्वीकृत नहीं हुए? वे कोई उत्तर नहीं दे पाए। वे सोच रहे थे कि पद बचाने के लिए शायद मैं उनसे मदद माँगूँगी। पर मैंने नहीं माँगी। किसी ने समर्थन नहीं दिया, मैंने भी नहीं माँगा। मुझे अपने बलबूते पर बड़ा होना था। त्यागपत्र नहीं दिया। मैं अब भी उस ग्राम पंचायत की सदस्य हूँ।”

“पर शुरू के चार साल तो सब ठीक चल रहा था न?”

“जी। शुरू में मेरे साथ काफी अच्छा बर्ताव था उनका। पुरुष चाहते हैं कि जो सीटें महिलाओं के लिए आरक्षित हैं, उन पर तथा अन्य सीटों पर जो महिलाएँ निर्वाचित होती हैं, वे उनकी ही बात मानें। उनकी उँगली पकड़कर चलें, तो ज्यादा मुश्किलें नहीं आतीं।”

“यानी बहुत से पदों पर आप निर्विरोध ही चुनी गई हैं...पर क्या कभी पराजय का स्वाद भी चखा है?”

“जी हाँ। पुणे में जिला परिषद के चुनाव में खड़ी थी। एक सदस्य की मृत्यु के कारण वह सीट रिक्त हुई थी। महिलाओं के लिए आरक्षित नहीं थी वह सीट, एक पुरुष के विरुद्ध चुनाव लड़ा। पर हार गई। पाँच सौ चौदह मतों से। पर अब देखिए... शिवसेना को सात सौ, राष्ट्रवादी को अठारह सौ और मुझे तीन हजार मत मिले।”

“ग्राम पंचायत के चुनाव के लिए कितना खर्च करना पड़ा?”

“उस समय कुछ नहीं करना पड़ा था। पर अब उप चुनाव के दौरान पच्चीस हजार खर्च हुए। पद महिलाओं के लिए आरक्षित हो गया था। वैसे, इस बार चुनाव लड़ने की इच्छा नहीं थी, क्योंकि घर में कुछ अड़चनें थीं। पर जो अन्याय हुआ था, वह तो मिटाना ही था। लड़ाई मराठा और आदिवासी के बीच थी। इसलिए आदिवासी समाज के लोगों ने तय किया कि इस औरत को फिर से आगे बढ़ाने का काम हमें करना चाहिए। तब लोगों के अनुरोध की खातिर मैंने आवेदनपत्र भरा। पूरे एक हजार मतों से चुन ली गई। मुझे कुल तीन हजार मत मिले।” मुकणे बहनजी जल्दी-जल्दी बता रही थीं। उनके रवैये से ही पता चलता था कि पिछले महीने-भर में उनके कई साक्षात्कार हो गए होंगे। फिर भी, वह सब सुनने में मेरी रुचि तो थी ही।

इस बीच चाय परोसी गई। मुकणे बहनजी का पति वहीं दीवार से टिका बैठा शांतिपूर्वक सुन रहा था। बच्चे आसपास बैठे थे। चाय लेकर आई महिला बच्चों को भोजन करने के लिए कह रही थी।

"तो, सभापति का पद कैसे मिला?" चाय पीते हुए मैंने पूछा।

"सभापति का पद महिलाओं के लिए आरक्षित नहीं था, पर आदिवासियों के लिए था। आदिवासियों में से एक मैं थी। दूसरा एक पुरुष था। पर मुझे अपनी जिद पूरी करनी थी। अन्याय को सामने लाना था। तब पूरी ताकत लगा दी। उस आदमी को समझाया कि इस बार मुझे सभापति बनने दो, अगली बार आपका नाम पक्का। तब वह मान गया। सभापति का पद निर्विरोध मिल गया।"

हम बातचीत कर ही रहे थे, कि संस्था से चार-पाँच लोग आए। बोले, "आपके घर से फोन आया था। फिर से आनेवाला है। जल्दी चलिए।"

घर से फोन? शांता मौसी ने क्यों किया होगा फोन? कुछ समझ नहीं आ रहा था। उलझन-सी महसूस हुई। क्या हुआ होगा?

मुकणे बहनजी से कहा, "ठीक है, फिर मिलेंगे।"

गेस्टहाऊस की ओर चल पड़ी।

ऑफिस में फोन के पास ही ठहरी रही। घंटी बजी। रिसीवर उठाया तो उस ओर थे साहब।

"किसके साथ मजे उड़ाने गई थी?"

एक क्षण के लिए तो मैं अवाक् ही रह गई। इन्हें कैसे पता चला कि मैं यहाँ आई हूँ? यहाँ का नंबर उन्हें किसने दिया? पर यहाँ से फोन पर यह सब पूछा भी नहीं जा सकता था।

"क्या काम है?" मैंने प्रयत्नपूर्वक अपनी आवाज को स्थिर रखते हुए पूछा।

"तुमसे भला किसी का क्या काम हो सकता है? मेरा तो बिलकुल नहीं। मैं रांड नचाते नहीं घूमता कभी। बाजारू औरत।"

"क्या यही कहने के लिए फोन किया था?"

"तुम क्या सोचती हो कि पुलिस की धमकी से मैं डर जाऊँगा? चुप रहूँगा? साली, मुझे धमकी देती है। अपने ही घर में मुझे आने से रोकती है। किसे घर में बिठाना चाहती हो? अब तुम्हें भी उस घर में चैन से नहीं रहने दूँगा। याद रखना। उस घर में ही नहीं, पर दुनिया में कहीं भी तुम्हें सुख-चैन से नहीं रहने दूँगा मैं।"

"क्या बिगाड़ा है मैंने आपका? किसलिए बेवजह परेशान कर रहे हैं? आपके मनमाफिक ही तो हुआ है न सब कुछ? यदि मैने तय ही किया होता, तो तलाक के कागजातों पर हस्ताक्षर ही न किए होते। समझदारी के साथ सब हुआ, इसलिए

आप जल्दी मुक्त हो गए। अन्यथा आप बुरे फँसे होते।"

"तुम...तुम मुझे बुरी तरह फाँसती? छिनाल...अब देखो तुम्हारी क्या गत बनाता हूँ।"

"कर लीजिए, जो भी कर सकें। अब मुझे कोई फर्क नहीं पड़ता। हिम्मत हो तो करके ही दिखा दीजिए। केवल बोलने से क्या होगा? आप क्या सोचते हैं, कि मैं जहाँ भी जाऊँ, वहाँ इस तरह फोन कर गालियाँ देने से मैं बदनामी के भय से घबरा जाऊँगी...अब घबराने के लिए बचा ही क्या है?" मैंने फोन रख दिया।

ऑफिस में घोरपड़े था। उससे कहा, "कुछ देर रिसीवर उठाना ही नहीं। मेरे यहाँ होने तक यदि मेरे घर से फोन आता है, तो साफ कह देना कि मैं यहाँ नहीं हूँ।"

फिर शांता मौसी को फोन कर उन्हें बताया, "यदि आपको कोई परेशानी हो, तो सुमेध से कहिएगा।"

क्षण-भर तो मन में आ ही गया कि अब यह बात सब तरफ फैल जाएगी और चर्चा का विषय बन जाएगी। परित्यक्ता होने की बात सुनकर सबका दृष्टिकोण बदल जाएगा। पर और कोई चारा भी नहीं था। अब धीरे-धीरे इन सब बातों का सामना तो करना ही पड़ेगा।

अच्छी हवा चल रही थी। पर मन नहीं लग रहा था।

खूब रोने का मन करने लगा। रात-भर करवटें बदलती रही।

शहापुर की कान्हीबाई का ठाकरी भाषा में गाया गीत याद आता रहा...

'आईबापानी दिलां मलां बरां नाही केलां जे
घारीचे वानी मलां फिरायेला इलां जे
कावल्याचे वानी मलां काकायेलां इलां जे
पाखेरूचे वानी मलां छुरायेला इलां जे
कोयेलाचे वानी माजा जंजालु जालां जे'

माँ-बाप ने मुझे ऐसे घर में दिया, यह ठीक नहीं किया। यहाँ अब मेरी हालत कैसी हो गई है? चील की तरह मुझे निरंतर घूमते रहना पड़ता है। कौए की तरह कर्कश स्वर में झगड़ते रहना पड़ता है। पिंजड़े में फँसे पंछी की तरह मैं घुलती जा रही हूँ। मैं तो कोयल जैसी थी, अब गृहस्थी के जंजाल में फँस गई हूँ।

नाचते-गाते औरतों ने पूरी रात बिता दी थी। कितनी खुश नजर आ रही थीं वे सब औरतें। जीवंत। टूटे-फूटे घर में, फर्श उखड़ी जमीन पर बड़ी सहजता से अलग-अलग पद्धति से कदम रख रही थीं। बीच में ही उछल रही थीं। यदि कोई किसी नए तरीके से कदम रखती, तो दूसरी औरतें रुककर देखतीं और फिर उस लय को अपने कदमों में भर लेतीं। उस रात उन्होंने नृत्य के कितने सारे प्रकार दिखाए मुझे।

आखिर गीत सुनते-सुनते, कुछ ऊँघते हुए मैं जिजाबहन के पलंग पर लेट गई, तो कान्हीबाई ने शुरू किया-

"इकडे एक पाय अन् तिकडे एक पाय। कोणाच्या पलंगावर निजली जे बाय।"

(एक पाँव इधर है, एक पाँव उधर है, यह औरत किसके पलंग पर लेटी है)

और खिलखिलाकर हँसते हुए मैं झटके से उठ बैठी। कितनी देर तक हँसी रुक ही नहीं रही थी। आखिर जिजा चिल्लाई, "ओ फुला दीदी, उत्तर दो ना...कहो, जिजाच्या पलंगावर निजली मी बाय।" (जिजाबहन के पलंग पर लेटी हूँ मैं)

जिजा बहन को पति ने त्याग दिया था। दूसरी गृहस्थी बसा ली थी। पर हताश होकर जिजा खामोश नहीं बैठी थी। वह जागरुक आदिवासी संगठन की सदस्य बनी और अपने इलाके में संगठन का काम करना शुरू किया। उसने जैसे एक आंदोलन ही खड़ा कर दिया। संगठन का काम तो कर ही रही थी, साथ ही गाँव में शराबबंदी का काम भी किया। महिलाओं की फौज ही खड़ी कर दी थी उसने।

रहती तो थी मायके में,पर भाइयों पर भी उसकी धाक जमी हुई थी। काम करती थी, कमाती थी। उसकी भौजी बार-बार मायके भाग जाती थी। उसकी बेटी को जिजा अपनी बेटी की तरह ही पाल रही थी।

जिजा जो कर सकती है, क्या मैं वह नहीं कर सकती थी?

डॉ. दयाल से रास्ता पूछना होगा।

उन्होंने कहा था, "अपने सारे प्रश्नों को खुद ही सुलझाने की झंझट में नहीं पड़ना चाहिए। कई बार ऐसा भी होता है कि वही प्रश्न किसी दूसरे के हिस्से में भी आया हुआ होता है और उसने उसका उत्तर खोज लिया होता है। उससे पूछ लेना चाहिए। उपाय अपना लेना चाहिए और मुक्त हो जाना चाहिए। बचे हुए समय का सदुपयोग किया जा सकता है।"

सुबह महावीर से कहा, "क्या हम मुकणे बहनजी को यहाँ नहीं बुला सकते? इस बात का भरोसा नहीं दिया जा सकता कि घर के, नाते रिश्ते के लोगों के सामने वे सच ही बोलती होंगी। रटे हुए भाषण जैसा बोल रही थीं। अभी मैंने उनके साथ हुई बातचीत के नोट्स देखे। घर की अड़चनों का उल्लेख था। उनसे यह पूछना होगा कि वे कौन-सी बातें हैं। देखो, यदि उन्हें बुला सको तो।"

महावीर कुछ सोच में पड़ गया।

"ऐसे तो नहीं बुला सकते। फिर, कल आपकी कुछ बोलाचाली भी हो गई थी। इस कारण लोग कोई अलग ही अर्थ लेंगे। पर ठीक है, देखते हैं, कोई न कोई रास्ता

मिल ही जाएगा।"

"कल की बोलाचाल बेवजह ही हुई ना..."

"लोगों ने सोचा कि आप कुछ उल्टा-सीधा लिखेंगी, छापेंगी। उन्हें अनुसंधान और पत्रकारिता का फर्क मालूम तो है नहीं। उसमें कुछ गड़बड़ी भी हो गई। क्या है, कि आजकल वातावरण ही इतना संदेहास्पद हो गया है कि कोई सच भी बोले, तो इसमें भी उसकी किसी चाल के होने का संदेह होता है।"

"सच है महावीर। मुकणेबहनजी के मामले में मेरे साथ भी कुछ ऐसा ही हुआ। उन्होंने अपनी शिक्षा वगैरह के बारे में बताया, और भी बहुत कुछ...पर कोई बहुत सच बोलने लगता है न, तो लगने लगता है कि यह हेतुपूर्वक हो रहा है या झूठ ही है। हो सकता है कि मुझ पर भरोसा कर वे ईमानदारी के साथ बता रही हों, पर ऐसे में मुझे किसी पर विश्वास ही नहीं होता, और ऐसा भी लगता है कि सब मेरी तरफ अविश्वास के साथ देख रहे हैं।"

"घोरपड़े कह रहा था कि आपकी कोई समस्या है शायद। कह रहा था कि घर से कल कोई फोन आया था।"

"ऐसी कोई खास समस्या नहीं है। हाल ही में मैंने तलाक लिया है। पति ने दूसरी शादी कर ली है। पर अब तक वह मेरा स्वामित्व त्यागने के लिए राजी नहीं है, बस इतनी-सी बात है।" मैंने सहजता दर्शाते हुए कहा।

"बेटा कहाँ है आपका?"

"वह गया बाप के साथ ही। इसीलिए तो इतनी फुरसत मिली है मुझे...और अब यह काम कर पा रही हूँ। नहीं तो जैसे इतने साल बिताए घर में बैठे-बैठे, वैसे ही बाकी की जिंदगी बिता देती। इसी से मुझे इन गाँव-देहात की औरतों के बारे में बहुत अचंभा होता है। सरपंच बनने के बाद भी ये औरतें मजदूरी करने जाती हैं, घर के काम तो लगे ही रहते हैं और इन सबमें से वे समाज कार्य और राजनीति के लिए समय निकाल लेती हैं। कहाँ से आती है इनमें यह ताकत? घर में शराबखोरी है, पति द्वारा की जानेवाली मारपीट है, छह-सात बच्चों को पैदा करना है, कुपोषण है, साहूकारों के कर्ज हैं...हम मध्यवर्ग या उच्च मध्यवर्ग के जीवन की तुलना में इनकी तकदीर में कई गुना अधिक मुश्किलें और संकट लिखे हुए हैं, पर फिर भी वे डटी हुई हैं।"

बातें करते हुए हम चबूतरे पर बैठ गए थे।

राधाबाई चाय लेकर आईं।

सुबह का उजाला तेजी से फैलता जा रहा था। उसके साथ पहाड़ों, खेतों, पेड़-पौधों और सड़कों के रंग भी बदलते प्रतीत हो रहे थे। मन में विचार आया कि क्या प्रकाश के कारण अपने...यानी मनुष्यों के रंग भी बदले नजर आते होंगे? सोचकर हँसी आ गई।

"क्या हुआ?" महावीर ने पूछा।

"कितना अच्छा लगता है न इस प्रकार प्रकृति के सान्निध्य में।" मैंने मूर्खों की तरह कोई किताबी बात दोहराई।

"आप चार दिन के लिए आई हैं, इसलिए अच्छा लग रहा है। रोज की बात हो जाए, तो ध्यान भी नहीं जाता। पहाड़-वहाड़ देखते बैठने की बात मन में आती तक नहीं। ये सब चोंचले शहरवालों के लिए।"

"ऐसी बात नहीं है। भले ही यह रोज की बात हो, पर मैं इससे अलग रहकर गुजारा नहीं कर सकती। ऐसा नहीं कि यह सोच-समझकर करना पड़ता हो। आते-जाते. काम करते...आजूबाजू सब दिखाई तो देता रहता ही है। बस, आँखें खुली रखकर देखना चाहिए हमें। वैसे, यह हर एक के स्वभाव की बात है।"

"सच कहूँ तो इन बातों की ओर मेरा ध्यान जाता ही नहीं। वैसे यह भी सच है कि मुझे पुणे या मुंबई में रहना कभी भी अच्छा नहीं लगेगा। मेरी पढ़ाई तो पुणे में ही हुई, पर अब दो-चार दिन भी वहाँ रहना पड़े, तो मन नहीं करता। कभी काम के लिए जाऊँ और रुकना पड़े, तो मजबूरी में रह तो लेता हूँ, पर हमेशा रहना कभी पसंद नहीं करूँगा।"

"तुम्हारी संस्था का कार्यालय बहुत अच्छी जगह पर है। यहाँ इतने गाँव घूम चुकी हूँ, पर यहाँ का परिसर मुझे बहुत पसंद आया। वैसे, जहाँ मुकणे बहनजी रहती हैं, वह टीला भी अच्छा है, पर वहाँ से चारों तरफ का नजारा नहीं दिखाई देता, जैसा यहाँ से दिखाई देता है।"

"कल मुकणे बहनजी के साथ बातचीत कैसी रही?"

"बहुत औपचारिक बातचीत हुई। अधूरी। मुझे संदेह है कि ऐसे प्रश्नोत्तरों से कोई ठोस बात हाथ आएगी भी। यानी देखो, यदि सर्वे किया, तब भी औरतें एक सीमा तक तो सच बोलेंगी, पर जरूरी नहीं कि खुलकर बोलें। यह सर्वे यदि समाज, स्वास्थ्य, व्यसन, सांस्कृतिक मुद्दे आदि से संबंधित होता, तो यह प्रश्न न उठा होता। पर राजनीति कहें, तो बाकी घटक उसमें अपने आप शामिल हो जाते हैं। तब केवल आदिवासी होने या केवल स्त्री होने का मुद्दा शेष नहीं रहता। इस विषय पर औरतों की जबान खुलवाना मुश्किल है। लगता है कि सर्वे के लिए प्रश्नावली तैयार करते समय बहुत चतुराई से काम लेना पड़ेगा। बहुत उल्टे-सीधे तरीके से, एक ही प्रश्न शब्द बदल-बदल कर पूछना पड़ेगा।"

"आपका यह सर्वे का काम कब तक चलेगा?"

"लगभग दो साल तक तो चलेगा ही।"

"उसके बाद क्या करेंगी?"

"पता नहीं। उस बारे में मैं अभी से नहीं सोचना चाहती। मुंबई में रहकर इतना जरूर सीखा है कि बहुत आगे की नहीं सोचनी चाहिए। हो सकता है कि किसी स्वयंसेवी संस्था में नौकरी करूँ...या फिर अपना खुद का कोई काम शुरू करूँ। इस

प्रकल्प को पूरा करते-करते मुझे अपना कोई रास्ता मिल सकता है...अपनी क्षमताओं और अपनी मर्यादाओं की भी जानकारी हो सकती है।"

महावीर गंभीरता से सुन रहा था। तब वातावरण को हल्का बनाने के लिए मैंने उसी की शैली में कहा, "देखते हैं, कोई न कोई रास्ता तो मिल ही जाएगा।"

उसने चौंककर मेरी ओर देखा, और फिर हल्के से मुस्करा दिया।

6

"लड़कियों के लिए हम जो आश्रमशाला चलाते हैं, वहाँ एक बार मुकणे बहनजी को बुलाना था। तो अब बुला लेंगे। जाते समय अपनी ही जीप में उन्हें ले जाएँगे। तो जीप में आप दोनों की बची हुई बातें हो जाएँगी और आप जो आश्रमशाला की लड़कियों से बात करना चाहती थीं, वह काम भी हो जाएगा।" महावीर ने विकल्प सुझाया।

"इस बीच यहाँ के कातकरियों की बस्ती में मैं कुछ घूम आती हूँ।" मैंने कहा।

"राजाराम को साथ ले जाइए। वहाँ उसकी काफी पहचान है।" महावीर ने बताया।

नीचे उतरकर नदी के बाजू से होते हुए निकले।

दोनों किनारों पर कातकरियों के घर थे।

राजाराम बता रहा था, "कातकरी जनजाति की औरतों में शराब पीनेवाली औरतों की संख्या बहुत है। दिन-भर के काम से थकी औरतें शराब पीकर सो जाती हैं। कई बार तो खाने-पीने का भी होश नहीं होता। बूढ़ी औरतें ज्यादा पीती हैं, युवा भी पीती हैं। शुरू में कारण यह होता है कि काम करना पड़ता है। बाद में तलफ जागने पर भी पीती हैं।"

राजाराम ने एक घर में आठ-दस औरतों को जमा किया।

स्वाभाविक ही सबसे पहले शराब की ही बात चली।

"क्या आपकी बस्ती में औरतें शराब बनाती हैं?" मैंने पूछा। किसी ने कोई जवाब नहीं दिया, सब चुप।

तब कुछ बात बदली। कहा, "यहाँ आने से पहले मैं कर्जत के कातकरियों की बस्ती में गई थी। वहाँ औरतें महुए की शराब बनाती हैं। शहर के लोग भी आकर ले जाते हैं। पहले पैसे देकर बताकर रखते हैं। आपके यहाँ से भी तो ले जाते होंगे ना?"

"हमारे यहाँ महुए से ज्यादा शराब नहीं बनाते।" एक औरत ने मुँह खोला।

"तो फिर किससे बनाते हैं?"

"काले गुड़ से।"

"पर पुलिस का डर तो होता ही होगा न? सब जगह पैसे खाते हैं। सभी जगह औरतें यही बताती हैं।"

तीर निशाने पर लगा। उन्हें लगा कि मैं उन्हीं के गुट की हूँ।

फिर उन्होंने शेवूबाई को आगे किया। कहा, "ये बनाती है शराब।"

शेवूबाई शराब का धंधा करती है। उसके घर पुलिस ने हाल ही में छापा मारा था। पकड़कर ले गए थे। एक हजार रुपये माँगे। अन्यथा घोड़ेगाँव ले जाने की धमकी दी।

"मेरे पास केवल पचास रुपये थे। देने लगी, तो नहीं लिए। कहा कि कम-से-कम पाँच सौ तो चाहिए ही। कहाँ से लाऊँ? अब फिर से बुलाया है, पर मैं गई नहीं। क्या करूँ, कुछ समझ नहीं आ रहा।" शेवूबाई गर्दन झुकाए बोल रही थी।

"कोई दूसरा काम क्यों नहीं करती शेवूबाई?"

"अब दूसरा क्या काम कर सकती हूँ फुला दीदी?" उसने किसी तरह कहा।

बाद में पता चला कि उसे दिल की बीमारी है। जरा-सा भी वजन नहीं उठा सकती और न मेहनत के काम कर सकती है। पाँच साल का बेटा है। घर में पानी वगैरह भरने का काम वही करता है। डॉक्टरों ने कहा है कि ऑपरेशन करना पड़ेगा। पर उसका खर्च वह नहीं उठा सकती। पति ने उसे त्याग कर दूसरी शादी कर ली है। वह किसी प्रकार की कोई आर्थिक सहायता नहीं करता। इसीलिए विवश होकर पिछले छह महीने से वह शराब बनाने का काम कर रही है। उस काम से उसकी तथा उसके बेटे की दो वक्त की रोटी निकल जाती थी। पर पुलिस ने छापा मारा और मुश्किलें बढ़ गईं। पड़ोसी भी कितनी सहायता कर सकते हैं? और कब तक कर सकते हैं?

"आप देखिए न यदि कुछ कर सकती हैं तो..."

"ऐसे मामलों में हम कुछ नहीं कर सकते शेवूबाई। संस्था का प्रयास है कि शराबबंदी हो। तब, शराब बनाने के धंधे में तुम्हारी सहायता कैसे की जा सकती है? यदि किसी के साथ अन्याय हुआ हो, तो हम पुलिस के पास जाते हैं। पर यह अनुरोध पुलिस से कैसे किया जा सकता है कि एक गलत काम जारी रहने दिया जाए? मैं ठीक कह रही हूँ न?"

सब चुप।

"इससे अच्छा तो यह देखना होगा कि क्या तुम कोई और काम कर सकती हो।"

"दूसरा क्या कर सकती हूँ?"

"ऐसा कोई तो काम होगा जो तुम कर सकती हो। अच्छा, यह बताओ कि तुम्हारी बस्ती में कौन-कौन-सी सुविधाएँ हैं, आटे की चक्की है?"

"नहीं। ऊपर की बस्ती में जाना पड़ता है।"

"बनिए की दूकान है? चीनी, गुड़, चायपत्ती, तेल, मिरची पाउडर, नमक जैसी चीजें पास में ही मिल जाती हैं?"

"नहीं।"

"यह सब लाने के लिए तुम लोगों को दूर जाना पड़ता है। इसमें काफी समय बरबाद होता है न?"

"हाँ दीदी।"

"तो फिर, यदि शेवूबाई आटे की छोटी चक्की ले आए या छोटी-सी दूकान खोल ले, तो उसे भी काम मिलेगा और गाँववालों को भी लाभ होगा। कम-से-कम गाँव में शराब बनना तो बंद होगा ही, ठीक है न?"

"हाँ दीदी, पर ये कैसे हो सकता है?"

"क्यों नहीं हो सकता?"

"तुम्हारे यहाँ आडबाड़ी की औरतों ने तो किया है यह। परसों ही मैं वहाँ गई थी। आटे की चक्की लगाई है, बकरियाँ खरीदी हैं। अपने मन की बात नहीं बता रही हूँ, प्रत्यक्ष देख आई हूँ वहाँ। उन्होंने यह सब कैसे किया, पता है? बचत दल बनाकर। अपनी ही कमाई से उन्होंने प्रति माह बीस-बीस रुपये अलग रखे। उसी में से। आप लोग भी यदि ऐसा कुछ करना चाहें, तो राजाराम भाई आए हैं मेरे साथ। वे आपकी पूरी सहायता करेंगे। पिछले तीन वर्षों में संस्था ने ऐसे कई दल स्थापित किए हैं।"

"उन लोगों की बात अलग है दीदी। उनके पास अपनी जमीन है। हमारी तरह हथेली पर पेट नहीं है उनका।"

"मानती हूँ। पर इसीलिए तो आप लोगों को सहायता की ज्यादा जरूरत है। हर महीने दस रुपये अलग रखो। शुरू तो करो। यहाँ कातकरी महिलाओं का एक भी दल नहीं है। करेंगी शुरुआत? बताइए, दस औरतें जमा हो सकती हैं?"

"जमा कर लेंगे दीदी।"

"बहुत अच्छे। अब बाकी की बातें राजाराम भाई आपको बाद में समझा देंगे। पर बचत दल का काम एक ओर शुरू हो जाए, उससे पहले हम यह भी सोचें कि शेवूबाई के लिए दूसरे तरीके से क्या हम कुछ कर सकते हैं? क्यों शेवूबाई, शराब का धंधा बंद करोगी ना?"

निर्विकार चेहरे से शेवूबाई ने गर्दन हिला दी। उसके चेहरे पर अविश्वास साफ झलक रहा था।

"शराब की आदत हो, तो पीनेवाले कहीं से भी पीकर आ जाते हैं।" एक ने कहा।

"कुछ गाँवों में शराब नहीं बनती, पर जिन्हें आदत है, वे कहीं से भी पीकर आ ही जाते हैं।" दूसरी बोली।

"और फिर मारते होंगे ना?" मैंने हँसकर पूछा।

सब हँस पड़ी। रोज का रोना है...उस पर हँसे नहीं, तो क्या करें?

फिर यह विचार करना शुरू किया कि किन-किन कारणों से मारा-पीटा जाता है।

खाना अच्छा नहीं बना इसलिए या विवाहेतर संबंध होने के संदेह में मारा-पीटा जाता है।

"तंबाकू की डिब्बी तो उठाते बनता नहीं, इंद्रदेव का हाथी उठाने निकलते हैं। बीबी कुछ कहे तो पीट देते हैं।"

"ज्यादा तेवर दिखाने पर कभी-कभी बीबी भी ठोंक देती है। पति कहता है—घरबार तो मेरा नहीं। तो बीबी डंडा लेकर पिल पड़ती है।"

"पति-पत्नी के झगड़े हम आपस में ही निपटा देते हैं। पुलिस को क्यों पैसे दें? और हमारा कोर्ट भी तो भडुआ है।"

इस तकलीफ के चलते कुछ औरतें दूसरी शादी कर लेती हैं, तो कुछ आत्महत्या कर लेती हैं। कुछ पानी में डूब जाती हैं, तो कुछ आग लगा लेती हैं।

पर शराबबंदी के लिए कोई प्रयास नहीं।

एक औरत खाने के लिए कैरियाँ लेकर आई। इन दिनों में कैरी? और अब इस उम्र में किसी स्कूल की छात्रा की तरह क्या कैरी खानी होगी? यह भी कोई बात हुई! पर फिर लालच रोक नहीं पाई। कितने सालों बाद इस तरह कैरी खाई।

स्कूल में परीक्षा के दौरान भी हम कंपास बॉक्स में कैरी के टुकड़े छिपाकर रखते थे और खाते थे। एक बार सर को शक हुआ कि कहीं नकल तो नहीं कर रही हूँ। कंपास खोलकर देखा था...फिर पेपर खत्म होने के बाद बाहर जाते समय खूब धमकाया था।

हर साल अचार बनाने के लिए इतनी सारी कैरियाँ घर में लाई जाती हैं, पर कभी भी एक टुकड़ा उठाकर मुँह में रखने की इच्छा नहीं हुई थी।

अब देखो, हर बात में मजा आ रहा है।

आश्रमशाला की बात याद आई । औरतों से पूछा, "बेटियों को स्कूल भेजती हैं?"

"लड़कों को भेजना तो होता नहीं, लड़कियों को कहाँ से भेजेंगे?"

"संस्था की आश्रमशाला है लड़कियों के लिए, जानती हैं न?"

किसी को भी नहीं मालूम था।

"पर अब कलयुग ही आ गया है। पहले का कुछ रहा नहीं।" एक बूढ़ी औरत ने दृढ़ता से कहा।

"वह कैसे आजी?" मैंने पूछा।

"अठारह साल की होने तक लड़कियों की शादी ही नहीं करने देते!"

मैंने सिर पीट लिया।

बाद में पता चला कि उसकी पोती की शादी के समय जानबूझ कर गड़बड़ी की गई थी। गाँव में शराब को लेकर हुआ झगड़ा इसका निमित्त बना था।

लौटने पर महावीर से कहा, "क्या तुम्हें ऐसा नहीं लगता कि तुम्हारे इलाके में भी कातकरियों को अनदेखा किया जा रहा है? यदि सभी आदिवासियों को देखें, तो सबसे बुरी हालत उन्हीं की है।"

"सच है। परंतु इस इलाके में कातकरियों की अलग बस्तियाँ नहीं हैं। कुछ

लोग नदी के किनारे रहते तो हैं, पर वे संगठित नहीं हैं। जमीन उनके पास होती नहीं, तो जहाँ काम मिलता है, वहीं चले जाते हैं। कहीं भी, कभी भी पलायन करते रहते हैं। दो साल तक हम कोशिश करते रहे, तब कहीं जाकर एक कातकरी ने अपने बच्चों को इस वर्ष स्कूल में भर्ती कराया है। पर उनके लिए कुछ करना मुश्किल है। केवल हमारे सोचने से कुछ होता नहीं..."

"यानी?"

"यानी कौन से काम करने हैं, कहाँ काम करना है, कितनी मात्रा में करने हैं, कितना खर्च किया जा सकता है, आदि से संबंधित निर्णय तो ट्रस्टी ही करते हैं। हम तो केवल उन निर्णयों का कार्यान्वयन करते हैं।"

"खर्च वगैरह के बारे में वे सोचें, यह तो ठीक है, पर कहाँ किस काम की जरूरत है, वह उनकी समझ में कैसे आ सकता है वहाँ पुणे या मुंबई में बैठकर?"

"हम उसके अनुसार रिपोर्ट तो बनाते हैं, पर...खैर जाने दें। वह बिलकुल अलग विषय है। मैंने तो तय किया है कि मैं ज्यादा गहराई में नहीं जाऊँगा। जब तक हो सकता है, काम करूँगा, जब नहीं हो पाएगा, तब आगे की आगे देखी जाएगी। और, आपको पता है, इन ट्रस्टियों में से अधिकांश लोग अब बूढ़े हो गए हैं। वैसे भी इस उम्र में लोग जिद्दी हो जाते हैं। घर में तो उनकी बात कोई सुनता है नहीं। जो नौकरीपेशा थे, वे अब सेवानिवृत्त हो चुके हैं। कोई और काम तो उनके लिए है नहीं। तब इस उम्र में समाज सेवा करना आदर्श काम प्रतीत होता है उन्हें। यहाँ की सत्ता तो वे छोड़ना चाहते नहीं। हर छोटा-मोटा निर्णय भी उनसे पूछकर ही करना पड़ता है। यहाँ के बाकी स्टाफ को भी पहले से यही आदत लगी हुई है। यहाँ जमीन पर एक पिन भी गिर जाए, तो फोन कर अध्यक्ष से पूछते हैं कि उठाएँ या नहीं। खैर। मैं तो आपको बस यही बताना चाहता था कि जैसा दूर से दिखाई देता है, वैसा असल में होता नहीं है।"

"महावीर, एक बात मैं साफ कह देना चाहती हूँ कि मुझे यह प्रदेश, यह इलाका पसंद आने का यह मतलब नहीं कि मैं यहाँ काम करना चाहती हूँ। मेरी तुमसे यह दूसरी मुलाकात है और इस बार पिछले चार-पाँच दिनों से मैं तुमसे बातचीत कर रही हूँ। पर उतने समय में ही मुझे यह मालूम हो गया है कि तुम्हें वास्तविकता का कितना अधिक भान है। दूसरी बात यह कि इस काम में तुम्हें तुम्हारी पत्नी का अच्छा सहयोग मिल रहा है। यह भी दिखाई दे रहा है कि इस काम में तुम्हारा मन रम गया है। मैं यहाँ समय दे रही हूँ तो केवल मुकणे बहनजी से बातचीत करने के लिए। अपने अगले काम की योजना बनाने के लिए यह बातचीत मेरे लिए काफी मददगार होगी। आसपास की घटनाओं, कामों, परिसर आदि की जानकारी जो मैं प्राप्त कर रही हूँ, उसमें मेरा अपना भी कोई स्वार्थ है। मैं कई संभावनाओं पर विचार कर रही हूँ कि आगे मुझे क्या करना है, वह करते समय किन बातों को टालना होगा, किस दिशा में काम करना है वगैरह...तुम समझ रहे हो न मेरी बात?"

"यह बात नहीं दीदी। पर इन लोगों का कोई भरोसा नहीं है। पहले यहाँ के काम के लिए अश्विनी दीदी की तैनाती हुई थी। पर फिर ऐसी हालत उत्पन्न की गई कि वे स्वयं ही काम छोड़ दें। सीधे-सीधे जाने के लिए तो नहीं कहा गया, पर मेरी नियुक्ति की गई और धीरे-धीरे उनकी सारी जिम्मेदारियाँ एक-एक कर मुझे सौंपनी शुरू कर दीं। एक समय तो ऐसा आया कि उन्हें वेतन तो मिलता था, पर काम कोई नहीं था। अधिकार थे, पर जिम्मेदारी नहीं थी। बाकी का स्टाफ भी उनकी बात सुनने से कतराने लगा। फिर काम छोड़ ही दिया अश्विनी दीदी ने। छोड़ दिया मतलब शादी कर सीधे अमेरिका चली गईं। इस राजनीति में हमने एक अच्छा व्यक्ति खो दिया। मुझे अभी भी इतना अपराध बोध होता है कि..."

"यूँ समझो महावीर कि उसका हिस्सा उतना ही था। ऐसी बातों पर ज्यादा ध्यान नहीं देना चाहिए। किसी भी संस्था में यदि किसी व्यक्ति का नाम बड़ा होने लगे, या वह संस्था उस व्यक्ति के नाम से पहचानी जाने लगे, तो ऐसा होना स्वाभाविक ही है। पर मुझे तो लग रहा है कि तुम यहाँ टिके रहोगे। पर तुम्हारे मन में यदि हमेशा कोई संदेह पलता रहे, तो ऐसा करो...अन्य संस्थाओं से भी संपर्क बनाए रखो। परिचय का दायरा बढ़ाओ। अपने को यहाँ मिटाओ मत। जो भी संबंध हैं, उन्हें सम्हालते-बढ़ाते रहो। कभी जरूरत पड़े, तो ये काम आएँगे। सुमेध से तो तुम परिचित हो ना? वह काफी चालाक आदमी है।"

"आपसे बात कर बहुत अच्छा लगा, दीदी, सचमुच..." उसने सौम्यता से कहा।

मन में आया कि उससे कहूँ, ये सारे अनुभव के बोल हैं भाई। भले ही इस क्षेत्र में मेरा ज्यादा अनुभव नहीं है, पर इस प्रकार से अस्थिर होना अनुभव किया है मैंने घर में...

साहब का अंजली के यहाँ आना-जाना बढ़ गया, फोन बढ़ गए, पुणे के चक्कर लगने शुरू हुए...ये सब बातें धीरे-धीरे ध्यान में तो आने ही लगी थीं।

यह भावना भी जोर पकड़ रही थी कि सब कुछ मालूम होने के बावजूद मैं कुछ नहीं कर सकूँगी। यह भी समझ नहीं आ रहा था कि किससे बात करूँ, किससे पूछूँ। रेवती होती, तो उससे पूछकर शायद कोई रास्ता खोज लिया होता।

फिर एक बार सोचा, करुणा से ही क्यों न बात करूँ।

पर अनुमान गलत निकला।

करुणा ने मुझे ही गलत कहा।

कहा कि पति की मर्जी कैसे सम्हालनी चाहिए, यह तुम नहीं समझतीं।

बात ठीक ही थी उसकी।

वह तो दुहाजू को सौंपी गई थी। यह भी स्वाभाविक था कि सब रेवती से

उसकी तुलना करते। रेवती की दो बेटियाँ भी थीं। यहाँ मुंबई में कोई नौकरी वगैरह करना उसके बस की बात नहीं थी। ज्यादा पढ़ी-लिखी नहीं थी। रूप साधारण। फिर भी देखते-देखते उसने पति, बेटियाँ...सबको जैसे अपने कब्जे में कर लिया। जिन रिश्तेदारों ने रेवती को सताया था, उन्हें भी वह हँसते-हँसते सही रास्ते पर ले आई।

घर का रंग रूप बदल डाला। सब कुछ सुंदर कर डाला। हॉल में दीवारों पर तस्वीरें, छत पर छोटे झाड़फानूस, कोनों में सजे नकली फूल, थिरकते डिजाइन के परदे, बेटियों के लिए अलग ट्विन्स बेड, उस पर कार्टूनवाली चादरें, अपने बिस्तर पर गुलाबी या हल्के नीले रंग की चादरें...रोज रात को उन्हें बदल कर सफेद चादरों का बिछाया जाना...सिरहाने रखे फूल...

दिनेश के जूतों पर रोज घर में किया गया पॉलिश, ऑफिस के लिए चलने लगे, तो हाथ में इस्त्री किया हुआ रुमाल थमाना, उसके घर लौटने के समय सँवरकर तैयार रहना...फ्रेश, फूल सजाकर, बेटियाँ भी इसी तरह सजी सँवरी।

फिर रविवार को खास भोजन। वेतनवाले दिन, किसी के जन्मदिन पर होटल में जाना। बीच में कोई छुट्टी पड़े, तो बेटियों के साथ कहीं घूमने निकलना...

बहन क़ी गृहस्थी ठीक चल रही देखकर राहत भी मिलती थी और रेवती को याद कर मन मे कहीं गहरे दर्द भी होता था।

रेवती ने आखरी दम तक नौकरी की। कड़ी मेहनत की। उस काम के लिए अपनी कई छोटी-मोटी इच्छाओं का गला घोंट दिया। हमेशा किफायत...पैसे बचाती रही। चम्मच-कटोरी से लेकर एक-एक चीज खरीदी, सारी गृहस्थी सजाई। दो बेटियों को जन्म दिया।

इन सबसे आखिर उसे क्या मिला?

एक मिनट में पूरी गृहस्थी दूसरी औरत के हाथ में आ गई।

घर के कुछ बर्तनों पर नाम-भर रह गया। पुराने बर्तन बिकेंगे, तो वे नाम भी नहीं रहेंगे।

उसके जीते जी तो पति ने उसे नहीं पहचाना, मरने पर लाश भी नहीं पहचान पाया।

क्या मिला उसे दिनेश से शादी कर?

और करुणा ने भी क्या पाया है?

किसी औरत को शादी करके क्या पाना होता है?

करुणा ने कहा, “हर बात में बाल की खाल मत निकाला करो। उसकी बजाय घर की तरफ, पति की तरफ कुछ ध्यान दो। पति को घर आने, घर पर रहने की इच्छा तो होनी चाहिए।”

बहुत खिन्न महसूस कर रही थी।

यह भी नहीं समझ पा रही थी कि मेरा घर में रहना साहब को रास भी आ रहा है या नहीं...

एक बार सोचा, करुणा कह ही रही है, तो कुछ कर के ही देखूँ। पर जो बात न स्वभाव में है, न मन में, वह करती भी कैसे? आखिर कोई कब तक नाटक कर सकता है? उस नाटक से फर्क तो कुछ नहीं पड़ा, हाँ मैं ही थक गई।

भीतर से शायद कहीं ऐसा भी लग रहा था कि साहब के पंजे से छुटकारा तो मिले। जाते हैं उसके पास तो जाएँ। इतने सालों के झमेले से मैं ही मुक्त हो जाऊँ...

मुकणे बहनजी को संदेश भेजा।

'समन्वय' के कार्यालय से कोई डेढ़ घंटे की दूरी पर आश्रमशाला थी। पहले आई थी तब भी वहाँ गई थी मैं, पर बहुत कम समय तक रुकी थी। अब सोचा था कि फिर एक बार आश्रमशाला ठीक से देख लूँ, वहाँ की लड़कियों से बातचीत करूँ।

दिन-भर का कार्यक्रम तय कर रखा था।

महावीर ने कहा, "आज अपनी बीबी को भी साथ ले लेता हूँ। दिन-भर घर में बैठे-बैठे ऊब जाती है वह। वैसे यहाँ कही घूमना टहलना तो होता नहीं।"

तब सुबह नाश्ता कर मैं, महावीर, उसकी पत्नी और घोरपड़े—सब निकल पड़े।

महावीर से कहा, "जरा मुझे बताना तो सभापति पद का झमेला क्या है? मुकणेबहनजी की बातचीत से कुछ ठीक पता नहीं चला। जो विरोधी थे, उनके समर्थन के बिना तो पद मिलना संभव नहीं था। जिन्होंने झूठे आरोप लगाकर सरपंच पद छीन लिया, वे ही फिर साथ कैसे हो गए?"

"एक दूसरा प्रत्याशी था आदिवासी, उसे या मुकणे बहनजी को ही पद देना था। वह तो पहले ही सिरचढ़ा हो गया था। उसने इन लोगों को तो लपेट दिया होता। उसकी अपेक्षा इस औरत से काम करवाना आसान था, इसलिए फिर सब साथ हो गए। बस, इतनी-सी बात है।" महावीर ने कहा।

"इसीलिए मुकणे बहनजी उनके बारे में कुछ कहने से कतरा रही थीं। मैंने एक दो बार उलट-पुलट कर प्रश्न पूछे भी, पर बोलीं, पुरानी बात क्यों खोदकर निकालें? अब जो हाथ में है, उसी तरफ ध्यान देना चाहिए।"

तो मुझे भी लगा था कि ठीक है, नई सफलता सामने आए, तो पुरानी असफलताओं को भूल ही जाना चाहिए, वगैरह...

अब तक मेरे दिमाग में ऐसे मूर्खतापूर्ण विचार आते ही रहते हैं...

वास्तविकता बहुत अलग होती है। कई बार वह तेजी से आकर मुझसे टकराती है। पर फिर भी मेरी नादानी समाप्त ही नहीं होती।

मुकणे बहनजी के घर तक जीप नहीं जा सकती थी। कुराडे के आंगन में रोककर मोड़ ली। तब तक नीचे उतर कर मुकणे बहनजी भी आ गईं। दुबली-पतली, तनी हुई।

फिर अगली सीट पर घोरपड़े और महावीर। पिछली सीट पर मैं, मुकणे बहनजी और महावीर की पत्नी।

जीप चलने लगी तो मुकणे बहनजी से पूछा, "घर के काम निपट गए?"

"जी। अब तो सभी कुछ देखना पड़ रहा है।" उन्होंने कहा।

"यानी?"

"यानी, इतने दिनों तक मेरी सौत थी घर में। दो महीने पहले अचानक उसका निधन हो गया। इसलिए सारी जिम्मेदारी फिर से मुझीपर आ गई।"

महावीर ने कहा, "हाँ, दुर्घटना हुई उनके यहाँ, आपको बताना भूल गया।"

"क्या हुआ था उन्हें? कैसी दुर्घटना?"

"दुर्घटना तो नहीं। बीमार थीं। डॉक्टर को दिखाया, पुणे के अच्छे डॉक्टर को भी दिखाया। अस्पताल में भर्ती कराया। पर यही पता नहीं चल रहा था कि बीमारी क्या है। देखते-देखते चार महीनों में बिलकुल सूख गई। फिर यहाँ की जलवायु अच्छी है, इसलिए घर वापस ले आए। पैसा खर्च करने में आगे-पीछे नहीं देखा। पर कोई लाभ नहीं हुआ।"

"क्या उम्र रही होगी?"

"होगी आपके जितनी ही। कुछ कम ही होगी। कल जो मेरे साथ आपने देखा था, वह उसी का बेटा। एक और उससे छोटा है, घर पर था। अब ऐसी सारी जिम्मेदारियाँ आ गईं, तो इस बार चुनाव में उतरने का मन नहीं था।"

"क्या आपसे छोटी थी?"

"जी हाँ। मैं ही तो ब्याह कराकर लाई थी।"

"आपने ही? क्यों?"

"मुझे बच्चा नहीं हो रहा था। फिर बेकार कितने दिन इंतजार करें। कल जो चाय बना रही थी न, वह मेरी देवरानी है..उसी की बहन की बेटी थी. देखीभाली थी। तो करा दी शादी..."

"क्या आप दोनों साथ ही रहती थीं?"

"वैसे तो साथ नहीं रहते थे। पर तीज-त्यौहार पर, जरूरत पड़ने पर आते-जाते रहते थे।...वो क्या है कि मेरे पति की नौकरी पिंपरी में है। वहाँ हमारा कमरा तो है ही। यहाँ खेती-बाड़ी उनके भाई देखते थे। कभी-कभी मैं आकर देखती थी। मैं पहले पिंपरी में ही रहती थी। वहाँ सिलाई मशीन खरीदी थी। सिलाई का काम करती थी। पर यह दूसरी शादी की बात तय हुई। तब मैंने वहाँ की गृहस्थी खाली कर दी। वे दोनों वहाँ रहते थे। मैं यहाँ खेती-बाड़ी की तरफ अच्छी तरह ध्यान दे पाती थी। सामाजिक कामों के प्रति रुचि थी, वह करने के लिए भी मुझे समय मिलने लगा। आगे चलकर मुझे भी एक बेटी हुई, पर वह मानसिक दृष्टि से विकलांग है। पैदा होने के समय से ही ऐसी बीमार रहती है। उसे मुंबई में केईएम में रखा था दो महीनों

तक। पर कोई फर्क नहीं पड़ा।"

कल दरवाजे के पास खड़ी आठ-नौ साल की लड़की याद आई। ढीला-ढाला शरीर, पेट निकला हुआ, भावहीन चेहरा।

"यह मेरी एक बेटी और सौत के दो बेटे और एक बेटी है। घर का काम देखो, खेती का काम देखो, फिर ये राजनीति..."

"फिर कैसे कर लेती हैं सब?"

"वैसे हमारे छह जेठ-देवरों के घर पास-पास ही हैं। एक ही बस्ती है। जेठानी-देवरानियाँ हैं। उनकी बहुएँ हैं...देखती हैं वे। कभी ज्यादा अड़चन हो, कहीं बाहर गाँव जाना हो, तो बहन को बुला लेती हूँ।"

"बाहर कहाँ-कहाँ गई हैं?"

"बाहर यानी अपनी ही तहसील और जिले के गाँव में। दूसरा जिला देखा नहीं अब तक। पति की दूसरी शादी करवाई, तो अपना पूरा समय समाज के लिए देना संभव हुआ। घर में मुझे कभी किसी ने नहीं रोका। न काम करने के लिए कहा, न किसी बात से मना किया। बिरादरी के लोगों ने भी कभी कोई परेशानी खड़ी नहीं की।" उन्होंने बात स्पष्ट करते हुए बताया।

जीप नदी के पास से मुड़ी, तो हवा के तेज झोंके से बाल बिखर गए।

क्या बोलूँ कुछ नहीं सूझा। इच्छा ही नहीं रही।

बाहर पहाड़ों की कतारें सरक रही थीं। तरह-तरह के पेड़-पौधे-झुरमुट... उनके नाम तक मालूम नहीं।

फिर बीच में ही एक दो छोटे-छोटे गाँव मिले।

सड़क के किनारे बस स्टॉप, एकाध छोटा-गोटा होटल, आदमी, औरतें, बच्चे...कितना कुछ, न जाने क्या-क्या दिखने लगा...ऐसा, जो मालूम नहीं, जो देखा नहीं, अनुभव करने का तो सवाल ही नहीं।

सुन्न-सा लगने लगा।

मैं कहाँ जा रही हूँ? क्यों जा रही हूँ?

इन सबसे मेरा संबंध ही क्या है?

कब समाप्त होगी यह यात्रा?

कहाँ?

"मुख्यमंत्री खुद आए थे इस बार बहनजी का प्रचार करने।" महावीर बता रहा था।

"अच्छा...? वाह...क्या कह रहे थे?"

"बहुत बड़ी सभा हुई।" मुकणे बहनजी उत्साहपूर्वक बताने लगीं। "उन्होंने कहा कि पार्टी से भरपूर सहायता देंगे। बिरादरी को भी समझाया। मैं एक बार शिक्षा मंत्री से भी मिली हूँ।"

"तो अब आगे क्या इरादा है?"

"यह काम मैं सीख गई हूँ। पढ़ भी रही हूँ। अब दूसरी औरतों को भी सीखना चाहिए, पढ़ना चाहिए। अब हम मेले आयोजित करना चाहते हैं, गाँवों को भेंट देना चाहते हैं, दौरे शुरू करना चाहते हैं।

मैं जाती हूँ, तो हमारे यहाँ की औरतें ही मुझसे दूर खड़ी रहती हैं। उन्हें बताना पड़ता है कि मैं भी उनमें से ही एक हूँ।

औरतें सोचती हैं कि मैं सभापति बन गई...अब मेरे सामने कैसे आएँ?

अब यही देखिए, कोकरेवाडी में मेला लगा था। गाँव तो इतना नीचे की तरफ-खाई में बसा है कि बस। आप हिरडेवाडी में गई थीं न, बिलकुल वैसा ही। लोगों ने कहा कि बहनजी, आपका सत्कार करना है, तो आप आइए।

जाने पर लोग इतने खुश हुए कि क्या कहूँ।

औरतें तो बार-बार यही दुहरा रही थीं कि देखो, महिला सभापति इतनी दूर चली आई।"

"सच है मुकणे बहनजी, लोग सब जगह नहीं पहुँच पाते।"

"आपको बताऊँ फुला दीदी, हमारी महिलाओं को समाज में व्यवहार करने का कोई अनुभव ही नहीं मिलता। पुरुष सब जगह घूमते हैं, काम पड़े, तो तहसील मुख्यालय में जाते हैं, जिला मुख्यालय में भी जाते हैं, पर औरतें कहाँ जाएँ? कभी-कभार बाजार के गाँव में चली जाएँ, वही बहुत है। तहसील के गाँव में एकाध महिला ही कभी-कभार आ जाती है। तो, वे देख ही नहीं पातीं कि दुनिया में क्या चल रहा है। लोग यदि हप तक नहीं पहुँच पाते हों न दीदी, तो हमें लोगों तक पहुँचना होगा।

अब सीटें आरक्षित हो गई हैं, तो उनके साथ कोई अन्याय नहीं होना चाहिए। पुरुष के साथ न हो और महिला के साथ तो कदापि न हो।

हम पदाधिकारियों से डरती हैं। वे प्रगत हैं। कोई भी कार्रवाई कर सकते हैं। उनके आगे हम कुछ बोल भी नहीं सकतीं।"

"आप किन पदाधिकारियों की बात कर रही हैं?"

"वे- प्रशासन में शामिल हमारे लोग।"

"हाँ, बात तो ठीक है, पर मुकणे बहनजी, उसके लिए पहले हमारे बीच एकता होना बहुत जरूरी है।"

मुख्य सड़क से हटकर जीप भीतर की तरफ मुड़ी।

मुँह से तंबाकू थूँकते हुए घोरपड़े ने कहा, "पहुँच गए आश्रमशाला में।"

"तुम्हारी चुप्पी का कारण अब समझ में आया। मैं यूँ ही चिंतित थी कि तुम

बात क्यों नहीं कर रहे हो।" मैंने घोरपड़े से कहा, तो वह मुस्कराकर रह गया।

जीप से उतरते समय महावीर की पत्नी से कहा कि शायद मैं कल ही वापस चली जाऊँगी, तो उसने मुझे शाम को घर पर भोजन का निमंत्रण दे डाला।

मुझे अनुभव हुआ कि उसका स्वर कुछ बदला हुआ है। शायद वह समझ गई थी कि मेरे कारण महावीर की नौकरी पर कोई आँच नहीं आनेवाली।

दरवाजे से भीतर प्रवेश करते ही लड़कियों ने हमें घेर लिया।

इससे पहले एक बार मैं कुछ देर के लिए यहाँ आ चुकी थी। तब शाम का समय था। कोई छह-साढ़े छह बजे होंगे। लड़कियों का एक दल खाना पकाने में लगा था। कुछ लड़कियाँ सब्जी काट रही थीं। चावल पक रहे थे। कुछ बड़ी यानी बारह-तेरह साल की लड़कियाँ छोटी यानी छह-सात साल की लड़कियों को भाकरी बनाना सिखा रही थीं। बड़ी थाली जितने आकारवाली कई-कई परतोंवाली गोल-गोल भाकरियाँ। भली-भाँति सेंकने की महक आ रही थी।

मैंने कुछ देर वहाँ की प्रमुख से बातचीत की थी।

फिर वड़गाँव एक फोन करना था, किया था। भोजन का निमंत्रण मिला था, पर देर हो जाती, इसलिए माफी माँग ली थी।

लड़कियों से खास उन्हीं की स्टाइल में कसम खाकर कहा था कि अगली बार जरूर आऊँगी और काफी समय लेकर आऊँगी। आज वह वचन पूरा हो रहा था।

"दुर्गम इलाके के आदिवासी लोग लड़कियों को इस आश्रमशाला में भेजते हैं। यहाँ पहली कक्षा से लेकर बारहवीं कक्षा तक की पढ़ाई करनेवाली साठ लड़कियाँ हैं।" महादेव जानकारी दे रहा था।

तय किया कि यहाँ की लड़कियों के दो दल बनाकर उनसे बातचीत की जाए।

पहले बड़ी यानी छठी कक्षा से लेकर बारहवीं कक्षा तक की लड़कियों के साथ बातचीत करने के लिए हम हॉल में एकत्र हुए।

हमने अपना-अपना परिचय दिया।

फिर मुकणे बहनजी ने एक भाषण दिया।

महावीर ने मुझसे कहा कि अब मैं भी लड़कियों से कुछ कहूँ।

मैने कहा, "नहीं। ऐसी जगह पर जो भी आता है, चार शब्द इन लोगों को सुनाकर चला जाता है। उसके बजाय मुझे यह जानना ज्यादा अच्छा लगेगा कि लड़कियाँ क्या कहना चाहती हैं।"

तेल चुपड़े बालों की कसकर बँधी चोटियों में कसी रिबनें, लहँगा-ब्लाऊज पहनी हुई काली-साँवली फुर्तीली लड़कियाँ। कुछ सयानी, कुछ सयानी होने की दिशा में बढ़ती हुईं, कुछ शर्मीली और कुछ निडर। पहले तो यह जाना कि ये लड़कियाँ

कहाँ-कहाँ से आई हैं। फिर उनके भविष्य विषयक इरादों के बारे में बातचीत की कि वे क्या बनना चाहती हैं, क्या करना चाहती हैं। अधिकांश बड़ी लड़कियाँ या तो नर्स बनना चाहती थीं या फिर पुलिस विभाग में जाना चाहती थीं।

नौवीं कक्षा में पढ़नेवाली एक लड़की ने कहा, "लोग अपनी बात कभी नहीं सुनते। यदि हम चाहते हैं कि वे हमारी बात सुनें, हमारी बात मानें, तो हमें अपनी बात या तो गीतों में कहनी चाहिए, या फिर हमारे हाथों में अधिकार होने चाहिए।"

यह निरीक्षण एक आदिवासी लड़की का था। सुनकर मजा आया।

लड़कियाँ भी बड़े उत्साह में थीं। उन्हें लग रहा था कि उनका भी कोई महत्त्व है। शुरू में हिचकिचानेवाली लड़कियाँ भी धीरे-धीरे खुलकर बोलने लगीं।

तब हमेशा शिविर में जो पाठ पढ़ाया जाता है, वैसा ही एक पाठ उन्हें भी दिया। कहा, "अपने बारे में कुछ लिखिए। केवल नाम, पता, गाँव का नाम, माता-पिता या पाठशाला का नाम नहीं। उसके अलावा कुछ लिखिए। अपने स्वभाव के बारे में, अपनी पसंद-नापसंद, शौक, अपने ध्येय के बारे में लिखिए। अपने मित्रों-सहेलियों के बारे में लिखिए। यह लिखिए कि स्कूल के कौन-कौन से विषय तुम्हें पसंद हैं, कौन-से नहीं हैं। अपने संदर्भ में और जो कुछ भी आप सोचती हैं, वह सब कुछ लिखिए।"

लड़कियाँ जल्दी से उठकर कागज कलम ले आईं। कुछ ने तुरंत लिखना शुरू किया। कुछ दूसरों के कागज में झाँककर देखने लगीं। कुछ ने पास की लड़की से पूछना शुरू किया कि क्या लिखा जाए।

एक लड़की उठ खड़ी हुई और उसने पूछा, "क्या यह भी लिखें कि दूसरे हमारे बारे में क्या सोचते हैं? यानी, अपना स्वभाव कैसा है, अपने ध्येय क्या होने चाहिए, अपनी हर बात कैसी होनी चाहिए आदि के बारे में..."

क्षण-भर के लिए तो मैं चुप ही हो गई। फिर कहा, "दूसरे हमारे बारे में क्या सोचते हैं, या वे क्या सोचें, इसके बारे में हम बाद में विचार करेंगे। अभी इस समय तो हमें अपने आप से शुरुआत करनी है। पहले अपने विचार तो पक्के हो जाएँ, फिर हम दूसरों के विचार के बारे में भी सोच सकेंगे।"

लड़कियाँ बीच-बीच में उठकर आतीं और अपना कागज दिखाकर पूछतीं "दीदी, ठीक लिखा है न?"

मुकणे बहनजी गाँव में चली गई थीं।

जब तक लड़कियाँ लिख रही थीं, मैं हॉल में टंगी सुभाषितों, सुविचारों और सूचनाओं की पट्टियाँ पढ़ रही थी। कभी इस दीवार को देखती तो कभी उस कोने को। पीठ दुखने लगी, तो पीछे सरक कर दीवार से टिककर बैठ गई।

जो लड़कियाँ लिख लेतीं, वे आ-आकर मुझे दिखातीं। उस बहाने प्रत्येक से थोड़ी-बहुत बातचीत हो जाती।

कुछ लड़कियाँ शरमा रही थीं। उनसे कहा, "यदि लिखा हुआ मुझे न दिखाना चाहो, तो न दिखाओ। पर अच्छे से लिखकर तो रख ही लो। तुम सबने जो भी लिखा है, उसे अपने पास सम्हालकर रख लो। तुमने जो ध्येय लिखे हैं, उन्हें हमेशा याद रखो। जब और बड़ी हो जाओगी, तब तुम्हें इस लिखे हुए से लाभ होगा। शायद तब सोचोगी कि यह लिखते समय तुम कितनी भोली थीं। पर यह भोलापन ही हमारे भीतर की इंसानीयत को जिंदा रखता है।"

उनके लिखे के आधार पर ऐसा ही कुछ-कुछ कहा।

उठकर बाहर आई, तो दो लड़कियाँ पास आकर बोलीं, "दीदी, हमने तो कभी इस तरह विचार किया ही नहीं था। आपने कहा इसलिए हमें कम-से-कम मालूम तो हुआ कि इस तरह अपने आप भी कुछ विचार करना चाहिए।..."

उत्तर में मैं मुस्कराकर रह गई।

सोचा, मैं भी कहाँ जानती थी? लगा, कि अब मुझे भी लिखकर देखना चाहिए यह सब।

हॉल से बाहर निकली, तो छोटी लड़कियाँ इंतजार में ही थीं।

"दीदी, हमें कहानी सुनाइए न!"

"नहीं दीदी, गाना सुनाइए!"

उनसे कहा, "पहले अपने कमरे दिखाओ। तुम लोग सोती कहाँ हो, पढ़ाई कहाँ करती हो, सब बताओ मुझे।"

हम सारी आश्रमशाला देखते हुए घूमते रहे। साथ में थी बकबक, चिल्लपों, मस्ती और धमाल।

"तुम लोगों को यहाँ रहना अच्छा तो लगता है न? घर की याद नहीं आती? "

"अच्छा लगता है।" लड़कियों ने कहा।

आश्रम की प्रमुख हमारे साथ ही घूम रही थीं। उन्होंने बताया कि छुट्टी शुरू होने पर भी लड़कियाँ घर जाने को राजी नहीं होतीं। शुरू-शुरू में, या छोटी लड़की हो तो, महीना-पन्द्रह दिन परेशान करतीं हैं, पर बाद में यहाँ उनका मन लग जाता है। मजे में रहती हैं।

बड़ी लड़कियों की तरह अब तक वे मन की बात शब्दों में कहने की अभ्यस्त नहीं हो पाई थीं। फिर भी, एक लड़की ने कहा, "यहाँ आने के कारण जंगल के मेवे-कच्चे आम और करौंदे हमें नहीं मिलते, पर जब हम छुट्टी में घर जाती हैं, तो खूब मजे करती हैं।"

उसके बाद उनके साथ इधर-उधर की कुछ बातें की, जैसे कि उनके घर के आस-पास कौन-कौन से पेड़ हैं? वे घर में रोज क्या खाना खाती हैं? पास के जंगल में कौन-कौन से जानवर हैं? पक्षियों के नाम क्या है? वगैरह।"

फिर उनके ही बताए पक्षियों के नामों में से दो नाम चुनकर दो लड़कियों की कहानी सुनाई। एक भली लड़की और दूसरी झगड़ालू, घमंडी, आलसी बुरी लड़की। भली लड़की जब हँसती, तो उसके मुँह से हीरे-मोती झरते और बुरी लड़की हँसती, तो उसके मुँह से काले, काटनेवाले चींटे निकलते।

सारी लड़कियाँ आँखें चौड़ी कर सुन रही थीं। बीच में ही हँसतीं, खुसखुसाकर बोलतीं।

एक बार जब बिट्टू को ऐसी ही कहानी सुना रही थी, तो साहब भड़क उठे थे। बोले कि बच्चे को ऐसी उल्टी-सीधी बातें मत सिखाओ। फिर बिट्टू को भी बताया कि इस तरह कोई भूत, राक्षस या परियाँ कहीं नहीं होतीं।

कहानी खत्म होने पर एक लड़की ने कहा कि उसकी नानी ने भी ऐसी ही कहानी सुनाई थी, पर उस कहानी की बुरी लड़की के मुँह से मेंढकी निकलती थी।

फिर मेंढक-कूद, फुगड़ी जैसे खेल खेले।

"दीदी, क्या आपको जिखना आता है?" एक ने पूछा। एकदम चुस्त, दस एक साल की लड़की थी वह।

"जिखना यानी?" शब्द के अर्थ से ही मेरी शुरुआत थी।

आश्रम-प्रमुख सब देखते हुए दरवाजे में ही खड़ी मुस्करा रही थीं। उन्होंने बताया कि जिखना यानी पहेली।

"तुम्हीं लोग बताओ" मैंने लड़कियों से कहा।

"एक पेड़ फल देता है पर फूल नहीं...और एक पेड़ फूल पैदा किए बिना ही फल पैदा करता है।"

मेरी तो कुछ समझ में नहीं आया। कहा कि वे ही उत्तर बताएँ।

दूसरी ने चिल्लाकर बताया, "पक्षी अंडा देता है, तो वह फल हुआ। वह फूल कहाँ देता है? और बकरी मेमना देती है, वह भी फल... फूल का कोई अता-पता ही नहीं।"

"दीदी, अब मेरी पहेली का जवाब दीजिए। अपने सींगों से वह सब कुछ तोड़ देता है और अपने आप में सिमटकर रह जाता है।"

"इसका क्या अर्थ हुआ?" मैंने पूछ लिया, क्योंकि मैं समझ गई थी कि यहाँ अपना दिमाग चलाने से कोई लाभ नहीं।

"केंकडा!" पाँच छह लड़कियाँ एक साथ चिल्लाईं।

"दीदी... पहले शिखर बाँधा, फिर नींव रखीं"

"ये क्या होगा?"

"क्रौंच पक्षी का घोंसला!" फिर शोर हुआ।

दो लड़कियाँ मेरी गोद में, तीन-चार मेरा हाथ पकड़े मेरे आस-पास। एक पीठ पर झूलती हुई। मुझे याद आई अपने बचपन में घर के पूजाघर में जिवती की तस्वीर लगी हुई, छठी के दिन जिसकी पूजा की जाती थी - जो बिलकुल ऐसी ही हुआ करती थी।

महावीर भोजन के लिए बुलाने आया और यह सब देखकर उसने तो सिर पीट लिया।

लड़कियाँ बोलीं, "हम पहेलियाँ बूझ रही हैं, पर दीदी को एक का भी उत्तर नहीं आता।"

मैंने कहा, "तुम्हारी तरह वन-जंगल घूमूँगी न, तब बूझ पाऊँगी इन पहेलियों को।"

"ये बात है? तो अब मेरी पहेली बूझो।" मेरी ओर देखते हुए उसने लड़कियों से कहा, "इतनी-सी खूँटी, उससे छोरियाँ लिपटीं "

लड़कियों ने कई अनुमान लगाए, पर सभी गलत निकले।

"लहसून" महावीर ने हँसते हुए कहा। "दीदी, अब चलिए। इन लड़कियों के चक्कर में पड़ेंगी, तो दिन कभी ढलेगा ही नहीं।"

मुकणे बहनजी के साथ खाना खाया। आश्रमशाला के अन्य स्टाफ सदस्यों के साथ कुछ देर बातचीत की। धूप ढलने लगी। तब लौटने की राह पकड़ी। सारी लड़कियाँ जीप को घेर कर खड़ी थीं। कह रही थीं कि दीदी, फिर आना, जरूर आना, यहाँ रहने के लिए ही आना...

रात का भोजन महावीर के घर हुआ। सुबह की पहली बस से निकलना था।

सोने से पहले डॉ. दयाल को पत्र लिखा।

"इस मोड़ पर पहुँचने के बाद मेरे मन में कहीं एक बात जड़ पकड़ रही है कि आगे चलकर कभी मैं किसी आदिवासी इलाके में पूरा समय काम करूँ। यद्यपि यह अभी तय नहीं कर पाई हूँ कि मुझे कहाँ काम करना है, या मेरे काम का स्वरूप क्या होगा, तथापि मेरे मन में कोई रूपरेखा तैयार हो रही है। फिलहाल जो काम कर रही हूँ, उसके कारण पूरा महाराष्ट्र तो घूम ही लूँगी। संभव है, उसी से मुझे अपने काम के लिए कोई दिशा मिल जाए।

आपके काम के बारे में केवल सुना भर है। वह सब एक बार प्रत्यक्ष देखने-समझने की इच्छा है।

मैंने आपके साथ जो बातें की थीं, वे शायद आपको बहुत नादानी भरी या बचपनाभरी लगी होंगीं। या फिर, इस तरीके के काम कहीं और शायद होते भी हों, जो शायद आप जानते होंगें। तो यह सारा ही कुछ आपसे समझ लेना चाहती हूँ।"

और पत्र के उत्तर की प्रतीक्षा करती रही।

दो

1

जब काम एकदम नया-नया शुरू किया था, तब मैं किसी एक गाँव में जाना तय करती थी। वहाँ का काम पूरा कर वापस घर लौटती थी। फिर एक-दो दिन के विश्राम के बाद अगले मुकाम को निकल पड़ती थी।

अब मैंने यह तरीका बदल डाला।

सामने नक्शा रखा और एक गाँव से सीधे दूसरे गाँव, फिर तीसरे गाँव...इस तरह कम-से-कम पन्द्रह-बीस दिनों की योजना बनानी शुरू की। इसके कारण सामान कुछ बढ़ जाता, पर मैंने अपनी जरूरतें भी कम करनी शुरू कीं।

अब तक यह भी मालूम हो चुका था कि कहाँ क्या व्यवस्था हो सकती है, क्या मिल सकता है या नहीं मिल सकता, और यह भी समझ आ गया था कि कौन-कौन-सी चीजें साथ न होने पर भी मेरा गुजारा हो सकता है।

अब सफर से खौफ नहीं खाती थी।

आसरे गाँव।

दिन चढ़ने लगा था, पर हवा में ठंडक होने कारण मौसम खुशगवार था।

गाँव में पहुँची तो सब ओर सन्नाटा। औरतें लकड़ी जमा करने गई थीं, बच्चे स्कूल में—आंगनबाड़ी में। कई दरवाजे बंद थे। सरपंच घर पर नहीं थे। पुलिस-पाटील भी नहीं। तब एक-दो औरतों को ही रोक कर पूछा कि कुछ बातचीत करनी है, तो क्या जो औरतें हैं, उन्हें वे जमा कर सकती हैं?

उन्होंने क्या, क्यों जैसे सवाल पूछे।

संक्षेप में बताया।

तब उन्होंने पाँच-छह औरतों को बुलाया। उतनी ही थीं।

मैंने कहा, "बाकी औरतें आती रहेंगी आधे-एक घंटे में। तब तक जो हैं, उन्हीं से बात करेंगे।"

शुरुआत की, तो एक-एक कर बाकी औरतें जमा होती गईं।

अभ्यस्त की तरह समूह-चर्चा शुरू की।

पहले बूढ़ी औरतों के साथ बातचीत करना। उनमें से कोई दाई हो, तो उसे पास बुला लेना। प्रश्न पूछते-पूछते अपने पास उपलब्ध जानकारी को बीच में घुसा देना। दूसरी बस्ती के अनुभव या और कोई किस्से सुनाते हुए मूल मुद्दे तक पहुँचना—कुछ इसी तरीके से आगे बढ़ना।

तब वातावरण हल्का होने लगता है।

यह मेरे पिछले चार-छह महीनों के अनुभव का निचोड़ था।

यहाँ 'जागरुक आदिवासी संगठन' के सदस्यों की संख्या काफी है। यह गाँव संगठन के गाँव के रूप में ही जाना जाता है।

"लकड़ी जमा करने कितनी दूर जाती हैं?" मैंने पूछा।

सोमाबाई ने दूर पहाड़ की तरफ इशारा किया।

"क्या फॉरेस्ट के लोग लकड़ी लेने देते हैं? रोकते नहीं?"

"नहीं रोकते।" उसने दृढ़ता के साथ जवाब दिया।

"क्या अकेली औरत देखकर वे लोग कोई परेशानी खड़ी करते हैं? कभी कोई छेड़छाड़? कोई जबरदस्ती? तुममें से किसी को कभी ऐसा कोई अनुभव मिला है? या आपकी बस्ती की किसी अन्य महिला को?"

"नहीं, नहीं, वे भला हमें क्या सताएँगे? हम हिम्मतवाली हैं। हम फॉरेस्टवालों की सहायता करती हैं। फिर भला वे क्यों सताने लगे?" उसने उल्टे मुझी से पूछ लिया।

मैं हैरान रह गई। यह उत्तर तो मेरे लिए अप्रत्याशित था। कुछ नया भी। क्योंकि पिछले चार महीनों के दौरान फॉरेस्ट ऑफिसर्स के खिलाफ ढेर-सी शिकायतें सुनी थीं।

"उनकी सहायता किस प्रकार करती हैं आप लोग?"

"लकड़ीचोरों को पकड़वा देती हैं। कई बार पकड़वाया है। वे तो पूरा जंगल साफ कर देते हैं। सागौन, खैर...खैर तो अब यहाँ बचा ही नहीं। चोर ट्रक भर-भर कर ले गए।"

यह सुनते समय अचानक ध्यान आया कि पिछले चार दिनों में इस इलाके मे घूमते हुए मुझे न कहीं प्लास्टिक की चीजें दिखाई दीं, न पॉलिथिन के बैग। इसीलिए सड़कें साफ-सुथरी दिखाई दे रही हैं। कचरा है, लेकिन सूखी पत्तियों का कचरा। उसमें कहीं एकाध हड्डी का टुकड़ा या कपड़े की चिंदी दिखाई जरूर देती है, पर ये सारी चीजें तो मिट्टी में मिल जानेवाली चीजें हैं।

इस क्षेत्र में 'जागरुक आदिवासी संगठन' के काम का काफी विस्तार हुआ है। सदस्य स्त्रियों की संख्या भी उल्लेखनीय है। यह जो हिम्मत की बात कही है, वह संगठन के बल का ही प्रभाव है।

सोमाबाई ने संगठन में प्रचलित जंगल का एक गीत भी सुनाया—

पहले कैसा था जंगल, सखी पता है कैसा था जंगल
सरकार ने चोरों के हवाले किया, सखी चोरों के हवाले किया
आया टिंबर विभाग मुआ, सखी आया टिंबर विभाग मुआ
उसने पहाड़ों को नंगा किया, सखी पहाड़ों को नंगा किया
कहने लगे ले गए आदिवासी, सखी बोले आदिवासी ले गए
मुंबई में बंगले उनके सज गए, सखी सज उनके बंगले गए

आसरे गाँव का पलीपाड़ा सड़क से सटा हुआ है। गाँव में चलनेवाली समूह चर्चा खत्म होने के बाद हम पलीपाड़ा पहुँचे। परंतु यहाँ की अन्य बस्तियों की तरह पलीपाड़ा में कोई भी संस्था या संगठन काम नहीं कर रहा है। यहाँ की ग्रामपंचायत के लोग भी जागरुक नहीं हैं।

यहाँ की औरतों ने बताया कि जलाऊ लकड़ी इकट्ठा करने पर वन विभाग के लोग रोक लगाते हैं।

"तब तुम लोग क्या करती हो?"

"अपने ही पेट में आग लगी हो, तो जाना ही पड़ता है। औरतें आराम से अकेली जाती हैं, वैसी कोई परेशानी नहीं है। पर कभी-कभी लकड़ी नहीं लेने देते। तब हमीं लोग उन्हें धमकाती हैं। स्टोव जलाना हो, तो मिट्टी का तेल कहाँ से लाएँ? फॉरेस्टवाले डाँटते हैं, यह तो उनका काम ही है। पर आखिर जरूरत तो हमें होती है न! लकड़ियाँ जमा कर ही लेती हैं।" एक कातकरी महिला ने बताया।

"कितनी दूर जाना पड़ता है?" पीछे दूर पहाड़ की तरफ देखते हुए मैंने पूछा।

"रात यहीं रह जाओ। तुम्हारे लिए चावल पका देती हूँ। सुबह चलना मेरे साथ और आप ही देख लेना कि कितनी दूर जाना पड़ता है।" उसने शांत स्वर में कहा।

"कभी-कभी लकड़ियाँ बेचने के लिए भी ले आते हैं। एक बोझा पन्द्रह-बीस रुपये में बिकता है। कभी-कभी दस रुपये में भी देना पड़ता है। दस क्या और बारह क्या, शहर जैसी कमाई तो यहाँ होने से रही।" एक अन्य महिला ने कहा।

प्रातिनिधिक स्वरूप के ये दो अनुभव। सब जगह हालत लगभग ऐसी ही। कहीं कुछ कम, कहीं कुछ ज्यादा।

घर में औरत के दो घंटे लकड़ी-ईंधन जमा करने में निकल जाते हैं और दो घंटे पानी भरने में।

पानी की समस्या तो है ही। गर्मी के मौसम में तकलीफ होती है। निजी कुँए या गड्ढे ढूँढ़कर पानी लाना पड़ता है। नदी सूख जाती है। उसमें गड्ढा खोदकर पानी लेना पड़ता है। कुछ भागों में कभी-कभार टैंकर से पानी की आपूर्ति की जाती है।

केलीपाड़ा में गई, तो शुरू में केवल तीन-चार औरतें आकर बैठीं। एक घर के बरामदे में दरी बिछाई थी। फिर पास के घडणेगाँव की कुछ औरतें आईं। बरसात में इस गाँव का संपर्क टूट जाता है। नदी पर पुल बना है। पर उसकी ऊँचाई कम होने के कारण बरसात में पानी पुल पर से बहने लगता है।

आसरे गाँव के केलीपाड़ा में रहनेवाले वारली परिवार बैलगाड़ी की सहायता से मिट्टी

ढोने का काम करते हैं। कभी जरूरत पड़े, तो ये लोग कुम्हार से कर्ज ले लेते हैं।

गर्मी के मौसम में कुम्हार के गड्ढे से ही पानी लेकर आते हैं। उनके गाँव में बोअरवेल है, पर उसमें से आनेवाला पानी पीले रंग का होता है। कपड़ा धोने के लिए भी इस पानी का प्रयोग नहीं किया जा सकता। कपड़े तो दूर की बात, बाल्टियों तक में दाग लग जाते हैं।

औरतें बोले जा रही थीं और मैं खास मुद्दे नोट कर रही थी।

जिस घर के बरामदे में बैठे थे, उस घर की महिला ने चाय पीने के लिए कहा और चाय बनाने के लिए उठकर अन्दर चली गई।

तब तक मैंने बाकी औरतों के साथ बात करना शुरू किया।

पारिवारिक समस्याएँ।

बात चली थी दूसरी शादी की। पहली पत्नी के होते हुए भी दूसरी शादी करने की प्रथा अधिकांश आदिवासी जनजातियों में समाज-स्वीकृत है। इसी के संदर्भ में पूछा गया था कि यह दूसरी शादी क्यों की जाती है? उसके क्या कारण हैं?

वारली और कातकरी जनजातियों में एक पत्नी के होते हुए दूसरी शादी करना पुरुषों के लिए सामान्य सी बात है। दूसरी शादी करने का प्रमुख कारण है पहली पत्नी के संतान न होना। केवल इस कारण से दूसरी शादी नहीं की जाती कि पहली पत्नी के केवल लड़कियाँ ही हैं, लड़का पैदा नहीं हुआ है। लड़का न भी हो, तो भी चलता है।

"यदि किसी लड़की का पाँव फिसल जाए, वह गर्भवती हो जाए, तब तो शादी करनी ही पड़ती है।" एक बूढ़ी औरत ने कहा।

"जिनके पास बहुत खेती होती है, वे भी दो शादियाँ करते हैं।" दूसरी ने व्यावहारिक ज्ञान दिया।

"शौक पूरा करने के लिए भी करते हैं दूसरी शादी..."एक ने पल्लू से मुँह ढँकते हुए कहा। लगता है, आज का दिन अलग-अलग तरह के धक्के लगने का दिन था। यद्यपि यह एक प्रमुख कारण है, पर अब तक किसी भी महिला ने इतनी स्पष्टता से यह बात नहीं कही थी।

"क्या अपने गाँव में सौतनें भी हैं?" अब तक 'अपना गाँव' जैसे शब्द अपने आप ही मुँह में आने लगे थे। धीरे-धीरे सभी गाँव अपने ही लगने लगे थे।

मेरे सवाल पर एक बूढ़ी औरत आगे आई। कातकरी जनजाति की थी। कमर और छाती पर केवल लाज ढँकने के लिए चिंदियाँ। उसके पहने कपड़े का मूल रंग बताना असंभव ही था।

"मेरी है न। ये यहीं तो बैठी है।" उसने उँगली से इशारा किया। वह उसकी अपेक्षा कुछ कम बूढ़ी दिखाई दे रही थी। पहली बूढ़ी ने बताया कि उसे बच्चा नहीं

हो रहा था, इसलिए उसने ही पहल कर पति की दूसरी शादी करवा दी। आगे चलकर दोनों के बच्चे हुए। तब उसने सोचा कि स्वयं सौत लाई हूँ, तो अपने कारण उसे कोई तकलीफ न हो। इसलिए अपना बड़ा घर उसे दे दिया और खुद पास में ही दूसरा घर बनाकर रहने लगी।

"पर मौसी, आपने क्यों दूसरी पत्नी बनना स्वीकार किया?" मैंने उसकी सौत से पूछा।

"मेरी भी दूसरी ही शादी थी।" उसका उत्तर था।

उसके पिता के पास काफी खेती थी और वह इकलौती संतान थी। घर, खेती की देखभाल कौन करेगा? इसलिए घरजमाई लाया। पर आगे चलकर उसे वहाँ रहना रास नहीं आया। मीनमेख निकालने लगा। यहाँ से जाने की बात कहने लगा। उसका कहना था कि कहीं और चलकर अपनी कमाई खाएँगे, यहाँ ससुराल में नहीं। इसने मना कर दिया। उसका कहना था कि अपनी खेती-बाड़ी है, तो दूसरों के यहाँ क्यों मजदूरी करें? पति के पाँच भाइयों की जिंदगी तो वह देख ही रही थी। मुख्य समस्या यह थी कि उसके चले जाने के बाद बूढ़े पिता की देखभाल कौन करता?

आखिर उसके पति ने जान लिया कि उसके चक्कर में पड़ने से कुछ होनेवाला नहीं है। एक दिन वह चुपचाप घर से चला गया।

"कहाँ गया?" मैंने पूछा।

"क्या पता।...अब इतने साल हो गए, अब तक उसका कोई अता-पता नहीं है।" उसने ऐसे जवाब दिया, मानो इस बात से उसका कोई लेना-देना ही न हो।

कुछ दिन इंतजार करने के बाद उसने जान लिया कि अब वह वापस आनेवाला नहीं। तब उसने दूसरी शादी करने की सोची। पास के ही पाड़े के इस घर में वह दूसरी पत्नी बनकर आई।

अब बच्चे बड़े हो चुके हैं। पति भी नहीं रहा। अब हम दोनों ही एक-दूसरे के सहारे जिंदा हैं। बूढ़ी ने कहा। अपनी सौत की सराहना करते हुए वह बोली, "मुझे बुखार चढ़ा था तो शनिवार को अस्पताल ले जाकर मुझे सुई भी लगवाई।"

दोपहर तहसीलदार से मिलना था। तहसील कार्यालय से सरकारी जानकारी हासिल कर प्रत्यक्ष देखी गई परिस्थिति से उसका मिलान करना—मेरे काम का यही तरीका था।

वड़गाँव से लौटने के बाद हुई एक बैठक में मैंने कहा था, "केवल राजनीतिक संदर्भों को ही देखना पर्याप्त नहीं है, बल्कि उसके साथ सामाजिक परिस्थिति को भी देखना आवश्यक है। समाज में स्त्रियों के स्थान को समझे बिना राजनीति में उनके स्थान को आजमाया नहीं जा सकता।..."

सुमेध कुछ खीझ गया था। उसे लग रहा था कि मैं अकारण ही काम बढ़ा रही हूँ।

असली बात यह थी कि उसे उपलब्ध रकम और समय के बीच तालमेल बिठाना था।

तब मैंने निर्धारित बजट में ही इस काम को करने की योजना बनाई। वैसे भी मुझे भरोसा था कि इस छोटे से सर्वेक्षण के लिए जो बजट दिया गया था, उसके एक चौथाई रकम में ही यह काम पूरा हो जाएगा। पर सुमेध के काम के तरीके को देखते हुए उसके लिए यह बजट भी कम ही होता। सामान्य खर्चों की एक सूची बनाई। सर्वेक्षण के फॉर्म की छपाई, सर्वेक्षण करनेवालों का मानदेय, यात्रा व्यय, निवास और भोजन आदि का खर्च, रिपोर्ट की छपाई का खर्च और मेरा दो वर्षों का मानदेय...क्या इसके लिए पन्द्रह लाख रुपये कुछ कम थे?

किसलिए होती है इतने पैसों की जरूरत? और इन पन्द्रह लाख रुपयों के बदले क्या मिलेगा?

एक रिपोर्ट!

आगे चलकर इस रिपोर्ट का क्या होगा, किसे पता। हो सकता है कि वह लाल रिबन में बँधी किसी सरकारी कार्यालय की अलमारी में सालों तक धूल खाती पड़ी रहे।

या कुछ हो भी सकता है। ऐसा नहीं कि सब कुछ बेकार ही चला जाएगा।

फिर मन में एक अलग ही विचार आया। और कुछ हो न हो, मुझको इसका उपयोग निश्चित ही होगा। इस रिपोर्ट के बहाने ही मुझे वास्तविक ज्ञान मिलेगा। हो सकता है कि और भी कुछ लोगों को उससे कोई लाभ हो। हमें यह भी देखना होगा कि उन्हें यह लाभ किस प्रकार मिले। हर गाँव में महिलाओं की और युवकों की एक-एक पंक्ति तैयार करनी होगी। यदि लोगों तक सरकारी योजनाएँ ठीक ढंग से पहुँचाई जा सकें और उनके सही कार्यान्वयन की ओर ध्यान दिया जा सके, तब भी काफी सकारात्मक बदलाव आ सकता है। बहुत फर्क पड़ सकता है।

जहाँ अच्छे लोगों को चुना गया है, वहां उन्होंने गाँव में कई सुधार किए हैं। अब इसी इलाके में घूमते हुए 'जागरुक आदिवासी संगठन' का काम जिन गाँवों में चल रहा है, उनको देखने से भी इस बात का पता चलता है। संगठन के सदस्य यदि निर्वाचित हुए हों या गाँव में संगठन के सदस्य हों, तो वहाँ फर्क का पता चलता है। उन गाँवों में सड़कें हैं, पानी की सुविधा है, बिजली है। एक-दो गाँवों में तो फोन भी हैं। बाकी सुविधाओं के लिए सरपंच प्रयास कर ही रहे हैं।

पर यहाँ भी निर्वाचित महिलाओं को अभी उतना भान नहीं आया है। यानी, वे नहीं सोचतीं कि गाँव के लिए काम करने के अलावा महिलाओं के लिए भी विशेष रूप से कुछ करें। परंतु यह भी वास्तविकता है कि ग्राम पंचायत की कुर्सी पर बैठनेवाली आदिवासी महिलाओं की यह पहली पीढ़ी है। फिर भी, संगठन की ओर से उन्हें काफी मदद मिलती है।

यह भी देखना होगा कि अन्य संस्थाएँ और संगठन किस प्रकार काम करते हैं, उनसे कहाँ गलती होती है, लोगों की उनसे क्या उम्मीदें हैं और सरकारी कर्मचारी

इन संस्थाओं-संगठनों के बारे में क्या राय रखते हैं।

आगे से जिन जिलों में घूमना है, वहाँ की स्वयंसेवी संस्थाओं को भी भेंट देनी होगी। कहाँ-कहाँ कौन-कौन-सी संस्थाएँ कार्यरत हैं, इसकी पूरी सूची तो 'प्रगत' में भी नहीं है। इस बहाने वह सूची भी तैयार हो जाएगी। सभी संस्थाओं-संगठनों का लिटरेचर भी इकट्ठा करना होगा।

एक बार डॉ. दयाल का काम देखने भी जाना होगा।

उन्होंने बताया था कि लगभग 1960 के दशक में ही ऐसे व्यक्तियों और संस्थाओं की संख्या बढ़ने लगी थी, जो कल्याणकारी कार्यों से हटकर विकासात्मक कार्यों की ओर बढ़ रहे थे। सुशिक्षितों का, उनमें से भी कुशल तकनीशियनों का वर्ग आर्थिक विकास के चुनौतीभरे काम की ओर आकर्षित होने लगा था। ये लोग या तो समाजवादी आंदोलन से, राष्ट्र सेवा दल से या फिर वामपंथी विद्यार्थी संगठनों में से आए थे। 1970 के दशक के अंतिम काल में और 1980 के दशक के प्रारंभिक काल में महाराष्ट्र में ऐसे अनेक संगठन आए, जो लोगों के बिलकुल पास रहकर उनके प्रश्नों पर काम कर रहे थे। वे लोगों से अच्छा संपर्क रखते थे और समाज में काम बढ़ता जा रहा था।

इन संगठनों ने बेगारप्रथा, जमीन के अधिकार का प्रश्न, झोपड़ों मे रहने वालों के अधिकार, आदिवासियों-खेतों में मजदूरी करनेवालों के संगठन, महिलाओं के साथ होनेवाला अन्याय आदि प्रश्न उठाए। लोगों को संगठित करना, अन्याय-अत्याचार के खिलाफ आवाज उठाना, मोर्चा निकालना, आवश्यकतानुसार उनके संघर्ष को न्यायालय तक ले जाना, विधानसभा में उनके प्रश्न उपस्थित करना आदि उनकी कार्यपद्धति में शामिल था। ये संगठन आंदोलन का काम भी करते थे।

इस संबंध में और भी कई प्रश्न मेरे मन में अभी भी रेंग रहे हैं। वे प्रश्न भी डॉ. दयाल से पूछने होंगे।

पहलेवाले पत्र का ही डॉ. दयाल से अब तक कोई उत्तर नहीं मिला है।

पता नहीं मेरा पत्र उन्हें मिला भी है या नहीं।

या शायद उन्हें पत्र लिखने का समय ही न मिला हो।

या फिर हो सकता है कि वे भारत में हो ही नहीं।

या मेरा पत्र उन्हें इतना महत्त्वपूर्ण प्रतीत न हुआ हो कि जिसका उत्तर दिया जाए।

पता नहीं क्या हुआ होगा। बस अनुमान करते रहना है।

या घर पहुँचने पर उन्हें एक बार फोन ही क्यों न कर लूँ।

एंजला से भी बात करनी चाहिए। उसने इतनी आत्मीयता से मेरा उपचार किया और मैं ठीक से धन्यवाद भी नहीं दे पाई। सुना है कि ये विदेशी शिष्टाचार के पालन में बड़े पक्के होते हैं। इस मामले में तो मैं गँवार ही रही। साहब इतने सालों तक सिखाते-समझाते रहे, पर कोई फर्क नहीं पड़ा।

साहब जब घर में हुआ करते थे, तब उनके डर से कितने ही काम ठीक-ठीक हो जाया करते थे। अब तो जैसे मैं बेलगाम हो गई हूँ। अब तो ऐसा भी लगता है कि हर नियम तोड़ ही दूँ। कितने बजे सोना होगा, कितने बजे उठना होगा, कौन-से काम किस समय करने होंगे, छुट्टी के दिन—यानी साहब और बिट्टू की छुट्टी के दिन क्या-क्या करना होगा...सब कुछ तय था—बस लिखित नियम नहीं थे।

अब छोटी-मोटी चीजों पर धूल जमी दिखाई देती है। उठकर पोंछने का भी मन नहीं करता। कितने सालों की सुबहें-शामें इस तरह केवल धूल पोंछने और सामान सँवारने में बीती हैं। अब आलसी की तरह बैठे-बैठे धूल देखती रहती हूँ—जैसे उसके कण गिन रही हूँ। यदि शांता मौसी खुद कुछ करती हैं, तो करें, अन्यथा पड़ा रहने दें। इतना ध्यान रखती हूँ कि घर कहीं कूड़ाघर न बन जाए, बस। इन कामों में इतनी शक्ति का व्यय नहीं करना है।

कभी किसी कोने में जाला लगा रह जाता है। कभी दीवार के प्लास्टर का कोई टुकड़ा निकल आता है। कभी चादर पर सिलवटें पड़ी रहती हैं, तो कभी कुर्सियों की व्यवस्था गडबड़ा जाती है। कभी ओढ़ने की चादर के कोने मिलाकर उन्हें तहाया नहीं जाता, अब यह निश्चित नहीं होता कि किस डिब्बे में क्या रहेगा या कौन-सी वस्तु कहाँ रखनी होगी। सबसे बड़ी बात यह कि मेरे लिए कौन से ब्रेसियर्स और पैंटीज आरामदायक होंगी, इसका फैसला मैं खुद कर उन्हें खरीद सकती हूँ।

...लगता है कि सभी छोटे-बड़े बंधन शिथिल हो गए हैं।

हल्का लग रहा है।

एकदम हल्का।

जैसा साहब को शराब पीने के बाद लगता था।

शराब पीने के बाद तो साहब बदल ही जाते थे। अस्तव्यस्त। ढीली-ढाली टाई, अधखुँसी कमीज, लड़खड़ाती जबान....माथे पर पसीने की बूँदें उभर आतीं। गालियाँ तो देते ही थे। गालियाँ कोई नई बात नहीं थी। जिस गलीचे पर सरसों के दाने के बराबर दाग भी वे बर्दाश्त नहीं कर पाते थे, उसी गलीचे पर एक बार उन्होंने कै कर दी थी।

भोजन तो तमाशा ही होता था। परोसी हुई थाली फेंक देते थे। सारा खाना दीवार पर, फर्श पर। चावल के दाने। दाल और सब्जी की तरी का बहाव।

फिर उन्हें सम्हालते हुए, किसी तरह ले जाकर पलंग पर सुलाना। गिरा हुआ खाना, कै—सब साफ करना। दो-दो बार फिनाइल डाल कर पोंछना। घर-भर में सुगंध का स्प्रे करवाना।

ऐसे मौकों के लिए शांता मौसी के लिए सख्त चेतावनी थी कि वे बिट्टू को लेकर उसके कमरे में ही सो जाएँ। चाहे कुछ भी हो, बाहर न निकलें। तब, यदि किसी दिन जोरदार थप्पड़ पड़ भी जाए, तो ज्यादा शर्म नहीं आती थी, क्योंकि कोई देखनेवाला जो नहीं होता था।

घर है, तो उसमें यह सब तो चलता ही है।

पर अब क्या अंजली यह सब सह लेती होगी?

शराब पीकर या बिना पिये, क्या साहब उसे भी इसी तरह मारते होंगे?

और अब तो वह गर्भवती है। क्या सहन करती होगी सब कुछ, जैसे मैंने किया था? बेचारी! जाने कहाँ से उसे यह दुर्बुद्धि सूझी कि साहब की जिंदगी में आ गई? या हो सकता है कि ऐसा कुछ होता भी न हो। हो सकता है कि बहुत सुख में हो। बेचारी जैसे शब्द मेरे ही मन की बात हो। हो सकता है कि उसका सब कुछ ठीक चल रहा हो। खैर।

शराब और पति द्वारा पिटाई—आदिवासी महिलाओं के घरों में ये सामान्य प्रश्न हैं। हर जगह मैं बार-बार ये सवाल पूछती ही थी। यह जानते हुए भी कि निष्कर्ष वही होंगे।

इस संबंध में बोलते हुए औरतें पहले तो हिचक जाती हैं। शुरू की फुसफुसाहट कहती है कि अपनी कोई बुरी बात हो, तो दीदी से नहीं कहनी चाहिए। शुरू में उल्टे-सीधे प्रश्नों के जाल में उलझाकर, कुछ भरोसा दिलाकर उनका मुँह खुलवाना पड़ता है। फिर सभी बोलना शुरू कर देती हैं...

"मारते हैं, शराब पीते हैं, घर में पैसा नहीं देते और कहते हैं कि खाना अच्छा बनना चाहिए, औरत की बुरी गत बना देते हैं।"

"औरत अच्छी हो, तब भी उसे अच्छा नहीं कहते।"

"हमेशा डर लगा रहता है कि पति घर आते ही कहीं मार न बैठे। गृहस्थी में ध्यान नहीं रहता। खाया-पिया बदन में लगता नहीं। फिर रोते बैठो, और क्या!"

"इसी कारण तो एक से दो गृहस्थियाँ बन जाती हैं।"

"हम चाहती तो हैं कि शराब-बंदी हो, पर सारी औरतों के बीच एकता नहीं है।"

"बाजू की कुछ बस्तियों में औरतों ने शराब के अड्डे बंद करवा दिए हैं, पर पीनेवाले तो दूसरी जगह से पीकर आते ही हैं।"

औरतें अपनी राय व्यक्त कर रही थीं।

"जुगनू जिस तरह रात को आवाज करते हैं और चमचमाते हैं, वैसा ही इन लोगों का भी है। पता है जुगनू कैसे चमकते हैं?"

"नहीं तो।" मैंने कहा।

"उनकी गाँड़ में आग होती है।"

हम सभी खिलखिलाकर हँस पड़ीं। चमकनेवाले जुगनू तो कई बार देखे थे, पर आज ही पता चला कि आग कहाँ होती है। उस औरत ने कितना सूक्ष्म निरीक्षण किया था और सही जगह उसका इस्तेमाल भी किया था। मजा आ गया।

फिर पुरुषों के साथ बातचीत की।

अधिकांश पुरुषों ने बताया कि औरत यदि बताए गए काम ठीक तरह से न करे, खाना ठीक से न पकाए, घर में हमेशा झगड़ा-फसाद करती रहे, तो वे उसे पीटते हैं।

"औरत यदि दूसरे पुरुष के साथ पिंगें बढ़ाए, तो पति पीटेगा ही।" कुछ पुरुषों ने कहा।

"संगठन के काम के लिए पत्नी दूसरे पुरुष कार्यकर्ता के साथ अकेले घूमती है, यह बात पसंद न आने के कारण कभी-कभी मैं उसे पीटता था।" 'जागरुक आदिवासी संगठन' के एक वरिष्ठ कार्यकर्ता ने ईमानदारी से स्वीकार किया।

एक औरत ने बताया कि उसका पति उसे किस क्रूरता से पीटता है। पिटाई के कारण उसके आगे के चार दाँत टूट गए थे। रात सारे दरवाजे-खिड़कियाँ बंद कर उसे पीटा। बच्चे अभी छोटे हैं, वे डर के मारे चुपचाप कोने में सिमटे खड़े थे। घर में खून फैल गया था। हमेशा की बात सोचकर पड़ोसियों ने रात को ध्यान नहीं दिया। सुबह सबको पता चल गया। तब पड़ोसियों ने उसके मायके खबर भिजवाई। भाई आकर उसे लिवा ले गए। पुलिस में शिकायत दर्ज की। पुलिस ने पति को दो दिन के लिए अंदर कर दिया था। दो-तीन महीने मायके में ही रही। पर अब वापस आ गई है, क्योंकि बच्चे पढ़ रहे हैं, वे स्कूल में अनुपस्थित रहते हैं, पढ़ाई का नुकसान होता है। पति ने भी यह कह कर माफी माँग ली कि आगे से कभी ऐसा नहीं करूँगा।

"तो अब ठीक से रखता है या नहीं?"

"अब उसका बर्ताव कुछ ठीक है। पर नाराजगी तो है ही कि मेरे कारण उसे पुलिस ने अंदर कर दिया, मार खानी पड़ी।...शराब तो पीता ही है, पीटता भी है, पर ज्यादा नहीं।"

ज्यादा पिटाई की परिभाषा उसके चेहरे पर साफ झलक रही थी। पर मैने और कुछ नहीं पूछा।

"दस-पन्द्रह साल के बच्चे भी शराब पीते हैं, माँ-बाप कुछ नहीं कर पाते।" एक औरत ने बड़ी व्याकुलता से कहा।

"कुछ औरतें भी शराब पीती हैं, पति की मारपीट के कारण ही वे पीना शुरू करती हैं।" एक औरत ने स्पष्टीकरण दिया।

प्रौढ़ महिलाओं में शराब पीने का चलन ज्यादा है।

कुछ औरतों ने बताया कि काम की थकान के कारण वे शराब पीती हैं।

नासिक जिले की आदिवासी महिलाओं ने बताया था कि प्रसूति जल्दी होने के लिए वे शराब पीती हैं।

कुछ औरतें शराब बनाने का काम करती हैं। अक्सर ऐसी औरतें या तो विधवा होती हैं, या परित्यक्ता। बच्चे छोटे होते हैं। कहीं बाहर काम पर जाना हो, तो बच्चों को सम्हालनेवाला कोई नहीं होता। इस स्थिति में नियमित रकम हाथ में देनेवाला और निश्चित रूप से चलनेवाला शराब बनाने का काम उनके लिए सुविधाजनक होता है।

मुझे वड़गाँव की शेवूबाई याद आ गई।

मैं तेजी से नोट्स ले रही थी और एक तरफ अपने निरीक्षण, अपनी राय भी लिखती जा रही थी।

...परंतु अक्सर इस बात की ओर ध्यान ही नहीं दिया जाता कि परंपरा के अनुसार किन्हीं विशेष अवसरों पर शराब पीना और शराब पीने की लत होना ये दोनों अलग-अलग बातें हैं। वारली जनजाति में माना जाता है कि औरतों में पुरुषों की अपेक्षा एक पसली ज्यादा होती है। किसलिए? पति की पिटाई से टूटने के लिए। शराब पीना भी परंपरा है और पति से पिटना भी परंपरा ही है। इस बात का पता कब और कौन लगाएगा कि वास्तविक परंपराएँ कौन-सी हैं?...

औरतों के साथ बातचीत करते समय मेरे मन में उल्टे-सीधे विचार चल रहे थे।

अब तक वातावरण का रुखापन कम नहीं हो पाया था।

यहाँ की समूह चर्चा खत्म होने के बाद तहसीलदार से मिलने जाना है। फिर, इस इलाके में एक कॉलेज है और आदिवासी लड़के-लड़कियों के लिए छात्रावास भी हैं...संभव हो, तो वे भी देखने हैं। कॉलेज में यदि कोई उत्साही प्राध्यापक हो, तो कुछ अलग जानकारी भी मिल सकती है। यह तो सच है कि इस इलाके में 'जागरुक आदिवासी संगठन' का काम चल रहा है, पर अब उसका विस्तार बहुत ज्यादा हो चुका है। महावीर से जिस तरह विस्तृत जानकारी मिली थी, वैसी यहाँ मिलनी मुश्किल होगी। तब ऐसे ही कुछ अन्य स्रोत ढूँढने होंगे।

दो-तीन जिलों में भेंट के लिए पहले तय तहसील को रद्द करना पड़ा था, या अपनी सूची में नई तहसील को जोड़ना पड़ा था। कुछ नई तहसीलें बन गई थीं, जो हमें भी मालूम नहीं थीं, और न वे हमारे पास के नक्शों में दर्शाई गई थीं। तहसीलदार से मिलकर तहसील का नक्शा, जनसंख्या का ब्यौरा और चुने गए गाँवों के बारे में विस्तृत जानकारी मुझे प्राप्त करनी थी।

माटीगुडा का तहसील कार्यालय।

छूटते ही तहसीलदार ने कहा कि हम लोगों को नक्शे वगैरह कुछ नहीं देते। हमारे पास केवल जनसंख्या का ब्यौरा है, पर वह भी हम लिखित रूप में नहीं देंगे। रजिस्टर दिखा देंगे, उसमें से आप उतार लीजिए। अन्य जानकारी के लिए पंचायत समिति के कार्यालय में जाइए।

फिर जनसंख्या का ब्यौरा देनेवाले लिपिक से पूछा-चुपके से। उसने बताया कि सड़क की दूसरी तरफ एक जेराक्स की दूकान है। वे लोग नक्शे बेचते हैं। उनसे खरीद लीजिए।

दूसरे ने कहा कि जमीन से संबंधित जानकारी पटवारी के कार्यालय में ही मिलेगी।

जेरॉक्सवाले ने बताया कि नक्शे खत्म हो गए हैं।

इस सारे झंझट में तीन घंटे निकल गए।

वहाँ से फिर पंचायत कार्यालय।

बीडीओ किसी काम से बाहर गए थे। उनके सहायक अधिकारियों से मुलाकात की। काम का स्वरूप बताया। उनके सारे संदेहों का निराकरण किया। सारी बातें आधा घंटा सुनने के बाद टेबल नं. दो ने कहा कि बाजू के टेबल पर जाइए। उन्हें गाँवों की सारी जानकारी मुँह जबानी याद है। वे बताएँगे।

दूसरे टेबल पर फिर वही रिकार्ड बजाई।

मेरे पास जो फॉर्म था, वह अंग्रेजी में था। पन्द्रह-बीस मिनट तक उसे उलट-पुलट कर देखने के बाद टेबल नं. तीन ने कहा, "जरा पढ़कर सुनाएँगी?"

मरती क्या न करती। पढ़ा। कुल पाँच पृष्ठ।

बीच-बीच में सवाल पूछे गए, जवाब दिए।

"माडा पॉकेट क्या है?"

"After the census of 1991 यानी 1991 की जनगणना से पहले या बाद? "

"Tribal Devlopment corporation क्या चीज है?"

"Artificial Insemination Centre यानी क्या?"

"पर्याप्त पानी आपूर्ति यानी कितनी आपूर्ति?"

"हरबरा यानी चना या और कुछ?"

"हुलगा किसे कहते हैं?"

वगैरह, वगैरह।

फिर उन्होंने उस फॉर्म को दुबारा उलट-पुलट कर देखा और बोले, "ऐसा कीजिए बहनजी, आप इस फॉर्म को मराठी में बनवाकर ले आइए। तब आपको सारी जानकारी तुरंत देना संभव होगा।" अपने दो घंटों का सत्यानाश देखकर मैं अवाक्।

"लेकिन आप केवल जानकारी दीजिए। आपके पास कुछ रिकार्ड हो, तो मुझे दिखाइए, मैं खुद लिख लूँगी।"

"फिर भी, फॉर्म मराठी में ही बनवाकर ले आइए।"

"ठीक है।"

"आप अगले सोमवार को ले आइए, आपका काम हो जाएगा।"

"उससे पहले नहीं हो पाएगा?"

"दूसरे बहुत से काम हैं। फिर मुझे दो-तीन दिन गाँवों में भी जाना है। आप औरतों के तो वारे-न्यारे हैं। आजकल तो बस से लेकर चुनाव तक सब जगह आप लोगों के लिए सीटें आरक्षित होती हैं। संस्थाएँ-संगठन होते हैं। महिला दक्षता समिति

होती है। राज्य महिला आयोग होता है। हमारे लिए कहाँ है राज्य पुरुष आयोग?"

टेबल नं. चार और पाँच फिस्स से हँस दिए। ठीक ही तो है। यदि औरतें हमें सताएँ, तो हम शिकायत करने कहाँ जाएँ? राज्य पुरुष आयोग तो होना ही चाहिए...क्यों, ठीक है न?

"और क्या... अब यही देख लो, उस औरत ने कम्पलेंट की कि चुनाव का टिकट चाहिए, तो साहब ने रात को गेस्ट हाऊस में मिलने के लिए बुलाया। अब भला औरत से क्या पैसे लेंगे? यह तो उसका अपमान ही है न?' टिकट के लिए पुरुषों को क्या कम पापड़ बेलने पड़ते हैं? पर टिकट चाहिए हो, तो करते ही हैं सब। वे तो कहीं शिकायत करने नहीं जाते हैं।"

"ए...चुप! अन्यथा बहनजी राज्य महिला आयोग से शिकायत कर देंगी कि माटीगुड़ा की पंचायत समिति के कार्यालय में महिलाओं को सताया जाता है!"

ठहाके फिर शुरू।

मेरा चेहरा तमतमा गया। क्रोध से जान जल गई।

टेबल के उस पारवाले चेहरे कुछ उतर गए।

"बुरा मत मानिए बहनजी। हमारे कार्यालय का वातावरण इसी तरह हँसी-मजाकवाला होता है। आप सोमवार को आइए। ग्यारह-बारह बजे के बाद ही आइए। सुबह हमें आने में कुछ देर हो जाए, तो आपको परेशानी नहीं होगी, क्यों ठीक है न?"

सोमवार को फिर से पंचायत समिति का कार्यालय।

टेबल नं. दो अब तक आया नहीं था।

आने पर मुझे देखा, तो बैठने के लिए कहा। फिर उनके अन्य काम। फोन, बातचीत, समय काटना, वगैरह। मैं अपने पेन की स्याही सुखाते बैठी रही।

एक ग्रामसेवक किसी काम से आया था। उसी से कहा कि वह मुझे अपने कार्यक्षेत्र में आनेवाले गाँवों के बारे में बताए।

उसने जानकारी देना शुरू किया। याद करते हुए, उँगलियों पर गिनते हुए। गाँव में कितनी बस्तियाँ हैं? प्रत्येक बस्ती तक बिजली पहुँची है या नहीं? वगैरह। पता चला कि सब जगह बनिये की छोटी दूकानें हैं। कपड़े की दूकानें नहीं हैं। दवाओं की तो बिलकुल नहीं।

पाटवाड़ी गाँव में पानी की कमी है। दूर से पानी लाना पड़ता है। नदी का पानी पंप से टैंकर में भरकर शहर के लिए ले जाते हैं। यहाँ भी दूर की बस्तियों में टैंकर लाना पड़ता है। कभी-कभी कुछ निजी कुँओं से पानी मिल जाता है। बाकी समय गड्ढे तो हैं ही। एक बार कभी पाइप लाइन बिछाई थी, उससे कभी पानी तो नहीं मिला, हाँ, अब उसमें जंग जरूर लग गया है।

टेबल नं. दो ने कहा, “ये सब क्या बताने की बातें हैं, कब अक्ल आएगी तुम्हें? लोग गलत नहीं समझते कि तुम लोगों के पास समझ ही नहीं है। क्यों? यदि कोई इस प्रकार का प्रश्न पूछे, तो कहना चाहिए, ‘पाइप लाइन है, पर फिलहाल खराब हालत में है।’ आई बात समझ में?”

उसने सहमति में गर्दन हिला दी।

“और हाँ, तुम्हारे गाँव में टैंकर कहाँ आता है? गलत जानकारी नहीं देनी चाहिए।”

उसने किसी तरह कहा, “मैंने पाँच-छह महीने पहले ही काम सम्हाला है। मुझे भी पूरी जानकारी नहीं है। आप गाँव में आएँगी, तो वहाँ पंचायत के रजिस्टर में देखकर पूरी जानकारी दे दूँगा। समिति की जानकारी तो केवल पटवारी के पास ही मिल सकती है।”

“आपके पास बाकी गाँवों की जो जानकारी है, वह तो मुझे दीजिए।” मैंने टेबल नं. दो से कहा।

“इतने सारे गाँवों की?”

“तीन गाँवों की तो मिल ही गई है, बाकी के सात गाँवों की जानकारी आप दे दीजिए। लिखूँगी तो मैं ही, आप केवल बोलते जाइए। आपने कहा, इसलिए अब मैं फॉर्म भी मराठी में बनवाकर ले आई हूँ।”

उन्होंने फॉर्म की ओर देखा तक नहीं। “बहुत ज्यादा है यह तो। यह सब कब तक बताते बैठूँ? इसके लिए तो ग्रामसेवक से ही मिलना होगा।” कहते हुए उन्होंने खाने का डिब्बा निकालकर टेबल पर रखा। पूछा, “खाना खाएँगीं?”

गर्दन हिलाकर मना करते हुए मैं वहाँ से उठ गई।

एक बार तो मन में आया कि बीडीओ से मिलकर इन लोगों के बारे में शिकायत करूँ और सारी जानकारी आज ही पाने का इंतजाम करूँ। दूसरे गाँव से आया हुआ व्यक्ति इस तरह कब तक रुक सकता है? एक सादा सा फॉर्म भरने के लिए क्या तहसील कार्यालय, पंचायत समिति कार्यालय और पटवारी कार्यालय में जाकर इतने सारे लोगों से मिलना होगा और जानकारी देने का अनुरोध करना होगा?

मुझे तो यह भी मालूम नहीं कि कहाँ से, किससे और किस तरह जानकारी प्राप्त की जाए?

आखिर सुमेध को फोन पर सारी बातें बताईं। उसने कहा, “तुम बहुत जल्दी हिम्मत हार जाती हो। यह अच्छी बात नहीं है। चाहे तो एक दिन और वहीं रुक जाओ, पर अब पूरी जानकारी लेकर ही आना।”

शुरू में एक दो तहसीलों में भी इसी तरह त्रस्त कर देनेवाले अनुभव मिले थे। अपने जैसे पढ़े-लिखों को यदि इतनी परेशानी होती है, तो इन आदिवासियों की क्या हालत

होती होगी? न तो जनसंख्या की जानकारी ठीक से उपलब्ध थी और न इस बात की कि किसी गाँव में कितने पाड़े या बस्तियाँ हैं। तहसील के नक्शे का तो कोई अता-पता ही नहीं। फिर हर पाड़े में कुँए हैं या नहीं? बिजली पहुँची है या नहीं? कितने लोगों को सरकारी योजनाओं से लाभ हुआ है?...आदि का विवरण तो दूर की बात। यहाँ से वहाँ दस टेबलों तक घूमना और जो मिले, उसी से संतुष्ट होकर लौट आना।

पर अब इसका इलाज भी मैंने ढूँढ ही लिया।

सिर झुकाकर जाना नहीं है। अनुरोध वगैरह नहीं करना है। धीमे, नरम स्वर में बात नहीं करनी है। काम पर जाते समय पहने जानेवाले कपड़ों जैसे सादे कपड़े भी नहीं पहनने है।

इस बार शरीर पर कीमती सिल्क। गले में मोतियों की एक माला। हाथ में एक चूड़ी। कंधे पर लेदर का खूबसूरत पर्स। तनकर चलते हुए सीधे तहसीलदार के केबिन तक पहुँची। बीच में न किसी से कुछ पूछा, न किसी की तरफ देखा। प्यून भागता हुआ पीछे आया।

"क्या काम है? साहब मीटिंग में हैं।"

"मेरा यह कार्ड भीतर दे दो। कहना, मिलना चाहती हूँ।"

कुछ नाराजी से ही वह भीतर गया। पाँच मिनट बाद बाहर झाँककर बोला, "साहब ने भीतर बुलाया है।"

भीतर जाकर साहब का अभिवादन किया। सफेद झक् कपड़े। गले में उँगली जितनी मोटी सोने की चेन। गहरा काला, पक्का रंग।

"नमस्कार। कहिए।" साहब कार्ड पढ़ रहे थे।

"आपके कार्यालय से कुछ जानकारी चाहिए। कुछ जल्दी है।"

"आप क्या रिसर्च ऑफिसर हैं?"

"जी।"

"क्या पीएच. डी कर रही हैं?"

"जी नहीं। एक स्वयंसेवी संस्था की ओर से हम यह रिसर्च कर रहे हैं। उसकी पूरी रिपोर्ट केन्द्र सरकार को दी जाएगी।" मेरे हाथ में जो फॉर्म था, वह मैंने उन्हें थमाया। फॉर्म अंग्रेजी में था।

साहब ने पढ़ने का नाटक करते हुए फिर वही बात पूछी, "कौन-कौन-सी जानकारी चाहिए?"

उन्हें फिर संक्षेप में बताया।

"सारी जानकारी तो यहाँ नहीं मिल पाएगी। कुछ बातों के लिए आपको पंचायत समिति के कार्यालय में जाना पड़ेगा।" उन्होंने कहा।

"ठीक है। पर अभी आपके पास जो उपलब्ध है, वह जानकारी तो देने के लिए कहिए।"

तब उन्होंने एक क्लर्क को बुलाया और उसे संबंधित फाईल, रजिस्टर आदि लाने को कहा। वह जब तक उसे ढूँढकर लाता, उन्होंने मेरे लिए चाय मँगाई। पूछा कि मैं कहाँ-कहाँ हो आई हूँ, क्या-क्या देखा, वगैरह। मैंने भी गाँवों के नाम बताए।

आसरा गाँव के लोगों की राशन की दूकान के संबंध में शिकायत थी। उनका कहना था कि दूकानदार हमेशा आता नहीं, सामान ठीक नहीं होता। पैसे ज्यादा लेता है। वहाँ से निकलते समय वहाँ की औरतों ने आग्रहपूर्वक कहा था कि मैं उनकी शिकायत तहसीलदार तक पहुँचा दूँ।

मैंने तहसीलदार से कहा, "उनका कहना है कि उन्होंने लिखित शिकायत भी की है। आप जरा ध्यान दीजिए। यदि दूसरे गाँव से दूकानदार आकर दूकान चलाए, तो यही होगा। यदि इसी गाँव का दूकानदार हो, तो यह शिकायत नहीं रहेगी। एक आदमी इसके लिए राजी भी है। उससे कहती हूँ कि वह आपसे दुबारा मिले। यदि आप उनकी समस्या सुलझा सकें, तो अच्छा होगा।"

"देखता हूँ, करता हूँ कुछ।" तहसीलदार ने कहा।

"और मुझे यह भी पता चला है कि खसरा नंबर की नकल देने के लिए आपके कार्यालय में रिश्वत ली जाती है। कई गाँवों में मुझे ये शिकायतें सुनने को मिलीं।" मैंने अपनी बात आगे बढ़ाई।

उनके चेहरे की रेखाएँ बदल गईं। एक पल चुप रहकर वे मुझे देखते हुए यह अनुमान लगाने लगे कि आखिर मेरा वास्तविक उद्देश्य क्या है?

मैंने अपने चेहरे पर कोई भाव नहीं आने दिया। निर्विकार, शांत।

कुछ पल ख़ामोशी में बीते।

"यानी, रायगढ़, कर्जत की तरफ जितने पैसे लिए जाते हैं, उतने आपके यहाँ नहीं लिए जाते। वहाँ तो खसरा नंबर की नकल की दर एक सौ बीस रुपये है। आपके यहाँ आदमी देखकर माँगते हैं...पन्द्रह, बीस, पच्चीस...मैं वहाँ के तहसीलदार से भी मिल चुकी हूँ।"

"वैसा उधर होता होगा मैडम। हमारे यहाँ नहीं है। इन आदिवासियों के पास होता ही क्या है कि हम लें? लगता है आपको किसी ने गलत जानकारी दी है। आप पहले किससे मिलकर आई हैं?"

"मैं केवल गाँवों में, बस्तियों-पाड़ों में घूमी हूँ। अब तक किसी भी पक्ष, संगठन या संस्था के लोगों से नहीं मिली हूँ। उन लोगों से मिलने का काम तो कल से शुरू होगा। आज आपसे, बीडीओ से... और कुछ पटवारियों से मिलना तय किया है। कहने का मतलब यह कि जो लोगों से मुझे पता चला है, वही बता रही हूँ।"

"यानी..वो क्या है, कि नियमानुसार जितना लेना होता है, उतना ही लिया

जाता है। ज्यादा कुछ नहीं लेते।"

"किसके नियम? सरकार के या आपके कर्मचारियों के निजी नियम? "

"शायद लेते भी होंगे दस-पन्द्रह रुपये। मैं यह नहीं कहता कि बिलकुल ही नहीं लेते होंगे। पर उनके टेबल पर जाकर रोज-रोज देखा तो नहीं जा सकता न..."

"क्यों नहीं देख सकते?"

"आप अपना काम कीजिए मैडम। हमें यह सिखाने की जरूरत नहीं कि हम अपना काम कैसे करें।"

"नहीं सिखाती। पर इसके बाद मुझे जिलाधिकारी से मिलना है और पूरी रिपोर्ट मंत्रालय में भी भेजनी है। शायद हम यह सब समाचार-पत्रों में भी प्रकाशित करेंगे। यह भी याद रखिए कि जो अच्छी बातें हैं, उनके बारे में तो मैं अच्छा ही बोल रही हूँ। अभी एक सप्ताह तक मैं यही हूँ और बाद में भी आती रहूँगी। जानकारी मिलने के बाद मैं चली जाऊँगी। आपके सहयोग के लिए धन्यवाद।" मैं उठ खड़ी हुई।

तहसीलदार के चेहरे की लकीरें और भी टेढ़ी-मेढ़ी हो गई थीं।

क्लर्क के पास से जानकारी लेकर लिखते समय फिर वही विषय उठा।

"हम पैसे नहीं लेते मैडम!" बाजू के टेबलवाला बोला, जो कान देकर हमारी बातें सुन रहा था। "पर क्या है, कि कभी खेत से नई दाल निकले, अरहर की, उरद की,...तो ऐसा ही कुछ ये लोग हमें खुद ही लाकर देते हैं भेंटस्वरूप। हम स्वयं कुछ नहीं माँगते।"

"अच्छा? तो मुर्गियाँ भी इसी तरह लाकर देते होंगे, और बियर की बोतलें भी। जमीन उनके नाम पर करने के लिए, जाति के प्रमाणपत्र के लिए...यह सब उनके खेतों की ही फसल है न। मुर्गियाँ पेड़ों पर लगती हैं और बियर की बोतलें जमीन से उगती हैं।"

जिस समय हम बात कर रहे थे, एक आदमी भीतर आया। शायद स्टाफ का परिचित था। आकर सबका अभिवादन करते हुए कुर्सी पर बैठ गया।

"शिंदे साहब नहीं दिखाई दे रहे?"

"गए होंगे कहीं चाय-पानी के लिए। आज बाहर भीड़ बहुत है, आपने देखा है न? आएँगे कुछ देर में। इंतजार कीजिए।"

सिर पर बँधा कपड़ा खोलकर उसने रगड़-रगड़कर पसीना पोंछा।

"कैसे आना हुआ?"

"केस दाखिल करने आया हूँ।"

"कैसा केस?" मैने बीच में ही पूछा।

"मैडम, ये बोराला के पुलिस-पाटील हैं। दशरथ भाई। इनका गाँव आपकी सूची में नहीं है।"

"बोराला यानी चाकल के आगेवाला गाँव ही न? कल उसी के दूसरी तरफवाले रास्ते से मैं आसरागाँव गई थी।" मैंने कहा।

कल जब मैं आसरागाँव के बच्चों से स्कूल के बारे में पूछ रही थी, तब बच्चे बता रहे थे कि डेढ़ घंटा पैदल चलकर जाना पड़ता है। इतनी दूर क्यों जाते हैं—पूछने पर बच्चों ने बताया था कि बोराला से भी आते हैं बच्चे...उन्हें तो तीन-चार घंटे चलना पड़ता है।

इस बोराला में स्कूल तो क्या, आँगनबाड़ी भी नहीं थी। न बिजली थी, न सड़क थी।

"आपके इलाके में बस तो नहीं जाती न? फिर काम पड़ने पर यहाँ कैसे आ पाते हैं?" मैंने पूछा।

"पैदल ही आना पड़ता है। कुछ न कुछ झंझट तो लगा ही रहता है।"

"आज क्या हुआ?"

"एक आदमी ने अपनी पत्नी का हाथ ही काट डाला कुल्हाड़ी से...और फरार हो गया है।"

"क्यों तोड़ा हाथ? क्या कारण था?"

"कह रहा था कि उसकी पत्नी चुड़ैल है। उसका जवान बेटा मर गया, यह उसी का टोना किया हुआ है।"

"वह औरत कहाँ है? क्या उसे यहाँ अस्पताल में ले आए हैं?"

"मना कर दिया। हाथ में कुछ पत्तियाँ पीस कर लगाई हैं।"

"पत्तियाँ?...आप वापस कब जा रहे हैं?"

"अभी एक बजे बस मिलेगी, इसलिए रुका हूँ। चाकल तक बस से जा सकते हैं।" उसने कहा।

"मैं भी आती हूँ आपके साथ। चलेगा न?"

"क्यों नहीं। पर किसलिए?"

"उस औरत से मिलने के लिए। देखें उसकी हालत कैसी है? उसे अस्पताल ले आएँगे। इस तरह पत्तियाँ पीसकर लगाने से क्या होनेवाला है?" मैंने अपना सामान समेटना शुरू किया।

"मैडम आप ऐसा कीजिए, आपको किन-किन बातों की जानकारी चाहिए वह हमें लिखकर दे दीजिए। हम वह निकालकर रखेंगे। दो दिन बाद आइए, तो सब कुछ एक साथ आपको सौंप देंगे।"

"ठीक है। चलिए दशरथभाई। बस स्टैंड पर पहुँचकर होटल में कुछ खा-पी लेते हैं। तब तक आपकी बस आ ही जाएगी।"

बाहर निकले, तो सीढ़ियों पर ही तहसीलदार मिल गए।

"आपका काम हो गया मैडम?"

"नहीं हुआ। लगता है, दुबारा आना पड़ेगा। अभी इन्होंने बोराला के केस के

बारे में बताया। वहाँ जाकर देखती हूँ।"

"ये आदिवासी ऐसे ही गँवार हैं मैडम। उनके लिए चाहे जो करें, कोई फायदा नहीं। आप अभी नई हैं...इसलिए आपको ऐसा लग रहा है। पर बोराला बहुत भीतर की तरफ है। सड़क नहीं है जाने के लिए।"

"क्या आप गए थे कभी?"

"जी नहीं। भीतर तक जीप नहीं जाती। कहते हैं कि रास्ते में दो पहाड़ लाँघने पड़ते हैं। जाकर देखना क्या है? सब जगह यही हालत है। ठीक है, आप हो आइए।" तहसीलदार ने जीप में बैठते हुए कहा।"और हाँ, वो खसरा नंबर के पैसों की कोई खास बात नहीं है मैडम। मैं ध्यान दूँगा। आप फिलहाल अपनी रिपोर्ट में ऐसा कुछ मत लिखिए। कुछ न कुछ करता हूँ मैं।"

"ठीक है।" मैंने कहा।

चाकल तक बस से गए, फिर पैदल चलना शुरू किया।

कुछ ही महीनों पहले मेरी यह हालत थी कि राज्य परिवहन की बस का नाम सुनते ही मेरे रोंगटे खड़े हो जाते थे। भीड़, गुत्थमगुत्था, खिचखिच, चाहे जो सामान, चाहे जैसे ठूँसा हुआ...पर यह काम शुरू करने के बाद से मैं बिलकुल अभ्यस्त होकर इन बसों में सफर करने लगी हूँ और पैदल भी।

काफी देर तक लंबी सूनी सड़क। धूल से अँटी हुई। सड़क के किनारे केवल कैक्टस। और कोई हरियाली नहीं। न पेड़, न घर। बड़ी-बड़ी चट्टानें। सब ओर पत्थर ही पत्थर, मिट्टी कहीं नहीं। पत्थरों के बीच बने गड्ढों में से झाँकते हुए सूखी घास के गुच्छे। विस्तृत आकाश और लग रहा था कि उसके नीचे चलते हुए हम किसी छोटे से टुकड़े के ऊपर से चल रहे हैं। रास्ता खत्म होने का नाम ही नहीं ले रहा था।

साड़ी। पल्लू खोंसा हुआ। गले और कान के गहने उतार कर पर्स में रखे हुए। पूरा बदन पसीने से नहा गया था। सोचा, यह नाटक करने की मुझे जरूरत क्या थी भला? कपड़ों का इम्प्रेशन! आगे कभी ऐसे ढोंग नहीं करने हैं, चाहे जो भी हो।

जानकारी देना उनका काम है। वह तो उन्हें करना ही होगा।

नहीं करेंगे, तो झगड़ा करूँगी।

धीरे-धीरे दशरथभाई के बारे में जानकारी प्राप्त की। क्या-क्या काम करना पड़ता है, घर में कौन-कौन है, खेती-बाड़ी है या नहीं...वगैरह।

जो उन्होंने पूछा, अपने काम के बारे में उन्हें भी बताया।

मैंने पूछा कि पाड़े में किस-किस जनजाति के लोग रहते हैं, तो पता चला कि सभी ठाकर आदिवासी हैं। जिसका हाथ तोड़ा गया, वह जयाबाई भी ठाकर ही है।

जयाबाई की आर्थिक स्थिति अति सामान्य। गरीबी रेखा के नीचे। न खेती,

न नियमित आय का अन्य कोई साधन। चार बेटियों की शादी करा चुकी है। पिछले वर्ष पीला बुखार की बीमारी से एक बेटा गुजर गया था। यह एक ही बेटा बचा था, जो इस वर्ष गुजर गया। कारण का पता नहीं चला। पिछली बरसात में छत से टिन की चादरें उड़ गई थीं। टिन की चादरें सरकार से ही मिली थीं। एक दीवार भी ढह गई। वहाँ बाँस की फट्टियों को मिट्टी-गोबर से लीपकर दीवार जैसा खड़ा कर दिया था। उस समय तहसीलदार के यहाँ चक्कर काटे थे। और भी तीन-चार लोगों के घरों का नुकसान हुआ था। एक के घर पर पेड़ गिर गया, तो पूरा घर ही ढह गया। दो बच्चे मर गए।

"ऐसा ही कुछ न कुछ चल रहा था, इसलिए लोग इकट्ठे होकर भगत के पास गए। उसने परात में दाने डालकर देखा, तो बताया कि गाँव में चुड़ैल है। सभी औरतों को बुलाया गया। उन्हें एक पंक्ति में बिठाया गया। हर एक औरत को लोटे में भरकर गोमूत्र दिया गया और पीने के लिए कहा गया। इसने पिया तो उल्टी कर दी। तो भगत ने कहा कि यही चुड़ैल है।" दशरथ भाई ने बताया।

"क्या सबने गोमूत्र पी लिया था?"

"नहीं। एक-एक को पीने के लिए कहा था न, शुरू में ही ये मिल गई, तो बाकी औरतों से पीने के लिए कहा ही नहीं।"

"क्या पुरुषों ने भी पिया था?"

"नहीं, वे क्यों पियेंगे?"

"क्यों, क्या पुरुष टोना-टोटका नहीं कर सकते?"

"नहीं दीदी, वे क्यों करेंगे?"

"तो जयाबाई भी क्यों करेगी? अपना ही घर क्यों तोड़ेगी? अपने ही बेटे को क्यों मारेगी? यह सब करने से उसे क्या मिलनेवाला है?"

"ये बात नहीं दीदी...जब भगत का 'रवाल' शुरू होता है न, तब ये औरतें उनकी विद्या चुरा लेती हैं।"

"ये 'रवाल' क्या चीज है?"

"नया भगत तैयार करने के लिए उसे सिखाया जाता है न, उसे रवाल कहते हैं। पुराना भगत उसे पूरी विद्या देता है। बहुत सख्ती का मामला होता है।"

"आपके यहाँ जो भगत है, क्या वह भी ठाकर जनजाति का ही है?"

"जी नहीं, वह वारली जनजाति का है।"

"पर अभी तो आपने बताया था कि आपके पाड़े में केवल ठाकर ही रहते हैं।'

"जी। यह भगत गाँव के ही दूसरे पाड़े में रहता है।"

"ओह। तो फिर, आपके गाँव में और किन-किन आदिवासी जनजातियों के लोग रहते हैं?"

"वारली जनजाति के हैं। कुछ कुकना जनजाति के भी हैं। नीचेवाली बस्ती

में दो-चार घर कातकरियों के भी हैं। पर वे हमेशा यहाँ नहीं रहते। वे ईंट-भट्टी पर काम करने जाते हैं।"

मैदान खत्म हुआ और पहाड़ शुरू हुआ। छोटा ही था। पहाड़ भी इसी तरह पत्थरों से भरा था। सोचा, पता नहीं, यहाँ किस तरह खेती करते होंगे लोग?

अब तक मुझे पहाड़ों-खाइयों की काफी आदत हो चुकी थी। एक-दो बार जल्दी-जल्दी उतरने के प्रयास में लुढ़क भी गई थी। जरा-सा छिल गया था, पर उसके कारण भय समाप्त हो गया था। चलने की गति भी कुछ तेज हो गई थी।

यदि निश्चय किया जाए, तो आदतें बदली जा सकती हैं...

"दीदी, कहीं कुछ देर सुस्ता लें जरा?"

मैंने आस-पास देखा। कहीं भी कोई पेड़ नहीं था, जो जरा-सी छाया दे सके।

दूर एक बस्ती दिखाई दे रही थी, पर वहाँ तक जाकर फिर सड़क पकड़ने में काफी देर हो जाती। कहा, "नहीं!"

जब तक बोराला नजर आता, धूल से नहा चुकी थी।

बहुत से लोग अपने-अपने घरों में ही दिखाई दे रहे थे। दशरथभाई ने कहा, "आज गुरुवार है न, हमारे इलाके में बिजली नहीं होती। कारखाने बंद रहते हैं, इसलिए लोग घर पर ही हैं।"

"कौन से कारखाने हैं यहाँ?"

"एक कारखाने में लकड़ी के खिलौने बनते हैं। दो कारखाने मशीन के हैं, वे पार्ट्स बनाते हैं।"

यह पूछने का कोई मतलब ही नहीं था कि कौन-से पार्ट्स।

लोग रुककर, झाँक कर देख रहे थे। सौभाग्य से उस पाड़े में दो-चार पेड़ थे। एक कुँआ भी दिखाई दिया। मुर्गियाँ घूम रही थीं। एक टोकरी के नीचे बकरी के मेमने ढँककर रखे हुए थे।

दशरथभाई के घर पहुँचे। काफी बड़ा था। पर पूरा खाली पड़ा था। एक टूटी चारपाई। तीन कुर्सियाँ...शायद इसलिए कि वे पुलिस-पाटील थे...कोई साहब आए, तो बैठने के लिए कुछ चाहिए न। घर कई खंभों पर टिका खड़ा। बाँस की फट्टियों को मिट्टी और गोबर से लीपकर बनाई गई बाहरी दीवारें । भीतर केवल एक दीवार, रसोई को अलग करनेवाली - वह भी अधूरी। बर्तन कुछ जमीन पर और कुछ ताक पर रखे हुए दिखाई दिए।

दशरथभाई ने पत्नी से परिचय कराया। वह बहुत थकी, लस्त-पस्त दिखाई दे रही थी। चेहरा बिलकुल उतरा हुआ, पानी भरकर ले आ रही थी।

"नाम क्या है आपका?" मैंने पूछा।

"भीमाबाई" हाथ में पानी भरा लोटा थमाते हुए उसने उत्तर दिया। मैंने दरवाजे के पास जाकर हाथ-मुँह धोया। पानी पिया। वह हाथ में गागर पकड़े वैसी ही खड़ी थी।

"और चाहिए?"

"नहीं, बस" मैंने कहा।

फिर बिना कुछ कहे वह तीन गागरें लिए बाहर निकल गई।

"अभी आया" कहकर दशरथभाई बाहर निकल गए। बैठे-बैठे मैं घर का निरीक्षण कर ही रही थी कि बीच में ही दो खंभों से बँधी झोली दिखाई दी। शायद कोई छोटा बच्चा सोया हो। तभी भीमाबाई बड़ी मुश्किल से आई, सिर पर दो और हाथ में एक पानी से भरी गागर पकड़कर। दरवाजे के पास जाकर उसकी सहायता की गागर उतारने में। निर्विकार चेहरा। कैसे खुलवाऊँ इसका मुँह?

"क्या बच्चा सोया है?"

"जी"

"बेटा है या बेटी?"

"बेटी"

"कितने महीने की है?"

"अभी महीने की नहीं हुई।" वह गिने-चुने शब्दों में उत्तर दे रही थी।

"तो फिर?"

"दो दिन पहले ही पाँचवें दिन की पूजा की है।" उसने सहजता से कहा।

यानी इसे प्रसूत हुए अभी केवल सात दिन हुए हैं।

"तुरंत काम करना शुरू कर दिया?"

"अभी काम पर जाना शुरू नहीं किया है।" उसने कहा।

"यानी, पानी भरना वगैरह उसके हिसाब से काम ही नहीं हैं।"

"खाना कौन पकाता है?"

"मैं ही। वैसे तो पाँच दिन नहीं पकाना चाहिए। पर दूसरा कोई करनेवाला तो है नहीं।" उसने बताया।

"बच्ची पैदा कहाँ हुई?"

"घर में ही।"

"गाँव में दाई है या नहीं?"

"है तो। पर उसके आने से पहले ही पैदा हो गई। पहले तीन बच्चे हो चुके हैं। अब दाई का भी क्या काम है? रात को बच्ची पैदा हुई, तो घर में किसी को पता तक नहीं चला। जरा-सी भी आवाज नहीं हुई।"

"नाल किससे काटी?"

"हँसिए से।"

वह बता रही थी, कि बच्ची ने रोना शुरू किया। उसने ध्यान भी नहीं दिया।

"हो जाएगी चुप" वह बोली।

पर मैं ही बेचैन हो गई। पूछा, "मैं देख लूँ बच्ची को?"

तब उसने वह नन्ही-सी जान झोली से निकालकर मेरे हाथ में रख दी। काला-साँवला रंग। अब तक ललाई उतरी नहीं थी। सिर पर भरपूर तेल चुपड़ा हुआ। काजलभरी आँखें। गाल पर काला टीका मोटा-सा। कलाई में काले मणि बँधे हुए। एक पतले से, फटे हुए कपड़े में लिपटी हुई। होंठ मोड़कर वह कुईंकुईं कर रही थी। इस बच्ची के प्रति मेरे मन में क्या भावना है? कुछ पता नहीं चल रहा था। पर मन बेचैन हो गया।

इसी बीच दशरथभाई वापस आए। हाथ में चीनी की पुड़िया। भीमाबाई ने चाय बनाई। तब तक दो-चार लोग इकट्ठा हो गए। शायद आते समय दशरथभाई बोलकर आए होंगे कुछ न कुछ। सब खुसुर-पुसुर कर रहे थे।

"सरपंच कौन है?"

"वे इस पाड़े में नहीं रहते।" दशरथभाई ने जवाब दिया।

मेरे साथ बात करते हुए वे शहरी भाषा में बोलने का प्रयास कर रहे थे और गाँववालों के साथ बोलते हुए वे अपनी भाषा में बोल रहे थे। एकाध शब्द का अर्थ मेरी समझ में नहीं आ रहा था, पर शायद बात पता चल रही थी—कुछ ध्यानपूर्वक सुनने से और कुछ अनुमान से।

लोग उलझन में पड़े लग रहे थे। वे समझ नहीं पा रहे थे कि उन्हें क्या करना-कहना चाहिए। शायद भगत का भय भी हो उनके मन में। वे यह भी अनुमान नहीं लगा पा रहे थे कि मैं कौन हूँ, यहाँ क्यों आई हूँ, इस औरत को अस्पताल ले जाने की बात क्यों कर रही हूँ...मुझसे सीधे पूछ भी नहीं सकते थे। शायद दशरथभाई ने उन्हें यह भी बताया हो कि मेरी उनसे तहसील कार्यालय में मुलाकात हुई और तहसीलदार मेरे साथ कुछ दबकर ही बात कर रहे थे। उन लोगों की बातचीत से यह सब मुझे थोड़ा-बहुत पता चल रहा था।

मैंने जान लिया कि इस समय अपने बारे में कुछ भी बोले बिना इस स्थिति से लाभ उठाना चाहिए।

"ठीक है...अस्पताल में कौन आएगा मेरे साथ?" मैंने चुप्पी तोड़ी।

"भगत को बुलावा भेजा है। सरपंच भी आ रहे हैं। कुछ देर ठहर जाइए।" एक ने अटकते हुए कहा।

"मैं जयाबाई को अस्पताल ले जा रही हूँ। उसके लिए सरपंच की अनुमति आवश्यक नहीं है। भगत का तो इस मामले से कोई संबंध ही नहीं है। इसलिए मैं किसी के लिए रुकनेवाली नहीं हूँ।" मैंने दृढ़तापूर्वक कहा।

एकदम सन्नाटा छा गया। जैसे कभी यहाँ किसी ने कुछ कहा ही नहीं था, या कभी कोई बोलनेवाला ही नहीं है। बाहर पत्तियों की सरसराहट। मुर्गियों के भागने के कारण सूखी पत्तियों की चरमराहट। बाकी सब खामोशी. मौन।

"चलिए, अब जयाबाई के घर चलें; बातें बहुत हो चुकीं। चाय-पानी भी हो चुका है।" कहकर मैं उठ ही गई।

तब विवश से सब उठ ही गए धीरे-धीरे। चल पड़े।

"आपके गाँव में पंचायत में कितनी औरतें निर्वाचित हुई हैं?"

"दो।"

"आपके पाड़े की कोई है?"

"जी नहीं।"

"क्यों? क्या आपके पाड़े से चुनाव के लिए कोई खड़ा नहीं हुआ था?"

"ये जयाबाई ही तो थी।"

"क्या कहा? जयाबाई चुनाव के लिए खड़ी थी?"

"जी हाँ। बहुत आवाज करती है वह, हममें से किसी ने भी उसे मत नहीं दिया।"

"कितने मत मिले उसे?"

"क्या पता..." शायद कोई कुछ बताना ही नहीं चाहता था।

"हार गई, तब भी नाक ऊपर ही है उसकी। पति की भी नहीं सुनती। हमेशा सरपंच के पीछे झंझट खड़े करती रहती है चुने गए लोगों के पीछे झंझट। सरपंच कुर्सी पर पाँव रखकर बैठा था, तो उससे कहने लगी पाँव नीचे रखकर बैठो। तुम क्या खुद को राज्यपाल समझते हो?"

"राज्यपाल?" मेरी तो हँसी छूट गई।

शिकायत करनेवाले को तो इससे जैसे प्रोत्साहन ही मिल गया। तब बाकी के लोग भी उसकी हाँ में हाँ मिलाने लगे।

"जो लोग निर्वाचित हुए हैं, वे देखेंगे कि कैसे काम करना है, कौन-सा काम करना है। इसे क्या पड़ी है बीच में बोलने की कि ये करो या ये न करो।"

"वे दो औरतें निर्वाचित हुई ही हैं न। औरत जात है, सब थोडे ही इसकी तरह घर-बार भूलकर भटक सकते हैं इधर-उधर। एक के छोटे बच्चे हैं, ये उससे कहती है कि मीटिंग में जाओ। घर पर रजिस्टर भेजें, तो अँगूठा मत लगाओ।"

"वो ग्रामसभा के मामले में तो उसने बड़ा बखेड़ा खड़ा कर दिया था।"

"ग्रामसभा का क्या मामला है?"

"कहती है कि ग्रामसभा हुई ही नहीं। अब क्या उसे आमंत्रण देकर सभा का आयोजन किया जाए? जब वह अपनी बेटी के घर गई थी, तब ग्रामसभा हुई थी। इसने तहसीलदार से कहा कि सभा हुई ही नहीं। लिखित शिकायत की। तहसीलदार ने नोटिस भेजा। इस औरत ने तो गाँव का नाम खराब कर दिया।"

"फिर आगे क्या हुआ?"

"होगा क्या? सरपंच ने रजिस्टर ले जाकर दिखा दिया साहब को। सभा का कार्यवृत्त था। सबके अँगूठे लगे थे। तब चुप बैठी।"

"चुप कहाँ बैठनेवाली वह? ढोर जैसी हालत है उसकी, भैंसा बैठा तालाब के किनारे, जितना पीटो, उतना चिल्लाए, पर उठता नहीं।" उसकी बात अनसुनी करते हुए मैंने पूछा, "पर भैया, क्या ग्रामसभा सचमुच हुई थी?"

"हुई तो होगी ही। सरपंच क्या झूठ बोलेगा? उनकी सभा में अपना क्या काम?"

"ग्रामसभा में तो गाँव के सभी लोगों का काम होता है। सबको ही उसमें जाना चाहिए।"

"मैं कह तो रहा हूँ,... सभा तो हुई ही थी दीदी...झंडा-वंदन के समय ही हुई थी।"

"हाँ, उसी समय तो हमने अँगूठा लगाया था।"

यानी, झंडा-वंदन के लिए इकट्ठे हुए लोगों से अँगूठा लगवाकर यह दर्शाया गया था कि ग्रामसभा आयोजित की गई थी...मैंने आगे कुछ नहीं कहा। पर अब सारा हिसाब समझ आ रहा था कि जयाबाई को क्यों चुड़ैल बताया गया और क्यों उसे अपना हाथ गँवाना पड़ा।

जयाबाई का घर छोटा-सा ही था। बाँस की फट्टियों को गोबर-मिट्टी से लीपकर बनाई गई दीवारें। भीतर दीवार थी ही नहीं। एक तरफ चूल्हा रखा हुआ। कोने में ताक पर रखे घड़े एक के ऊपर एक। चार बर्तन। एक डंडी आड़े बाँधी हुई, जिस पर लटकते कपड़े। एक चारपाई थी, चारपाई के ऊपर जयाबाई। कराह रही थी।

चारपाई के बाजू में नीचे बैठी उसके पास। शायद पहले ही किसी ने आकर उसे बताया था। उसने केवल मेरी तरफ देखा।

कितना दर्द भरा था उस नजर में...

मैंने उसके माथे पर हाथ रखा। जल ही गया जैसे। बदन बुखार से तप रहा था। फिर उसके हाथ की तरफ देखा...कपड़ा लपेट रखा था। उस पर दाग लगे थे...पत्तियों के रस के, खून के...एक बार तो जी किया कि कपड़ा खोलकर देखूँ, पर हिम्मत नहीं हो पाई।

"जयाबाई, अस्पताल चलोगी न?" मैंने कोमलता से पूछा।

"हाँ।" उसने क्षीण आवाज में कहा।

"यह जयाबाई की बेटी है।" दशरथभाई ने बताया।

मैंने उसकी ओर देखा। छोटी-सी ही दिख रही थी। पाँच गज की साड़ी। पल्लू मोड़कर ठीक तरह से पिन किया हुआ। गले में काले मणि धागे में गूँथकर बनाया

गया मंगलसूत्र। पाँवों में पाजेब। कलाई में काँच और पीतल की चूड़ियाँ। सुव्यवस्थित दिखाई दे रही थी। वह हमारे साथ अस्पताल आनेवाली थी।

और एक-दो लोगों को भी दशरथभाई ने राजी किया था। शायद समझा-बुझाकर या कुछ धमकाकर। पर वे तैयार हो गए थे।

जयाबाई को बुखार चढ़ा था। उसे इतनी दूर पैदल ले जाना संभव ही नहीं था। तब बाँस में चादर बाँधकर झोली-जैसा बनाया और उसे झोली में लिटा दिया।

चल पड़े।

पहाड़ की तलहटी तक पहुँचे ही थे कि बाजूवाले मोड़ से आठ-दस लोग आते दिखाई दिए।

"भगत!" एक बोल पड़ा।

सब ठहर गए।

"कहाँ ले जा रहे हैं इस औरत को?"

"अस्पताल।"

"क्यों?"

"किसी को अस्पताल क्यों ले जाते हैं?" मैंने उल्टा सवाल किया।

"आप कौन हैं? यहाँ क्यों आई हैं?"

"ये प्रश्न पूछने का आपको कोई अधिकार नहीं है। मैं इस औरत को कहीं भगाकर नहीं ले जा रही हूँ। उसकी मर्जी से ही उसे अस्पताल ले जा रही हूँ। उसकी बेटी भी साथ है।"

"कुछ नहीं हो पाएगा...कुछ नहीं होगा...कोई फायदा नहीं होगा...कुछ नहीं होगा...मैंने सूप में दाने डालकर देखा है...इसी का चेहरा दिखाई दिया। यह चुड़ैल है...मैं पहले ही कह रहा था...इसे उसी समय गाँव से बाहर निकाल देना था...केवल हाथ से क्या होगा? हाथ तोड़ने से क्या चुड़ैलपन खत्म हो जाता है? कुछ नही हो पाएगा..." अपनी लाल आँखों से देखते हुए भगत बोले जा रहा था। सादे कपड़े। बिखरे बाल। चेहरे पर विक्षिप्तता की विकृत झलक।

यदि उसकी ओर कुछ देर और देखती रहूँगी, तो अवश्य डर लगने लगेगा। मन-ही-मन मैंने मुट्ठी कसी। डॉ. दयाल की याद आई। बेवजह ही। उनका चेहरा आँखों के सामने तैर गया। कुछ हिम्मत बँध गई।

"चलिए, अब यहाँ रुककर समय बरबाद करने का कोई मतलब नहीं है।" मैंने दशरथ भाई से कहा। भगत की बातें सुनकर दशरथभाई कुछ बेचैन हो गए थे। बाकी के लोग भी डगमगा गए थे। यदि ऐसा ही चलता रहा, तो मुझे डर था कि कहीं ये लोग इस औरत को यहीं फेंककर चलते न बनें।

"आप हमारे बीच में मत पड़िए। ठीक नहीं होगा। उसे डॉक्टर के पास ले

जाएँगे, तो वह मर जाएगी। कोई फायदा नहीं होगा। उसे भगवान ने सजा दी है। बुरे काम करती है वह...भगत बडबड़ाने लगा।"

"उसके पति से क्या भगवान ने कहा था कि उसका हाथ तोड़ डाले? और अब क्या भगवान ही बता रहा है कि अस्पताल मत ले जाओ? भगत, अब मेरी बात सुनो। तुम हमारे बीच में मत पड़ो। रास्ता छोड़ो। हम जाएँगे ही। दशरथभाई, आप लोग कोई चिंता न करें। आपका बाल भी बाँका नहीं हो सकता। जो होना है, मेरे साथ होगा। जयाबाई को अस्पताल ले जाने का निर्णय तो मैंने ही लिया है न। तो फिर, आप में से किसी को कुछ नहीं होगा। चलिए।"

"बाई...तेरा कुछ भी भला नहीं होगा। कोई काम पूरा नहीं होगा। घर-बार टूट जाएगा। बच्चे नहीं होंगे। होंगे तो भी जिंदा नहीं रहेंगे। बाँझ ही रह जाओगी। कुत्ते की मौत मरोगी। सत्यानाश होगा तेरा।"

मैंने चलना शुरू किया था, पर यह सब सुनकर एक क्षण ठहर गई।

भगत से आँखें मिलाईं। इस बार कोई डर नहीं लगा। मेरी नजर से वह भी कुछ हड़बड़ा गया।

मैंने शांतिपूर्वक कहा, "मेरा जो भी सत्यानाश होना था, हो चुका। अब मुझे न किसी सत्यानाश का भय है न कुछ टूटने-फूटने का। इसलिए भगत, तुम्हारे ये श्राप निरर्थक हैं। मेरे लिए इन्हें बरबाद मत करो।"

वह अवाक्। चुपचाप बाजू हट गया।

मैंने सागने के पहाड़ की ओर देखा। साड़ी उठाकर ऊपर खोंस ली। पल्लू खोंसा।

झोली में से जयाबाई के कराहने की धीमी आवाज आ रही थी।

गर्दन हिलाकर सबको चलने का इशारा किया। अब और कुछ कहने बोलने की इच्छा नहीं रह गई थी।

पहाड़ चढ़ना शुरू किया।

2

एक बार करुणा ने कुछ सतर्कता से पूछा था, "रेवती क्या सचमुच ऐसी ही थी? दिनेश कह रहे थे...मेरा मतलब है, तुम दोनों तो पक्की सहेलियाँ थीं न...तो शायद तुम्हें मालूम हो, इसलिए पूछ रही हूँ..."

समझ नहीं आया कि इस बात का क्या जवाब दूँ। दिनेश भी क्यों रेवती की इतनी बुराई करता है?

मैंने करुणा से सिर्फ इतना कहा, "तुम्हें अच्छा कहने के लिए क्या रेवती की बुराई करना जरूरी है करुणा?"

"मैंने आखिर ऐसा क्या कहा है?" वह भुनभुनाई।

"कम-से-कम किसी के गुजर जाने के बाद तो उसकी बुराई नहीं करनी चाहिए, इतना तो ख्याल करो।" कहकर मैंने विषय खत्म कर दिया। फिर करुणा ने कुछ देर इधर-उधर की बातें की और चली गई।

रेवती ने दिनेश की सेवा में क्या कमी रखी थी? कितनी ही छोटी-छोटी बातें होती हैं, इतने सारे वर्षों की बातें वह इतनी जल्दी भूल गया? नौकरी, रसोई सम्हालना, घर के छोटे-बड़े काम, बेटियों का सारा काम। उसके हाथ में पैसे रखकर वह अपनी जिम्मेदारी से छुटकारा पा जाता था। उसके सारे आर्थिक व्यवहार...इन्कमटैक्स, बीमा...सब कुछ का ध्यान वही तो रखती थी। वॉशिंग मशीन में धुले कपड़े उसे पसंद नहीं थे, इसलिए वह खुद उसके कपड़े धोती थी और उसके इस विचार के कारण कि बाहर से करवाई गई इस्तरी अच्छी कड़ी नहीं होती, इसलिए उसके कपड़े घर पर ही इस्तरी किए जाते। हर सप्ताह उसका आधा रविवार दिनेश के कपड़े धोने और इस्तरी करने में बीत जाता। फिर भी उसे कोई न कोई शिकायत बनी ही रहती थी। रेवती ने कहा था कि ऐसी आदतोंवाले आदमी को तो ऐसी लड़की से शादी करनी चाहिए, जो घर के लिए अपना पूरा समय दे सके। पर हर महीने का वेतन तो चमकता रहता है न आँखों के सामने...वह भी तो छोड़ा नहीं जाता। अब करुणा भी बिना नौकरी किए या बिना कोई काम किए घर पर कैसे रह सकती थी? इसलिए ही न, कि रेवती के फंड, बीमा पॉलिसी आदि की काफी सारी रकम एक साथ मिल गई और घर के लिए लिया गया सारा कर्ज एक झटके में चुकता हो गया...जिसे चुकाने के लिए रेवती को और सोलह-सत्रह साल नौकरी करनी पड़ी होती। क्या दिनेश को इस बात का एहसास कभी नहीं हुआ? और करुणा को भी नहीं? शाम के समय विरार लोकल में चढ़ने के लिए जो कुछ करना पड़ता है न, वह एक दिन करुणा कर दिखाए। रेवती जो काम करती थी, उसके आधे काम ही सही, एक दिन कर देखे और फिर सुनाए कि पति को कैसे खुश रखा जाता है।

बहुत बहुत गुस्सा आया था मुझे। कम-से-कम करुणा की शादी तो दिनेश के साथ होनी ही नहीं चाहिए थी। दिनेश ने किसी भी दूसरी लड़की के साथ शादी की होती, तो भी चल जाता। कम-से-कम ऐसे मूर्खतापूर्ण वक्तव्य तो मुझे नहीं सुनने पड़े होते।

करुणा दिन-भर घर पर ही रहती है। घर के अलावा और कोई काम-धाम नहीं। न कोई शौक न कोई ध्येय। इच्छा होते हुए भी समय के अभाव और काम की अधिकता के कारण और कुछ न कर पानेवाली स्त्रियों की विवशता अलग बात है, पर करुणा तो उन स्त्रियों में से है जो संभव होने के बावजूद कुछ नहीं करतीं। उसकी तुलना तो रेवती के साथ हो ही नहीं सकती। परंतु, नौकरी करने के साथ-साथ घर सम्हालनेवाली औरत तथा केवल घर सम्हालनेवाली औरत के बीच फर्क तो महसूस

होगा ही। दिनेश को केवल वहीं फर्क नजर आ रहा है।

आखिर रेवती कैसी थी? करुणा यह कभी नहीं समझ पाएगी। सारा दिन ऑफिस में सिर खपाना, वहाँ की आपसी होड़ और झंझटों का सामना करना, शाम को लोकल में लटकते हुए घर लौटना, लौटते समय बेटियों को पालनाघर से लेना, सब्जी-दूध खरीदना, बेटियों का भी कुछ न कुछ काम निकल ही आता...कल स्कूल में अमुक नोटबुक, अमुक रंग ले जाना है...या ऐसा ही कुछ। एक नहीं हजार बातें। फिर रात के लिए खाना पकाना। बेटियों का होमवर्क। दूसरे दिन की तैयारी। इन सबके बाद क्या शरीर दगा नहीं देगा? या डाली पर खिले, एक ही जगह रुके फूल की तरह झूलता रहेगा? पर दिनेश यह सब बोल सकता है। रेवती को भी तो वह सुनाया ही करता था।

रेवती ने एक बार कहा था, "कभी-कभी इतनी खीझ होती है यह सब सुनकर। लगता है, मैं भी कुछ सुनाऊँ। कभी मेरी इच्छा हो और वह कुछ कर ही न पाए तो? ये लोग तो चाहते हैं कि उनकी इच्छा होते ही औरत उनके नीचे आ जाए। जबरदस्ती भी कर सकते हैं। यदि न कर पाए, तो कम-से-कम सुना तो सकते ही हैं। पर मैं यदि ऐसे कहूँ, तो कितना गंदा महसूस होगा? देखा, तुम्हारा भी चेहरा कैसा हो गया है, यह सब इतनी साफ, सीधी भाषा में कही गई बात सुनते हुए। उनकी तरह इतने निचले स्तर पर उतर कर इतनी घृणित भाषा में बोल ही नहीं सकतीं हम। हमारे दिमाग में पारंपारिक कल्पनाएँ इतनी पक्की जमी होती हैं कि बाकी सब के बारे में हम खुलकर बात कर सकती हैं, माहवारी या गर्भावस्था के संबंध में भी पर ऐसा कुछ नकारात्मक हो, तो कभी नहीं बोलतीं। अपने पति के पुरुषार्थ का अपमान कैसे कर सकती हैं हम, चाहे अपनी सहेली के सामने ही क्यों न हो। परसों दिनेश ने कहा, 'तुम औरतों का ऐसा कोई न कोई झंझट हमेशा ही लगा रहता है। कभी रेड डिस्चार्ज तो कभी व्हाइट डिस्चार्ज। नहीं कहने के लिए बहाना मिल ही जाता है।' सुनकर मन घृणा से भर गया। लगा कि मैं भी कोई चुभती हुई बात कहूँ। पर नहीं कहा। वैसे भी इन लोगों के इगो पहले से ही इतने नाजुक होते हैं। फिर उस इगो को दुखाना और वह भी सेक्स जैसे मामले में, तो समझो अपनी मौत ही आ गई। सच कहूँ, ऐसा नहीं कि मुझे कोई इंटरेस्ट ही नहीं है। पर अब नई नवेली की तरह शरीर का आकर्षण कैसे बना रह पाएगा?"

अब जब कभी वह पास आता है, उसका सारा बर्ताव, सारी बातें याद आ जाती हैं। हर जगह जहाँ उसके आर्थिक उद्देश्य होते हैं, वे याद आते हैं। शादी भी तो इसी उद्देश्य से की थी उसने। जो आदमी दिन-रात पैसे के अलावा और किसी के बारे में सोच भी न पाए, उसके साथ सेक्स का आनंद मिले भी तो कैसे? शादी के बाद मेरा एक छोटा-सा ऑपरेशन करना पड़ा था। चार दिन अस्पताल में रहना पड़ा। वे सारे बिल इसने मेरे पिता के पास भेज दिए। यह कहकर, कि वह शिकायत मुझे

शादी के पहले से ही थी।

पहली प्रसूति के बाद भी यही...चिनू जब पैदा हुई, उसका वजन बहुत कम था। इसलिए मेरा विचार था कि मैं अपनी छुट्टी बढ़ा लूँ...मिल भी रही थी। पर अवैतनिक होती, इसलिए दिनेश ने साफ-साफ मना कर दिया। तीन महीने की उस बित्ते-भर की लड़की को पालनाघर में रखकर मैं घर से बाहर जाती थी बारह घंटे मेहनत करने। ऑफिस में हर घंटे-दो घंटे बाद बाथरूम में जाकर छाती निचोड़नी पड़ती थी और ऊपर का दूध न पचने पर भी चिनू को वही दूध देना पड़ता था।

वह जब भी सामने आता है, ये सारी बातें याद आने लगती हैं और तिरस्कार जागता है...केवल तिरस्कार...और तब मर ही जाती हैं शरीर की सारी इच्छाएँ।"

"ये सब भूल जाना चाहिए रेवती, इन पर ज्यादा ध्यान मत दो।" मैंने धीमी आवाज में कहा।

एक बार तो सोचा कि उससे कहूँ, मेरे सामने बोली हो, उतना बस है... किसी और के सामने भूल से भी ऐसी बात न कहना। पर कहने की हिम्मत नहीं जुटा पाई। कहीं और कुछ उल्टी-सीधी न सुना दे।

पर उसने केवल गर्दन झटक दी।

बाद में बोरिवली के भगवती अस्पताल में उसे देखा, तब भी उसकी गर्दन ऐसी ही टेढ़ी थी। टूटी हुई और सिर खरबूजे की तरह चटका हुआ। और अस्पताल की वह विशिष्ट गंध। बेचैनी होने लगी।

सिर चकराने लगा।

भय, भय लगने लगा।

तब ख्याल आया कि मैं अस्पताल में ही हूँ।

जयाबाई के पास।

उसकी बेटी पलंग के पास, नीचे पाँव मोड़कर सोई है और मुझे जागते रहना है। सलाइन टपक रहा था। खत्म हो चला था। थोड़ी ही देर में खत्म हो जाएगा। उससे पहले नर्स को बुलाना पड़ेगा।

जयाबाई की आँखें बंद थीं। होंठ हल्के से थरथरा रहे थे। बीच में ही भौंहें उठतीं और चेहरे की रेखाएँ अलग-अलग प्रकार से मुड़तीं। निश्चय ही उसके मन में बहुत कुछ उमड़ रहा होगा।

आँखें भर आईं। क्या होगा इस औरत का? दाहिना हाथ ही नहीं रहा, तो अब यह क्या काम कर पाएगी? चार-चार बेटियाँ हैं। क्या उनमें से कोई एक ही सही, पूरी जिम्मेदारी से उसकी देखभाल करेगी? जयाबाई के पति ने ऐसा क्यों किया? क्या उसकी नेतागिरी उसे पसंद नहीं थी? या उसके अपने भी कुछ इगो होंगे। सरपंच को खरी-खरी सुनानेवाली, तहसीलदार से मिलनेवाली औरत शायद घर में भी भारी पड़ती होगी...उससे यह बर्दाश्त न होता होगा। अन्यथा अब ऐसा करने का उसके पास

और दूसरा क्या कारण हो सकता है? या फिर, बेटे की मृत्यु से हो सकता है कि उसके दिमाग पर भी कुछ असर हुआ हो।

वैसे तो जयाबाई चुपचाप मार खानेवाली औरतों में से नहीं प्रतीत हो रही थी।

पर क्या मैं प्रतीत होती थी चुपचाप मार खानेवाली औरत? पर अपनी सचाई अपने को ही मालूम होती है। रेवती इतना बोलती रहती थी, पर आखिर घर में सारे समझौते तो करती ही थी न।

किस तरह पहचाना जाए ऐसी औरतों को?

जयाबाई बाहर से तो इतनी हिम्मतवाली दिखाई देती है, पर वह सहती रही हाथ टूट जाने तक।

क्यों होता होगा ऐसा?

पति के सामने पड़ते ही कहाँ चली जाती है सारी हिम्मत...सारी ताकत?

वड़गाँव की वह तारूबाई...कलेक्टर के कंधे से कंधा मिलानेवाली...सात बच्चों की माँ...पति की मृत्यु के बाद ही उसे सारी मारपीट से छुटकारा मिला।

नंदुरबार में सैनीबाई से पूछा था दूसरी शादी के बारे में। मुश्किल से बाईस साल की उम्र होगी उसकी। उसके दो बच्चे थे। पति अचानक मर गया साँप के काटने से। अस्पताल ले गए थे, पर वहाँ दवाइयाँ नहीं थीं। तब वापस मंदिर में लाकर रख दिया। पत्तियाँ पीसकर लगाईं। मंत्र डाला। पर मर गया मंदिर में ही।

सैनाबाई पढ़ी-लिखी थी। सातवीं पास थी। जब पूछा कि दूसरी शादी क्यों नहीं करती, तो बोली, "अब दूसरा पति यानी या तो बूढ़ा होगा या शराबी। एक तो उसे शराब के लिए पैसे दो, उस पर उससे मार भी खाओ। क्या जरूरत है..."

जब हाथ तोड़ा गया, तब जयाबाई को कितना दर्द हुआ होगा। आते समय उसकी बेटी बता रही थी कि सरपंच ने ही भगत के साथ मिलकर चुड़ैल का नाटक रचा था। उन्हें उम्मीद थी कि इससे गाँव के लोग उसके साथ मारपीट करेंगे, उसे गाँव से बाहर भगा देंगे। पर जयाबाई तो हमेशा कानून का हवाला देनेवाली, इसलिए लोग चुप रहे कि कहीं पुलिस का झंझट पीछे न लग जाए।

तब उन्होंने उसके पति का सहारा लिया।

उन्होंने सोचा कि शाम को उसे मुफ्त की शराब पिलाएँगे और उसके दिमाग में यह बात डाल देंगे कि "तुम्हारी पत्नी तुम्हारी बात नहीं मानती। सिरचढ़ी हो गई है। कहीं तुम्हें बेच के न खा जाए। लोग तुम्हें जोरू का गुलाम कहते हैं, तुम पर हँसते हैं। वह बड़ी है या सरपंच? पर वह सरपंच को उल्टी-सीधी सुनाती है। सरपंच को ही सिखाने चली है...और तुम चुप रहते हो, कुछ नहीं कर पाते।"

तब वह घर लौटेगा, जो हाथ में आए, उसे उठाकर पत्नी को पीटेगा, गालियाँ

देगा और घर की चीजें इधर-उधर फेंकेगा।

ग्रामसभावाला मामला कुछ ज्यादा ही हो गया। जयाबाई ने भी ध्यान नहीं दिया, यह सोचकर कि पति की बड़बड़ाहट और मारपीट तो हमेशा की ही है। परंतु गालियाँ देते हुए वह खंभे पर लटकी कुल्हाड़ी उतार कर दौड़ पड़ा उसकी ओर... धमकाते हुए कि अब तुम्हारी गर्दन ही काट डालूँगा...गर्दन बचाने के प्रयास में जयाबाई ने अपना हाथ बीच में आड़ा धर दिया, तो हाथ ही जाता रहा।

लोग दौड़कर आए।

टूटा हुआ हाथ लटक रहा था और खून की धार बह रही थी। उसे कपड़े से बाँधा और भगत को बुलाया। उसने टूटा हाथ उखाड़कर निकाला। कुछ पत्तियाँ ले आया था, उन्हें पीसकर लगा दिया।

इस आपाधापी में जयाबाई का पति घबराकर कहीं भाग गया। इस बात की ओर किसी का ध्यान भी नहीं गया।

इस सरकारी अस्पताल में भर्ती करते समय न जाने कितनी झंझटों का सामना करना पड़ा। चाहे बाद में दी जानेवाली दवाएँ हों या सलाइन, मरीज को ही लानी पड़ती हैं। जिस समय हम अस्पताल पहुँचे थे, डॉक्टर थे ही नहीं। कहा, "चाहें तो मरीज को घर पर ले आइए।"

यानी, घर पर वे प्राइवेट प्रैक्टिस करते हैं। वहाँ पैसे देने होंगे।

तब मैंने आवाज ऊँची की। खूब शोर मचाया। तब कहीं जाकर वे अस्पताल में आए। "पर आप हैं कौन? आपका संबंध ही क्या है?" इस प्रकार के प्रश्न भी पूछे गए।

बाद में इस डॉक्टर के एक-एक कारनामे मालूम होते गए। पिछले बारह वर्षों से वह यहीं जमा बैठा है। तीन बार बदली रद्द करा चुका है। अब तो उसमें यह आत्मविश्वास भी आ गया है कि कोई उसका बाल भी बाँका नहीं कर सकता। पर फिर भी, मेरी ऊँची आवाज के बाद वह अस्पताल आ पहुँचा। शायद वह इतनी जल्दी फिर से बदली रद्द कराने के लिए रिश्वत देने की स्थिति में नहीं रहा होगा।

कहाँ डॉ दयाल, डॉ. एंजला जैसे उच्चशिक्षित डॉक्टर आदिवासियों के लिए जी-जान एक कर रहे हैं और कहाँ ये ऐसे लोग...

डॉक्टर ने कहा, "यदि और एकाध दिन की देर हो जाती, तो यह औरत जान गँवा बैठी होती।"

पुलिस केस तो दाखिल किया गया था, पर केवल उसके पति के विरुद्ध। गुनहगार तो दूसरे ही लोग थे। उसे चुड़ैल साबित करनेवाला भगत, सरपंच...इनका क्या?

दोपहर तक जयाबाई की तबियत कुछ ठीक होने लगी थी।

डॉक्टर ने खतरा टल जाने की सूचना दी।

तब सोचा कि 'जागरुक आदिवासी संगठन' के लोगों को इसकी सूचना देनी चाहिए। वे इस इलाके में कार्यरत हैं। इस प्रकार के कई मामले उन्होंने इससे पहले भी निपटाए होंगे। उन्हें कानून की जानकारी है और संगठन की ताकत उनके साथ है। कई कार्यकर्ता हैं। मैं अकेली इस मामले में और क्या कर सकती हूँ?

जयाबाई से यह बात कही। उसकी बेटी को कुछ रकम दी...और कहा, "फिर आऊँगी।"

'जागरुक आदिवासी संगठन'।

बहुत नाम सुना था। इन लोगों के बारे में अक्सर समाचार-पत्रों में खबरें छपती रहती हैं। कभी कोई मोर्चा, कभी कहीं धरना। कभी घेराव। काफी मजे करते हैं। कभी तो वे मुख्यमंत्री के लिए भीख जमा करते हैं, कभी जिलाधिकारी के कार्यालय में बकरियाँ बाँध आते हैं। एक बार तो शिक्षा मंत्री के घर के सामने बाल-श्रमिकों की कक्षा लगाई थी। तहसीलदार और बीडीओ से संबंधित कई किस्से इनके साथ जुड़े हुए हैं। इसके अलावा पुलिस के साथ खुन्नस की बात भी अलग से है।

लगता है कि सुमेध की इन लोगों के साथ ज्यादा बनती नहीं। पर कभी-कभी साथ काम करना ही पड़ता था। और सुमेध ठहरा पक्का व्यावसायिक। यदि कहीं से फंड मिलने की संभावना हो, तो दुश्मन के साथ भी कुछ देर के लिए दोस्ती कर लेगा और काम पूरा हो जाने पर फिर से दुश्मनी जारी रखेगा।

रिपोर्ट लिखना तो उसके बाँए हाथ का खेल था। किसी भी मामले को चाहे जैसा मोड़ देने में कुशल। घटना को चाहे जैसा मोड़कर मनमाने निष्कर्ष निकालना। हम तो इस तरह हर दृष्टिकोण से विचार भी नहीं कर सकते, पर वह पहले ही अनुमान लगा लेगा। सामनेवाले का दृष्टिकोण क्या है, उसकी विचार-पद्धति कैसी है, वह आगे कौन-सी हरकत करेगा, आदि बातें एक बार उसके मन में साफ हो जाएँ, तो आगे सब कुछ आसान हो जाता है। रैपर तैयार है, भीतर चाहे जो माल भरा जा सकता है।

किसी भी घटना के बारे में हम उसके अच्छे या बुरे पक्ष को लेकर यानी दो दृष्टिकोणों से विचार कर सकते हैं। पर सुमेध तो उसे जैसे पूरा खोलकर सामने रख देता है। भीतर-बाहर से पूरी तरह साफ, खुला।

एक बार सड़क पर रहनेवाले बच्चों की एक परियोजना के लिए उसने ऐसे ही भारी रकम प्राप्त की थी। सड़क पर रहनेवाले बच्चे। एक विदेशी संस्था ने अपने देश में उन बच्चों के लिए कुछ करने का आह्वान किया था। मध्यवर्ग के परिवारों ने इनमें से एक-एक बच्चे को मानो गोद लिया था। उस देश की संस्था के पास धन जमा होता और उस संस्था के जरिए वह रकम सुमेध की 'प्रगत' में आ जाती। उसके सालाना बजट आदि के बारे में सुमेध ने विस्तृत बजट दिया था। मैं इसी

परियोजना के दौरान सुमेध के सम्पर्क में आई थी। इस परियोजना के लिए बच्चों का चुनाव करना और उनकी प्राथमिक जानकारी का संकलन करना था। फिर उन बच्चों की प्रगति की जानकारी उनके अभिभावकों को साल में दो बार सूचित करनी थी। जब मैंने यदा-कदा प्रगत में जाना शुरू किया, तब इस परियोजना का दूसरा वर्ष चल रहा था। परियोजना में काफी मुश्किलें आ गई थीं। प्रत्येक बच्चे के बारे में स्वतंत्र रिपोर्ट, फिर उस संस्था के लिए पूरे काम की विस्तृत रिपोर्ट, स्थानीय प्रकाशन के लिए अलग तरीके से लिखी गई अंग्रेजी और मराठी में लिखी गई रिपोर्ट...सब कुछ बड़ा उलझन का मामला था। बच्चों की शैक्षिक प्रगति ठीक नहीं थी। स्वास्थ्य ठीक था। अभिभावकों को क्या और कैसे सूचित किया जाए। फिर, इस वर्ष तो एक हजार बच्चों के लिए दस सालों के चार करोड़ रुपये मंजूर हुए थे। यदि यह रिपोर्ट ठीक रहे, तो और एक हजार बच्चों के लिए और चार करोड़ मिलनेवाले थे। उसे खोना सुमेध को मंजूर नहीं था। इस उलझन से रास्ता निकालना था।

तब सुमेध ने मुझसे पहली बार संपर्क किया। हम एक ही कॉलनी में रहते थे। आते-जाते सुमित्रा से यों ही मेरा परिचय हो गया था। दूकान वगैरह में कभी हमारा सामना हो जाया करता था। फिर पता चला कि रेवती की बेटियाँ और सुमित्रा का बेटा एक ही पालनाघर में रहते हैं। पर इसके बावजूद हमारा एक-दूसरे के घर कभी आना-जाना नहीं हुआ था। पहली बात तो यह कि हम सभी नौकरी करती थीं और बचा हुआ समय घर-परिवार को देना ही पड़ता था।

दूसरा कारण यह था कि मेरे लिए रेवती ही काफी थी। जब तक रह थी, किसी सुख-दुख को बाँटने के लिए मुझे किसी और की जरूरत नहीं पड़ी। साहब यदि बुरा बर्ताव करते, तब भी लगता, जाने दो...रेवती है न अपने साथ।

सुमित्रा के साथ बातचीत में शायद रेवती ने कभी बताया था कि मैंने चित्रकला की शिक्षा प्राप्त की है। उसी सूत्र को पकड़कर सुमेध पहली बार घर पर आया था।

उसने एक उपाय सोचा था कि जिन बच्चों को लिखना-पढ़ना नहीं आता, उनकी प्रगति की जानकारी चित्रों के माध्यम से दी जाए। तब दो प्रकार के मसौदे तैयार किए गए। एक मसौदा उन बच्चों के लिए था, जो पढ़-लिख सकते थे। उस मसौदे को ब्लैकबोर्ड पर लिख दिया गया और बच्चों से कहा गया कि उसे वैसा का वैसा कागज पर लिख लें। यह मसौदा स्वाभाविक ही मराठी में था और उसी कागज के पीछे उसका अनुवाद दिया गया था।

छोटे बच्चों को चित्र बनाने के लिए एक-दो विषय दिए गए। उनकी पसंद के फूल, या मोर या घर। उसके पीछे भी कुछ मसौदा। उदाहरण के लिए, इस क्षेत्र में अमुक फूल खिलते हैं, उनका नाम, वे सुगंधित होते हें, पूजा में उनका उपयोग किया जाता है, औरतें बालों में गूँथती हैं...वगैरह। और घर—काल्पनिक घर। सड़क

पर रहनेवाले बच्चों द्वारा बनाए गए घर के चित्र।

सब केवल भावनाओं को उकसानेवाली बातें।

बच्चों से चित्र बनवाने के लिए उसे किसी ऐसे व्यक्ति की जरूरत थी, जो उस क्षेत्र से संबंधित हो। यह काम दोपहर के समय करना था, तो साहब ने भी मना नहीं किया। मुझे भी अच्छा लग रहा था, दैनिक कामकाज में जरा-सा परिवर्तन।

समय बहुत कम था। आखिर सुमेध ने कहा, "ऐसा करो,...कुछ बच्चे तो चित्र भी नहीं बना सक रहे हैं। तो तुम ही फटाफट कुछ चित्र बना दो। किसी कुशल चित्रकार की तरह नहीं, बल्कि नौसिखिए की तरह। लगना चाहिए कि बच्चों ने बनाए हैं। क्या करें...अब इतना समय ही नहीं है कि इतने हजार बच्चों से चित्र बनवाते रहें।"

मुझे क्या जवाब देती? आखिर चित्र बना ही दिए।

एक ओर उन बच्चों की लंबाई, वजन, आदि नोट करना, फोटो खिंचना आदि काम चल रहे थे। सब लोग दिन-रात काम कर रहे थे।

यह तो शुरुआत थी।

फिर धीरे-धीरे ऐसे छोटे-मोटे कामों के लिए मेरा 'प्रगत' में जाना शुरू हुआ। थोड़ा बहुत मानदेय भी मिलता था। यात्रा व्यय आदि भी। समय का बंधन नहीं था, इसलिए लोकल की भीड़ का समय टालकर मैं आना-जाना कर सकती थी। यह भी संतोष होता था कि मैं कुछ सामाजिक काम वगैरह कर रही हूँ।

आगे चलकर चित्रों से संबंध न रखनेवाले काम भी मैंने करने शुरू किए। इसी चरण पर मुझे संस्थाओं-संगठनों के कामों, स्वरूपों और उसके लिए मिलनेवाले विदेशी धन की जानकारी धीरे-धीरे मिलने लगी।

जो लोग संगठनों में संघर्षरत थे, उन्हें ही आगे चलकर यह आवश्यकता महसूस होने लगी कि समानांतर रूप से विकासात्मक काम भी किए जाएँ। कुछ लोगों ने केवल विकासात्मक काम करने के लिए ही संस्थाओं की स्थापना की थी, परंतु आवश्यकतावश वे आंदोलनों की ओर मुड़े थे। उन लोगों ने विकासात्मक कामों के लिए कार्यकर्ताओं की स्वतंत्र पंक्ति का निर्माण किया।

सामान्य लोगों के मन में विकासात्मक कामों के प्रति ज्यादा आकर्षण था, बनिस्बत के प्रश्न सुलझाने के। इसका कारण आर्थिक था। स्वास्थ्य, शिक्षा, पनढाल क्षेत्र, गृह निर्माण, खेती, आदि विशिष्ट मुद्दों पर पूरा ध्यान और सामर्थ्य केन्द्रित करनेवाली पंजीकृत संस्थाओं की संख्या बढ़ती गई। इन कामों के लिए स्वाभाविक ही धन की बढ़ती हुई जरूरत थी, जो विदेशों के माध्यम से पूरी होने लगी। ठीक इसी चरण पर संस्थाओं में आर्थिक गड़बड़ी होनी शुरू हुई।

1970 के दशक में ही स्वयंसेवी कार्यों के लिए विदेशी फंडिंग एजेंसियों की ओर से भारी मात्रा में धन मिलना शुरू हुआ था। जिन कामों के लिए धन लगाया

जाना था, उन कार्यों की सूची लंबी होने लगी...और आंकड़े भी बड़े होने लगे।

आंदोलनों में शामिल लोगों में से ही कुछ लोग फंडिंग एजेंसियों में काम करने लगे थे। उन्होंने इन आंदोलनों और उसके नेताओं के लिए धन पाने के उपाय खोजने शुरू किए। वैयक्तिक छात्रवृत्तियाँ और अध्ययन-वृत्तियाँ देनी शुरू हुईं। जन-संगठन, जन-जागृति और मोर्चा जैसे राजनीतिक स्वरूप के कामों के लिए इस धन का उपयोग किया जाना शुरू हुआ। संस्था का धन संगठन में लगाने की युक्तियाँ उसी धन को स्वयं के लिए काम में लाने के उद्देश्य से भी अपनाई जाने लगीं।

1980 के दशक में विदेशी धन की मात्रा काफी बढ़ गई। यह धन बढ़ने लगा, तो उसके सही उपयोग के उद्देश्य से नए समूहों की खोज, उन्हें प्रशिक्षण देना, जानकारी देना आदि कामों के लिए सपोर्ट ग्रुप तैयार होने लगे। स्वयंसेवी कार्यों को भारत में ही नहीं, पूरी दुनिया में महत्त्वपूर्ण स्थान प्राप्त हुआ। यूनो ने ऐसे कार्यों का जोरदार समर्थन किया। सब ओर इतनी स्वयंसेवी संस्थाएँ नजर आने लगीं, जैसे बरसात में उगे कुकुरमुत्ते।

'जागरुक आदिवासी संगठन' के कार्यालय में पहुँचने में दो घंटे लगे।

बाहर से पता नहीं चलता था, पर भीतर से सारा परिसर बहुत सुंदर था। वड़गाँव जितना नहीं, पर अच्छा था। विशेष बात यह कि उसे अच्छा रखा भी गया था। एक-दो स्थान तो ऐसे लगते थे मानो किसी कुशल लैंडस्केप गार्डन डिजाइनर ने डिजाइन किए हों।

गेट से भीतर प्रवेश करते ही बाँयी तरफ एक बड़ा सा हॉल था। बाहर बोर्ड लगा था—शिविर-घर। आगे भी सभी जगह ऐसे ही सुव्यवस्थित बोर्ड। कार्यालय के अलग-अलग विभागों से संबंधित...पनढाल क्षेत्र, खेती, डेअरी, मुर्गीपालन, आदि।

उसके बाद संगठन का बड़ा-सा हॉल। छह-सात टेबल रखे हुए। प्रत्येक टेबल के सामने तीन-चार कुर्सियाँ। अलग-अलग प्रकार के मामलों पर काम करने के लिए। यह सब ऐसा कि बाहर से दिखाई दे।

दिमाग में असंख्य वाक्यों की लटकनें।

झूलनेवाली।

कागज की।

क्रेप।

रंगीन।

धीरे-धीरे वे आपस में और ज्यादा उलझने लगीं।

पेट के भीतर ठीक तरह से लपेट कर रखी गई आँतें किसी दुर्घटनावश बाहर निकल आएँ और सड़क पर लंबाई में चाहे जैसी कुंडली मारते हुए पसर जाएँ...कुछ इस तरह के वाक्य।

दिल तेजी से धड़कने लगा और माथे पर पसीने की बूँदें चुहचुहा आईं।

चलते हुए ऐसा लगा मानो चक्कर खाकर गिर पड़ूँगी।

हवा में बिखरीं सारी दहशत सिमटकर मानो मेरे दिमाग पर कब्जा करने लगी।

डर लग रहा है।

किससे?

पता नहीं।

पर लग रहा है।

डर।

अचानक वहाँ जिजा नजर आई। तसल्ली हुई कि कोई परिचित तो है।

उसे पुकारा।

“तुम यहाँ कैसे फुला दीदी? जिजा ने आश्चर्य से पूछा।

एक मिनट तो कुछ सूझा ही नहीं कि क्या उत्तर दूँ। केवल अपने हाथ में उसका हाथ थामे खड़ी रह गई। फिर होश आया। माथे का पसीना पोंछते हुए उसे बताया कि एक औरत के साथ कुछ समस्या है...उसका हाथ उसके पति ने तोड़ दिया है...तो मैं यह जानने आई हूँ कि क्या उसके लिए कुछ किया जा सकता है।

“तुम वहाँ अकेली क्यों गई? संगठन को पहले ही सूचित करना था न।” उसने चिंता के स्वर में कहा।

ठाकर जनजाति की ये औरतें ग के स्थान पर ज का प्रयोग करती हैं। पिछली बार जब मैं जिजा के घर चार दिन रुकी थी, तब वहाँ से लौटने के बाद कई दिनों तक गई के बजाय जई कहा करती थी। क्रियाएँ तो इतनी उल्टी-सीधी हो जाती हैं कि बस।

“सब कुछ इतना अचानक हो गया कि क्या कहूँ। मुझे खुद पता नहीं चल रहा कि मैंने कैसे वहाँ जाने का निर्णय लिया, कैसे वहाँ गई, क्यों गई, क्या कहा, कुछ पता नहीं। पर अब इस मोड़ पर आकर रुकना भी तो ठीक नहीं। उसके लिए कुछ तो करना ही होगा न। इस इलाके में तुम लोगों का काम काफी है, इसलिए सीधे यहाँ चली आई। मेरा तो यहाँ किसी से कोई परिचय नहीं है। तुमसे मुलाकात हुई, अच्छा हुआ। वैसे भी अपने काम के संदर्भ में मुझे आना ही था, पर अगली बार आने की सोच रही थी। अब अपना कार्यक्रम भी कुछ बदल डालती हूँ।” उससे बात करते हुए मैं संगठन के कार्यालय का निरीक्षण कर रही थी।

अलग-अलग प्रकार के मामलों के लिए अलग-अलग टेबल। टेबल पर मोटे रजिस्टर्स और फाइलें। प्रत्येक टेबल के सामने भीड़। कुछ लोग बाहर अपना नंबर आने की प्रतीक्षा कर रहे हैं। दीवार से लगी खुली अलमारियों में भरी फाइलें। खाली जगहों पर लगे पोस्टर्स, कैलेंडर्स।

जैसे पुलिस चौकी ही हो। केवल युनिफॉर्म नहीं।

अजीब बात है न।

"मैं देखती हूँ, दीदी हैं या नहीं।" कहकर जिजा चली गई। मैं खड़ी रही।

पुलिस चौकी जैसे ही सवाल-जवाब चल रहे थे।

एक बलात्कार का मामला आया था। वह लगभग अठारह-उन्नीस साल की लड़की गर्दन झुकाए बैठी थी। घर की तरफ जाते समय स्कूटर पर सवार दो आदमियों ने उसे रोका। दोपहर का समय। सड़क पर आवाजाही नहीं थी। एक बस एक बार सुबह और एक बार शाम को आती थी। इस परिसर में कुछ लोगों के फॉर्महाऊस थे। वे कभी-कभी छुट्टियों में गाड़ियों पर सवार आते। वे भी शायद इसी प्रकार के लोग थे। लड़की ने उन्हें पहले कभी नहीं देखा था। अब संगठन के लोगों के साथ पुलिस चौकी में जाकर उसे शिकायत दर्ज करानी थी।

"अब जो जो हुआ, सब पूरा बताओ।" कार्यकर्ता ने कहा।

"बता तो दिया।" वह रिरियाते हुए बोली।

"सारखं बताओ।" कार्यकर्ता बोला। सारखं यानी ठीक से, व्यवस्थित रूप से।

इसी समय जिजा दीदी को लेकर आई। टेबल के सामने भीड़ देखकर उन्होंने पूछा कि क्या मामला है। यह जानने पर कि रेप का मामला है, उन्होंने कहा, "तो फिर तुम क्यों जबानी ले रहे हो अशोक? जाओ...सुकुर भाई को भेज दो। उसे ठीक-ठीक जानकारी है, रेप के मामले पर काम करने की आदत है उसे।

फिर उस लड़की से उसका नाम, पता पूछा। उसकी माँ और भाई साथ थे। उनके बारे में पूछा कि वे क्या करते हैं, खेती कितनी है, वगैरह।

"संगठन के सदस्य हैं या नहीं?" दीदी ने पूछा।

लड़की के भाई ने गर्दन हिलाकर नकार दर्शाया। "प्रॉब्लेम होने पर ही तुम लोगों को संगठन की याद आती है।" दीदी ने कड़वाहट से कहा। "तुम्हारे गाँव के कितने ही लोग सदस्य हैं। पर तुम्हें कभी सदस्य होने का ख्याल नहीं आया। सोचा होगा कि अपने को क्या जरूरत पड़नेवाली है? यह भी सोचा होगा कि तब पैसे क्यों बरबाद करें।"

"नहीं दीदी, बन जाता हूँ न सदस्य।" लड़की के भाई ने हाथ जोड़कर कहा। उसकी आँखों में इस बात का भय साफ झलक रहा था कि संगठन ने यदि मामला

हाथ में नहीं लिया, तो बची-खुची उम्मीद भी नष्ट हो जाएगी।

"हूँ।" दीदी ने कुछ तिरस्कार से ही उसकी ओर देखा। कुछ तुच्छता भी झलकी नजर में। तभी सुकुरभाई आ गया।

"सुकुरभाई, रेप के मामले तुम हैंडल करोगे, यह तय हुआ है न? तो फिर अशोक क्यों जबानी ले रहा था? ऐसे मामले पुराने कार्यकर्ताओं को हैंडल करने चाहिए या नए कार्यकर्ताओं को?" दीदी ने पूछा।

"मुझे पता ही नहीं था कि ऐसा मामला आया है।"

"कहाँ गए थे?"

"मैं तो नीचे ऑफिस में ही था दीदी, अकाउंट विभाग में। यात्रा व्यय ले रहा था।"

"क्या कलेक्टर को पत्र भेज दिया मोर्चे की अनुमति के लिए?"

"आज भेज देता हूँ दीदी।"

"कितने सालों से काम कर रहे हो सुकुरभाई? ये बातें तुम लोगों को बार-बार क्यों बतानी पड़ती हैं भला?"

"ऐसी बात नहीं दीदी। करता हूँ न।"

"ठीक है। इस लड़की की जबानी लिख लो ठीक तरह से। तुम स्वयं उसके साथ पुलिस चौकी जाओ। यह उसका भाई है। परिवार-सदस्य बना लो। ठीक से रसीद बना दो।"

तब अशोक के साथ उस लड़की का भाई रसीद बनवाने गया।

इधर फिर से जबानी लेने का काम शुरू हुआ।

फिर से पूरी कहानी।

सुकुरभाई निर्विकार भाव से सब कुछ तेजी से लिख रहा था। कहा, "सब कुछ स्टेप बाइ स्टेप ठीक तरह से बताओ। पुलिस हो चाहे कोर्ट हो, वहाँ इससे भी बुरी भाषा में पूछेंगे। तब क्या इसी तरह रोती रहोगी? लिख चुकने के बाद एक बार पढ़कर सुनाऊँगा। ठीक तरह से सुनना और फिर अँगूठा लगा देना।"

लिख चुकने के बाद उसने स्वयं पढ़कर देखा, संतोषजनक प्रतीत होने पर जोर से पढ़ना शुरू किया।

मैं अपनी बहन के घर गई थी। वहाँ से अकेली ही वापस आ रही थी। हमेशा ही आती जाती रहती हूँ। फिर उन्होंने पता पूछने के बहाने मुझे रोका। पकड़ लिया और खिंचते हुए सड़क से नीचे उतार कर बाजू में ले गए। सड़क कुछ ऊँचाई पर है। दोनों तरफ खेत ही हैं। अक्सर सन्नाटा ही होता है। फिर उन्होंने नीचे गिरा दिया। मैं चीखी, चिल्लाई, पर सुननेवाला कोई नहीं था। एक ने मेरा मुँह दबाया, हाथ पकड़ लिए। फिर दूसरा मुझ पर आया। साड़ी खोल दी। चड्डी उतार फेंकी। लिंग को योनि में घुसाया। कमर ऊपर-नीचे की। फिर पहलेवाले ने हाथ पकड़ लिए और दूसरा शरीर पर चढ़ा। उसने भी वैसा ही किया। फिर मुझे वहीं पर वैसा ही छोड़कर

स्कूटर पर बैठकर चले गए। कुछ देर बाद मुझे होश आने पर मैंने उठकर कपड़े पहने और घर जाकर माँ को सब कुछ बता दिया।

दीदी सुन रही थीं। कहा, "स्कूटरवाले किस दिशा में गए? इसका घर किस तरफ है? मौका-ए-वारदात से घर कितनी दूरी पर है? क्या गाँव में बस जाती है? यदि हाँ, तो यह बस से क्यों नहीं गई, पैदल क्यों गई? क्या हमेशा ही पैदल जाती है? क्या यह विवाहित है? क्या गाँव में किसी दूसरे से कोई संबंध है? क्या किसी से कोई झगड़ा वगैरह है? सुकुरभाई, सब विस्तार से पूछ लो। इस तरह अधूरा कुछ न लिखो। अन्यथा बाद में मुश्किलें आ सकती हैं।"

सुकुरभाई ने गर्दन हिलाई। फिर से सवाल-जवाब शुरू हो गए।

लड़की की आँखें फिर भर आईं।

मैंने मुँह फेर लिया।

दीदी बता रही थीं, "अशोक, इस केस का समाचार तैयार करो। याद रखना कि ऐसे समाचार में औरत का नाम नहीं लिखा जाता। बाकी विवरण दे सकते हो। फिर सभी समाचार पत्रों को फैक्स भेज दो। भेजने से पहले मुझे एक बार ड्राफ्ट दिखा देना।"

जिजा ने दीदी से परिचय कराया।

वे सुमेध को पहचानती तो थी ही।

उनसे पूछा कि 'प्रगत' के जरिए सर्वेक्षण करना है, इसके लिए संगठन की ओर से क्या कोई सहायता मिल सकती है?

उन्होंने कहा कि केबिन में बैठकर बात करेंगे। तो मैं उनके पीछे-पीछे चली गई।

केबिन ऐसा, जैसे किसी कारखाने के एम डी का केबिन हो। डिजाइनर फर्निचर। सुडौल। केवल पीछे की तरफ दीवार से लगे दो बेंच–विसंगत प्रतीत होनेवाले। संभवतः ये कार्यकर्ताओं के लिए हों। वे मूविंग चेयर पर बैठीं, तो मैं भी सामनेवाली कुर्सी पर बैठ गई। उन्होंने एयर कंडिशनर चला दिया। मंद, कृत्रिम सुगंध के साथ ठंडक की हल्की लहरें धीरे-धीरे कमरे में फैल गईं। दीवार पर वारली और मधुबनी चित्रकला के नमूने। किसी जानवर के सिंगवाला वॉलपीस। टेबल पर एक सजावटी टेबलटॉप, जो चार छोटे भालों से बना था। भालों के दूसरे सिरों पर पक्षियों के रंगीन पंख लगे थे। कोने में एक सूखी टहनी, जिसमें अलग-अलग आकार नजर आ सकते थे...उसे घिसकर चिकना बनाकर पॉलिश किया गया था।

बाजू की दीवार पर एक पोस्टर। लैमिनेशन किया हुआ।

अति विशाल काली चट्टानें। एक चट्टान पर खड़ी एक औरत। शरीर पर फड़फड़ाते हुए कपड़े। हवा में लहराते बाल।

दाहिने कोने से शुरू कर लिखा गया वक्तव्य

"केवल उसके बाद ही

जब आखरी पेड़ भी तोड़ दिया जाएगा...

केवल उसके बाद ही...
जब आखरी कुँए का पानी
विषैला हो जाएगा
केवल उसके बाद ही...
जब आखरी मछली पकड़ ली जाएगी...
केवल उसके बाद ही
तुम समझ पाओगे कि
पैसा खाया नहीं जा सकता।"

"बहुत ही सुंदर है न यह पोस्टर!" मैंने कहा।

दीदी मुस्करा दीं।

मैंने जयाबाई के केस के बारे में बताया। फिर उन्होंने इंटरकॉम पर उस तहसील में संगठन का काम करनेवाले प्रतिनिधि को भीतर भेजने के लिए कहा। मुझे आश्वस्त किया कि वह इस मामले में ध्यान देगा। फिर मेरे बारे में पूछताछ करना शुरू किया...शिक्षा, काम का अनुभव वगैरह।

"सुमेध के साथ कब से काम कर रही हो?" दीदी ने पूछा।

"नियमित रूप से तो इसी परियोजना से करना शुरू किया है। पर पिछले कुछ वर्षों से बीच-बीच में 'प्रगत' में जाया करती थी। सुमेध और मैं एक ही कॉलनी में रहते हैं।" मैंने जल्दी से जानकारी दी।

"क्या इस परियोजना की रिपोर्ट तुम ही लिख रही हो?"

"जी हाँ। हाल ही में इसी विषय पर दिल्ली में आयोजित एक संगोष्ठी में शामिल हुई थी।"

"वाह। सुमेध ने तुम्हें बड़ी जल्दी संगोष्ठी वगैरह में भाग लेने के लिए भेज दिया। तुम्हें काम सम्हाले एक साल हो गया?"

"अब तक नहीं।"

"कोई अधिक समय तक 'प्रगत' में टिकता नहीं।" उन्होंने मुझे टटोलते हुए कहा।

"जी, मैंने भी सुना है।" मैंने शांत स्वर में कहा।

"तुम्हारा क्या इरादा है?"

"कुछ भी नहीं।"

"यानी?"

"यानी, आजकल मुझे ऐसा लगने लगा है कि विचार करने से ज्यादा कुछ होता जाता नहीं है। बेकार ही भविष्य का अनुमान लगाते रहना, ऐसा हो तो वैसा करेंगे—इस प्रकार से योजना बनाते रहना, उसके लिए कुछ न कुछ इंतजाम करना, पूर्व तैयारी के रूप में पहले ही कुछ समझौते करना...और जो अनुमान लगाया गया है, वैसा कुछ न हो, या कुछ उल्टा ही हो जाए, तो सर्वनाश! बेहतर तो यही है कि जिस समय जैसा

ठीक लगे, वैसे निर्णय किए जाएँ और कार्रवाई की जाए। सोचती हूँ...कि विचार न करने से कुछ बिगड़ता नहीं, बल्कि जो होता है, अच्छा ही होता है।

मैंने एक कीड़े की कहानी सुनी थी...

एक कीड़े के सौ पाँव थे। रास्ते में उसकी मुलाकात एक विचारक से हुई। कीड़े को देखकर वह रुक गया। उसने आश्चर्य से पूछा, 'मैंने चार, छह, आठ या बारह पैरोंवाले कीड़े देखे हैं। यह भी देखा है कि वे किस तरह चलते हैं। पर तुम्हारे तो सौ पाँव हैं। इन सौ पाँवों से तुम किस तरह चलते हो'?

कीड़े ने कहा, 'यह तो मैं भी नहीं जानता। सोचकर बताता हूँ।'

कीड़ा सोचने लगा। काफी देर तक सोचने के बाद भी उसे इस प्रश्न का उत्तर नहीं मिला। और अचानक उसे ध्यान आया कि सोचने के चक्कर में उसका चलना ही थम गया है। इस तरह ठहरे रहने से भोजन कैसे जुटेगा?

तब कीड़े ने सोचना बंद किया और चलना शुरू किया।"

"गुड स्टोरी!" दीदी ने कहा और हँस दीं। चाय आई। तहसील का प्रतिनिधि कार्यकर्ता भी आया। उसे दीदी ने सारा विवरण दिया। वह चला गया।

"प्रेसवालों के साथ तुम्हारा संपर्क कितना है?" दीदी ने पूछा।

"ठीक-ठाक ही है। सुमेध के साथ काम करते हुए मैंने कई प्रेस कॉन्फ्रेंस में भाग लिया है। डॉक्यूमेंटेशन का भी काफी काम किया है। हाल ही में कुछ लेख भी लिखे हैं। पिछले रविवार के टाइम्स में मेरे और सुमेध के नाम से एक लेख छपा है।"

"देखा है मैंने वह। इसीलिए तो पूछा। पर वास्तव में तो तुम्हींने लिखा होगा न?"

"ऐसा नहीं कह सकती। पहले सुमेध के साथ काफी चर्चा की थी उस विषय पर। कच्चा मसौदा तैयार करने के बाद उसने फिर कुछ बदलाव सुझाए थे।"

"हाँ। यानी वही।" दीदी फिर मुस्कराईं। "हमारे यहाँ ऐसे एक व्यक्ति की जरूरत है, जो ऐसी अच्छी अंग्रेजी में रिपोर्टें लिख सके। प्रेस रिलीज भी लिखने होते हैं। अन्य उपक्रमों के बारे में भी लेख आदि लिखने की जरूरत होती ही है। तुमने हमारे प्रोजेक्ट्स देखे या नहीं?"

"नहीं, अब तक नहीं देखे।"

"जिजा के साथ तो तुम्हारा परिचय है ना? उससे ही कहती हूँ कि वह तुम्हें सारा परिसर घुमाए और दिखाए। या फिर, इस सर्वेक्षण के लिए फिर से तो इस तरफ आना होगा ही न, तब आराम से आना यदि आज समय न हो तो। और हाँ,...यहाँ काम करने के बारे में सोच लो...सीधे निर्णय कर लोगी. तब भी कोई हर्ज नहीं।" वे फिर मुस्कराईं...मानो मुझे उठ जाने के लिए सुझा रही हों।

मैं भी मुस्कराकर बिदा लेते हुए उठी।

दरवाजा खोलकर बाहर निकलते समय यूँ ही मुड़कर देखा...उन्होंने लैपटॉप में

गर्दन घुसा रखी थी। चेहरे पर वे ही तुच्छता के भाव और माथे पर सलवटों का जाल।

बाहर आकर फिर जिजा की तलाश की। उससे बिदा ली। अनुरोध किया कि हो सके तो जयाबाई के मामले में ध्यान दें। निकल पड़ी।

अब जाने यह 'जागरुक आदिवासी संगठन'...जयाबाई...और जयाबाई की किस्मत।

जयाबाई से कहा था कि फिर आऊँगी...पर क्या फिर से जा सकूँगी? और जाकर करूँगी भी क्या? क्या कर सकते हैं हम?

कुछ भी नहीं।

सचमुच, मैंने आखिर जयाबाई के मामले में इतना ध्यान दिया ही क्यों? इस तरह बीच में ही छोड़ देने के लिए? पर बीच में ही कहाँ छोड़ा है? उसे अस्पताल ले गई, उपचार उपलब्ध कराए। जितने हो सके उतने पैसे भी दिए। अब संगठन के पास आकर भी बताया है उसके मामले में ध्यान देने के लिए।

इस समय जो कुछ भी मैं कर सकती थी, वह सब मैंने किया है।

शायद संगठन के प्रति मुझे भीतर से विश्वास नहीं है, इसीलिए ऐसा उल्टा-सीधा सोच रही हूँ। पर इस समय इसके अलावा दूसरा कोई विकल्प भी तो दिखाई नहीं दे रहा।

यही सोचकर तसल्ली करनी होगी कि जितना कर सकती थी, उतना किया।

अब यहाँ से कहाँ जाऊँ? जैसा पहले सोचा था, क्यों न सीधे घर ही चली जाऊँ। यहाँ से घर जाने के लिए रास्ता कौन-सा है? कौन-सी बस जाती है या दूसरा कोई साधन?

किसी से पूछ लिया होता, तो अच्छा हुआ होता।

यदि रास्ता न मिले तो? रास्ता भटक जाऊँ तो? किसी दूसरी ही जगह पहुँच जाऊँ तो? यदि गुम हो जाऊँ, तो मुझे ढूँढनेवाला कोई नहीं। पर ऐसा ही यदि है, तो गुम हो जाने से भी क्या फर्क पड़नेवाला है?

पर मैं ही क्यों गुम हो जाऊँ?

जाना होगा। चाहे जैसे भी हो, पर जाना ही होगा।

डरने से कैसे काम चलेगा?

ऐसा ही कुछ मन में आता रहता है। पता नहीं किस बात का डर लगा रहता है। मन करता है कि कोई-न-कोई हमेशा साथ रहे। लगता है कि मैं खुद कोई फैसला नहीं कर पाऊँगी...इससे तो अच्छा है कि किसी दूसरे के हाथों में अपने आप को सौंप दूँ।

चलना शुरू करूँ, तो लगता है कि कोई पाँव पीछे खींच रहा है। फिर चलने की इच्छा भी खत्म हो जाती है।

लगता है कि मैं कुछ सोच भी नहीं पाऊँगी।

डर लगता रहता है कि किसी से बातचीत करते समय अपने मुँह से कोई उल्टी-सीधी बात न निकल जाए और उसके बाद कोई बहुत बड़ा हो-हल्ला न मच जाए।

कभी खुद को अपनी ही आवाज सुनाई नहीं देती।

कभी इतना शोर होता है कि शब्द आपस में उलझ जाते हैं और एक शब्द का भी अर्थ पल्ले नहीं पड़ता।

दिमाग में शायद कोई स्प्रिंग लगी होगी। हाथ से स्प्रिंग का एक छोर छूट जाए, तो जैसी झर्र-चर्र की आवाज होती है, सिर के भीतर कभी-कभी वैसी ही आवाज होने लगती है। नहीं, उस आवाज का वर्णन नहीं किया जा सकता । अपनी लिपि में सारे उच्चार नहीं लिखे जा सकते। वर्णमाला कम पड़ जाती है। पर उस आवाज के साथ सिर भीतर से हिलता हुआ प्रतीत होता है। कुछ यहाँ से वहाँ, वहाँ से यहाँ सरक-सा जाता है।

क्यों होता है ऐसा?

कहीं मैं पागल तो नहीं हो जाऊँगी?

वैसे भी साहब मुझे पागल कहते ही हैं।

फिर इस विचार से ही रुलाई आने लगी।

इस बात का डर भी लगने लगा कि रोते समय यदि कोई देख ले, तो क्या कहेगा।

यह सोचकर अपने आप पर गुस्सा आने लगा कि मेरे साथ ऐसा कहीं भी कुछ भी होता है और मैं अपना नियंत्रण खो बैठती हूँ।

हताशा मुझ पर हावी होती गई।

3

मेरे कानों में लगातार झणान् झण झणान् झण डर बज रहा है।

विशाल भूरी शून्यता में जैसे अँधेरा घूम रहा है।

नीचे तारे टप टप झर रहे हैं और लाल काले पत्थर बनकर पैरों में चुभ रहे हैं।

जीर्ण-शीर्ण हो गया है यह क्षितीज...यदि चाँद की कोर निकलना चाहे, तो उसके छोर के नुकीले स्पर्श मात्र से यह जीर्ण शीर्ण क्षितीज फर्र से फट जाएगा और पुराना गंदा पोतड़ा बनकर गिर जाएगा पैरों के पास।

फिर क्या दिखेगा उसके पीछे?

क्या चकाचौंध कर देनेवाली शून्यता?

सब तरफ, आगे, पीछे जगमगाती शून्यता...झणान् झण...

सब कुछ एक अलग स्तर पर होगा और मैं अलग स्तर पर। ऐसे स्तर पर जहाँ

और कुछ भी नहीं है। और, दूसरा कुछ यदि न हो, तो मेरे अस्तित्व का भी क्या अर्थ है। मेरे अस्तित्व का कोई सबूत ही नहीं।

सर्वत्र एक अजीब-सा वातावरण।

पता नहीं मैं साँस ले भी रही हूँ या नहीं।

कोई गंध नहीं।

धीरे-धीरे स्पर्श भी बिखरने लगे हैं।

दिखाई नहीं दे रहा कुछ भी। मेरे भीतर से सहजतापूर्वक बहते हुए, रेंगकर निकली जा रही है प्रकाश की बची-खुची रेखा। बिना कुछ भी प्रकाशित किए।

शांत। शांत।

केवल बज रहा है डर...झणान् झण झणान् झण...मेरे कानों में...

कैसा है यह वातावरण...उष्ण या ठंडा?

बरसात है या ओले बरस रहे हैं या फिर गिर रही है बर्फ शुभ्र सफेद चूर-चूर होकर? धूप की लपटें हैं तेज या छाँव में खड़ी हूँ मैं? या बैठी हूँ मैं? या सो रही हूँ? या अपने ही चारों ओर घूम रही हूँ गोल-गोल?

कौन इतनी तेजी से घुमा रहा है मुझे इस तरह प्रति क्षण ऋतु बदलते हुए?

किस पृथ्वी पर हूँ मैं?

किस सूर्य की परिधि के भीतर घूम रही है यह पृथ्वी?

...किस काल में जन्मी हूँ मैं? किस काल में जी रही हूँ?

यह कैसी उलझन है एक काल में जन्मने और किसी दूसरे ही काल में जीने की?

किसने दी है यह सजा? किस अपराध के लिए?

क्यों धकेला है मुझे इस स्तर पर?

नीचे?

या ऊपर?

या अंतरिक्ष में निराधार?

डर बज रहा है...बजता ही जा रहा है झणान् झण...

क्या करूँ मैं इस शून्यता का? किस छिन्नी से इसे आकार दूँ? किस रंग से रंग दूँ? किस धागे से सीकर उसे पहनूँ? या चबा-चबाकर भुर्ता बनाकर खा लूँ? तब शून्यता मुझमें होगी या मैं शून्यता में? मैं शून्यता से निकली हूँ या शून्यता मुझसे?

कहाँ से आई है यह इतनी अजीब, विक्षिप्त, भयानक, डरावनी शून्यता?

झणान् झण झणान् झण झण झण झण...

दोनों हाथों से कान कसकर बंद कर रखे थे। ऊँगलियाँ झनझनाने लगी थीं फिर भी। पलंग पर पाँवों को पेट से सटाकर रखा था। फिर भी कुछ भी नहीं रुक रहा था।

लग रहा था कि मैं किसी गोल चक्र पर पड़ी हूँ और कोई प्रचंड गति से, अमानुष गति से घुमा रहा है मुझे।

कुछ ही क्षणों में सारा एहसास मिटता गया फीका होते हुए और केवल गति ही शेष रही।

घूम रही हूँ केवल। घूम रही हूँ। घूमती जा रही हूँ।

...और जाने कब घूमते रहने का यह एहसास भी बंद हो गया।

जब आँख खुली, तब सामने सुमेध और सुमित्रा थे...और शांता मौसी भी।

बड़ी तेज प्यास महसूस हुई। फिर शांता मौसी ने पानी लाकर दिया। मुश्किल से एक घूँट पिया...फिर पानी से भी मन भर गया।

सुमेध ने कहा, "डॉक्टर आकर देख गए हैं। इंजेक्शन और दवाएँ दे गए हैं। कहा है कि केवल तनाव है। खास कुछ नहीं। बी.पी. जरा-सा बढ़ गया है। मैं अब घर जाता हूँ। सुशांत अकेला ही है घर पर। पड़ोसी से कहकर उसे वैसा ही सुलाकर आए हैं। रात तुम्हारे साथ सुमित्रा रह जाएगी। शांता मौसी तो हैं ही। सुमित्रा, कोई जरूरत पड़े तो फोन कर देना। और अब वह दूसरीवाली दवा दे डालो उसे।"

सुमेध की आवाज़ धीरे-धीरे धीमी पड़ती गई।

पलकें भारी होती गईं।

फिर सुमित्रा की हल्की-सी आवाज सुनाई दी।

एक कड़वी टिकिया जीभ पर से रेंगती हुई गले में उतर गई।

फिर ठंडे पानी का एक घूँट।

फिर सन्नाटा छा गया।

सवेरा। नींद खुली।

बहुत थकान लग रही थी। मानो एक ही स्थान पर सालों तक रुके रहने के बाद एकाएक उठकर चलना शुरू कर दिया हो और बहुत दूर तक चलती आई हूँ...बहुत दूर तक।

देखा, तो सुमित्रा अब तक पास ही बैठी थी, उनींदी आँखें लिए।

"तुम चली जाओ ना।" मैं बुदबुदाई।

"नहीं, रुक जाती हूँ। आज की छुट्टी ले लेती हूँ। कम-से-कम आज का दिन तो तुम्हारे पास किसी का होना जरूरी है।" उसने कहा।

दिन-भर वह मेरे आस-पास थी। अच्छा लग रहा था।

अन्यथा, और दिनों में तो मैं और शांता मौसी बैठे होते हैं—एक दूसरे का चेहरा

या टी वी देखते हुए।

घर में लोगों की आवाजाही लगी रहे...अपनी पसंद के लोगों की आवाजाही... यह बात ही कुछ निराली होती है। उनके होने का दबाव नहीं पड़ता। सारे छोटे-बड़े काम सहजता से, आनंद से करने का मन करता है। ऐसे वातावरण में वे काम भी प्रयत्नपूर्वक कर लिए जाते हैं, जिनके करने का आत्मविश्वास हममें नहीं होता।

फिर एक सप्ताह तक पूरा आराम किया, जैसे बाँधकर रखा गया हो... धीरे-धीरे, उठते-बैठते...छोटे-बड़े काम करते हुए...

सुमित्रा ऑफिस से फोन पर मेरी पूछताछ करती। शाम को या रात को, जब भी समय मिले, सुशांत को साथ लेकर थोड़ी देर मेरे पास आ बैठती।

उससे बात करते समय, सुशांत के साथ खेलते समय बड़ा अच्छा लगता। बिट्टू का बचपन याद आता।

करुणा और दिनेश बेटियों को साथ लेकर कुलु-मनाली गए थे।

मन में आया कि करुणा यदि यहाँ होती, तब भी मैं उसके साथ उतनी खुलकर बातें नहीं कर पाती, जितनी सुमित्रा के साथ करती हूँ। कौन कहाँ की सुमित्रा, फिर भी मेरे लिए कितना करती है। मनुष्यों के बीच के ये रिश्ते आखिर किस प्रकार के होते हैं? क्या संबंध था मेरा सुमेध-सुमित्रा के साथ? और डॉ. दयाल और एंजला के साथ?

फिर एक दोपहर डॉ. दयाल को पत्र लिखना शुरू किया।

जयाबाई के मामले के बारे में लिखा। जागरुक आदिवासी संगठन में मिले अनुभव के बारे में भी लिखा। पूछा कि स्वयंसेवी संस्थाएँ भी यदि इस तरह प्रति-सरकार बनने लगेंगी, तो सामान्य मनुष्य के सामने कौन-सा रास्ता शेष रहेगा?

जयाबाई ने मुझ जैसे हाथवाले व्यक्ति के सामने बड़ा-सा प्रश्नचिह्न खड़ा कर दिया है।

मैं अपने इन हाथों का वास्तव मे क्या उपयोग करती हूँ?

या यों कहें कि कुल मिलाकर इस स्वस्थ शरीर का?

अपने सुदृढ़ जीवन का?

क्यों जीवित हैं हम?

हम जैसे सुशिक्षितों की भूमिका ऐसे मौकों पर क्या होती है?

यहाँ दिन-दहाड़े इतने भयंकर अत्याचार होते रहते हैं...ऐसे समय क्या मुझे केवल किनारे बैठकर सफेद को काला करते रहना चाहिए? रिपोर्ट लिखना या कोई सामान्य-सा समाचार लिखना...बहुत हुआ तो कोई एकाध लेख लिखना...

जयाबाई का क्या होगा?

यदि दुबारा मैं उस तरफ गई ही नहीं, या केवल उससे मिलकर वापस आई, कुछ ज्यादा कर नहीं पाई, तो क्या मुझपर से उसका विश्वास नहीं उठ जाएगा?

क्या वह कभी मेरी विवशता को समझ पाएगी?

वड़गाँव की शेवुबाई के लिए भी जल्दी ही कुछ करना होगा। उसका उपचार होना चाहिए और कोई ऐसा काम भी उसे मिलना चाहिए, जो वह कर सके।

रास्ता नहीं मिल रहा।

अपने बिगड़े हुए स्वास्थ्य की जानकारी देते हुए एंजला को याद किया।

पुणे से बिट्टू का फोन आया। दसवीं का रिजल्ट निकला था। उसे नब्बे प्रतिशत अंक मिले हैं। साइंस में प्रवेश लिया है।

उसे बधाई दी।

रूटीन फिर शुरू हो गया।

जयाबाई के मामले में मेरा इतना ध्यान देना सुमेध को पसंद नहीं आया था। पर मेरे स्वास्थ्य के कारण चुप रह गया था। सुमित्रा से कहा, तो वह बोली, "परेशान मत होओ, वह कभी न कभी इन सब का बदला ले लेगा। तुम्हें बहुत कुछ सुनाएगा। हाँ, वह चाहे कुछ भी कहे, तुम रोना-वोना नहीं। मुझे ऑफिस में रोनेवाली औरतों से बहुत चिढ़ होती है।"

"और घर में रोनेवाली औरतों से?"

चुप रही सुमित्रा। उदास।

फिर बोली, "यदि घर में भी न रो पाएँ, तो पागल हो जाएँगे।"

मैंने कहा,"तुम्हें कोई हर्ज न हो, तो एक बात पूछूँ सुमित्रा? वैसे तो सुमेध ने भी मुझसे कहा था कि एक बार सुमित्रा से बात कर देखो। उस समय तो मुझे यह कुछ ठीक नहीं लगा था, सोचा, तुम लोगों की भी कुछ समस्याएँ होंगी, मैं उसमें क्या कर सकती हूँ? मैं कोई समुपदेशक तो हूँ नहीं। पर अब मेरी बीमारी के बहाने हम दोनों के बीच कुछ निकटता बढ़ गई हैं...तो तुम मेरे सामने अपने मन की गाँठ खोल सकती हो।"

"सुमेध ने तुम्हें क्या बताया है?" सुमित्रा के स्वर में कड़वाहट थी।

"वैसे तो उसने कुछ नहीं बताया। केवल इतना कहा कि आजकल तुम दोनों के बीच बात कुछ बिगड़ गई है। बेचैन था। मैंने विस्तार से कुछ पूछा नहीं।"

"आजकल नहीं...कई दिनों से चल रहा है।" सुमित्रा ने कहा। "यानी, जब से मैंने समझौते करने से इनकार करना शुरू किया, तब से यह बात उसके ध्यान

में आने लगी, बस...। प्रफुल्ला, हमारी शादी ही गलत निकषों के आधार पर हुई। मेरे मन में उसके प्रति आकर्षण उत्पन्न हुआ, वह इसलिए नहीं कि वह ऊँची जाति का था...जैसा वह सोचता है। मैंने न उसका आर्थिक स्तर देखा, न शिक्षा, न घरबार। मुझे आकर्षित किया आंदोलन में उसकी सहभागिता ने, उसके विचारों और उन्हें प्रस्तुत करने की पद्धति ने। और मुझे लगा था कि मैंने अपने लिए जो रास्ते चुने हैं, यह सब उन रास्तों पर चलने के लिए पूरक है।

मेरे पास नौकरी थी। मैं अच्छा कमाती थी। मन लगाकर रुचिपूर्वक काम करती थी। ऐसी कोई बात मेरे मन में नहीं थी कि यह सरकारी नौकरी है या आरक्षित पद होने के कारण मैंने पदोन्नति पाई है। अपने काम के साथ न्याय करती थी, अभी भी करती हूँ। घर की किसी बात का असर मैंने अपने काम पर नहीं होने दिया। सुमेध को शादी से पहले ही मैंने बता दिया था कि मैं घर की अपेक्षा करीयर को प्राथमिकता दूँगी। उस समय शायद उसे यह सब आसान लगा हो, पर वास्तव में वह इसे नहीं झेल पाया।

तुम्हें शायद पता न हो, उन दिनों वह सबसे कहा करता था...शादी कर रहा हूँ, लड़की हरिजन है। रजिस्टर शादी करूँगा।

यानी, मैं कैसी हूँ, मेरा नाम क्या है, मैंने कितनी पढ़ाई की है, मैं किस कार्यालय में, किस पद पर काम करती हूँ...जाति के सामने क्या इन सब बातों का कोई महत्त्व नहीं था? उस समय भी यह बात खटकी थी, पर ज्यादा ध्यान नहीं दिया।

अपने घर पर भी उसने यही बताया। मुझसे बिना पूछे ही डिक्लेअर कर दिया कि शादी में या शादी के बाद मैं मंगलसूत्र नहीं पहनूँगी। इस बात को लेकर घरवालों के साथ वाद-विवाद भी किया। पर जिस समय मुझे सचमुच उसके साथ की जरूरत थी, उस समय घरवालों के सामने मुँह तक नहीं खोला।

क्या फर्क था...इस बात में कि वह एक सामान्य पति है या कार्यकर्ता पति है?

और जो भी हो, पर जिम्मेदारी का क्या?

शादी कर आप एक लड़की को अपने घर ले आते हैं, तब आपकी क्या कोई जिम्मेदारी नहीं होती...अपने घर में उसके साथ ढंग का बर्ताव हो, कम-से-कम दो वक्त पेट-भर खाना मिले, यह देखने की भी जिम्मेदारी नहीं होती?

पता है, उस घर में आधा कप दूध तक मैं अपने हाथों से नहीं ले सकती थी। पसंद की एकाध चटनी बना लूँ, इस बात की भी अनुमति नहीं थी। एक बार जिद पकड़ कर मैंने सब्जी बनाई, तो मेरे सिवा किसी और ने हाथ तक नहीं लगाया। सुमेध ने भी कहा कि उसे यह सब्जी पसंद नहीं। और मेरी सास ने हुक्म दिया कि बची हुई सब्जी न कामवाली को दी जाएगी, न फेंकी जाएगी...सब मुझे ही खानी होगी। सबके लिए बनाई गई सब्जी मैं अकेली फ्रीज में रखकर सुबह-शाम तीन दिनों तक खाती रही। यह सब उसके सामने...

वह आठ-आठ दिन चला जाता था शिविर या सेमिनार के लिए, तब घर में मेरा जो हाल होता था, मैं ही जानती हूँ। पर मैंने उससे कभी कुछ नहीं कहा, यह सोचकर कि गँवार औरतों की तरह ससुराल के लोगों की शिकायतें क्यों करती रहूँ। जब सब असहनीय हो गया, तब केवल इन खाने-पीने की बातों पर ही हम संयुक्त परिवार से अलग हुए।

एक बार गर्भपात कराया, आर्थिक विपन्नता के चलते।

उसका कहना था, एक भी बच्चा नहीं चाहिए। ठीक है, पर क्या इसके लिए कोई वैध कारण था उसके पास? नहीं। कोई जिम्मेदारी नहीं चाहिए थी उसे, केवल मजे लूटने थे। विवाह के कारण जो जिम्मेदारी आती है, वह शायद टाल देना संभव भी हो, क्योंकि पत्नी बालिग होती है, पढ़ी-लिखी होती है, अपना काम आप कर सकती है। पर बच्चे का क्या? उसका तो सब करना ही पड़ता है न!

और यदि नहीं चाहिए था एक भी बच्चा, तो अपना ही ऑपरेशन पहले क्यों नहीं करा लिया?

फिर से कुछ गड़बड़ी हुई और मेरे पाँव भारी हुए, तब उसका यही कहना था। मेरे शरीर की यह खराबी किसलिए? तब मैंने भी कहा कि मैं अपनी जिम्मेदारी पर बच्चा चाहती हूँ। गर्भावस्था का एक दिन भी बिना रोए नहीं बीता। तब भी न अच्छा खाना मिलता था, न कुछ। वह इतनी सामाजिक एहसास वगैरह की बातें करता है, क्या उसकी समझ में यह नहीं आता कि एक गर्भवती स्त्री की क्या हालत होती है? उसकी क्या जरूरतें होती हैं? आखिर डॉक्टर से ही कहा कि इसे जरा समझाइए। तो यह विवाद छेड़ बैठा कि अब तुम लोगों की स्त्री-मुक्ति और स्त्री-पुरुष समानता कहाँ गई? एक नॉर्मल हट्टे-कट्टे पुरुष और एक ऐसी गर्भवती महिला की वह तुलना करता रहा वह, जिसे ठीक से खाना-पीना भी नहीं मिल रहा था।

अस्पताल में जब प्रसव वेदना सह नहीं पा रही थी और मैं यूँ ही कुछ बड़बड़ाकर डॉक्टर से कह रही थी कि ऑपरेशन कर दीजिए...कुछ भी कीजिए...पर जल्दी मुक्त कर दीजिए, तो यह आदमी उस समय मेरे साथ झगड़ा करने लगा कि तुमने ऐसा कहा ही क्यों, क्या करना चाहिए और क्या नहीं, यह बात डॉक्टर समझते हैं या तुम?

ऐसी बहुत-सी बातें हैं। देखो तो छोटी-छोटी, सोचो तो बड़ी। पर इसी कारण अब मैं थक गई हूँ। कोई बहुत बड़ी समस्या आए, तो मैं सहजता से निपट लूँगी, पर ये छोटी-छोटी बातें ही मुझे मेरे अनजाने कुतर रही हैं, और मैं कुछ भी नहीं कर पा रही हूँ।"

"ऐसा क्यों कह रही हो सुमित्रा? कोई न कोई रास्ता तो मिल ही जाएगा। क्या किसी रिश्तेदार से कुछ बात की है?"

"मेरे घर के लोग तो इस शादी के खिलाफ ही थे। इसलिए किसी से कोई

संबंध ही नहीं रहा। फिर भी मेरी एक मौसी हैं यहाँ...पढ़ी लिखी है, महानगरपालिका में नौकरी करती है। उससे थोड़ा बहुत संपर्क है। उसके साथ बात की थी एक बार, पर वह भी क्या बताएगी? कहा कि अपनी मर्जी से किया है, तो अब निभाओ। यह भी सुनाया कि जाने कहाँ का पति ढूँढा है। क्या फर्क है हरिजन और ब्राह्मण में, वह भी गालियाँ देता है और यह भी...कहने लगी कि अपनी ही जाति के किसी पढ़े-लिखे गरीब लड़के से शादी की होती, तो किसी गरीब का घर सँवर जाता।"

"पर क्या सुमेध ने कभी जाति को लेकर तुम्हारा दिल दुखानेवाली बात की है?"

"सीधे तो नहीं...पर कुछ न कुछ बात तो हो ही जाती है...यदि देखा जाए तो उन्हें टाला जा सकता था। पर उसे इसकी आवश्यकता ही महसूस नहीं होती। वह सोचता है कि मुझसे शादी कर उसने मेरा उद्धार या ऐसा ही कुछ किया है। कहाँ का उद्धार...अपनी स्वयं की संस्था शुरू की, तबसे आर्थिक स्थिति तो सम्हल गई, वर्ना तब तक तो मेरी कमाई से ही घर चलता था। साथ ही सरकारी नौकर यानी सरकार के दामाद कहकर मेरी हँसी भी उड़ाने का काम चलता रहता था। सब दोमुँही बातें। सरकारी नौकरों की हँसी उड़ाना बहुत आसान होता है, पर वास्तव में वहाँ हमें क्या-क्या पापड़ बेलने पड़ते हैं, वे हम ही जानते हैं।

"संगीत तो मेरा बंद ही हो गया। अब गीतों की पंक्तियाँ तक याद नहीं। आते-जाते भूल से यदि कुछ कान से टकरा भी जाए, तो यह भी नहीं समझ पाती कि कौन-सा राग है। एक जमाना था जब मैं घंटों रियाज करती थी...पर अब दूसरों की महफिल में भी जाना नहीं हो पाता। कभी-कभी सुमेध आकर जानबूझकर बताता है कि वह किसी महफिल से होकर आ रहा है...फिर सारे वर्णन करता है, प्रतिक्रियाएँ बताता है। आखिर एक बार उससे कह ही दिया कि अब से किसी के गाने-बजाने की तारीफ मेरे सामने करने की आवश्यकता नहीं है।

"मेरे गाने की सराहना यानी...हरिजनों के घर तो गाना-बजाना चलता ही रहता है...इस तरह।

"तो क्या मेरी उतनी सारी मेहनत का कोई मतलब नहीं था?

"फिर घर पर किसी के आने पर मेरे पुराने रिकार्ड किए कैसेट बजाना...यह नाटक किसलिए?

"जो भी हो सकते थे, उसने मुझसे सारे लाभ प्राप्त किए। आज भी कर रहा है। मेरा ऑफिस यानी प्रकाशन विभाग है। वहाँ मेरे नाम का इस्तेमाल कर सारे काम करवा लेता है। ऊपर से मुझे यह सुनाना कि तुम्हारे विभाग के लोगों को शराब पिलानी पड़ती है।

"कभी-कभी इतना गुस्सा आता है न...खूब गालियाँ देने का मन करता है।

मेरी आजी की तरह चुनिंदा गालियाँ। पर नहीं दे पाती। लगता है, कि मैं यदि अनपढ़ ही रही होती, और पति ने ऐसा बर्ताव किया होता मेरे साथ, तो सीधे तलाक लेकर मुक्त हो गई होती। सुख से अकेली रही होती या दूसरी शादी कर ली होती। पर अब? अब ऐसा करने से कैसे चलेगा? मैं पढ़ी-लिखी हूँ, सुसंस्कृत हूँ। मध्यवर्ग की नौकरीपेशा औरत हूँ। आज मेरी प्रतिष्ठा कुछ अलग है। मैं यह कैसे कर सकती हूँ?"

"पढ़ना-लिखना, सुसंस्कृत होना आदि बातों का यदि ऐसा नतीजा निकलता हो...उसके कारण यदि हम और अधिक कायर बनते हों...तो इन बातों पर सचमुच पुनर्विचार किया जाना चाहिए ना...

"सुमित्रा तुम दोनों सीधे किसी समुपदेशक के पास क्यों नहीं जाते?"

"इसके लिए सुमेध राजी होगा या नहीं, पता नहीं।"

"पूछकर तो देखो। क्योंकि इसमें सुशांत ही बेवजह पिस जाएगा।"

"उसी का तो ख्याल है, इसीलिए सब कुछ सह रही हूँ।" सुमित्रा ने कहा।

थोडी देर दोनों शांत बैठी रहीं।

फिर कुछ विषय बदलने की सोचकर उसे शेवुबाई का मामला बताया। कहा, "वहाँ से आते समय उसे मैं कुछ चावल दे आई हूँ, दो महीने तक निभ जाएगा... आश्वासन भी दे आई हूँ कि ये चावल खत्म होने से पहले उसके लिए कोई न कोई रास्ता ढूँढ लूँगी। पर अब तक तो कुछ नहीं सोच पाई हूँ। सुमेध से कहा, तो उसने कहा कि कुछ नहीं किया जा सकता। उसे एकाध छोटी-सी दूकान भी चलानी हो, तो पाँच-छह हजार लग जाएँगे।"

"पाँच-छह हजार में हो जाएगा?" सुमित्रा ने पूछा।

"हाँ, गाँव में वैसे भी जरूरतें कम होती हैं। तेल-मिर्ची-नमक हो, तो काम चल जाता है। इसके अलावा ऐसी ही कुछ अन्य जरूरत-भर की चीजें, जैसे बीड़ी, माचिस वगैरह भी वह दूकान में रख सकती है। एक बार सामान भर दिया दूकान में, तो बाद में कोई मेहनत नहीं करनी पड़ती।"

"लोकल में हमारा एक ग्रुप है। मैं उनसे पूछकर देखती हूँ। इस ग्रुप की अधिकांश महिलाएँ बैंक में काम करती हैं। उन्होंने बैंक में ही इस प्रकार काम शुरू किया है। पर हमें योजना अच्छी लगी, इसलिए हम कुछ बाहर की औरतें भी उसमें शामिल हो गई हैं।

पहले एक-एक हजार रुपये डालकर खाता खोला। अब हर महीने सौ रुपये जमा करते हैं। पर इसका भी बंधन नहीं। यदि किसी महीने न हो पाया, तो न सही। पर आमतौर पर ऐसा नहीं होता। सभी देती ही हैं। उसी में से जरूरतमंद की सहायता की जाती है।

एक महिला के बैंक में काम करनेवाले एक प्यून की पत्नी का ऑपरेशन तय हुआ था। गर्भाशय का कैन्सर हुआ था उसे। गर्भाशय निकाल देना पड़ा। तब मदद

करते समय यह विचार सामने आया। अब हम बाईस-तेईस महिलाएँ हैं। महीने में दो-तीन हजार रुपयों की मदद करते हैं। हम ही आपस में चर्चा कर तय करते हैं कि किसे कितनी सहायता दी जाए। सबसे बड़ी बात यह कि सबका एक-दूसरे पर भरोसा है। तो, यह शेवूबाई का मामला मैं उन्हें बताऊँगी। कुछ तो करेंगी ही उसके लिए।"

दोनों की आँखें आनंद से चमक उठीं। बादल छँट गए। उत्साह भर आया।

उसी आनंद में शांता मौसी से कहा, "बढ़िया स्ट्रांग कॉफी बनाकर पिलाइए।"

अब सर्वेक्षण के लिए एक प्रश्नावली तैयार करनी थी।

संदर्भ के लिए पुस्तकें जमा कीं। नमूने के लिए कुछ पुरानी प्रश्नावलियाँ भी ले आई थी। पर उनमें राजनीतिक संदर्भ बहुत कम थे। इसके अलावा पिछले छह-सात महीनों में घूम-फिरकर मैंने जो नोट्स बनाए थे, उनका भी आधार के लिए उपयोग करना था। कुछ प्राथमिक स्वरूप के प्रश्न तैयार किए—

क्या चुनाव के दौरान आप मतदान करते हैं?

आपका मत किसे देना है, इसका फैसला कौन करता है? आप स्वयं? पिता? पति? भाई? परिवार के अन्य सदस्य? जाति-बिरादरी के लोग?

क्या आपके परिवार का कोई सदस्य राजनीति में प्रत्यक्ष सहभागी हुआ है?

यदि हाँ, तो उसका स्वरूप?

आप किस राजनीतिक पक्ष के सदस्य हैं?

क्या आपने कभी पक्ष बदला है?

यदि हाँ, तो किस कारणवश?

राजनीति में अपनी सहभागिता आप किस प्रकार दर्ज करते हैं?

क्या कभी किसी राजनीतिक पक्ष की सभा का आयोजन किया है?

पक्ष के कार्य के लिए क्या कभी जन-संगठन या अन्य कोई काम किए हैं?

क्या कभी चुनाव प्रचार में शामिल हुए हैं?

क्या जन-प्रतिनिधियों को उनके कामों में कोई सहायता दी है?

क्या कभी किसी राजनीतिक पक्ष का कार्यालय चलाया है?

क्या किसी राजनीतिक पक्ष के अधिकार-पद के लिए चुनाव लड़ा है?

आपने निम्न में से कौन-से चुनाव लड़े हैं?—पंचायत-समिति, जिला परिषद, राज्यस्तरीय, देशस्तरीय।

क्या आप निम्न में से कहीं किसी अधिकार-पद पर काम करते हैं?—ग्राम-समिति,

ग्राम पंचायत, अन्य।

क्या किसी सामाजिक, सांस्कृतिक संस्था या संगठन के काम में आपकी प्रत्यक्ष सहभागिता है? यदि हाँ,तो किसमें?

क्या आप समाज-सेवा करते हुए राजनीति में आए हैं?

क्या आपने पंचायत राज कानून के बारे में सुना है? यदि हाँ, तो कहाँ? किससे?

क्या आप जानते हैं कि ग्राम पंचायत में महिलाओं के लिए आरक्षित सीटें होती हैं?

क्या आप अपने या अपने गाँव के किसी व्यक्ति के काम को लेकर किसी राजनीतिक अधिकारी से मिले हैं?

क्या आपके गाँव में ग्रामसभा का आयोजन किया जाता है?

क्या आप कभी ग्रामसभा में गए हैं?

क्या आपने कभी किसी चुनाव में हार का सामना किया है?

कई प्रश्न तैयार किए। फिर लगा, कि केवल स्त्री का मुद्दा ध्यान में रखते हुए कुछ और विचार किया जाना चाहिए। चुनाव में जीतने के बाद की कुछ बातों को ध्यान में रखते हुए भी कुछ और प्रश्न तैयार किए जाने चाहिए। विशेष रूप से मुकणे बहनजी की बातों को ध्यान में रखना होगा। और, वास्तव में, कुछ सामाजिक संदर्भ भी देखने ही होंगे।

स्त्री का घर में, समाज में स्थान, आर्थिक अधिकार, पारंपरिक जाति-पंचायत में स्त्री का स्थान, बिरादरी के कानूनों, नीति-नियमों के दृष्टिकोण से स्त्री...इन सारी बातों पर कुछ न कुछ ध्यान तो देना ही होगा...

जयाबाई का मामला भी कितने अलग-अलग प्रश्न उपस्थित करता है...

प्रश्नावली तैयार करना भी उतना आसान नहीं है...यानी पहले जितना सोचा था, उतना...

और अब सुमेध से पूछते रहने का भी कोई मतलब नहीं है। उसने तो मुझसे कह दिया है कि अब यह परियोजना तुम्हारी है, उसके लिए निर्णय भी तुम्हारे, मैं अब दूसरे मामले में ध्यान दूँगा...

कोई बात नहीं। कुछ और सोच-समझकर करूँ, तो कर सकूँगी।

एक बार और डॉक्टर के पास जाना होगा। दिमाग में घूमनेवाले ये उल्टे-सीधे चक्र रुकने चाहिए। इन पर अपना नियंत्रण होना चाहिए। किसी भी विचार को जब चाहे तब रोककर दूसरा विचार शुरू करना आना चाहिए।

मुख्यतः जहाँ-तहाँ साहब की बातें टांग अड़ाती हों...तो उन पर रोक लगानी चाहिए।

सच कहा जाए, तो साहब ने अब मेरा त्याग कर दिया है, पर मैं अब तक

साहब का त्याग नहीं कर पाई हूँ...यह भी सीखना होगा।
दो वक्त की पेट भर रोटी मिलती है न, उसके लिए इधर-उधर भटकना तो नहीं पड़ा न...शायद इसीलिए मन के ये सारे खेल चल रहे हैं। यदि किसी दिन खाना न मिले...तो विश्वास होता है कि कल जरूर मिलेगा, इसीलिए इतनी शांति से विचार करते बैठी हूँ मैं...यदि यह विश्वास न हो, तो क्या मैं उन औरतों की तरह हिम्मत दिखा पाऊँगी?

इन बाड़ियों-बस्तियों की औरतें कितनी हिम्मतवाली होती हैं।

हाल ही में नीलीमाती गाँव की चौतूबाई धानवा नामक एक जबरदस्त औरत से मुलाकात हुई थी। नीलीमाती गाँव में ही उसका जन्म हुआ था।

उसे सरपंच बनने की इच्छा थी।

कुछ फिजूल कारण बताकर उसे चलता कर देने के इरादे से गाँव के नेताओं ने उसके सामने शर्त रखी, "सरपंच बनना हो, तो अवधि पूरी होने तक यानी पाँच साल तक शादी नहीं करनी होगी।" सारा गाँव जानता था कि उसे विवाह का प्रस्ताव मिला था।

चौतूबाई ने भी फटकारते हुए कहा, "मेरी शादी हो भी जाए, तब भी मैं यह गाँव छोड़कर नहीं जाऊँगी। अपनी जिम्मेदारी का काम मैं पूरा करूँगी।"

पति के घर के लोग जब साखरपाना की तारीख तय करने आए, तब उसने साफ कह दिया कि, "मुझे चुनाव लड़ना है। इसलिए मैं तो गाँव छोड़ने से रही। यहीं झोपड़ी बनाकर रहना हो, तो शादी के लिए राजी हूँ।"

उस लड़के के पास कोई खेती-वगैरह तो थी नहीं, मजदूरी ही करता था। वह राजी हो गया।

अब, भले ही मजाक में कहा हो, पर गाँव वालों को अपना वचन निभाना पड़ा।

...और चौतूबाई सरपंच बन गई।

दूसरा उदाहरण था पद्मा का।

वह भी चौतूबाई की तरह कम उम्र की ही थी। ज्यादा पढ़ी-लिखी नहीं थी। पर सुंदर थी। प्यार किया और घर से भागकर शादी रचा ली। उसके पति का नाम था वनसा गरेल। सरकारी नौकर था, सो खा-पीकर सुखी था। खलेवाड़ी में अच्छा पक्का मकान बना लिया था। तीन साल का बेटा था और दो महीने की बेटी। शौक से चुनाव लड़ा, काफी पैसा खर्च भी किया, इसलिए विरोधी लोग भी खुश थे। जब सरपंच का पद महिलाओं के लिए आरक्षित हुआ, तब सबकी भलमनसाहत कुछ

डगमगा गई। परंतु पद्मा ने समझदारी दिखाई।

वैसे तो वह शांत स्वभाव की ही थी। कुछ भोली भी। इसलिए सब मिलकर यदि कुछ कहते, तो वह मान जांती, स्वयं विचार करने की उसे आदत नहीं थी। भाऊसाहेब यानी ग़ामसेवक की बात मानती थी, सोचती थी कि वे भला क्यों कुछ गलत बताएँगे? कागज पर ही नहीं, चेक पर भी सहजता से हस्ताक्षर कर दिया करती थी। उसे तो यह पता ही नहीं था कि हिसाब की जाँच करनी चाहिए। इसी बात का विरोधियों ने लाभ उठाया।

उपसरपंच ने कहा, "इसके पति को यदि फाँसा जाए, तो इसकी सारी हवा निकल जाएगी। फिर सहायता करने के बहाने मैं ही पूरा कामकाज अपने हाथ में ले सकूँगा। पंचायत में आने से मना करने पर वह माननेवाली नहीं। मीटिंग के लिए दूधपीती बच्ची को घर पर छोड़कर आती है, वह बाकी बातों के प्रलोभन में कैसे आएगी?"

जाल बुना गया।

यह बताकर कि गाँव के स्कूल में शिक्षक अनियमित आते हैं, उनके खिलाफ शिकायत करनी है, पद्मा से जिस आवेदन पर हस्ताक्षर कराए गए, वह खुद उसके पति के खिलाफ शिकायत का आवेदन था।

आवेदन में कई मुद्दे थे, जैसे—पति उसके काम में दखलंदाजी करता है, सरपंच पद की जिम्मेदारियाँ ठीक से निभाने नहीं देता, उसके बदले वही मीटिंग में उपस्थित रहता है, गाँव के कई निर्णय वही लेता है और लोगों से कहता है कि वह सरपंच का प्रतिनिधि है...वगैरह।

वनसा सरकारी नौकरी में था। अपने खानदान का वह पहला ग्रैज्युएट था। मजदूरी के दलदल से अपने परिवार को उसने बाहर निकाला था। एक भाई था, ज्यादा पढ़ा-लिखा नहीं था। उसे जमीन खरीद कर दी। दोनों बहनों की ढंग से शादी करवाई। भाई की शादी की बारात में नाचनेवाली लड़कियों में से एक सुंदर लड़की की ओर उसका ध्यान गया और तय किया कि उसी के साथ शादी करेगा, भले ही वह पढ़ी-लिखी न हो। परंतु पद्मा की बात तो पहले ही किसी दूसरे के साथ तय हो गई थी। उसका खर्च लौटाने के लिए वनसा राजी होने के बावजूद पद्मा का बाप तैयार नहीं हो रहा था। तब उसने पद्मा से जंगल में मुलाकात की और उसके मन की बात जाननी चाही। पद्मा की स्वीकृति जानकर उसने वहीं से उसे उठा लिया। बाद में जाति-बिरादरी में मामला आया, तो अपनी बात ठीक तरह से सामने रखी, सारा खर्च लौटाया और मामला निपटा दिया।

परंतु अब यह नया मामला तो काफी गंभीर था। जाति-बिरादरी में निपटाने जितना आसान भी नहीं था। उसे जाँच-पड़ताल का सामना करना पड़ा। पद्मा तो रुँआसी हो गई पर अपनी बात पर डटी रही। उसने तहसील कार्यालय में शपथपूर्वक बताया कि झूठ बोलकर उससे दस्तखत करवाए गए हैं। इस आशय की लिखित

शिकायत भी दर्ज की।

इसके बाद पद्मा सावधान हो गई और वनसा भी। अब तक पत्नी के सरपंच होने की बात को उसने कभी गंभीरतापूर्वक नहीं लिया था। पर अब वह भी जिद में आ गया। पत्नी के काम में हाथ बँटाने लगा। उसे कागजात पढ़कर सुनाने और समझाने लगा।

इससे आगे तो विरोधियों के सारे अनुमान गलत साबित होने लगे। अब उनके मार्ग में वनसा ही सबसे बड़ी बाधा था।

उसी बीच गाँव की पाठशाला की छत पर पड़े खपरैल गायब हो गए।

पद्मा ने ग्रामसभा में प्रश्न पूछा कि "खपरैल गायब कैसे हुए?" इस पर काफी वाद-विवाद और चर्चे हुए। खुसफुसाहट थी कि ग्रामसेवक ने ही खपरैल उतार कर बेच डाले हैं। अब खुलकर चर्चा होने लगी। ग्रामसेवक के मुँह में तो जैसे ताला पड़ा था। सीधे आरोप लगाया गया। उसे खपरैल उतारते देखनेवाले गवाह सामने आए। आखिर वह खपरैलों का हिसाब चुकाने के लिए राजी हो गया।

अब तक तो केवल गाँव के लोग ही पद्मा के विरोधी थे, अब ग्रामसेवक भी उनसे जा मिला। गाँव-भर बड़बड़ाते घूमने लगा कि "अब तक गणेशजी का विसर्जन करता आया हूँ, अब इसका विसर्जन करता हूँ।"

रोज रात को घर पर पत्थर बरसने लगे। सरपंच की कुर्सी पर गंदगी डाली जाने लगी। पति को जिंदा मार डालने की धमकी भी दी गई। पद्मा की हालत दो पाटों के बीच फँसने जैसी हो गई। एक ओर दूध पीती बच्ची, दूसरी ओर गाँव के लोगों की दहशत का सामना।

आखिर उसने बीडीओ से शिकायत की। विरोधियों और ग्रामसेवक ने बीडीओ के कान फूँके। मीटिंग बुलाई गई। पुलिस बंदोबस्त किया गया। विरोधियों ने तय कर लिया था कि पद्मा को ग्राम पंचायत के कार्यालय में पाँव ही नहीं रखने देंगे। वे दरवाजा रोककर ही बैठे थे। बंदोबस्त के लिए आए पुलिसवाले ही उस पर तरस खाकर उससे कह रहे थे कि वह शिकायत दर्ज करे।

बीडीओ आए। उनके जीप से उतरते ही पद्मा ने उनसे बोलने का प्रयास किया। पर उसे अनदेखा करते हुए वे सीधे ग्राम पंचायत के कार्यालय में चले गए। भीतर बाकी सदस्य और ग्रामसेवक। विरोधियों के समर्थक दरवाजा रोककर बैठे हुए। किसी भी ग्रामवासी को उन्होंने अंत तक भीतर नहीं आने दिया। बीडीओ आए और चले गए। उन्होंने टिप्पणी लिखी कि पद्मावाई मीटिंग में उपस्थित नहीं थी।

अब गाँव में यह प्रचार किया जाने लगा कि सरपंच महोदया अनुपस्थित रहती हैं, काम नहीं काम नहीं कर पातीं, तो वे त्यागपत्र दें।

अब तो पद्मा भी आगबबूला हो गई। उसने स्पष्ट कहा कि गाँववाले जानते हैं कि क्या सच है और क्या झूठ है। अब चाहे जो हो, मैं त्यागपत्र नहीं दूँगी। ऊपर

तक शिकायत करूँगी।

वनसा तो उसके साथ था ही। गाँव के कुछ लोग भी धीरे-धीरे उसके साथ हो लिए। पद्मा ने गाँव के प्रतिनिधिमंडल के साथ जिलाधिकारी से मुलाकात की। पत्रकारों से मुलाकात की। तब तो उसका पलड़ा भारी हो गया। जिलाधिकारी ने इस पूरी घटना की छानबीन की। दोनों पक्षों के जवाब दर्ज किए गए।

विरोधियों को चेतावनी दी गई। बीडीओ और ग्रामसेवक दोनों का स्थानांतरण किया गया।

पद्मबाई अब जोश के साथ काम करती है। अगला चुनाव उसे काम के बल पर ही लड़ना है। वह जानती है कि अगली बार सरपंच का पद आरक्षित नहीं होगा। इसीलिए वह सोचती है कि ज्यादा से ज्यादा काम कर दिखाना जरूरी है।

"अब दिमाग में एक और परेशानी है।" चलते समय उसने मुझसे कहा, "लिखना पढ़ना आना चाहिए। तभी आगे निभा सकूँगी। बच्चों के साथ औरतों को भी सीखना चाहिए। अब पहले वही काम हाथ में लेनेवाली हूँ। इस गाँव के लोग बहुत चालाक हैं। वे सोचते हैं कि हम यदि कहें कि बैल पेट से है, तो सरपंच महोदया कहे कि हाँ, दसवाँ महीना चल रहा है। पर अब, जबकि मैं यहाँ तक आ गई हूँ, पीछे नहीं हटूँगी।"

शाम के समय सुमित्रा घर आई थी।

शांता मौसी बाजार गई थीं। टीवी देखते हुए मैं अकेली ही बैठी थी रिमोट के बटन दबाते हुए।

बारिश रुक गई थी, पर मौसम ठंडा हो गया था।

दोपहर ऑफिस के काम के संदर्भ में डॉ. दयाल से फोन पर बात की थी। कुछ समय पहले भेजे गए पत्र का उनकी ओर से कोई जवाब नहीं आया था। एक पत्र मिला था किसी काम के संदर्भ में, जो बिलकुल औपचारिक था। जैसे मेरे-उनके बीच कुछ अलग पनपा ही नहीं था।

यदि यही पत्र एंजला ने लिखा होता, तो कितना अलग लिखा होता। वास्तव में मुझे उसी से दोस्ती करनी चाहिए थी।

सुमेध ने मुझे बताया था, "हाल ही में डॉ. दयाल ने अपने परिसर में 'आदिवासी महिलाओं की प्रसव के दौरान होनेवाली मृत्यु' विषय पर कुछ अनुसंधान किया है। इस संबंध में तथा बालमृत्यु के संबंध में भी उनके पास आंकड़े उपलब्ध हैं। जरा जल्दी से वह जानकारी मंगवा लो। चाहे तो फोन कर लो. उनका ई-मेल आईडी अपने पास नहीं है। वह भी पूछ लो। अपना ई-मेल आईडी उन्हें दे दो। उनसे कहना कि यथा संभव ई-मेल से ही जानकारी भेजें। यदि

संभव ही न हो, तो फैक्स कर दें।”

फोन किया। फोन पर उनकी सहायक मिली। उसे पूरा ब्यौरा बताया। आखिर रहा नहीं गया। पूछ ही लिया कि क्या दो मिनट डॉ. साहब से बात कर सकती हूँ। वे फोन पर आए, तो यूँ ही कुछ औपचारिक पूछताछ की कि वे कैसे हैं, वगैरह। फिर से बताया कि क्या काम था। एंजला के बारे में पूछा।

आखिर फोन रखते समय डॉ. दयाल ने कहा, “तुम्हारा पत्र मिला। भले ही मुझसे उत्तर भेजना न हो पाए, पर तुम लिखती रहना। इस तरफ बिलकुल बारिश नहीं है। केवल सफेद बादल आते हैं और निकल जाते हैं।”

पिछले पत्र में मैंने उन्हें कुछ चिढ़कर ही लिखा था कि भरी बरसात में आपने कितना सूखा पत्र भेजा है वगैरह। ये सफेद बादल उसी का जवाब थे।

सामने टीवी की आवाज म्यूट की हुई थी। अलग-अलग चैनल्स के चित्र मात्र ही नजरों के सामने से सरक रहे थे। और कान में डॉ. दयाल की आवाज घुली जा रही थी।

ऐसे समय पर सुमित्रा आई।

“क्या सोच रही हो? आज मूड अच्छा लग रहा है।” उसने दरवाजे से ही शुरू कर दिया।

तब उसे डॉ. दयाल के बारे में बताया। उसने एक बार उन्हें देखा था और उनके बारे में काफी कुछ पढ़ा भी था। उनका लेखन भी पढ़ा था।

सुमित्रा का वाचन अपरंपार था। जो भी हाथ में आए, वह पढ़ती रहती थी। कहती थी, ‘चर रही हूँ।’ वास्तव में उसकी पसंद का क्षेत्र था गाना। मेरे मन में भी कुतूहल था कि गाना-वाना कब और क्यों बंद हुआ और यह पढ़ने का चस्का उसे कैसे लग गया।

सच पूछें तो ऐसे कुतूहलों का कोई मतलब नहीं होता।

ऐसे प्रश्नों का एकमात्र उत्तर होता है, ‘शादी हो गई।’

ब्यौरा कुछ अलग होता है, बस।

मेरी तरफ संदेह की दृष्टि से देखते हुए वह बोली, “कहीं इस उम्र में तुम उनके प्यार के चक्कर में तो नहीं पड़ गई?” ऐसा कुछ उल्टा-सीधा मत कर बैठना। एक बार किस्मत से मुक्ति पा चुकी हो...तो अब अच्छी तरह सुख से जियो कुछ समय तक।”

उससे कहा, “प्यार-व्यार तो नहीं, पर हाँ, मुझे वह आदमी अच्छा लगता है। यानी उसके काम का तरीका, विचार करने की पद्धति वगैरह। तुम कहती हो, उस

तरह का प्यार अब इस उम्र में कहाँ करेंगी हम? वह भी तब, जब इस प्रकार के अनुभवों से गुजर चुके हों? अब प्रेम-वेम कुछ नहीं। हरगिज नहीं।

आजकल तो मैं हर पुरुष को संदेह की नजर से देखती हूँ। कोई अपने साथ कितना भी अच्छा व्यवहार क्यों न करता हो, मन में यही आता है कि पता नहीं, घर में अपनी पत्नी के साथ कैसा बर्ताव करता होगा। विशेषकर सुमेध के बारे में जानकर तो और भी ज्यादा। और आज डॉ. दयाल के बारे में चाहे जो लगता हो, पर कल को यदि उनके साथ चौबीस घंटे रहना पड़े, तो इसमें से एक प्रतिशत भी बाकी रहेगा या नहीं, इसका भरोसा नहीं दे सकती मैं।

आजकल तो मैं यही सोचती हूँ कि जिसके पास जो अच्छी बात हो, उसे ग्रहण कर लेना चाहिए और बाकी सब भुला दिया जाए। दोस्ती तो करनी चाहिए पर किसी अधिकार की चाह नहीं रखनी चाहिए...यही बात अधिकांश पुरुष नहीं कर पाते। धीरे-धीरे वे पति की तरह ही बर्ताव करने लगते हैं। यानी ऐसे, मानो जिम्मेदारी उठा रहे हों, सुरक्षा प्रदान कर रहे हों या फिर स्वामित्व रखते हों।

यही देख लो, तुम्हारे मेरे बीच दोस्ती क्यों है? पुस्तकों के कारण। या फिर इसलिए, कि एक औरत होने के नाते हम विश्वासपूर्वक एक दूसरे के साथ खुलकर कुछ बातें कर सकती हैं। यदि ये दोनों ही बातें न हों, तो क्या यह दोस्ती कायम रह सकती है? नहीं रह पाएगी, क्यों कि हमें जोड़ सके ऐसी और कोई दूसरी बात है ही नहीं।

इसी प्रकार का कोई सूत्र शायद मेरे और डॉक्टर दयाल के बीच है। बस इतना ही। बात केवल इतनी है कि तुम स्त्री हो, इसलिए हमारी दोस्ती को लेकर मन में कोई बात नहीं उठी, और डॉक्टर दयाल पुरुष हैं, इसलिए संदेह हो गया।"

"ठीक कहा,"कहते हुए सुमित्रा कुछ रुकी, फिर मन की गहराई से बोली, "मैंने इस तरह से डॉक्टर दयाल को लेकर संदेह किया, इससे कहीं तुम नाराज तो नहीं हो गई?"

नहीं तो। इसमें नाराज होने जैसी क्या बात है? ये सब तो हमारी पारंपारिक सोच का नतीजा है। या तो मैं उनकी बेटी कहला सकती हूँ, या फिर उनकी उम्र कुछ कम हो, तो उन्हें भाई कहना होगा, या फिर प्रेमी...इसके अलावा और कोई विकल्प हमें अब तक मिल ही नहीं पाया है। हम मित्र कहते जरूर हैं, पर ये शब्द बड़ा नाटकीय और किताबी लगता है।"

बातें करते-करते चाय बनाई।

फिर मैंने कुछ ड्रेस मटेरियल खरीदा था, उसे दिखाया। कहा, "फील्डवर्क के लिए विशेष रूप से खरीदे हैं। जल्दी सूख जाते हैं और इस्तरी करने की जरूरत नहीं। इस प्रकार के सूट काफी सुविधाजनक होते हैं।"

"अच्छे हैं, इतना घूमना पड़ता है, तो कुछ मटमैले रंग के ही ठीक है।" वह

कपड़ा परखते हुए बोली।

"तुम कहाँ से खरीदती हो कपड़ा? या तैयार सूट ही खरीदती हो?"

"पिछले दो तीन सालों में मैंने अपने लिए ऐसा कुछ खरीदा ही नहीं। आजकल कुछ खरीदने का मन ही नहीं होता। जो हैं, वे कपड़े ही खत्म नहीं हो रहे। ऑफिस के अलावा और कहीं मुझे जाना भी नहीं होता। इतना नखरा कर भला दिखाना किसे है? जाने दो, हाँ, सुशांत के लिए जरूर खरीदती हूँ। पर लड़कों के कपड़े भी कोई कपड़े होते हैं? बेटी होती, तो खूब लाड़ किए होते।"

"लड़कियों को बचपन में बहुत शौक होता है न।"

"हाँ, मैंने भी बचपन में दादी के पीछे पड़कर अपनी नाक छिदवा ली थी।" सुमित्रा ने हँसते हुए कहा। अब उसकी आवाज कुछ सामान्य हो गई थी।

बीच में ही मुझे कुछ हँसी आ गई।

"क्या हुआ? अपने आप ही हँस रही हो?"

"क्या बताऊँ, एक बात याद आ गई। तुम जिजा को जानती हो?"

"भला ये जिजा कौन है?"

"जागरुक आदिवासी संगठन की एक महिला कार्यकर्ता है। उसके घर चार दिन रहने का अवसर मिला था मुझे। बल्कि यों कहो कि मजबूरी में रहना पड़ा था। तहसील के बस अड्डे से उसकी बस्ती तक पहुँचने के लिए ही मुझे आठ घंटे पैदल चलना पड़ा था। उस समय तो इस प्रकार के जीवन की बिल्कुल आदत नहीं थी।

पाँव जैसे टूट रहे थे। एकदम बुरी हालत थी। और वह इलाका इतना रूखा-सूखा था कि क्या कहूँ, कहीं नाम के लिए भी कोई इंसान नहीं दिखाई दे रहा था और न ही कोई पंछी-पखेरू।

वहाँ जाने के लिए मेरे साथ जो कार्यकर्ता दिया गया था, वह भी एक अनोखा ही व्यक्ति था। जहाँ भी दोराहा-चौराहा आ जाता, वह उलझन में पड़ जाता। तब उसी में से एक रास्ता चुनकर हम चलना शुरू कर देते। आगे जाने पर पता चलता कि अरे!. ..आगे रास्ता हो है ही नहीं। सामने गहरी खाई है केवल। तब फिर पीछे मुड़ना पड़ता।

इसीलिए जाते समय ही मैंने तय कर लिया था कि यहाँ दुबारा आना तो होगा नहीं। जो भी, जितने भी काम हों, एक ही बार में निपटा देने होंगे।

जिजा से संपर्क करने की बात थी, पर उसे पहले कोई सूचना नहीं दी थी। उसका घर ढूँढते-ढूँढते पहुँचे, उसे अपने काम की जानकारी दी। फिर वह कार्यकर्ता तो चला गया, मैं उसके घर रुक गई। दूसरे दिन सुबह जिजा खेत में चली गई और अपने दुखते पाँवों को दबाते मैं घर पर ही बैठी रही। घर में केवल उसकी बूढ़ी माँ थी और उसके भाई की एक छोटी बेटी थी। बाकी गाँवों में भी यही दृश्य दिखाई देता था।

फिर उसकी माँ से बातचीत करनी शुरू की।

उस औरत ने मुझसे पूछा, "क्या तुम हमेशा ऐसे ही कपड़े पहनती हो?"

मैने जीन की पैंट पहनी थी, तो मैंने सोचा ऐसे ही कपड़े का मतलब है पुरुषों जैसे कपड़े। कहा, "ऐसी बात नहीं. सभी प्रकार के कपड़े पहनती हूँ। कभी पंजाबी सूट तो कभी साड़ी भी पहनती हूँ।"

उसने कहा, "यह बात नहीं। मेरे कहने का मतलब ये—इतने सारे कपड़े... इसी तरह पूरे शरीर भर कपड़े पहनती हो क्या?"

मैंने हाँ में गर्दन हिलाई।

तब उसने पूछा, "फिर तुम्हारे शरीर में हवा कैसे लगती है?"

वह प्रश्न इतना अप्रत्याशित था कि एक पल के लिए तो मुझसे कुछ कहते ही नहीं बना। कहा, "सच है आपकी बात। हमारे शरीर को हवा लगती ही नहीं कभी।"

सोचा, कभी यह किसी बुरका पहने मुस्लिम महिला को देखे, तो क्या होगा उसका?

वहाँ की एक और मजे की बात थी स्नान। कहीं स्नानघर दिखाई ही नहीं दे रहा था। आखिर उससे पूछा, "मैं कहाँ नहाऊँ?"

घर में ही एक ओर जरा-सी ढलान थी। वहाँ गाय, बैल, बकरियाँ सब बँधे थे। उसने वहीं पर पानी से भरी एक बाल्टी रख दी। सब खुले में ही। साथ ही बैल की लातों का भी डर।

मैं वह स्नान कभी नहीं भूल पाऊँगी। कॉटन का एक दुपट्टा था साथ में, उसी को लपेटकर किसी तरह शरीर पर पानी उँडेला। तब कुछ हिम्मत बँधी।

कपड़े बदलने के लिए वहाँ से बाहर निकली, तो जिजा की माँ फिर सामने। पूछने लगी कि साथ में कपड़े ले आई हूँ, या जरूरत है।

मैंने बताया कि मैं ले आई हूँ।

तब भी उसने कहा, "जिजा के पास दो साड़ियाँ हैं। एक वह पहनकर गई है, पर दूसरी घर में है। जरूरत हो, तो उसकी एक चड्ढी भी है।" उसके हाथ में जिजा की पैंटी फड़फड़ा रही थी।

मैं तो जैसे सुन्न रह गई।

यदि अपने पास केवल दो ही साड़ियाँ हों, तो क्या हम उसमें से एक किसी को दे सकती हैं? और पैंटी?...? हम इस बात की कल्पना तक नहीं कर सकतीं।

"सच, ये ही लोग असली हैं...असली कार्यकर्ता। वास्तविक सामाजिक बोध उन्हीं के पास है।" सुमित्रा बुदबुदाई।

महावीर को फोन किया। कहा, "शेवुबाई के लिए कुछ इस प्रकार का इंतजाम हो पाया है। यदि मैं चेक या ड्राफ्ट से तुम्हें पैसे भेज दूँ, तो क्या तुम आगे की जिम्मेदारी सम्हाल लोगे? वैसे, आने में मुझे कोई हर्ज नहीं है, पर अब दूसरे काम भी शुरू हो

चुके हैं। सर्वे शुरू करने के लिए फिर आना ही है दो-तीन महीने बाद। इसलिए सोचा, तुमसे पूछ लूँ।"

"दीदी, आपको मुझपर भरोसा तो है न?" उसने पूछा।

"क्या मतलब? भरोसा है, इसीलिए तो पूछ रही हूँ।"

"तो फिर ठीक है। भेज दीजिए पैसे।"

"और बाकी सब कैसा चल रहा है? तुम्हारी बीबी कैसी है? "

"घर में तो सब ठीक है। संस्था में ही कुछ गड़बड़ी चल रही है।"

"क्या हुआ?"

"घोरपड़े ने समस्या खड़ी कर दी है। वैसे भी वह कुछ रंगीन मिजाज ही था। पहले भी एक-दो बार उसे चेतावनी दी गई थी। एक बार उसकी पत्नी ने ही उसे रंगे हाथ पकड़ा था। उस समय वह चार-छह महीने मायके चली गई थी। तब उसने हमीं से बीच-बचाव कराया। हम सब जाकर उसे समझा-बुझाकर वापस ले आए। पर इस बार बात कुछ ज्यादा ही आगे बढ़ गई...यानी संस्था के नाम पर झमेला किया।"संस्था के पास कई अच्छी योजनाएँ हैं...उसका लाभ दिलाऊँगा" वगैरह कहकर उसने एक औरत को पटाया और उसे लेकर रात को गेस्ट हाऊस में आना शुरू किया। बात खुल जाने पर आखिर अध्यक्षजी से कहना पड़ा और आखिर निर्णय करना पड़ा।"

"तो क्या उसे निकाल दिया?"

"और करते भी क्या?"

"तो अब वह कहाँ है?"

"लौट गया मराठवाड़ा में अपने गाँव। भूकंपग्रस्त था। उस समय कुछ सहायता मिली थी। पर अब अपने गाँव लौटकर फिर से मातंगों की बस्ती में रहना पड़ेगा। वहाँ उसके बच्चे कैसे पढ़ाई करेंगे? क्या कमाएगा अब वह? आजकल केवल ग्रैज्युएट को पूछता ही कौन है? अच्छा खासा काम मिला था, गँवा दिया। ये लोग जरा भी नहीं सोचते।"

"ओह, क्या करें!"

"और हाँ, अपनी आश्रमशाला की छत के टीन उड़ गए परसों की बारिश में। यहाँ तो बरसात ने कहर ढा दिया था। हवा भी बहुत तेज थी।"

"अरे बाप रे...किसी लड़की को कोई चोट वगैरह तो नहीं आई न? इतनी छोटी छोटी बच्चियाँ हैं...उनको सम्हालना जोखिम भरा काम ही है..."

"नहीं, वैसे चोट किसी को नहीं लगी। आश्रम में ज्यादा लड़कियाँ थीं भी नहीं। छुट्टी में घर चली गई थीं ना। अब सब वापस आ गई हैं। पर सप्ताह-भर काफी भागमभाग करनी पड़ी। उड़कर न जाने कहाँ-कहाँ चले गए थे टिन। सब ढूँढ-ढूँढकर ले आए। कुछ तो बेकार हो चुके थे, कुछ कट-फट गए थे, कुछ पेड़ों पर लटके थे। उन्हें तो उतारा ही नहीं। नए लाने पड़े। जो आपाधापी हुई, कुछ न पूछिए।"

"इसमें एक अच्छी बात ये है कि आश्रमशाला तक जानेवाली सड़क अच्छी हालत में है। फिलहाल तुम्हारा तो ठीक चल रहा है न?"

"हाँ दीदी, ठीक ही चल रहा है।"

"तो ठीक है। पैसे भेज देती हूँ। अब फोन बंद करती हूँ।"

महावीर से बात करने पर लगा कि चलो,...एक तो मामला निपट गया शेवूबाई का।

शुरू करने के बाद इसी तरह रास्ते मिलते जाते हैं।

सब तरफ इतनी बुरी हालत भी नहीं है कि आदमी निराश ही हो जाए।

डॉक्टर से मिलकर अपनी जाँच कराई।

कहा, "अभी भी किसी बात पर पूरी तरह ध्यान केन्द्रित नहीं कर पा रही हूँ। चाहे जो भी काम करती रहूँ, कुछ ही मिनटों में मन में दूसरे ही विचार आने लगते हैं। वे भी स्थिर नहीं हो पाते, कोई तीसरी ही बात मन में उठने लगती है। किसी बात का किसी दूसरी बात से कोई संबंध नहीं। सब कुछ असंगत। दिमाग में जैसे कोई जंगल फैल गया हो। सबकी जड़ें और सबकी शाखाएँ एक दूसरे में उलझी हुईं। न कुछ उखाड़ फेंकना संभव होता है और न कुछ अलग कर पाना संभव होता है। यही चलता रहा, तो मेरे काम कैसे पूरे होंगे? कुछ समझ नहीं आ रहा।"

उन्होंने कुछ छोटे-छोटे उपाय बताए थे। अब तक उनसे कोई लाभ होता नजर नहीं आया था। किसी में भी मन ठीक तरह से लगता ही नहीं था। डायरी लिख रही थी, कुछ किताबें पढ़ रही थी। गाने सुना करती थी। कुछ नियमित व्यायाम करना भी शुरू किया था। उन्हें साफ-साफ बता दिया था कि पूजा-पाठ जैसी बातों में मेरी कोई श्रद्धा नहीं है।

पर उनके कहे अनुसार अब तक चित्र बनाना शुरू नहीं कर पाई थी।

भरोसा ही नहीं लग रहा था, न कागज का, न पेंसिल का, न ब्रुश और न रंग का...अपनी खुद की उँगलियों का भी नहीं।

डॉक्टर साहब ने कहा, "तो अब अपने काम पर ही पूरा ध्यान केन्द्रित कीजिए। आपको लगता है न कि काम करना बहुत जरूरी है। आप सोचती हैं न कि आपके स्वास्थ्य से, बल्कि कभी-कभी तो अपने आप से भी ज्यादा काम करना जरूरी है? तो आपका काम ही आपको इस स्थिति से बाहर निकालेगा।"

सोचा, वे ठीक ही कह रहे हैं।

मुझे हिरडेवाडी की याद आई। उस खाई से, पतझर में चट्टान पर से होते हुए नीचे गहरे उतरते हुए जब मुझे डर लगता था कि कहीं गिर न पड़ूँ, तो जो कुछ भी हाथ में आता...कोई शाखा, कोई झाड़ी, यहाँ तक कि घास का गुच्छा तक मैं कस

कर पकड़ लेती थी और खुद को गिरने से बचा लेती थी।

और मन में कहीं इस बात का आश्वस्त एहसास भी था कि गिर पड़ने पर भी मुझे बचानेवाले और फिर ऊपर ले आनेवाले लोग मेरे साथ ही हैं।

सुमित्रा है, उसके साथ लोकल में सफर करनेवाली उसकी सहेलियाँ हैं, सुमेध-महावीर जैसे सहकर्मी हैं, जिजा और तारूबाई जैसी औरतें तो कई हैं और उस आश्रमशाला की लड़कियाँ भी...

कभी-कभार फोन कर आत्मीयता से पूछताछ करनेवाला परितोष है, स्मरणपूर्वक पत्र भेजनेवाली, हँसानेवाली श्रीप्रिया है...

डॉ. दयाल और एंजला हैं, मेरा उपचार करनेवाले डॉक्टर हैं, घर में मेरी पुकार सुननेवाली शांता मौसी हैं...

और अब मैं स्वयं भी तो हूँ ही अपने आप के लिए...औरों के साथ, औरों के साथ-साथ अपने लिए भी...

4

डॉ. दयाल का पत्र मिला।

स्थानीय आदिवासी महिलाओं के लिए उन्होंने एक शिविर का आयोजन किया था। वे हर वर्ष इस प्रकार का एक शिविर हमेशा आयोजित करते हैं। एक महिलाओं के लिए और एक युवा लड़के-लड़कियों के लिए। उसमें अलग-अलग विषय होते हैं—स्वास्थ्य से लेकर राजनीति तक। कुछ स्थानीय मार्गदर्शक होते हैं और कुछ को बाहर से बुलाया जाता है।

इस बार कुछ अन्य मार्गदर्शक वक्ताओं के साथ उन्होंने मुझे भी बोलने के लिए आमंत्रित किया था।

"हमारे शिविर अत्यंत अनौपचारिक होते हैं। भले ही उसमें शिविर-मार्गदर्शन-वक्ता जैसे रूढ़ शब्दों का प्रयोग होता हो, पर प्रत्यक्षतः वह सबका सबके साथ संवाद मात्र होता है..." डॉ. दयाल ने एक बार कहा था।

मैं उन्हें अपने निश्चित रूप से आने की सूचना देना चाहती थी और यह भी जानना चाहती थी कि मुंबई से वहाँ तक पहुँचने का नजदीक का रास्ता कौन-सा है। इसी उद्देश्य से मैंने उन्हें फोन किया।

जब उनका पत्र मिला था, तब पहले मैंने सुमेध से पूछा था कि इस प्रकार के एक शिविर में मैं जाना चाहती हूँ, तो अनुमति है या नहीं।

"खुशी से जाओ।" उसने कहा।

फिर थोड़ी बहुत तैयारी। दूर का सफर था। जितनी देर वहाँ रुकना था, उससे

कहीं ज्यादा समय जाने-आने के सफर में कटनेवाला था। पहले ट्रेन, फिर बस... सीधे वहाँ तक जानेवाली बस दिन में एक बार ही जाती है। वह चूक जाए, तो बीच में दो बार बस बदलनी पड़ेगी।

और सामने था अस्पष्ट विषय।

क्या बोलना है...पता नहीं। यानी, कुछ ठीक से समझ ही नहीं आ रहा... उस इलाके की भाषा से परिचित नहीं हूँ। वहाँ के आदिवासियों की बोली अलग है। जो कुछ भी मैं बोलूँगी, क्या वहाँ की औरतें उसमें से कुछ समझ पाएँगी?

पता नहीं।

डॉ. दयाल से भी बहुत बातें करनी हैं। पर कौन-सी बातें? और क्यों करनी हैं मुझे उनसे ये इतनी बातें?

मैं सुमित्रा के साथ, अपने डॉक्टर के साथ जो भी बातें करती हूँ, क्या उससे कुछ अलग बातें करनी हैं मुझे डॉक्टर दयाल से?

इस तरह उनके साथ कुछ अलग बातें कर मुझे क्या हासिल होनेवाला है?

क्या मुझे उनसे सहानुभूति की उम्मीद है? करुणा की? या दया की?

बिलकुल नहीं।

तो क्या कुछ और?

और क्या?

इन सब बातों से आखिर क्या निष्पन्न होगा?

पता नहीं।

जाने दो। जो भी होना है, हो। समय आने पर जो भी होना होगा, हो ही जाएगा। कम-से-कम यह तो साफ होगा कि... ऐसा क्या है अपने मन में, जो आप ही समझ नहीं आ रहा...खैर।

अपने आपको कीड़ा बनने से बचाना है और चलते रहना है।

जब डॉक्टर दयाल के यहाँ पहुँची, तब रात के दस बज चुके थे।

बस से उतरी, तो दिशाएँ पहचान नहीं पा रही थी...और यह भी पता नहीं चल रहा था कि बाहर निकलने का रास्ता कहाँ है। पल-भर रुककर देखा कि उतरनेवाले अन्य लोग किस तरफ जा रहे हैं। सामने बस का कंडक्टर था, उसी से पता पूछ लिया। मेरा अनुमान सही था कि सामान्यतः छोटे गाँवों में सबको इस प्रकार की जानकारी होती ही है।

उसने बताया कि बाईं तरफ के रास्ते से बाहर निकल जाइए। रिक्शा वगैरह की जरूरत नहीं होगी। अस्पताल पास में ही है। किसी से दुबारा पूछने की भी जरूरत नहीं। बाहर निकलने पर सीधे चलते जाइए, तो दाहिनी तरफ बोर्ड दिखाई दे जाएगा।

चलने लगी तो एक आदमी पीछे लग गया। शराबी था। पूछना शूरू कर दिया कि मुझे कहाँ जाना है, क्या किसी सहायता की जरूरत है, सामान उठा लूँ, पहुँचा दूँ...वगैरह। दुत्कारने पर भी माना नहीं। बेशर्म की तरह पीछे ही आता रहा। साथ ही अंग्रेजी झाड़ रहा था—वह भी गलत। आखिर उससे कहा कि ड़ॉ. दयाल के यहाँ जाना है, मैं उनकी मेहमान हूँ। तब कहीं उससे पीछा छूटा।

फिर आराम से पहुँच गई।

गेट पर खड़े एक आदमी ने बताया कि वह मेरे लिए बस अड्डे के तीन-चार चक्कर लगा चुका था। डॉक्टर साहब ने कहा कि शायद बस नहीं मिल पाई होगी। इसलिए वह वापस चला आया।

मैंने कहा कि कोई बात नहीं, अस्पताल तो पास ही है, मैं चली आई।

उसने सामान रखने में मेरी सहायता की। मुझे मेरा कमरा दिखाया। फिर एक महिला आई, उसने भोजन के बारे में पूछताछ की। कुछ खाने का मन नहीं था। मना कर दिया, कपड़े बदले और सो गई।

सुबह उठकर स्नान किया। रातवाली महिला ही चाय—बिस्कुट लेकर आई। सब कुछ निपटाकर शांत बैठी रही।

डॉ. दयाल के यहाँ पहुँच तो गई थी, पर अब तक उनसे मुलाकात नहीं हो पाई थी।

उनसे मिलने, उनसे बात करने की बहुत उत्सुकता थी मन में।

कुछ बेचैन होकर मैं कुर्सी से उठ खड़ी हुई और उसी क्षण डॉ. दयाल कमरे में आए।

स्निग्ध प्रेमभरी दृष्टि से देखते हुए उन्होंने अपनी बाहें फैलाईं और मैं अपने ही अनजाने उनकी बाहों में समा गई। दोनों हाथों से लपेटकर उन्होंने मुझे अपनें पास ले लिया और मेरे रूखे-सूखे बालों पर वे हल्के-से हाथ फेरते रहे। मैं उस स्पर्श में जैसे धीरे-धीरे घुलती चली गई। लगा कि मैं एकाएक बहुत नन्हीं हो गई हूँ। बचपन में दादी की गोद में उसके आँचल को लपेटकर जैसे सो जाती थी, कुछ-कुछ वैसा ही। नींद में एकाएक चौंक पड़ने पर दादी कहा करती थी, “ना, डरो नहीं, कुछ नहीं हुआ, षष्ठीदेवी तो यूँ ही डराती रहती है।”

लगा मानो समय सिकुड़ता जा रहा है और उसके साथ-साथ मैं भी सिकुड़ते हुए फिर से गर्भाशय के अँधेरे में घुसी चली जा रही हूँ। फिर नाल से जुड़ रही हूँ। रक्त-मांस से मेरा फिर से पोषण हो रहा है। मेरे अवयव क्रमशः आकार ले रहे हैं।

और मैं फिर से नया जन्म ले रही हूँ।

एकाएक दिखाई दे रहे उजाले के कारण चकरा गई हूँ। हवा में कुछ निरालापन महसूस हो रहा है। अब मुझे बाहर के इस वातावरण से सामंजस्य स्थापित करना

है। मैं नन्हें शरीरवाली, अब तक रक्त से लथपथ, कोमल, नवजात...डॉ. दयाल के हाथों में...वे देख रहे हैं मेरी तरफ...मैं अब भी शांत, निःशब्द...दो नन्हें पाँव पकड़कर उन्होंने मेरा शरीर उल्टा पकड़ा हुआ है और पीठ पर उनकी थपथपाहट...मेरे मुँह से निकला है पहला उच्चारण...रुलाई आ रही है...और अगले ही क्षण मैं नर्म कपास में शांत, निश्चिंत, बेखबर लेटी हुई हूँ...चौंक पड़ती हूँ...

और डॉ. दयाल मानो कह रहे हों, "ना, डरो नहीं, कुछ नहीं हुआ, षष्ठीदेवी तो यूँ ही डराती रहती है।"

शिविर की शुरुआत हुई।

पहले गीत गाए गए। शिविरार्थियों सहित सभी उपस्थितों का फूल देकर स्वागत किया गया। फिर सबने अपना अपना परिचय दिया।

डॉ. दयाल बोले पर आदिवासी बोली में।

औरतें बीच-बीच में पल्लू मुँह में ठूँसकर हँस रही थीं, तो बीच में ही गंभीर चेहरे से सुन रही थीं। वे क्या बोल रहे हैं, मैं कुछ भी नहीं समझ पा रही थी। कुछ बोलियाँ ऐसी होती हैं, कि कुछ अनुमान लगाया जा सकता है, बीच में ही एकाध शब्द का अर्थ समझ आता है, पर यहाँ तो सब कुछ अगम्य था। आखिर भाषा की ओर ध्यान देना छोड़कर मैंने सामने उपस्थित महिलाओं की ओर देखना शुरू किया।

चेहरे, हाथ, यहाँ तक कि पीठ भी गोदने से गुदी हुई। एकदम निश्चिंत, तनाव रहित होकर बैठी हुई महिलाएँ। बाल बँधे हुए और बालों में ढेर से फूल गूँथे हुए। गले में मालाएँ। किसी-किसी ने ठीक तरह से लपेट कर साड़ी पहनी है, तो कोई पारंपारिक वेश में—कमर में आधी साड़ी लपेटी हुई, ऊपर ब्लाऊज, पल्लू नदारद। कुछ प्रौढ़ महिलाओं ने तो ब्लाऊज भी नहीं पहना है, केवल पल्लू दोनों कंधों पर लपेट रखा है।

बरसात के दिन। सर्वत्र मिट्टी की, घास की, जंगली पौधों की महक भरी हुई। बड़ा अच्छा लग रहा था। ऐसे खामोश बैठी रही मानो कोई अगम्य कलकल निनाद सुन रही हूँ। यदि इस समय मेरे हाथों में पेन्सिल और कागज होता, तो इन औरतों के स्केचेस बनाए होते।

सचमुच, हर्ज ही क्या है?

फिर पहले से शुरुआत करनी होगी। फिर वैसे ही, उतने ही प्रयास, शायद कुछ ज्यादा ही। पर कर के देख ही क्यों न लूँ।

तब डॉक्टर साहब की सहायक राणू से पूछा कि क्या कुछ कागज और पेन्सिल मिल सकती है? उसने पेन देने की बात की, तो मैंने कहा कि नहीं, मुझे बिना

लकीरोंवाले कोरे कागज और पेन्सिल चाहिए। तब उसने प्रिस्क्रिप्शन लिखने के पुराने पैड्स और एक पेन्सिल लाकर दी और मेरे पास ही खड़ी रही कुतूहलपूर्वक स्केचेस देखते हुए।

जिले की इस तहसील में आदिवासियों की संख्या सर्वाधिक है। आंध्रप्रदेश की सीमा पर स्थित यह इलाका नक्सलवादी गतिविधियों के कारण भी बदनाम है। इस इलाके में कोई भी स्वयंसेवी संस्था नहीं है। सुना था कि इस इलाके में काम करने की इच्छा से जो भी लोग या संस्थाएँ गईं, वे असफल होकर, हारकर वापस लौट आईं।

ऐसे इलाके में डॉक्टर दयाल ने एंजला के साथ मिलकर काम शुरू किया था।

पुस्तकों में पढ़ा-भर था कि यहाँ आदिवासियों की आंध, कोलाम, परधान, थोटी आदि जनजातियाँ रहती हैं।

यहाँ के आदिवासियों की कोई भी बोली मेरी समझ में नहीं आ रही थी। संवाद स्थापित करने में यह सबसे बड़ी बाधा थी। इसीलिए अन्य क्षेत्रों में घूमते समय जिस तरह मैं बोली भाषा के लहेजे के साथ अपनी टिप्पणियाँ लिख सकी थी, उस तरह यहाँ लिख पाना संभव नहीं था। दारोमदार अनुवादक पर ही था। यहाँ के आदिवासियों की बोली पर तेलगु का प्रभाव अधिक प्रतीत हो रहा था। शब्दों का अनुमान भी नहीं लगा पा रही थी। एकाध संस्कृत शब्द सुनाई दे जाता और चौंका देता। मछली के लिए मीन शब्द सुनकर लगता कि मैं किसी अलग ही भाषिक कालखंड में हूँ।

बीच में ही मुझे बुलाकर डॉ. दयाल ने कहा, “प्रफुल्ला, तुम्हारे सत्र के लिए मैं रुक नहीं पाऊँगा। एक केस आया है, किसी आदमी के पेट में बैल ने सींग घुसा दिया है। तुरंत ऑपरेशन करना पड़ेगा। लोग उसे अभी यहाँ लेकर आ रहे हैं। राणू तुम्हारी सहायता कर देगी।”

मैंने केवल गर्दन हिला दी। यह सब मैं कैसे कर पाऊँगी? पर मेरे कुछ कहने से पहले डॉ. दयाल तेजी से जा चुके थे।

राणू...परधान जनजाति की यह लड़की मेरे साथ थी अनुवादक के रूप में। उसे गोंडी भाषा भी आती थी। कोलामी भी समझ लेती थी। परधानों की भाषा लगभग मराठी जैसी थी। मैं उसे तो समझ पा रही थी, पर अन्य भाषाओं-बोलियों के मामले में बिलकुल शून्य। उच्चारण या हावभावों से भी कोई अनुमान नहीं लगाया जा सकता था।

राणू ने कहा, “ये औरतें काफी कुछ मराठी समझ लेती हैं। इसलिए आप मराठी में ही शुरू कीजिए। यदि उन्हें समझने में कोई दिक्कत हो, तो मैं हूँ ही...उनके यदि कुछ प्रश्न हों, तो मैं आपको मराठी में बता दूँगी।”

इन औरतों के बच्चे अब मराठी माध्यम के स्कूलों में ही पढ़ रहे थे। पर वे

आपस में गोंडी या कोलामी में ही बातें कर रही थीं। सारी औरतें दूर बैठी थीं। मेरे लिए एक कुर्सी रखी थी। मेरी समझ में ही नहीं आ रहा था कि इनके नजदीक कैसे पहुँचा जाए। आखिर अपनी कुर्सी से उठकर मैं उनके बीच जा बैठी।

एकदम हलचल मच गई। काफी शब्द सुनाई दिए।

एक औरत उठकर भीतर गई और एक चटाई ले आई।

मैंने कहा, “नहीं, आप सब नीचे बैठी हैं, तो मैं भी नीचे ही बैठूँगी।”

इस एक वाक्य ने जादू कर दिया।

मैने राणू से पूछा कि ये लोग क्या बोल रही हैं।

उसने बताया, “वे कह रही हैं कि यह औरत कितनी भली है। शहर से है, पर कुर्सी पर नहीं, हमारी ही तरह जमीन पर बैठी है।”

मैंने हँसकर कहा, “भला बताइए तो, आपमें और मुझमें अंतर ही क्या है? आपके बाल लंबे और बँधे हुए हैं, मेरे कटे हुए हैं। आपने साड़ी पहनी है और मैंने सलवार कुर्ता। बस, इतना ही फर्क है। बाकी हम सब औरतें ही तो हैं।”

एक ने कहा, “यह बात नहीं। आप बहुत होशियार हैं, हम अनपढ़, गँवार हैं।”

यह संवाद स्थापित होने की शुरुआत थी। वैसे, हमारे बीच जो अंतर है, वह उन्हें और मुझे दोनों को पूरी तरह पता था। पर औरतपन का एक समान धागा था, जिसमें फूल गूँथे जा सकते थे।

मैने कहा, “मैं जब यहाँ आई, तो तुममें से किसी एक से मैंने पूछा था कि आंगन में यह क्या सूख रहा है, तो उसने बताया की महुए के फूल हैं। तुम लोग ये फूल कैसे इकट्ठा करती हो, कितने दिन उन्हें सुखाना पड़ता है, उन्हें कहाँ और किस भाव में बेचा जाता है, इन सब बातों की मुझे कोई जानकारी नहीं थी। तुम लोगों ने बताया, इसलिए पता चला। तो बताइए, मेरी होशियारी यहाँ किस काम की? यहाँ तो आप लोग ही होशियार हैं। मैं किताबें पढ़ सकती हूँ, तुम लोग नहीं। पर तय करने पर सहज ही सीख जाओगी। पर क्या तुम लोगों की तरह मैं शारीरिक श्रम के काम कर पाऊँगी? क्या मैं कपास खोंट सकूँगी? नहीं न? इसलिए तुम्हीं लोग मुझसे होशियार हो।”

औरतें हँस पड़ी और बोलने लगीं।

मेरा काम आसान हो गया।

फिर मैंने अन्य आदिवासी इलाकों की औरतों के बारे में उन्हें बताया। बचत दल द्वारा किए जा रहे कामों की जानकारी दी। राजनीति में उनके कामों के बारे में बताया। जयाबाई का मामला बताया। भुताली के बारे में भी बताया।

कौन होती हैं ये भुताली औरतें? गाँवों में, घरों में निरुपयोगी प्रतीत होनेवाली बूढ़ी औरतों या किसी को भी पसंद न आनेवाली कुरूप औरतों को भुताली मान लिया जाता था। आगे चलकर इनमें ऐसी औरतें भी जुड़ गईं, जो बातूनी हों, कुछ कर

दिखानेवाली हों या राजनीतिक या सामाजिक क्षेत्र में कुछ काम करना चाहती हों। पुरुषों की महत्त्वाकांक्षाओं में बाधक बननेवाली औरतों को भुताली मान लेना बड़ा आसान था। भगत चावल पर मंत्र डाल दे और बता दे कि अमुक औरत भुताली है, बस। भगत भी कहाँ पहले जैसे सच्चे हैं?—पैसे देने पर जो चाहो, बता देते हैं। यह सब तो मैंने लोगों से ही सुना है।

घर के और गाँव के लोग भुताली को मारते-पीटते हैं। उसे घर से और कभी-कभी गाँव से भी बाहर निकाल देते हैं। उसे गाँव के आस-पास फटकने भी नहीं दिया जाता। रास्ते में कहीं दिख जाए, तो उस पर पत्थर फेंके जाते हैं।

जिस घर के लिए कोई औरत अपनी जिंदगी न्यौछावर कर देती है, जिस गाँव में भली-बुरी घटनाओं से भरा कष्टमय जीवन वह बिता चुकी होती है, उस घर को, उस गाँव को छोड़कर, खेती-बाड़ी, घर-बार किसी पर भी अपना हक जताए बिना निर्वासित होकर भीख माँगकर गुजारा करने की नौबत आ जाती है।

किसी ने इतना भी नहीं सोचा कि जयाबाई की मुट्ठी में यदि सचमुच भूत होता, उसे सचमुच ऐसी कोई विद्या अवगत होती, तो क्या उसे ये दिन देखने पड़े होते?...

औरतें ध्यान से सुन रही थीं। उनके बीच चर्चा शुरू हो गई। राणू मुझे अनुवाद कर बताती जा रही थी। प्रौढ़ महिलाएँ परंपराओं की पूरी जानकारी रखती थीं। पर वे मराठी के संपर्क में नहीं थीं। इसलिए कदम-कदम पर अनुवादक पर निर्भर रहना पड़ रहा था।

फिर हमने उनकी जनजाति में प्रचलित विश्वासों-अंधविश्वासों के बारे में, विधियों के विषय में बातें कीं।

"इन सब बातों का आज से ठीक-ठीक क्या संबंध है?" मैंने पूछा।

प्रौढ़ महिलाएँ कई बातों को मान नहीं पा रही थीं। उनका कहना था कि जो पुरानी बातें हैं, उन पर समय का कोई परिणाम नहीं होता, समय चाहे जो भी हो, उनका प्रभाव वैसा ही बना रहता है।

फिर मैंने वनौषधियों का उदाहरण सामने रखा। शहरी औरतों के साथ बात करते समय यह आसान होता था। दवा की बोतल पर लिखी एक्सपाइरी डेट कहने से वे बात को सहज ही समझ लेती थीं। यह एकदम सरल उदाहरण था कि इस तारीख से पहले दवा केवल दवा होती है, पर इस तारीख के बाद वह विष बन जाती है। अब यहाँ जड़ी-बूटियों के संदर्भ देने की जरूरत थी।

कहते हैं कि कोई जड़ी-बूटी सालोंसाल चलती है, पर कोई निर्धारित दफा इस्तेमाल करने के बाद निष्प्रभ हो जाती है।

पूजा का उदाहरण दिया। कुछ पूजा-विधियों के लिए कोरे पानी की जरूरत होती है। कोरा पानी यानी कुँए से अभी-अभी निकाला गया पानी। घर में भरा रखा पानी नहीं चलता।

"क्यों नहीं चलता?" मैंने पूछा। "यह तो बहुत छोटी अवधि होती है। पर फिर

भी, हाल ही में कुँए से निकालकर घर में भरा रखा पानी नहीं चलता, उसे कोरा पानी नहीं माना जाता। तो रूढ़ियों परंपराओं की अवधि भी तो होती होगी न? भले ही उपयुक्त हों, योग्य हों, पर उस काल में ही। आज उसमें से कई बातें कालबाह्य हो गई हैं, पुरानी हो गई हैं और त्याग देने योग्य हो गई हैं।"

वैसे, एक बार यह बता देने पर वे मान लें, यह तो संभव नहीं था...और उनका भी इस संबंध में कोई पक्का विचार होगा ही। एकाध सत्र में उसे इस प्रकार समझ लेना मेरे लिए भी कहाँ संभव था?

"पेट में नहीं दाना, इंजक्शन कहाँ से लगवाऊँ !" एक बूढ़ी औरत ने कहा।

"दो वक्त की रोटी ही ठीक तरह से नसीब न होती हो, तो केवल दवाओं से क्या होनेवाला है?" अस्पताल बिना छतवाली इमारत में है, डॉक्टर महीने में एकाध बार आते हैं, बीमार लोगों को तहसील के गाँव में पैदल ले जाना पड़ता है।"

"तुम्हारे गाँव में वैद्य या भगत हैं या नहीं?"

"हैं न। उन्हें यहाँ देवकरी कहा जाता है।" एक महिला द्वारा दिए गए उत्तर का अनुवाद कर राणू ने बताया।

अनुवाद में ही काफी समय नष्ट हो रहा था। पर और कोई विकल्प ही नहीं था। फिर मैंने स्थानीय घरेलू दवाओं के बारे में पूछा।

पेटदर्द, पेट का फूलना, टाइफाइड, कमर का दर्द, मोच, माहवारी या प्रदर की तकलीफ आदि के लिए उनके पास कई जड़ी-बूटियों या वनौषधियों के उपचार थे।

एक औरत ने हँसते हुए बताया, "यदि कोई औरत ससुराल में न रहती हो, बार-बार मायके भाग आती हो, तो उसे लाजवंती की जड़ घिसकर देते हैं।"

"माहवारी की तकलीफ होने पर भी मैं कोई उपचार नहीं कराती, अपने आप कुछ दिनों में ठीक हो जाता है।" एक ने कहा।

"क्या गर्भपात करने के लिए कुछ दवाओं का इस्तेमाल किया जाता है?" मैंने पूछा।

"हममें गर्भपात नहीं कराया जाता। कोई लड़की गर्भवती हो जाए, तो उसका विवाह करा देते हैं।" एक बूढी औरत ने कहा।

दूसरी ने बताया कि वह पुरुष यदि न माने, तो पुलिस में शिकायत की जाती है।

"सामान्यतः प्रसव के दौरान मृत्यु नहीं होती। परंतु संतान-मृत्यु होती है। कई बच्चे पीलिया से मर जाते हैं। पानी यहाँ का बहुत गंदा है। कभी-कभी बच्चा पेट में ही मर जाता है। कभी माँ और शिशु दोनों मर जाते हैं।" एक दाई ने बताया।

एक बूढ़ी औरत बहुत नाराज हो गई, विशेषकर परिवार नियोजन के विषय पर।

मैंने पूछा था कि क्या यहाँ कोई ऐसी औरत है, जिसके केवल बेटियाँ ही हों और फिर भी उसने परिवार नियोजन का ऑपरेशन करा लिया हो?

उस बूढ़ी औरत के गले मेरी एक भी बात नहीं उतर रही थी।

पर बाकी औरतों ने उसे चुप कराया। तो वह बहुत उदास हो गई। सत्र खत्म

होने पर हम उठीं, तो वह पीछे-पीछे आ गई। "कुछ भूल हो गई हो, तो माफ करना"कहते हुए उसने हाथ ही जोड़ दिए।

मुझे बड़ा बुरा लगा। उसके हाथ थाम कर कहा, "अम्मा, तुम तो मेरी अम्मा की उम्र की हो। तुम नाराज हो जाओगी, तो तुम्हें यह हक है। कई बार युवा औरतों की समझ में ही बात नहीं आती, तुम तो इतने सालों से यही मानती आई हो, एकदम से सब कैसे बदल सकेगा? मुझे जरा भी बुरा नहीं लगा।"

उसने अपना काँपता हुआ हाथ मेरे चेहरे पर, मेरी पीठ पर, मेरे सिर पर फेरा।

मन व्याकुल हो उठा। इन औरतों का और मेरा संबंध ही क्या है? फिर भी वे मेरे साथ इतने प्रेम से क्यों पेश आती हैं? जबकि उन्हें मुझसे कोई लेना देना नहीं है।"

किसी को मेरी बात समझ में आई, किसी की समझ में नहीं आई।

पर इस बहाने मन में प्रश्न तो उठे। मुझे लगा कि इतना भी काफी है।

यह भी लगा कि केवल एक के बाद एक विचार मात्र करते रहकर, केवल भावनाओं की भँडोली रचकर मैंने कितने दिनों का...कितने सालों का सर्वनाश कर डाला है।

सालोंसाल...

और अब भी मैं अपने विचारों के प्रवाह की दिशा नहीं पहचान पा रही हूँ।

शायद पहचान कर भी नहीं समझ पा रही हूँ कि केवल भावनाओं के मटके में कुछ भी पकाना संभव नहीं है...

मैं वापस नहीं जाना चाहती इन पहाड़ों से निकलकर। इस जंगल के भूलभुलैया में चक्कर काट-काट कर, अपने आप को खोकर इसी काली मिट्टी में मर जाना चाहती हूँ मैं।

सखियों, मुझे तुमसे बहुत कुछ सीखना है।

साही की तरह शरीर के काँटों को फुफकारकर दूर फेंकने का कौशल आखिर तुम लोगों ने कैसे आत्मसात किया है?

कमर से लिपटे लज्जारक्षण मात्र करनेवाले वस्त्र के साथ-साथ तुम लोगों की कमर से धारदार हँसिया भी लटका होता है...मैं अब हथियारों का इस्तेमाल करना चाहती हूँ...तुम्हारे साथ...

मैं तुम्हारे साथ मिर्चें चुनना चाहती हूँ, लाल तीखी मिर्चें...

मैं कपास धुनना चाहती हूँ शुभ्र, श्वेत... सरकी को दूर हटाते हुए...

मैं बड़े-बड़े दानों को ओसाते हुए पीला जर्द भूसा उड़ाना चाहती हूँ, सूपे और टोकरी को हाथ में पकड़कर...

सूखे प्रवाह में गड्ढा खोदकर तुम्हारी तरह मैं भी नारियल की करोटी से एक-एक कटोरी पानी गागर में जमा करना चाहती हूँ...

मेरे नोट्स पढ़कर एंजला बहुत खुश हो गई।

कहने लगी, "इसमें से कई बातें तो मैं भी नहीं जानती थी। सच कहूँ, ये सारी बातें समझ लेना जरूरी है। पर इतने मामले आते हैं मरीजों के और वे भी इतने अजीब-अजीब, कि बाकी कुछ देखने-जानने का समय ही नहीं मिल पाता।

तुम बीच-बीच में यहाँ आती रहा करो ना। इन औरतों के साथ तुम्हारी पटरी अच्छी तरह जमी दिखाई देती है। उनके साथ संवाद स्थापित कर कुछ बातें जान लेने का कौशल भी है तुम्हारे पास। इस प्रकार के सांस्कृतिक और सामाजिक संदर्भों से भरी बातों का संग्रह किया जाए, तो अपने कामों में इसका काफी उपयोग हो सकेगा।"

"तुमने वापसी का रिजर्वेशन कराया है या नहीं? न कराया हो, तो कुछ दिन और ठहर जाओ।" डॉ. दयाल ने कहा। "तब तुम यहाँ का परिसर भी देख सकोगी।"

"मैं घर पर एक फोन कर सूचित कर देती हूँ।" मैंने कहा।

"घर पर? पर तुम्हारे घर पर होगा कौन?"

"शांता मौसी।" मैंने हँस कर कहा, "फिलहाल वे ही मेरी केयर टेकर हैं।"

"तुम्हारी लिखावट बहुत सुंदर है।" डॉ. दयाल ने बात बदल दी।

"और पत्र भी बहुत अच्छे लिखती हो तुम।" एंजला ने कहा।

"अब आगे क्या करने का इरादा है तुम्हारा?"

"अब तक तो कुछ सोचा नहीं।"

"हाँ, प्रफुल्ला, काम तो होते ही रहते हैं, पर याद रखो कि स्वास्थ्य बहुत महत्त्वपूर्ण है। तुम्हें कभी कोई समस्या हो, तो हमसे खुलकर बात कर सकती हो। यहाँ कभी कोई काम करना चाहो, तो तुम्हारी न्यूनतम जरूरतें पूरी हो जाने जितनी आय तो हो ही जाएगी। यहाँ कहीं रहने का इंतजाम भी हो जाएगा। सोच लो। टेक युवर ओन टाइम। क्या कहती हो?"

मैंने फिर केवल गर्दन हिला दी।

"हाँ, शहर जैसी सुविधाएँ तो यहाँ नहीं मिल पाएँगी, पर काम का आनंद जरूर मिलेगा।"

"और हाँ, एक समझौता भी करना पड़ेगा।" एंजला ने हँसकर कहा। "बाल बढ़ाने पड़ेंगे।"

हम दोनों खिलखिलाकर हँस दीं।

"तुम्हें तो यहाँ इस प्रकार के कई समझौते करने पड़े होंगे न?" मैंने एंजला से पूछा।

"ज्यादा कुछ नहीं।" डॉ. दयाल बीच में ही बोल पड़े।

"यह तो आपने टिपिकल पति की तरह कह डाला।" मैंने मजाक किया।

"क्या सचमुच? तो अब ऐसा करें, एक और समझौता कर लें।...तुम दोनों बातें करती बैठो, मैं भीतर जाकर अपने कुछ बाकी काम पूरे कर लेता हूँ।" कहकर

वे उठकर चले भी गए।

मन में सोचा, क्या अजीब इंसान है? ये ऐसा बर्ताव क्यों करते हैं?

पर फिर बात समझ में आ भी गई। यह इनकी केवल औपचारिकता नहीं है, इनके बर्ताव में एक सहजता है... और अन्य किसी भी बात की अपेक्षा अपने काम के प्रति निष्ठा अधिक है। और यह स्वाभाविक भी तो है। यदि उनका काम न हो, तो मेरी नजर में उनकी क्या कीमत रह जाएगी?

मैंने फिर एंजला की ओर रुख किया।

वह बताने लगी, "हाँ, करने पड़े कुछ छोटे-बड़े समझौते। केवल किसी देहात में काम करने की ही बात नहीं, दूसरा देश, दूसरी संस्कृति, भिन्न जलवायु, अलग जीवन पद्धति...सोचने का तरीका भी अलग। पर दयाल के साथ शादी करने की बात सोचने पर यह सब तो स्वाभाविक ही था...और यहाँ काम करने की बात सोचने पर भी। जिस इलाके से, जिस जलवायु से, जिस भाषा से दयाल तक परिचित नहीं थे, वहाँ उनके साथ मैं भी रहनेवाली थी। सारे प्रयोग ही तो थे।

पर हमने कोई काम अंधेपन से नहीं किया। यह तो सोच ही रखा था कि कुछ बातें हमारी सोच से अलग होंगी, हमारे कुछ अनुमान चूकेंगे, कभी अप्रत्याशित रूप से कोई अच्छी घटना भी होगी। वैसे भी, घर में, रिश्ते में हम एक दूसरे को पर्याप्त स्पेस देते रहते हैं—सहजता के साथ। कोई भी काम हो, अपना समझकर करने से आनंदपूर्वक निपट जाते हैं। उसमें मेरा-तुम्हारा कुछ नहीं होता। तब ज्यादा प्रश्न भी नहीं उठते। ऐसा नहीं कि झगड़े होते ही नहीं, पर काम को लेकर या काम से संबंधित किसी निर्णय को लेकर। अब ये सारी बातें तुम धीरे-धीरे देख ही लोगी।"

इस बीच हमारे साथ राणू भी आ बैठी। कहने लगी, "काम के मामले में सर और मैडम दोनों रोमांटिक नहीं हैं। कोई आदर्श वगैरह लेकर वे काम नहीं कर रहे हैं। ऐसा भी नहीं सोचते कि वे समाज के लिए कुछ विशेष कर रहे हैं। वस्तुतः समाज के लिए ऐसा कुछ होता ही नहीं। यहाँ समाज यानी हमारा बोध। और इस प्रकार के समाज में रहकर फलाने तरीके से काम करना हमारा निर्णय।

जब हम समाज के लिए कुछ करने की बात कहते हैं, तब हमारी भी उम्मीदें बँधने लगती हैं कि समाज भी हमारे लिए कुछ करे। यानी वे हमें दुआ दें, हमारे प्रति मन में भक्तिभावना या आदर रखें, हमारे काम को लेकर कृतज्ञ रहें... इस बात की सराहना करें कि किसी बड़े शहर में या विदेश में जाकर ढेर-सा पैसा कमाने की बजाय हम यहाँ सीमित आय में गुजारा कर रहे हैं, वे हमारे प्रति आभार व्यक्त करें कि हम उन्हें मुफ्त या सस्ते में स्वास्थ्य सुविधाएँ उपलब्ध करा रहे हैं...क्यों? किसलिए? क्या उनके संदर्भ में हम कभी ऐसा करते हैं? यानी किसी किसान, मजदूर, शिक्षक, परचून की छोटी-सी दूकान चलानेवाले दूकानदार के संदर्भ में?"

राणू शांत सुर में कहे जा रही थी। यह सब उसके भी अनुभवों का निचोड़

था। उसे जो अवसर मिला था, उसने उससे पूरा लाभ उठाया था और अपनी शिक्षा तथा क्षमताओं का उपयोग अपने ही परिसर के लिए करने का निर्णय लिया था। उसके इस निर्णय के अच्छे परिणाम अब गाँव में दिखाई देने लगे थे। इसी वर्ष एम.बी.बी.एस. कर चुके एक आदिवासी युवा डॉक्टर ने गाँव में ही क्लिनिक खोलकर काम शुरू करने का निर्णय किया था, उसे डॉ. दयाल से भी प्रोत्साहन मिल ही रहा था। अन्य व्यवसायों में भी ऐसे उदाहरण मिलने लगे थे। शिक्षक, आरोग्यसेविका, आंगनबाडी सेविका...आदि व्यवसायों में अब आदिवासियों की संख्या बढ़ने लगी थी।

मैं सुन रही थी...पर अभिभूत होकर नहीं।

जब केवल अभिभूत होकर या भावुक होकर कोई काम शुरू किया जाता है, या किसी विचार को अपनाया जाता है, तो वह स्थायी नहीं होता। उसका प्रभाव नशे की तरह उतरता जाता है और तब उदास, निराश हो जाता है आदमी। दिमाग सुन्न हो जाता है।

पर भीतर से कहीं महसूस हो रहा था कि यह कुछ अलग ही रसायन है।

"मुझे असली तकलीफ तब होती थी, जब लोग मुझे स्वीकार नहीं करते थे। अभी भी कभी-कभी होती है।" एंजला ने कहा।

"लेकिन क्यों? लोग स्वीकार क्यों नहीं करते?"

"क्योंकि मैं विदेशी हूँ, ईसाई हूँ। वैसे इसमें स्थानीय विरोधियों का भी बहुत हाथ है। पर कुल मिलाकर लोगों की आँखों में संदेह ही नजर आता है। चाहे मैं हूँ या दयाल हैं, हम अपने काम को लेकर कभी भी रोमांटिक वगैरह नहीं रहे। पर इस प्रकार के विरोध के बारे में मैंने सोचा भी नहीं था। शायद दयाल को कुछ अनुमान था। पर उसकी आँखों के सामने हमेशा भविष्य के चित्र होते हैं। यानी उसे अंतिम लक्ष्य साफ दिखाई देता रहता है। तब वहाँ तक पहुँचने का रास्ता वह निर्धारित कर लेता है। समस्याओं के बारे में ज्यादा कुछ सोचता ही नहीं। जब जो बात सामने आ जाए, तब उसका सामना करना है, बस। इसी बात पर हमारे मतभेद होते हैं। यानी काम करने के तरीके को लेकर। पर उद्देश्य एक ही होता है।"

हम आराम से बातें कर ही रही थीं, कि गेट के सामने एक बैलगाड़ी आकर रुकी।

हरे और लाल रंग की किनारीवाले सफेद झक् रुमालों को विशिष्ट तरीके से सिर पर बाँधे कुछ पुरुष एक बड़ी-सी चादर की झोली में एक औरत को लिए नीचे उतरे।

एंजला ने गर्दन हिलाते हुए एक निश्वास लेकर कहा, "मरीज!"

राणू को उठने के लिए कहकर भीतर मुड़ गई।

लॉन के किनारे-किनारे उसके लगाए गुलाब के पौधों पर खिले फूलों को देखते मैं शांत बैठी रही।

मेरा ध्यान इस बात की ओर गया था कि डॉ. दयाल अब भले ही यहाँ रहते हों, पर

उनकी दैनिक आदतें काफी कुछ पश्चिमी तरीके की हैं। हाँ, एंजला के कारण भी कुछ आदतें कायम रह पाई होंगी, पर शिष्टाचार के, सभ्यता के संकेतों का वे आस्थापूर्वक पालन करते हैं। इस इतने देहात में भी। खान-पान काफी पश्चिमी पद्धति का है। स्वच्छता से लेकर कई बातों में दृढ़तापूर्वक अनुशासन का पालन होता है।

यह सोचते हुए मुझे एकाएक अपने पर ही हँसी आ गई। इसी प्रकार का विचार मैं एंजला के बारे में क्यों नहीं कर रही हूँ? डॉ. दयाल की पाश्चात्य पद्धति पर टिप्पणी करती हूँ, तो एंजला के बर्ताव में प्रतीत होते भारतीयत्व की मैं सराहना करती हूँ। सराहना करती हूँ कि वह कितनी अच्छी तरह मराठी, गोंडी या कोलामी बोली बोलती है।

यह नहीं कि उनके सभी मुद्दों पर मैं सहमत थी, विशेष रूप से काम के कुछ तरीके जरा अजीब प्रतीत हो रहे थे। परंतु उनके स्वभाव को देखते हुए ऐसी कुछ बातों को स्वीकार करना अनिवार्य था। वैसे भी, अन्य कई बातों की तुलना में एकाध दोष को अनदेखा किया जाना चाहिए। सोचा, केवल कमी को ही कितना महत्त्व दिया जाए, यह तय करना भी तो हमें आना चाहिए।

डॉ. दयाल के अस्पताल में राणू की ही तरह कुछ और आदिवासी कर्मचारी भी थे। वे या तो अनपढ़ थे या अल्पशिक्षित थे। मजदूर के रूप में आए व्यक्ति को भी चौकीदार से लेकर कंपाउंडर तक की पदोन्नति मिली थी। अभी भी एक ऐसी गोंड औरत दाई का काम सीख रही थी, जो वहाँ झाड़ू-पोंछा का काम करती थी। पहले तो वह मुझसे कोई बात करने के लिए ही राजी नहीं थी, पर मैंने पीछा नहीं छोड़ा। तब कहीं जाकर उसे कुछ हिम्मत बँधी। पर मेरे साथ मराठी में बातचीत करते समय शुरू में उसे हँसी ही आ जाती। कहने लगी, "यहाँ कई बड़े-बड़े लोग आते हैं। मुझे तो आपकी तरह मराठी बोलना आता नहीं। डर लगता है कि बोलते समय कोई गलती हो जाए, तो डॉक्टर साहब नाराज होंगे। बेहतर है कि न बोलूँ। वैसे भी, आपकी तरह कोई हमसे बात करने नहीं आता।"

मैंने हँसकर पूछा, "अच्छा, डॉक्टर साहब नाराज भी होते हैं?"

उसने जीभ काटी, बोली, "मेरी कही बात डॉक्टर साहब से मत कहना।"

"तुम यहाँ क्या-क्या काम करती हो? प्रसूति के समय सहायता करती हो न?"

"जी।"

"किस प्रकार की सहायता करती हो?"

"टेबल पर लिटाने पर औरतें उड़ने लगती हैं ना, तब उनके पाँव पकड़कर रखने पड़ते हैं।" उसने कहा। "अब मैडम ने बच्चे की नब्ज गिनना भी सिखा दिया है।"

"औरतें उड़ने लगती हैं?" मेरी हँसी रुक ही नहीं रही थी।

"तुम्हें पढ़ने के लिए कुछ फाइलें निकालकर रखी हैं, और कुछ अल्बम भी। सभी काम से संबंधित हैं।" भोजन के बाद डॉ. दयाल ने फाइलों का एक गट्ठर और कुछ अल्बम मुझे थमा दिए। "आज ही देखना जरूरी नहीं है। तुम दोपहर में भी आराम नहीं कर पाई हो। कल की आधी रात तो सफर में ही बीती। टेक रेस्ट।"

मैंने केवल गर्दन हिला दी।

वे चले गए, तो उनको पीछे से देखते हुए सारे शरीर में जैसे थकान भर गई। मानो कोई शक्ति ही बाकी नहीं रही. सारी ताकत जैसे निचोड़ डाली गई हो।

एंजला अब तक उसी मरीज के साथ ऑपरेशन थिएटर में थी। एक बार वहाँ जाकर देखने का मन किया, पर फिर सोचा, जाने दो, कोई अजीब मामला होगा तो शायद देखा न जा सकेगा। अस्पताल की गंध भी नहीं चाहिए अब। पहले रेवती, फिर जयाबाई...और स्वयं खाई हुई वे ढेर सी दवाएँ...

शेवुबाई का मामला निपट गया।

पता नहीं अब उस जयाबाई का क्या होगा? क्या जागरुक आदिवासी संगठन के लोग उसकी ओर ध्यान दे रहे होंगे? और जिजा? क्या वह ध्यान दे पाती होगी?

शांता मौसी अकेली क्या कर रही होंगी?

कॉलेज में जानेवाला बिट्टू कैसा दिखाई देता होगा? डेढ़ साल हो गया उसे देखे...!

साहब...

और वह अंजली? यहाँ बाहर कतार में बैठी गर्भवती महिलाओं की तरह वह भी पुणे के किसी नर्सिंग होम में इंतजार करते बैठी होगी।

क्या कभी वह मेरे बारे में भी सोचती होगी?

यदि प्रसव के दौरान उसकी मृत्यु हो जाए, तो क्या होगा?

जिस तरह मुकणे बहनजी अपनी सौत के बच्चों और पति के साथ घर में रहती हैं, यदि मुझ पर भी वही नौबत आ जाए तो?

यदि साहब के साथ फिर से गृहस्थी जमानी पड़े, तो?

तो मेरी क्या हालत होगी?

क्या फिर उसी अँधेरे कुँए में गिरना होगा?

उसी दलदल में धँसना होगा?

नहीं।

ऐसे गंदे विचार मन में उठने भी नहीं चाहिए।

भले ही मर क्यों न जाऊँ, मैं अपने आप मरूँगी। पर ऐसी गंदी मौत नहीं चाहिए मुझे। अब मेरा जो भी होना हो, मेरी जिम्मेदारी पर होगा। किसी दूसरे के कारण नहीं। मार खाकर, जख्मी होकर, जलकर नहीं मरना है मुझे।

अंजली...तुम सही सलामत रहो। माँ और शिशु स्वस्थ रहें। तुम्हारी गृहस्थी अब तुम्हीं को मुबारक। भगवान करे, तुम अपनी मर्जी की जिंदगी जी सको।

और मेरी मौत मुझे मुबारक।

कब और किस तरह इन सब बातों से छुटकारा मिलेगा?

अब आगे मेरा क्या होगा?

उस बलात्कार पीड़ित लड़की का आगे क्या होगा?

किसके वश में है यह सब?

ऐसे घृणित खेल कौन खेल रहा है?

सिर कस कर दबा रखने का मन हुआ। कुछ रोक ही नहीं पा रही हूँ। एक के बाद एक जैसे परदे पर स्लाइड ओपन हो रही हो। आँखें सब देख रही हैं, पर दिमाग में कुछ नहीं जा रहा। केवल शब्द। किसी भी प्रकार से कोई सुसंगत विचार नहीं कर पा रही हूँ।

सोचा था, कम-से-कम यहाँ आकर तो कुछ शांति मिलेगी। दयालजी से मिलने की उत्सुकता भी तो थी। पर प्रत्यक्षतः उनके इतने पास, उनके घर में रहकर भी मेरे मन में दूसरे ही विचार चक्कर काट रहे हैं। लगा था कि यहाँ आकर इस तनाव से छुटकारा मिलेगा, पर व्यर्थ। कहीं भी जाइए, कोई फर्क नहीं पड़ता। आखिर हम अपने ही पास तो होते हैं।

लगा कि जोर से एक बार चीख पडूँ. या खुलकर रो ही दूँ।

खाली कमरा काट खाने को दौड़ रहा था।

पलंग से उतर कर कुर्सी पर। कुर्सी से फिर पलंग पर। बीच में कुछ देर कमरे में ही चहलकदमी की। फिर टॉवेल गीला कर आँखों पर रखा और चुपचाप लेटी रही।

बाहर के बरामदे में कुछ शोर सुनाई दे रहा था। बीच में एक बार एंजला की तेज आवाज भी सुनाई दी। फिर धीरे-धीरे सब शांत होता गया। बीच में ही किसी शिशु का रुदन सुनाई देता, फिर सब शांत, शांत।

सवेरे देखा, तो एंजला की आँखें नींद से भरी थीं। उसने राणू को बुलाकर कहा, "अब नाश्ता करने के बाद केवल आवश्यक मामले ही देखूँगी। केवल जाँच के लिए आई औरतों से कह देना कि शाम को या कल आएँ। यदि आशा आ गई हो, तो तुम भी घर जाकर कुछ आराम कर लो।" फिर मेरी ओर मुड़कर बोली, "तुम रात को ठीक से सो पाई या नहीं? हम लोगों की बहुत भागदौड़ चल रही थी बाहर। सबको समझा रही थी, पर आखिर मुझे ही चिल्लाना पड़ा। क्या करती?"

"क्या हुआ था?" मैंने पूछा।

"तुम्हारे सामने जो मरीज आई थी न...क्या हालत थी उसकी, जानती हो? यहाँ आने से कम-से-कम दस बारह घंटे पहले उसे प्रसव वेदना शुरू हो चुकी थी। घर में ही प्रसूति करने की सोचकर दाई को बुलवा लिया था। जल्दी प्रसूति हो जाए,

यह सोचकर जाने किन पत्तियों का रस पिला दिया था पहले। फिर भी प्रसव नहीं हुआ, तो पेट को उल्टा-सीधा रगड़ दिया। इन सारे प्रयासों के बाद बच्चे का सिर बाहर आ गया—पर केवल सिर ही।

फिर सिर को खींचकर बच्चे को बाहर निकालने की कोशिश की गई। इस सारी छीना-झपटी में बच्चा मर गया। एक बित्ता लंबी गर्दन हो गई थी उसकी। पर शेष शरीर भीतर ही था और उस माँ का पेट फूल गया था। तो उन लोगों ने सोचा कि कहीं पेट में एक और बच्चा तो नहीं है। साथ ही डर भी था कि कहीं वह औरत मर ही न जाए।

तब उसे यहाँ ले आए। उसी हालत में। अधमरी हो गई थी वह। जाँघों के बीच से उस मृत शिशु का सिर वैसे ही बाहर लटक रहा था।

सलाइन चढ़ाने के लिए उसकी नब्ज भी नहीं मिल रही थी। कितने प्रयोग करने पड़े। आखिर कोशिश करते करते किसी तरह हाथ भीतर डाला और उस शिशु को बाहर निकाला। जानती हो, उसके पेट से दो बाल्टी पानी निकला।

अभी तो वह शॉक में ही है।

यह सब करने के बाद मैं बाहर आई, तो वे लोग पूछने लगे कि उसके और बच्चा होगा या नहीं, या इसी तरह भूसी या छिलके जैसी बेकार हो जाएगी।

पहले तो मेरी समझ में ही नहीं आया कि वे क्या कह रहे हैं, यानी भूसी या छिलके का क्या मतलब है। फिर राणू ने बताया।

इतना ग़ुस्सा आया। तब आवाज ऊँची नहीं होगी तो क्या होगा? यानी वह औरत मर जाती, तो कोई बात न होती, दूसरी उन्हें मिल ही जाती। पर अब यदि उसके बच्चा न हो, तो वह निरुपयोगी हो गई? छिलका? मुझे तो इस शब्द से ही चिढ़ हो रही है...उसकी जान बचाई, इस बात का कोई महत्त्व नहीं उनके लिए, बाहर जाकर ये लोग कहेंगे कि डॉक्टर ने उसे छिलका बना दिया है।"

रात की ही तरह एंजला की आवाज फिर ऊँची हो गई थी।

दूसरे कर्मचारी चुपचाप अपना-अपना काम कर रहे थे, मानो कुछ सुना ही न हो। यानी, यहाँ बीच-बीच में ऐसा ही कुछ घटित होता ही होगा।

डॉ. दयाल पास की कुर्सी पर आकर बैठ गए। हाथ में कैमरे के रोल की डिबिया थी। एक को बुलाकर कहा, " यह रोल डेवलपिंग के लिए दे दो, रात के मामले की तस्वीरें हैं उसमें। और आशा से कहना कि हमारे लिए चाय बनाकर ले आए।" फिर मेरी ओर मुड़कर बोले, "यह सब तो यहाँ अक्सर होता है। अब क्या एंजला को इन बातों की आदत नहीं डाल लेनी चाहिए? हमेशा उसे इसी तरह गुस्सा आता है और तब ब्लडप्रेशर बढ़ जाता है।"

एंजला का तमतमाया हुआ गोरा चेहरा और भी लाल हो गया।

मैं एकदम परेशान हो गई। क्या अब इनके बीच झगड़ा शुरू हो जाएगा? मेरा पसीना छूट गया। मन हुआ, यहाँ से उठकर भाग निकलूँ।

पर हाथ में पकड़े स्ट्रीप का रैपर खोलते हुए डॉ. दयाल ने एंजला के हाथ में एक टिकिया रख दी, उतने ही शांत चेहरे से पानी का गिलास हाथ में पकड़ाया, मानो उन्होंने उससे कुछ कहा ही नहीं था। भुनभुनाते हुए एंजला ने टिकिया निगल ली। मेरी जान में जान आई।

"यहाँ इस तरह के कई नमूनेदार मामले आते ही रहते हैं। आते तो हैं, पर वे हमारा विश्वास नहीं करते। हम एक सामान्य टिकिया दें, तो वे उस दवा पर भरोसा नहीं करेंगे। इससे तबियत ठीक तो हो जाएगी ना? कोई दूसरी दवा तो नहीं लेनी पड़ेगी? ये सवाल तो फिर भी ठीक हैं, पर यहाँ के मरीज पूछते हैं, "इससे बीमारी बढ़ तो नहीं जाएगी न?" डॉ. दयाल शांतिपूर्वक बोले जा रहे थे। "यानी अपनी तो पूरी बेइज्जती ही कर डाली।" मैंने कहा। मेरे लिए यह एकदम नई जानकारी थी। सेवा भावना की सारी आदर्श कल्पनाओं को ढेर करनेवाली जानकारी।

"हाँ, शुरू शुरू में बहुत बुरा लगता था। पर एक बार मालूम हो जाए कि यह उनका स्वभाव ही है, तो उसे स्वीकार करना ही होगा न। यानी स्वीकार कर केवल हाथ पर हाथ धरे नहीं बैठना है, बल्कि उसे बदलने का प्रयास भी तो करना चाहिए।" कुर्सी से पीठ टिकाकर डॉ. दयाल कह रहे थे।

"बदलने का प्रयास? जानती हो, प्रत्येक मरीज को दयाल पहले आधा घंटा लेक्चर पिलाते हैं। लोग सोचते हैं कि इंजेक्शन देते ही बीमारी ठीक हो जाएगी। तब ये कहते हैं कि पहले आठ दिन ये दवा खाकर देख लो, यदि तब भी ठीक न हो, तो इंजेक्शन भी दे देंगे। लोग हामी भरकर निकल जाते हैं और बाहर के किसी भोंदू डॉक्टर के पास चले जाते हैं। वह पहले इंजेक्शन लगाता है और बाद में पूछता है कि क्या हुआ है। ऐसे लोगों के सामने सिर फोड़ने से फायदा ही क्या है?" एंजला का गुस्सा अभी भी नहीं उतरा था।

"पर हम ही यदि ऐसा न करें, तो अपनी शिक्षा का, संस्कृति का, मानवता का, अपनी क्षमताओं का, कौशलों का उपयोग ही क्या है? परिवर्तन तो हम ही ला सकते हैं। हम यानी जिनके पास ये सारी बातें हैं, ऐसे लोग। कुछ इंतजार करना भी सीखना चाहिए, मन को शांत रखना आना चाहिए।

ऐसे अनेक घटक हैं, जो इन लोगों पर अपना स्वामित्व जताते हैं, उनके साथ अन्याय करते हैं, उन्हें अधिक दुर्बल अधिक परनिर्भर बनाते हैं। पर हम यह तो कर सकते हैं न कि उन्हें उनकी शक्ति का एहसास दिलाएँ, उनके विचारों को सही और सकारात्मक दिशा में मोड़ें, ऐसी परिस्थिति निर्माण करें कि वे आत्मविश्वास के साथ कृति कर सकें...अन्यथा इस समाज में हमारी आवश्यकता ही क्या है?

और हम यदि यह सब करना ही चाहते हों. तो पहले हमें ही मजबूत बनना पड़ेगा...मैं यह सब तुमसे कह रहा हूँ प्रफुल्ला।" डॉ. दयाल की शांत आवाज गूँज रही थी।

मैंने गर्दन झुका ली।

हमेशा याद रखना कि तुममें कई अच्छी बातें हैं। मैंने तुम्हें यहाँ बेवजह नहीं बुलाया है। उस दिन सेमिनार में तुम्हारी बात सुनी। तभी मैंने तुम्हारी क्षमताओं को पहचान लिया था। इसीलिए बुलाया। हम चाहते हैं कि यहाँ ऐसे लोग हों, जो अलग तरह से सोच सकते हों, उसके अनुरूप काम करने की इच्छा और क्षमता रखते हों। रोजी-रोटी के लिए किसी दूसरे शहर में या अन्यत्र जो किया होता, वही यहाँ करने की सोचकर देखो और अपने मन के काम को प्रत्यक्ष रूप से करना शुरू कर दो।

हम जब यहाँ आए थे, तब किसी का सहारा नहीं था। केवल एक से कुछ परिचय था। यानी वह हमारे किसी मित्र के मित्र का मित्र था। राणू के बारे में सुना भर था। आज स्थिति यह है कि जो लोग यहाँ आकर किसी भी प्रकार का कोई अच्छा काम करना चाहते हैं, उनके लिए हम यहाँ हैं। हमने ऐसे ऐसे अनुभव पाए हैं कि किसी का समर्थन होना कितनी बड़ी बात होती है, इस बात को हमारे अलावा शायद ही कोई समझे।

यदि तुम अपनी दिशा बदल कर इस तरफ मुड़ना चाहती हो, तो अवश्य आना...कभी भी।"

मैंने यांत्रिकतापूर्वक गर्दन हिला दी।

बाद में एंजला ने कहा, "दयाल इस बात को इतनी सहजता से कह रहे हैं, परंतु अपने आपको भूतकाल से मुक्त करना इतना आसान नहीं है...मैं इस बात को समझ सकती हूँ।"

मैंने कहा, "आजकल मेरे विचार कुछ बदलने लगे हैं। क्या सचमुच यह अपरिहार्य होता है कि हम भी अन्य प्राणियों की तरह अपने रंग, अपने आकार बदलें, वातावरण के साथ अपना सामंजस्य बिठाएँ?...यानी हमें ऐसा लगता रहता है कि इस तरीके से हम सुरक्षित रह पाते हैं, अपना अस्तित्व बनाए रखते हैं। सारे समझौतों की जड़ यही हैट्रिके रहने की जरूरत। परंतु बने बनाए रास्तों पर चलकर भी पीड़ा ही सहनी पड़ते हों, मानसिक क्लेश ही भुगतने पड़ते हों, औरों की तरह जीते चले जाने में भी संघर्ष अटल हों...तो फिर, इन सब को नकार कर ही क्यों न देख लें? क्या हम परिस्थिति को अपनी जरूरत के अनुसार आकार नहीं दे सकते?"

"प्रफुल्ला, पुराने व्यक्तित्व को केवल इसलिए नकारा नहीं जा सकता कि हम

उसे नकारना चाहते हैं। संभव है कि औरत होने के नाते निरंतर होते बदलावों को स्वीकारना हमारे लिए आसान हो, परंतु उसमें—यानी पारंपारिक पद्धति से जिन बदलावों को स्वीकारना पड़ता है, उसमें—अन्य कई घटकों का समावेश होने के कारण शायद वह संभव हो जाता हो। हो सकता है कि वह बंधनकारक होने के कारण उन बदलावों को स्वीकारने की हमारी मानसिकता बन जाती हो। परंतु यदि कोई औरत अपनी मर्जी के अनुसार समाज में कोई परिवर्तन लाना चाहती हो, तो यह बात निश्चित हो काफी मुश्किल है। इसलिए जरूरी यह है कि व्यक्तिगत स्तर के संघर्ष के लिए हम सामूहिक शक्ति का उपयोग करें। अपनी जिन बातों से हम छुटकारा चाहते हैं, उनका स्वरूप पहले ठीक तरह से समझ लेना होगा। यह भी देखना होगा कि उनका ऐसा स्वरूप बनने का कारण क्या हो सकता है। यदि उस समय की परिस्थिति और शक्ति-प्रवाहों को हम जान लें, तो हम अपने आप में आवश्यक बदलाव ला सकते हैं और अपने व्यक्तित्व को मनचाहा स्वरूप दे सकते हैं।"

मैं गंभीरतापूर्वक सुन रही थी।

इन सारी बातों को मैं ठीक-ठीक समझ नहीं पा रही थी और लगता था कि इस तरह दो-तीन दिनों में समझना संभव भी नहीं होगा।

मैंने कहा, "फिलहाल तो, जो प्रकल्प हाथ में है, उसे मैं पूरा करूँगी। इस बीच कभी-कभार यहाँ आती-जाती रहूँगी। यदि मेरे लायक कोई छोटे-मोटे काम हों, तो मुझे अवश्य सूचित करते रहें, ताकि मैं भी कुछ शुरुआत कर सकूँ। और, इस प्रकार के कोई विशेष कार्यक्रम हों, तो उनकी जानकारी भी देते रहें, ताकि उस बहाने मैं यहाँ आ सकूँ और यहाँ के लोगों और वातावरण के बारे में कुछ अधिक जान सकूँ। यह भी पहले समझ लेना होगा मुझे कि यहाँ किस प्रकार के काम की जरूरत है और मैं क्या-क्या कर सकती हूँ।"

दयालजी ने कहा, "तुम यही बात पहले भी पत्र में पूछ चुकी हो। काम की कई दिशाएँ हैं। तुम्हारे मन में इसलिए संभ्रम है क्योकि तुम एक साथ सब कुछ देख रही हो। प्रश्न हैं, अन्याय भी है, उसे दूर करने की आवश्यकता के साथ-साथ दूसरी तरफ विकासात्मक काम करने भी आवश्यक हैं।

अपने यहाँ कई लोग—यानी व्यक्ति और संस्थाएँ भी इनमें से अलग-अलग मुद्दों पर एकत्र रूप से या किसी एक मुद्दे को लेकर काम कर रही हैं।

उदाहरणार्थ, गडचिरोली में डॉ. अभय और डॉ. रानी बंग काम कर रहे हैं। उनका काम स्वास्थ्य से संबंधित है, साथ ही अनुसंधान कार्य भी चल रहा है। तुम्हारी मुंबई के पास ठाणे जिले में तो न जाने कितनी संस्थाएँ और संगठन हैं। ताराबाई और अनुताई शिक्षा के क्षेत्र में काम कर रही हैं, श्रमजीवी संगठन है, विधायक संसद है, तुम जिसमें हो आई हो वह जागरुक आदिवासी संगठन है, नासिक में वचन, पुणे परिसर में महाराष्ट्र आरोग्य मंडल, समन्वय, शाश्वत जैसी संस्थाएँ, रायगढ़ जिले में

कातकरियों के बीच सुरेखा दलवी, मनीषा पाटील, प्रतिमा आदि कई सालों से कार्यरत हैं। वहाँ काम करनेवाली और संस्थाएँ भी हैं। शहादा में श्रमिक संगठन है। पश्चिम महाराष्ट्र, विदर्भ में भी काफी समय से काम करनेवाली, संघर्ष करनेवाली कई संस्थाएँ और संगठन हैं। प्रकाश आमटे का काम तो अत्यंत व्यापक है।

विधायक कार्य कहीं शिक्षा के क्षेत्र में हो रहा है तो कहीं खेती या जंगल-उत्पादनों के क्षेत्र में...इसके कई पहलू हैं।

इनमें से कोई एक चुन लो। उसका ठीक तरह से अध्ययन करो। सोचो। एक सामान्य लक्ष्य तय करो और उसी दिशा में काम शुरू करो। यह निश्चय कर लो कि कम-से-कम शुरू में तो उसके आस-पास की अन्य बातों की ओर ध्यान नहीं देना है। अन्यथा अपना लक्ष्य तो हाथ से छूट ही जाता है और कोई दूसरे काम भी ठीक तरह से नहीं हो पाते।"

"यानी वास्तव में क्या करना होगा?"

"यानी...अब यही देख लो, हमने अपने काम किस तरह शुरू किए?

मैं ऑपरेशन्स करता हूँ। या, एंजला महिलाओं के स्वास्थ्य के संदर्भ में काम करती है। उसने अपना काम प्रत्यक्ष मामलों के जरिए ही दिखाना शुरू किया। अब वह अलग-अलग स्थानों में घूमती है, व्याख्यान देती है। अपनी बात साबित करने, लोगों के गले उतारने के लिए आज उसके पास ठोस उदाहरण हैं।

अब देखो न, यहाँ गर्भवती महिलाएँ खाना कम खाती हैं। वे सोचती हैं कि भरपेट खाने से बच्चे के विकास के लिए पेट में जगह नहीं बचती। वे यह भी सोचती हैं कि बच्चे का वजन ज्यादा हो जाए, तो प्रसव में तकलीफ होती है। जन्म के बाद शिशु को तीन दिन तक स्तनपान नहीं करातीं। महिलाओं की कई बीमारियों के बारे में उनका मानना है कि इनमें से कई बीमारियाँ वास्तव में बीमारियाँ हैं ही नहीं। ऐसा तो सभी औरतों के साथ होता है। यह अज्ञान है।

इसके बाद अंधविश्वासों की बारी आती है। भगत, वैदू, झाड़-फूँक, मन्नत-मनौती, भूत-प्रेत, देवी-देवता आदि बातों का उसमें समावेश होता है।

तीसरा मुद्दा है गरीबी का।

चौथी बात है व्यसन।

पाँचवी हमारी सरकारी निष्क्रियता।

आज आदिवासियों के लिए बनी कई योजनाएँ कागज पर हैं। सरकार करोड़ों रुपये खर्च कर रही है। यह सारा धन आखिर कहाँ जा रहा है? यह एक अलग ही खोज का विषय है। भ्रष्टाचार का स्वरूप दोहरा है—संख्यात्मक भी और गुणात्मक भी।

कई स्थानों पर प्राथमिक सुविधाएँ ही नहीं हैं, जैसे कि पानी, बिजली, सड़कें, पाठशालाएँ, स्वास्थ्य केन्द्र वगैरह। यह अभाव का छठा मुद्दा है।

सातवाँ मुद्दा है लोगों में जागरुकता का अभाव। जो सुविधाएँ मिली हैं, वे उनसे

भी पूरा लाभ नहीं उठाते। मुफ्त में मिली चीजों का उनके लिए कोई मूल्य नहीं होता। चीजें, अनाज आदि जो भी मुफ्त में मिलता है, उसे बेचकर शराब पीकर वे फिर खाली हाथ हो जाते हैं। हालत फिर वही ढाक के तीन पात।"

"सच है आपका कहना। मैं भी आजकल घूमते समय इसका अनुभव कर रही हूँ। सब कुछ देखकर इतनी निराशा आ जाती है कि क्या कहूँ। लगता है कि यह सब कभी नहीं बदलेगा। जैसा आज तक चलता आया है, वैसा ही सालों तक आगे भी चलता रहेगा। और तो और, जिन क्षेत्रों में इतनी सारी संस्थाएँ इतने सालों से काम कर रही हैं, वहाँ की हालत भी कुछ अलग नहीं है। जागरुक आदिवासी संगठन तो मुझे सरकार का ही दूसरा रूप प्रतीत हुई। इन लोगों के वास्तविक उद्देश्य क्या हैं? या वे केवल आदिवासियों का इस्तेमाल कर रहे हैं?"

"यह एक अलग ही सड़न है प्रफुल्ला। पर मुझे लगता है कि फिलहाल तुम्हें इन सबके बारे में नहीं सोचना चाहिए। हाँ,...तुम बात समझ रही हो, यह एक अच्छी बात है। कम-से-कम इस बहाने तुम इतना तो समझती चलोगी कि तुम्हें क्या-क्या करना है और किस तरीके से नहीं करना है। इन स्वयंसेवी संस्थाओं या व्यक्तियों का निरीक्षण तुम इसी उद्देश्य से करो। समझ रही हो न मेरी बात?"

"जी डॉक्टर,...समझ रही हूँ।" मैंने कहा।

एंजला मुस्कराई।"दूसरों को समझाने का कौशल उनमें बहुत ज्यादा है हं। वे आपको ऐसे चक्कर में उलझा देते हैं, कि आपने उनकी बात कब मान ली, इसका आपको पता ही नहीं चलता। परंतु प्रफुल्ला, दयालजी जो कह रहे हैं, वह सचमुच सही है। तुम्हें यह निश्चित रूप से तय करना होगा कि तुंम्हें क्या काम करना है। यानी, किस काम को प्रमुखता देनी है। फिर आगे के काम अपने आप सामने आने लगते हैं। कहने का आशय यह कि जमीन तो होती ही है, हमें सीढ़ी बनानी होती है, बस।"

हमारे लिए कुछ बातें आसान भी थीं। हमारा क्षेत्र है चिकित्सा...यह तो तय ही था। हमने अध्ययन उसी क्षेत्र में किया, ज्ञान उसी का प्राप्त किया और उसी क्षेत्र में काम करने की इच्छा भी थी। तुम्हारी बात अलग है। तुम्हारी पढ़ाई अलग क्षेत्र से संबंधित है, तुम अलग-अलग क्षेत्रों से संबंधित ज्ञान हासिल कर रही हो, और अब सामाजिक क्षेत्र में काम करना चाहती हो। इसलिए तुम्हें विचारपूर्वक अपने काम की रूपरेखा बनानी होगी। वैसे दयालजी तुम्हारी सहायता करेंगे ही। पर केवल उनकी कही बातों पर ही निर्भर मत रहना। तुम भी आँखें खुली रखकर देखती रहो। खुले दिमाग से सोचो, विचार करो।"

"और केवल भावनाओं में मत बहो।" डॉक्टर दयाल ने कहा, "विचारों पर भावनाओं की जीत कभी मत होने देना।"

डॉ. दयाल और एंजला के साथ बात कर मुझे लगा कि बहुत कुछ कुहरा छँट गया है। शिविर समाप्त हुआ। इस शिविर के बाद इतना तो साफ हो ही गया कि

मुझे यहाँ की भाषा सीखनी होगी।

अब जंगलों-वनों में भटकने की, घूमने-फिरने की काफी आदत हो चुकी थी। जो मिले, उसे खाने-पीने की आदत हो गई थी। यह भी समझ आ गया था कि अपनी जरूरतों को कितना कम किया जा सकता है।

पर अब यह सोचना जरूरी हो गया था कि यहाँ यदि अपना खुद का कोई काम शुरू करना हो, तो कौन-कौन-सी पूर्व तैयारी करनी होगी।

"मैं ये सारी फाइलें तो नहीं पढ़ पाई हूँ। अगली बार आऊँगी, तब देख लूँगी। वैसे भी, प्रगत के प्रोजेक्ट के अंतर्गत यहाँ की ग्रामपंचायतों पर चुनी गई महिलाओं या राजनीति में सक्रिय महिलाओं के साथ बात करने के लिए मुझे इस तरफ आना तो होगा ही। उस समय मैं काफी समय लेकर आऊँगी। क्योंकि यह सब केवल ऊपरी तौर पर देखने का कोई मतलब नहीं है। उसे आराम से और पूरे विस्तार से पढ़ना होगा। समझ लेना होगा।" दयालजी की फाइलें लौटाते हुए मैंने कहा।

वे आज जल्दी उठकर क्लिनिक में आकर कुछ लिखते बैठे थे।

शांत।

अन्य किसी भी क्लिनिक जैसा ही यह भी एक क्लिनिक। उनकी कुर्सी के सामने बड़ा-सा टेबल। चार कुर्सियाँ। कुर्सी के बाजू में एक गोल स्टूल घूमनेवाला। मरीजों के लिए। दूसरी तरफ एक प्लेटफार्म, जिस पर मरीज को सुलाकर उसकी जाँच की जा सकती हो। उसमें लगा बड़ा-सा परदा। बाजू की दीवार से लगा एक और टेबल, साथ में एक कुर्सी। टेबल पर एक पुराना-सा कम्प्यूटर। पूरी दीवार किताबों की अलमारी से अंटी हुई। ये सारी चिकित्सा विज्ञान से संबंधित किताबें। आवधिक पत्रिकाओं का ढेर। फाइलें।

लिखते हुए रुककर डॉ. दयाल ने मेरी तरफ देखा। "तुम कुछ और कहना चाहती हो...कुछ और बोलना चाहती हो...प्रफुल्ला?"

"अं...नहीं, कुछ नहीं।"

हाथ में पकड़ा पेन एक ओर रखकर उन्होंने कागज परे खिसका दिए। "बोलो।"

कुछ मिनट मौन बीते। इतनी शांति...लगा कि मैं किसी लंबी, सफेद सुरंग से गुजर रही हूँ...

"दवाइयाँ तो नियमित रूप से खा रही हो न?"

"जी।"

"दूसरी कोई दवा...नींद की दवा वगैरह तो नहीं लेती हो न?"

"पहले लिया करती थी, पर अब नहीं लेती। यानी जब से ये दवाएँ नियमित रूप से लेनी शुरू की हैं, तबसे।"

"मन में आत्महत्या के विचार हरगिज न आने देना प्रफुल्ला। साथ ही किसी दूसरे की मौत के या किसीको मारने जैसे हिंसा भरे विचार भी मन में न आने देना। बुरे विचार करने से अपना मन भी सड़ जाता है...शरीर का नुकसान होता है, सो अलग। यदि हम स्वस्थ हों, तो हमारे काम भी सुदृढ़ होंगे। सच तो यह है कि तुम्हें अब पहले अपने खुद के बारे में सोचना चाहिए, बाद में कामों के बारे में। जिंदगी एक बार ही मिलती है, उसे ठीक तरह से सम्हालना चाहिए।"

"जी।" मैंने कहा। आवाज काँप गई। लगा आँखें भर आएँगी। अब यहाँ से उठना होगा। मेरे मन में जो कुछ भी हलचल मची थी, वह बिना कहे इस आदमी ने कैसे जान ली? कौन-सी शक्ति है इसके पास? अकारण ही ऐसे लगा जैसे सब कुछ उनके सामने खुल गया है...बहुत ही शर्मनाक। पीड़ादायक।

मैं चलने के लिए उठ खड़ी हुई।

डॉ. दयाल उठकर मेरे पास आए और मुझे गले से लगाकर उन्होंने मेरे माथे पर हल्के से अपने होंठ रख दिए।

अपना सामान समेटकर जब मैं चलने को हुई, तब डॉ. दयाल ऑपरेशन थिएटर में थे।

एंजला सोई हुई थी। हमेशा की तरह उसकी रात जागते हुए बीती थी। फिर भी मुझसे कहा था कि चलते समय मुझे जगा देना। राणू उसे जगाने जा ही रही थी, पर मैंने ही रोक दिया।

इस तरह बिदाई की बात कही होती, तो डॉ. दयाल कहते, यह कोई आखरी मुलाकात तो है नहीं। बिदा लेने की क्या जरूरत...

यह तो शुरुआत है।

तीन

1

आखिर प्रश्नावली को अंतिम रूप मिल ही गया।

उसके बाद प्रगत में सुमेध के साथ एक मीटिंग हुई। प्रगत के कुछ अन्य सदस्य भी मीटिंग में उपस्थित थे। दिनेश, चौती, मंदार...पर उनमें से सोमनाथ और अनुजा अगले सर्वेक्षण के दौरान मेरा साथ देनेवाले थे।

मैं अब तक आठ जिलों में घूमकर अपना पहला चक्कर पूरा कर आई थी। मैंने वहाँ के अनुभव संक्षेप में सुनाए...विषय की सीमा के कारण प्रश्नावली में जिन बातों का समावेश नहीं हो पाया है, उसकी जानकारी भी दी।

मैंने बताया, "कई मुद्दे ऐसे होते हैं, जिन पर अलग-अलग विचार करने से उनके अर्थ ज्ञात नहीं होते। उनकी कोई अलग ही सामाजिक, आर्थिक या सांस्कृतिक पृष्ठभूमि होती है। ऐसे मुद्दों के संदर्भ में मैंने कुछ अलग प्रश्न केवल अपने लिए उठाए हैं। इन प्रश्नों के आधार पर हम समूह चर्चा जैसे कार्यक्रमों का आयोजन कर सकते हैं। इस प्रकार की समूह चर्चा में जरूरी नहीं कि केवल निर्वाचित या राजनीति में सक्रिय महिलाएँ ही सहभागी हों, अन्य महिलाएँ भी हो सकती हैं। साथ ही, ऐसी समूह चर्चाओं के जरिए हम पुरुषों की मानसिकता भी समझने का प्रयास कर सकते हैं। उस दृष्टिकोण से भी कुछ प्रश्न तैयार किए हैं।"

अब सच कहूँ तो मुझे यही लगने लगा था कि इस अनुसंधान पद्धति में ही कुछ मूलभूत बदलाव करने आवश्यक हैं। डॉ. दयाल के शिविर से लौटने के बाद तो यह और भी तीव्रता से महसूस होने लगा था। हर एक जनजाति की महिलाओं और बचत दल पर ध्यान केन्द्रित करते हुए उनके साथ संवाद स्थापित करने के लिए पर्याप्त और अर्थपूर्ण समय दिया जाना चाहिए। यदि समूह चर्चा के दौरान भी मोटे तौर पर केवल प्रश्न और उत्तर का ही कार्यक्रम होना हो, तो समूह चर्चा और सर्वेक्षण में कोई खास अंतर नहीं रहेगा। हमें उत्कट संवेदनशीलता के साथ और गंभीरतापूर्वक इन महिलाओं की जीवनशैली, विचार-पद्धति और कार्यक्षमता को पहचानना होगा।

मैं यह सब इतनी सहजता से क्यों कर रही हूँ? एक लंबी दूरी पार कर किसी भी गाँव में पहुँचना, केवल कुछ घंटे वहाँ महिलाओं से मिलना, उनके साथ खुली बातचीत करना, उनको समझने का प्रयास करना और फिर बिना किसी कृति के, उनके मन में आशा जगाकर लौट आना...क्या केवल इसलिए कि शायद फिर कभी भी इन महिलाओं से मेरा सामना नहीं होगा, उन्हें उत्तर देने, उनके आतिथ्य की चुकौती करने, उनके दिए स्नेह को सीने से लगाने की कभी जरूरत ही नहीं पड़ेगी? यदि ऐसा न होता, तो क्या उनसे नजरें मिलाने की हिम्मत थी मुझमें? वे सोचती हैं कि मैं और मेरी संस्था उनके प्रश्न सुलझानेवाली हैं, उनकी सहायता करनेवाली हैं, इसीलिए तो अपने काम एक ओर रखकर वे मुझसे बातें करने आती हैं...और मैं उन्हें क्या दे रही हूँ...धोखा?

ये सारी बातें मन में उमड़ रही थीं, पर यहाँ वह सब कहना व्यर्थ था।

सबके हाथ में प्रश्नावली की छायाप्रतियाँ दी गईं।

एक-एक प्रश्न पढ़ते हुए उस पर विस्तार से चर्चा की गई। कुछ छोटे-मोटे बदलाव किए। कुछ नई बातें जोड़ीं।

अनुजा ने एमएसडब्ल्यू किया था। पिछले साल भर से वह प्रगत में काम कर रही थी। सोमनाथ के पास इस क्षेत्र से संबंधित कोई उपाधि भले ही न हो, पर वह इस क्षेत्र का पुराना खिलाड़ी था। सुमेध से साथ निभा नहीं पाया, तो एक बार प्रगत छोड़कर चला गया था। सात-आठ महीने कहीं और काम किया था, पर वहाँ भी नहीं

निभा पाया था। तब दुबारा प्रगत में आ गया था। प्रगत में सबसे सीनियर वही था। उसके अलावा और कोई भी प्रगत में दो साल से अधिक नहीं टिक पाया था। अन्य स्वयंसेवी संस्थाओं की तुलना में प्रगत में मिलनेवाला वेतन काफी कम था और अन्य सुविधाएँ भी कम थीं। इसीलिए यहाँ आनेवाला प्रत्येक व्यक्ति यह सोचकर ही आता था कि दूसरी अच्छी नौकरी मिलते ही यह छोड़ देनी है। प्रगत का कार्यालय किराए की जगह से निकलकर अब धीरे-धीरे अपनी खुद की जगह में आ गया था। प्रबंधन वर्ग के पन्द्रह कर्मचारी थे और बीस-बाईस पूर्णकालिक कार्यकर्ता थे। ये कार्यकर्ता आते–जाते रहते थे, इसलिए हर महीने इनकी संख्या घटती बढ़ती रहती थी। प्रगत के पास दो गाड़ियाँ भी थीं, पर उनका इस्तेमाल अक्सर सुमेध ही किया करता था।

जागरुक आदिवासी संगठन के पास तो आठ गाड़ियाँ थीं। पर वेतन के नाम पर ऐसा ही रोना। तीन-चार करोड़ की परियोजना पर काम करनेवाले कार्यकर्ता का वेतन सैंकड़ा में शुरू होता था...सात सौ, आठ सौ...दो चार साल काम करने के बाद वेतन बढ़कर हजार तक पहुँचता था, वह भी संस्था-चालकों के सामने हाथ फैलाने पर। दूसरी ओर संचालक मंडल के सदस्य देश-विदेश की हवाई यात्रा करते, रेल से जाना ही पड़े, तो वातानुकूलित प्रथम श्रेणी में। जिन दिनों मध्यवर्ग के लोगों ने साधारण कम्प्यूटर देखा तक नहीं था, उन दिनों से ही इन की गोद में वजनी लैपटॉप हुआ करते थे, जो नई खोजों के साथ-साथ धीरे-धीरे संस्था के ही खाते के बलबूते हल्के होते गए। आज भी इस क्षेत्र में ऐसे लोग हैं, जो मानते हैं कि मनुष्य को जितना सुख प्रौद्योगिकी से मिला है, उतना अन्य किसी भी आंदोलन से नहीं मिला।

अन्य संस्थाओं की हालत भी इससे कुछ ज्यादा भिन्न नहीं थी। थोड़े बहुत फर्क के साथ सब तरफ ऐसा ही था। एक ओर अपार दरिद्रता तो दूसरी ओर विदेशी धन से ओतप्रोत संस्थाएँ। सोमनाथ ऐसी बातों की पूरी जानकारी रखता था।

एक बार उसने बताया था कि महाराष्ट्र में स्वयंसेवी संस्थाओं के पास प्रति वर्ष कम-से-कम 350 करोड़ रुपये आते हैं।

चार साल पहले पुणे की एक संस्था पर भ्रष्टाचार का आरोप लगा था। परंतु ज्यादा छानबीन हुई नहीं, केवल उस एजेंसी ने धन देना बंद कर दिया। पर इससे उस संस्था पर कोई असर नहीं हुआ। बात कुछ वैसी ही हुई जैसे कि एक पत्नी की मृत्यु के बाद दूसरे दिन से ही बेटी के बाप पूछताछ करने आ जाते हैं। एक नहीं तो दूसरी एजेंसी ने धन दिया। बंद होने की कगार तक पहुँची संस्था का एक महीने के भीतर पुनर्वसन हो गया। आखिर फंडिंग एजेंसियों के बीच भी आपसी स्पर्धा तो होती ही है।

अपने यहाँ दलाली करनेवाले इतने सारे सपोर्ट ग्रुप हैं, उनके कमीशन बँधे होते हैं। वे तो जैसे विदेशी संस्थाओं के साथ मिले होते हैं। यदि सचमुच किसी कारण से विदेशी सहायता बंद हो जाए, तो अनेक संस्थाएँ डूब जाएँगी।

अनुजा तो केवल अनुभव पाने के लिए काम कर रही थी। उस जैसे कई युवा स्वयंसेवी संस्थाओं की ओर आकर्षित हो रहे थे, क्योंकि उनकी दृष्टि में यह काम बिना किसी जोखिम के, भरपूर वेतन के साथ-साथ समाजोद्धार का श्रेय आसानी से देनेवाला काम है। समाजसेवा की उपाधि प्राप्त कर व्यावसायिक दृष्टिकोण रखकर ये लोग आत्मविश्वास के साथ इस क्षेत्र में प्रवेश कर रहे थे। इस आपाधापी में अनुजा की शादी भी तय हो गई थी, और उसने घोषित कर दिया था कि जब कभी उसे विवाह करने की आवश्यकता महसूस होगी, वह शादी कर दिल्ली चली जाएगी।

आकर्षक रंग-रूप और कमनीय देहवाली अनुजा चाहती थी कि भविष्य में वह स्वयं भी ऐसी ही कोई स्वयंसेवी संस्था शुरू करे। वास्तव में उसकी रुचि नृत्य में थी और बचपन से ही उस क्षेत्र में उसने बड़ी मेहनत की थी, पर उसे अपना करियर समाजसेवा के क्षेत्र में ही बनाना था। सब गड़बड़ ही थी। मैं तो उसको अब तक समझ ही नहीं पाई थी। हाँ, स्वभाव से वह बहुत ही मोहक, नम्र थी। ऐसी मीठी बातें करती थी कि सामनेवाला घुलता चला जाए।

सुमेध कहता था कि अनुजा यदि अपनी खुद की स्वयंसेवी संस्था शुरू करे, तो उसे कभी भी फंडिंग की कमी महसूस नहीं होगी।

ऐसे मौके पर मैं सुमेध से चिढ़ जाया करती थी। सोचती थी कि क्या यह आदमी फंडिंग के अलावा कोई और बात कह नहीं सकता? पर ये सारी बातें हम आपस में ही किया करते थे।

बाहर सुमेध की प्रतिमा कुछ अलग ही थी। बाहर वह जो कुछ भी कहता, लिखता, वह भीतर की बातों से बिलकुल अलग हुआ करता था।

उन दिनों सुमित्रा भी सुमेध की इन्हीं बाहरी बातों के जाल में फँसी होगी।

पर ऐसा नहीं कि इस क्षेत्र के लोग ही केवल बदल गए हों। मूलतः बदलती गईं संस्थाएँ और संगठन...और उस परिस्थिति के चलते तथाकथित कार्यकर्ताओं ने अपना स्वरूप भी बदलने दिया।

इन स्वयंसेवी संस्थाओं और संगठनों के स्वरूप कितने बदलते चले गए हैं...

उस दिन शाम को जब मैं एंजला और राणू के साथ बातचीत करते बैठी थी, तब मरीज के आ जाने से एंजला उठकर चली गई थी और ऑपरेशन में फँस गई थी। तब डॉ. दयाल फिर मेरे पास आकर बैठे बातचीत करते हुए। यूँ समझिए कि एक छोटा-मोटा व्याख्यान ही दे डाला उन्होंने। मेरे सामने कितने प्राथमिक स्वरूप के सवाल थे,—पर यह भी महसूस हो रहा था कि उनका उत्तर मिले बिना आगे बढ़ना संभव नहीं।

अपने छोटे से सफर के दौरान मैंने अनुभव किया था कि अनेक संस्थाओं में

जिम्मेदारी और उत्तरदायित्व की स्पष्ट रूपरेखा सामने नहीं रखी जाती। अध्ययन करनेवाले विशेषज्ञ कभी काम नहीं करते और काम करनेवाले कार्यकर्ता कभी अध्ययन नहीं करते। जीवन समर्पित करते हुए काम करनेवाले सामान्य कार्यकर्ताओं के ज्ञान और समझ में सालों साल कोई अंतर नहीं पड़ता, कोई वृद्धि हुई नहीं दिखाई देती। करोड़ों रुपयों की परियोजना चलानेवाले समन्वयक अपनी परियोजना के बारे में चार वाक्यों में स्पष्ट जानकारी नहीं दे सकते। फिर उसके बारे में लिखना तो दूर की बात रही। इसका कारण साफ है, उन्हें उस जानकारी से दूर ही रखा गया होता है। पूरे काम की जिम्मेदारी में से एक छोटा-सा हिस्सा उन्हें सौंपा गया होता है। उनकी स्थिति उस व्यक्ति के समान होती है, जिसे किसी कारखाने में किसी विशिष्ट यंत्र का एक विशिष्ट पुर्जा बनाने का काम सालोंसाल सौंपा गया होता है और वह उस काम में कुशल होता हैय परंतु उसके अलावा उसने उस संपूर्म यंत्र को कभी नहीं देखा होता है और न उसे दूसरा कोई वैकल्पिक काम आता है।

वैसे, जिन लोगों की ये संस्थाएँ होती हैं, क्या वे मूलतः उससे पूरी तरह परिचित होते हैं? बिलकुल नहीं। अक्सर वे इधर-उधर से कुछ जानकारी हासिल कर लेते हैं और उसी के बूते पर निभा ले जाते हैं। जिस समाज में वे काम कर रहे होते हैं, उस समाज की संस्कृति, इतिहास, विचार पद्धति आदि से वे अनजान होते हैं। वे यह तक नहीं जानते होते कि समाज के जिन प्रश्नों के समाधान के लिए उन्होंने इतनी बड़ी संस्था की स्थापना की है, वे प्रश्न आखिर निर्माण ही क्यों हुए हैं। उनका पूरा ध्यान इस बात की ओर होता है कि कागज पर रिकार्ड ठीक है या नहीं। काम कैसे चल रहा है, परिणामकारी है या नहीं, आदि बातों से उनका कोई लेना देना नहीं होता।

प्रशिक्षणों और कार्यशालाओं से आगे कोई बढ़ना ही नहीं चाहता। उनकी इस प्रकार की मानसिकता ही नहीं होती। 'समन्वय' की कावेरीजी चिटनीस से एक बार मैंने यह सब कहा भी था, पर उन्होंने साफ कह दिया था कि यह हमारा उद्देश्य ही नहीं है।

हर जगह यही अनुभव हो रहा था कि सब कुछ कितना ऊपरी तौर पर किया जा रहा है, कितना दिखावटी है।

मेरी कोशिश यही थी कि कम-से-कम अब मेरे साथ तो ऐसा न हो।

मेरे हाथ में किताबें देखकर सोमनाथ मेरी चाहे जितनी हँसी उड़ा ले, पर मुझे यह बहुत जरूरी लग रहा था कि अपने आप के प्रति, अपने काम के प्रति ईमानदार रहना हो, तो मुझे यह सब समझ लेना ही होगा। सोमनाथ की तुलना में अनुजा समझदार थी। वह कई बार मुझे अच्छी किताबों के संदर्भ दिया करती, मेरे साथ चर्चा किया करती थी।

डॉ. दयाल ने कहा था—स्वयंसेवी संस्थाओं के कामों की उलझनें बढ़ती गईं और वे अधिक जटिल होती चली गईं। उनका जन-सामान्य से जो संबंध था, वह

टूटता चला गया। सर्जनशीलता घटती गई। समाज-परिवर्तन की तीव्र इच्छाओं की धार कम होने लगी। प्रयोगों के तरीके बदलते गए। अपने द्वारा किए गए प्रयोगों को सार्वत्रिक बनाने की आवश्यकता खत्म होती गई। नई पीढ़ी के स्नातक समाजसेवक इसमें शामिल होने लगे।

ये संस्थाएँ किसी जमाने में उर्जा-उत्पादन के केन्द्र थीं। अब उनका बाहरी निर्माण केवल शेष रहा और उर्जा निर्माण कब का समाप्त हो गया। तब धीरे-धीरे स्वयंसेवी कार्यों का स्वरूप अधिक प्रयोगशील, अधिक वैज्ञानिक और कुछ समय बाद अधिक व्यावसायिक भी होने लगा।

अब संबंधित लोगों ने दुनिया को बदलने की बात करनी बंद कर दी।

वे भूल गए कि वे इस समाज के लिए कुछ करने की सहज भावना से प्रेरित होकर एक हुए थे। इस तरह संस्थाएँ जन सामान्य से दूर होती गईं। सहानुभूति और सहायता की भावना का स्थान उपकार की भावना ने ले लिया। धन बढ़ता गया, तो उद्देश्य और रुचियाँ भी बदल गईं।

दयालजी यह सब बता रहे थे और मेरी आँखों के सामने अनुभव साकार हो रहे थे। कुछ ऐसा लग रहा था जैसे केवल रंग भर रखे सीधे-सादे चित्रों की बाह्य रेखाओं को गहरा काला बनाकर किसी छोटे बच्चे ने उन चित्रों को उभार कर रख दिया हो।

वास्तव में 'जागरुक आदिवासी संगठन' की दीदी से मैंने इस संबंध में एक बार बात की थी, परंतु वह इस प्रकार की तर्कशुद्ध बात नहीं थी। वह बहुत कुछ संदिग्ध और इस निष्कर्ष को व्यक्त करनेवाली बात थी कि टिके रहने के लिए हमें किस प्रकार कालानुरूप बदलना होगा। हाँ, बोलते समय मैंने ठोस उदाहरण अवश्य दिए थे, जो महाराष्ट्र की विविध संस्थाओं-संगठनों से संबंधित थे। उनमें एक नाम 'प्रगत' का भी था।

आज उन सारी बातों को याद करते हुए अचानक इस बात की ओर ध्यान गया कि इतने सारे दोषों, कमियों के होते हुए भी फिर उसी रास्ते पर चलने या उसी चौखट में से एक टुकड़ा चुनकर काम शुरू करने की सलाह डॉ. दयाल ने मुझे क्योंकर दी?

यह सच है कि मैं उनकी बातों में बहती चली गई। एंजला ने ठीक ही कहा था कि उनमें अपनी बात दूसरों के गले उतारने की जबरदस्त शक्ति है। मैं अपना दिमाग एक ओर रखकर मूर्खों की तरह सिर हिलाते बैठी रह गई थी।

हो संकता है कि उनका उद्देश्य गलत न हो। उनका यह विश्वास भी हो सकता है कि ये काम भले तरीके से, दोषों को परे रखते हुए किए जा सकते हैं। यदि ऐसा न होता, तो शायद उन्होंने मुझसे यह सब कहा भी नहीं होता।

सिर भारी होता चला गया।

अब एक ही उपाय था कि सारे तर्क-कुतर्क एक ओर रख दिए जाएँ और

अपनी परियोजना पर ध्यान केन्द्रित किया जाए।

अभी-अभी तो मेरा स्वास्थ्य कुछ ठीक होने लगा था। डर लगना, रात-बेरात नींद में चौंककर उठ बैठना, बार-बार पसीना छूटना...यह सब काफी कम हो गया था। मैं इस तरह अधर में लटकना नहीं चाहती थी कि यह सब फिर से उभर आए। दुनिया चाहे जैसी भी भली-बुरी हो, यह तो सत्य था कि जब तक मैं हूँ, तब तक मेरे लिए यह दुनिया भी होगी ही। इसीलिए यही जरूरी था कि मैं केवल काम तक ही अपने विचार सीमित रखूँ।

प्रश्नावली को अंतिम रूप दिए जाने के बाद टाईप सेटिंग, प्रिंटिंग वगैरह के काम शुरू हुए। जिलों और तहसीलों का चयन किया गया। नक्शे जमा किए गए। उन-उन क्षेत्रों में काम करनेवाली स्वयंसेवी संस्थाओं, संगठनों और लोगों की सूचियाँ तैयार की गईं। उन्हें प्राथमिक स्वरूप के, इस आशय के पत्र भेजे गए कि वे हमें आवश्यक सहायता प्रदान करें।

ब्यौरा इकट्ठा किया गया कि महाराष्ट्र में कुल कितनी आदिवासी जनजातियाँ हैं, उनमें से किन-किन जनजातियों की जनसंख्या अधिक है और वे किस क्षेत्र में पाई जाती हैं। संदर्भ ग्रंथों की सूचियाँ तैयार की गईं।

पंचायत राज का इतिहास, आदिवासियों के लिए आरक्षित मतदार संघ, स्त्रियों के लिए आरक्षित स्थान, महाराष्ट्र की राजनीति में महिलाओं का स्थान आदि राजनीतिक स्वरूप के विवरण भी जमा किए गए।

एक विस्तृत टिप्पणी तैयार हुई।

महाराष्ट्र में स्त्रियों के लिए 33 प्रतिशत आरक्षण का विधेयक केन्द्र सरकार द्वारा पारित होने से पहले ही, यानी सन् 1990 में ही पारित हो चुका था। सन् 1992 में जो संशोधन संविधान में किया गया, उससे देश-भर की 10 लाख स्त्रियों को पंचायत राज व्यवस्था में आने का अवसर मिला। अब यह ब्यौरा एकत्र करना था कि इसमें कितनी स्त्रियाँ महाराष्ट्र से हैं और उनमें से कितनी आदिवासी हैं।

तय किया गया था कि बरसात का मौसम खत्म होने के बाद ही फील्डवर्क शुरू किया जाए। इसीलिए टेबलवर्क पूरा करने के लिए काफी समय मिल गया।

साथ में अनुजा थी इसलिए 'प्रगत' के कार्यालय में बैठकर काम करना भी ऊबाऊ नहीं हुआ। उसके साथ बातचीत, चाय कुछ न कुछ चलता रहता था। सोमनाथ के साथ उसका काफी वाद-विवाद हुआ करता था। सोमनाथ हमेशा उल्टी बातें ही सोचा करता। कोई नई परियोजना शुरू हो, तो उसका दृष्टिकोण प्रारंभ में नकारात्मक ही हुआ करता था। हर मामले में वह सबसे पहले शॉर्टकट खोजने का प्रयास करता, जो अनुजा को कभी स्वीकार न होता था।

उसका कहना था, "यह स्वाभाविक है कि काम शुरू करने से पहले या काम शुरू होने के बाद कुछ समय तक मन में यह प्रश्न उभरते रहें कि हम यह काम क्यों कर रहे हैं, हमारा उद्देश्य क्या है, या इसमें से क्या निष्पन्न होगा? यह अच्छा भी है। परंतु काम शुरू होने के बाद साल बीत जाने पर भी काम खत्म होने तक मन में वे ही सवाल उथल-पुथल मचाते रहें, तो यह गलत बात है। इसका सीधा मतलब यही है कि अपने काम पर अपना ही भरोसा नहीं है...और यदि भरोसा ही नहीं है, तो यह काम करें ही क्यों?"

"पर यह सब समझना सोमनाथ के बस की बात ही नहीं है।" सुमेध उसे यह बात कई बार समझा चुका था।

"तो फिर वह 'प्रगत' में क्या कर रहा है?" अनुजा के इस प्रश्न को सुमेध ने हमेशा ही हँसकर टाल दिया था।

जिस समय हम इस जानकारी को नोट कर रहे थे, उस समय सोमनाथ ने कहा, "महिलाओं के लिए 33 प्रतिशत आरक्षित सीटों का मतलब है केवल 33 प्रतिशत ही। बाकी सारी सीटें पुरुषों के लिए हैं।"

समझ नहीं आ रहा था कि सोमनाथ यह हमें उकसाने के लिए बोल रहा था, या वह सचमुच यही समझ रहा था।

अनुजा ने कहा, "यह बात नहीं। क्या कहीं ऐसा कहा गया है कि शेष 67 प्रतिशत सीटें पुरुषों के लिए आरक्षित हैं? शेष सीटों के लिए भी महिलाएँ चुनाव लड़ सकती हैं। 33 प्रतिशत आरक्षण का सीधा अर्थ यह है कि कम-से-कम 33 प्रतिशत सीटें।"

"यानी सोमनाथ, सारी सीटों पर...यानी 100 प्रतिशत महिलाएँ निर्वाचित हो सकती हैं। पर 100 प्रतिशत पुरुष कभी नहीं।" मैंने कहा।

"यह तो सरासर ज्यादती है।" सोमनाथ बेवजह भड़क गया।

"ज्यादती कैसे?" अनुजा ने पूछा।

इस प्रश्न का उत्तर वह नहीं दे पाया।

अनुजा ने कहा, "अब इसके बाद ऐसी ग्राम पंचायत, पंचायत समिति, जिला परिषद या नगरपालिका भी हो सकती है जिसमें सभी महिला सदस्य हों और उनमें से कम-से-कम 33 प्रतिशत या सभी पिछड़े वर्ग की महिलाएँ हों। पर ऐसी स्थानीय स्वराज संस्था कोई नहीं होगी जिसमें 100 प्रतिशत पुरुष ही हों।"

"सब झंझट ही है।" सोमनाथ बुदबुदाया। "तो फिर, यह काम भी 100 प्रतिशत तुम दोनों मिलकर ही क्यों नहीं करतीं?"

"जरूर किया होता।" अनुजा ने हँसकर कहा। "लेकिन तब हम यह कैसे जान पातीं कि इस संदर्भ में पुरुषों का दृष्टिकोण क्या है?"

"अब जो भी दृष्टिकोण हो, तुम लोग ही उसे ढूँढो और लिख लो। बाद में चाहे तो मैं कम्प्यूटर पर डाटाएंट्री कर दूँगा।" कहते हुए सोमनाथ उठकर चलता बना।

"अभी कहकर गया है, पर देखना... डाटाएंट्री के समय भी वह ऐसा ही कोई बहाना ढूँढकर खिसक लेगा।" अनुजा ने गर्दन हिलाते हुए कहा।

इस बीच हमें कुछ और जानकारी मिली, जिससे साफ हुआ कि संविधान का 73 वाँ संशोधन आदिवासियों पर लागू नहीं होता है, क्योंकि उनके पूरे क्षेत्र में न्यायदान, कानून और सुव्यवस्था तथा ग्राम पंचायत के दैनिक कामकाज की पारंपारिक व्यवस्था बनी हुई है।

आदिवासी क्षेत्र में काम करनेवाले अनेक संगठनों, कार्यकर्ताओं, आदिवासी जन-प्रतिनिधियों और आदिवासियों का अध्ययन करनेवालों ने मिलकर 'आदिवासी स्वराज्य मोर्चा' की स्थापना की थी। उन्होंने एक होकर आदिवासी स्वशासन कानून के लिए जन आंदोलन खड़ा किया और चर्चा करते हुए एक वैकल्पिक कानून तैयार किया। इस संबंध में विचार करने के लिए श्री भुरिया की अध्यक्षता में सरकार ने एक समिति गठित की। इन सारे प्रयासों के परिणामस्वरूप 24 दिसंबर 1996 को केन्द्र सरकार ने 'आदिवासी स्वयंशासन कानून' जारी किया। इसके अनुसार प्रत्येक राज्य को यह स्वतंत्रता दी गई कि वह अपने क्षेत्र के पंचायत राज कानून तथा अन्य आनुषंगिक कानूनों में परिवर्तन कर सकता है।

दिसंबर 1997 में महाराष्ट्र सरकार ने 'आदिवासी स्वयंशासन कानून' जारी किया।

संदर्भ ग्रंथों की सूची में दी गई कुछ पुस्तकें मैं घर पर भी ले गई थी। उनका अध्ययन जारी था। शुरू में कुछ पुस्तकें काफी गंभीर प्रतीत हुई थीं, पर धीरे-धीरे आदत हो गई।

इन्हीं पुस्तकों में गोंडी और कोलामी बोलियों के दो शब्दकोश भी थे। उन्हें पाकर तो फूली न समाई। लगा, अब अगली बार जब डॉ. दयालजी के यहाँ जाऊँगी, तब कुछ शब्दों से तो मेरा परिचय हो चुका होगा...वे तब मेरे लिए केवल ध्वनि नहीं होंगे। तब आते-जाते यही सब जानने सी धुन सवार हो गई कि इसको क्या कहते हैं या उसको क्या कहते हैं...

आलका यानी आवाज, इडिंजु यानी ऩाखून, उको यानी चाँदनी, कनीर यानी आँसू, पापे यानी तितली, प्याव्हू यानी बारिश, बेट्टड का मतलब बाड़ और उडताना यानी लपेटकर रखना!

बड़ा मजा आ रहा था।

बरसात खत्म होने में थी। सच पूछे तो हमेशा जैसी बारिश इस बार हुई ही नहीं। शुरू में काफी जोर था। ठाणे जिले को तो धो ही डाला था। पर बाद में गायब हो गई। ऐसा हुआ ही नहीं कि कोई एकाध रात केवल बारिश की आवाज सुनते हुए

गुजरी हो। कहीं कहीं हरियाली दिखाई दी, बस इतना ही।

महावीर का पत्र मिला। उसने लिखा था कि वड़गाँव में खूब बारिश होने की वजह से संस्था के काम ठप्प हो गए हैं और वह केवल रिपोर्ट लिखते हुए समय गुजार रहा है।

एक सुबह नींद खुली तो सहसा ठंडक का एहसास हुआ। ओह, ठंड के पहले कदम पड़ चुके हैं। खिड़कियाँ पूरी खोल दीं मैंने और ठंड की वह पहली लहर अपने शरीर भर में लपेट ली।

वैसे पेड़ों पत्तियों पर अभी कोई खास फर्क नजर नहीं आ रहा था। अब तक बरसात का मौसम खत्म नहीं हुआ था।

अब झुरमुट सुनहरे होते चले जाएँगे और पतझड़ शुरू हो जाएगी।

सुमेध ने कहा, "पहले कुछ प्रश्नावलियाँ नमूने के तौर पर भर कर देख लो। इससे पता चल जाएगा कि कहीं कोई दिक्कत तो नहीं है। पहले पास ही में ठाणे या रायगढ़ के ही इलाके में जाना। प्राफुल्ला, तुम अभी प्रतिमा से नहीं मिली हो न...एक बार उससे भी मिल लेना। प्रश्न पूछते समय किस तरीके से पूछे जाने चाहिए, सही उत्तर पाने के लिए कुछ ऐसे उपप्रश्न भी पूछने पड़ते हैं, जो प्रश्नावली में नहीं हैं। ये उपप्रश्न किस प्रकार के होने चाहिए, क्या इस संबंध में कुछ टिप्पणियाँ लिखी जा सकती हैं, आदि बातों पर विचार कर लो। ताकि, जब हम सर्वेक्षक की नियुक्ति करेंगे, तब उसे ये सारी बातें बताई जा सकें।"

तब हमने उसके बताए तरीके से अपने अगले काम की रूपरेखा तय की।

सुमेध का कहना था कि सभी जगहों पर सरकारी विश्रामगृह होते हैं, वहीं ठहरना चाहिए। उसने इस आशय के पत्र भी हमें दिए थे।

पर बाद में जब सुमित्रा के साथ यूँ ही बातचीत चल रही थी, तब उसने कहा, "किसी एक जगह रह कर पहले देख लेना। मुझे खुद को वहाँ रहना कभी अच्छा नहीं लगा। जाने कहाँ-कहाँ के लोग पड़े रहते हैं वहाँ। सांसदों या विधायकों के पत्र लेकर कोई भी आकर रहता है वहाँ। विशेषकर मेडिकल रिप्रेजेन्टेटिव जैसे लोग, जिनका काम ही होता है घूमना। ऐसे टुच्चे समाचार-पत्रों के पत्रकार होते हैं, जिनका कभी नाम तक नहीं सुना होता। सस्ते में इंतजाम होता है, लोग नशे में धुत्त होते हैं। कभी कोई मंत्री या विधायक अकस्मात खुद आनेवाला हो, तो बिना किसी सूचना के अपने बुकिंग्ज रद्द कर डालते हैं। ऐन मौके पर अपने को ही परेशानी उठानी पड़ती है। इसीलिए, जब कभी मैं इस प्रकार के दौरे पर जाती हूँ, तब पास के किसी शहर में किसी लॉज में रह लेती हूँ। या फिर, स्थानीय स्तर पर कोई पहचान ढूँढने की कोशिश करती हूँ।"

मैंने कहा, "ठीक है, जब जैसी स्थिति होगी, वैसा निर्णय ले लूँगी। जिन स्थानों

पर स्वयंसेवी संस्थाएँ हैं, वहाँ पर तो कुछ न कुछ इंतजाम हो ही जाता है। दूसरी जगहों पर देखूँगी क्या करना है।"

वैसे तो सीधे बाड़ियों-बस्तियों में रहना मुझे ज्यादा अच्छा लगा होता। मुझे लग रहा था कि इस तरह वहाँ उन लोगों के साथ रहकर काम करने से काम बेहतर होता है। यानी, हम देखते हैं कि वे किस तरह जीते हैं, क्या खाते-पीते हैं, हम खुद भी उनके साथ वही खाते-पीते हैं, तब उनके वास्तविक प्रश्न हमारी समझ में आते हैं, उनकी विचारधारा से परिचय होता है और उनकी जीवन शैली का पता चलता है। जब वे हमें अपने में से ही एक समझने लगते हैं, तब वे अपने साथ अधिक खुलकर बातचीत करते हैं।

यदि सुमेध के कहे अनुसार मैं पास के किसी सरकारी विश्रामगृह में ठहरूँ और जीप लेकर सब जगह घूमूँ, तो क्या यह सब संभव होगा?

सुमेध ने कहा था, "इस तरह जीप वगैरह में जाने से रौब जमता है अपना।"

पर क्या हमारा उद्देश्य यह है कि गरीब लोगों के सामने रौब झाड़ा जाए या दुर्बलों को धमकाया जाए?

तब हममें और सरकारी कर्मचारियों में फर्क ही क्या रह जाएगा?

तो फिर यह छानबीन करने की भी क्या आवश्यकता है?

क्या यह इसलिए करना है कि उन लोगों को इससे कोई लाभ होगा,या इसलिए कि इस अन्वेषण से अपना कोई आर्थिक लाभ होगा, संस्था ने एक अच्छी परियोजना पूरी की, इसलिए उसकी कीर्ति फैलेगी और इससे हमें और लाभ मिलेगा?

सुमित्रा से पूछा, तो उसने कहा, "क्या तुम सच सुनना चाहती हो?"

"बिलकुल।" मैंने कहा। "पर तुम ऐसा क्यों पूछ रही हो?"

"इसलिए, कि तुम्हें ऐसा न लगे कि सुमेध मेरा पति है, उसकी और मेरी बनती नहीं, इसलिए मैं उसके बारे में कुछ नकारात्मक बातें कर रही हूँ।"

"मुझे ऐसा नहीं लगेगा सुमित्रा। मैं तुम्हें भी पहचानती हूँ और उसे भी। इसलिए तुम जो भी कहना चाहती हो, खुलकर कहो।"

सुमित्रा ने कहा, "प्रफुल्ला, वह एक नंबर का धोखेबाज है। मैं भी ठगी गई हूँ। सब कुछ धोखा है, सरासर धोखा। यह सब ऐसा है मानो हम कोई कहानी लिख रहे हों और उसमें कोई दूसरा बीच में ही आकर कुछ पृष्ठ लिख डाले और उस बदल चुकी कहानी को हताशा से देखने के अलावा हम कुछ भी न कर सकें।

सुमेध के सारे इंटरेस्ट अब पूरी तरह बदल गए हैं। या फिर ऐसा है, कि वह जिन विचारों को अपने विचार कहकर हम तक पहुँचाता है, वे विचार उसके कभी थे ही नहीं। अब तो ऐसा साफ प्रतीत होता है कि वह पूरी तरह विरुद्ध छोर पर है। उसका अहंकार केवल घर में पत्नी के सामने फुफकारता है, बाहर के लोगों के सामने भीगी बिल्ली बना रहता है। वह भी किसलिए? तो केवल ऐश के लिए!

जिन बातों की वह इतनी आलोचना किया करता था, अब उन्हें अपरिहार्य बताकर स्वयं वही कर रहा है। ऊपरी तौर पर जिन उच्चवर्ग के लोगों की ओर वह ऊँगली उठाता है, भीतर से उन्हीं की तरह जीने की कोशिश करता रहता है। उसके मन में दूसरी संस्थाओं या संस्था चालकों के प्रति तीव्र द्वेष की भावना होती है। सभी सफल लोगों को लब्धप्रतिष्ठ कहकर उनका उपहास करना उसे अच्छा लगता है। उसका यह दृढ़ विश्वास है कि एक वही अकेला सिद्धांतवादी है, बाकी सारे तो भ्रष्टजन हैं। अपना दुर्भाग्य तो यह है कि समाज ऐसे ही लोगों को जरूरत से ज्यादा महत्त्व देता है।

और, यह सब वह करता क्यों है? केवल चार पैसों के लिए? वह तो मैं भी जरूरत भर कमा ही रही हूँ।

पर अब उसकी सारी प्राथमिकताएँ बदल गई हैं।

जो आदमी पहले झुग्गियों में रहनेवालों के लिए संघर्षरत था, अनाथ बच्चों, सड़क पर पल रहे बच्चों के प्रश्नों को सुलझाने में रात-दिन एक कर देता था, वह अब गाड़ी और बंगले के ख्वाब देख रहा है। मुझे यदि यही सब चाहिए होता, तो बिना कोई समझौता किए मुझे ऐसा पति अवश्य मिला होता, जिसके पास यह सब पहले से ही हो।

आजकल तो मुझे यह संदेह भी होने लगा है कि अपने काम के बारे में उसने विवाह से पहले जो कुछ भी मुझे बताया था, वह सच था भी या नहीं? या फिर, कहीं वह भी गप्प ही तो नहीं थी?

अब तो उसकी पसंद के रंग तक बदल गए हैं। क्या कोई इस तरह, इतना अंतर्बाह्य बदल सकता है? या, कही ऐसा तो नहीं कि वह मूल रूप से ऐसा ही था और सामाजिक आंदोलन वगैरह सब दिखावा ही था? अब जो कुछ तुम मुझे बता रही हो न, उससे तो मुझे अपना मत और भी विश्वसनीय प्रतीत होने लगा है।"

मैंने उसे डॉ. दयाल के साथ हुई बातचीत के बारे में बताया और अपने मन की उलझन के बारे में भी।

कुछ देर हम दोनों ही अपने अपने विचारों में खोई चुपचाप बैठी रहीं। आखिर मैंने पूछा, "पर अब मुझे क्या करना चाहिए?"

"निर्णय लो।"

"परंतु सुमित्रा, यदि मैंने यह काम छोड़ दिया तो दूसरा कुछ मेरे पास है ही नहीं। हाँ, साहब मुझे भरण-पोषण का खर्च जरूर देते हैं, पर मुंबई में केवल घर चलाने या बनाए रखने में ही कितना खर्च हो जाता है। आजकल तो वे शांता मौसी का वेतन भी नहीं देते। इसके बावजूद भी मैं अगर काम छोड़ दूँ, तब भी पैसों के अलावा सवाल आएगा अपने आप को कहीं व्यस्त रखने का। यदि कोई काम न हो, तो शायद मैं पागल हो जाऊँगी। कम-से-कम इसलिए तो हाथ में कुछ काम होना ही चाहिए।"

"पर अभी तुम डॉ. दयाल के यहाँ हो आई हो न, वहाँ क्या तय हुआ?"

"उन्होंने कहा, 'आ जाओ।' पर वह इतना आसान भी नहीं है। भली-भाँति सोचकर, उस परिसर को अच्छी तरह परखकर, वहाँ किए जानेवाले काम का स्वरूप तय करने के बाद ही निर्णय लिया जा सकता है। पहले थोड़ा-थोड़ा काम शुरू कर बाद में उसे बढ़ाते हुए काम की व्यापकता का अनुमान लगाना होगा। एक बार वहाँ जाने के बाद वापस लौटने की नौबत नहीं आनी चाहिए।"

"उन लोगों से तुम्हें कितनी सहायता की उम्मीद है?" सुमित्रा ने पूछा।

तब मैंने उसे डॉ. दयाल और एंजला के साथ हुई बातचीत विस्तार से बताई। यह भी कहा कि इस बारे में एक बार राणू से भी बात करनी होगी।

मैं यह भी सोच रही थी कि 'प्रगत' में किए गए कामों का अनुभव साथ होगा, तो लाभ होगा। इस परियोजना के कारण विविध संस्थाओं से परिचय होगा। जो लोग कई वर्षों से इस क्षेत्र में काम कर रहे हैं, उनसे मिलकर उनके कामों का स्वरूप, उनकी विचारधारा को समझा जा सकेगा। इससे यह साफ हो जाएगा कि मुझे खुद को क्या करना है और डॉ. दयाल ने जैसा कहा था, यह भी पता लग जाएगा कि मुझे क्या नहीं करना चाहिए।

सुमित्रा ने कहा, "मैं तुम्हें समझ ही नहीं पा रही हूँ, प्रफुल्ला। तुम इतनी भोली कैसे बनी रह सकती हो? वह भी साहब जैसे आदमी के साथ गृहस्थी चलाने के बाद और इतने साल मुंबई जैसे शहर में गुजारने के बाद? कोई भी कुछ भी कहता है और तुम तुरंत उसका भरोसा कर लेती हो। जाने कहाँ के डॉ. दयाल, तुममें उस आदमी का क्या इंटरेस्ट है? उन्होंने किसी प्रवचनकार की तरह या आजकल के किसी आध्यात्मिक गुरुमहाराज की तरह लाग-लपेटकर कुछ कह दिया और तुमने भी वह मान लिया। यदि तुम्हारे मन में सुमेध के बारे में संदेह है, जागरुक आदिवासी संगठन के बारे में संशय है, तो एक बार अपने उस डॉ. दयाल के बारे में भी संशय रखकर देख लो न।"

"हाँ...अभी तो मुझे कुछ ठीक से सूझ नहीं रहा है सुमित्रा। पर इतना तो निश्चित है कि अब इस उम्र में आकर मैं कोई फैसला जल्दबाजी में नहीं करूँगी। अभी तो मुझे यही लग रहा है कि फिलहाल मैं यही काम जैसा है, वैसा जारी रखूँ। इस बीच डॉ. दयाल के साथ कुछ छोटे-मोटे काम शुरू करूँ। एक बार उनके साथ काम करना शुरू कर दूँगी, तो उनके बारे में भी मालूम हो ही जाएगा...जैसे सुमेध के बारे में मालूम हुआ वैसे ही। तब अपने आप ही इन सवालों के जवाब भी मिल जाएँगे।"

ठंड पड़नी शुरू हो गई थी।

शांता मौसी काफी समय से अष्टविनायक की यात्रा के लिए जाना चाह रही

थी, उनसे कहा, "मैं भी बाहर जा रही हूँ, तो यहाँ अकेले रहने की बजाय आप भी हो आइए।"

उनकी यात्रा का इंतजाम करने के बाद अगले दिन मैं भी निकल पड़ी। अब मुझे सफर करने की काफी आदत हो चुकी थी।

यह भी समझ आ गया था कि एक निश्चित मुकाम तक पहुँचानेवाली बस ढूँढकर उसका इंतजार करने की बजाय उसी राह पर, उसी दिशा में जानेवाले किसी भी वाहन को लेकर सफर शुरू कर देना चाहिए। बस, शेअर जीप, रिक्शा या जो भी मिले, आगे बढ़ते रहना चाहिए। इससे काफी समय बच जाता है।

वैसे भी मुझे सफर में कभी बोरियत नहीं महसूस होती। अलग पेड़, अलग पहाड़, अलग नदियाँ और उनके साथ ही अलग-अलग प्रकार के लोग नजर आते हैं। अलग-अलग भाषाएँ सुनाई देती हैं।

एहसास होता है कि यह सब अपने जैसा ही है। ये भी अपने जैसे ही नाक-कान-आँखोंवाले हाड़-मांस के बने लोग हैं। उनके भी अपनी ही तरह सुख-दुख, प्रश्न, वेदना, संकट, व्याधि, आनंद हैं।

लगता है कि हम मानो किसी बहुत बड़े आकार के उप-आकार हैं। जितनी व्याप्ति अपनी दृष्टि की है, उतने वे हमें कम या ज्यादा दिखाई देते हैं, बस।

पर हम सब एक ही अंश के...एक ही मानव वंश के हैं।

जब यह एहसास होने लगा, तब सफर का डर, अनजान जगहों का भय कम होने लगा।

लोगों पर भरोसा होने लगा...और अपने आप पर भी।

नमूने की प्रश्नावली भरने के लिए रायगढ़ जिले के आदिवासी क्षेत्र में घूमना शुरू किया।

बहुत दिनों से प्रतिमा से मिलने की इच्छा थी। उसे पत्र भी लिखे थे, पर एक भी पत्र का उत्तर नहीं आया था। तब लगा कि शायद उसे ही इस परियोजना में रुचि नहीं होगी, इसलिए दूसरी संस्था से संपर्क किया। पर चूँकि उस इलाके में पहुँच ही गई थी, तो सोचा कम-से-कम फोन पर तो संपर्क कर लूँ। पर उसका फोन भी नहीं लग रहा था। आखिर वैसे ही जा धमकी। उससे मुलाकात तो हुई, पर नाम के लिए। उसे एक मोर्चे के आयोजन के लिए जाना था। 'फिर कभी फुरसत से मिलेंगे' कहकर वह चल दी।

शाम ढल रही थी। निवास का प्रश्न था। प्रतिमा के भरोसे वहाँ गई थी। पर वह जल्दबाजी में चली भी गई। उससे बात हुई होती, तो शायद उसने कुछ इंतजाम किया होता। अब क्या करूँ?

दूसरे दिन बाबा आघाव की संस्था में जाने की बात तय हुई थी। प्रतिमा से कोई संपर्क न हो पाने के कारण मैं उसे पत्र द्वारा पहले ही सूचित कर चुकी थी कि

इस इलाके का काम मैं बाबा आघाव के साथ करूँगी, क्या इसलिए प्रतिमा नाराज हो गई होगी? कुछ समझ नहीं आ रहा था। वैसे इसमें मेरी कोई गलती नहीं थी। उसी की तरफ से कोई प्रतिक्रिया नहीं मिली थी। जब तक उससे प्रत्यक्ष भेंट नहीं होती, तब तक यह मालूम नहीं हो सकता था कि क्या हुआ है। तब सारी बातें मन से निकाल ही दीं। अब सबसे बड़ा सवाल मेरे सामने था कि आज की रात कहाँ गुजारी जाए। क्योंकि इस क्षेत्र में कोई साधारण सा लॉज होने की भी कोई संभावना नहीं थी। पर सोचा, हो ही जाएगा कुछ न कुछ इंतजाम। यदि एक जगह नहीं हुआ, तो दूसरी जगह हो जाएगा। मुझे अब यह विश्वास हो चला था कि किसी भी कठिनाई को पार किया जा सकता है।

सड़क पर आराम से टहलते हुए निकली। साथ में कुछ केले थे, उन्हें ही खाते हुए चल रही थी।

अँधेरा गहराने लगा था। ठंड बढ़ने लगी थी।

एक तरफ कुछ घर दिखाई दिए, तो वहाँ पहुँच गई।

सामने ही दिखे झोंपड़े में जो औरत थी, उससे पूछा, "मैं यहाँ किसी काम से आई थी। क्या यहाँ ठहरने का कोई इंतजाम हो सकता है?"

उसने मेरी ओर कुछ अविश्वास की नजर से देखा। आस-पास के घरों से पाँच-सात लोग इकट्ठा हो गए।

"यहाँ क्या काम था? किससे?" एक आदमी ने पूछा।

"यहाँ मैं संस्था में प्रमिला दीदी से मिलने आई थी। पर वह मोर्चे की तैयारी के लिए चली गई है। अब समझ नहीं पा रही हूँ कि कहाँ रहूँ।" मैंने बताया।

वे लोग प्रतिमा को पहचानते ही थे। तुरंत स्वर बदल गया। "यहाँ रहेंगीं?"

"जी, केवल रात-भर का सवाल है। सुबह लौटना है।"

"तो रह जाइए।" पहले जिससे पूछा था, उसी औरत ने कहा।

उसी के झोंपड़े में पहुँच गई। वे लोग खाना खा चुके थे। बर्तन माँजने के लिए ही वह बाहर निकली थी। बहुत छोटी-सी जगह थी। एक ही कमरा। उसी में एक कोने में चूल्हा। दूसरे कोने में एक बकरी बँधी थी। उसके मेमने बाँस की एक बड़ी-सी टोकरी के नीचे ढँके रखे थे।

"दीदी, तुम्हारा नाम क्या है?" मैंने पूछा।

"तानीबाई।" उसने कहा। "खाना खाओगी?"

"नहीं, मैं आते समय खा चुकी हूँ।" मैंने उत्तर दिया।

"कहाँ से आई हो तुम?"

"मुंबई से। कल से इस इलाके में सर्वे करना है।"

"किस प्रकार का काम है?" उसके पति दुंदा ने पूछा।

"ऐसी औरतों की जानकारी इकट्ठा करनी है, जो ग्रामपंचायत में निर्वाचित हुई

हैं...और राजनीति में सहभागी हैं।” मैंने संक्षेप में बताने का प्रयास किया।

“हमारे यहाँ भी एक औरत चुनाव लड़नेवाली थी। वह प्रतिमादीदी के संगठन में जाती है। पर यहाँ के लोगों ने उसे चुनाव नहीं लड़ने दिया।” तानीबाई ने कहा।

मैं आराम से सोने की कोशिश कर रही थी, यह सुनकर हडबड़ाकर उठ बैठ गई। पूछा, “क्या अभी उससे मुलाकात हो सकती है?”

“घर में ही होगी, अभी कहाँ जाएगी।” दुंदा ने कहा। उसने एक बच्चे को पकड़कर कहा, “जाओ तो, उस वाघेबाई को बुला लाओ। कहना, मुंबई से दीदी आई हैं।”

बच्चा चड्डी सम्हालते हुए भागा।

इतनी ठंड थी और उसके शरीर पर उस एक चड्डी के अलावा कुछ नहीं था। पेट फूला हुआ और सारी पसलियाँ गिनी जा सकती थीं।

मैं किसी ऐसी औरत से पहली बार मिलनेवाली थी, जिसे चुनाव में खड़े होने में ही मुसीबतों का सामना करना पड़ा हो। पहले एक दो किस्से सुने जरूर थे। एक औरत को तो फॉर्म भरने के लिए समय ही गलत बताया गया था। जिस समय वह पहुँची, समय खत्म हो चुका था।

ऊपरी तौर पर ये सारी छोटी-मोटी बातें भले ही प्रतीत हों, पर इससे प्रवाह अवरुद्ध तो हो ही गया था।

वाघेबाई आई।

उम्र लगभग पैंतीस से चालीस के बीच।

यहाँ वह प्रतिमा के संगठन के साथ-साथ बचत दल का काम भी कर रही थी।

मंडलिक ट्रस्ट के साथ सम्पन्न शिविर की जानकारी उसे प्रतिमा के यहाँ मिली थी। उसी से प्रेरित होकर बचत दल की औरतों ने तय किया था कि इस बार चुनाव में वे वाघेबाई को खड़ा करेंगीं।

सवाल उठा कि किस पार्टी की ओर से चुनाव लड़ा जाए? क्योंकि गाँव में सभी पार्टियों के लोग थे—कांग्रेस, राष्ट्रवादी, भाजपा, शेकाप...पर विचार कर अंत में तय हुआ कि अपक्ष प्रत्याशी के रूप में ही चुनाव लड़ा जाए।

यह सभी औरतों का मिलजुलकर लिया गया निर्णय था।

उसके अनुसार उन्होंने तैयारी भी शुरू कर दी।

गाँव में सुगबुगाहट होने लगी।

वाघेबाई साहसी होने के साथ-साथ साफ-साफ बात करनेवाली, पर कुछ मुँहफट थी। बोलने-झगड़ने में तो उसके सामने कोई टिकनेवाला नहीं था। सबसे बड़ी बात थी औरतों को एकत्र करने, संगठित करने का उसका कौशल। देखते देखते गाँव में जो बचत दल बन गए थे और चार-छह महीनों में ही औरतें एक हो गईं,

इस बात का सारा श्रेय उसी का था।

अब तो सत्ताधारी पुरुषों की चूलें हिल गईं। ऐसा प्रतीत होने लगा कि कहीं उनके अस्तित्व पर ही प्रश्नचिह्न न लग जाए। सीधे समझाने से बात न बनती देख षडयंत्र रचे जाने लगे।

एक रात शराब पीकर देर से घर लौटे पति ने कहा, "तो क्या अब तुम चुनाव लड़ोगी?"

"जी, बचत दल की औरतों ने यही सोचा है। बहुत पीछे पड़ी थीं। चुनाव लड़ने की सोच रहे थे, तो उन्होंने मेरा ही नाम सुझाया।" उसने सादगी से कहा। उसे ख्याल ही नहीं आया कि पति एक बोतल शराब के लिए बिक गया होगा।

"पर मैं पूछता हूँ, तुझे ही क्यों आगे किया?"

इस बार उसके बोलने के तरीके से वाघेबाई को समझ आ गया कि कुछ गडबड़ी जरूर है। कुछ उचककर उसने उल्टे पूछ लिया, "मैं संगठन की सदस्य बनी, आगे चलकर बचत दल की अध्यक्ष बनी, तब तो आपने यह नहीं पूछा?"

बीबी को जबान लड़ाते देख उसका धीरज चूक गया।

अब कुछ मीठी बात कहे बिना बात नहीं बनेगी। बीबी को पुचकारते हुए वह बोला, "पर वह अलग बात है और यह अलग है। संगठन अपने जमीन संबंधी प्रश्नों को लेकर संघर्ष करता है, बचत दल के कारण औरतों के कितने प्रश्न सुलझ गए हैं। पर इस राजनीति की बात ही अलग है। बेकार ही बुराई मोल लोगी। मुफ्त का खाना और श्मशान में जाना। क्यों इस झंझट में पड़ रही हो, यहाँ क्या तुम्हें कम काम होते हैं? और हमेशा इसी तरह घर के बाहर रहोगी, तो घर का तो सत्यानाश हो जाएगा।"

कहने की देर थी, वाघेबाई ने चूल्हे में जलती लकड़ी ही उठाकर उसकी ओर फेंकी।

उसने अपने आप को किसी तरह बचाया।

"घर की क्या तुम्हें अब सुध आई है?" वह कड़की। "दो साल पहले बच्चे को यहीं छोड़कर चला गया था, तब क्या घर नहीं था? मेरे दम पर रोज मुफ्त की शराब पीकर बेहोश होकर पड़े रहते हो, काम-धाम कुछ है नहीं, ऊपर से मुझे ही सुना रहे हो? दाँत उखाड़कर हाथ में रख दूँगी।"

पति सिर झुकाकर फिर घर से बाहर चला गया। उसे साफ समझ आ गया था कि वह उसे सम्हाल नहीं पाएगा।

अगली रात उसके पास नया मुद्दा था।

कहा, "विधायक की पार्टी के लोगों का संदेश आया है। वे कह रहे हैं कि निर्दलीय रहकर क्यों चुनाव लड़ती हो? हारने के लिए? कह रहे हैं कि उनकी पार्टी में जाओगी, तो चुन ली जाओगी। पिछली बार भी उन्हीं का प्रत्याशी जीता था।"

"क्या कहा?" वाघेबाई चौंक गई।

सीधी जा रही सड़क पर अचानक ही नए मोड़, नए रास्ते आ मिले थे।

कुछ समझ नहीं आ रहा था कि अब क्या किया जाए?

पिछली बार एक आवेदन देने के लिए जिस विधायक के घर के आठ-दस चक्कर काटने पड़े थे और फिर भी उसने मिलने का मौका नहीं दिया था, केवल उसके सेक्रेटरी के पास आवेदन देकर वापस लौटना पड़ा था, आज वही विधायक मुझे संदेश भेज रहा है कि मेरी पार्टी की ओर से चुनाव लड़ो...

पिछली बार निर्वाचित अपने प्रत्याशी को अलग रखकर वह मुझसे अनुरोध कर रहा है। अब तक कोई यह तक नहीं देखता था कि मैं गाँव में हूँ भी या नहीं। अपने घर के किसी सदस्य ने कभी कोई चुनाव नहीं लड़ा...और अब मुझे सीधे विधायक की पार्टी की ओर से चुनाव लड़ने का मौका मिल रहा है...वाघेबाई मन-ही-मन आनंदित हुई। अपने आप के प्रति गर्व महसूस होने लगा। लगा कि वह भी कोई खास है। घर में चलते समय भी कुछ ऐंठ आ गई।

उसे चुप रहकर सोचते देखकर पति ने आते-जाते उठते-बैठते बची हुई तोता-रटंत शुरू कर दी। उसे भली भाँति समझाया गया था। उसने पिछले चुनाव का पूरा ब्यौरा सुनाया। बताया कि कैसे शराब पानी की तरह बहाई गई, प्रत्येक घर के प्रत्येक मत के लिए किस तरह पैसे बाँटे गए, विधायक महोदय ने खुद पूरा ध्यान दिया था, जिससे अन्य पार्टियों के प्रत्याशी किस तरह चित हो गए थे...यह सब बता चुकने के बाद यह कहकर डराने से भी वह नहीं चूका कि हारे हुए लोगों की हालत कितनी खराब हो जाती है और आते-जाते लोग भी किस तरह मजाक उड़ाते हैं, कुत्ता भी नहीं पूछता, वगैरह...

इतना सब होने के बाद उलझन में पड़ी वाघेबाई ने सोचा कि चुनाव लड़ने का निर्णय यदि बचत दल की सभी औरतों ने मिलकर लिया है, तो अब सब मिलकर ही फैसला करेंगी कि निर्दलीय के रूप में चुनाव लड़ना है या विधायक की पार्टी की ओर से।

तब उसने फिर से बचत दल की बैठक बुलाई। उसमें उसका पति भी शामिल हुआ। पिछले दिन पत्नी को जो भी बताया था, वही सब उसने बैठक में सभी औरतों को बताया।

औरतों में हलचल मच गई। काफी गहमागहमी हुई। आखिर जब औरतों ने देखा की वाघेबाई का रुझान भी विधायक की पार्टी की ओर है, तो उन्होंने तय किया कि पार्टी चाहे जो भी हो, वे वाघेबाई का साथ देंगी।

पर बैठक के बाद जब औरतें अपने अपने घर गईं, तो बहस ने जोर पकड़ लिया।

"निर्दलीय होती, तो बात और थी। विधायक की पार्टी के प्रत्याशी ने निर्वाचित होने के बाद पाँच साल तक क्या किया? कुछ भी नहीं। गाँव में एक काम तक नहीं हुआ। हमेशा विधायक के दरवाजे में पड़ा रहता था वह। तो फिर, हम उसकी पार्टी

को मत क्यों दें?" पतियों ने अपनी-अपनी पत्नी को पट्टी पढ़ाई। आखिर, पति जिस पार्टी में, पत्नी भी उसी पार्टी को मत देने पर राजी हो गई।

इस तरह औरतों की एकता में फूट पड़ गई।

न तो वाघेबाई के घर में, न उसका समर्थन करनेवाली किसी औरत के घर में...चुनाव का पूर्वानुभव किसी के पास नहीं था।

जो शराब पिलाए, पैसे दे, मतदान के लिए जाने हेतु बस्ती तक जीप या ट्रक का इंतजाम कर दे, उसी के चुनाव चिह्न पर ठप्पा लगाने की आदत थी उनकी। कुछ लोग तो दो या तीन पार्टियों से भी पैसे वसूल करते थे। चुनाव से उनका लेना-देना बस यहीं तक सीमित था। इसीलिए वाघेबाई को लगने लगा कि विधायक की पार्टी की ओर से चुनाव लड़ने का उसका फैसला सही फैसला है।

इस बीच दूसरी पार्टी के लोग भी उससे मिलने आए। कहने लगे, 'विधायक की क्या सुनती हो। उनके दाँव-पेंच कुछ अलग ही होते हैं। बेहतर होगा, हमारी पार्टी में शामिल हो जाओ।'

पर विधायक से वादा किया था। आवेदन देने के दिन वादे से मुकरना ठीक नहीं। यही सोचकर उसने विधायक की पार्टी की ओर से आवेदन भरा। विरोधियों ने उसके विरोध में दूसरी बस्ती की महिला को खड़ा किया।

इतना सब होने के बावजूद वाघेबाई के किए कामों का प्रभाव गाँव की औरतों पर अभी भी था। फूट के बावजूद औरतों का काफी समर्थन उसे प्राप्त था। आवेदन भरकर प्रचार भी शुरू हो चुका था।

अगला दिन आवेदन वापस लेने का आखरी दिन था। तो उस दिन की पूर्व रात्रि को उसके पति को बंगले पर बुलवाया गया। जीप भेजी गई। वाघेबाई के मन में संदेह का कीड़ा कुलबुलाया। पर वह समझ नहीं पाई कि रात के समय बिना बुलाए विधायक के घर कैसे जाए। उसने अपने मन को समझा लिया कि शायद दूसरे गाँवों के प्रत्याशियों को भी बुलवाया होगा, प्रचार के बारे में कुछ समझाना होगा, या कुछ रुपयों-पैसों का मामला होगा। औरत को बुलाना ठीक नहीं, यह सोचकर शायद विधायक ने उसके पति को बुला भेजा होगा।

पति गया, तो आधी रात के बाद वापस आया। आज भी उसके मुँह से बदबू आ रही थी। दरवाजा खोलते ही बदबू घर भर में फैल गई। उसके हाथ में एक कागज फड़फड़ा रहा था। साथ में उसकी बड़बड़ाहट भी जारी थी, "इस कागज पर हस्ताक्षर कर दो। विधायक तो एकदम भला आदमी है। ऐसा भला आदमी न कभी देखा, न सुना। उसने मुझे आज अपने साथ कुर्सी पर बिठाकर खाना खिलाया। मेरे लिए बकरे का मांस पकाने के लिए कहा। जैसी उसने पिलाई, वैसी शराब तो मैंने कभी देखी तक नहीं थी। मेरे सामने पूरी बोतल ही रख दी। ऊपर से यह भी कहा कि तेरी चार पीढ़ियों का कल्याण कर देता हूँ। आराम से गुजारा होगा,

तुम्हारे नाम पर जमीन कर देता हूँ।"

वह फड़फड़ाता कागज अपना नाम वापस लेने का आवेदन था।

वाघेबाई ने वह कागज पति के हाथ से छीनकर उसके टुकड़े-टुकड़े कर चूल्हे के हवाले कर दिए।

यह देखकर पति उसे पीटने लगा। उसने जोर लगाकर उसे दूर धकेल दिया...शराब में धुत था, गिर पड़ा। फिर भी उसका गालियाँ देना जारी था। पर पिए हुए आदमी का क्या भरोसा? वाघेबाई ने पूरी रात डर के साए में गुजारी।

दिन में वह शेरनी बन गई। सुबह होने पर आकाश में सूर्य और घर में वाघेबाई की आवाज कड़कने लगी।

पति सिर झुकाए बैठा था। उसने पति को खूब खरी-खोटी सुनाई। कहा, "ये बड़े लोग इसी तरह बेईमानी से बड़े हुए हैं। अपने को धोखा देते हैं।"

खूब बड़बड़ाई, तो पति ने भी बात समझी।

अब चाहे जो हो, पीछे तो हटना नहीं था। वाघेबाई ने फिर से मीटिंग बुलाई। औरतों के साथ बातचीत की। पर अब औरतें भी ऊब चुकी थीं। वे सोच रही थीं कि बेकार इस राजनीति के पचड़े में पड़ी हैं। अब फिर से क्या विचार बदलें, यह सोचकर हिचकिचाने लगीं। बिना किसी ठोस निष्कर्ष के मीटिंग खत्म हो गई।

घर के लोग भी अब औरतों से कहने लगे कि इस झंझट में मत पड़ो।

तब वाघेबाई ने विरोधी पक्ष से संपर्क किया। वे कहने लगे कि 'शहर में आइए, वहीं तय करेंगे।'

इससे पता चल गया कि यह भी कोई भरोसेवाली बात नहीं है। अब सभी का स्वर बदला हुआ था।

चुनाव तो हाथ से निकल ही गया था, बचत दल की औरतों की एकता भी टूटने लगी थी। विधायक ने इसी उद्देश्य से तो दाँव चला था।

आखिर, वाघेबाई ने यह सोचकर अपना आवेदन वापस ले लिया कि इस बार पीछे हटकर अगली बार पूरी तैयारी के साथ मैदान में उतरा जाए।

यह सब सुनकर मैंने लंबी साँस ली।

वाघेबाई मुझे सब कुछ बड़ी समझदारी से बता रही थीं।

प्रतिमा ने उन्हें समझा दिया था कि "इस घटना से समझो, राजनीति की अपनी समझ विकसित हुई है। यही सोचकर काम करती रहो।" उसने उन्हें बताया था, "औरतों को सदियों से कई बातों से वंचित रखा गया है। उन्हें नकारा गया है। अब आज उन्हें कुछ कर दिखाने का अवसर मिलने लगा है, तो प्रस्थापित व्यवस्था के मन में यह भय की भावना उत्पन्न हो गई है कि उनका अस्तित्व ही कहीं खतरे

में न पड़ जाए। इसी कारण ऐसी घटनाएँ हो रही हैं। आगे भी होंगी। ऐसे राजनीतिक दाँवपेंचों का शिकार हुए बिना हमें इतना सक्षम बनना होगा कि हम उन्हें चुनौती दे सकें।"

अपना यह उद्देश्य कभी नहीं था कि हमें कुछ बनाना है, या कुछ मिटाना है। आज भी ऐसा कोई उद्देश्य नहीं है...चुनाव से हटना पड़ा, इसलिए मन में वैयक्तिक अपमान की भावना नहीं आने देनी थी।

इसे औरतों की, बचत दल की या अपने आप की प्रतिष्ठा का प्रश्न भी नहीं बनने देना था।

वाघेबाई को आशा थी कि आनेवाला कल उसका होगा !

हमारी बातचीत के दौरान ही तानीबाई के पति ने झोपड़े के बीच में अलाव जला लिया था। बदन तापते हुए वह हमारी बातें सुन रहा था।

वाघेबाई के जाने के बाद मुझसे बतियाते हुए तानीबाई ने चूल्हे से गर्म राख बाहर निकाली और जमीन पर उसे बिस्तर की तरह फैलाने लगी। कारण पूछने पर बताया कि इससे ठंड नहीं लगती। घर में बिस्तर के नाम पर कुछ था ही नहीं।

जहाँ उसने कहा, मैं उस कोने में सोने के लिए गई। वह मेरे ओढ़ने के लिए एक कथरी ले आई। मैंने अपने पास चादर होने की बात कहकर मना कर दिया। उसके घर में मुझे दो ही कथरियाँ दिखाई दे रही थीं। चारों बच्चों के शरीर पर एक ओढ़ाई हुई थी, दूसरी वह मुझे दे रही थी। यदि मैंने ली होती, तो शायद पति-पत्नी को बिना कुछ ओढ़े ही सोना पड़ता। बिना किसी जान-पहचान के ऐसा आतिथ्य! अपने बैग से शॉल निकालकर मैंने ओढ़ ली और बैग को तकिया बनाकर सो गई।

रात अचानक नींद खुली। एक बच्चा नींद में सरकते हुए मेरे पास आ गया था। बिलकुल मुझसे सटा हुआ। मुझे बिट्टू की याद आ गई। मैंने उसे अपने पास लपेट लिया और फिर सो गई।

सुबह किसी गर्माहट से नींद खुली।

देखा तो पाया कि पास बँधी बकरी ने पेशाब कर दिया था और वह बहकर मेरे शरीर के नीचे फैल गया था। उठ बैठी।

झोपड़े में देखा तो तानीबाई पानी भरने चली गई थी। चूल्हे के पास गागरें नहीं दिख रही थीं।

उसी के बच्चे को साथ लेकर, ब्रश, पेस्ट और कपड़े लेकर मैं वहाँ पहुँची, जहाँ वह पानी भरने गई थी। पैदल जाने में ही आधा-पौन घंटा लग गया। वहीं एक पत्थर पर बैठकर नहाई, कपड़े धोए। तब तक तानीबाई पानी लेकर घर के दो चक्कर लगा चुकी थी। तीसरे चक्कर में धोए हुए कपड़े कंधे पर डालकर और पानी से भरी एक गागर उठाकर मैं भी उसके साथ हो ली। उतने से काम से ही थकान हो गई थी, पर जिद पकड़कर मैं गागर को घर तक ले ही गई। तानीबाई के सिर पर तीन और

हाथ में एक गागर थी। कमर पर रखनेवाली गागर मैंने उठा ली थी।

"तुम्हें आदत तो नहीं होगी दीदी।" उसने कहा।

"नहीं है आदत, पर वैसे भी मैं कहाँ चार गागरें उठा रही हूँ? एक ही तो है।" मैंने कहा।

पक्की सहेलियों की तरह गप्पें लगाते हुए हम चलने लगीं.

उसने मेरे बारे में पूरी पूछताछ की। मैंने उसे बताया कि मेरे एक बेटा भी है।

अक्सर मैं विवाह-विच्छेद के बारे में बताना टाल देती थी। पर कभी-कभी बात निकल ही पड़ती। यहाँ भी वैसा ही हुआ।

"पर तुम्हारा विवाह-विच्छेद हुआ ही क्यों?" उसके स्वर में ढेर-सा कुतूहल था।

मैंने उसके मन की बात समझ ली। वह जानना चाहती थी कि मैं पढ़ी-लिखी हूँ, खुद कमाती हूँ, एक बेटा भी है, तो फिर विवाह-विच्छेद का कारण ही क्या है?

समझ नहीं आया कि ठीक-ठीक क्या जवाब दूँ। आखिर कहा कि पति ही विवाह-विच्छेद चाहते थे।

"पर वे क्यों चाहते थे? क्या तुम्हें और बच्चे नहीं हो रहे थे इसलिए?"

उस हालत में भी मुझे हँसी आ गई। कहा, "नहीं, ऐसा कुछ नहीं था।"

फिर जरा-सा सोचकर एक आसान-सा उत्तर दिया, "उसे दूसरी औरत पसंद आ गई थी और उससे शादी करना चाहता था। हिंदू कानून के अनुसार एक साथ दो शादियाँ नहीं हो सकतीं। इसलिए मुझे छोड़ दिया और उसने दसरी शादी कर ली।"

यह बात उसे आसानी से समझ आ गई।

इसके बाद मैं कुछ चुप ही रही। सोचा, क्या सचमुच यही और इतना ही कारण था? या इसके पीछे कुछ और ऐसी बातें भी हैं जो या तो मेरी समझ में नहीं आईं या मैंने ही समझने की कोशिश नहीं की?

घर पहुँचकर तानीबाई ने चूल्हा जलाया। जब तक वह चाय बनाए, मैंने कपड़े सुखाने के लिए फैला दिए। सोचा, थोड़े बहुत तो सूख ही जाएँगे।

काली चाय। अब उसकी भी आदत हो गई थी। ठंड थी, तो गले में गर्माहट अच्छी लगी। साथ में कुछ फल थे...केले, सेब...वे तानीबाई के बच्चों को दे दिए।

दिन चढ़ आया, तो मैं निकल पड़ी।

"इस तरफ आओगी, तो फिर आना" तानीबाई ने बिदाई देते हुए कहा।

2

इस इलाके में पाई जानेवाली दो प्रमुख जनजातियाँ हैं कातकरी और ठाकुर।

इन दिनों में कुछ लोग धान की दूसरी फसल उगाते हैं। कुछ परिवार खेत में

मजदूरी करने लिए पलायन करते हैं, तो कुछ परिवार ईंट-भट्ठी में काम करने के लिए। कुछ भाग ऐसा है, जहाँ जंगल नहीं है...पूरा सपाट क्षेत्र...मुख्य बस्तीवाला गाँव पास में ही है, जो तेजी से शहरी संस्कृति में रच-बस रहा है। सभी प्रकार की संस्कृतियों का मिश्रण होता जा रहा है।

मुख्य सड़क से हटकर काफी भीतर की तरफ तीस-चालीस घरों की बस्ती है। वहाँ पहुँचते तक दोपहर हो चुकी थी। भूख लग आई थी। मेरे साथ दादा आघाव की संस्था की कर्मचारी कुमुद थी। आदिवासी महिला रोजगार प्रशिक्षण परियोजना के तहत वह यहाँ लगातार छह महीने रही थी, इसलिए इस सारे इलाके से वह भली-भाँति परिचित थी।

चलते हुए मैं उससे अलग-अलग पौधों-झुरमुटों के बारे में पूछ रही थी।

सब तरफ पलाश फूले हुए। कुछ एकदम दहकते हुए, तो कुछ फूलों पर ट्रेसिंग पेपर जैसा पतला पारदर्शी सफेद परदा-सा पड़ा हुआ।

बीच में ही कुछ परिचित चंपा के फूलों के पेड़ दिखाई दिए। पर्णहीन टहनियाँ जैसे अपने सूखे हाथों से आकाश को सफेद फूलों का उपहार दे रही हों।

"क्या पकाया है? कुछ बचा है या नहीं?" बस्ती में पहुँचते ही कुमुद ने एक औरत से पूछा।

"है तो, पर मेरा घर टूट गया है, बाहर बैठना पड़ेगा।" उस औरत ने कहा।

विधवा औरत, दो बच्चों की माँ। अब उसे 'इंदिरा आवास योजना ' के तहत घर मिलनेवाला था। वह स्वयं ही घर का निर्माण करनेवाली थी। उसके लिए उसने अपना पुराना घास-फूस से बना झोपड़ा तोड़ दिया था। तीन ईंटें रखकर कामचलाऊ चूल्हा बनाया था। उसने कहा कि इसी कारण भात कुछ जल गया है। वह सूखा भात और साथ में मुनगे की उबली हुई फलियाँ।

पड़ोसन झाँकते हुए पूछने लगी, "बंदार खाएँगी?"

कुमुद ने 'हाँ' में गर्दन हिलाई।

मैं बंदार का मतलब पूछना चाहती थी। मुझे तो लगा था बंदार यानी बंदर। पर इसी बीच वह कटोरा भर लाई। सूखी मछली और मुनगे की फलियों की सब्जी थी। मुझे मन-ही-मन हँसी आ गई।

इतनी दूर आने के बावजूद किसी ऐसी औरत से मुलाकात नहीं हो पाई, जो चुनाव जीती हो। मूल उद्देश्य ही पूरा नहीं हो पाया।

कुमुद ने कहा, "हमें पहले सूचित करना चाहिए था।"

मैंने उससे कहा, "तुम लोगों से संपर्क करना भी इतना मुश्किल था, कि बहुत समय लग गया। अब यदि इनसे भी संपर्क करने की सोची होती, तो परियोजना पूरी होने में दो की बजाय शायद दस साल लग जाएँगे। इस समस्या का कोई समाधान ढूँढना चाहिए।"

"क्या करें दीदी, पेट के लिए कहीं भी जाना पड़ जाता है। कितने सारे लोग पातले पर काम करने जाते हैं।"

उसी से पूछने पर मालूम हुआ कि पातला का अर्थ है ईंट-भट्टी। उसकी बातें सुनकर मेरी उत्सुकता फिर जागी। पूछा, "क्या कुछ ईंट-भट्टियों पर जाकर वहाँ काम कर रही औरतों से बातचीत हो पाएगी?"

"क्यों नहीं, चलो चलें।" कुमुद ने कहा।

चलते समय एक औरत ने मुनगे की फलियों का एक छोटा-सा गट्ठर ही बाँधकर दे दिया।

तेज ठंड के दिन थे। पता चला कि इन दिनों अधिकांश कातकरी परिवार ईंट-भट्टी पर काम करने जाते हैं। यह स्थलांतर पूरे छह महीनों के लिए होता है। दूसरा कोई काम मिलता ही नहीं। तब इन लोगों से मिलने के लिए ईंट-भट्टी पर पहुँची।

इन लोगों का काम भोर में ही शुरू हो जाता है। पहले गड्ढे खोदते हैं। फिर गड्ढों में मिट्टी भिगोते हैं। कीचड़ को पैरों से रौंदकर नरम करना पड़ता है। फिर उसे ऊपर निकाल लेते हैं। बाद में गड्ढों में जमा पानी बाहर निकालना पड़ता है। ऊपर निकाले गए कीचड़ को ईंटों के साँचे में डालकर उन्हें सुखाने के लिए रखते हैं। जैसे-जैसे उन्हें धूप मिलेगी, वे सूखती जाती हैं। फिर भट्टी लगाते हैं। सूखी हुई ईंटों को एक खड़ी और एक आड़ी पंक्ति में रखते हैं। सबसे निचले स्तर पर कोयले फैलाते हैं। फिर ईंटों की चार सतहें लगाई जाती हैं। उनपर कोयला फैला देते हैं। इसी तरह कुल पच्चीस सतहें लगाई जाती हैं। फिर चारों तरफ से ईंटों की एक दीवार-सी लगाई जाती है। अंत में सूखी घास डालकर उसे जला देते हैं। जब तक ईंटें अच्छी तरह पक नहीं जातीं, तब तक सुबह-शाम घास डालनी पड़ती है।

"मजदूरी कितनी मिलती है?"

एक हजार ईंटों के लिए 120 रु. मिलते हैं। छह महीने काम करने के बाद हाथ में चार से पाँच हजार रुपये आते हैं। अधिकांश मजदूर उधार लेते हैं। यानी, अगले साल ईंटों की भट्टी में काम कर उधार चुकाने की शर्त पर बेकारी के दिनों में पेट भरने के लिए सौ-दो सौ रुपये पेशगी लेते रहते हैं। इस रकम को घटाकर जो कुछ हाथ में आता है, वह अगले छह महीने पेट भरने के लिए काफी नहीं होता, इसलिए फिर उधार। यह चक्र सालों-साल चलता रहता है बँधुआ मजदूर की तरह।

इस पूरी प्रक्रिया में सबसे ज्यादा तकलीफ भुगतनी पड़ती है औरतों और बच्चों को। पानी और ईंधन जमा करने के लिए उन्हें दूर तक घूमना पड़ता है। नहाने के लिए ढंग का इंतजाम नहीं होता है। माहवारी के दिनों में आवश्यक सफाई का ध्यान रखना भी संभव नहीं हो पाता। इन समस्याओं के साथ-साथ औरतों को ईंट भट्टी के

मालिकों या ठेकेदार से यौन शोषण का भय भी होता है। चाहे जैसी भी तकलीफ क्यों न हो, बीच में ही काम छोड़कर नहीं जा सकते।

छोटे बच्चे भी अपनी शक्ति भर काम करते रहते हैं। इस दौरान वे स्कूल नहीं जा पाते। वापस लौटने पर फिर से स्कूल जाते ही हों, इसकी कोई गारंटी नहीं होती। पलायन के कारण अनेक परिवारों के नाम मतदाता सूची में नहीं हैं। जनगणना के दौरान उनकी गिनती नहीं होती। गरीबी रेखा से नीचे के परिवारों को मिलने वाली सहूलियतों से भी वंचित रहते हैं। ऐसी एक नहीं कई बातें।

"दिन भर पानी और कीचड़ में काम करने का नतीजा क्या होता है?" मैंने उन औरतों से पूछा।

"बदन टूट जाता है, कमर में बेहद दर्द होता है।"

माहवारी के दिनों में भी औरतें घंटों तक कीचड़ रौंदती रहती हैं। आठ-नौ महीनों की गर्भवती औरतें हों या सद्य प्रसूता, भट्टी पर काम करती ही रहती हैं।

एक ने पास आकर अपने हाथ-पाँव दिखाए। सारी त्वचा जैसे खुल गई हो... नहीं, जैसे फट गई हो...सचमुच दरारें पड़ी हुईं...और उन दरारों में से रक्त की बूंदें उभरी हुईं...कुछ गीली...कुछ वहीं पर सूखी हुईं...मुझे तो देखकर रुलाई आ गई।

यहाँ सभी की यही हालत है। देखा नहीं जा रहा था। गर्दन उठाने या मुँह फेरने की भी ताकत नहीं रह गई थी जैसे।

टी वी पर दिखाई देनेवाले सैंकड़ों विज्ञापन आँखों के आगे नाचने लगे। ठंड से त्वचा को बचाने वाले क्रीम, लोशन...उनमें मलाई होती है, हल्दी होती है, अमुक विटामिन होते हैं। उन्हें लगाने से त्वचा सूखी नहीं दिखाई देती, मुलायम, उजली और चिकनी बन जाती है। उस पर खुरदरापन नहीं आने पाता...वह किसी 'हाई वे' की तरह दिखाई देती है...और यहाँ तो सब तरफ गड्ढों से भरी ऊबड़-खाबड़ सड़कें हैं! मुझमें यह पूछने तक की हिम्मत नहीं थी कि क्या वे उसमें कोई घरेलू जड़ी-बूटी की दवा लगाती हैं? इतना तो मैं समझती ही थी कि कोई दवा लगानी भी हो, तो घाव ठीक होने तक उसे पानी-कीचड़ से दूर, सूखी हालत में रखना जरूरी होता है...

औरतों ने कमर में या तो एक टॉवेल लपेट रखा है या साड़ी का एक टुकड़ा। ऊपर ब्लाऊज। पुरुषों ने केवल कमर में कपड़ा लपेट रखा है। ऊपर कुछ भी नहीं। एकाध के ही शरीर पर फटी कमीज दिखाई देती है। बच्चे वैसे ही उस गीले में नंग-धड़ंग घूम रहे हैं। लड़कियों की कमर में एक चड्ढी या माँ की फटी-पुरानी साड़ी का एक टुकड़ा!

बिस्तर तो हैं ही नहीं। ओढ़ने के लिए गूदड़ी। उनके अस्थायी छोटे से झोपड़े में अलाव जलाए रखना भी संभव नहीं। नींद में आग भड़क उठे, या कोई छोटा बच्चा अनजाने में गर्माहट की आस में उधर सरक जाए, तो? तब ठंड भगाने के लिए चूल्हे की गर्म राख को जमीन पर फैलाना...यही बिस्तर। दूसरे, गले से पेट तक झुलसाने

वाली शराब पीना...शरीर में गर्मी बनी रहती है। फिर खाना न मिले, तो कोई बात नहीं, शराब मिलनी चाहिए, बस।

कुमुद ने कहा, "आज तुम्हें एक और बस्ती में ले जाना चाहती थी, पर अब अँधेरा हो चला है, तो जाने में कोई मतलब नहीं। सभी औरतें इसी तरह काम करने के बाद थकी हुई शराब पीकर पड़ी होंगीं। पकाए गए चावल खाने का भी उन्हें कोई होश नहीं रहता। तुम्हें कोई कुछ भी नहीं बता पाएगा।"

तब हम फिर कुमुद के घर जाने के लिए मुड़ गईं।

आज ठंड की तेज लहर थी।

ऊपर आकाश में पूनम का पीला चमकीला चाँद।

मेरे शरीर पर स्वेटर, कानों में स्कार्फ बँधा हुआ। पर तेज चलती हवाओं में ये चीजें कोई मायने ही नहीं रखती थीं। लग रहा था कि खुले बदन हूँ। इतना, कि ठंड जैसे त्वचा को भेदकर भीतर सीधे हड्डियों में घुस रही हो।

सारा शरीर जैसे बर्फ की एक भूरी चट्टान बन गया हो। लग रहा था कि रात के इस अँधेरा भरे प्याले में मैं कुछ देर डूबती-उतराती, तैरती हुई अंत में हौले से घुल जाऊँगी, निःशब्द।

घर में पहुँचने पर भी कँपकँपी बनी रही। सौभाग्य से सोने के लिए एक लकड़ी का बेंच और ओढ़ने के लिए दो चादरें मिल गईं। पर भीतर शरीर थड़थड़ा रहा था। हाथ पर हाथ रगड़े, पाँवों के तलुए, छाती, पेट...सब रगड़ा। जाँघों में हाथ दबाए बैठी रही। जरा-सी गर्मी लगती, फिर ठंड बढ़ जाती।

न जाने इतनी ठंड किस-किस बात की है...कितने जन्मों की है...एक साथ शरीर में भर गई है...

करवट बदलने के लिए भी जगह नहीं थी। बीच में ही उठकर सलवार के ऊपर ही मोटे जीन की पैंट चढ़ा ली। घुटने मोड़कर लेटी रही। जाने कब नींद लग गई।

सुबह हुई तो अच्छा लगा। इतनी देर से दिमाग में ठंड के अलावा और कोई भला-बुरा विचार आया ही नहीं था और न कोई उल्टा-सीधा सपना दिखाई दिया।

लगा, जाने कितने दिनों के बाद इतनी अच्छी नींद सोई हूँ।

आगे जिस तहसील में जाना था, वहाँ ऐसी कोई संस्था नहीं थी, जो रहने-ठहरने का कोई इंतजाम कर सकती। तय किया था कि कॉलेज के लोगों से मिलकर देखेंगे। कल की ठंड के कारण मैं कुछ डरी हुई भी थी। यहाँ बीमार हो जाऊँ, तो देखभाल करनेवाला भी कोई नहीं...चिंता करनेवाला तो दूर की बात, पहचाननेवाला भी कोई नहीं। इसलिए

पहले ही फोन करके गेस्ट हाऊस बुक किया। पहुँचते तक शाम हो गई।

कॉलेज में संदेश दे रखा था। दो प्राध्यापक मिलने आए। उत्साह था उनमें। कॉलेज में अलग-अलग उपक्रम चलाया करते थे। उनमें से एक एनसीसी का काम भी देखते थे। उनके विद्यार्थियों की एक अच्छी टीम थी।

तो, तय किया कि सुबह एक-दो बस्तियों में जाकर नमूने के फार्म भरकर देखेंगे और पता करेंगे कि क्या विद्यार्थी सर्वे कर सकते हैं।

उनके जाने के बाद खाने के बारे में पूछताछ करने पर पता चला कि इतनी देर से यहाँ कुछ भी नहीं मिलेगा। तब साथ में जो बिस्कुट और एक-दो फल थे, वही खाकर और पानी पीकर सो गई।

सुबह आठ बजे वे लोग आनेवाले थे। उससे पहले उठकर तैयार होना था। ठंड बहुत ज्यादा थी। उठने का मन ही नहीं हो रहा था। एक बारगी तो मन में ऐसा भी आया कि में यह सब क्यों कर रही हूँ? घर पर होती तो देर तक गर्म चादर में अपने को लपेटे सो रही होती। ठीक से वक्त पर खाना-पीना भी मिल गया होता। यह सारा झंझट आखिर किसलिए?

करुणा ने कहा था, “अब अपनी मर्जी से सुखपूर्वक रह लो ना कुछ दिन। पति से भरण-पोषण के लिए अच्छी-खासी रकम मिल जाती है। अच्छे से खाओ-पियो, सोओ, टीवी देखो, किताबें पढ़ो, शाम को कहीं यहाँ-वहाँ घूम आओ...बहुत बोरियत हो जाए, तो नाटक, सिनेमा देख लो, मुंबई में आर्ट गैलरी या इसी तरह की मनबहलाव की हजारों चीजें हैं, वहाँ हो आओ। यह बेकार की भटकन क्यों, जैसे तुम्हारा कोई घर-बार ही न हो?”

उस समय तो उसे किसी तरह कुछ समझा दिया था, पर मैं खुद भी समझ रही थी कि मेरी बातों में कोई दम नहीं है। जिस तरह मैं सुमित्रा के साथ बातें कर सकती थी, उस तरह का संवाद करुणा के साथ स्थापित हो ही नहीं सकता था। उसकी दुनिया ही निराली थी। कभी एकाध बार लगता कि शायद वह मुझे समझ रही है, पर बीच में ही कुछ ऐसा कह देती कि मुझे पछतावा होने लगता और मन में आता कि इसके साथ आगे कभी बात ही न की जाए। केवल रक्त का संबंध है इसलिए इस रिश्ते को बनाए रखा है। अन्यथा उसके और मेरे बीच और कौन-सा समान सूत्र था?

हम एक ही माँ की बेटियाँ, हमारी परवरिश भी एक जैसी हुई, पर फिर हमारे बीच इतना दो सिरों का अंतर कैसे आ गया?

बाद में भैया के भी दो-तीन पत्र आए थे, पर उत्तर भेजने का मन ही नहीं हुआ।

दूसरी ओर डॉ. दयाल मेरे चार पत्रों के बाद एक पत्र लिखते हैं, फिर भी उन्हें पत्र लिखने की इच्छा होती है।

क्यों?

उठकर बैठ गई चुपचाप।

लगा, इस वक्त यहाँ किसी का साथ होना जरूरी है।

इतना खुला, इतना अच्छा परिसर।

ठंडी हवा।

दूर तक फैला कोहरा।

यह सब किसी के साथ बाँटने में ही तो आनंद है।

बिट्टू की बजाय यदि मेरे बेटी हुई होती, तो शायद वह मुझे समझती, मेरे साथ रहती। उसे मैं यहाँ अपने साथ ले आती। हम दोनों हाथों में हाथ डाले पहाड़ों पर मस्त होकर घूमतीं।

रेवती की दो बेटियाँ। कितनी ईर्ष्या होती थी उससे।

या फिर, कम-से-कम रेवती जैसी कोई सहेली ही साथ होती।

गर्दन झटककर उठ बैठी। चाय मँगाई।

फिर नहाने चली गई। गीजर चालू किया।

नहाते समय बाथरूम में लगे आईने पर धुंध जमती गई। आईने के सामने खड़ी रही...पल-भर के लिए पाँव ठहर से गए...फिर अपने ही अनजाने में मेरी उँगलियों ने आईने पर जमी धुंध पर नाम लिख दिया...दयाल! और उन अक्षरों में से दिखाई देनेवाले अपने प्रतिबिंब को निहारती खड़ी रही मैं।

धीरे-धीरे लकीरों के बीच में फिर से धुंध जमती गई और नाम मिट गया... मैं भी...वैसे ही खड़ी रही जैसे शरीर में ताकत ही न हो...शरीर पर से पानी निथरता गया और बदन सूखता गया...फिर टॉवेल लपेटकर बाहर आ गई। चुपचाप पलंग पर पड़ी रही।

डिजिटल डायरी में आठ बजे का अलार्म सेट किया हुआ था। उसकी टिर्र टिर्र शुरू हुई तब कहीं जाकर तैयार होने लगी।

सोच रही थी कि हम चाहे किसी दूसरे के संदर्भ में स्वयं को क्यों न देखें, पर उसके बाद भी हम कितने सारे बचे हुए होते ही हैं। दयाल के बारे में सोचनेवाली मैं यानी मेरा एक छोटा-सा हिस्सा है। वह पूरा मैं नहीं हूँ। उससे कहीं बहुत ज्यादा मैं किन्हीं और बातों के संदर्भ में हूँ, विशेषकर अपने काम के संदर्भ में!

यह जो कुछ भी मन में आ रहा है, उसे रोकना ठीक नहीं है। रोकने से वह फिर-फिर जमा होता रहेगा और धक्के देकर बाँध तोड़ने की कोशिश करेगा। इसमें से भी रास्ता निकालना होगा।

मन में आया, अब बहुत हो गया प्रफुल्ला! कितना दर्शन बघारोगी। आज फिर से बहुत चलना है, तैयारी करो!

3

कुमुद से पहले ही पूछ रखा था कि क्या वह साथ आ सकेगी?

उसने अपनी संस्था से अनुमति ले रखी थी।

खर्च तो 'प्रगत' द्वारा ही किया जानेवाला था।

कुमुद ने कहा, "आघावदादा ने कहा है कि रिपोर्ट की एक प्रति और जो भी संभव हो, वे सभी आंकड़े हमें भी दें।"

मैंने कहा, "देंगे न, क्यों नहीं।"

"और, आपकी रिपोर्ट में हमारी संस्था का नाम भी आना चाहिए कि इसमें आपको हमारा सहयोग मिला है।"

"यह भी हो जाएगा।" मैंने गर्दन हिलाई।

कुमुद ने राहत की साँस ली।

सुबह के कामों से निपटकर गेस्ट हाऊस के कमरे से बाहर आई, यह सोचकर कि फिर एक बार चाय के लिए कहा जाए। बरामदे में कुर्सियाँ लगी हुई थीं, समाचार-पत्र रखे थे, मौसम भी अच्छा था। तब बाहर ही रुक गई।

पास के कमरे का दरवाजा खुला था। एक आदमी बाहर निकला। ढंग के कपड़े, जरा-सी तोंद निकली हुई, रंगे हुए बाल, उम्र चालीस के लगभग होगी।" नमस्कार "कहते हुए वह सामने की कुर्सी पर आकर बैठ गया। अपना नाम-वाम बताया। वह यहाँ का सी.ओ. था। यहाँ की कुछ शिक़ायतें मिली थीं, तो उसी सिलसिले में मजबूर होकर आया था। पूछने के बावजूद उसने नहीं बताया कि किसकी और किस प्रकार की शिकायतों के सिलसिले में वह आया है। फिर मेरे बारे में पूछताछ की। कहा कि रात रजिस्टर में उसने मेरा नाम देखा था। मैंने अपना, संस्था का नाम बताते हुए संक्षेप में अपने काम का स्वरूप बताया। फिर भी वह कुछ न कुछ पूछता रहा। मेरा सारा ध्यान कुमुद के आने की ओर लगा हुआ था।

"आपका मूल गाँव कौन-सा है?" उसने बीच में ही पूछा।

"मूल गाँव?"

"यानी आपका मायका। पढ़ाई-लिखाई कहाँ हुई है आपकी?"

उसकी यह धृष्टता देखकर मुझे गुस्सा आने लगा था। फिर भी कहा, "पैठण!"

"अरे वाह, वाह, मैं भी उसी तरफ का हूँ। यानी नगर तरफ का। नेवाशा के पास हमारा गाँव है। यानी आप हमारी ही हुईं। अपनी संतों की पावन भूमि!"

"मेरी हँसी छूट गई। संतों की भूमि! पावन! और यह बात यह असभ्य, बेशर्म आदमी बता रहा है!

वह मेरी ओर देखता ही रह गया।

इतने में कुमुद आई और मेरी जान छूटी।

कुमुद ने जीप तय कर रखी थी। वह भी इस इलाके से ज्यादा परिचित नहीं थी। साथ ही हम यह भी सोच रही थीं कि आगे काफी पैदल चलना पड़ेगा, इसलिए जहाँ तक संभव हो, शुरू का सफर तो सुविधाजनक हो। एक ही बार में हमें तीन गाँवों में जाना था। ऐसे में बस की प्रतीक्षा में समय बरबाद न करना ही बेहतर था। इसके अलावा, सुमेध को भी कुछ तसल्ली हो जाती, कि आखिर कभी तो मैंने जीप का इस्तेमाल किया!

सफर शुरू हुआ। अब तो बार-बार देखने से सारे पहाड़, खाइयाँ, पेड़-पौधे, खुला आकाश, झोपड़े, सब कुछ अपना-सा लगने लगा था।

कमर में एक कपड़े का टुकड़ा लपेटी हुई औरतें, नंग-धड़ंग बच्चे, आराम से शराब या बीड़ी पीते पुरुष, गागर में मटमैला पानी और खाली कोठार...शुरू-शुरू में यह सब देखकर मैं बहुत व्यथित हो जाया करती थी।

लगता था कि यह कोई दूसरी ही दुनिया है।

पर अब ऐसा नहीं होता। विचार बदलने लगे थे।

ये लोग मेरी ही तरह हाड़-मांस के बने लोग हैं, मेरे ही लोग हैं...हम मिट्टी के एक ही टुकड़े से पोषित जीव हैं, इसी मिट्टी के अंश हैं, इन लोगों की आँखों में जो आकाश दिखाई देता है, वही आकाश मेरी आँखों में भी प्रतिबिंबित होता है... बस, उसे देखने की दृष्टि और इच्छा हमारे पास होनी चाहिए...

आजकल न जाने कितनी औरतों से मुलाकात कर रही हूँ। अधिकांश के साथ वे ही प्रश्न, वे ही उत्तर। शराब, मारपीट, चुड़ैल होने का संदेह...पानी नहीं, बिजली नहीं, अस्पताल नहीं, स्कूल नहीं, सड़कें नहीं...वही रिश्वतखोरी, वही भ्रष्टाचार...और फिर भी हर औरत अलग, हर औरत की कहानी अलग...

थोड़े-बहुत भेद के साथ किस्से भी वही...बैठने के लिए कुर्सी नहीं, हस्ताक्षर के लिए रजिस्टर घर भेज देते हैं, मीटिंग में बैठने नहीं देते, बोलने नहीं देते, झंडा-वंदन नहीं करने देते, बदनामी करते हैं, अविश्वास का प्रस्ताव लाया जाता है...

इसके बावजूद, प्रशासन में सहभागी होने का प्रयास करनेवाली हर औरत से मिलने से पहले मन में उत्सुकता होती थी कि इसके चित्र में कौन-सी छटा होगी? सालोंसाल एक ही प्रकार के रंगों का इस्तेमाल करने के बावजूद आखिर हर चित्र अलग होता ही है न, चाहे वह नकली ही क्यों न हो!

कुमुद को चुपचाप देखकर बात चलाने के इरादे से मैंने पूछा, "क्या तुम भी आदिवासी हो?"

उसकी आँखों में कुछ गुस्सा नजर आया, तो बात साफ की, "तुम्हारी जाति के बारे में नहीं पूछ रही हूँ। हम जहाँ जा रहे हैं, वहाँ की आदिवासी जनजातियों में से किसी जनजाति से यदि तुम्हारा संबंध हो, तो वहाँ की रूढ़ियों-परंपराओं की कुछ जानकारी मिल जाती, यही सोचकर पूछा था।"

सुनकर वह कुछ शांत प्रतीत हुई। फिर भी बात झटकने की अदा से बोली, "हम 'उनमें' से नहीं हैं। हम 'बौद्ध' हैं।"

'उनमें से' कहने में उसके स्वर में एक तुच्छता का भाव आ गया था। शायद वह मानती थी कि आदिवासी उससे कुछ कम दर्जे के हैं। इसीलिए आदिवासी कहने पर उसे कुछ गुस्सा आया होगा, जाति पूछने के कारण नहीं। फिर मैंने उससे और कुछ पूछने का विचार बदल दिया।

केवल आदिवासी लोकसंख्या वाले इलाके में घूमते समय इन बातों का विशेष एहसास नहीं होता था। इसमें कातकरियों का अपवाद था। वड़गाँव जैसे इलाके में मैं यह अनुभव कर चुकी थी कि कातकरियों को तुच्छ समझा जाता है, क्योंकि वे मरे हुए जानवर का मांस खाते हैं, या शराब बनाने का व्यवसाय करते हैं। पर जहाँ शहर नजदीक हैं और अन्य जातियाँ एक दूसरे में घुल-मिल गई हैं, वहाँ संभवतः आदिवासियों को भी दलितों की तरह ऐसे ही अनुभवों का सामना करना पड़ता होगा।

आगे चलकर कुमुद ने ही बताया कि शादी के तीन साल बाद ही उसके पति की मृत्यु हो गई थी। उस समय वह एक बच्चे की माँ थी और दूसरी बार गर्भवती थी। दूसरी बेटी हुई। तब वह मायके आ गई। शुरू में संस्था द्वारा चलाई जा रही सिलाई कक्षा में जाया करती थी। बाद में सिलाई सिखाना भी शुरू किया। फिर धीरे-धीरे संस्था ने उसे बचत दल से संबंधित तथा अन्य कुछ काम सौंपने शुरू किए। पिछले साल बेटी की शादी कराई। बेटा ग्यारहवीं कक्षा में पढ़ रहा है।

हम डोलारे नामक गाँव में पहुँचीं। सड़क से दूसरी ओर कुछ घर दिखाई दे रहे थे। एक पेड़ की छाया में जीप रोकी। गाँव में पहले ही संदेश भेजा जा चुका था।

यहाँ हमें दुमाडाबाई मिलनेवाली थीं।

उनके बारे में काफी कुछ सुना था। कई समाचार-पत्रों, पत्रिकाओं ने उनके साक्षात्कार प्रकाशित किए थे। 'साप्ताहिक सकाल' नामक पत्रिका ने एक अच्छी सी कवर-स्टोरी प्रकाशित की थी।

यह महिला पिछले दो दशकों से भी अधिक समय से सार्वजनिक जीवन में सक्रिय थी। राजनीति निचोड़कर पी चुकी थी। दिल्ली तक घूम आई थी। बातचीत एकदम सीधी, साफ लेकिन दृढ़ता के साथ। एक बार जो कह दिया सो कह दिया, उसका एक शब्द भी बाद में नहीं बदलेगा।

मन में जो बात आए, वह यदि बुद्धि मान ले, तो कृति करने में नहीं हिचकेंगी, परिणामों के बारे में ज्यादा सोचे बिना काम कर डालेंगी।

इसीलिए लोग उनसे कुछ दूर ही रहते हैं।

लोग यानी केवल गाँववाले या विरोधी पक्ष के लोग ही नहीं, पुलिस वाले और नौकरशाह भी।

यह सब पहले सुन चुकी थी, इसलिए उनसे मिलने की उत्सुकता बढ़ती ही गई थी।

सड़क छोड़कर हम नीचे खेत में उतरीं।

खेतों के किनारे बनी मेड़ों पर से चलते हुए दो टीले भी पार किए।

कुमुद ने कहा, "उस तरफ से एक सीधा रास्ता भी है। पर इस तरफ से जाएँगे, तो जल्दी पहुँच जाएँगे। बेकार घूमकर क्यों जाना?"

"पर तुमने तो कहा था कि तुम्हें इधर के इलाके की कोई जानकारी नहीं है?" मुझे कुछ आश्चर्य हुआ।

"वह तो केवल आघावदादा को बताने के लिए। यदि जानकारी है कहती, तो इधर के भी कुछ काम मेरे पीछे लगा देते। तब, काम कब खत्म होगा और हम घर कब जाएँगे?"

मैंने मन-ही-मन सिर पीट लिया। लगा कि यह तो सोमनाथ का ही कुछ संशोधित संस्करण निकली...अंतर बस इतना कि वह पुरुष है और यह औरत है।

सुना था कि गाँव पास में ही है, फिर भी आधा घंटा चलना पड़ा। टीला देखकर मैंने एक सूखी टहनी हाथ में पकड़ ली, ताकि चढ़ते समय सहारा मिलता रहे। बीच-बीच में ऐसे छोटे-छोटे परंतु सीधी चढ़ाई वाले टीले चढ़ने पड़ रहे थे। खेतों में काम करते लोग अपना काम रोककर हमारी ओर देख लेते थे।

किसी भी गाँव में जाने पर सबसे पहले बच्चे जमा हो जाते थे। हम जहाँ जाते, वहाँ हमारे पीछे-पीछे दस-बीस बच्चों का झुंड घूमता रहता। वे हमारी तरफ यों देखते रहते, मानो हम उनके मनोरंजन की चीज हों। पहले यह सब बड़ा अजीब लगता था, पर फिर आदत पड़ गई। अभी भी बच्चे हमारे पीछे घूम ही रहे थे बारातियों की तरह।

गाँव आया। घरों के बीच से रास्ता बनाते हुए हम आगे बढ़ीं। सब तरफ खामोशी। एक दरवाजे में एक सोलह-सत्रह वर्ष की औरत कुछ फटकते हुए बैठी दिखी। उससे दुमाडेबाई के घर का पता पूछा। उसने हाथ से ही इशारा किया। मुँह खोला तक नहीं।

पर कुमुद वहीं बैठ गई। पानी माँगा।

तब मैं भी बैठ गई। पानी पिया।

इस बीच कुमुद ने उससे कुछ जानकारी हासिल कर ली, जैसे, गाँव कितना बड़ा है, कौन-कौन-सी जनजातियाँ रहती हैं, कौन-सी कक्षा तक पढ़ाई की सुविधा है, अस्पताल कितनी दूर है, औरतों के बचत दल हैं या नहीं, वगैरह।

इस तरह हमारी पूर्व तैयारी हो गई।

दुमाडेबाई का घर काफी बड़ा था। बड़े-बड़े कमरे, ऊपर खपरैल, घर के खंभे मोटे,

सुघढ़ सागौन के, बाहर की बैठक में खिड़की के पास एक पलंग, उस पर चटाई बिछी हुई, एक तरफ बड़ी-सी मेज, उस पर टी वी, बच्चों के बस्ते, कॉपियाँ और किताबें पड़ी हुईं, तीन-चार कुर्सियाँ, दरवाजे पर ऊन से बुना वंदनवार, जमीन साफ लिपी-पोती हुई।

एक लड़की ने पानी लाकर दिया। फिर से पानी पिया, बचे हुए पानी से दरवाजे के पास जाकर हाथ-पाँव धो लिए।

दुमाडेबाई अवतीर्ण हुईं।

ठिगनी, नौ गजवाली साड़ी, सिर ढँका हुआ, चेहरे पर सादगी, नाक कुछ चपटी, दुबला-पतला शरीर, कान में मुगडी...यानी मूँग के दाने जैसा छोटा गोल गहना, माथे पर मध्यम आकार की बिंदी, गले में काले मणियों की माला, हाथ में चूड़ियाँ। सब कुछ इतना सामान्य कि वर्णन करने के लिए कोई अलग बात ढूँढकर भी न मिले।

एक बहुत ही सामान्य महिला, जिससे कहीं भी मुलाकात हो सकती है...खेत में, कुँए पर, सड़क पर, मजदूरी करनेवालों की भीड़ में, बस अड्डे पर...पर कोई यह नहीं सोच सकता कि यह औरत ग्राम पंचायत के कार्यालय में, पंचायत समिति में या जिला परिषद में किसी कुर्सी पर बैठी मिल सकती है।

सचाई तो यह थी कि इतने सालों से उनके राजनीति में सक्रिय होने की बात उन्हें देखकर हजम ही नहीं होती थी।

उन्होंने मुस्कराकर हमारा स्वागत किया। पूछा कि हम किस वाहन से आई हैं। जीप से आने की बात सुनकर पूछा कि जीप कहाँ रोकी है। फिर एक बच्चे को बुलाकर कहा, "जाओ तो, उस ड्राइवर को बुला लाओ, कहना कि यहीं खाना खाकर जाए। और अपने यहाँ के बच्चों से कह देना कि जीप अपने यहाँ ही आई है, कोई नुकसान न करें।"

दुमाडे बाई के रंग नजर आने लगे।

मैंने पूछा, "नुकसान किसका?"

उन्होंने हँसकर कहा, "यह भी एक किस्सा है। अभी यहाँ जो फॉरेस्ट ऑफिसर है, उसका बर्ताव ठीक नहीं है। बहुत तकलीफ दे रहा है। औरतों का रास्ता रोकता है। नीचे गिरी लकड़ियाँ ईंधन के लिए जमा करने पर भी दो रुपये मिले बिना हाथ नहीं लगाने देता, जंगल में करौंदे या कैरियाँ लाने जाना हो, तब भी उसके हाथ पर कुछ न कुछ रखना पड़ता है। एक बार चेताया था उसे, पर अब तक कोई फर्क नहीं पड़ा है। अब एक बार मुझे ही देखना होगा। पर हमारे बच्चे (कार्यकर्ता) बहुत भड़क गए थे। वे सीधे जंगल पहुँचे और जीप के चारों पहिए पंक्चर कर रख दिए। तब से कुछ ज्यादा ही सता रहा है। ऊपर तक शिकायत करने की धमकी दी है। कहीं लड़कों को ऐसा न लगे कि उसका वरिष्ठ अधिकारी आया है जीप में, इसीलिए

बताया। अन्यथा आपका लौटना मुश्किल हो जाएगा।"

चाय आई। दूध की चाय।

फिर मैंने उन्हें अपने काम का स्वरूप समझाया। फॉर्म दिखाया। परिसर के बारे में कुछ प्राथमिक जानकारी हासिल की। फिर उनके राजनीतिक इतिहास के बारे में पूछना शुरू किया।

दुमाडाबाई पहले ग्राम पंचायत की सदस्य बनी थीं।

उससे भी पहले आरोग्य सेविका के रूप में उनके सामाजिक कार्यों की शुरुआत हुई थी।

"शादी से पहले सातवीं कक्षा तक शिक्षा प्राप्त की थी। आगे चलकर कुछ और करने का मन था। वे नहीं चाहती थीं कि केवल खेतों में मजदूरी करें या साहूकार के घर गोबर की टोकरियाँ पहुँचाएँ। लगता था कि गोबर में ही हाथ डालने हैं, तो पढ़ने-लिखने से क्या लाभ? अपनी खेती हो, तो बात अलग है। काम करने में कोई शर्म नहीं आती। पर दूसरों के खेतों में जाकर काम करना अच्छा नहीं लगता था।"

दुमाडाबाई विस्तार से बता रहीं थीं, "बचपन में मुझे जिले के गाँव में एक शिक्षक के घर रहने को मिला। वे बहुत अच्छे लोग थे। अपने बच्चों के साथ मुझे भी पढ़ाया-लिखाया। पर इसी कारण मिट्टी में काम करने की आदत नहीं रही। हँसिया-दराँती पकड़ना नहीं आता था। मेरी सास मेरी बुआ भी हैं। पति मुझसे कम पढ़े-लिखे हैं, इसलिए अब तक नाराजगी दर्शाते रहते हैं। मेरा यहाँ गाँव में मन भी नहीं लगता था।

फिर यह आरोग्य सेविका के पद के बारे में पता चला। तब सीखना तय किया। पर प्रशिक्षण के लिए रोज तहसील के गाँव में जाना पड़ता था।

"रोज-रोज कहाँ जाती है तुम्हारी बहू?" सास से ऐसा सवाल पूछकर हेटाई करने में औरतें पीछे नहीं थीं। तब सास उस बात का भी गस्सा उतारती। तब कई दिनों तक सिर पर रखी टोकरी में किताबें छिपाकर ले जानी पड़ी थीं। औरतों को दाई की जरूरत पड़ती है, पर नर्सबाई कहने से गुस्सा आता है। हाँ, अब वैसी बात नहीं रही, धीरे-धीरे सब बदलता गया।

इसके बाद असली काम शुरू हुआ। यह काम केवल गाँव के स्वास्थ्य से संबंधित नहीं था। उसके साथ-साथ गाँव की औरतों को एकत्र करना, उनके समूह बनाना, शिविरों और मेलों का आयोजन करना आदि सब उसमें शामिल था। उन्हीं दिनों दादा आघाव ने हमारे गाँव में संस्था शुरू की। तब संस्था के छोटे-बड़े काम करने शुरू किए। स्कूल की, पानी की समस्याएँ थीं। उसके लिए गाँव-गाँव में बैठकों का आयोजन करना, मोर्चा निकालना...कुछ इसी प्रकार के संघर्षपूर्ण काम थे।

दूसरा काम था बाँध पीड़ितों का पुनर्वास। ठाणे जिले के लोगों को वहाँ से उठाकर हमारे गाँव में उनका पुनर्वसन किया गया था। वह सब बड़ा गड़बड़ मामला था। यदि उनका समर्थन करें, तो गाँववाले मुँह बनाएँगे। यदि काम न ही करें, तो गाँववालों में और मुझमें फर्क ही क्या? बड़ी समस्या थी। पर फिर तय किया कि संस्था के साथ इस आंदोलन में सहभागी होना है।

पहले तो अपना ही दवाइयाँ देने वगैरह का काम शुरू किया। फिर उनके बच्चों को इकट्ठा कर स्कूल भेजना शुरू किया। उन लोगों को जो जगह दी थी, वहाँ एक हैंडपम्प लगवाया। कहने को तो ये सब छोटे-छोटे काम होते हैं, पर उनके पीछे भी काँटों के जाल लगे होते हैं। एक हैण्डपम्प लगवाने के लिए कितने चक्कर काटने पड़े, कितनी झंझटें मोल लेनी पड़ीं।"

दुमाडाबाई अपने छोटे-बड़े अनुभव सुना रही थीं। ऐसे संघर्षपूर्ण कामों ने ही तो उनके व्यक्तित्व को गढ़ा था।

बाँधपीड़ितों में कई जाति-जनजातियों के लोग थे। इस कारण गाँव की संस्कृति में उथल-पुथल हो रही थी।

गाँव के पुराने निवासी जिस प्रकार पारंपारिक नेतृत्व से डरते थे, स्वाभाविक ही, इन नये लोगों को किसी बात का डर नहीं था। साथ ही बाँध बनने की बात जब उठी थी, तब से ये लोग झगड़ते आए थे। उनके संघर्ष की पार्श्वभूमि तैयार हो चुकी थी। उनमें से एक दलित महिला—पंचफुला ने तय किया कि वह प्रौढ़ साक्षरता कक्षा शुरू करेगी। इसके लिए स्कूल की जगह नहीं मिलेगी, यह कहकर साहूकार ने स्कूल में ताला लगवा दिया। तब उसने मंदिर में कक्षाएँ आयोजित कीं। रात को मंदिर की तरफ जाते समय पाटील के घर के किसी सदस्य ने उन पर ईंट फेंकी। माथे पर चोट लगी, खून निकल आया. नई बस्ती नें हडकंप मच गया। पुलिस आई। बाकी के गाँववाले क्रोधित हो गए कि इस औरत के कारण गाँव में पहली बार पुलिस आई और गाँव की नाक कट गई।

" इतने सालों तक गाँव के झगडे गाँव में ही निपटाने का रिवाज था। कोई कभी कोर्ट में या पुलिस में नहीं गया था। पर इन लोगों के आ जाने से दिन फिर गए। तब गाँववालों ने अपना गुस्सा उतारना शुरू किया। तब हम दस औरतें उस एक के साथ हो गईं और गाँववालों को पुलिस चौकी के सामने खड़ा किया।" कहते हुए वे बीच में ही रुक गईं। एक बच्चे को पुकारकर कहा, "गोविंदा, जरा देखना, पंचफुला हो, तो बुला लाना।"

गोविंदा भागा।

और दो-तीन औरतें आकर बैठीं।

दुमाडाबाई ने परिचय कराते हुए बताया कि वे बचत दल की सदस्याएँ हैं।

"इन औरतों को भी चाहिए कि वे आप जैसों के साथ बातें करें, आपसे मिलें। घूमें, फिरें, उनकी नए लोगों से पहचान हो। उन्हें यह समझना चाहिए कि काम कैसे करने हैं, या किस तरह करवाने हैं। यही तो मेरा वास्तविक काम है। मुझे कभी ऐसा नहीं लगता कि केवल मैं ही जानूँ, मैं सीखूँ, दूसरों को सिखाकर मैं अपने प्रतिस्पर्धी क्यों तैयार करूँ...सारी औरतें सीखें, जानें तैयार हों।" उन्होंने अपने विद्यमान काम में निहित दर्शन की जानकारी दी।

तब तक पंचफुला आ पहुँची। तेज, उत्साही युवती थी वह।

"फिर औरतों को स्वास्थ्य के प्रश्न पर संगठित कैसे किया?" पंचफुला से परिचय हो जाने के बाद मैंने फिर दुमाडाबाई से पूछा।

उन्होंने बताना शुरू किया। "औरतों को संगठित करना आसान नहीं था। केवल संगठित होने के लिए कहने से वे संगठित नहीं होतीं। कारण की असली नब्ज मिलनी चाहिए। मैंने उन्हें वह कारण दिखा दिया—अपनी कमाई। कमाई होनी चाहिए। मुझे आरोग्य सेविका का काम मिला, घर में पैसा आने लगा। तब सबके बर्ताव में कितना अंतर आ गया। कमानेवाली औरत के साथ बर्ताव का तरीका ही बदल जाता है। अब मेरी सास भी कुछ नहीं कहती थीं। पति भी चुप था। खुद की जमीन खरीदी थी। बकरियाँ थीं. बाद में एक भैंस भी खरीदी। घर में पैसा आने लगे, तो बोलनेवालों के मुँह बंद हो जाते हैं।

मैं इन औरतों से भी यही कहती हूँ। खुद मेहनत करो, धन कमाओ और फिर उसे किस तरह खर्च करना है, यह भी स्वयं तय करो। तभी सारा घर ठीक चलता है। मैंने यह सब जो किया, वह केवल अपने घर के लिए नहीं किया। पहले बचत दल की औरतों के लिए, फिर बाकी औरतों के लिए। पहले दस औरतों को संस्था की ओर से बकरियाँ मिलीं। पहला मेमना संस्था को देना होता है, संस्था वह किसी दूसरी औरत को दे देती है। बाकी के मेमने उसके। इस तरह आज गाँव की हर औरत के पास बकरियाँ हैं।

इस प्रकार के काम मैंने शुरू किए। काम के अनुसार विचार बदलते गए। संपर्क बढ़ते गए। काम का तरीका निश्चित होता गया। आस-पास की औरतों तक ये सारी बातें आप ही पहुँचती गईं।

पंचफुला की एक घटना के बाद इन औरतों को देखने की गाँववालों की दृष्टि बदल गई। तब औरतें बाकी के प्रश्नों को लेकर भी एक होने लगीं। ग्रामसभा में आने लगीं। झंडा-वंदन के लिए आने लगीं। पंचफुला की पुलिस केस का अनुभव गाँव की सभी औरतों के लिए अन्याय के विरुद्ध संगठित रूप से खड़े होने का अनुभव था।"

चुनाव के लिए खड़े होने पर इन सब बातों का परिणाम मतपेटियों में देखने को मिला। वैसे चुनाव भी आसान नहीं था।

दुमाडाबाई शुरू से ही काँग्रेस में थीं। परंतु जिला परिषद के चुनाव के समय स्थानीय नेताओं ने दूसरी ही महिला का नाम आगे बढ़ाया। कहा कि नई लड़की है, स्नातक है, उसे मौका दिया जाना चाहिए।

“सीधे-सीधे विरोध किए बिना उन्होंने मुझे किनारे कर दिया था। तब मेरे सामने दो ही विकल्प थे—या तो अपक्ष के रूप में चुनाव लड़ूँ या राष्ट्रवादी की ओर से चुनाव लड़ूँ। मैंने दूसरा विकल्प चुना। लोगों ने खूब हँसी उड़ाई। गाँव में लोग कहते फिरते थे कि पहले तो हाथ दिखाया और अब लोगों को घड़ी पर टांग देगी।”

आज तक जिन-जिन औरतों से मैं मिली थी, दुमाडाबाई उन सबसे अलग थीं। सत्ता के लिए उन्होंने पक्षांतर भी किया था। दूसरी महत्त्वपूर्ण बात यह थी कि सत्ता हथियाते समय भी उन्होंने यह बात याद रखी थी कि उनके मूल उद्देश्य सामाजिक हैं।

राजनीतिक जीवन शुरू होने के बाद भी उन्होंने अपनी काम की पुरानी पद्धति नहीं बदली।

यहीं से वास्तविक समस्या शुरू हुई।

पार्टी के नेता कहने लगे कि संगठन का नाटक यहाँ मत चलाइए, यहाँ इस तरीके से काम नहीं हो सकता।

जिले के गाँव में पार्टी के कार्यकर्ताओं की बैठक हुई। उसमें सभी तहसील प्रमुख, जिला प्रमुख और प्रदेशाध्यक्ष उपस्थित थे। उस बैठक में भी इस विषय पर चर्चा हुई।

“तब मैंने अपने विचार साफ-साफ व्यक्त किए। कहा कि मैं मूलतः कार्यकर्त्री हूँ। मुझे इसी तरीके से काम करने की आदत है। आदत बदली जा सकती है, पर तब इतना काम नहीं हो पाएगा। मेरा अनुभव है कि इस प्रकार से काम करने पर ही समूह बनता है, लोग संगठित होते हैं। केवल आओ कहने से लोग आपके पीछे नहीं आते। चुनाव के समय लोगों को शराब पिलाना, पैसे बाँटना, योजनाओं की लालच देना—यह सब तो सभी पार्टियाँ करती हैं। मुझे इस प्रतियोगिता में शामिल नहीं होना है। यदि हम निरंतर काम करते रहें, तो इसमें कोई शक नहीं कि लोग दूसरों के पैसे लेकर भी हमें मत देंगे। मैं अपने इस अलग तरीके से ही लोगों के साथ संपर्क बनाए रखूँगी। लोगों में से एक बनी रहकर काम करती रहूँगी।”

आखिर मजबूरी में ही सही, लोगों ने इसे मान लिया।

“वे जिस तरह चाहती हैं, उन्हें उसी तरीके से काम करने दें।” प्रदेशाध्यक्ष ने कहा।

“यदि कोई महिला मेरे पास कोई काम लेकर आती, तो मैं खुद उसके साथ जाकर उसका काम करवा देती थी। अभी भी यही तरीका जारी है। पर अब औरतें भी काफी बदल गई हैं। पहले वे खुद कोशिश कर देखती हैं। यदि न हो पाए, तभी मेरे पास आती हैं।

हमने अपने सभी लोगों को साफ सूचनाएँ दे रखी हैं कि गरीबों के काम रुकने

नहीं चाहिए। किसी भी प्रमाणपत्र के लिए पैसे न माँगे जाएँ।

पहले किसी भी कार्यालय में औरतों को कोई पूछता तक नहीं था। अब यह स्थिति नहीं है। यह सब अपने आप नहीं हुआ। मैं स्वयं भी भुक्तभोगी हूँ। सदस्य बनने के बाद पहली बार जब मैं परिषद के लिए दिल्ली जाकर लौटी, तबसे लोगों की नजर बदल गई। साहूकारों की औरतें भी मेरे साथ ठीक तरह से बातें करने लगीं।"

"यानी? क्या पहले ठीक तरह से नहीं बोलती थीं आपसे?"

"ठीक तरह से? वह तो छोड़िए, बोलती ही नहीं थीं। इसमें उनकी भी क्या गलती थी? हम उनके घर में गोबर भरेंगे, उनके खेतों में हमारी चार पीढ़ियाँ मजदूरी करेंगी... भला वे क्यों बोलने लगीं हमारे साथ? यदि हम उनकी जगह होते, तो क्या बोले होते? बिलकुल नहीं। झूठ क्यों बोलूँ, जो सच है, वह यही है। यदि मैंने चुनाव नहीं जीता होता, तो मैडम, क्या इतनी दूर आप आतीं मुझसे मिलने और बातें करने?"

मुझे हँसी आ गई। मना करने के बावजूद वे मुझे मैडम कहकर ही संबोधित कर रही थीं।

अपनी इस यात्रा के दौरान दुमाडाबाई ने ग्राम पंचायत के सदस्य से शुरुआत कर जिला परिषद तक की दूरी तय की। जिला परिषद में महिला एवं बाल कल्याण विभाग की वे सभापति रहीं।

सुनते हुए मैं गौरव का अनुभव कर रही थी। उसी धुन में मैंने पूछा, "सम्मानपूर्ण वरिष्ठ पद प्राप्त होने पर पहले आपको कैसा लगा?"

वे मुस्कराईं। उसी तरह शांत स्वर में बोलीं, "जितना बड़ा पद, उतनी बड़ी जिम्मेदारी और एक औरत होने के नाते आनेवाली कठिनाइयाँ भी उतनी ही बड़ी।

पद ऐसी महिलाओं को मिलता है, जो ग्राम पंचायत में कठपुतली बनकर रहती हैं। संघर्ष करनेवाली औरतों को ऊँचा पद कौन देगा? परंतु राजनीति में पहली बार प्रवेश करनेवाली हर महिला को पहले यह तय कर लेना चाहिए कि वह रबड़ स्टैम्प बनकर नहीं रहेगी। आरक्षण के कारण मिले हुए पद के साथ आनेवाले अधिकारों का भी एहसास हमें होना चाहिए।

पर अपनी भी क्या गलती है? कल-परसों तक गोबर से भरी टोकरी लेकर मैं पंचायत के सामने से गुजरती थी, पर मैंने उसकी तरफ आँख उठाकर भी नहीं देखा था। आज अवसर मिला है, पर डर लगता है। यह कुर्सी किसके लिए है, पता नहीं। पर वह मेरे लिए भी है। यदि वह मुझे मिली है, तो किसी ने कोई एहसान नहीं किया, मेहरबानी नहीं की।

जब ग्राम पंचायत की सदस्य बनी, तब की बात है। पहली मीटिंग शुरू हुई और रजिस्टर हस्ताक्षर के लिए घर में भेजा गया। पर मैंने डपट दिया, 'मुझे एजेंडा नहीं मिला, मैं हस्ताक्षर नहीं करूँगी।'

तब घबरा गए सब।

कैसी मीटिंग हुई, किसलिए हुई, यह सब क्या हमें मालूम नहीं होना चाहिए?

तब कहीं जाकर नोटिस भेजना शुरू किया।

उस समय मैं मीटिंग में नहीं जाया करती थी, पर मीटिंग के लिए जाते समय ग्रामसेवक पहले मेरे घर आने लगा।

मेरे अलावा एक और महिला ने चुनाव जीता था। उसने एक बार कहा कि हमें भी मीटिंग के लिए जाना चाहिए।

तब एक दिन दोनों मिलकर गईं। यह शुरुआत थी।

अब यह तो चलता है कि मीटिंग में हमसे कोई कभी कुछ पूछता ही नहीं। पर हम ही बीच-बीच में हस्तक्षेप करती हैं। मैं उन लोगों से कहती हूँ, "यहाँ हम दोनों कोई बिजूका नहीं हैं। या हम दोनों यहाँ केवल इसलिए हैं कि आपको संख्या चाहिए?''

उसके बाद जब प्रोसिडिंग में नाम आने लगा, तो अच्छा लगा। फिर भी हमारी उपेक्षा करने या हमारी तरफ ध्यान न देने का उनका रवैया साल-छह महीने जारी रहा। अपने साथ की महिला सदस्यों का मुँह खुलवाने के लिए दूसरी औरतों को काफी प्रयास करने पड़ते हैं। पर यहाँ तो हम दोनों अच्छी तरह बोलनेवाली उनके साथ थीं।"

अजेंडा, प्रोसिडिंग जैसे शब्दों का दुमाडाबाई एक अभ्यस्त की तरह बखूबी इस्तेमाल कर रही थीं।

मैंने पूछा, "आपने अभी कहा कि ग्रामसेवक घर आने लगा। तो यह बताइए कि क्या आपको ग्रामसेवक का सहयोग हमेशा मिलता था? मैंने कई जगह ग्रामसेवक के बारे में शिकायतें सुनी हैं। ग्रामसेवक मदद नहीं देते, उल्टे रोड़े अटकाते हैं, ठीक से काम नहीं करते...क्या आपका कोई इस प्रकार का अनुभव है?"

"जब हम कहते हैं कि ग्रामसेवक काम नहीं करते, तब हमारे सामने यह बात साफ होनी चाहिए कि कौन से काम? हमें यह नहीं पता होता कि ग्रामसेवक के काम क्या हैं? कौन-सा काम अधिक महत्त्वपूर्ण है, यह तय करने के बाद उसकी जानकारी भाऊसाहब को देनी चाहिए। यदि काम महत्त्वपूर्ण हो और हम यह बात भाऊसाहब के गले उतार सकें, तो उसका विरोध नहीं होता। हमें संदिग्ध नहीं बोलना चाहिए।

दूसरी बात यह कि, सचमुच यदि कोई ग्रामसेवक काम न करता हो, तो अन्य लोगों के बीच में उसका अपमान नहीं करना चाहिए। वे भी इंसान ही होते हैं। उनकी भी अपनी प्रतिष्ठा होती है। इसलिए हमें इतनी सावधानी बरतनी चाहिए। इसके बावजूद यदि ग्रामसेवक सहयोग न दे, तो सीधे बीडीओ से संपर्क करना चाहिए। उनसे साफ कहना चाहिए कि जानकारी देने के लिए किसी विस्तार अधिकारी को भेजिए।"

वे यह कुछ अलग ही बात बता रही थीं। काम के संबंध में भी वे एकदम मुद्दे की बात कह रही थीं। सुनते हुए मेरे मन में विचार आया कि प्रशिक्षण कक्षाओं में शहरों के प्राध्यापकों को बुलाने की बजाय इस प्रकार अनुभवों के आधार पर जानकारी देनेवाली महिलाओं को बुलाया जाना चाहिए।

"पुरुषों का कहना जो है, वे अलग-अलग तरीके से हमें बताते रहते हैं...हम हैं ना देखनेवाले, तुम लोग ध्यान मत दो, कहकर वे हमें जहाँ हैं, वहीं रखने का प्रयास करते हैं। यदि हम काम को टालने का प्रयास करेंगे, तो अपने को ही ज्यादा परेशानी होगी। बिना डरे काम करने से दबाव कम हो जाता है। हाँ, हमें ऐसे कामों की आदत नहीं होती, जानकारी नहीं होती, यह बात अलग है। पर कई बार ऐसा भी होता है कि कुछ काम सचमुच न होनेवाली श्रेणी में ही आते हैं। अब यदि ऐसा कोई काम वे हमसे करने के लिए कहें और बाद में कहते रहें, कि आपको चुना, उससे क्या लाभ हुआ? आपने हमारा काम तो किया ही नहीं...

तो ऐसे समय पर हममें उनसे यह कहने की हिम्मत होनी चाहिए कि यह काम होनेवाला काम है ही नहीं। उनसे यह कहना भी हमें आना चाहिए कि यह काम क्यों नहीं हो रहा है। उनसे यह दृढ़तापूर्वक कहा जाना चाहिए कि मैं औरत हूँ, इसलिए यह काम नहीं हो रहा है, ऐसी बात नहीं है। यह काम आपसे भी नहीं होनेवाला। पुरुषों का सहयोग और उनका विश्वास प्राप्त करना भी महत्त्वपूर्ण है। पूरे गाँव की समस्याओं की ओर हमें एक जिम्मेदार घटक के रूप में देखना सीखना चाहिए।

कुल मिलाकर महत्त्वपूर्ण बातें ये हैं कि हम आलस त्यागकर काम करें, उसके लिए अध्ययन करें, हिम्मत के साथ बात करें, जरूरत पड़ने पर पंचायत समिति तक जाएँ या अधिकारियों से विचार-विनिमय करें। इसके साथ ही गाँव के महिला-मंडलों या बचत दलों में भी अपनी सहभागिता बढ़ाई जाए। एक दूसरे के सहयोग से, एक दूसरे की सहायता करते हुए काम किया जाना चाहिए। तब बाधाओं को पार करना आसान हो जाता है।

जिस समय मैं सभापति बनी, उस समय हमारी तहसील से और दो औरतें जिला परिषद में चुनकर आई थीं। तब लोग कहते थे, ''अपनी तहसील का तो सत्यानाश हो गया। ये औरतें भला क्या काम करेंगीं?''

पर मैंने अपने आपको कभी कम नहीं समझा। लोग चाहे जो कहते रहें, मैं अपना मत प्रस्तुत करने से नहीं चूकी।

जब कोई औरत चुन ली जाती है, तब एक और अच्छा बदलाव आता है। मीटिंग्ज समय पर शुरू होती हैं और समय पर खत्म होती हैं। पुरुषों की गंदी भाषा भी बदल जाती है। यह सोचकर चुप रहते हैं कि 'औरत के सामने गंदी बात कैसे बोलें?' यानी, वे जानते हैं कि वे जो बोलना चाह रहे हैं वह गंदा है, पर बोलने से बाज नहीं आते। पंचायत समिति के कार्यालय में हो या तहसील के कार्यालय में, ...औरतें मिलकर जाएँ, तो वहाँ के पुरुष कर्मचारियों का बर्ताव भी बदल जाता है। तब नियम से काम होते हैं। अकेली औरत के सामने कोई कुछ भी बोल सकता है, पर कई औरतें हों, तो उनके सामने किसी की कुछ नहीं चलती।"

दुमाडाबाई के तीन बेटियाँ थीं।' दो बेटे। एक बेटा बैंक में नौकरी करता था, दूसरा उनके साथ ही रहकर खेती बाड़ी देखता था। पोते-पोतियाँ आसपास खेल रहे थे।

बहू खाने के लिए बुलाने आई। उठते हुए उन्होंने अपने घर के बारे में बताया। "जिसको जो पढ़ना-सीखना है, वह करने दिया। लड़कियों से भी कहा, 'जितना पढ़ना चाहती हो, पढ़ो।' शादी के लिए जल्दबाजी नहीं की। मेरी दोनों बहुएँ भी पढ़ी-लिखी हैं। दूर नासिक तरफ की हैं। वहाँ के आदिवासियों में यहाँ की तुलना में पढ़ाई की मात्रा ज्यादा है।"

हम भोजन के लिए बैठीं। चावल, गेहूँ की रोटी, अरहर की दाल, सब्जी, अचार, पापड़...पूरा खाना। धीरे-धीरे मेरी नजरों के सामने वे घर साकार होने लगे, जहाँ मैंने आज तक आश्रय लिया था। सोचा, दुमाडाबाई की तरह हर घर में इस तरह का भरपेट भोजन किस पीढ़ी से मिलने लगेगा?

इतनी योजनाएँ होती हैं, पर उनका वास्तविक लाभ क्या होता है? कितने सालों से सरकार आदिवासियों के लिए करोड़ों के आंकड़े घोषित करती आ रही है। फिर भी हालत ज्यों की त्यों क्यों प्रतीत होती है?

नमूना फॉर्म भरने के लिए पिछले महीने भर से घूम रही थी मैं। वही कुछ-कुछ याद आ रहा था। खाना खाते हुए उस दौरान के कुछ अनुभव मैं दुमाडाबाई को सुना रही थी।

"साक्री तहसील के करजंटी गाँव की महिलाओं ने बताया था कि उनके यहाँ आँगनबाड़ी में गर्भवती महिलाओं, स्तनपान करानेवाली महिलाओं को पोषक आहार नहीं दिया जाता।

एक औरत ने कहा, "मैं पूछने गई, तो मुझसे ही पूछा कि क्या तुम अब बच्ची हो?"

"कभी-कभी बच्चों को ही पोषक आहार नहीं मिलता, तब औरतों को कौन देने बैठा है?" दूसरी औरत ने कहा।

धनगाई गाँव की औरतों को भी यही शिकायत थी कि उनके यहाँ की आँगनबाड़ी में गर्भवती औरतों या स्तनपान करानेवाली औरतों को पोषक आहार नहीं दिया जाता।

"गर्भवती महिलाओं के लिए जो योजनाएँ हैं, उसका लाभ केलीपाड़ा की औरतों को नहीं मिला है। दो-तीन बार यहाँ-वहाँ दौड़ाते हैं, देते कुछ भी नहीं।" एक ने बताया।

औरतों ने यह भी बताया कि शहापुर तहसील के सावरोली गाँव की कुछ औरतों को गर्भावस्था में पैसे मिले हैं।

माहुली में एक महिला ने बताया कि, "यहाँ का अस्पताल बंद ही रहता है। बच्चों के टीकाकरण के लिए उन्हें दूर तक ले जाना पड़ता है। गर्भावस्था में मिलनेवाले पैसों के लिए हमसे अँगूठा लगवा लिया, वे चार सौ रुपये अब तक

नहीं मिले।”

पंचफुला ने कहा, “गर्भवती महिलाओं के लिए बनी योजनाओं का लाभ कई स्त्रियों को नहीं मिल पाता, उसका एक कारण और भी है। योजना की एक शर्त यह है कि प्रथम दो प्रसवों के दौरान मिलनेवाले लाभों के लिए औरत की आयु कम-से-कम 18 वर्ष होनी चाहिए। सामान्यतः सभी आदिवासी जनजातियों में 13-14 वर्ष की उम्र में ही लड़की की शादी कर देने का रिवाज है। तब 15-16 की आयु में पहला और 17-18 की आयु में दूसरा बच्चा हो जाता है। पैसे तो प्रथम दो प्रसवों के लिए ही मिलते हैं। इसलिए जब लाभ मिलने की उम्र शुरू होती है, तब बच्चों की संख्या संबंधी दूसरी शर्त सामने आती है। यहाँ ऐसी औरतों की ही संख्या बहुत है। जिन औरतों को लाभ मिला है, उनको दूसरे प्रसव के लिए ही लाभ मिला होगा, या फिर उनके पहले बच्चे जीवित नहीं होंगे !”

मुझे यह एक नया ही मुद्दा मिल गया।

अपने कार्यकाल के दौरान दुमाडाबाई ने विचारपूर्वक योजनाएँ तैयार कीं और उनका कार्यान्वयन किया। इसमें उनकी दूरदृष्टि का भी परिचय मिला।

उन्होंने कहा, “महिलाओं के लिए सालों-साल एक ही प्रकार की योजनाएँ बनाई जाती हैं। सिलाई मशीन जैसी चीजें उन्हें दी जाती हैं। क्या उससे सचमुच सहायता मिल पाती है? उसकी बजाय यदि खोमचा लगाने की अनुमति दी जाए, कोई व्यवसाय शुरू करने में सहायता दी जाए, तो आजीविका का साधन मिल जाता है। हमने इसी विचार से औरतों की सहायता की।”

मैंने भी इस बात का अनुभव किया था। सिलाई की मशीन दी जाती है, प्रशिक्षण भी दिया जाता है, पर उससे उन औरतों का पेट नहीं भर पाता। जहाँ दो वक्त की रोटी भी न मिल पाती हो, वहाँ कपड़े कौन सिलेगा? जहाँ काम मिलने की संभावना होती है, वहाँ शहर में कौन जाकर रह सकेगा अपना घर-बार छोड़कर? तब ये औरतें शहर में आकर मशीन बेच देती हैं पाँच-छह सौ रुपये में।

मैंने उन्हें वड़गाँव की शेवूबाई की बात बताई। उसकी टपरी अब अच्छी तरह चलने लगी है।

उनसे पूछा कि उन्होंने मुख्यतः जिला परिषद की किन-किन योजनाओं का कार्यान्वयन किया है। वे बताने लगीं।

जिला परिषद की आय का 10 प्रतिशत हिस्सा महिला एवं बाल कल्याण के लिए होता है। जब वे सभापति थीं, तब अनुशेष मिलाकर लगभग एक करोड़ दस लाख की रकम उपलब्ध थी। उन दिनों जिले की मुख्य कार्यकारी अधिकारी थीं रंजिता मुखर्जी, जो अत्यंत कार्यक्षम और लोकाभिमुख कामों के लिए प्रसिद्ध थीं। दुमाडाबाई

को उनसे बहुत अच्छा सहयोग मिला। इस निधि से 74 मतदार संघों की 74 केन्द्र-पाठशालाओं को कम्प्यूटर देने की योजना उन्होंने बनाई और कार्यान्वित की। कई लोगों ने यह कहकर विरोध भी किया कि शिक्षा से हमारे विभाग का क्या संबंध है। पर वह योजना आज भी भली-भाँति कार्यान्वित है। शेष रकम से पाठशाला के परिसर में हैण्डपम्प लगवाया, ताकि बच्चों को पीने का पानी उपलब्ध हो सके।

"यदि कोई अलग-सा अनुभव हो, तो बताइए न।" कहते हुए मैंने बात स्पष्ट की, "यानी ऐसा कोई अनुभव, जिसमें आपको काफी विरोध का सामना करना पड़ा हो, या किसी बात के लिए बहुत संघर्ष करना पड़ा हो।"

"सभापति को गाड़ी मिलती है। मुझे दी गई गाड़ी धक्का-स्टार्ट। हमेशा खराब हो जाती। एक बार बीच रास्ते में ही बंद हो गई। दूसरे दिन समाचार-पत्रों में छपा कि सभापति गाड़ी को धक्का लगा रही हैं। अन्य पदाधिकारियों के पास अच्छी गाड़ियाँ, पर मैं ठहरी महिला। तब कभी-कभी रंजिता मैडम मुझे अपनी गाड़ी में से ले जातीं, तो लोग कहते की सभापति पीली बत्ती की गाड़ी में घूमती हैं। यानी उल्टे चोर कोतवाल को...।

गाड़ी न होने के कारण दौरे पर जाना न हो पाता। मौका मिला था, पर काम कर नहीं पा रही थी। जनसंपर्क भी ठीक तरह से नहीं हो पाता था। राज्य परिवहन की बस से या पैदल जाने पर लोग हँसते। तब एक दिन सीईओ के दरवाजे पर ही भूख-हड़ताल कर दी। कोई मुझे कुर्सी देने के लिए भी तैयार नहीं था। मैंने ही डेप्युटी सीईओ के कार्यालय से कुर्सी उठाई और दरवाजे पर ही बैठ गई। न किसी को भीतर जाने दिया, न किसी को भीतर से बाहर आने दिया। पी.ए., कक्ष-अधिकारी सब घबरा गए। सीईओ ने भीतर बुलाया।

मैंने कहा, "गाड़ी मिले बिना यहाँ से हिलूँगी नहीं।"

आखिर वे बोले, "क्या मैं अपनी गाड़ी दे दूँ आपको?"

अब उस आईएएस अधिकारी की गाड़ी लेकर मुझे क्या करना था?

इतने में जिला परिषद के अध्यक्ष के पी.ए. दौड़ते हुए आए। बोले, "तय हुआ है कि शाम को आपको गाड़ी दी जाए।"

"किसने तय किया? मीटिंग कब हुई?" मैंने सारी बातें विस्तार से पूछीं।

कहा, कि घर जाने पर आप मुझसे रिकवरी के लिए लिखेंगे। इसलिए यहीं लिखकर दीजिए कि ''मैं, सीईओ, यह गाड़ी महिला एवं बालकल्याण विभाग के सभापति को दे रहा हूँ।''

इसके बाद किसी ने नहीं सताया। पर मेरे बारे में हमारे अध्यक्ष महोदय के विचार बदल गए। उनका कहना था कि मैंने बात को बहुत खींचा, कुछ ज्यादा ही

डैशिंग भूमिका थी मेरी। खैर।

मैंने कहा, ''मुझे गाड़ी का कोई सुख-दुख नहीं है। कल को घर लौटने पर गाड़ी में ही घूमूँगी, ऐसा भी नहीं। पर सवाल यह है कि मुझे यह सब क्यों करना पड़ा? औरत के काम को हमेशा ही दोयम दर्जा दिया जाता है। यहाँ भी सवाल मेरा नहीं, सभापति पद का है। उस पद का कोई सम्मान है या नहीं?"

तब सब चुप हो गए।

यदि पदाधिकारी अंग्रेजी बोलता हो, अच्छे कपड़े पहनता हो, तो इनकी आँखें जुड़ाती हैं। मेरे जैसी नौ गज की साड़ी पहननेवाली, गँवार, सीधी-सादी औरत क्या किसी अधिकार की हकदार नहीं होती?"

दुमाडाबाई की आवाज में जोश था, पर आवाज तेज नहीं थी। दृढ़ता के साथ बोल रही थीं। इस स्वर का प्रभाव निश्चित ही होता होगा।

संघर्षपूर्ण कामों में उनके कामों की जड़ें हैं और बाद में भी उन्होंने अपने प्रयासों, अध्ययन और कर्तृत्व से अपना स्थान बनाए रखा है। इसीलिए वे इतने आत्मविश्वास के साथ और इतनी दृढ़तापूर्वक बोल सकती हैं...

"जिन औरतों में क्षमता है, प्रवीणता है, उन्हें कोई नकार नहीं सकता। अपना कौशल यदि दाँव पर लगा दिया जाए, तो लोग धीरे-धीरे उसे मान्यता दे ही देते हैं। उसके लिए मौका मिलना चाहिए। पर मौका भी अपने आप नहीं मिलता। उसके लिए संघर्ष करना ही पड़ता है।"

यह विवाद का विषय हो सकता था कि महिला एवं बालकल्याण के खाते की रकम स्कूल की परियोजना में इस्तेमाल करना ठीक था या नहीं। संभव है कि अभी भी कुछ ऐसी बातें घटती हों। पर परिस्थिति के संबंध में उनका आकलन, अपने आप के प्रति उनका दृष्टिकोण, सीखने की चाह और समझ सचमुच चकित कर देनेवाली थी।

वड़गाँव की मुकणे बहनजी की तुलना में ये काफी ऊँचे स्तर पर थीं।

एक बार मन में यह विचार भी आया कि मैं इतनी औरतों से मिल रही हूँ, उनकी स्थिति को समझने का प्रयास कर रही हूँ, पर क्या यह एकांगी नहीं है? उनके विरोधियों की बात कम-से-कम सुन तो लेनी ही चाहिए न। तब शायद इन औरतों के काम में, काम के तरीकों में जो त्रुटियाँ हैं, वे मालूम हो सकेंगी।

आगे जिस जगह हमें जाना था, वहाँ जाने का रास्ता, वहाँ किससे मिलें, आदि बातें हमने उनसे पूछ लीं।

उनसे यह अनुरोध भी किया कि सर्वे के काम के लिए कुमुद और उसके साथी आएँगे, तो वे उन्हें भी सहयोग दें।

"इसीलिए तो पंचफुला को बुलवा लिया था।" उन्होंने कहा, "वह पढ़ी-लिखी है। आपके कोई फॉर्म वगैरह भरने हों, तो वे उसे ही दें। जिम्मेदारी के साथ ठीक

तरह से निपटाएगी आपका काम। आगे भी जो काम हों, उसी से कहते रहें। यदि कोई मुश्किल आए, तो मेरे पास आइए।"

फिर पंचफुला से संक्षेप में बात की। चल पड़े।

"जरा रुकिए।" दुमाडा बहनजी ने कहा।

कोने में चावल की बोरियाँ रखी थीं। दो थैलों में चावल भरकर उन्होंने मुझे और कुमुद को दिए। मैं 'नहीं, नहीं' कहती रही, तो वे बोलीं, "ले जाइए मैडम, आपको शहर में ऐसे घुडी के चावल नहीं मिलेंगे।"

"घुडी के, यानी?" मैंने पूछा।

"चावलों की इस जाति का यही नाम है। अच्छी खुशबू आती है इसमें से।" वे हँसकर बोलीं।"फिर आइएगा रहने के लिए।"

रात लौटते समय सड़क के किनारे एक ढाबे पर जीप रोकी। खाना खाया। कुमुद को उसके घर छोड़कर वापस गेस्ट हाऊस पहुँची। कपड़े बदलकर सोने की सोच ही रही थी कि किसी ने दरवाजा खटखटाया।

खोलकर देखा, तो सामने वही सी. ओ.–'अपनी संतों की भूमि' कहनेवाला।

"क्या है?" अपनी अप्रसन्नता और उपेक्षा को जरा भी छिपाए बिना मैंने पूछा।

"आपके कमरे में रोशनी देखी।"

"तो?"

"सोचा, शायद आपको नींद नहीं आ रही। इसलिए चला आया। लगता है, मुझे भी अब नींद नहीं आएगी। तो लगा आपको भी कुछ कंपनी दूँ।"

मेरे तन-बदन में जैसे आग लग गई। "आपसे किसने कहा कि मुझे कंपनी की जरूरत है?"

"कहने की क्या जरूरत है? औरतें क्या कभी अपने मुँह से कहती हैं? आप इस तरह हमेशा ही काम के लिए घर से बाहर रहती होंगी। पुरुषों को समझ लेनी चाहिए ये बातें।"

ऐसे सवाल सामने आते रहते हैं, अकारण ही मन को पीड़ा पहुँचानेवाले। सोचा, क्या किसी को पुकारूँ? गेस्ट हाऊस का अटेंडेंट यहीं कहीं होगा? पर शायद सो रहा होगा। अपने लिए उसकी नींद क्यों खराब करूँ? सबसे बड़ी बात यह कि ऐसे प्रसंगों से खुद निपटना मुझे आना चाहिए। एक पुरुष के चंगुल से बचने के लिए दूसरे पुरुष की खोज किसलिए?

निरर्थक...

वह लेनदार की तरह अभी भी सामने खड़ा है। नशे में चूर। केवल पुरुष है, इसलिए अधिकार जतानेवाला। दृढ़तापूर्वक उससे कहा, "आप अपने कमरे में

जाइए। यदि मेरी आवाज जरा भी ऊँची हो जाए, तो याद रखिए, आपकी नौकरी पर बन आएगी। आपको हथकड़ी लग सकती है।"

और दरवाजा बंद कर लिया।

कुछ देर तक दरवाजे पर हल्की दस्तकों की, हाथ घुमाने की आवाजें आती रहीं। फिर बरामदे में दूर जाते पाँवों की ध्वनि सुनाई दी।

बस में बैठकर मजे में छेड़खानी करनेवाला अनजान आदमी, ट्रेन में रात के समय पाँवों को टटोलते हुए टिकट माँगनेवाला टीसी. प्लेटफॉर्म पर भीड़ में जानबूझकर मारे गए धक्के, घर पर रात के समय आनेवाले बेनाम, निर्लज्ज फोन कॉल्स, आड़ी-तिरछी नग्न देह चितारी हुई बेनाम चिट्ठियाँ, पर्यावरण कार्यक्रम के लिए आयोजित मीटिंग के आरंभ में उस महान वैज्ञानिक द्वारा बातचीत के दौरान बहाने से कसकर पकड़ा हुआ हाथ, 'प्रगत' के एक कार्यक्रम के दौरान बीच मंच पर सैंकड़ों लोगों के सामने पास बैठे कार्यकर्ता द्वारा पाँवों पर चलाई गई उँगली...और आज की यह खुली माँग—एक जरूरतमंद औरत को शारीरिक सुख ऑफर करने की उदार भूमिका दर्शानेवाली यह माँग...

यह सब कुछ मन से निकाल देना चाहिए।

ये सारी गंदी बातें मन की जगह व्याप लेती हैं और आनंद के, सुख के ऐन मौके पर याद आती हैं। सब कुछ गंदा कर देती हैं।

दिमाग में कुछ दूसरी बातें चल रही हों, काम में मन व्यस्त हो, तब भी बुद्धि को गड़बड़ कर देती हैं।

यह सब किसके साथ हुआ है? हो रहा है? मेरे साथ? क्या मेरे ही साथ? या किसी दूसरी औरत के साथ?

मेरी प्रश्नावली का दूसरा प्रश्न है—

क्या कभी आपको यौन शोषण का शिकार होना पड़ा है?

विकल्प—राजनीतिक नेता/सरकारी अधिकारी/पुलिस/फॉरेस्ट ऑफिसर/गाँव के उच्चवर्णीय पुरुष/अन्य।

दूसरों से सवाल पूछना कितना आसान होता है!

ऐसा सीधा सवाल सुनकर औरतें कुछ हिचकिचाती हैं। तब मैं सवाल स्पष्ट करती हूँ—क्या कभी किसी ने छेड़खानी की है? जब लकड़ियाँ बीनने अकेली जंगल जाती हैं, तब क्या किसी ने शरीर पर हाथ डाला है? औरत हैं, इसलिए क्या कभी सरकारी कार्यालय में, पुलिस में किसी ने गंदी अश्लील गालियाँ दी हैं? कभी संकेतों से, गंदी बातें बोलकर कोई माँग रखी है सामने? चुनाव के लिए खड़े होते समय समर्थन के लिए, धन जुटाने के लिए क्या किसी ने उसके बदले आपकी रातें माँगी हैं? आपके साथ या आपके गाँव की किसी परिचित महिला के साथ ऐसा कुछ घटित होने की जानकारी क्या आपको है? क्या किसी महिला ने किसी के खिलाफ इस

प्रकार का पुलिस केस किया है कभी?

औरतें चुप।

बोलती ही नहीं।

पूछनेवाली मैं भी औरत हूँ, फिर भी नहीं बोलतीं।

गोपनीयता का वादा करने के बावजूद नहीं बोलतीं।

क्यों नहीं बोलतीं?

क्या शर्म आती है?

बात फैलने के डर से?

या इसलिए कि मेरी तरह वे भी जान चुकी हैं कि केवल बोलने से कोई लाभ नहीं?

वड़गाँव के शिविर में एक औरत ने पूछा था। 'औरतों के प्रश्न क्या होते हैं?'

क्या होते हैं औरतों के प्रश्न?

दूसरे दिन मैं वापस लौटी।

4

नमूने की प्रश्नावली भरवाने की शुरुआत तो अच्छी हुई थी। ठाणे, रायगड़ पुणे, नाशिक, नंदूरबार, धुले, नांदेड और परभणी जिले घूम चुकी थी।

अनुजा और सोमनाथ भी क्रमशः विदर्भ और पश्चिम महाराष्ट्र में गए थे। चौती सबका कोऑर्डिनेशन कर रही थी।

आदिवासी इलाके में ऐसी औरतों के बारे में जानकारी हासिल करना काफी कठिन काम था, जो चुनाव जीत चुकी थीं, या जिन्होंने चुनाव लड़ा तो था, पर हार गई थीं। दूसरे, उन इलाकों में उन औरतों के साथ संपर्क स्थापित करने का कोई साधन भी नहीं था। बिना पूर्व सूचना के जाने पर पता चलता कि वह औरत या तो कहीं बाहर गाँव गई है, या रोटी-रोजी के लिए स्थलांतर कर गई है। मजदूरी करना तो लगभग सभी की तकदीर थी, चाहे उसने चुनाव जीता हो, या हारा हो, चाहे वह सदस्य हो, सरपंच हो या फिर सभापति हो। इसीलिए यह बात भी समझ आ गई कि यह काम अपनी मर्जी के अनुसार नहीं, बल्कि उनकी मर्जी के अनुसार होगा।

अगली मीटिंग में चर्चा करनी थी।

अनुजा और सोमनाथ के अनुभव भी कुछ इसी प्रकार के थे।

सोमनाथ ने कहा, "प्रश्न बहुत सम्हलकर पूछने पड़ते हैं। सर्वेक्षकों की नियुक्ति करते समय देखना होगा कि अधिकांश लड़कियाँ ही हों...ऐसी लड़कियाँ, जिनके पास थोड़ी-बहुत राजनीतिक समझ हो।"

अनुजा ने कहा, "व्यावहारिक दृष्टि से विचार करें, तो सब जगह इस प्रकार की लड़कियाँ मिलना बहुत मुश्किल है। यानी, वे पढ़ी-लिखी हों, बोलनेवाली हों, उनकी राजनीतिक समझ अच्छी हो और वे आदिवासी इलाके में घूमने के लिए तैयार भी हों...यह कुछ मुश्किल ही है। अपने को सीधे-सीधे स्वयंसेवी संस्थाओं से सहायता लेनी ही होगी। उन्हें काम का स्वरूप समझाया जाए। अच्छे कार्यकर्ताओं की माँग की जाए। उनसे काम करा लिया जाए। कार्यकर्ताओं को भी कुछ आमदनी हो जाएगी और काम भी अच्छा होगा।"

"पर जिस इलाके में ऐसी संस्थाएँ नहीं हैं, वहाँ क्या किया जाए?" सोमनाथ ने पूछा।

"वहाँ हम स्थानीय महाविद्यालयों में पूछ सकते हैं। समाज विज्ञान और राजनीति विज्ञान के छात्र मिल सकते हैं।" अनुजा का उत्तर तैयार था।

"लेकिन यदि हम यहीं से, यानी मुंबई से ही सर्वेक्षकों का चुनाव कर लें और उन्हें सब जगह भेजें, तो?" सोमनाथ के दिमाग में कुछ दूसरी ही बात चल रही थी।

"बिलकुल नहीं।" अनुजा ने खीझकर जोर से गर्दन हिलाई। "उनके पास स्थानीय संदर्भ नहीं होंगे। बाहरी आदमी की तरह जाकर किसी तरह काम निपटाकर आएँगे। साथ ही, उनका यात्रा, भोजन एवं निवास व्यय भी देना होगा। क्या हमारे पास उतना बजट है?"

"बिलकुल नहीं।" सुमेध ने जल्दी से स्पष्टीकरण दिया। "मैंने न जाने कितने प्रयास किए, तब कहीं जाकर इतना मिल पाया है। अब और निधि मिलने की कोई संभावना नहीं है और दूसरों की रिपोर्ट के लिए 'प्रगत' से पैसे मिलने से रहे। तुम क्या सोचती हो प्रफुल्ला?"

"जहाँ तक हो सके, स्थानीय लोगों को ही सर्वेक्षक के रूप में नियुक्त किया जाए। उसके लिए इन सारे विकल्पों का, यानी संस्था या संगठनों के कार्यकर्ता, विद्यार्थी आदि का विचार किया जा सकता है। गाँव के बेरोजगार युवकों के बारे में भी सोचा जा सकता है। ऐसे युवक सभी जगह होते हैं, जो या तो पढ़ाई बीच में ही छोड़ चुके होते हैं या पढ़-लिख जाने के बावजूद नौकरी न मिलने के कारण बेरोजगार होते हैं।

परंतु इस बात की पूरी सावधानी बरती जाए कि इसमें किसी भी राजनीतिक पार्टी का कोई संबंध न आने पाए। अन्यथा पूर्वग्रहदूषित उत्तर मिलने संभव हैं।

हम जिन सर्वेक्षकों का चुनाव करेंगे, उन्हें सुव्यवस्थित रूप से प्रशिक्षण तो देना ही होगा। इसका एक कारण तो यह है कि सबके पास उतनी राजनीतिक समझ शायद न हो। दूसरे, उनके सामने कई बातें स्पष्ट होनी चाहिए, जैसे, इन प्रश्नों का ठीक-ठीक संदर्भ क्या है? ये प्रश्न किस प्रकार पूछे जाने चाहिए? साफ-सच्चे उत्तर पाने के लिए अपना स्वर कैसा होना चाहिए? वगैरह।"

सुमेध ने कहा, "ठीक है। तो अब मोटे तौर पर यह हिसाब कर लो कि स्थानीय यात्रा करनी हो, तो कितना व्यय होता है, रहने-खाने का कितना व्यय होता है। तब यह तय किया जा सकता है कि सर्वेक्षक को प्रति फॉर्म कितना मानदेय दिया जाए। टीए-डीए अलग से दिया जाए या नहीं। वैसे, देने में हर्ज कुछ नहीं, पर इससे हिसाब रखने का हमारा काम ही बढ़ जाएगा। बेहतर तो यही कि इन सब बातों का ध्यान रखते हुए, अनुमान से मानधन की रकम तय कर ली जाए।"

इस तरह सारी बातें तय कर ली गईं।

यह भी तय किया कि प्रत्येक व्यक्ति अगले काम की रूपरेखा प्रस्तुत करे और महीने में कम-से-कम दो बार बैठक आयोजित की जाए। इस बीच सब अपने-अपने ई-मेल पते और फोन नंबर एक-दूसरे को दें और जहाँ भी हों, वहाँ से एक-दूसरे के और सुमेध के भी संपर्क में रहें।

शाम को सुमित्रा आई। बहुत थकी हुई दिखाई दे रही थी। मुरझाई-सी...

पूछा, तो रो पड़ी। उसे जी-भर कर रो लेने दिया...बिना रोके-टोके। कहा, इसी से कुछ देर बाद मन हल्का हो जाएगा। यही हुआ भी। धीरे-धीरे खुद ही शांत हो गई।

फिर उसे गर्म कॉफी पिलाई और पूछा, "अब बताओ, हुआ क्या है।"

"नया कुछ नहीं, हमेशा का ही रोना है। आजकल तो मेरी कुछ समझ में ही नहीं आता। मतलब, देखो...सोचती हूँ कि मैं सुमेध के साथ आखिर रहती क्यों हूँ? आखिर क्या कारण है कि मैं उसके साथ इस तरह निभाए जा रही हूँ? उसके साथ कोई रक्त का नाता तो है नहीं। है तो केवल एक करार, जो कभी भी तोड़ा जा सकता है।

कौन से कारण हैं? बच्चों के लिए? या इसलिए कि विवाह विच्छेद करने पर इससे अलग क्या आएगा मेरे हिस्से में? या इसलिए कि मायके का या अन्य कोई भी सहारा नहीं है?

किसलिए करनी है यह नौकरी? क्यों ध्यान देना चाहिए घर की तरफ? क्यों जाऊँ बाहर? क्यों लौटना पड़ता है वापस? क्यों न करूँ विवाह विच्छेद? क्यों रहूँ इस आदमी के साथ? ये निरर्थक समझौते कब तक करती रहूँ? क्यों नहीं मान लेती मैं कि मैं हार चुकी हूँ?

सोचती हूँ क्या यही है जीवन जीना? इसी तरह जीते हुए बीत जाएगी सारी उम्र?

इन सब बातों में सिर खपाने की बजाय मर जाना कहीं आसान है...

यह सब करने के बाद इस आदमी को मुझसे प्रेम की उम्मीद है। नहीं जानता कि दूरी बनाए रखकर, माँगकर, किसी को शर्मिंदा करते हुए, तुच्छ समझकर, किसी की उम्मीदों पर पानी फेरते हुए, या धीरे-धीरे उसे खत्म करते हुए आप किसी का प्यार नहीं पा सकते। अब उसे मेरा प्यार कभी भी हासिल नहीं होगा। जब शादी हुई थी, तब प्रेम के ये सारे नाटक निभाए थे। मैं उसका इंतजार किया करती थी, उसकी पसंद का खाना बनाती थी। वे सब कितनी छोटी-छोटी बातें थीं...जो आज

उसे याद भी नहीं आतीं।

आर्थिक अड़चनें सहीं। उसके घरवालों ने सताया, चुपचाप सहा। भूखा रहना पड़ा, सहा। जाति से बाहर शादी करके मायके के लोगों के साथ दुश्मनी मोल ली। यह सब किसलिए? जो प्रेम उससे कभी नहीं मिलनेवाला, उसके लिए?

यह पहले क्यों नहीं समझ पाई कि वह इतना गैरजिम्मेदार आदमी है?"

"सुमित्रा, तुम इस बारे में उसके साथ एक बार साफ-साफ बात क्यों नहीं कर लेती?"

"किसी भी विषय पर सुमेध के साथ बोलने का अब कोई मतलब नहीं रह गया है। जो आदमी सीधे-सरल वाक्यों के टेढ़े अर्थ निकालता हो, उससे क्या बात करूँ? पहले इन सब बातों का बहुत बुरा लगता था, यह सोचकर कि जो बातें मेरे मन में कभी आई भी नहीं, उन्हें वह मेरे विचार समझ रहा है।

दुख होता था कि वह मेरी बात समझने की कोशिश नहीं कर रहा, गलत मतलब निकाल रहा है। कभी-कभी तो उसकी आड़ी-तिरछी बातें सुनकर रोना आ जाता था। पर अब ऐसा नहीं होता।

अब मुझे पक्का पता चल गया है कि उसमें कोई बदलाव नहीं आएगा, वह ऐसी टेढ़ी चाल ही चलता रहेगा।"

"पर आज क्या हुआ, कुछ बताओगी?"

इस पर सुमित्रा खामोश।

"क्या ऐसा कुछ हुआ है, जो तुम मुझसे भी नहीं कह सकती?"

कोई जवाब नहीं।

"इस मामले में मुझे अब एक ही रास्ता नजर आ रहा है सुमित्रा, तुम दोनों किसी काउंसलर से मिलो। सब कुछ इस तरह उबलता रखने से क्या लाभ?"

"पर वह नहीं आएगा। एक बार मैंने संकेतों से कहा भी था।"

"क्यों नहीं आएगा? उससे साफ कह देना कि दो ही विकल्प हैं, या तो काउंसलर से मिलें या सीधे विवाह-विच्छेद...इनमें से कोई एक चुन ले वह। ऐसा कहने पर ही शायद वह तुम्हारी बात मानेगा।"

"इस तरह सीधे-सीधे कह दूँ?"

"बिलकुल। और खुद को कभी अकेली मत समझना। मैं तुम्हारे साथ हूँ। कोई भी प्रॉब्लेम क्यों न आए, सीधे मेरे पास चली आना। केवल कुछ उल्टा-सीधा सोचते मत रह जाना। कोई न कोई रास्ता तो निकल ही आएगा।"

बिना कुछ बोले वह उसी तरह कंधे झुकाए कुछ देर तक वैसे ही बैठी रही। फिर एकाएक उठकर बोली, "चलती हूँ मैं। सारे काम वैसे ही छोड़कर आई थी। सब निपटाना होगा।"

भीतर बैठी मैं जाने कितनी देर बंद दरवाजे की तरफ देखती रही।

सोचा, सुमेध ऐसा बर्ताव क्यों करता है? अहंकार किस तरह इतना महत्त्वपूर्ण हो जाता है कि आदमी जरा-सी इंसानियत भी नहीं दिखा पाता। कौन समझाएगा उसे? वह भी तब, जब कुछ भी समझने के लिए वह तैयार ही न हो?

और, सुमित्रा भी इतनी मजबूर क्यों हो रही है?

उसके पास एक अच्छी नौकरी है। अपने पैरों पर खड़ी है वह। मैं तो परनिर्भर थी, उसके साथ ऐसी कोई बात नहीं है। पर पता नहीं क्यों, उसका आत्मविश्वास ही नष्ट होता जा रहा है।

इतनी होशियार, इतना कुछ पढ़नेवाली, घूमने-फिरनेवाली, जिम्मेदारी के साथ कामों को पूरा करनेवाली यह औरत...

देखते-देखते वह क्यों चिंदियों के गट्ठर में बदलती जा रही है?

कल 'प्रगत' के कार्यालय से लौट रही थी, तो लोकल में आरती से मुलाकात हो गई।

वह मेरे पुराने कार्यालय की सहकर्मी ठहरी। मैं और रेवती तथा आरती और क्षमा...ये हमारी जोड़ियाँ बनी हुई थीं। हम चारों साथ में ही लंच करती थीं।

आरती ने तो जैसे धक्का ही दे दिया। कहा, "क्षमा के बारे में कुछ पता चला तुम्हें?"

कहा, "हाँ। पता है न। तुम्हीं ने तो फोन कर सूचित किया था कि उसे बेटा हुआ है। अभी भी प्रसूति अवकाश चल रहा होगा न? कितने सालों बाद वह माँ बनी। कितने डॉक्टरी उपचार किए। बाद-बाद में तो मनौतियाँ भी। सब कर देखा था।"

"केवल उतनी सी बात नहीं है..." आरती नजरें बचाते हुए बोली।

"तो और क्या बात है?"

"प्रसव के बाद क्षमा को काफी तेज बुखार आया था, बड़बड़ा रही थी। इसलिए डॉक्टर ने कहा कि बच्चे को उसके पास ज्यादा मत दो। उसका बड़बड़ाना और भी बढ़ता गया। एकदम पागल हो गई है वह।"

"क्या कह रही हो?"

"सच है। महीने भर तक घर में बंद कर रखा उसे। दवाओं का कोई खास लाभ नहीं हुआ। फिर पागलखाने ले गए, तो वहाँ जाँच करने के बाद डॉक्टरों ने बताया कि वह कोई पागल-वागल नहीं है। इस बीच नौकरी भी नहीं रही, क्योंकि जॉइन नहीं कर सकी। अब कपड़ों का भी होश नहीं रहता। बच्चे की देखभाल उसकी माँ ही करती है।

रात सबके सो जाने के बाद दरवाजा खोलकर चुपचाप बाहर निकल जाती है। कोई पहचान ले, तो घर पर पहुँचा देता है। फिर उसे नहला-धुलाकर ठीक से साड़ी वगैरह पहना देते हैं। दो-चार दिन बाद वह फिर गायब हो जाती है! बेचारे माँ-बाप

भी क्या करें? पति तो मुड़कर देखता तक नहीं।"

"अच्छी-खासी एम.कॉम. कर चुकी, नौकरी करनेवाली औरत...देखते-देखते उसकी यह कैसी हालत हो गई..." मुझसे कुछ कहते ही नहीं बन रहा था।

आरती आगे बताए जा रही थी, "कल अचानक चर्नीरोड स्टेशन पर गाड़ी रुकते-रुकते क्षमा सामने आ गई। आँखों में अजीब-सी चमक थी, पर शरीर पर कपड़े वगैरह ठीक-ठाक थे। उसे देखकर मुझे कुछ सूझा ही नहीं। पर अच्छे से मुस्कराते हुए मेरे सामने आकर बोली, ''दो रुपये दो न चाय पीने के लिए।''

दे दिए मैंने। दो रुपये कोई बड़ी बात तो नहीं थी। मैं ज्यादा दे रही थी, तो मना कर दिया। कहा, ''केवल चाय ही पीनी है।'' मेरी तो रुलाई फूट पड़ी। उस दिन बहुत रोई मैं।

रोज अपने साथ काम करनेवाली अपनी दोस्त...कितनी मस्ती करते थे हम लोग...तुझे कितनी बार फोन किया था, पर कोई उठाता ही नहीं था।"

"मैं कई दिनों तक यहाँ थी ही नहीं...और शांता मौसी अष्टविनायक की यात्रा के लिए कबसे कह रही थीं, तो उनसे भी कहा था कि वे हो आएँ। इस कारण घर बंद ही था। पर यह क्या अनहोनी हो गई क्षमा के साथ..."

"उसके लिए कुछ किया जा सकता है क्या?"

"अभी तुरंत तो कुछ खयाल नहीं आ रहा है। पर देखती हूँ कि क्या किया जा सकता है। मैं फोन करूँगी तुम्हें।"

"अच्छा हुआ, तुमसे मुलाकात हो गई, वर्ना मैं तुम्हारे घर आने की सोच रही थी।"

और घर पहुँची, तो सुमित्रा का यह सब...

सुमित्रा को समय पर सम्हल जाना चाहिए। कहीं ऐसा न हो, कि क्षमा जैसी कोई दुर्घटना उसके साथ भी हो जाए। सब कुछ कितना मुश्किल है।

सिर चकराने लगा।

अपने आसपास कितना कुछ घटता रहता है।

हर एक का पानी अलग और उस पानी का भँवर भी अलग!

भरी हुई नमूना प्रश्नावलियाँ और साथ की टिप्पणियाँ ठीक से तैयार कीं। प्रतिक्रियाएँ और चर्चा, संवाद लिखे। फिर मुकणे बहनजी के बारे में विस्तार से लिखा। जयाबाई का मामला लिखा। पहले और अब प्रश्नावली के लिए अलग-अलग गाँवों में, बाड़ियों-बस्तियों में घूमते हुए जो भी राजनीतिक संदर्भवाले साक्षात्कार, भेंट-वार्ताएँ, अनुभव आदि मिले, उनके बारे में छोटे-छोटे नोट भी लिखे।

सागवाडी नामक गाँव में पता चला कि वहाँ की ग्राम पंचायत की एक सदस्य दूकान चलाती है। उस महिला का फॉर्म भरने गई, तो उसका पति वहीं बाजू में बैठा

ताश खेल रहा था और वह दूकान सम्हाल रही थी। उससे मैंने कहा कि फॉर्म भरना है। क्या, क्यों जैसी जानकारी भी दी। जिस समय हम यह बातचीत कर रही थीं, दूकान में ग्राहक आ-जा रहे थे। उसने अनुभव किया कि फॉर्म भरने के लिए कुछ फुरसत का समय चाहिए। इसलिए उसने पति से कहा कि वह कुछ देर दूकान सम्हाल ले। तो उसने पूछा कि इस जानकारी से उसे क्या लाभ मिलनेवाला है। इतना पूछने के बाद सीधे गाली-गलौज पर ही उतर आया।

सावरी नामक गाँव में ठाकर जनजाति की सदस्य महिला से प्रश्न पूछ रही थी, तो उसका पति ही जवाब दिए जा रहा था।

मेढा नामक गाँव में सरपंच महोदया से मुलाकात हो गई। उन्होंने अन्य औरतों को भी एकत्र किया। इस गाँव में भी पारंपरिक पद्धति से शराब बनाने का काम जारी था। उन्होंने बताया कि अब महिलाओं ने एकत्र होकर संघर्ष किया और इस गाँव में एक स्वयंसेवी संस्था के सहयोग से शराब पूरी तरह बंद करा दी है।

साखरा नामक गाँव की महिलाओं ने बताया कि जब सभा में शराब का प्रश्न उठता है, तो पुरुष खीझ जाते हैं। चूँकि इसका परिणाम सभी महिलाओं को भुगतना पड़ता है, इसीलिए गाँव में शराब ंद कराने के लिए महिलाओं को ही कुछ प्रयास करने होंगे। संगठन के पनढ़ाल कार्यक्रम से जुड़े लोगों ने शराब बंदी के लिए प्रयास किए, पर वे सफल नहीं हुए। इसके अलावा, सरपंच तथा अन्य राजनीतिक नेता शराब का धंधा करनेवालों की सहायता करते हैं। इसलिए महिलाओं के सामने सवाल यह है कि ऐसे में क्या किया जाए।

वडवार गाँव की एक महिला पाँच सालों से पंचायत समिति की सभापति थी। उसका विचार था कि "सभी लोगों को सरकारी योजनाओं की जानकारी मिले, उसमें राजनीति न घुसे और सबको उसका लाभ मिले, इसके लिए निर्वाचित लोगों को प्रयास करने चाहिए।" वडवार गाँव में ग्रामसभा का आयोजन किया जाता है। परंतु गाँव की महिलाओं ने अपना मत व्यक्त करते हुए कहा, "गाँव में जो राजनीति चलती है, उससे गाँव का विकास बाधित होता है।"

कर्जाणे नामक गाँव की बैठक में गाँव के सरपंच की पत्नी तथा ग्राम पंचायत की सदस्य औरतें उपस्थित थीं। जब उनसे पूछा गया कि "क्या गाँव में ग्राम सभा का आयोजन किया जाता है?" तो उनका उत्तर था, "सरपंच के घर पर पुरुषों की सभा होती है।" पता चला कि उन्हें या अन्य औरतों को भी यह पता ही नहीं था कि ग्रामसभा क्या चीज है।

दापूर गाँव में एक बार भी ग्राम सभा का आयोजन नहीं हुआ। लोगों को यह भी पता नहीं कि ग्राम सभा यानी क्या।

बलके नामक गाँव में ग्राम पंचायत की सभा होती है। मुखेड गाँव के तीन सदस्य पंचायत में हैं। उनमें एक महिला भी है। पर समूह चर्चा में शामिल होने के

बावजूद वह कुछ भी नहीं बोली।

आंबेगाँव में महिलाएँ मतदान करती हैं, पर उसे ही मत देती हैं, जिसे देने के लिए गाँव के लोग कहते हैं।

शिवखेड गाँव की औरतों ने बताया कि "नेता जिसे कहता है, हम उसी को मत देती हैं।"

एक औरत ने यह भी कहा कि "सबकी सुनते हैं, मन की करते हैं।"

यहाँ की सरपंच महोदया बोलीं, "चुनाव लड़ना आसान नहीं है। जमाना ही ऐसा है। लोगों को मत के लिए सौ-सवा सौ देने पड़ते हैं, शराब भी पिलानी पड़ती है।"

इस महिला ने गाँव में काफी अच्छा काम किया है। नल-योजना मंजूर कराई है। गाँव में कुएँ, बिजली, सड़कें, आदि के लिए प्रयास किए। बिजली के लिए आवश्यक पैसा महिलाओं ने ही बचत दल के जरिए जमा किया, पर ग्रामसेवक से कोई सहयोग नहीं मिलता।

आडणे नामक गाँव की औरतों ने बताया कि जिसे हस्ताक्षर भी करने न आते हों, उस औरत को चुनाव में खड़ा करते हैं। कहते हैं कि समझदार, काम करनेवाली प्रत्याशी नहीं चाहिए। वैसे भी, ऐसी महिला खुद ही चुनाव नहीं लड़ना चाहती, क्योंकि वह जानती है कि उसे पुरुषों के मत नहीं मिलेंगे। इसलिए गँवार महिलाओं ने चुने जाने के बावजूद कोई काम ही नहीं किया।

आंबाडी गाँव की एक महिला ने बताया कि "महिलाओं के बचत दल की बैठक हो, तो आते-जाते लोग हँसते हैं। कहते हैं कि हम उथला बर्ताव करती हैं। यदि हम ग्राम सफाई अभियान चलाते हैं, तो कहते हैं कि भत्ता मिलता होगा। इसमे हमें भला क्या मिलनेवाला है? पर आते-जाते ताने सुनने पड़ते हैं। बहुत तकलीफ होती है।"

भीलज गाँव की एक औरत ने बताया, "औरतें मतदान करती हैं। कुछ मन से करती हैं, तो कुछ घरवालों की सुनती हैं। इस बार अपने मन से मतदान किया है।"

"अपना मत है, अपने को ही देना है। पति क्यों बताए कि किसे दें? यह तो अपना अधिकार है।" दूसरी बोली।

मालेगाँव की एक महिला ने बताया, "चुनाव लड़ना चाहती थी, पर कागजात तैयार नहीं थे।"

यहाँ से निर्वाचित एक महिला ने जानकारी दी, "औरतें मतदान करती हैं, पर चुनाव लड़ने के लिए कोई उत्सुक नहीं होतीं। केवल आरक्षित सीट होने के कारण मैंने चुनाव लड़ा, अन्यथा इस झंझट में न पड़ी होती।"

भातिवली गाँव की औरतों की राजनीति में कोई दिलचस्पी नहीं है। मतदान करती हैं। ग्रामपंचायत में चुनी गई एक महिला बोली कि "घर का काम देखने और मजदूरी करने के बाद मीटिंग के लिए जाना बहुत कष्टप्रद होता है।" उसके साथ

बातचीत करते समय पता चला कि स्त्रियों के लिए किसी अलग योजना का कार्यान्वयन भी किया जा सकता है, इस बात की उसे कोई जानकारी ही नहीं है।

अधिकांश निर्वाचित गृहस्थ महिलाओं ने साफ-साफ कहा कि वे दुबारा चुनाव नहीं लड़ेंगी।

सुकेसर गाँव की ग्राम पंचायत की सरपंच महिला से मिलकर बातचीत की। वह बोली, "आरक्षित सीट है तो सही, पर कोई फायदा नहीं। पीछे दूसरे शेर लगे हैं न।" उसका संकेत उपसरपंच पद की ओर था।

"यह पद माली और आगरी जनजाति के कब्जे में है। हम कुछ भी कहने जाएँ, तो उनकी आवाज और भी सख्त हो जाती है। यदि मैं पढ़ी-लिखी होती, तो उनकी गर्दन फँसाई होती। हम यहीं तो मात खा जाती हैं। जान नहीं पातीं कि किस पर हस्ताक्षर कर रही हैं। कुछ कह नहीं पातीं। अब तो उन्होंने कोरे लेटरपैड पर मेरे हस्ताक्षर ले रखे हैं। पहले तो कोई चांस ही नहीं था। यदि आरक्षित सीट न होती, तो मुझे इतना भी कहाँ मिला होता?" उसने यह भी कहा।

काकड गाँव की सरपंच महोदया बोलीं, "निर्वाचित होने के बाद महिलाओं के लिए कोई काम नहीं किया। औरतें ही यदि एकजुट न हों, तो क्या किया जा सकता है? आप जैसे लोग यदि हमेशा आते रहें, समझाते-बताते रहें उन्हें, तो उनमें कुछ फर्क दिखाई देगा। पिछले दिनों जानबूझकर समिति की सदस्यता के लिए औरतों के नाम लिखे। हर एक के घर दस-दस बार हो आई, पर औरतें मीटिंग के लिए आती ही नहीं। यदि वे आएँ, तो थोड़ी-बहुत जानकारी उन्हें मिल सकती है। पर वे आती ही नहीं। तीन सालों में एक भी समिति-बैठक में महिलाएँ शामिल नहीं हुईं। मीटिंग के बाद उनके घर जाकर उनके हस्ताक्षर करवा लेते हैं।"

इस सफर में मेरा यह निरीक्षण ध्यान देने योग्य लगा मुझे, कि चुनाव में खड़ी होनेवाली महिलाओं में विधवा, परित्यक्ता और पुनर्विवाहित स्त्रियों की संख्या उल्लेखनीय है।

जैसा कि तय था, इस महीने की मीटिंग में यह सब कुछ प्रस्तुत करना था।

पर मीटिंग के लिए सुमेध आया तो उसके माथे पर सिलवटें थीं।

सोमनाथ ने नोट्स बनाए ही नहीं थे। अनुजा के केवल मुद्दे थे। मैंने अपने नोट में घटनाओं को प्रधानता दी थी।

यह देखकर सुमेध और भी भड़क गया। बोला, "तुम क्या किसी न्यूजपेपर के लिए कवरस्टोरी लिख रही हो, या हमारे लिए रिपोर्ट लिख रही हो?" क्या इतना फर्क

भी तुम्हारी समझ में नहीं आता? ये सारी बातें टाइमपास के लिए ठीक होंगी। इस तरह सुननेवाले के मन की भावनाओं को भी भड़काया जा सकता है। पर मेरी दृष्टि में इसका रत्ती भर भी मूल्य नहीं है। यह सारी व्यर्थ की बकबक है। निरर्थक शब्दों के खेल हैं सारे।"

मैं तो अवाक् रह गई। क्षण भर समझ ही नहीं पाई कि क्या कहूँ।

अनुजा भी उलझन में पड़ी देखती रही केवल। सोमनाथ चुप।

जो कुछ लिखा था, वह न तो गलत था, न अयोग्य। हाँ, संभव है कि लिखने का तरीका ठीक न हो। पर इससे पहले की रिपोर्टें भी तो देखी थीं सुमेध ने। सच है कि उसे कभी-कभी उसमें कुछ संशोधन भी करना पड़ा था। पर इससे पहले उसने मेरी रिपोर्टों को इतना बेकार कभी नहीं कहा था।

आखिर बात को सम्हालते हुए मैं बोली, "मुझे बताओ कि ठीक कैसे लिखा हुआ चाहिए तुम्हें, मैं उसके अनुसार फिर से लिख लाती हूँ।"

"हाँ, अब वह भी मैं ही सिखाते बैठता हूँ। कैसे लिखें? कैसे पढ़ें? कैसे घूमें? काम किस तरह करें? क्या इतनी बेसिक बातें भी नहीं समझ पाती हो तुम !"

अब इस पर मैं क्या कहती? चुप रही। फिर उसने सोमनाथ से पुरानी परियोजनाओं की रिपोर्टोंवाली फाइलें लाने को कहा।

"इसे ठीक से पढ़कर देखिए। इसकी प्रस्तुति, भाषा की ओर ध्यान दीजिए और इसके अनुसार लिखने की कोशिश कीजिए। शुरू में ही ये हाल है, तो फाइनल रिपोर्ट कैसे लिखेंगी आप?" मेरे सामने फाइलें पटकते हुए सुमेध ने कहा और उठकर अपने केबिन में चला गया। एक बार सुमित्रा ने बताया था कि बहुत नाराज होने पर वह तुम से आप पर उतर आता है।

अनुजा ने कहा, "उसकी ओर ज्यादा ध्यान मत दो। कहीं बाहर कुछ हुआ होगा, या फिर घर में झगड़ा हुआ होगा। वह झुंझलाहट तुम पर उतार रहा है। मुझे नहीं लगता कि तुमसे कोई बहुत बड़ी भूल हुई है।"

"ये कैसे हो सकता है? कुछ न कुछ तो गलती हुई ही होगी।"

"तुम्हें इस बारे में कुछ कहने का अधिकार नहीं है सोमनाथ। एक बात याद रखना, जो लोग काम करते हैं, गलतियाँ भी उन्हीं से होती हैं...काम न करनेवालों का तो कोई सवाल ही नहीं उठता..." अनुजा ने कहा।

"क्या तुम ये कहना चाहती हो कि मैं कुछ काम ही नहीं करता?"

"मैंने ऐसा नहीं कहा है। परंतु तुमने यदि नोट के रूप में एक भी अक्षर न लिखा हो, तो दूसरों का सही है या गलत, इस बारे में बोलने की तुम्हें कोई जरूरत नहीं है।" आखिर अनुजा ने उसे सुना ही दिया।

मैं वहाँ से उठकर बाहर बालकनी में आकर खड़ी हो गई। हम दूसरी मंजिल पर थे।

एक ऊँचे पेड़ का तना बालकनी के बिल्कुल पास से होता हुआ ऊपर की तरफ गया था। उस पुराने से तने पर लाल रंग के इंद्रगोप नामक कीड़े चमक रहे थे। बाजू की बेल पर भी वे दिखाई दिए। उस बेल की एक पत्ती तो इतनी पारदर्शी थी कि उसके पीछे बैठा कीड़ा इस तरफ दो हाथ की दूरी से भी साफ नजर आ रहा था।

एक जगह पर बिना हिले-डुले, शांत बैठे हुए कीड़े।

किस बात में वे इतने मगन होंगे?

क्या कीड़ों के पास दिमाग होता है?

क्या वे सोच सकते हैं? शायद नहीं।

अन्यथा वे इतनी देर तक एक ही स्थान पर स्थिर रह ही नहीं पाते।

या, सोच रहे हैं, इसीलिए इतने खामोश बैठे हैं वे?

पता नहीं...!

एकाएक सुमित्रा की याद आ गई। शायद उसने सुमेध से बात की होगी। मेरा भी कुछ संदर्भ निकला होगा। उसी का परिणाम है सुमेध का आज का बर्ताव...निश्चित ही यही बात है!

कोई बात नहीं। भड़क गया है तो भड़के। यह पक्की बात है कि मैंने तो अपना काम ठीक तरह से किया है। इसलिए इस बात को तूल दिए बिना और काम में कोई दोष होने की बात को लेकर दिमाग को परेशान कतई नहीं करना है...

फिर भी, एक बार पुरानी रिपोर्टों को पढ़कर देखना होगा। यदि कोई गलती हुई भी है, तो उसका पता तो चले...और यदि न भी पता चले, तो अन्य रिपोर्टों को पढ़ने से कोई नुकसान तो होनेवाला है नहीं, यह तो सच है न।

सामनेवाले पेड़ के तने की ओर एक बार फिर मेरी नजर गई। कीड़ा अभी भी उसी जगह पर था। पर मैं भीतर की ओर मुड़ी और प्रसन्न मन से फाइल खोली।

कुछ न समझते हुए अनुजा केवल देखती ही रही। एक फाइल उसकी ओर भी सरका दी, यह कहकर कि “एक बार तुम भी नजर डाल लो!”

5

अब मुख्य काम शुरू हुआ।

सोमनाथ ने कहा, “मैं तो उस इलाके की सारी संस्थाओं को सूचित कर दूँगा। निर्वाचित औरतों को एक ही जगह बुला लें और फॉर्म भरवा लें। इंटीरियर में कौन जाए?”

मैंने कोई प्रतिक्रिया नहीं दर्शाई।

अनुजा ने कहा, "उससे भी अच्छा एक शॉर्टकट है। उन संस्थाओं से केवल सभी औरतों के नाम-पतों की सूची प्राप्त कर लो। फिर यहाँ 'प्रगत' में बैठकर खुद ही फॉर्म भर डालना सारे। वैसे भी अधिकांश प्रश्न हाँ/ना स्वरूप के या विकल्प चुनकर टिकमार्क स्वरूप के हैं। उसके लिए ये फॉर्म उठाकर गाँव-गाँव घूमने की क्या जरूरत है?"

"खयाल अच्छा है। मेरे मन में भी आया था। पर उसमे कुछ खतरा भी है। फिर भी, कुछ बचे-खुचे फॉर्मों के लिए इस आइडिया का इस्तेमाल किया जा सकता है।" सोमनाथ ने निर्लज्जतापूर्वक कहा।

अपने-अपने विभाग के अनुसार हमने फॉर्मों के गट्ठर बनाकर बाँध लिए।

अब इसके बाद 'प्रगत' में होनेवाली बैठकें अनिश्चित होंगी।

जिस दिन सुमेध ने मेरे साथ ऊँची आवाज में बात की थी, उस दिन से मैंने उसके साथ कोई विशेष बातचीत नहीं की थी। फिर दो दिनों तक पुरानी रिपोर्टें पढ़ीं। मैंने कुछ वर्णनात्मक लिखा था। यह त्रुटि थी। यह सच था कि इस तरह उन औरतों से एकरूप होकर, भावुक होकर और उन अनुभवों से तादात्म्य स्थापित कर लिखना किसी भी रिपोर्ट में अपेक्षित नहीं होता। तब मैंने कुछ अलिप्त होने का प्रयास किया। कुछ बातें काट दीं। सब कुछ फिर से लिखा। मैंने औरतों के मत, उनके संवाद ज्यों के त्यों लिख डाले थे। यहाँ उनसे कोई लाभ नहीं था। यहाँ मुझे अपनी भाषा में...नहीं, मेरी भाषा में भी नहीं...बल्कि रिपोर्ट की मानक भाषा में मुद्दावार लिखना अपेक्षित था। आगे उसमें तालिकाओं और सूचियों का भी समावेश होता जाएगा। इस बात का ध्यान रखते हुए ऐसे स्थानों की खोज करनी चाहिए थी। और सबसे महत्त्वपूर्ण बात यह कि 'चुनाव लड़नेवाली औरतों में विधवाओं, परित्यक्ताओं और पुनर्विवाहित औरतों की संख्या उल्लेखनीय है' जैसे निष्कर्षदर्शक वक्तव्य आंकड़ों की पुष्टि के बिना नहीं किए जाने चाहिए थे।

सब कुछ फिर से लिखकर सुमेध को दिखाया। अगले छह महीने की योजना भी उसे दी कि किस समय किस इलाके में अनुमानतः कितने समय तक मेरा रहना होगा।

"रख दो यहाँ। समय मिलने पर देख लूँगा।" उसने कहा।

मैंने तय किया था कि काम की शुरुआत नजदीकी इलाके से यानी ठाणे जिले से ही करूँगी। फिर रायगड़, पुणे इस तरह आगे बढ़ती चलूँगी। ऐसा इसलिए, कि शुरू में यदि कुछ कठिनाई आए, तो घर और 'प्रगत' दोनों पास में ही हों, तो बेहतर। जो रूपरेखा तय की थी, वह अनुजा और सोमनाथ दोनों को ई-मेल से भेज दी।

दिमाग में कुछ मुद्दे थे। फुरसत भी थी। एकाध लेख लिखने का काम सहज

ही पूरा हो सकता था। तब कागज-पेन लेकर आराम से लिखने बैठी।

दिन भर में सोच-सोचकर लिखते हुए पूरा लेख तैयार हो गया।

तब टाइम्स को फैक्स कर दिया। पर वहाँ से रात को ऋजुता का फोन आया कि एक ही लेख में बहुत अधिक मुद्दे ठूँसे गए हैं। बेहतर होगा कि एक लेखमाला तैयार की जाए। विस्तार से पर्याप्त उदाहरण भी दिए जाएँ।

मेरा उत्साह दुगुना हो गया। शांता मौसी के बजाय मैं ही बाहर दूकान में जाकर कोरे कागज खरीद लाई, ढेर सारे।

और सुंदर लिखावट में फिर से लिखना शुरू किया।

मन खुश हो गया।

इस बार सफर शुरू करने से पहले कई बातें पहले से तय कर सफर का सुनियोजन किया था।

सबसे पहले दो काम करने थे। एक तो यह देखना था कि जयाबाई का क्या हुआ और दूसरे, जिजा से मिलना था। उन दोनों का पता-ठिकाना पाने के लिए 'जागरुक आदिवासी संगठन' में जाना जरूरी था। इसलिए पहले वहीं पहुँची।

जयाबाई को अस्पताल से छुट्टी मिल चुकी थी।

पर घर जाने से पहले ही उसे पता चला था कि उसका घर तोड़ दिया गया है। उसे बताया गया कि बारिश में टिन की छतें उड़ गईं और दीवारें ढह गईं। उसे प्रच्छन्न धमकियाँ भी दी गईं, ताकि वह गाँव में वापस न लौटे।

उसका पति अभी भी गायब था। उसके लौटने की कोई संभावना भी नहीं थी। एक विकल्प यह था कि अपनी किसी बेटी के घर जाकर आसरा ले। पर चारों में से एक भी बेटी ने इसके लिए उत्सुकता नहीं दिखाई थी। इसीलिए 'जागरुक आदिवासी संगठन' ने जयाबाई को फिलहाल संगठन के परिसर में ही रहने की अनुमति दी थी।

एक हाथ तो खो ही दिया था,...दूसरे हाथ से वह ऑफिस, गेस्ट हाऊस, शिविर के हॉल आदि की सफाई का काम करती थी। रोज टेबल पोंछना, फाइलों से धूल झटकना, किसी दिन शिविर, चर्चासत्र वगैरह कुछ हो, तो भोजन करनेवालों की भीड़ होगी, तब मेस में भी रसोई बनाने में सहायता करना आदि काम वह किया करती थी।

उसका मामला संगठन ने अच्छी तरह उठा रखा था। प्रचार भी किया था। इस बात के भी प्रयास चल रहे थे कि उसे सरकार की ओर से कुछ आर्थिक सहायता मिल जाए।

वैसे भी जयाबाई संघर्षशील स्वभाव की थी। संगठन के काम में उसे भी आनंद आने लगा था। और, संगठन के लिए भी वह उपयोगी तो थी ही।

एक पेड़ के चारों ओर बने चबूतरे पर बैठकर हम दोनों काफी देर तक बातचीत करती रहीं। वह बता रही थी कि वह गाँव में वापस भी जा सकती थी और एकाध झोपड़ा बनाकर वहाँ रह भी लेती। उसे डर नहीं लग रहा था, पर अब उसमें उसे कोई मतलब नजर नहीं आ रहा था। वह सोचती थी कि हमेशा संदेहभरी नजरों के सामने और बिना किसी के साथ कोई संवाद किए कैसे वहाँ रहे।

"मेरा हाथ तो गया न दीदी, पर उस दिन यदि तुम न आतीं, तो जान भी गई होती।" वह बार-बार कहे जा रही थी।

संगठन के कार्यालय में जिजा आई थी, पर जल्दी-जल्दी में कुछ पूछताछ कर भागी।

वह किसी अलग ही मामले में उलझी हुई थी।

उसे खबर मिली थी कि उसी की तहसील में ठाकर जनजाति की एक औरत सगनीबाई की व्यभिचार के आरोप के चलते नीलामी होनेवाली थी। लोगों को पता चला था कि सगनीबाई विवाहित थी, पर किसी दूसरे के साथ उसके संबंध थे। अब सगनीबाई गर्भवती थी। उसके पति का कहना था कि यह बच्चा उसका नहीं है। इस अपराध को सिद्ध कर दंड देने के लिए पंचायत बुलाई जानेवाली थी। इस जनजाति में व्यभिचार के लिए बहुत कड़ी सजा का प्रावधान था।

जिजा अपने साथ सगनीबाई और उसके साथी को ले आई थी। वह पता लगा रही थी कि क्या संगठन इसमें से कोई रास्ता निकाल सकता है।

दीदी को उसने इस मामले की जानकारी पहले ही दे रखी थी। पर दीदी के आने के बाद जब वह उनसे मिली और सगनीबाई को उनके सामने खड़ा किया, तो वे भड़क ही गईं।

"इसे यहाँ लाने के लिए किसने कहा था?" उन्होंने पूछा।

वह डर गई।

"उसे वापस गाँव भेज दो। उन लोगों को जरा भी संदेह नहीं होना चाहिए कि वह संगठन कार्यालय में आई थी। अन्यथा हम उन्हें रंगे हाथ कैसे पकड़ पाएँगे? और उन पर केस भी नहीं कर पाएँगे? अब यदि हम उनसे कुछ पूछने जाएँ, तो वे हाथ झटक देंगे कि हम ऐसा कुछ करनेवाले थे ही नहीं। बल्कि हमसे ही पूछेंगे कि आपसे यह सब किसने कहा। भेज दो उसे वापस और आप लोग पूरी सावधानी बरतें...देखते रहें कि क्या हो रहा है।" उन्होंने कहा।

जिजा ने गर्दन हिला दी।

फिर पाँच-छह महीने की गर्भवती सगनीबाई को उसने खाना खिलाया और वापस जाने के लिए कह दिया।

इस बीच मैंने दीदी को अपने काम की जानकारी दी।

उन्होंने अशोक को बुलाकर उसे जिम्मेदारी सौंप दी। तब उसके साथ बैठकर मैंने इस इलाके की निर्वाचित औरतों की सूची बनानी शुरू की।

बीच में 'जागरुक आदिवासी संगठन' ने भी निर्वाचित औरतों के लिए एक शिविर का आयोजन किया था। इस कारण उनके पास कुछ ब्यौरे उपलब्ध थे।

जब हमारी बातचीत चल रही थी, तब किसी काम से संगठन कार्यालय में आई एक महिला को उसने पुकार कर उससे मेरा परिचय कराया।

बोला, "ये बुधीबाई हैं। अपने संगठन की सदस्य हैं। इस बार ग्राम पंचायत में चुनी गई है। महिलाओं के लिए या आदिवासियों के लिए आरक्षित सीट न होते हुए भी सरपंच बनी है। उस पद पर आगरी जनजाति की नजर थी।"

"हाँ दीदी, बहुत पैसे खर्च किए उन्होंने। तब भी मैंने नहीं सुना, तो मेरे बाप को अपनी ओर करना चाहा। हमारा घर कच्चा है न...घासफूस का...तो कहा कि पक्का घर बनाने के लिए ईंटें देंगे। मैं इधर संगठन के मोर्चे में शामिल होने गई थी, तो रातोंरात ईंटें लाकर डाल दीं। ऊपर से बाप को शराब भी पिलाई। सुबह घर आई, तो बाप धौंस जमाने लगा। मैं नहीं मानी, तो हँसिया लेकर मेरे पीछे आया। तब मुझे भी गुस्सा आ गया। जवान पति की नहीं सुनी, तो इस बूढ़े की सुनूँगी? कहा कि मैं अपना अलग झोपड़ा बनाकर रहूँगी। उन लोगों को भी जाकर धमकाया कि अपनी ईंटें वापस ले जाओ...तब ले गए ईंटें उठाकर। मैंने भी दूसरा झोपड़ा बनाया। अकेले रहती हूँ। काम करती हूँ, खाना बनाती हूँ और खाती हूँ। सदस्य तो मैं थी ही न दीदी, सरपंच बनूँगी तो चार अच्छे काम तो कर पाऊँगी न।"

"तो, सरपंच बनने के बाद कौन-कौन से काम किए?"

"शुरू किए हैं। पानी का काम हो गया। हमारी बस्ती में दो हैण्डपम्प लगवाए। अब लाईट का काम भी हो जाएगा।"

"आपकी ग्राम पंचायत में और कितनी औरतें हैं?"

"दो सदस्य हैं।"

"क्या आपकी ही बस्ती की हैं?"

"नहीं, दूसरी बस्ती ही हैं।"

"हमें उनके फॉर्म भरने हैं। उनके साथ बातचीत भी करनी है। देखिए कि क्या उन्हें संदेश दिया जा सकता है। मैं और अशोकभाई कल सुबह आएँगे।"

"तो घर पर ही आइए न, उन दोनों को भी बुलवा लूँगी।" बुधीबाई ने कहा।

बुधीबाई ठिगनी, दुबली-पतली औरत। परंतु वारली जनजाति की औरतों की तरह आड़ी साड़ी नहीं पहनी थी, बल्कि लाँग लगाकर नौ गजी साड़ी पहनी थी उसने। मुट्ठी जितना जूड़ा। उसमें खोंसे हुए दो फूल। बिंदी। गले में रंगीन मणियों की माला।

पति शराब पीकर झिकझिक करता है, इसलिए बुधीबाई ने उसे छोड़ दिया

था। वह बाप के घर वापस आ गई थी। माँ की मृत्यु हो चुकी थी, भाई बहन कोई थे नहीं। उसके कारण बाप को भी दो वक्त की रोटी आराम से मिल जाया करती थी। पर चुनाव में उसे पक्के घर का लालच हो आया। उसके पास न खेती-बाड़ी थी, न पैसा।

"अपना कमाकर बाँधेंगे अपना घर..."बुधीबाई का कहना था।

वह सोचता था बुधीबाई कौन-सी मैडम है। न रुपया न पैसा, इसे सरपंच बनने की क्या पड़ी है? सरपंच बनकर भी क्या कर लेगी? उसकी बजाय पक्का घर बन जाए, तो ढंग का आसरा तो होगा।

आखिर बुधीबाई मन की करके रही। अब बाप रोज शराब पीकर घर आता है और उसे गालियाँ देता है। बुधीबाई उसकी तरफ ध्यान नहीं देती।

बुधीबाई की यह कहानी अशोक ने सुनाई।

दोपहर तक अशोक ने और चार कार्यकर्ताओं को एकत्र किया। उनमें दो लड़कियाँ भी थीं—दसवीं फेल। एक दुबारा परीक्षा देनेवाली थी। दूसरी सिलाई सीख रही थी। लड़कों में से एक बी.ए. प्रथम वर्ष की पढ़ाई कर चुकने के बाद कॉलेज जाना छोड़ चुका था, क्योंकि आर्थिक दृष्टि से मुश्किल था। दूसरा लड़का मुश्किल से सातवीं पास था। गाँव में आगे की पढ़ाई की सुविधा नहीं थी, इसलिए पढ़ाई छोड़ चुका था। उन लोगों को काम का स्वरूप समझाया। उद्देश्य बताया। प्रत्येक प्रश्न पढ़ते हुए विस्तार से बताया कि फॉर्म किस तरह भरवाने हैं। फॉर्म मानक मराठी में था। उसमें कई पारिभाषिक शब्द, कई संकल्पनाएँ थीं, जो समझने में कठिनाई हो रही थी। उनके संदेहों का निराकरण किया। दूसरे दिन सवेरे उन्हें बुधीबाई के घर पर आने के लिए कहा, ताकि मेरे सामने वे दो-तीन फॉर्म भरवा लें और कोई कठिनाई आए, तो मेरे रहते ही उसका निराकरण हो जाए।

अब कुछ दिनों तक 'जागरुक आदिवासी संगठन' के गेस्टहाऊस में ही रहना था।

हर कमरे से संलग्न टॉयलेट-बाथरूम। कमोड। गरम पानी के लिए और परिसर के बगीचे में लगी बत्तियों के लिए सौर ऊर्जा का इस्तेमाल करनेवाला संयंत्र। मेस में बायोगैस का इस्तेमाल। यह सब तो अच्छा था, पर दीदी के केबिन में लगा एयर कंडिशनर और रेफ्रिजरेटर कुछ विसंगत ही लग रहा था। आजूबाजू फैला जंगल, प्राकृतिक ठंडक, आँखों को शीतल कर देनेवाली हरियाली...इस वातावरण में दरवाजे खिड़कियाँ बंद कर एसी चलाकर बैठने की क्या जरूरत है...केवल प्रतिष्ठा...या ऐश...और क्या?

डॉ. दयाल से मिलकर आने के बाद सब कुछ उसी नजर से देखने की आदत हो गई थी।

सुमेध का कहना था कि कुछ संकल्पनाएँ अब कालबाह्य हो गई हैं, जैसे कि कार्यकर्ता को सादगी के साथ रहना चाहिए, तीसरी श्रेणी से यात्रा करनी चाहिए, भूखे पेट सो जाना चाहिए...वगैरह।

परंतु ढंग से और सादगी से रहना, ठीक तरह से खाना-पीना और यात्रा आदि के दौरान जरूरत भर की सुविधाओं का इस्तेमाल करना अलग बात है और ऐश करना अलग...यह सब उसे कौन समझाएगा? ये लोग क्यों नहीं समझ पाते कि यह दोगलापन है? या फिर, जिस तरह आज मध्यवर्ग के मन में आवश्यकता और ऐश के बीच की सीमारेखाएँ धुँधला गई हैं, वही बात इनके साथ भी हुई है? तब, सामान्य आदमी और इन लोगों की समझदारी में अंतर ही क्या रहा?

मेस में थोड़े से चावल खाकर मैं फिर से गेस्ट हाऊस की सीढ़ियों पर आकर बैठ गई। पहाड़ी इलाका था, पर वड़गाँव की तरह यहाँ तेंदुए नहीं आते थे। इसलिए खुले में बैठने में कोई डर की बात नहीं थी।

दूर पहाड़ों की कतारें दिखाई दे रही थीं।

और सामने सारे सीमेंट कंक्रीट की इमारतें। कृत्रिम बगीचे। कृत्रिम लैंडस्केप गार्डन के बीच से बहनेवाला, उसी पानी को बार-बार इस्तेमाल करते हुए बहाकर ले आनेवाला नकली झरना, उस तरफ वाली पोल्ट्री में कैद मुर्गियों की गंदगी की बदबू, प्रायोगिक डेयरी की भैंसों का रँभाना।

दिन भर परेशान हुए, त्रस्त हुए अन्याय पीड़ित लोगों का ठहराव। इस जगह ने कितनी कथाएँ सुनी होंगी...कितनी सिसकियाँ सुनी होंगी...कितने लोगों के मन में आशा के बीज बोए होंगे और कितने भोले-भाले जीवों को दिलासे दिए होंगे... कितने लोगों को जीने के लिए आत्मविश्वास दिया होगा और संघर्ष के लिए संगठन का समर्थन भी...

केवल ऊपरी तौर पर जो दिखाई देता है, उसी के आधार पर मन में संदेह लाना ठीक बात नहीं है। दूसरे पहलू की ओर भी ध्यान देना चाहिए। और, हमारे ध्यान में जो आए हों, वे दोष अगर हों भी, तब भी इस बात के लिए तो कृतज्ञ होना ही चाहिए कि जहाँ कुछ भी नहीं था, वहाँ इतना काम कर दिखाया है...

एंजला ने बाइबल की एक कहानी सुनाई थी।

जॉन ने पूछा, "कुछ दिन पहले हम प्रवचन के लिए एक गाँव में गए थे। वहाँ आपके नाम से काम करनेवाले एक सज्जन से मुलाकात हुई। वह अपने दल का नहीं था और न आपका अनुयायी था, इसलिए हमने उसे कार्य करने से मना कर दिया।"

ईसा ने उनसे कहा, "ऐसा मत करो। ऐसा कोई आदमी नहीं होगा, जो मेरे नाम से काम करके बाद में तुरंत मेरी निंदा भी करे। यह बात हमेशा ध्यान में रखो कि जो हमारे प्रतिकूल नहीं है, वह हमारे अनुकूल है। भगवान का दान बड़ा होता

है, वह किसी को भी दे सकता है। इसीलिए हमें कभी भी संकुचित नहीं होना चाहिए।"

उसने आगे कहा, "तुम सब मेरे हो, इसीलिए जो कोई तुम्हें एक गिलास पानी भी दे, उसका निश्चित ही भला होगा।"

किसी भी भगवान पर मेरा भरोसा नहीं है। फिर भी ऐसी कहानियाँ मुझे हमेशा ही मुग्ध करती रही हैं। यह सच है कि जब कभी हम उलझन में पड़ जाते हैं, तब ऐसी कहानियाँ ही हमें सही रास्ता दिखाती हैं।

इस बार भी मुझे यह सब सही समय पर याद आ रहा था।

सुबह उठी तब सगनीबाई का मामला मन में घुमड़ रहा था।

यह मामला इस बात का ठोस उदाहरण था कि आदिवासियों की जनजातियों में जाति-पंचायत का कितना प्रभाव है।

यह बात आज भी सच है कि जाति-पंचायत के पंच अनुभवी बुजुर्ग व्यक्ति होते हैं। लोगों को उन पर भरोसा होता है। उनका सुनाया निर्णय लोग स्वीकार करते हैं। उन निर्णयों का क्रियान्वयन होता है। एक दृष्टि से देखें, तो इससे अच्छे परिणाम भी मिलते हैं। जैसे कि निर्णय समय पर मिल जाते हैं, उसमें रिश्वतखोरी या भ्रष्टाचार नहीं होता, पंचों पर किसी प्रकार का राजनीतिक दबाव नहीं होता। वगैरह। यह सब कुछ निश्चय ही अच्छी बात है।

परंतु महाराष्ट्र की सभी आदिवासी जनजातियों के संदर्भ में यह सच है कि इन पंचों में एक भी महिला नहीं होती। कम-से-कम इस एक मुद्दे के लिए ही सही, आदिवासी स्वशासन कानून निश्चित ही महत्त्वपूर्ण है। उसी के कारण आज औरतें चुनाव लड़ने लगी हैं। जाति-पंचायत में भले ही उनका कोई स्थान न हो, पर कानून ने उन्हें ग्राम पंचायत में स्थान दिला दिया है।

अब जब कभी समूह चर्चा का कार्यक्रम होगा, तब इस पारंपरिक जाति-पंचायत के बारे में कुछ प्रश्न पूछने होंगे। विषय राजनीतिक है, इसलिए ये प्रश्न प्राधान्यक्रम से पूछने होंगे। बाद में सामाजिक-आर्थिक वगैरह।

प्रश्नावली में ऐसे कुछ प्रश्नों का समावेश है। परंतु वे बहुत ही संक्षिप्त हैं और केवल आंकड़े दर्शानेवाले हैं। जैसे कि, क्या आपके इलाके में जाति-पंचायत का आयोजन होता है? पंचों की संख्या कितनी होती है? उसमें औरतें होती हैं या नहीं? औरतों पर सामान्यतः कौन से आरोप लगाए जाते हैं? सजा का स्वरूप कैसा होता है—यानी आर्थिक होता है, सामाजिक या शारीरिक होता है?...बस इतना ही।

परंतु यह बात इतनी ही नहीं है। इसकी व्यापकता विस्तृत है।

यानी, एक ओर तो औरतें ग्राम पंचायत के कामकाज में शामिल हो रही हैं,

उन्हें कुछ अधिकार मिल रहे हैं, उन्हें उनके अधिकारों की जानकारी दी जा रही है, और दूसरी ओर समानांतर स्तर पर पारंपरिक न्याय व्यवस्था भी कार्यरत रहेगी। ये दोनों व्यवस्थाएँ अब एक दूसरे को छेदती रहेंगी। उसी में से संघर्ष उत्पन्न होगा।

जयाबाई का उदाहरण कुछ अलग है। यानी जाति-पंचायत ने उसे चुड़ैल नहीं माना था। परंतु भगत भी एक अलग ऐसी व्यवस्था तो है ही, जिसका वर्चस्व है। शायद इसी पद्धति से इन दो व्यवस्थाओं के बीच संघर्ष उत्पन्न होता रहेगा।

यदि सगनीबाई के मामले में ग्राम पंचायत ध्यान दे, तो क्या होगा?

और दूसरे पहलू से विचार करें तो...यानी ग्राम पंचायत द्वारा लिया गया कोई निर्णय यदि जाति-पंचायत रद्द मान ले तो?

सारा मुश्किल ही मामला है।

चाय-नाश्ता होने के बाद घर पर शांता मौसी को फोन किया। पूछा कि सब ठीक तो है। उन्हें यह भी बताना था कि रोज सुमित्रा के यहाँ एक बार जरूर हो आएँ और देखें कि उसका सब ठीक तो चल रहा है। सब बातें हो चुकीं, पर जब मैंने पूछा कि 'क्या अब फोन बंद करूँ,' तो वे तत्परता से 'बंद कीजिए' कह नहीं पा रही थीं।

फिर कुछ कुरेदकर पूछा कि क्या हुआ है? क्या कोई आया था? या क्या किसी का कोई फोन, संदेश या पत्र आया है?

आखिरकार उन्होंने बताया कि पुणे से साहब का फोन आया था और वे बता रहे थे कि अंजली के बेटा हुआ है।

शांता मौसी से कहा, "यह बताने से क्यों हिचकिचा रही थीं आप? यह तो मालूम ही था न कि वह गर्भवती थी, तो बेटा/बेटी होने की खबर तो मिलनी ही थी। वैसे भी साहब का स्वभाव तो बदलने से रहा। इसलिए यह भी स्वाभाविक था कि वे हमें इस बात की सूचना देते। हमें कोई भी दुख या आनंद की प्रतिक्रिया नहीं देनी है। इस दुनिया में हर सातवें मिनट एक बच्चा पैदा होता है। यह उन्हीं में से एक समझो।"

शांता मौसी ने कहा, "मुझे आप की ही फिक्र हो रही थी कि सुनकर आपको कितना बुरा लगेगा। इसीलिए सोच रही थी कि बताऊँ या न बताऊँ।"

मैंने हँसकर कहा, "अब कुछ भी नहीं लगता शांता मौसी। इस दुनिया में इसके अलावा ऐसी कई बातें हैं, जिनके बारे में हमें सचमुच कुछ लगना चाहिए, पर कभी कुछ नहीं लगता।"

"यह आपकी बात तो मेरी समझ में नहीं आती।" शांता मौसी ने कहा। "ठीक है, अब अच्छे से रहिए, अपने खाने-पीने का ध्यान रखिए।"

मैंने स्वीकृति में गर्दन हिला दी, पर जब ध्यान आया कि फोन पर बातचीत कर रही हूँ, तो जल्दी से 'हाँ, हाँ' कह डाला।

अशोक साढ़े नौ के करीब आया।

बुधीबाई का घर यहाँ से नजदीक ही था। उसके गाँव तक सीधे बस जाती थी और उसकी बस्ती सड़क के किनारे ही थी। बीच में दो गाँव और थे। तीसरे गाँव में उतरे। सड़क पार करने के बाद खेत। फिर एक छोटी पहाड़ी, उस पर चढ़े।

सर्वे करनेवाली दो लड़कियाँ आकर वहाँ ठहरी थीं। दस-पन्द्रह मिनट में लड़के भी पहुँच गए।

बुधीबाई का झोंपड़ा बस झोपड़ा ही था। बहुत ही छोटा। उस गाँव में खाली जगह दिखाई भी नहीं दे रही थी। बाकी के घर, झोंपड़े भी इसी तरह एक दूसरे से सटे हुए।

भीतर एक चूल्हा, ताक पर दो-तीन गगरियाँ, पतिलियाँ, डिब्बे, तेल की एक बोतल लटकी हुई, एक बाँस आड़ा बँधा हुआ, जिस पर कपड़े लटके हुए। एक तरफ बिस्तर।

कोठार नहीं, अनाज जमा कर रखने की कोई सुविधा नहीं।

कैसे रहती होगी वह?

उसने हमारे लिए चाय बनाई। काली, मीठी चाय।

घर में सबके लिए जगह तो हो ही नहीं सकती थी। उसने कहा कि पास की एक औरत के घर में बैठकर बातचीत करेंगे। चाय पीकर बाहर निकले, तो ग्राम पंचायत की अन्य दो सदस्याएँ आ पहुँचीं।

एक बच्चे को उसने पहले ही आगे भेज दिया था। इसलिए जब तक हम पहुँचते, तब तक उस औरत ने बरामदे में दरी बगैरह बिछा रखी थी।

हम बरामदे में बैठीं। एक-दो लोग झाँककर गए। पर रुकने की फुरसत किसी को नहीं थी। हमने अपना काम शुरू किया।

मैंने बुधीबाई से पूछा कि ग्राम पंचायत के चुनाव में खड़े होने, चुने जाने की इच्छा क्यों हुई? इसके जवाब में वह बोली, "मैं सात सालों से 'जागरुक आदिवासी संगठन' का काम कर रही हूँ। हम चर्चा किया करते थे कि संगठन के कार्यकर्ताओं को राजनीति में पड़ना चाहिए या नहीं...चुनाव लड़ना चाहिए या नहीं...पर निर्वाचित लोग तो कुछ काम करते ही नहीं थे। हम उनसे झगड़ते थे, पर केवल झगड़ा करने से कोई फर्क नहीं पड़ता था। आखिर कितने दिन झगड़ा करें और किन-किन बातों के लिए करें?

इस बीच हमारे संगठन और मंडलिक ट्रस्ट ने एक शिविर का आयोजन किया था। तो हमारे गाँव से आरक्षित सीट से कान्हीबाई ने चुनाव जीता। किसी को ठीक से यह तक पता नहीं था कि वह निर्वाचित है। शिविर में अकेले जाने के लिए वह तैयार ही नहीं हो रही थी। उसका पति भी मना कर रहा था। यह भी डर था कि दो दिन की मजदूरी नहीं मिलेगी। फिर भी उसे समझा-बुझाकर और साथ चलने का

आश्वासन देकर शिविर के लिए ले गई। उसी समय मैंने भी तय कर लिया था कि मैं चुनाव लड़ूँगी।"

कान्हीबाई ने कहा, "मैं तो कुछ भी नहीं जानती थी। केवल लोगों ने कहा, वह मान लिया। मुझे घर मंजूर करवा दिया। तो मैं चुनाव के लिए खड़ी हो गई। उन्होंने कहा कि कोई काम नहीं करना पड़ेगा। तुम्हारे खुद के काम का कोई नुकसान नहीं होगा। घर पर कागज भेजेंगे, उस पर केवल अँगूठा लगाना होगा। तब मेरे पति ने भी अनुमति दे दी। चार साल इसी तरह बीत गए। अगली बार के चुनाव के लिए भी अपना नाम दिया। चुन ली गई। तब मुझे बकरियाँ मंजूर करवा दीं।

बाद में संगठन में इस शिविर के लिए गई...तब सारी बातें मेरी समझ में आईं। पहले तो मैं कुछ बोलती भी नहीं थी। पर जब सब औरतों को बोलते हुए देखा, तो मैंने भी बोलना शुरू किया। अब तो बुधीबाई सरपंच बनी है, तो मीटिंग के लिए भी आना शुरू किया है। तब पता चला कि घर और बकरियाँ उन्होंने अपनी जेब से नहीं दी थीं...आदिवासियों के लिए सरकार ने ही मंजूर की थीं।"

"फुला दीदी, जब हम चुनकर आईं, तब हमें पता चला कि हम लोगों के लिए कितनी योजनाएँ हैं। पहले तो जानकारी ही नहीं होती, जानकारी हो जाए, तब भी पंचायत के लोग औरतों की बात सुनते ही नहीं...तो फिर तहसील में हमें कौन पूछेगा? पर अब हम सब कुछ समझ लेती हैं और फिर काम करती हैं।"

"यानी किस तरह?"

"यानी हम पहले समझ लेती हैं कि योजना क्या है, उसका स्वरूप क्या है? गाँव में किसे उसकी आवश्यकता है? जिन्हें जरूरत है, उनकी संख्या यदि ज्यादा है, तो पहले किसे लाभ दिया जाए? इस तरह सारी जानकारी हासिल करने के बाद ही योजना लागू करती हैं। पहले वाले लोगों ने ऐसा कभी नहीं किया था। अपने रिश्तेदारों को, परिचितों को घर दिए, बकरियाँ और मुर्गियाँ दीं...इसके अलावा, जिनके पास पहले से ही सब कुछ है, संजय गांधी निराधार योजना में उन्हीं के नाम दिए..."

जब तक हम बातचीत कर रही थीं, कुछ और औरतें भी आ गईं।

"संजय गाँधी निराधार योजना के तहत पैसे पाने के लिए बहुत कोशिश की, पर कोई लाभ नहीं हुआ। 2000 रु. खर्च हो गए। सारा वेतन कुत्ते खा जाते हैं। लाभ भी उन्हीं को मिलता है। हमें तो अब आँखों से दिखाई भी नहीं देता, तो कहाँ जाएँ हम?" वहाँ आई एक बूढ़ी औरत ने कहा।

एक अन्य महिला ने बताया "बरसात में घर ढह गया, छत के टिन उड़ गए, खपरैलों के नीचे लगे बाँस के बल्ले भी गिर पड़े, कार्यालय में गए थे, पर कोई क्षतिपूर्ति नहीं मिली। क्यों? इसलिए कि हमने उन्हें पैसे नहीं दिए।"

दूसरी औरत ने कहा, "बकरियों के लिए, खपरैलों और घर के लिए आवेदन दिए, पर हमें कुछ मिलता ही नहीं। सब दूसरों तक पहुँचता हुआ दिखाई देता है,

हम तक आता कुछ नहीं दिखता।"

"गरीबी रेखा का कूपन नहीं मिला। पहले वाले सरपंच से जब कहा, तो कहने लगा कि क्या अकेले के लिए जाऊँ मैं? जो मर रहा है उसे और मारते हैं।" एक अन्य महिला ने उद्वेग से कहा।

"पर वे यदि घर पर आकर हमारा काम कर देते हैं, तो क्या फर्क पड़ता है? कहाँ जाएँ, किस साहब से बात करें, हमें तो यह कुछ पता नहीं होता। थोड़ा-सा भी काम हो, तो तीन-चार चक्कर काटने पड़ते हैं। अकेला, बूढ़ा आदमी क्या कर सकता है?" एक बूढ़ी औरत ने कहा।

बुधीबाई ने कहा, "देखिए दीदी, यदि अच्छे, काम करनेवाले लोगों को चुनें, तो काम क्यों नहीं होगा? पर लोगों को आदत ही नहीं रही। सोचते हैं कि सरकार के पास जाना है, तो पास में पैसा होना ही चाहिए। पहले पैसा इकट्ठा करते हैं और उसके बाद सरकारी कार्यालयों में जाते हैं लोग। इसीलिए हमें ही सरपंच बनना चाहिए।"

"यानी, तुमने तय कर रखा था कि सीधे सरपंच ही बनना है?"

"जी। केवल सदस्य बनने से क्या लाभ? कौन सुनेगा अपनी बात? अधिकार हो, तो सुनते हैं। कुर्सी होनी चाहिए अपने पास।"

फिर कुर्सी की बात चली। अब तक बुधीबाई खुल चुकी थी। बाद में मंडलिक ट्रस्ट द्वारा आयोजित तीन शिविरों में वह उपस्थित रह चुकी थी। वहाँ आई औरतों के अनुभव उसे बहुत महत्त्वपूर्ण प्रतीत हुए थे।

यह तो मानी हुई बात थी कि कोई भी महिला ग्राम पंचायत के कार्यालय में जाए, तो उसे बैठने के लिए कभी कुर्सी नहीं दी जाती थी। पर चुनी गई कई महिलाओं ने बताया कि जब हम बैठक के लिए जाती थीं, तो यह तय था कि पुरुष कुर्सी पर बैठें और हमें नीचे बैठना पड़े। एक गाँव तो ऐसा था, जहाँ पंचायत के कार्यालय के सामने से चप्पलें पहनकर गुजरने की भी अनुमति औरतों को नहीं थी, नंगे पाँव जाना पड़ता था।

एक महिला ने बताया था कि एक बार जब वह पंचायत समिति के कार्यालय में गई, तो पुरुष सरपंच को कुर्सी दी गई, पर महिला सरपंच को नहीं। वह कुछ देर वैसे ही कोने में खड़ी रही। किसी ने ध्यान भी नहीं दिया। उसके साथ न किसी ने कोई बातचीत की, न किसी ने उससे कुछ पूछा। आखिर वह खुद ही बाहर निकल आई, इस बात की ओर भी किसी का ध्यान नहीं गया।

"यदि महिला सरपंच कुर्सी पर बैठे, तो लोग हँसी उड़ाते हैं। उपहास से पूछते हैं 'कैसी लग रही है नेतागिरी'?"

पुरुष तो टिड्डियों जैसे होते हैं।

"तुम्हारे यहाँ ऐसा विरोध का वातावरण होने के बावजूद तुम कैसे चुन ली

गई?" मैंने बुधीबाई से पूछा।

"मैं इतने सालों से संगठन का काम कर रही हूँ न दीदी, तो लोग अब पहचानने लगे हैं। इसके अलावा संगठन के कार्यकर्ता भी प्रचार के लिए आए थे। औरतें भी थीं। दूसरे गाँव की एक सरपंच महिला भी थी। उसने बताया कि उसने कैसे और कौन से काम किए। गाँव में पानी, बिजली, सड़क की सुविधाएँ जुटाईं। अब गाँव में राज्य परिवहन की बस चलाने के लिए भी कोशिश कर रही है। इसी तरह और भी बातें बताईं। तब लोगों को पता चला कि औरत क्या काम कर सकती है।"

पानी की समस्या थी, तब उन्हीं दिनों जवाहर रोजगार कुँए की योजना आई थी। उस सरपंच ने दो-तीन लोगों से आवेदन भरवाए। स्वयं भी भरा। पंचायत में गई। किन-किन कागजातों की जरूरत है, उसका पता लगाया। वे कागजात जमा किए। पटवारी से लेकर बीडीओ तक के चक्कर काटने पड़े। फाईल दाखिल की। कुँए की मंजूरी मिली। पहला चेक समय पर मिल गया। दूसरे के लिए छह-सात महीने चक्कर लगवाए। सात हजार का चेक मिलनेवाला था। जब भी पूछती, टालमटोल कर देते। आज देंगे, कल देंगे, अभी जाओ, बाद में आना...दूसरे कर्मचारी से मिलने पर वह भी चूना लगाने लगा।

तब जाकर साहब से मिली। उसे बताया, "कितने चक्कर काटने पड़ें, इसमे कितना समय बेकार हुआ, पैसा गया, मजदूरी गई, अब आज यदि चेक न मिले, तो देखना।"

साहब को गुस्सा आ गया। पूछने लगा, "नहीं दिया तो क्या कर लोगी?"

फिर क्या? उसे भी धमकाया..."चिट्ठी में तुम्हारा नाम लिख रखूँगी और हाथ-पाँव बाँधकर तुम्हारे कार्यालय से ही नीचे कूद पड़ूँगी।"

तब साहब घबराया। पाँच पैसे भी लिए बिना उसी दिन सात हजार का चेक हाथ में थमा दिया। उस महिला सरपंच ने ये सारी बातें बताईं, तो लोगों की समझ में भी कुछ आ ही गया।"

बुधीबाई ने विस्तार से बताया।

"अपनी जो जरूरतें हैं, उन्हें मुखिया पूरी करेगा या दूसरे लोग हमारी समस्याएँ सुलझाएँगे? आदिवासियों की बातें हम आदिवासियों को ही मालूम होंगी ना? उनका रहन-सहन, खान-पान हमारे जैसा तो है नहीं? हमारा जीवन क्या उनके जैसा सुख भरा है? भूनी हुई मुर्गी क्या कभी पेड़ पर लगती है? मेहनत तो करनी ही पड़ती है। पर उनके घर चार पीढ़ियों से मजदूरी करनेवाले लोग अब उनके विरोध में चुनाव लड़ते हैं, जिन लोगों की औरतों का केवल उपभोग लिया जाता रहा है, वे औरतें अब सामने कुर्सी पर बैठती हैं और सवाल पूछती हैं। यह सब वे कैसे बर्दाश्त करेंगे? कमलबाई ने कहा।

"वे लोग हमारे आदिवासी विधायक के पास भी गए थे कि इस औरत को समझाइए। वहाँ की उनकी किसी भी सभा में विधायक ने एक बार भी मुँह नहीं खोला था, तो वह हमें क्या खाक समझाता? संगठन की औरतों के साथ बोलने की भी हिम्मत नहीं है उसमें।" बुधीबाई ने कहा।

"तो अब, चुन लिए जाने के बाद आप लोगों ने क्या-क्या काम किए हैं... कर रही हैं?"

"प्रमाणपत्रों के काम होते हैं। जाति का, आय का प्रमाणपत्र। जमीन के रिकार्ड के खसरा नंबर का प्रमाणपत्र...किसी को किसी योजना के तहत कर्ज की जरूरत होती है। हमने बचत दल बनाए। हमारी बस्ती सड़क के पास है, इसलिए बिजली है यहाँ, पर भीतर की एक-दो बस्तियों में नहीं है। अब उस काम की ओर ध्यान दे रही हैं। लोगों को सरकारी योजनाओं की जानकारी देना और उन्हें उसका लाभ दिलवाना...कई काम हैं।"

कमलबाई ने कहा, "हम मीटिंग के लिए आते हैं, तो लोग हँसते हैं। पहले वाले सरपंच ने तो एक बैठक में सबके सामने मुझसे कहा कि 'तुम्हें सरकार ने सदस्य बनाया है, हमने नहीं। सच कहें तो तुम लोगों को लातें ही लगानी चाहिए।'

बहुत गुस्सा आया, पर क्या करती? ये सब गाँव के बड़े लोग। उम्र में भी बड़े। हमारा पूरा घर उनके खेतों में मजदूरी के लिए जाया करता था। पलटकर जवाब कैसे देती?"

"पर उन्होंने आपसे ऐसा कहा ही क्यों?" मैंने पूछा।

"मैं कुछ पढ़ी-लिखी हूँ दीदी। अपने को भी कामकाज समझना चाहिए न, इसीलिए मैंने ग्रामसेवक से कहा कि कागज पूरा पढ़े। उनका कहना था कि केवल मुद्दा बताओ, पूरा पढ़ने की क्या जरूरत है?"

"ये लिख-पढ़ सकती है, उससे हमें काफी लाभ होता है।" बुधीबाई ने कहा। "अब कमलबाई के पास कुछ शिक्षा है, मुझे बोलना-झगड़ना आता है, हिम्मत है, संगठन के काम से जुड़े होने के कारण आत्मविश्वास भी है। कान्हीबाई को भी अब धीरे-धीरे आदत होने लगी है सारे कामों की...उसे यह काम पसंद भी आया है। यदि सब मिल जाएँ न, तो अच्छा काम कर दिखाया जा सकता है।"

मैंने कहा, "सच कह रही हो बुधीबाई। मुझे लगता है कि पार्टी कोई भी क्यों न हो, पर तुम औरतें मिलकर रहो, एक होकर रहो, यही बहुत है। यह ध्यान रखना चाहिए कि सबसे पहले अपना काम महत्त्वपूर्ण है।"

"तुम अगली बार आओगी न दीदी, तब देखोगी कि हमारी बस्ती तक भी सड़क बन गई है और बिजली भी आ गई है।" कमलबाई ने कहा।

"जरूर आऊँगी।" मैंने वादा किया।

जब तक लड़कों ने फॉर्म भरे, मैंने पूरी बस्ती घूमकर देखी।

डेढ़-दो घंटे आराम से घूमी। थोड़ा ऊपर पहाड़ी पर भी गई। इस पहाड़ी को दोनों तरफ से पक्की सड़क ने घेर रखा था। उसके बीच में यह बस्ती। विरल पेड़। परली तरफ खेत। फिर पहाड़। दूसरी बस्ती का निशान दर्शाती छतें दूर पर दिखती हुईं। बरसात के बीत जाने की निशानियाँ। घटी हुई हरियाली। ठंड दस्तक दे रही थी और पतझड़ शुरू हो चुकी थी। पेड़ों के कैलेन्डर का पृष्ठ पलटा जा चुका था।

पहाड़ी से उतर कर नीचे आने लगी, तो बुधीबाई ने पूछा, "हो आई ऊपर से?"

मैंने मुस्कराकर हामी भरी।

"अब उधर कुछ भी नहीं रहा है न।" शायद पहले इस भाग में भी जंगल रहा हो। बुधीबाई का अभिप्राय शायद उसी से था। इस बस्ती की परिधि भी बहुत कम थी।

इस बीच बुधीबाई हमारे लिए चावल पका चुकी थी। साथ में पता नहीं कौन-सी पत्तियाँ थीं उबली हुईं।

थाली परोसते हुए उसने पूछा कि मैं सब कुछ खाती तो हूँ न? मैंने हाँ कहा पर यह भी कि इतना ही बस है। फिर भी उसने चूल्हे में चार सूखी मछलियाँ भूनीं और परोसीं।

गर्म चावल गले से नीचे उतारते हुए सोचा कि इस कटोरी भर चावल के लिए बुधीबाई ने कितने घंटों की मेहनत की होगी। मैं सब जगह घूमते हुए किस तरह मान कर चल रही हूँ कि कभी भी, किसी भी बस्ती में मुझे भूखे पेट नहीं सोना पड़ेगा। कितना भरोसा, कितनी निश्चिंतता है यह! किसी भी आधुनिक शहर में जो कभी नहीं मिल सकती।

अब और दो गाँवों में जाना बाकी था। जरूरत पड़े, तो रुकना भी था। यहाँ से आगे बस नहीं मिलनेवाली थी और आगे सारा जंगल ही जंगल था।

"दीदी, क्या कभी बेलकडा खाया है?" अशोक ने चलते हुए पूछा।

"वह क्या चीज है?"

"केंकड़ा।"

"ना बाबा, अब तक अपने खाने-पीने के मामले में मैंने इतने प्रयोग नहीं किए हैं।" मैंने हँसकर कहा।

"चिंबोर्‍या-बेलकडा को चूल्हे में भूनने से बहुत स्वादिष्ट लगता है।" उसने बताया।

अब खाने-पीने के मामले में मेरी कोई विशेष पसंद-नापसंद नहीं रह गई थी। बीच में चार दिन घर पर थी, तो एक बार करुणा ने खाने पर बुलाया था। खाया, पर ख्याल ही नहीं आया कि खाने की तारीफ करूँ। वह खीझ गई थी। फिर उसे

अपने दौरे के कुछ मजेदार अनुभव सुनाए। कहाँ-कहाँ क्या खाया, वह सब भी बताया। एक बस्ती की औरत ने मुझे मुनगे की फलियाँ दी थीं, वे उसे दीं।

उसने पूछा, "तुम्हें तो बिलकुल पसंद नहीं थी मुनगे की फलियाँ? थाली में रखने तक नहीं देती थीं कभी।"

कहा, "लगातार चार दिनों तक ये फलियाँ ही खानी पड़ें...तब पसंद-नापसंद कहाँ रह जाती है? चयन तो आप वहाँ करते हैं, जहाँ कोई विकल्प मौजूद हो। पूरे दो दिन सुबह-शाम केवल ये फलियाँ ही नमक के साथ उबालकर खाईं। उनके घरों में और कुछ था ही नहीं। पहली बार कुछ अजीब-सा लगा। गले से निवाला नीचे नहीं उतर रहा था। पर फिर आदत हो गई। पानी भी ऐसा ही होता है, कहीं का भी, कैसा भी।

दिनेश ने कहा, "कम-से-कम पानी तो साथ ले जाया करो। वर्ना बेवजह बीमार हो जाओगी।"

एकाध दिन का सवाल हो, तो पानी साथ ले जाने का नखरा किया जा सकता है। रोज ही जाना हो, तो क्या किया जा सकता है? पर दिनेश से यह सब कहकर बाद में उसका लेक्चर सुनने से बेहतर था कि हामी भर दूँ।

वैसे तो ठंड के दिन थे, पर चलते हुए बार-बार प्यास लग रही थी। जंगल का रास्ता शुरू हो चुका था। पैरों तले केवल झुरमुट। उन पर भिनभिनानेवाले और काटनेवाले नन्हें कीटक। रास्ता ऐसा विचित्र की आसपास देखना भी मुश्किल। जरा भी सुंदर वगैरह नहीं लग रहा था। सरसराकर भागनेवाले लंबी पूँछवाले गिरगिट। एक और बड़े से गिरगिट जैसा कोई जानवर भागा।

अशोक ने कहा, "गोह थी! अभी तुम साथ न होती दीदी, तो मैं उसके पीछे गया होता।"

"क्यों?"

"बहुत स्वादिष्ट लगती है गोह!"

"क्या बात है, आज खाने की बातों के अलावा तुम्हें कुछ और सूझ ही नहीं रहा है?" मैंने झुंझलाकर पूछा।

गला फिर सूख गया था। साथ में लिया बोतल भर पानी कब का खत्म हो चुका था। एक तो खाना खाते ही तुरंत चलना शुरू कर दिया था। रुकने की संभावना को ध्यान में रखते हुए पीठ पर सामान का बोझ। दो घंटे चलने के बावजूद धूप कम होती नजर नहीं आ रही थी...सूरज पहले जैसा ही माथे पर तप रहा था। उसके पश्चिम की ओर जाने के कोई आसार नहीं दिख रहे थे। ठंड के दिन थे और ऐसी हालत। मेरे जूतों के तलुए काफी घिस चुके थे। नीचे से पैरों में कंकड़-काँटे चुभ रहे थे। डर लग रहा था कि एकाध काँटा कहीं आर-पार न हो जाए। ठंड के दिनों

में जख्म जल्दी भरते नहीं।

उस पर अशोक कुछ डरावनी बातें भी बता रहा था। कह रहा था कि इस जंगल में पहले बहुत से भालू रहा करते थे। किसी आदमी को पकड़ ले, तो उसे छीलकर रख देता है भालू, एक आदमी का तो पूरा चेहरा ही फाड़ दिया था। एक आँख बाहर लटक रही थी, पर आदमी बच गया। वैसे भालू में इतनी ताकत होती है कि वह आदमी की खोपड़ी ही दाँतों से फोड़ देता है। पहले साल भर में भालू के हमले में चार-पाँच लोग तो मर ही जाया करते थे।

"क्या अब भी इस जंगल में भालू हैं?" उसकी सारी बातें सुनने के बाद मैंने पूछा।

"अब उतने नहीं हैं। हाँ, उनके ब्याने के दिन हों, तब ज्यादा डर होता है। उन्हें भी अपने बच्चों की चिंता होती ही है न।" अशोक ने कहा।

आखिर घना जंगल शुरू हुआ। ऊँचे पेड़। छाया।

थककर एक पेड़ के नीचे बैठ गई।

अशोक से कहा, "जरा देखो न, कहीं पानी का झरना हो तो। बहुत प्यास लगी है।"

वह पानी की खोज में चला गया।

पत्थर पर बैठी थी, पर थकान महसूस हो रही थी। तब नीचे सरककर पत्थर पर सिर टिकाकर लेट ही गई जमीन पर। मिट्टी पर सूखी पत्तियों की थरथराती सतह। मेरे शरीर पर ढुलकनेवाली पीली पत्तियाँ। हल्की हवा। धीमे से सरकते हुए आती ठंडक।

लगा कि मैं खो गई हूँ।

यहाँ मिट्टी सूखी हुई थी, इसलिए छोटे कीटकों की परेशानी नहीं थी।

शांत लेटी रही।

पर भालुओं के डर से आँखें बंद करने की हिम्मत नहीं हो रही थी।

कुछ देर बाद अशोक पानी लेकर आया। मटमैला पानी। बोतल में तैरती हुई एक नन्हीं-सी पत्ती। यानी इसमें और भी बहुत कुछ हो सकता था। समझ नहीं आ रहा था कि कैसे पियूँ। तब मोटे कपड़े का रूमाल लिया और उसमें जरा-सा पानी उँडेला। प्यास तो बढ़ती जा रही थी। रूमाल से टपकनेवाली पानी की धार मुँह में पकड़ ली। बाद में देखा, उस सफेद रूमाल में न जाने क्या-क्या कचरा जमा था।

आगे चलना शुरू किया।

जांभुलपाड़े तक पहुँचते-पहुँचते शाम हो गई थी। रास्ते में किसी भालू से मुलाकात नहीं हुई थी...हुई भी होती, तो मैं क्या कर लेती? मुझे तो पेड़ पर चढ़ना भी नहीं आता था।

यहाँ जांभुलपाड़े में 'जागरुक आदिवासी संगठन' के कार्यकर्ताओं का अच्छा काम था।

अशोक ने कहा, "एक बार अफवाह फैली कि संगठन के कार्यालय पर हमला हुआ है। यहाँ से दो-तीन सौ लोग कुल्हाड़ियाँ और लाठियाँ लेकर इस घने जंगल से भागते हुए आए थे संगठन के कार्यालय तक।"

यहाँ के बारह बँधुआ परिवारों को 'जागरुक आदिवासी संगठन' ने मुक्त कराया था। चार पीढ़ियों से उनकी बेगारी चल रही थी। पुरुषों को साल में दो बनियाइन और कमर में बाँधने के लिए दो रूमाल मिलते थे। साथ में थोड़ा-सा अनाज। पैसा तो नजर ही नहीं आता था। घर में किसी की मृत्यु हो जाए, या शादी-ब्याह हो, तो मुखिया से पैसे उधार लेना और शादी के बाद नई नवेली दुलहन के साथ काम पर जाना। सालों साल यही क्रम। संगठन ने यह सब बंद कराया।

इन परिवारों ने जंगल की जमीन पर अतिक्रमण करते हुए वहाँ खेती करनी शुरू की। संगठन ने खेती के औजार, बीज आदि उपलब्ध कराए। आज सब अपनी जरूरत भर का कमा रहे हैं।

"हरिदा के घर ठहरेंगे।" अशोक ने कहा।

बस्ती में घरकुल योजना के तहत बने कुछ मकान थे। एक लाईन से बने घर। सीमेंट के कुरूप ठिगने घर। शहर के बड़े बाथरूम जैसे दो कमरे। ऊँचाई पर एक सीमेंट की जालीवाली खिड़की। जैसी बाथरूम में होती है। वे घर भयानक ही दिखाई दे रहे थे। सभी ने उन घरों के सामने अपनी झोंपड़ियाँ बना ली थीं और सरकारी घरों का उपयोग लकड़ियाँ जमा करने के गोडाऊन जैसा किया जा रहा था। बाजू में शौचालय भी बने थे। उनमें न छत थी, न दरवाजे! पीने का पानी ही यदि इतनी दूर से लाना पड़ता हो, तो शौचालयों का उपयोग कौन करेगा?

हरिदा अभी-अभी घर लौटा था। बताया कि बाँध बनाने का काम चल रहा है। बारह परिवारों के खेतों के लिए बाँध बनाने का काम शुरू किया था। प्रत्येक घर के दो सदस्य काम कर रहे थे। संगठन की ओर से मजदूरी मिलनेवाली थी। कारण यह था कि पेट के लिए यदि दूसरों के खेतों में मजदूरी के लिए जाते हैं, तो अपने खेतों का काम पीछे छूट जाता है। मजदूरी नहीं करेंगे, तो खाएँगे क्या? इस दुष्टचक्र से छुटकारे के लिए संगठन ने यह उपाय खोजा था।

"कहाँ से आईं हैं दीदी?" हरिदा ने पूछा।

"मुंबई से" अशोक ने कहा।

"किसलिए?"

"कुछ जानकारी जमा करनी है। औरतों के बारे में। सर्वे करना है। सुमन दीदी को कहाँ छिपाया है?"

हरिदा हँसा, "छिपाऊँगा क्यों? पानी भरने गई है, आ जाएगी।"

मैंने पूछा, "इन दिनों में कैसे बाँध बनाने का काम शुरू किया?"

हरिदा ने बताया कि बहुत उतारवाली जमीन है। इस बार की बरसात में पूरी

फसल बह गई। तब संगठन ने मदद की। अब यहाँ पहले बड़े पत्थरों के बाँध बना रहे हैं। काफी काम है। कोल्हापुर पद्धति का बाँध बनाना है। चार-छह महीने लग जाएँगे, पर दुबारा ऐसा नुकसान नहीं होगा।

उसकी पत्नी सुमन दीदी पानी लाने गई थी। सिर पर तीन और हाथ में एक गागर लेकर धीरे-धीरे चलती हुई आई।

हरिदा ने पूछा, "नहाएँगीं?"

इतनी शाम गए नहाना? वह भी ठंडे पानी से? मैंने मना कर दिया।

तब वह नहा लिया। आसपास के घरों में भी यही दिखाई दे रहा था। काम से थककर लौटे हुए लोग...खाना बनाने में जुटी औरतें।

अशोक से पूछा तो उसने बताया, "इस बार सुमन दीदी ग्राम पंचायत की सदस्य बनी हैं। इसीलिए तो सीधे यहीं आए हैं हम। जबरदस्त कार्यकर्त्री है। पिछले वर्ष संगठन की अध्यक्ष भी थी। हरिदा भी उतना ही जोशीला है। बहुत-सी बातें हैं उसके पास कहने के लिए। महीने भर रहोगी, तब भी खत्म नहीं होंगी।"

"आए हो तो रहो न। कितने दिन रहोगे?" उसकी बातें सुन रही सुमन दीदी ने पूछा।

सुमन दीदी की उम्र चालीस के लगभग होगी। कुछ मुटा गई थी। सामान्यतः आदिवासी औरतें इस तरह मुटाई हुई नहीं दिखतीं। उसने अच्छी नौ गज वाली साड़ी पहनी थी। सीधे और पूरे लांग के साथ। बाकी औरतों की तरह आड़ा और आधा नहीं। पीठ पर जख्मों के निशान थे। ध्यान से देखने पर चेहरे पर भी नजर आए। रहा नहीं गया मुझसे, तो आखिर पूछ ही लिया।

"पुलिस की मेहरबानी है।" सुमन दीदी ने कहा।"मंत्रालय पर मोर्चा ले गई थी, तो नालायकों ने बहुत पीटा।"

"पर इतना!"

"और क्या? हड्डियाँ टूट गईं। रीढ़ की हड्डी काम से गई। चार महीने संगठन में ही रही। जान पर ही बन आई थी।"

"पर मोर्चा किसलिए निकाला था?"

"इस जमीन का ही काम था दीदी, इस जमीन पर अतिक्रमण हुआ है न।"

निश्चित ही केवल इतना ही मुद्दा नहीं था। इसमें सुमन दीदी को ही लक्ष्य बनाया गया था, उसकी नेतागिरी के कारण। संगठन में उसके महत्त्व के कारण। संगठन के कार्यकर्ता भी समय पर आड़े नहीं आए। आए, पर देर से। तब तक महिला पुलिस उसे घसीटते हुए ले गई थी। पहले लाठी की मार पड़ी ही थी—पिंडलियों पर, पीठ पर। नीचे गिराकर लातों से रौंदा गया था। पैरों की नसों में चोट पहुँची थी। कई दिनों तक ठीक से चल भी नहीं पाती थी।

सुबह उठकर नहाई। मिट्टी में घूमते-फिरते, कहीं भी उठने-बैठने के क़ारण जींस की पैंट कुछ खराब हो गई थी, पर उसे धोने का कोई मतलब ही नहीं था। वैसे ही झटककर रस्सी पर फैला दी।

फिर कोरी चाय पी—चूल्हे पर बनी। चूल्हे के पास बैठे अच्छा भी लग रहा था। सुमन दीदी बिस्तर समेट रही थी, तो चाय हरिदा ने बनाई। कहा, सुमन को चाय बनानी नहीं आती। मैं देख रही थी कि हरिदा किस तरह चाय बनाता है। गागर से पानी उसने पतीली में उँडेला और अनुमान से ही चायपत्ती, चीनी मिला दी। कप-चम्मच से नापा नहीं, पर अनुमान जरा भी चूका नहीं। चाय पीने के लिए एक ही कप था, उसका कान भी टूटा हुआ। तब उसने थालियाँ लीं और उसी में चाय डाल दी। देखकर मजा आ रहा था। बढ़िया चाय। सोचा, अब घर जाने के बाद इसी प्रकार से चाय बनाकर पीनी चाहिए। दूध का झंझट नहीं। स्वाद भी अच्छा है। बस, शांता मौसी मान ले।

हरिदा के साथ बातचीत शुरू की। अशोक को सुमन दीदी का फॉर्म भरने के काम में लगा दिया। मैंने भी संभाषण में आए मुद्दों को लिखना शुरू किया।

"पहले संगठन के लोग आए, तो मैंने हरिदा के साथ झगड़ा किया। किसलिए? कहा कि मत जाओ। मुखिया आँखें फोड़ देगा। पर हरिदा मानता ही नहीं था। फिर एक दिन मुझे भी मीटिंग में ले गया। मीटिंग में दीदी ने बताया कि रोज चौदह रुपये मजदूरी मिलनी चाहिए। काम में छुट्टी मिलनी चाहिए। उन्होंने तुम लोगों को क्या दिया है? फटे-पुराने कपड़े? अनाज का भूसा? जमीन तुम्हारी है। कोई कर्ज नहीं है, गिरवी नहीं है, तुम लोगों ने इतना काम किया है कि सारा कर्ज उतर गया है। हिसाब से देखें, तो अब उन्होंने ही तुम लोगों को पैसा देना चाहिए। कहा कि मुखिया को राम राम करने की जरूरत नहीं है। तब हम दोनों संगठन में जाने लगे। पर घर के सब लोग नाराज हो गए। मेरी सास तो चुप रहती थी, पर जेठ-देवरों ने काफी डाँट लगाई। मुखिया तो कुत्ते जैसा भौंका।"

"संगठन ने वेतन देना शुरू किया, तब घर के लोगों की जबानें बंद हुईं। संगठन से वेतन मिलने के बाद मैंने जिंदगी में पहली बार पैजामा-शर्ट पहना।" हरिदा ने कहा। उसे शहरी भाषा में बोलना आता था, पर बीच में ही भूल जाता था। थोड़ा-थोड़ा लिख भी लेता था। पर आधा घंटा मेहनत कर चार लाइनें लिखने के बाद हाथ में दर्द की शिकायत करता था। बोला कि शुरू में तो कुर्सी पर बैठने में भी डर लगता था।

यानी देखिए, यहाँ पुरुषों की भी ऐसी हालत है। कुर्सी पर बैठने में डर लगता है। पुलिस से, बल्कि किसी भी सफेदपोश से डर लगता है। तब चुनाव आदि तो दूर की बात है।

अपने काम के पहले चक्कर में मैं मराठवाड़ा में गई थी। वहाँ परभणी, नांदेड़ आदि जिलों में आंध्रप्रदेश के आदिवासी लोगों की संख्या काफी ज्यादा है। चुने गए प्रत्येक तहसील के एक-एक गाँव को नमूने के तौर पर देखना था। भोसी नामक गाँव में गई। वहाँ निर्वाचित औरतों से तो मुलाकात नहीं हुई, वे खेतों में मजदूरी के लिए गई थीं।

सरपंच से मुलाकात हुई। पहली बार ही चुना गया था। लोग उसे बुलाकर ले आए। पर एक शब्द भी नहीं बोला वह। केवल गर्दन हिला रहा था और बाकी के लोग ही उत्तर दे रहे थे। बाकी के लोग ऊँची जाति के। शायद वह केवल गर्दन हिला देता है, इसीलिए उसे सरपंच बनाया गया था। आरक्षित सीट होने के कारण मजबूरी तो थी ही।

बोलनेवाले आदिवासी भी गाँव में थे। पर उन्हें कुछ भी नहीं मालूम था कि चुनाव यानी क्या? चुनाव क्यों लड़ना है? उसमें क्या नफा-नुकसान है? उससे अपना क्या लेना-देना है? कुछ भी नहीं जानते थे...और गाँव के अन्य ऊँची जातिवालों के पास राजनीति की परंपरा थी, अनुभव था, पैसा था।

आदिवासियों के साथ उनकी तुलना ही क्या थी?

यहाँ के अनुभव भी कुछ अलग नहीं थे। कम-से-कम हरिदा और सुमन दीदी की बातों से यही लग रहा था। पर महत्त्वपूर्ण बात यह थी कि यहाँ संगठन का समर्थन उन्हें प्राप्त था।

“मुखिया ने गुंडे भेजे। हमने अतिक्रमण की जमीन जो ली थी। उसकी नजर थी इस जमीन पर। मेरी बेटी खेत में गई थी। हरिदा संगठन में, मैं पानी लाने। बेटी को बहुत पीटा। मुझे पता चला तो मैं भागते हुए गई। लाठी लेकर खेत की मेड़ पर से हमें मारते हुए ले गया।

तब संगठन ने केस कर दी। गाँव में पुलिस आई। मुखिया को हथकड़ी पहनाई। ऐसे रोया वह कि बस...जेल में गया और दंड भी भरना पड़ा...

बाद में मैंने भाषण करना सीखा। हस्ताक्षर करना सीखा। लिखना-पढ़ना तो नहीं आया। हरिदा थोड़ा-बहुत पढ़ लेता है।

संगठन के शिविरों में गई। तब सब समझ में आने लगा। कानून, कानून की धाराएँ, खसरा नंबर की नकल, प्रमाणपत्र, पंचनामा, एफआईआर...

पहले पुलिस से डर लगता था। तो दीदी ने कहा, ‘जिस बात से डर लगता है, वही काम पहले कर देखो।’ और हमें उन्होंने जानकारी लाने के लिए पुलिस थाने भेजा। हम चार-पाँच औरतें मिलकर वहाँ गईं। पैदल बीस कोस चलकर। इन्सपेक्टर कौन है, हवलदार कौन है, उनके नाम क्या हैं, बक्कल नंबर क्या है...यह सब कैसे पूछें? दरवाजे से दो बार वापस आईं। तीसरी बार भीतर घुस गईं।

यह जानकारी क्यों चाहिए? कौन-सा संगठन? तुम लोग कौन हो?—न जाने कितने प्रश्न पूछे उन्होंने। फिर कहा, 'अच्छा लिख लो।' अब लिखना तो किसी को नहीं आता था। मैंने कहा, 'लिखकर तो तुम्हीं को देना होगा, उसके बिना हम यहाँ से जाएँगी नहीं। अपना नाम लिखने में क्या तुम्हारे हाथ में दर्द होता है?'

अब, उस समय तो पता नहीं था कि 'तुम' नहीं, 'आप' कहना चाहिए। पर घबराकर उसने सब कुछ लिखकर दे दिया।

हरिदा हँसा। बोला, "पुराने दिनों में हमारे लोग पुलिस से इतना डरते थे कि क्या कहूँ। दूर से यदि कोई पुलिसवाला दिख जाए, तो जंगल में जाकर अपने आप को फाँसी लगा लेते थे, यह सोचकर कि उसके हाथों मरने से इस तरह मरना बेहतर है।"

"क्या कह रहे हो?" मैं तो सुनकर हैरान रह गई।

"ऐसी बहुत-सी बातें हैं।" अशोक ने समर्थन किया।

संगठन के शुरुआती दिनों की बात है। जिलाधिकारी के कार्यालय पर मोर्चा निकाला था। दो-ढाई हजार की भीड़ जमा हो गई थी। डेढ़-दो सौ औरतें भी थीं। सब धरना दिए बैठे थे मैदान में।

फिर पुलिस आई। लोगों को पकड़ना शुरू किया। तब औरतें उठकर भागने लगीं। सबने सोचा कि डरकर भाग रही हैं।

पुलिसवालों ने कहा, "जा रही हैं तो जाने दो।"

सुमन दीदी ने कहा, "वे भागी नहीं जा रहीं। अभी लौटकर आ जाएँगी।"

सब हँस पड़े। पर देखते-देखते सारी औरतें वापस आ गईं अपने बच्चों को गोद में उठाए। उन्होंने अपने बच्चों को मैदान के दूसरे तरफवाली बस्ती की झोंपड़ियों में रखा था। जब देखा कि जेल जाना पड़ेगा, तो वे बच्चों को लाने भागी थीं। पुलिसवालों ने घर लौट जाने के लिए कहा, पर उनकी न मानकर सारी औरतें बच्चों सहित चार दिन जेल गईं।

हरिदा को बाँध के काम पर जाना था। मील भर की दूरी पर काम चल रहा था। मैं भी उसके साथ चल पड़ी। सोचा, देख ही लूँ, कैसे बाँध बनाया जा रहा है। वैसे भी आज यहाँ रुकना ही था। चुनी गई दो महिलाएँ दोपहर को इधर ही आनेवाली थीं। सुमन दीदी ने उन्हें संदेश भेजा था।

सवेरे-सवेरे चाय, स्नान आदि से निबटकर, रात के बचे चावल खाकर हरिदा कुदाली-फावड़ा लेकर निकल पड़ा। मैं भी उसके पीछे। आसपास के घरों से भी पुरुष-औरतें बाहर निकल रही थीं। जैसे सब घड़ी की सुइयों के साथ चल रहे हों। अब कुछ ही देर में घरों में केवल छोटे बच्चे और बूढ़े लोग रह जाएँगे।

छोटी-सी ही बस्ती थी वह। मुश्किल से बारह-तेरह घर होंगे।

हरिदा ने कहा, "पहले तो लोग सब अपने-अपने खेतों में ही रहते थे। पर संगठन ने बताया कि गाँव में सुविधाएँ चाहिए हों—यानी लाईट, सड़कें, स्कूल वगैरह...तो एक

स्थान पर रहो। जिनकी समझ में बात आई, वे आएँ इधर, बाकी खेतों में ही रहते हैं। वैसे भी, यहाँ हमारा गाँव था ही नहीं।"

यानी, इन लोगों को एकत्र लाने में भी शुरू में कितनी मेहनत करनी पड़ी होगी।

जहाँ काम चल रहा था, वहाँ आए हुए लोगों से थोड़ी-सी बातचीत की। मेरे कारण कहीं उनके काम में रुकावट न आ जाए। फिर कुछ देर खुले जंगल में घूमती रही।

चार-छह छोटे बच्चे मेरे पीछे-पीछे घूम रहे थे, यह देखते हुए कि मैं क्या देख रही हूँ। किसी भी गाँव में जाने पर ऐसे बच्चे तो होते ही थे।

एक बच्ची के गाल इतने गुलगुले थे कि आश्चर्य हो रहा था। उसे पास लेकर देखा तो पता चला कि यह सूजन है, कुपोषण है।

कुछ भी पूछूँ, तो लड़कियाँ केवल हँस देती थीं।

किसी बात का उत्तर ही नहीं।

फिर एक छोटा लड़का हिम्मत कर बोलने लगा।

उसके साथ इधर-उधर की बातें करते हुए वापस बस्ती में लौटी।

लौटकर देखा, रस्सी पर मेरी जीन की पैंट सूखने डली हुई थी—पानी से लथपथ।

सुमन दीदी ने कहा, "धो डाली। तुम्हें हाथ से कपड़े धोने की आदत नहीं होगी न। पर निचोड़ते नहीं बना।"

मैंने कहा, "बहुत खराब नहीं हुई थी। एक बार और पहन ली होती। इसीलिए मैंने नहीं धोई थी।"

"दूसरे कपड़े तो हैं न?" सुमन दीदी ने पूछा। मैंने हामी भरी। पर आगे उसने सुना ही दिया, "इतने मोटे कपड़े किस तरह पहन लेती हो शरीर पर?"

सुमन दीदी घर के काम निपटा रही थी और मैं छोटी बच्ची की तरह उसके पीछे चलते हुए बातें कर रही थी।

इस समय घर पर और कोई नहीं था, इसलिए लग रहा था कि वह खुलकर बात कर सकेगी। पर यह भी साफ पता चल रहा था कि अपने काम रोककर वह आराम से बैठकर मेरे साथ बातचीत करे, यह संभव नहीं है। इसलिए सोचा कि इसी तरह उसके साथ बातचीत करती रहूँ और रात को समय मिलने पर लिख डालूँ जो भी याद आए।

सुमन दीदी पहले दाई का काम करती थी। इसलिए पूरे गाँव में और आसपास के परिसर में लोगों के साथ उसका अच्छा संपर्क था। इसी से उसे हर घर की समस्याएँ मालूम होने लगीं। उसके मन में यह लगन जागी कि इन प्रश्नों को सुलझाने के लिए कुछ करना चाहिए। इसी से उसके सामाजिक कामों की शुरुआत हुई। इन्हीं दिनों वह 'जागरूक आदिवासी संगठन' के संपर्क में आई और काम को

एक निश्चित दिशा मिली।

सुमन दीदी के प्रारंभिक कामों का स्वरूप था वंचित लोगों को सरकारी योजनाओं के लाभ दिलवाना, गाँव स्तर पर जन-सहभागिता के जरिए प्रश्न सुलझाना, स्थानीय विवादों को स्थानीय स्तर पर ही निपटाने का प्रयास करना और स्वास्थ्य संबंधी जन-जागरण का काम करना। अकेले काम करते-करते उसने शेष औरतों को एकत्र कर तथा समान विचारों वाली कार्यकर्त्रियों को अपने से जोड़कर एक महिला मंडल की स्थापना की।

"संगठन तो था ही, फिर यह अलग से महिला मंडल किसलिए?" मैंने पूछा।

"संगठन का काम अलग होता है।" उसने कहा। "वह गाँव का काम नहीं होता।"

संगठन की राजनीतिक भूमिका क्या होनी चाहिए? राजनीति में सहभागिता हो या न हो? आदि प्रश्न यहाँ भी उठे होंगे। संभवतः उसी से महिला मंडल की संकल्पना सामने आई होगी। यानी, जीत-हार का दायित्व संगठन का नहीं होगा। जीते तो लाभ होता, पर हारने में नुकसान नहीं था। जीतेगी तो महिला, हारेगी तो महिला (संगठन नहीं),...यह सीधा हिसाब था।

इस वर्ष पन्द्रह अगस्त के झंडा-वंदन के कार्यक्रम में औरतें बड़ी संख्या में और हिम्मत के साथ शामिल हुईं। इतनी सारी औरतों को आया देखकर गाँव के मुखिया ने कहा, "यहाँ तुम्हारी महिला मंडल की सभा नहीं हो रही है। यहाँ औरतों का क्या काम?"

सुमन दीदी ने कहा, "हम भी झंडा-वंदन के लिए आई हैं।"

उन्होंने कहा, "तुम लोगों को इतना ही शौक है, तो घरों पर झंडे फहराइए। अपने संगठन में जाइए। यहाँ क्यों आई हैं?"

निर्वाचित हुई शेवंताबाई ने कहा, "मुखियाजी, ग्राम पंचायत हमारी भी है। मना कैसे कर रहे हो?"

तब कुछ पुरुष आपस में बोलने लगे कि आज औरतें झंडा-वंदन के लिए आई हैं। कल कहेंगी कि झंडा भी हम ही फहराएँगी!

सुमन दीदी ने कहा, "बिलकुल। हम यह माँग तो करेंगी ही।"

तब सारे पुरुष एक दूसरे का मुँह देखने लगे।

इस समय ग्रामसेवक को बुलाकर औरतों ने ग्रामसभा का भी आयोजन करवाया। ग्रामसभा का सरकारी निर्णय पढ़कर सुनाया। गाँव में जो शैक्षणिक, सामाजिक और स्वास्थ्य संबंधी समस्याएँ थीं, औरतों ने हिम्मत के साथ वे भी प्रस्तुत कीं। इन सब बातों के कारण पुरुषों का धीरज छूट गया। इस सभा में तब उन्होंने ज्यादा बातचीत की ही नहीं।

सुमन दीदी सोचती हैं कि ग्राम पंचायत तो गाँव के विकास की दृष्टि से रीढ़ की हड्डी के समान है। फिर उस पर मुट्ठी भर पैसेवालों का ही वर्चस्व क्यों हो?

पुरुषों की अपेक्षा औरतें गाँव के विकास का काम बेहतर ढंग से कर सकती

हैं। पर फिलहाल आरक्षण कम है। उसका कहना था कि ग्राम पंचायतें पूरी तरह महिलाओं को ही सौंपी जानी चाहिए।

सुमन दीदी को लगता है कि पार्टी के बैनर तले यदि गाँव के विकास के, महिला संगठनों के काम किए जाएँ, तो वे सीमित हो जाएँगे। क्योंकि गाँव में दो-तीन गुट होते हैं। एक गुट में जाएँ, तो दूसरा विरोधी हो जाएगा। सारे गुटों से अलग रहकर काम किया जाए, तो जरूरत पड़ने पर सभी का सहयोग पाया जा सकता है, या विरोध भी किया जा सकता है।

मुझे यह एक नया मुद्दा मिला। एक और बेहतरीन कारण—कि संगठनों को राजनीति में शामिल क्यों नहीं होना चाहिए। आदिवासी होने के कारण संगठन का सदस्य बनना अलग बात है और राजनीतिक भूमिका लेना अलग बात। यदि संगठन ने ठोस राजनीतिक भूमिका ली होती, तो सदस्यों की संख्या निश्चित ही घट गई होती। काम पर भी विपरीत परिणाम हुआ होता।

इसीलिए संगठन ने महिला मंडल का रास्ता खोज निकाला था। प्रशिक्षण, आवेदन-पत्र भरने में सहायता, कुछ हद तक आर्थिक सहायता—यह सब संगठन ने किया ही होगा। उसके बिना महिला मंडल के लिए यह संभव ही नहीं हुआ होता कि वे इतना घूम-फिर कर प्रचार करतीं और चुनाव में अपने आप को झोंक देतीं।

सामाजिक कामों में सर्वस्व झोंककर काम करनेवाली सुमन दीदी सोचती हैं कि हर औरत घर-गृहस्थी सम्हालकर इस तरह काम नहीं कर सकती। पर जो इस तरह काम करती हैं, उनकी सहायता तो आसपास की औरतें कर ही सकती हैं न। उनकी सहायता करनी चाहिए, उन्हें सहयोग देना चाहिए, महिला संगठन में शामिल होना चाहिए और महिलाओं के प्रश्न सुलझाने के लिए अपना स्वतंत्र अस्तित्व बनाए रखना चाहिए।

दोपहर में दो औरतें आईं। आड़ी साड़ी पहनी हुई। गले में काले मणियों की माला। पक्का काला रंग। नाक जरा-सी दबी हुई। माथे पर मोटी-सी बिंदी। उनके हाथ-पाँवों पर जरा भी बाल नहीं थे—चिकनी, चमकीली त्वचा।

परंतु एक का शरीर, चेहरा जला हुआ दिखाई दे रहा था। सिकुड़ी हुई त्वचा और जलने के सफेद दाग। एक का नाम बेबीताई दुमाडा और दूसरी जो जली हुई थी, हिराताई कंचुरला।

सुमन दीदी ने दरी बिछाई।"यहीं आराम से बैठिए।"

वे भी आराम से पसरकर बैठ गईं।

बेबीताई कह रही थी, "मुझसे कहते हैं कि औरत को शर्म बाकी नहीं रही। मुझे लवरेल कहते हैं।"

"लवरेल यानी?"

"लवरेल यानी जिसमें शर्म बाकी नहीं, जो नखरे करती हो... "सुमन दीदी ने कहा।

अशोक ने और स्पष्ट अर्थ बताया "निर्लज्ज!"

निर्लज्ज कहे जाने के कारण बेबीताई को बड़ी चोट पहुँची थी। गाँव के एक आदमी ने कहा था, "अब औरतों और बाँस में कोई फर्क ही नहीं रहा।" जैसे बाँस का नया हिस्सा जब बाहर निकलता है, तब उस पर चारों ओर से आवरण होता है, जैसे-जैसे वह बढ़ता जाता है, आवरण सूखकर झड़ जाता है। यानी, बचपन में तो सब ढँककर रखना और बड़े होने पर उतार फेंकना।

बेबीताई का गाँव है पाटघर। वह वारली जनजाति की है।

वह आंगनेबाड़ी सेविका है।

पढ़ाई चौथी कक्षा तक। उम्र चालीस के लगभग।

आंगनबाड़ी की सुपरवाइजर मैडम से हुए झगड़े ने उसके सामाजिक कार्य की नींव डाली।

उस मैडम ने कहा था, "बाकी की सारी औरतें मुझे अनाज देती हैं, अकेली तुम ही नहीं देती। देना पड़ेगा।"

सरकार की ओर से बच्चों के लिए मिलनेवाला अनाज...वह इस औरत को क्यों दिया जाए? वह भी बच्चों के मुँह का निवाला छीनकर?

बेबीताई को यह गँवारा नहीं हुआ। उसने साफ इनकार कर दिया।

सुपरवाइजर मैडम ने ऊपर शिकायत की। कहा कि यह औरत अनियमित है। तब गाँव के लोगों के अँगूठे लगवाकर बेबीताई ने आवेदन दिया, जिसमें साफ लिखा कि "सुपरवाइजर मैडम सब लोगों से अनाज लेती है। मैंने देने से इनकार किया, इसलिए झूठी शिकायत दर्ज की है।"

पूछताछ हुई।

बेबीताई का कहना सही निकला। औरों ने भी लिखित शिकायतें दर्ज कीं। आखिर सुपरवाइजर मैडम को निलंबित किया गया।

तब से बेबीताई का नाम आसपास के गाँवों में लोकप्रिय हो गया।

उससे लाभ उठाते हुए बेबीताई ने चुनाव लड़ने की सोची और जीत भी गई।

चुनाव जीतने के बाद से एक भी सभा में अनुपस्थित नहीं रही। दूसरे काम भी तेजी से करती रही। पहला काम था महिलाओं में एकता निर्माण करना। गाँव में चार बचत दल शुरू किए। पहले केवल कागज पर ग्रामसभा का आयोजन किया जाता था। अब वास्तव में सभाओं का आयोजन किया जाने लगा। उसमें महिलाओं की सहभागिता बढ़ाई। ग्रामसभा का महत्त्व लोगों को समझाया। हैंडपम्प लगवाकर पानी की समस्या सुलझाई।

बेबीताई का कहना है कि केवल चुने गए लोगों की ही जिम्मेदारियाँ या कर्तव्य

नहीं होते। ग्रामवासियों के भी तो कुछ कर्तव्य होते हैं, जिम्मेदारियाँ होती हैं। यदि वे निभाई जाएँ, तो गाँव का विकास अपने ही हाथ में होगा। लोग कहते हैं कि तुम चुनकर आई हो, तो तुम ही काम कर दो। यह ठीक नहीं है। बेबीताई ने स्कूल संबंधी एक अनुभव सुनाया।

"हमारी बस्ती में स्कूल नहीं था। गाँव का स्कूल नाले के उस पार। बरसात में बच्चे स्कूल कैसे जाएँगे? तब हमने स्कूल के लिए आवेदन दिया। तब हमें बताया गया कि बस्ती में बच्चों की संख्या कम है, इसलिए स्कूल नहीं हो सकता। हमारा प्रस्ताव ठंडे बस्ते में डाल दिया गया। तब मैंने रोज काम से लौटने के और घर के काम निपटाने के बाद घर-घर जाकर बच्चों की गिनती की। पाया कि छह से चौदह वर्ष की आयु के 35 बच्चे हमारी बस्ती में थे। उनकी सूची बनाई। जिला परिषद में भेजी। ग्राम पंचायत को उसकी एक प्रतिलिपि दी। इस तरह बस्ती में स्कूल शुरू करवाया।"

हिराबाई ने कहा, "काम एक बार करने से पूरा नहीं होता। उसकी पूँछ पकड़कर घूमते रहना पड़ता है। अन्यथा नजर बचाकर हाथ से निकल जाता है। अब गाँव में बिजली आई है, हैंडपम्प लगे हैं। स्कूल शुरू हुआ है। अस्पताल बनाने पर लगेगा कि काम पूरा हो गया। लोग घर का, पानी का, कर जमा करते हैं, बिजली का बिल चुकाते हैं, पर पानी न मिले, बिजली न रहे, अस्पताल में डॉक्टर न हो, तो कैसे काम चलेगा?

हमारी बस्ती के पीछे सड़क है। उसमें गहरे, घुटने तक के गड्ढे थे। बरसात में लोग फिसलकर गिर जाया करते थे। ग्रामसभा में यह प्रश्न उठाया। वहाँ भी अपने ही लोग। पर बात उड़ा देंगे, टालमटोल करेंगे। क्या कभी खुद गिरे हैं गड्ढे में? नहीं न? सरपंच ने तो यहाँ तक कहा कि वह सड़क नक्शे में है ही नहीं। पर मैंने पीछा नहीं छोड़ा। अब उस सड़क का काम शुरू हुआ है।"

काम चाहे कितना भी अच्छा क्यों न हो, अहंकार फन उठाता ही है। लोगों ने या तो विरोध किया, या फिर असहयोग की नीति अपनाई। पहले जब हैंडपम्प का काम शुरू किया, तो बाकी लोग नाराज हो गए, क्योंकि निरीक्षण के लिए आए अधिकारी पहले उसके घर गए। उनके साथ पूरे गाँव में घूमकर हैंडपम्प के लिए योग्य स्थानों का चयन किया। उस समय संदेश भेजे जाने के बावजूद कोई साथ नहीं आया। ऊपर से सुनाया कि 'बड़ी सरपंच हो गई है न, तो फिर करने दो उसी को काम। हम क्यों जाएँ?'

पर जगहें तय करने के बाद हल्ला मचाया कि उनसे पूछे बिना अपने आप तय कर लिया। जिनके घरों के पास हैंडपम्प लगनेवाले थे, उन्हें उसके खिलाफ भड़काया। लोग बीडीओ के पास शिकायतें लेकर गए। बीडीओ ने कहा, "यदि आप लोग आपस में झगड़नेवाले हैं, तो हैंडपम्प की मंजूरी रद्द कर देता हूँ और दूसरी बस्ती को मंजूर करता हूँ। आपकी सरपंच महोदया ने इतने चक्कर काटे, अनुवर्तन किया,

तब आपकी बस्ती को तीन हैंडपम्प मंजूर हुए हैं। आप ही लोगों को पानी की सुविधा न चाहिए हो, तो क्या किया जा सकता है।"

तब कहीं जाकर सब सीधे रास्ते आए।

फिर उनके घरों की औरतों ने भी उन्हें खूब खरी-खोटी सुनाई। कहा, "यहाँ हैंडपम्प नहीं चाहिए, वहाँ नहीं चाहिए, ऐसा कहने में आप लोगों का क्या जाता है, रोज चार-चार हंडे पानी भरकर दिखाइए और फिर कहिए।"

इस तरह हर काम में रोड़े अटकाने की कोशिश की गई।

आखिर काम तो पूरे हुए, पर ऐसा नहीं हुआ कि माँगा और मिल गया। इन चुनी गई औरतों के मन में यह डर तो रहता ही था कि उन्हें पहली बार मौका मिला है, काम का क्षेत्र नया है, काम की, तकनीक की, कानून की जानकारी नहीं है। इस के कारण चोट खाए हुए विरोधी, ग्रामसेवक और सरकारी कर्मचारी कहीं झंझट में न फँसा दें। अक्सर यह डर सच भी हो जाता था। कई बार उन्हें और उनके साथ की औरतों को गाँव के पुरुषों का विरोध झेलना पड़ा, घर में दबाव डाला गया। उनके प्रश्नों को अनदेखा करना, हँसी उड़ाना, उत्तर देने में टालमटोल करना यह सब चलता रहा। पर इन औरतों ने अपनी दृढ़ता नहीं छोड़ी।

अब, जब यह पता चल गया है कि औरतें जो कुछ भी कर रही हैं, गाँव के भले के लिए कर रही हैं, उनका विरोध कम होने लगा है और पुरुषों के हाथ भी सहायता के लिए आगे बढ़ने लगे हैं।

मैंने हिराबाई से कहा, "आपने किस तरह चुनाव जीता, किस तरह काम शुरू किए...यह सब भी जरा विस्तार से बताइए न।"

हिराबाई हँसकर बोली, "झूठ नहीं बोलूँगी दीदी, सीट आरक्षित हुई, इसलिए चुनाव के मैदान में उतरी। वर्ना कोई भी औरत उस रास्ते नहीं जाएगी। अपना अधिकार होते हुए जब इतना परेशान करते हैं, तो अधिकार न होने पर वैसे ही भगा देंगे, जैसे खेतों से जंगली सूअर को खदेड़ देते हैं। वे सोचते हैं...खेत भी उनका, फसल भी उनकी। दूसरा कोई उसमें मुँह डाले, तो वह चोर। अपनी जाति तक सीमित हो बात, तो भगत को अपनी ओर मिला सकते हैं। कुछ भगवान के नाम पर किया जा सकता है। पर दूसरी जाति के लोग हम आदिवासियों के भगवान को नहीं मानते। उन्हें कैसे समझाएँ?"

"भगवान के नाम पर करना...यह क्या चक्कर है?" मैंने पूछा।

वह तो एक बड़ा-सा किस्सा ही निकला।

हिराबाई के पहला बेटा हुआ। उसके शरीर पर जन्म से ही सफेद दाग थे। हर बस्ती में चर्चा शुरू हुई। आखिर भगत को बुलाया गया। उसने सूपे में चावल डालकर देखा और कहा कि यह बच्चा बरंभे का है।

वारली जनजाति में यह माना जाता है कि बच्चे के शरीर पर यदि जन्म से

ही सफेद दाग हों, तो वह बच्चा बरंभे का यानी भूत का होता है। बरंभा की कल्पना एक लंबे, गोरे और सुदर्शन व्यक्ति के रूप में की गई है। उसके बाल सफेद होते हैं, वह सफेद कपड़े ही पहनता है। गाँव के पास पुराने पीपल के पेड़ पर उसका निवास है और रात के समय वह गाँव में घूमता रहता है। युवा और सुंदर औरतों का पीछा कर वह उनके साथ संबंध बनाता है। उस औरत के सिवाय वह अन्य किसी को दिखाई नहीं देता। उस औरत को भी उसके आने का भान नहीं होता। सुबह होने से पहले वह चला जाता है। उस औरत को रात की बात सपने जैसी धुँधली सी याद आती है। यदि अविवाहित युवक की अकाल मृत्यु होती है, तो वह बरंभा बन जाता है। माना जाता है कि औरत यदि गले में चमड़े का ताबीज धारण कर ले और उस पर चमार के बर्तन का पानी छिड़क दे, तो बरंभा न उसे स्पर्श करता है, न कोई पीड़ा पहुँचाता है।

फिर जाति-पंचायत में मामला गया। पंचों का सवाल था कि बरंभा यदि हिराबाई को सता रहा था, तो वह पहले ही भगत के पास क्यों नहीं गई? इसका अर्थ यह हुआ कि उसके मन में भी दूसरे पुरुष की अभिलाषा रही होगी।

कहा गया कि हिराबाई को प्रायश्चित करना होगा, अन्यथा जाति से बाहर कर दी जाएगी।

हिराबाई ने प्रायश्चित करना स्वीकार किया। पंचों को शराब और मुर्गी के लिए जितने माँगे, उतने पैसे दिए। गाँव के बाहर सात भोगे एक लाईन में बनाए गए। भोगे यानी सूखी घास की छोटी झोंपड़ियाँ। उन्हें एक साथ जलाया गया और उन जलती हुई झोंपड़ियों में से हिराबाई भागते हुए आर-पार निकल गई। शरीर जल गया, पर जाति से बाहर कर दिए जाने का अपमान नहीं सहना पड़ा।

हिराबाई इस अनुभव को कभी नहीं भूल सकती थी। परंतु कई बार बुरी घटनाएँ भी अच्छा सबक सिखा जाती हैं। उसके साथ भी यही हुआ।

चुनाव के समय उसने सीधे भगत को ही अपनी ओर मिला लिया।

उसके शरीर में भगवान प्रकट हुए...भगवान ने कहा कि गाँव में बहुत बुरे-बुरे काम हो रहे हैं। देवी का कोप होनेवाला है। इस साल फसल अच्छी नहीं होगी। सबके कोठार खाली रह जाएँगे।

लोग घबराए। भगवान की शरण में गए। तब भगवान ने कहा कि किसी ऐसी औरत को कुर्सी पर बिठाओ, जिसने अपने अपराध का प्रायश्चित कर लिया हो।

गाँव में ऐसी एक ही औरत थी—हिराबाई!

बाकी के लोग भले ही न माने, पर वारलियों के समस्त मत हिराबाई को ही मिले।

उसके बाद पहली घरकुल योजना आई। उसके तहत पहला घर भगत को मिला।

"अब तक गाँव में किसी को मालूम नहीं है। पर इतना तो समझ लिया कि हम यदि तय कर लें, तो भूत के ही नहीं, हमारे हाथ भी लंबे हो सकते हैं...और सारी

औरतें यदि एक-दूसरी का हाथ पकड़ी रहें, तो काम अच्छे होंगे ही।" हिराबाई शरारत से मुस्कराते हुए बोली।

हिराबाई का यह रहस्य बेबीताई और सुमन दीदी जानती थीं। तहसील में होनेवाली सरपंचों की बैठक में उनकी अच्छी दोस्ती हो गई थी।

हिराबाई ने चुनाव के लिए जैसे भगत को अपनी ओर मिला लिया था, उसी तरह बाद में ग्रामसेवक को मिला लिया। उसके साथ संपर्क बनाए रखकर धीरे-धीरे सारे कामों की जानकारी प्राप्त की। उसी से पता चला कि नया बीडीओ आया है। वह एक अच्छा, उत्साही और युवा व्यक्ति है। उसने तहसील के सभी सरपंचों की एक और महिला सदस्यों की एक—कुल दो बैठकें प्रति माह आयोजित करना तय किया है।

तब हिराबाई हर बैठक में जाने लगी। वहीं उसका परिचय सुमन दीदी और बेबीताई से हुआ। तीन और महिला सरपंच थीं। एक अच्छा दल बन गया। मीटिंग के बाद भी एक-दूसरे से गपशप जारी रही। पता चला कि निर्वाचित औरतों की समस्याएँ सर्वत्र एक-सी हैं। तब इस बात पर चर्चा होने लगी कि उस समय किसने क्या किया, कैसे मार्ग खोजा। कभी मुश्किल आई, तो एक-दूसरे से सलाह-मशविरा करने लगीं। नई कल्पनाएँ सामने आईं।

इन सब बातों के लिए बीडीओ साहब का प्रोत्साहन तो था ही। उनका मत था कि काम के लिए पोषक और सहयोग का वातावरण तैयार करना और अपने कामकाज की जानकारी पाने के लिए स्त्रियों को समय दिया जाना आवश्यक है। इससे औरतों का भी आत्मविश्वास जागा और बढ़ता गया। जागरुक आदिवासी संगठन द्वारा आयोजित शिविरों से भी उन्हें काफी लाभ हुआ।

फॉर्म्स भरवा लिए।

बैठे-बैठे कुछ स्केचेस बनाए।

शाम तक काफी बातचीत हुई। उन दोनों को भी वापस जाना था। चाय पीकर वे निकल पड़ीं। अँधेरा होने से पहले वे पहुँचना चाहती थीं।

उनके साथ मैं भी कुछ दूर तक पैदल गई।

भीतर-बाहर से थकान। सारी शक्ति निचुड़ी हुई-सी लग रही थी। पिंडलियों की शिराएँ तन गई थीं। कमर में तेज दर्द। माहवारी के दिन नजदीक आने पर लगता था कि शरीर की सारी ताकत ही बहती जा रही है। केवल ताकत ही नहीं, और भी कुछ...जो शब्दों में नहीं कहा जा सकता।

अब इस ढलती शाम को मुँह में वही कसैला स्वाद जमा होने लगा था। लग

रहा था कि हाथ-पाँव तक हिलाए बिना चुपचाप पड़ी रहूँ। आखिर सुमन दीदी को बता ही दिया कि कमर में बहुत दर्द है।

"हमारी दवा दूँ, फुला दीदी?" उसने पूछा।

कुछ सूझ नहीं रहा था। केवल गर्दन हिला दी। वह बाहर गई और मैं घर में मुँह ढँककर लेटी रही।

काफी देर बाद सुमन दीदी एक थाली में गर्म चावल और उस पर रस्सा लेकर आई। स्वाद का पता नहीं चल रहा था, पर गर्माहट का एहसास अच्छा लग रहा था। खाकर लोटा भर पानी पी लिया। हरारत महसूस हो रही थी। सो गई।

सवेरे वापस जाना था। वैसे तो इस सारे दौरे में एकाध दिन आगे-पीछे होने की संभावना ध्यान में रखी ही थी, पर अब दो दिन यहीं निकल गए थे। चाह रही थी कि माहवारी शुरू होने से पहले घर पहुँच जाऊँ। उन दिनों में इस तरह जंगल में भटकना कुछ ठीक नहीं। दूसरे, ये लोग भी छुआछूत मानने वाले होते हैं। बिना बताए उनके घर में रहना या बताकर रहना—दोनों मुश्किल। परेशानी...औरत होने की परेशानी।

सुबह उठने पर इस खीझ में और बढ़ोतरी हुई। सुमन दीदी से पूछा कि "रात तुम मुझे कोई दवा देनेवाली थी न? क्या हुआ उसका?"

तो उसने कहा, "दे भी दी!"

"कब?"

"रात के खाने के समय ही दे दी थी!" उसने हँसते हुए कहा।

यानी, रात के उस रस्से में उसने कुछ मिलाया था। क्या था, पूछने पर बोली, "बताते नहीं।"

"क्यों?" मैंने पूछा।

"किसी-किसी को उलटी आ जाती है।"

"अब तो तुम्हें बताना ही पड़ेगा कि तुमने मुझे क्या खिला दिया। अन्यथा मेरी रातों की नींद हराम हो जाएगी।" मैंने तड़पकर पूछा।

"कमर में दर्द हो न दीदी, तो देंडोका का रस पिलाते हैं हम।"

"क्या कहा?" मैं उछल पड़ी।

देंडोका यानी मेंढक! रात को चावल के साथ मैंने क्या खाया—मेंढक?

पेट में मरोड-सी होने लगी।

"पूरा मेंढक नहीं देते हैं। उसकी केवल तंगडी। कहते हैं कि इससे कमर मजबूत हो जाती है। तीन बार पीना चाहिए। तुम और दो दिन रह जाओ ना। कहाँ-कहाँ भटक रही हो। आराम कर लो जरा। मैं पका दूँगी। कल रात जरा छोटा मिला था। आज हरि बड़ा-सा ढूँढ कर ले आएगा।"

मैंने हाथ जोड़ दिए। कहा, "बहुत हो गया। मेंढक की टाँग एक बार ही बस।

अब और नहीं।"

वैसे भी शुरू से ही अशोक ने गोह, जंगली सूअर, बेलकडा, भालू और न जाने क्या-क्या बताया था। इसमें मेंढक और जुड़ गया। वड़गाँव की उस बूढ़ी ने तो आशा से कहा था की रतौंधी हो, तो चमगीदड़ खा लेना। तकदीर अच्छी है मेरी कि मुझे रतौंधी नहीं है! फिर भी, आज मुझ पर भी एक आजमाइश हो ही गई !

यह औरत इतनी रात को, अँधेरे में, मेरी कमर में दर्द जानकर मेरे लिए मेंढक ढूँढते घूम रही थी! घर के, नाते-रिश्ते के लोग दूर हो गए, जिन पर अधिकार था, उन्होंने अपना मतलब पूरा होते ही किनारा कर लिया। अब किसी की भलाई भी बोझ लगने लगी है।

फिर एकाएक खयाल आया, करुणा से यदि कह दूँ कि मैंने मेंढक खाया है, तो? कैसा हो जाएगा उसका चेहरा? मैं अनजाने में मुस्करा उठी।

मुझे हँसता देख सुमन दीदी का चेहरा भी तनाव रहित हो गया। वह डर रही थी कि शायद मैं नाराज हो जाऊँगी कि बिना पूछे न जाने क्या खिला दिया!

सुमन दीदी ने चावल पकाए थे। साथ में किन्हीं पत्तियों की सब्जी। कह रही थी कि पेट के लिए यह सब्जी बहुत अच्छी होती है। हमने खाना खाया।

फिर वह आधी गीली जींस की पैंट वैसे ही बैग में ठूँस दी और अशोक से कहा, "चलो, अब चलें!"

अशोक ने कहा, "सब बातें हो गईं ठीक तरह से?"

"हाँ, हो गईं।" मैंने कहा। "पर ऐसा क्यों पूछ रहे हो?"

"यों ही।"

"सुमन दीदी कितनी ग्रेट हैं न।" मैं अभिभूत हो गई थी।

"हाँ..." अशोक ने कोई उत्साह नहीं दर्शाया।

तब मुझे लगा कि और भी कुछ बाकी है, जो अधिक महत्त्वपूर्ण है। पर या तो मुझे मालूम नहीं है, या मेरी समझ में नहीं आया है। कुरेद-कुरेद कर अशोक से पूछा, पर वह संभ्रम में था कि बताना चाहिए या नहीं। आखिर बोला, "सुमन दीदी अध्यक्ष हो गई ना, यह बात हरिदा को पसंद नहीं थी..."

"क्यों?" मेरी तुरंत प्रतिक्रिया थी, पर साथ ही अपने प्रश्न की निरर्थकता भी महसूस हो गई थी।

"पहले संगठन के काम के लिए कहीं भी जाना होता, तो दोनों साथ जाया करते थे, चाहे मीटिंग हो या मोर्चा। पर अध्यक्ष बनने के बाद सुमन दीदी का घूमना बढ़ गया। साथ ही सेक्रेटरी सुदामभाई...इसलिए कभी सुदामभाई के साथ जाना पड़ता। जाने पर कभी ठहरना भी पड़ता। शक में हरिदा बहुत पीटता था उसे।"

"पर क्या संगठन ने इस मामले में कोई ध्यान नहीं दिया?"

"पता चलने पर दीदी ने हरिदा की खूब खिंचाई की। बहुत समझाया। कहा कि कार्यकर्ताओं को इस तरह पिछड़े हुए जैसा सोचने से काम नहीं चलेगा। वह भी हाँ, हाँ कहता रहा। बोला कि आपकी बात सही है, मैं दुबारा नहीं मारूँगा। अब सुमन दीदी ने भी संगठन का काम कुछ कम कर दिया है। कहीं जाना हो, तो हरिदा के साथ ही जाती है। अब गाँव के कामों की ओर ज्यादा ध्यान देती है।"

"पर अशोक, क्या तुम्हें नहीं लगता कि संगठन का काम अधिक व्यापक स्तर का है?"

"ऐसी कोई बात नहीं फुला दीदी।"

"क्यों? ऐसा क्यों सोचते हो तुम?"

"गाँव का काम हम खुद तय कर सकते हैं दीदी। अपने फैसले बाहरी लोग नहीं करते।"

"बाहरी लोग यानी?"

"यानी तुम्हारी तरह के गैर आदिवासी लोग! वे जैसा कहते हैं, हमें वैसे नाचना पड़ता है। हम कोई काम करना चाहें, तो वे मना कर देते हैं। जितना कहा गया है, वही और उतना ही काम उसी तरीके से करना पड़ता है।"

'बाहरी' शब्द ने मुझे चौंका दिया था। कुछ चोट भी लगी। लगा कि मैं इतना घुल मिलकर, दिल लगाकर काम करने की कोशिश कर रही हूँ और फिर भी मैं 'बाहरी' हूँ...मैंने तो खैर बहुत कम...एक प्रतिशत भी काम नहीं किया है। पर जिन्होंने इस काम में जीवन झोंक दिया है, उन्हें कैसा लगा होगा उन्हें 'बाहरी' कहने पर? बेचैन हो गई मैं। पर अशोक के अनुभव भी महत्त्वपूर्ण थे। उन्हीं से तो उसने ये निष्कर्ष निकाले होंगे।

मुझे वह रेप केस की घटना याद आई।

अशोक को समझाते हुए मैंने कहा, "ऐसी बात नहीं है अशोक। जब इतना बड़ा संगठन हो, तो काम का विभाजन करना ही पड़ता है। हरेक के लिए व्यक्तिगत स्तर पर निर्णय नहीं लिए जा सकते। सारी बातों का समग्र विचार करना पड़ता है। और, तुम जो कह रहे हो—बाहरी लोग—यानी गैर आदिवासी लोग—यह मुद्दा मुझे ठीक नहीं लगता। आदिवासी आदिवासियों के लिए, दलित दलितों के लिए, औरतें औरतों के लिए...इस तरीके से काम नहीं हुआ करते। काम में ऐसा विचार किया भी नहीं जाना चाहिए। अरे, हम सब इंसान ही हैं।"

अशोक कुछ बोला नहीं, केवल जरा-सा हँस दिया—उपहास से।

मुझे लगा, उसके अनुभव शायद कुछ ज्यादा ही नकारात्मक होंगे।

अगले मोड़ से अशोक ने दूसरा रास्ता पकड़ा। पूछने पर बोला, "इस तरह बहुत घूमना, देखना हो जाता है दीदी। नए पेड़ मिलते हैं, पंछी दिखते हैं। जंगल

की जानकारी मिलती है। नई जगहें मालूम पड़ती हैं। पता चलता है कि मधुमक्खियों का छत्ता कहाँ है और भालू का निवास कहाँ है। इस तरह घूमने-फिरने के कारण ही मुझे इधर के सारे रास्ते मालूम हो गए हैं।"

मैंने कहा, "सच है। घूमने के कारण अपने आप ही कई रास्तों की जानकारी मिल जाती है...उन रास्तों की भी, जिनका होना भी ज्ञात न हो...ऐसे अनेक रास्ते..."

अशोक ने कहा, "हमारे यहाँ एक कहावत है दीदी,–वाघ पेटं, पण वाघाची शेपूट नाय पेटं।"

"मतलब?" मैंने पूछा।

"यानी...यानी जंगल भले ही जल जाए, सड़क नहीं जलती!" उसने जवाब दिया।

6

आखिर तय किया कि 'जागरुक आदिवासी संगठन' के गेस्ट हाऊस में दो-चार दिन रुक जाऊँ। हो सके तो बहुत दूर गए बिना पास के ही इलाके में घूमूँ, या कुछ सुस्ता लूँ। मन में यह भी था कि उनके कार्यकर्ताओं के साथ भी विस्तार से बातचीत हो जाएगी, उनके काम का स्वरूप समझा जा सकेगा। विश्राम की जरूरत तो थी ही।

संगठन के कुछ लोगों को अब मैं पहचानने लगी थी।

आसपास के इलाके से ऐरो कर्मचारी आते थे, जो आदिवासी नहीं थे। पर इनमें से सामाजिक शिक्षा के स्नातकों के अलावा अन्य कर्मचारियों को कोई कार्यकर्ता नहीं मानता था। इन सभी को 'बाहरी' समझा जाता था।

नई जाति व्यवस्था–और क्या!

यहाँ का पुस्तकालय अच्छा था। सामाजिक, राजनीतिक संदर्भों वाली नई-पुरानी किताबों का अच्छा संग्रह था। तय किया कि उनका कुछ इस्तेमाल करूँ।

पुणे के 'आलोचना संशोधन केन्द्र' द्वारा प्रकाशित 'पंचायत राज' विषयक कुछ अच्छी पुस्तिकाएँ मिलीं।

कुछ नोट्स बनाए। रिपोर्ट लिखते समय उनका उपयोग होगा। लगा कि अविश्वास के प्रस्ताव के बारे में भी पूरी तकनीकी जानकारी मिलनी चाहिए। पुस्तकालय में ढूँढ रही थी, कि सुकुरभाई आए। साथ में एक औरत। युवा, लड़की जैसी ही। ठीक-ठाक। पाँच गज की साड़ी पहने हुए। पल्लू में पिन लगाकर मैचिंग ब्लाऊज पहने–सुव्यवस्थित।

सुकुरभाई ने कहा, "दीदी ने कहा है कि इनसे बात कर लें। कहा है कि इनका मामला जानना आपके काम का होगा।"

मैंने सहमति दर्शाई। पुस्तकालय वैसे खाली था। आम तौर पर भोजन

अवकाश के दौरान यहाँ समाचार-पत्र पढ़नेवालों की भीड़ हो जाती है। अभी उसके लिए काफी देर थी। कहा, "यहीं बैठकर बातें करेंगे।"

उसने 'हाँ' कहा।

एक टेबल पर आमने-सामने बैठीं। उसके साथ और दो औरतें भी आकर बैठीं।

"नाम क्या है तुम्हारा?" मैंने पूछा।

"गिरजा।" उसने जवाब दिया।

"गाँव?"

"पास ही है। काजरली गाँव, टेंबरपाड़ा।"

दो मिनट खामोशी में बीते। एकाएक सूझा ही नहीं कि क्या पूछूँ। इतने में वह बोली, "दीदी ने बताया कि तुम निर्वाचित औरतों के बारे में कोई काम कर रही हो...तो मिल लो। मैं उपसरपंच थी ना!"

"थी मतलब? क्या अब नहीं हो?"

"वह...अविश्वास का प्रस्ताव पास किया ना मुझ पर और सरपंच पर। उसी काम के सिलसिले में संगठन में आई हूँ।" उसने कहा।

अविश्वास प्रस्ताव की एक और कहानी। मैंने गहरी साँस ली।

"तुम्हारा नाम क्या है दीदी?"

"प्रफुल्ला। पर अब सब लोग फुला दीदी ही कहते हैं। तुम भी यही कहो।"

अभी तक न मन ठीक हुआ था, न शरीर। चिड़चिड़ाहट हो रही थी। इस हालत में ऐसी कोई बात सुनने का मन नहीं था। पर गिरजा सामने आकर बैठी थी और काम की दृष्टि से देखें, तो सुनना जरूरी था।

डॉ. दयाल ने कहा था, "अपने वैयक्तिक जीवन में कुछ समस्याओं का होना और उनका होना स्वीकार करना—यह कोई हमारी दुर्बलता नहीं होती प्रफुल्ला। परंतु उन्हीं से लिपटे रहने का कोई मतलब भी नहीं होता। कार्यकर्ताओं को समझ लेना चाहिए कि उन्हें अपने आप में भी परिवर्तन लाना ही है। कार्यकर्ता को हमेशा नई दिशाएँ दिखाई देनी चाहिए और उन दिशाओं की ओर जानेवाले रास्ते भी बनाना उसे आना चाहिए। अपने में होनेवाला परिवर्तन केवल अपना वैयक्तिक मामला नहीं होता, बल्कि परिवर्तन के आंदोलन की यह अपरिहार्य आवश्यकता होती है।"

डॉ. दयाल के शब्दों को याद करते हुए मन कड़ा बना लिया।

अपना खुद का विचार पीछे धकेल दिया।

और हाथ में कागज-पेन लेकर गिरजा की बातों पर ध्यान केन्द्रित किया।

गिरजा की बस्ती मुख्य सड़क से दो-ढाई किलोमीटर भीतर है। गाँव की सीमा पर ही 'स्त्री विकास समिति' का बोर्ड लगा है। इस गाँव के तीन बचत दलों की लगभग 50 औरतों ने मिलकर 15 अगस्त की ग्रामसभा के बाद इस बोर्ड का अनावरण किया। इस समिति की अध्यक्ष गिरजा है। काजरली ग्राम पंचायत की उपसरपंच। पिछले पंचवार्षिक चुनाव में भी गिरजा ग्राम पंचायत में चुनी गई थी। उस समय वह केवल सदस्य थी।

हर महीने की एक तारीख को गाँव के सभी बचत दलों की बैठक होती है। पहले प्रत्येक दल के पैसों का लेन-देन स्वतंत्र रूप से होता है। फिर सब मिलकर गाँव से संबंधित यदि कोई समस्या हो, तो उस पर चर्चा करते हैं। गिरजा मासिक बैठकों में इन प्रश्नों का अनुवर्तन करती है।

गिरजा जब केवल सदस्य थी, तब बुलाने पर पंचायत में जाया करती थी। कुछ देर बैठती, हस्ताक्षर करती और फिर निकलने की धुन में होती। कभी काम की तरफ ध्यान देने की उसने सोची ही नहीं थी। पर जब बचत दलों की स्थापना हुई, तो अधिक जागरुकता आई।

"तब मुझे ख्याल आया कि जब मैं केवल सदस्य थी, तब केवल अपनी अड़चनें सुनाने के लिए ही पंचायत में जाया करती थी। अपने अधिकार का इस्तेमाल कभी करती ही नहीं थी। फिर मुझे अपनी जिम्मेदारी का एहसास हुआ। ग्रामसेवक से पूरी जानकारी ठीक तरह से लेकर काम करना शुरू किया।" गिरजा ने कहा।

उसके साथ आई नीलाबाई बोली, "पहले जब हम ग्राम पंचायत में जाती थीं, तो लगता था कि पुरुषों के बीच कैसे जाएँ। मन डरता था। अब उपसरपंच हममें से ही एक है। आते-जाते हम सहज ही उससे कुछ भी पूछ सकते हैं। अपने प्रश्नों का हल ढूँढ सकते हैं। पहले ग्रामसेवक कब आया और कब गया, कुछ पता भी नहीं चलता था। अब हम उससे अधिकारपूर्वक पूछते हैं कि हमारे काम का क्या हुआ। पूछेंगे नहीं, तो काम कैसे होगा?"

गिरजा ने कहा, "मैं तो कई बार घर का काम एक ओर रख देती हूँ और लोगों के काम समय पर निपटाती हूँ।"

किसी की राशनकार्ड की समस्या है, किसी का सिलाई मशीन का मामला, बचत दल के माध्यम से शुरू करनेवाले रोजगार, गाँव तक राज्य परिवहन की बस का आगमन...ऐसे कई प्रश्न थे, जिनको सुलझाने के लिए गिरजा ने पूरी ताकत से काम किया।

गाँव में अच्छी सड़क नहीं थी। गाँव की औरतों ने आगे बढ़कर दो किलोमीटर लंबी सड़क बनाई। शिकायत महिलाओं की ही थी। मानो कि बिजली, पानी, सड़कें, शौचालय ये सब औरतों के ही प्रश्न होते हैं, पुरुषों का इनसे कोई लेना-देना नहीं होता। पहले बचत दल की मीटिंग में चर्चा हुई। फिर ग्राम पंचायत की बैठक में

गिरजा ने यह प्रश्न उपस्थित किया। पर सचमुच बजट नहीं था। तब श्रमदान की बात निकली। हर मंगलवार को गाँव के लोगों को मजदूरी के काम से छुट्टी मिलती थी। तय किया कि उस दिन सड़क का काम किया जाए। प्रत्येक परिवार से कम-से-कम एक आदमी श्रमदान के लिए आना चाहिए, अन्यथा 51 रुपये दंड भरना होगा। इस तरह गाँव के स्त्री-पुरुषों के श्रमदान से कच्ची ही सही, पर सड़क तैयार हो गई।

गिरजा ने कहा, "अब पंचायत से पक्की सड़क का प्रस्ताव मंजूर करवाया है। कहा था कि दो महीने में काम शुरू हो जाएगा। यदि बताए गए समय पर काम शुरू नहीं हुआ, तो हम पंचायत के कार्यालय के सामने रास्ता रोको आंदोलन करेंगी।"

"पर अब कैसे क्या किया जा सकता है गिरजा?" गिरजा के साथवाली औरत ने पूछा। उसका संकेत छूट चुके पद की ओर था।

गिरजा ने बात समझी, शांतिपूर्वक बोली, "कुर्सी क्या हमेशा कूल्हे से चिपकी रहेगी? कुर्सी न हो तो भी हमारे हाथ-पाँव हैं। बोलने के लिए मुँह है। बहुत है। तुम सब साथ तो हो न, करेंगे कुछ न कुछ। जब तुममें से कोई साथ नहीं था और कुर्सी भी नहीं थी, तब भी काम तो कर ही रही थी मैं।"

यह बात सोलहों आने सच थी। उसे इस बात का पूरा एहसास था कि सत्ता उपभोग का केन्द्र नहीं होती, बल्कि लोगों के विकास के लिए काम करने का साधन है।

पहले औरतों से बार-बार कहने पर भी वे सभा या मीटिंग में नहीं आती थीं। मोर्चा वगैरह तो दूर की बात। गिरजा को हमेशा लगता था कि कम-से-कम एक बार तो वे एकत्र आएँ, तब उन्हें भी एकता की मिठास मालूम होगी। यही बात एक बार उसने संगठन की मीटिंग में कही थी। तब संगठन की सहायता से कार्यक्रम बनाया गया।

तय हुआ कि पूरी तहसील में संगठन की जो सदस्य महिलाएँ हैं, वे काजरली के टेंबरपाड़े में जमा हों। तब गाँव की औरतों को भी आना पड़ा। हिरवादेवी की पालकी निकालना तय किया। ग्राम सभा के साथ इस कार्यक्रम को जोड़ा गया। काफी औरतें एकत्र हुईं।

संगठन का सबसे पुराना कार्यकर्ता था गोमाभाऊ। एकदम बूढ़ा। संगठन ने बँधुआ मजदूरों को मुक्त किया, उनमें वह भी था। पहले कभी-कभार कुछ भगतगिरी किया करता था। उसे कई गीत याद थे। वह आया। हिरवादेवी की पालकी के साथ वन विभाग से लाए गए पौधे भी सिर पर उठाकर लोगों ने जुलूस निकाला। साथ में संगठन के लोगों ने 'पेड़ लगाओ, पेड़ बचाओ' के बैनर भी तैयार कर दिए थे।

'पैसा बड़ा और इंसान छोटा, सरकार की ये सोच बदल दो
भाइयो-बहनो, भाइयो-बहनो, जंगल बचाओ!'

...गोमाभाई के ऐसे गीतों ने कार्यक्रम में जान डाल दी। मजेदार बातों के साथ

एक बढ़िया-सा भाषण भी दे डाला उसने। फिर सबको एक-एक पौधा अपने घर या खेत में लगाने के लिए सरपंच के हाथों वितरित किया गया।

बाद में भी कई दिनों तक औरतों के बीच इसकी चर्चा होती रही। धीरे-धीरे औरतों ने अन्य कार्यक्रमों में, सभाओं में आना शुरू किया।

'महिला राजसत्ता आंदोलन' द्वारा सायगाटा में मेले का आयोजन किया गया, जिसमें जाने का अवसर मिला। यही अवसर अगले कामों की दृष्टि से निर्णायक अवसर सिद्ध हुआ। मेले में कई अनुभवों का आदान-प्रदान हुआ। नेतृत्व करनेवाली महिलाओं के विचार सुने। उनका दृढ़ निश्चय देखा। इस बात का तीव्र एहसास हुआ कि ग्राम पंचायत की सदस्य होते हुए भी मैंने कोई खास काम नहीं किया।

यह अगले पंचवार्षिक चुनावों का समय था।

गिरजा फिर से चुनाव के मैदान में उतरी। पहले कभी उसकी ओर से कोई परेशानी नहीं हुई थी, इसलिए स्थानीय नेताओं ने इस बार भी उसे समर्थन दिया। वह चुन ली गई और इस बार आरक्षित सीट के कारण वह उपसरपंच भी बनी।

गिरजा ने तय कर लिया कि पहला मौका अज्ञान के कारण गँवा दिया था, पर इस बार मौके का पूरा फायदा उठाना होगा।

जिस तेजी से उसने काम किया, उससे सब लोग चकित रह गए। मुश्किल से एक वर्ष के कालखंड में उसने गाँव की अनेक समस्याओं को सुलझाने की ओर ध्यान दिया।

स्वाभाविक ही उसने पहले औरतों से संबंधित काम हाथ में लिए। इस बात की ओर पूरा ध्यान दिया कि मातृत्व योजना का लाभ गर्भवती महिलाओं को मिलता है या नहीं और वे नियमित रूप से जाँच करवाती हैं या नहीं? वे ठीक तरह से पैसे लेती हैं या नहीं?

उसकी नौकरी तो आंगनबाड़ी सेविका की थी। वह काम तो अथक रूप से चल ही रहा था। वह ध्यान रखती थी कि गर्भवती औरतें और स्तनपान करानेवाली औरतें आंगनबाड़ी में मिलनेवाला भोजन लेने के लिए आती हैं या नहीं। वह उन्हें अपना खाना घर पर नहीं ले जाने देती थी और वहीं बैठकर खाने के लिए कहती थी। कारण यह था कि वह खाना उन्हीं के पेट में जाए और उन्हें कुछ देर आराम से बैठने को मिले। एक दूसरे के साथ वे सुख-दुख बाँट सकें। एक और काम यह देखने का था कि आरोग्य सेविका घर-घर पहुँचती है या नहीं? वैसे तो ये काम किसी की नजर में आनेवाले काम नहीं थे, पर शुरुआत अच्छी हुई।

फिर उसने काम आगे बढ़ाए। गाँव में साल भर में तीन बचत दल बनाए।

यहाँ गर्मी में पीने के पानी का घोर अभाव होता था और रोजगार का अकाल तो साल भर ही बना रहता था। गर्मी के दिनों में अधिकांश लोग स्थलांतर करते थे। तब ग्राम पंचायत में कहकर, चर्चा कर गाँव में तालाब की खोदाई का काम शुरू

किया। यह ध्यान रखा गया कि हर परिवार के कम-से-कम एक आदमी को रोजगार मिले। पर यहीं से फुसफुसाहट शुरू हुई। उसने लोगों को संगठित किया और अंतिम किश्त की मजदूरी की रकम देने में टालमटोल करनेवाले इंजीनीयर के यहाँ मोर्चा ले गई। लोगों के पैसे दिलवाए। तब उसका नाम हुआ और पुरुष सदस्यों के पेट में दर्द उठने लगा।

गिरजा ने गर्व के साथ बताया, "छह महीनों में हमने अठारह घरकुल बनाए। इसमें पाँच पैसों का भी भ्रष्टाचार नहीं हुआ।"

किसी भी काम के लिए गाँव से बाहर जाना पड़े, तो उसने गाँव के बुजुर्गों और सम्माननीय व्यक्तियों की सलाह लेकर ही जाना शुरू किया। उनसे वह आदरपूर्वक कहती कि आपके अनुभवों से लाभ होता है। परंतु इस युक्ति से उसे ज्यादा लाभ नहीं हुआ। साल भर के भीतर ही गिरजा के विरुद्ध अविश्वास का प्रस्ताव लाया गया।

इस प्रस्ताव के प्रमुख आरोप थे कि वह मनमानी करती है, लाभार्थियों का चुनाव एकतरफा किया जाता है और सबसे बड़ी बात यह कि गाँव में होनेवाले बाल-विवाह रोकती नहीं।

"इस तरह मेरा अपमान करने की बजाय मुझसे सीधे त्यागपत्र माँग लेते। एक भी आरोप सिद्ध नहीं कर पाए, पर तहसीलदार को अपनी ओर मिलाकर प्रस्ताव मंजूर कराया।" कहते हुए गिरजा की आँखें भर आईं। पर क्षण भर के लिए ही। "मैं भले ही हार जाऊँ, पर अपने विरोधियों को यह बताए बिना नहीं रहूँगी कि उनका मार्ग गलत था।" उसने अपना निश्चय व्यक्त किया।

"दीदी, आपसे कहती हूँ, संख्या के बल पर बहुमत को मान्यता देनेवाली व्यवस्था को अपना निर्णय बदलने के लिए बाध्य किया जाना चाहिए।" संगठन के समर्थन के बारे में उसने बताना शुरू किया।

इस बीच सुकुरभाई भी आ बैठे थे। उन्होंने कहा, "गिरजा को बैठक के समय बिल्कुल अंतिम क्षणों में नोटिस मिला। उसके विरोध में हमने ऊपर जिलाधिकारी से फरियाद की। पर हमारे आवेदन पर विचार तक नहीं किया गया। तहसीलदार की भूमिका संदेहास्पद थी। अविश्वास प्रस्ताव की खबर गाँव भर में फैल गई। लोग क्रोधित हुए, विशेष रूप से औरतें ज्यादा। फिर प्रस्ताव की सभा के समय गिरजा पर विश्वास व्यक्त करने के लिए ग्राम पंचायत कार्यालय के बाहर डेढ़-दो सौ लोग जमा हो गए। उनके डर से अविस्वास प्रस्ताव लानेवाले सदस्यों को तहसीलदार से संरक्षण की माँग करनी पड़ी।

तब संगठन ने इस मामले में ध्यान दिया। कोशिश की कि और क्या किया जा सकता है। जब पता चला कि विलंब माफी माँगकर अपील किया जा सकता है, तब हम गिरजा को लेकर जिला कार्यालय में गए। अतिरिक्त जिलाधिकारी से मिलकर अपील देने का प्रयास किया। पर उन्होंने कहा, 'इस प्रकार का अपील

स्वीकार करने का अधिकार केवल जिलाधिकारी को ही है।'' उन्होंने हमें इस तरह टरका दिया।

जिलाधिकारी दो दिन बाद आनेवाले थे। हम वापस आए और दो दिन बाद फिर गए। दोपहर से तीन चिट्ठियाँ भीतर भेजने के बावजूद जिलाधिकारी मिलने के लिए तैयार ही नहीं थे। आखिर शाम साढे पाँच बजे हमने तय किया कि उनके केबिन में घुसेंगे। बार-बार गाँव जाकर आना तो संभव नहीं था। इतने में ग्राम पंचायत की हेडक्लर्क बाहर निकलीं। उन्होंने केस पढ़ा और शांतिपूर्वक कहा, ''यह मामला हमारे विभाग में नहीं आता। आप लोग यह मामला जव्हार में दाखिल कीजिए।''

जब उनसे पूछा कि ''यह पहले क्यों नहीं बताया?'' तो उनके पास कोई जवाब नहीं था।

दूसरे दिन जव्हार में गए अपील करने के लिए, तो अपर जिलाधिकारी नहीं थे। वहाँ पता चला कि वकील के जरिए ही यह मामला दाखिल किया जा सकता है। तो वापस संगठन में लौटे। वकील की खोज की। उनके जरिए गिरजा का आवेदन दाखिल किया।

सुकुरभाई ने पूरा मामला विस्तार से बताया।

"इन आठ दिनों से यही सब चल रहा है। सब देखकर पता नहीं चल रहा है हँसूँ या रोऊँ।" गिरजा ने कहा।

यह मामला इस बात का उत्तम उदाहरण था कि सरकारी कार्य पद्धति के बारे में सरकारी कार्यालय के कर्मचारियों और उनके वरिष्ठ अधिकारियों की जानकारी भी कितनी कम होती है। इन लोगों को इस बात से कोई लेना-देना नहीं होता कि केस दाखिल करने के लिए आनेवाली जनता को क्या भुगतना पड़ता है।

"अब तो शराब की भट्टी लगानेवालों के बरामदे में गाँव के विरोधियों की बैठकें होती हैं। उनका क्या चल रहा है, कुछ पता नहीं।" गिरजा ने कहा।

"इस सारे मामले में तुम्हारे घर के लोगों का क्या कहना है? क्या तुम्हें उनका समर्थन प्राप्त है?" मैंने पूछा।

उसके साथ आई महिला ने कहा, "इसने शादी कहाँ की है? बाप के घर ही तो रहती है।"

"शादी तो करनी ही नहीं है।" गिरजा बोली। "शादी कर लूँ तो मुझे समाज के लिए जो करना है, वह करते समय हर बार पति की अनुमति लेनी पड़ेगी। फिर पाँच-दस रुपयों के लिए उसके सामने हाथ फैलाने पड़ेंगे। मैं खुद भले ही कमाती हूँ, पर खर्च करने से पहले उससे पूछना पड़ेगा। यह मुझे पसंद नहीं। ऊपर से, यदि वह शराबी हुआ, तो उसका पोषण भी मुझे ही करना पड़ेगा।"

"क्या आपको कुरपंडी की सरपंच महोदया के बारे में मालूम है?" सुकुरभाई

ने पूछा।

"नहीं तो। क्या?"

"पहले उसका पति ही पैसे लेता है। पूछता है कि तुम लोगों के काम करने के लिए क्या सरपंच को वेतन मिलता है। घरकुल योजना के लिए नाम देना हो या किसी कागज पर केवल हस्ताक्षर कराने हों, पहले उसके हाथ गीले करने पड़ते हैं।"

"वह बाल विवाह का क्या मामला था?" मैंने पूछा।

"अब गाँव में क्या होता है दीदी, लड़की बड़ी हो जाए, तो शादी कर डालते हैं। न करें, तो किसी का हाथ पकड़कर भाग जाती है। यदि वह स्कूल में पढ़ती न हो और दूसरा कोई काम भी न करती हो, तो उसे घर में रखकर भी क्या करना है? हम लाख कानून की जानकारी दें, पर क्या कोई सुननेवाला है? जिन्होंने यह मुद्दा उठाया था, उनकी बेटियों की भी शादियाँ तो ऐसे ही हुई थीं। तब उन्हें कानून की याद नहीं आई। फिर भी, बात चली, तो मैं गई थी लड़की के बाप के पास। उसने कहा, तुमने तो शादी नहीं की, क्या अपनी बेटी को भी ऐसे ही बिठाए रखूँ? और यदि वह किसी का हाथ पकड़कर भाग जाए, तो क्या मेरी इज्जत लौटा सकोगी तुम? उसकी बात भी सच थी। केवल विरोध के लिए ही यह मुद्दा उठाया था, वर्ना सारे गाँव में ऐसा ही तो चल रहा है।" गिरजा ने बताया।

"तो, अब क्या करने का इरादा है तुम्हारा?" मैंने पूछा।

"मुकदमा लड़ूँगी।" उसने अपना निश्चय व्यक्त किया।

दूसरे दिन नाश्ता करने के बाद पुस्तकालय में आकर आराम से लिखने-पढ़ने का काम करते बैठी। दो-तीन घंटे शांति से बीते। आदिवासियों से संबंधित कानूनों की कुछ जानकारी हासिल हुई। जब पूछा कि क्या संगठन के कुछ केस स्टडीज लिखे हुए हैं, तो पता चला कि यहाँ का डाक्यूमेंटेशन बहुत ही सामान्य था। कुछ रिपोर्टें थीं, उन पर सरसरी तौर पर नजर डाली, पर जानती थी कि उसमें से कुछ ज्यादा हाथ नहीं आएगा।

बीच में ऊब जाने पर कुछ देर बगीचे में टहलती रही।

वापस लौटी, तो टेबल के बाजू में नीचे एक औरत पीठ फेरे लेटी हुई थी। शायद गर्भवती थी। उसके पास एक युवक चुपचाप बैठा था। मुझे देखकर उठने लगा, तो मैंने उसे बैठे रहने का संकेत किया। मैंने किताब में आँखें गड़ा दी।

बीच-बीच में वह औरत कराह रही थी।

शरीर पर एक फटी-सी चादर। कुछ देर बाद उसने उस युवक से कुछ कहा। तब वह उसके पाँव दबाने लगा। फिर भी उसका कराहना कम नहीं हो रहा था। आखिर युवक ने खड़े होकर उसके पैरों को पाँव से दबाना शुरू किया।

आसपास के लोग, किताबें...उनके लिए जैसे यह सब कुछ था ही नहीं। वे

दोनों अपने दुख में इतने चूर थे कि मुझे उनसे कुछ पूछने का भी मन नहीं हुआ।

पुस्तक से ध्यान उचट गया।

फिर बाहर निकली।

मेस की ओर जाती हुई जिजा को देखा, तो उसे पुकारा और उसके साथ गई यह सोचकर कि फिर एक बार चाय पी लूँ। दो चाय देने के लिए कहा, तो जिजा ने कहा, "दो कप चाय लाइब्रेरी में भी भेज देना।"

"कौन हैं वे दोनों?" मुझसे पूछे बिना नहीं रहा गया।

"वह परसों का मामला याद नहीं? तुमने देखा तो था फुला दीदी।" जिजा ने कहा। "वह सगनीबाई है।"

"सगनीबाई?" मैं चौंक पड़ी। "क्या हुआ उसे?"

"नीलामी!" जिजा ने कहा।

जिस बात को टालने के लिए जिजा जी-जान से जुटी थी, आखिर वह होकर रही।

यहाँ से लौटने के बाद सगनी वापस अपने गाँव में जाकर रहने लगी। लेकिन लोगों को यह बात मालूम हो गई थी कि वह जिजा के साथ संगठन कार्यालय में गई थी। ऐसे में गाँव के लोगों का पारा सातवें आसमान पर पहुँच गया था।

उन्होंने सोच-समझकर नाटक किया कि अब वे कुछ नहीं करेंगे। और फिर, जिजा को असावधान देखकर दाँव चल दिया।

पंच जमा हुए। सगनीबाई को बुलाया गया। सभा में उस पर व्यभिचार का आरोप लगाया गया। उसे बोलने का मौका तक नहीं दिया गया। उसके पति ने शपथपूर्वक कहा कि सगनीबाई के पेट में जो बच्चा है, वह उसका नहीं है। सजा सुनाई गई।

सबके सामने उसके कपड़े फाड़े गए। संपूर्ण विवस्त्र कर, सिर पर पत्थर की सिलें रखकर उसे गाँव भर में घुमाया गया। वह छह महीने की गर्भवती थी। पर लातों-घूँसों से मारा गया उसे। किशोर और छोटे बच्चे उसके पीछे पत्थर मारते, गंदी गालियाँ देते घूमते रहे।

तब तक कुछ लोगों ने उसके प्रेमी को पकड़ लिया था। उसकी बकरियाँ जब्त कर ली गईं। मुर्गियाँ उठाईं। कोठार में चावल थे, वे ग्रामभोजन के लिए बोरियों में भरकर ले गए। झोपड़ा पूरा खाली हो गया, तो उसे जला दिया गया।

वह रोता, विलाप करता, चिल्लाता रहा। पर किसी ने ध्यान नहीं दिया। फिर चौपाल में लाकर उसे भी लात-घूँसों से पीटा गया। पंचायत बुलाई गई। पंचों ने उसे जाति और गाँव से बाहर निकाले जाने का फैसला सुनाया।

इस बीच उसका भाई भागकर जिजा के पास पहुँचा।

देर हो गई थी, पर मौका था।

जिजा अन्य कार्यकर्ताओं के साथ वहाँ पहुँची और बताया कि पुलिस भी आ रही है। तब तक सगनीबाई को काफी पीटा गया था। इसके बावजूद आश्चर्य था

कि उसका गर्भपात नहीं हुआ।

उसकी नीलामी शुरू हुई।

पंच और गाँव के सब छोटे-बड़े जमा हो गए थे। नीलामी के समय केवल कीमत ही नहीं देखी जाती, बल्कि यह भी देखा जाता है कि खरीरदार विकलांग हो, या शराबी हो या ऐसा व्यक्ति हो, जो उसे जीवन भर सताता रहे और सुख से जीने न दे।

वह अधमरी अवस्था में चौपाल पर खड़ी थी और पंच उसकी बोली लगा रहे थे। सौ रुपये...दो सौ रुपये...छह सौ रुपये...कीमत बढ़ती जा रही थी।

वातावरण में सन्नाटा था। पेड़ के पत्ते तक नहीं हिल रहे थे।

सगनीबाई उस झुरमुट की तरह दिख रही थी जिसके सारे पत्ते बकरियाँ चर गई हों और फिर भी वह झुरमुट तने रहने की कोशिश कर रहा हो।

जिजा पहुँची और हड़कंप मच गया।

पुलिस का नाम सुनते ही सब पलट गए। हाथ झटकने लगे। एक-दूसरे की ओर संकेत करने लगे। पर कोई लाभ नहीं हुआ। कुछ ही देर में पुलिस पहुँच गई। सरपंच से लेकर पुलिस-मुखिया तक कई लोगों की धर-पकड़ हुई। बूढ़े पंच भी पुलिस की गिरफ्त से नहीं बच सके।

इस बात के कई उल्टे-सीधे नतीजे निकले।

जाति के कई लोग, विशेषकर औरतें जिजा के खिलाफ हो गईं।

अपराधी को बचाकर जिजा ने अपराध ही तो किया था। पंचों का निर्णय नहीं माना, उनके फैसले में बाधा पहुँचाई, यह तो उससे भी बड़ा अपराध था।

सबका कहना था कि ऐसा ही यदि चलता रहा, तो कोई जाति का कानून रहेगा ही नहीं, बहू-बेटियाँ और पुरुष भी गलत रास्ते पर चल पड़ेंगे, किसी को किसी बात का डर ही नहीं रह जाएगा।

यदि पति पसंद नहीं था, तो सगनीबाई तलाक लेती और फिर किसी दूसरे के साथ संबंध जोड़ती। यह नियमानुसार होता। पर उसने वैसा नहीं किया। पति के साथ रहते हुए उसे धोखा देकर, छिपाकर दूसरे के साथ संबंध बनाए। यह समाज की रीति के विरुद्ध था। नियम जानते हुए और अपराध के दंड की जानकारी होने के बावजूद सगनीबाई ने ऐसा बर्ताव किया। यह अनाचार था और इसका समर्थन कर जिजा ने बहुत बड़ी गलती की थी।

जिजा ने पुलिस में शिकायत दर्ज की, फिर संगठन को सूचित करना था, इसलिए घर होते हुए जाने की सोचकर पहले अपने घर गई। वहाँ देखा कि घर पर जामुन की टहनियाँ डली हुई हैं। इसका अर्थ था कि उसके घर और घरवालों का बिरादरीवालों ने बहिष्कार कर दिया है। जिजा की माँ और भाई सिर पकड़कर बैठे थे। उन्हें वैसे ही छोड़कर और आगे की आगे देखी जाएगी, ऐसा सोचकर जिजा सगनीबाई और उसके प्रेमी को लेकर संगठन कार्यालय में आई थी।

आज का दिन काफी उथल-पुथल का दिन था। संगठन ने प्रेस कॉन्फ्रेंस बुलाई थी। अब मीटिंग होनेवाली थी जिसमें सगनीबाई और जिजा को यह समझाया जानेवाला था कि प्रेस कॉन्फ्रेंस में वे क्या बोलें, कितना बोलें और क्या न बोलें।

दूसरे दिन के समाचार-पत्रों में यह समाचार सुर्खियों में छपा कि 'जागरुक आदिवासी संगठन' के कार्यकर्ताओं ने एक आदिवासी महिला की नीलामी रोकी।

दो-तीन दिन दीदी कुछ हड़बड़ी में ही थीं। मैं भी उनसे कोई बातचीत नहीं कर पाई। दिमाग में उलझनें ही उलझनें थीं। एक ओर गिरजा जैसी औरतों को दिया जानेवाला समर्थन और दूसरी ओर सगनीबाई के मामले में राजनीति।

मन में संभ्रम बढ़ते जा रहे थे।

सुकुरभाई से पूछा, "उस रेप केस का क्या हुआ?"

"कौन-सा रेप केस?"

"जिस दिन मैं आई थी, उस दिन वह लड़की आई थी न..." मैंने याद दिलाई।

"अच्छा, वह केस...हाँ वह मामला दाखिल कर दिया है...अब चलता रहेगा... कोर्ट में जाएगा..." वह ऐसे बोल रहा था जैसे यह नित्य की बात हो।

मैं चुप रही।

दोपहर भोजन के समय दीदी से मुलाकात हुई।

"काम कैसे चल रहा है?" उन्होंने पूछा।

"ठीक चल रहा है।"

"अशोक ठीक से सहायता तो करता है न? वह तो जब करता है, तब आगा-पीछा सोचे बिना सहायता करता है। नहीं तो बहुत परेशान करता है। कुछ समय पहले बीएसडब्ल्यू करनेवाली कुछ लड़कियाँ सर्वे करने के लिए आई थीं। अशोक को पता चला कि उसके पीठ पीछे उन लड़कियों ने उसकी हँसी उड़ाई है। तो अशोक उन्हें इतनी दूर के रास्ते से ले गया कि क्या कहूँ। चलते-चलते उनके पाँव मानो टूटने लगे थे।"

अशोक मुस्कराते हुए सुन रहा था।

"पालघर की तरफ एक महिला है—देऊबाई। अच्छा काम करती है। हो सके तो उससे मिल लेना।" दीदी ने कहा। "वैसे तो उस तरफ हमारे संगठन का काम नहीं है, पर अब धीरे-धीरे शुरू कर दिया है। हमें भी अब वहाँ संपर्क बढ़ाने हैं। देऊबाई संगठन की पालघर शाखा की प्रमुख है। उसके पास फोन है। यहाँ से पहले उसके साथ बात कर लेना, पता लगा लेना कि वह खाली है या नहीं, फिर जाना। उसके कई काम चलते रहते हैं। यहाँ से पालघर जाने के लिए सीधी बस नहीं है। दो बार तो बस बदलनी ही पड़ेगी। साथ में कुछ खाने के लिए भी रख लेना। रास्ते में कुछ नहीं मिलेगा।"

देऊबाई की ग्राम पंचायत काफी बड़ी थी। गाँव में अन्य जाति-धर्मों के लोग भी थे। हिन्दू, ईसाई, कुछ मुस्लिम भी। कुछ आदिवासी धर्म परिवर्तन कर ईसाई भी हो चुके थे। चर्च में जाते थे। आर्थिक परिस्थिति में कोई अंतर नहीं। जिन जाति-जनजातियों को निम्न समझा जाता था, उन्हें गाँव की राजनीति में कोई स्थान नहीं था। सालों से एक ही पार्टी का वर्चस्व था।

देऊबाई अच्छी तरह समझती थी कि गाँव में यदि समाजोपयोगी काम करना हो, तो केवल महिलाओं को संगठित करने से काम नहीं बनेगा। बल्कि ग्रामस्तरीय कामकाज में भी शामिल होना होगा। उसका बाप लाल झंडेवाला। उसके शरीर में भी वही खून था। पर यह भी पता था कि अब लाल झंडा खो चुका है।

देऊबाई ने अपने काम की शुरुआत शैक्षणिक परियोजनाओं के जरिए की। बोर्डी की पाठशाला में उसकी पढ़ाई हुई थी। वह बालवाड़ी शिक्षिका का पाठ्यक्रम भी पूरा कर चुकी थी। उस परिसर में आश्रमशाला शुरू करने की बात चल रही थी। तब देऊबाई आगे आई। हर बस्ती में घूमना, लोगों को शिक्षा का महत्त्व समझाना, बच्चों को स्कूल भेजने के लिए प्रेरित करना...मुंबई की शिक्षा-संस्था को ऐसे काम करनेवाले स्थानीय सदस्यों की जरूरत तो थी ही। उसमें देऊबाई को शामिल होने का अवसर मिला। देऊबाई ने इससे पूरा लाभ उठाया।

धीरे-धीरे काम का स्वरूप व्यापक होता गया।

उसने तहसील में महिला विकास संस्था स्थापित की। नाबार्ड से सहायता प्राप्त की। औरतों के लघु उद्योग शुरू करवाए। पापड़, अचार, चटनी, अलग-अलग प्रकार के आटे आदि सामान मुंबई-पुणे के रोटी-सब्जी देनेवाले केन्द्रों तक जाने लगा। युवा लड़कियों के लिए सिलाई की कक्षाएँ शुरू कीं। आश्रमशाला के बच्चों के यूनिफॉर्म से उनके कामों का श्रीगणेश हुआ। फिर परिसर में स्थित अस्पतालों में एप्रन से लेकर हरे परदों तक सभी प्रकार के उपयोगी कपड़े सिलकर भेजे जाने लगे। कामों में वृद्धि करने के दृष्टिकोण से सावित्रीबाई फुले के नाम से गैरकृषिक महिला सहकारी पतसंस्था की भी शुरुआत की। बचत दल जैसी संकल्पनाएँ तो काफी देर से आई थीं। वे संकल्पनाएँ यहाँ पहुँचने से पहले ही देऊबाई काम के अगले मोड़ पर पहुँच चुकी थी।

जिस समय देऊबाई के मन में विचार आया कि अब काफी कुछ किया जा चुका है, तब उन्हीं दिनों उनके ग्राम पंचायत में सरपंच का पद महिलाओं के लिए आरक्षित किए जाने की सूचना मिली।

देऊबाई ने कहा, "मुझे कुर्सी का मोह नहीं था। पर सोचा कि कुर्सी न होने के कारण यदि काम नहीं हो रहे हैं, तो कुर्सी प्राप्त करनी ही चाहिए।"

हम देऊबाई के घर में बैठी थीं, बातचीत करते हुए। आदिवासी होने के कारण घर में कोई अलग बात नहीं दिखाई दे रही थी। देहात के किसी भी घर जैसा वह

भी एक घर था। बरामदे के बाद एक कमरा। बरामदे में पार्टिशन डाला हुआ। उसमें एक जेरॉक्स मशीन। देऊबाई का बेटा यह काम करता था। तहसील कार्यालय और कॉलेज यहाँ से पास ही था, इसलिए जेरॉक्स के काम काफी मिल जाते थे।

"कुर्सी न होने के कारण आपको क्या तकलीफें सहनी पड़ीं?" मैंने पूछा।

"हमारी संस्था स्थापित हुए अठारह साल हो गए। कितनी औरतों को हमने अपने साथ जोड़ा। कितनों को काम दिलाया। हमारा भी नाम हुआ। सरकारी समितियों में भी हमारा उल्लेख होता था। मैं कई जगह मीटिंग के लिए जाती थी। हमारे यहाँ बैंक शुरू करने की बात चली, तो उसके निदेशक मंडल के सदस्य के लिए मेरा नाम प्रस्तावित हुआ। यह सब कुछ निर्विरोध। मैंने कभी किसी के पाँच पैसे नहीं लिए। जो भी काम किए, लोगों की भलाई के लिए किए। हमारे इलाके की भूतपूर्व विधायिका मेरे साथ थीं। उनके पिता भी विधायक थे। यह परंपरा है हमारे यहाँ। अब अपने आदिवासी विभाग के जो मंत्री हैं, उनकी साली हमारे साथ है। हम तीनों क्रम से पतसंस्था की अध्यक्ष, उपाध्यक्ष और सचिव बनती हैं। फिलहाल मेरी बारी है अध्यक्ष पद की।

अब, जब यहाँ राष्ट्रवादी की स्थापना हुई, तो उन लोगों की आँखों में हमारे काम चुभने लगे। कारण कुछ भी नहीं। पैसा दिखाई देने लगा। तहसील का अध्यक्ष एक दिन चार-पाँच लड़कों को ले आया और कहने लगा कि पार्टी को दान दीजिए। हम कहाँ से दें? तो कहने लगा कि संस्था इतने पैसे कमाती है, उसमें से बीस-पच्चीस हजार देना मुश्किल नहीं है। मैंने साफ कहा कि ये हमारे घर के पैसे नहीं हैं। होते, तो आज मेरे घर पर टिन की छत नहीं दिखी होती...इतने सालों में महल खड़ा कर लिया होता मैंने। यह सारी गरीब औरतों की कमाई है। बैठक में सबके सामने निर्णय लिए बिना हम एक रुपया भी खर्च नहीं करते। तुम्हें क्यों दूँ पैसे? तो वह धमकी देने लगा कि बदनामी करूँगा। मैंने कहा, जो करना है, कर ले। यहाँ तुम्हें कुछ भी नहीं मिलेगा। दान कैसा, फिरौती माँग रहा था धमकी देकर।"

"तो फिर, आप लोगों ने कोई शिकायत वगैरह दर्ज की या नहीं?"

"की। बहुत विरोध किया। पर यहाँ जिला स्तर पर बोलने से कोई फायदा नहीं था। तब मुंबई में संपर्क किया। कोई ठीक से ध्यान नहीं दे रहा था। हमारे यहाँ से फोन कभी लगता है, कभी नहीं लगता। तब सीधे पूछ लिया कि पवार साहब कहाँ हैं। पता चला कि वे नाशिक गए हैं सभा को संबोधित करने। हमने चार लोग इकट्ठा किए और जीप लेकर सीधे नाशिक पहुँच गए। वहाँ भीड़ में भी हम पवार साहब से मिलने में सफल हुए। निवेदन तैयार रखा था, वह उन्हें दिया और अनुरोध किया कि वे ध्यान दें इस मामले में। यह भी बताया कि आदिवासी महिलाओं की पतसंस्था है।

तब तक इधर के लोगों को खबर हो गई थी कि हम पवार साहब से मिलने गए हैं। पर उन्होंने सोचा, क्या होगा? पवार साहब तो उन्हें सामने खड़ा भी नहीं

होने देंगे। वे लोग गाफिल रहे। उन्हें नहीं पता था कि हम औरतों की एकता की ताकत क्या है। पवार साहब के हस्ताक्षर से निलंबन का आदेश आ गया दो दिन में। तब भागे सब मुंबई सारा स्पष्टीकरण देने के लिए। तब तक हमने समाचार पत्रों को सूचित कर ही दिया था, निलंबन का समाचार भी लिख भेजा। साथ ही तहसील कार्यालय के सामने बोर्ड भी लगा दिया। हमारे कार्यकर्ताओं ने तो पेड़े बाँटे।"

"तो, इसी के बाद आपने चुनाव लड़ने की सोची?"

"जी। पर संस्था के नाम का इस्तेमाल नहीं किया जा सकता था और अपक्ष के रूप में चुनाव लड़ने की इच्छा नहीं थी। चुनाव जीतना हो, तो अन्य कुछ पैनलों के साथ जुड़ना जरूरी है। धर्मांध और जातीयतावादी पक्षों में शामिल नहीं होना चाहती थी। यह भी तय किया था कि ऐसे फिरौती माँगनेवालों का साथ नहीं देना है, इसीलिए आखिर काँग्रेस को चुना।"

"परंतु ग्राम पंचायत के चुनाव में पार्टी की राजनीति का कितना महत्त्व होता है?"

"वह तो दूड होती है दीदी।"

"दूड यानी?"

"यानी जैसे पानी की गग्गर एक के ऊपर एक रची जाती है...यह वैसा ही होता है। नीचे से लेकर ऊपर तक रचा हुआ होता है।"

"पर क्या कांग्रेस में प्रवेश करते ही तुरंत उम्मीदवारी मिलना सहज संभव हो सका? या वहाँ भी कुछ अड़चनों का सामना करना पड़ा?" मैंने अगला प्रश्न पूछा।

देऊबाई जरा-सा हिचकिचाई। अब वे पक्ष की सदस्य थीं, तो पक्ष के घटक होने के नाते किन्हीं बातों पर टीका-टिप्पणी करना या नकारात्मक अनुभव सुनाना उन्हें शायद सही नहीं लग रहा था। यह स्वाभाविक भी था।

"आप मुझे साफ-साफ बता सकती हैं। जो कुछ आप बताएँगी, उसका मैं कहीं भी गलत इस्तेमाल नहीं करूँगी। इससे आपको भविष्य में कोई परेशानी भी नहीं होगी।" मैंने कहा।

फिर भी देऊबाई का संभ्रम कम नहीं हुआ। उन्होंने कहा, "पक्ष चाहे जो भी हो, हमें यह याद रखना ही होता है कि नेता आखिर नेता होता है और पुरुष आखिर पुरुष होता है।"

मैं हँसी। ज्यादा खींचना ठीक नहीं था। रुकना जरूरी था। सोचा, कि कुछ अधिक परिचय हो जाने के बाद उन्हें भरोसा हो जाएगा और तब वे खुद ही खुलकर बात करेंगी।

इस बीच उन्होंने ही विषय का रुख मोड़ दिया और बोलना शुरू किया... "विरोधी पक्ष के लोगों ने हम औरतों में फूट डालने की कोशिश की। गलत प्रचार करना शुरू किया कि हम ठीक-ठीक पैसे नहीं देते। पर उसका कोई फायदा नहीं हुआ। सारा हिसाब-किताब सबके सामने रखा जाता था। क्या औरतों की समझ में

यह नहीं आता था कि उन्हें अन्यत्र कहीं भी जितनी मजदूरी मिली होती, उससे कहीं ज्यादा पैसे यहाँ मिलते हैं?

तब मुझे फुसलाने का प्रयास किया गया।

कहने लगे कि यदि चुनाव ही लड़ना है, तो ग्राम पंचायत का चुनाव क्यों लड़ती हो दीदी? सीधे विधायक बन जाइए न। ऐसी छोटी-मोटी कुर्सी पर क्या बैठना? विधायक बनने में हम आपकी पूरी सहायता करेंगे।

मैंने कहा कि मैं वही तो देखना चाहती हूँ कि आप कितनी और क्या सहायता करते हैं। इसीलिए पहले ग्राम पंचायत के लिए खड़ी हूँ। यहाँ अपना समर्थन दीजिए, तब आगे की बात तय करेंगे।

"मेरे पास दाल न गली, तो मेरे देवर को रात में पीटा गया।"

देऊबाई का पति कई वर्षों से बीमार था। उसकी मृत्यु हुई। उनके देवर-देवरानी पास में ही रहते थे। उनके साथ अच्छे संबंध थे। देवरानी को उन्होंने संस्था के जरिए अपने पाँव पर खड़ा होने में सहायता दी थी। जब देऊबाई मीटिंग या और कहीं जाती, तो देवरानी ही घर और बच्चे सम्हालती। अब बेटे की शादी हो चुकी थी, घर में बहू आ गई थी। पर उससे संबंध बिगड़े नहीं। दोनों भाइयों की जमीन पर देवर ही खेती करता था। इन लोगों की जरूरत भर का अनाज दिया करता। अपनी जरूरत भर का रखकर बाकी बेच देता। उसमें से काफी हिस्सा संस्था को देता। अच्छी कमाई होती थी। बेटे को खेती-बाड़ी में ज्यादा रुचि नहीं थी। ठीक से पढ़ाई भी नहीं की। देऊबाई ने भी इकलौते बेटे पर कोई जबरदस्ती नहीं की। घर में ही दूकान खोल दी। भाई की बेटी को ही बहू बनाकर ले आई। देवर का घर भी बाल-बच्चों से भरा-पूरा था।

विरोधियों ने कोशिश की कि देवर की ओर से कुछ दबाव डाला जाए। पर जब सफल नहीं हुए, तो मारपीट की।

अब चुप रहना ठीक नहीं था।

यदि देऊबाई चुप रहें, कुछ न कर पाएँ, तो यह उनकी दुर्बलता की पुष्टि करने जैसा होता। देऊबाई ने हिम्मत जुटाई। मारपीट करनेवालों को पकड़ा, साथ ही इसके पीछे किसका हाथ है, इसकी जानकारी भी गाँववालों के सामने देने के लिए उन्हें बाध्य किया।

तब से उनका व्रत हो गया कि चाहे जो हो, अन्याय नहीं सहेंगी। इसीलिए चुनावी संघर्षों से वे सही-सलामत बाहर निकल आईं।

शाम ढल चुकी थी। देऊबाई की बहू काम में लगी थी। उसकी तीन-चार साल की बेटी मेरे आसपास घूम रही थी। उससे कहा, "चलो, घूम आएँ। कुछ मिठाई ले आएँगे।"

उसे लेकर तहसील कार्यालय तक का चक्कर लगाया। एक छोटी-सी टपरी जैसी दूकान थी सामने, वहाँ से उसे चॉकलेट खरीद कर दिए। लौटने पर खाना वगैरह खाया। बहू ने बेटी को खिलाया। तब तक देऊबाई ने पलंग पर पड़ा सामान सहेजा और चादर झटककर बिछाई। नीचे अपने लिए बिस्तर लगाया। बोलीं, "अब आप आराम से सो जाइए। आपको इतना घूमने की आदत नहीं होगी न।"

मैंने कहा, "अब आदत हो गई है, पर फिर भी आप लोगों जितना नहीं घूमती।"

"कल विधायक महोदया से मिलने चलेंगे। आप यहाँ आईं, पर मैंने आपकी उनसे मुलाकात नहीं करवाई, तो वे नाराज हो जाएँगी।"

"क्यों नहीं, जरूर जाएँगे।" कहते हुए मैंने आँखें बंद कर लीं।

देऊबाई कुकणा जनजाति की थीं। इस जनजाति को कोकणा, कुकना, कोकणी आदि नामों से भी जाना जाता है। इस बिरादरी की एक-दो संस्थाएँ भी थीं। देऊबाई ने बताया कि उनमें से एक जव्हार में है और दूसरी नाशिक में।

सुबह चाय पी। तब तक बहू ने पानी गर्म कर नहाने के लिए रख दिया था। वह ज्यादा बोलती नहीं थी। लगता था कि देऊबाई का बहुत दबदबा है। देऊबाई के तैयार होने तक मैं उनकी नातिन के साथ खेलती रही।

देऊबाई ने थैले में दो रजिस्टर और एक फाइल रखी। पर्स लिया। फिर हम बाहर निकले। बस से जाना था।

चलते-चलते देऊबाई से पूछा, "आपने जिस उद्देश्य से इस काम में प्रवेश किया था, वह कितना साध्य हो पाया है, हो रहा है?"

"ग्राम पंचायत का चित्र अब बदल रहा है। अब आज यदि मेरे न होते हुए भी कोई औरत किसी काम से ग्राम पंचायत में जाती है, तो उसके साथ सम्मान का बर्ताव किया जाता है। वर्ना पहले तो उन्हें दरवाजे में ही खड़े रहकर प्रतीक्षा करनी पड़ती थी। आज सरपंच और ग्रामसेवक सभी तत्परता से काम करते हैं।

तहसील कार्यालय से हमें गाँव के भूमिहीन, निराधार लोगों की सूची तैयार करने का काम सौंपा गया था। कुल 352 लोगों की सूची बनाई। पूरा ध्यान रखा कि हर जरूरतमंद का नाम सूची में शामिल हो। मुझसे झूठ बर्दाश्त नहीं होता। इस कारण कई बातों में परेशानी होती है। राजनीति में सब जगह अपनी ही नहीं चलाई जा सकती। पर मैंने सरपंच से कह रखा है कि निराधार या भूमिहीन कोई आए, तो पैसों के लिए उन्हें बिल्कुल न सताया जाए। प्रमाणपत्र देने के लिए पैसे न लिए जाएँ। यह बात मैं हरगिज बर्दाश्त नहीं करती।

गाँव में पानी, सफाई और दियाबत्ती के काम समय पर होने ही चाहिए। यदि इन तीन बातों का ध्यान रखा जाए, तो ग्रामवासियों को, विशेष कर औरतों को बहुत सुविधा हो जाती है। अब यही देखिए, उस दिन मेरे देवर को पीटा गया। यदि सड़क पर लाईट होती, तो ऐसा न हो पाता। 'ग्राम स्वच्छता अभियान' के तहत भी हमारे

यहाँ काफी अच्छा काम हुआ है। शिक्षा की दृष्टि से काम ठीक है। हमारे बच्चे अब स्कूल-कॉलेज में पढ़ने लगे हैं। उन्हें यदि अच्छी तरह समझाया जाए, तो बहुत फर्क पड़ता है। इस वर्ष अलग-अलग बस्तियों में उनके लिए तीन शिविरों का आयोजन किया था। गाँव के लोगों और लड़कों ने मिलकर श्रमदान किया।"

"क्या आपके यहाँ नियमित रूप से ग्राम सभाएँ होती हैं?"

"जी, होती हैं। पिछली बार 'इंदिरा आवास योजना' के तहत घरों के लिए प्लॉट आबंटन का विषय था। महिलाएँ भी आई थीं। ग्राम सभा की पूरी तैयारी हुई और तेज बारीश शुरू हो गई। लोगों में कुछ भागमभाग मची। लगा कि अब ग्राम सभा हो पाएगी या नहीं, पता नहीं। ग्रामसेवक ने तो एक बाजू में रजिस्टर रखकर उस पर लोगों के हस्ताक्षर करवाना भी शुरू किया। तब मैंने कहा कि ऐसा नहीं चलेगा। बारीश हमारे लिए कोई नई चीज तो नहीं है। क्या हम कभी भीगे नहीं हैं? महत्त्वपूर्ण विषय है, यदि सिर पर छत की जरूरत है, तो क्या कुछ बर्दाश्त नहीं किया जा सकता? ग्रामसभा तो आज ही होनी चाहिए। इतना बोलने पर लोग रुक गए। कुल 27 लोगों की सूची ग्रामसभा में मंजूर हुई। हमने देखा कि जो बहुत ही जरूरतमंद है, उसका नाम शामिल हो। ईमानदारी से काम हुआ।

तब मैंने प्रस्ताव रखा कि 'प्लॉट का आबंटन औरतों के नाम पर किया जाए।'

लोगों को यह कैसे मंजूर होता? घर में सारे काम करेगी औरत, पर घर पुरुष के नाम पर होना चाहिए, ऐसा क्यों? बहुत चर्चा हुई। लोग बारीश को भूल गए। वैसे ही भीगते हुए बैठे रहे। तब उप सरपंच ने सुझाव दिया कि 'घर पति-पत्नी दोनों के नाम पर किया जाए।' पर सबको यह भी कहाँ मंजूर था? कुछ लोगों के मन की बात होंठों पर आ ही गई।

एक ने कहा, ''औरत के नाम पर घर करने की कहते हैं, पर कल को यदि पत्नी भाग जाए, तो क्या करेंगें?''

सुनकर लोग खुश हो गए कि कैसी पते की बात कही है।

तब एक औरत ने हिम्मत कर कहा, ''...और यदि पति भाग जाए तो औरत क्या करे?''

इस प्रश्न के बाद प्रस्ताव तुरंत मंजूर हो गया। तय हुआ कि घर दोनों के नाम पर हो।"

बस हिचकोले खाती भागी जा रही थी। कंडक्टर आया। देऊबाई टिकट के लिए पैसे निकालने लगीं। मैंने कहा, "रहने दीजिए। यह खर्च संस्था की ओर से किया जाता है। केवल टिकट मेरे पास दे दीजिए। यह हिसाब-किताब रखने का काम मुझे बिलकुल पसंद नहीं, पर क्या किया जा सकता है।"

अगले स्टॉप पर बस में भीड़ बढ़ गई। शोर बढ़ गया। एक दूसरे की कोई बात सुनाई नहीं दे रही थी। चुपचाप बैठी रहीं।

दो घंटे बाद शितवली नामक गाँव आया।

बस से उतरीं। ठंड को भगाते हुए धूप चढ़ रही थी।

भूतपूर्व विधायक महोदया के घर की ओर चलीं। डामर की सड़क थी। दोनों तरफ मकान। दाहिनी तरफ उतार था। कुछ आगे जाकर देखा तो गहरी खाई थी।

पहले एक घर के पास रुके। एक लड़की-सी औरत बाहर आई। देऊबाई ने थैला उसके हवाले किया। कहा कि आगे का हिसाब आज लिखकर पूरा कर ले। उसने बैठने का आग्रह करते हुए छोटे-से बरामदे में एक चटाई बिछाई। पानी दिया। हमें देखकर एक और औरत वहाँ आई।

"अब तबियत ठीक है न?" देऊबाई ने उससे पूछा।

उसने केवल गर्दन हिला दी।

"दो किलो चटनी बनानी है। कूटोगी? परसों भेजनी है। ठाणे से आर्डर मिला है।"

"कूट दूँगी।" वह धीरे-से बोली।

"पिछले साल इसका पति मर गया। बच्चे को लेकर मायके आई। आसरा मिला, पर अपना पेट तो खुद ही भरना पड़ता है। हम लोग उसे इस तरह के काम देते हैं।" देऊबाई ने कहा।

वह औरत सिर झुकाए खड़ी थी। उसकी और भी कुछ समस्याएँ होंगी...इतनी बेचारी लग रही थी वह। देऊबाई से कहा, "क्या यहाँ की कुछ औरतों से बात की जा सकती है? खास कुछ नहीं, बस उनके कुछ प्रश्नों को समझने की कोशिश की जा सकती है।"

"इस समय घर पर ज्यादा औरतें होंगी नहीं। पर जो हैं, उन्हें बुलवा लेंगे।"

हमारी बातचीत चल रही थी, तब भूतपूर्व विधायक महोदया वहाँ आ पहुँचीं। बड़ी उम्र की थीं। थकी हुई लग रही थीं। पाँच गज की साड़ी। दोनों कंधे पल्लू से ढँके हुए। वे भी आदिवासी नहीं लग रही थीं।

मेरी ओर देखकर उन्होंने नमस्ते की...मैंने भी।

"देऊबाई ने कहा था कि आप आनेवाली हैं।" उन्होंने कहा।

यानी, जब मैंने 'जागरुक आदिवासी संगठन' के कार्यालय से देऊबाई को फोन किया था और मुलाकात तय की थी, तभी उन्हें सूचित किया गया था। उन्हें जैसे पक्का पता था कि मैं उनसे मिलने भी जरूर आऊँगी।

"वैसे देऊबाई ने मुझे आपके काम के बारे में बताया है, पर आप अपनी ओर से फिर बताइए।" वे बोलीं।

बताना पड़ा।

फिर उन्होंने 'प्रगत' के बारे में पूछा। बताने पर बोलीं, "वहाँ आपका निश्चित

स्थान क्या है?"

पल-भर के लिए मैं चौंकी। फिर समझ आया कि उनका मतलब मेरे पद से है।

"मैं यहाँ अनुसंधान अधिकारी हूँ।" मैंने कहा।

'अधिकारी' शब्द से उन्हें कुछ तसल्ली मिली जैसे। फिर और कुछ पूछा। तब तक देऊबाई उस दूसरी औरत के साथ मिलकर अनाज नापते हुए हिसाब लिख रही थीं।

एक लड़की संदेश ले आई। 'दोपहर का खाना हमारे साथ ही लीजिए।' देऊबाई ने कहा, "आपको बताया था न मैंने कि अपने आदिवासी विभाग के मंत्री की साली हमारी संस्था में हैं। वे भी यहीं रहती हैं। दोपहर को उनके यहाँ भोजन के लिए जाएँगे।"

देऊबाई ने सारा कार्यक्रम तय कर रखा था। हामी भरने के अलावा मुझे कुछ नहीं करना था।

भूतपूर्व विधायक महोदया ने कहा, "देऊबाई अच्छा काम कर रही हैं। संस्था का काम अलग होता है, राजनीति का अलग। पर वे दोनों को भली-भाँति निभा रही हैं। संस्था के काम की तो उन्हें आदत हो गई है और हम भी देखते हैं। पर चुनाव पहली बार जीती हैं, इसलिए वहाँ के अनुभव, अड़चनें, दाँवपेंच आदि का हमेशा ध्यान रखना पड़ता है।"

यह तारीफ सुनकर देऊबाई खुश हो गईं। उन्होंने उत्साह से कहा, "संस्था में हमारी भूमिका कार्यकर्ता की होती है। इसलिए किसी भी विषय पर साफ-साफ बोला जा सकता है। जन-प्रतिनिधि होने के नाते यहाँ उस तरह बोलना संभव नहीं। सबको सम्हालना पड़ता है। इन दोनों जिम्मेदारियों को सम्हालना बहुत कठिन प्रतीत होता है।

जब केवल संस्था का काम करती थी, तब सभी पक्षों को समान दूरी पर बनाए रख सकती थी। अब वैसा नहीं हो पाता। कोई भी काम क्यों न हो, हर बात को राजनीति के चश्मे से ही देखा जाता है। हमारा उद्देश्य कितना ही अच्छा क्यों न हो, हम पर संदेह किया जाता है।

शुरू-शुरू में ऐसा होने पर मुझे बहुत बुरा लगता था। गुस्सा आता था कि मैं इतना समय खर्च कर, तकलीफें सहकर काम कर रही हूँ और लोग संदेह की नजर से देखते-बोलते हैं। सोचती थी कि संस्था के काम पर रखते हैं, वैसा विश्वास ग्राम पंचायत के काम पर क्यों नहीं रखते।

पर अब मैं समझ सकती हूँ।

लोग हमारे विरोधी अपने आप केवल इसलिए बन जाते हैं कि हम किसी पक्ष के सदस्य हैं, पदाधिकारी हैं और समझते हैं कि हम उनके विरोधी हैं। वे टीका-टिप्पणी करते हैं, बदनाम करते हैं, बुरी बातें कहते हैं।

कहते हैं कि वह काम करती है, मोर्चों का आयोजन करती है, उसे निश्चित ही पैसा मिलता होगा। औरतों के मन में निरंतर यह बात डाली जाती है कि तुम

लोगों के बल पर ही वह बड़ी हुई है। मुझे लगता है कि इससे औरतों को राजनीति की शिक्षा मिलती है।

राजसत्ता में प्रवेश करना है, तो इन सब बातों का सामना करना ही पड़ेगा।

केवल इतना ध्यान रखना होगा कि ऐसी बुरी बातों का, अप-प्रवृत्तियों का हम हिस्सा न बनें।"

औरतों को संदेश भेजा जा चुका था। वे जमा होने लगी थीं। भूतपूर्व विधायक महोदया ने कहा, "मैं ज्यादा देर बैठ नहीं पाती। मैं घर जाती हूँ। लौटने से पहले आप लोग मिलकर जाइए। या, भोजन के लिए ही आएँगी?" देऊबाई ने जल्दी से कहा, "वहाँ उन लोगों ने खाना तैयार कर रखा होगा। हम वहीं जाएँगी।"

"ठीक है।" कहते हुए उन्होंने हाथ जोड़कर नमस्ते की। बोलीं, "आपके काम में किसी बात की जरूरत हो, तो जरूर बताइएगा।"

मैंने हामी भरी।

बाद में देऊबाई ने धीमी आवाज में जानकारी दी।

यहाँ के राजनीतिक क्षेत्र में स्वतंत्रतापूर्व काल से ही महिलाओं का सहयोग रहा है।

महादेव कोली बिरादरी की भांगरेबाई यहाँ की विधायक थीं। उन्हें विधायक बने इतना अरसा हुआ था कि लोग उन्हें नाम से नहीं, विधायक के रूप में ही पहचानते थे। उनके पिता भी विधायक थे। नेहरूजी के साथ उनकी तस्वीर भी है।

भांगरेबाई की शादी हुई। कुछ दिन ससुराल में रहकर वे मायके आईं और फिर वापस नहीं गईं। पिता के साथ राजनीति में कदम जमाए। उनका अनुकरण करते हुए विधायक बनीं। अब पिता बहुत बूढ़े हो गए हैं। पिछले वर्ष भांगरेबाई के पति के निधन का समाचार मिला। फर्क केवल इतना हुआ कि उनके गले से मंगलसूत्र उतर गया। वे खाना पकाना नहीं जानतीं। केवल चाय बना लेती हैं। एक लड़की उनके यहाँ खाना बनाने का काम करती है।

संस्था के काम के अलावा वे और कुछ नहीं करतीं।

बरामदे के सामने मंडप में औरतें आकर बैठी थीं। मैं भी उनके बीच बैठ गई। मैं एक-एक बात पूछती गई, औरतें बोलती गईं।

पहले सुविधाओं के बारे में बातचीत की।

"जंगल बहुत दूर है, इसलिए वहाँ से लकड़ियाँ बीनकर लाने में पूरा दिन चला जाता है। सुबह सात बजे जाती हैं, तो रात आठ बजे लौटती हैं। लाई गई लकड़ियाँ केवल तीन दिन के लिए पर्याप्त होती हैं। नाश्ता, भोजन सब साथ ले जाती हैं। सूखी लकड़ियाँ न मिलें, तो गीली तोड़नी पड़ती हैं। तब फॉरेस्टर रोकता है। उसकी

बात भी ठीक है। पर हम भी क्या करें?"

"यहाँ नल नहीं है, केवल दो कुएँ हैं। वे गर्मी में सूख जाते हैं। रात को एक किलोमीटर दूर जाकर कटोरी से पानी भरकर लाना पड़ता है। हैंडपम्प है, पर उससे पीले रंग का पानी आता है।"

"उस तरफवाली बस्ती में पाईप लाईन बिछाई है, पर उसमें पानी ही नहीं आता। एक कुआँ है, जो दिवाली से पहले ही सूख जाता है।"

"नदी पर जाने में एक घंटा लगता है। वह पानी बहुत गंदा है। पीने के काम नहीं आ सकता। केवल जानवरों के काम ही आता है।"

इस इलाके में बचत दल का काम अच्छी तरह चल रहा है।

देऊबाई की संस्था की पहल से चौदह बचत दल बन गए हैं। औरतें प्रतिमाह 50 रुपये जमा करती हैं। देऊबाई जिस दल की सदस्य हैं, उसकी सदस्याएँ तो प्रतिमाह 100 रुपये जमा करती हैं।

वहाँ एकत्र महिलाओं से पूछा, "क्या आप सब लोग बचत दल की सदस्य हैं?"

"नहीं।" एक दूसरे की ओर देखती हुई वे बोलीं।

फिर एक औरत ने कहा, "हमारे पास न खेती है, न कोई आय का साधन। फिर बचत दल में क्या जमा करें?"

दूसरी ने कहा, "तलपाड़े में मेरी बहन रहती है। वहाँ ऐसी ही एक संस्था ने बचत दल बनाए थे। हर माह 20 रुपये जमा करते थे। औरतों ने दो साल तक पैसे जमा किए। फिर उस संस्था के लोग रफूचक्कर हो गए। पता नहीं कहाँ चले गए। औरतों के पैसे भी नहीं लौटाए। ऐसा हो, तो कौन भरोसा करेगा।"

"यह किस संस्था की बात है? क्या आप जानती हैं?" मैंने देऊबाई से पूछा।

उन्होंने बताया कि यह संस्था अब भी जिले में कार्यरत है। देऊबाई जहाँ रहती हैं, वहाँ से बस अड्डे की तरफ जाते समय उसका कार्यालय रास्ते में पड़ता है। इस संस्था के बारे में वहाँ भी ऐसी ही शिकायतें मिली हैं। कुछ सरकारी योजनाएँ प्राप्त कर संस्था ने उसमें भी ऐसे कुछ घपले किए हैं।

"तो आप कुछ करती क्यों नहीं?" मैंने पूछा।

उन्होंने उत्तर नहीं दिया।

"क्या किसी नेता का वरदहस्त है उस संस्था के सिर पर?" मैंने फिर पूछा।

"हो सकता है। मुझे कोई ज्यादा जानकारी नहीं है। मैं ऐसी बातों में ध्यान नहीं देती।" उन्होंने कहा।

मैं तो अवाक् रह गई।

फिर लगा, हो सकता है उनका दृष्टिकोण ठीक ही हो।

उनकी संस्था कोई 'जागरुक आदिवासी संगठन' तो है नहीं। संघर्ष करना उनका उद्देश्य भी नहीं है। यदि ऐसे काम भी वे करने लग जाएँ, तो आज आदिवासी महिलाओं

को रोजगार दिलाने का जो विकासात्मक काम वे कर रही हैं, उसमें बाधा आ सकती है। फिर भी, प्रत्यक्ष न सही, अप्रत्यक्ष रूप से तो वे कुछ कर ही सकती थीं।

लोग यदि उनसे उम्मीदें नहीं रखेंगे, तो किससे रखेंगे? एक बार जब आप सार्वजनिक जीवन में उतर जाते हैं, तो आपसे उम्मीदें बढ़ती ही जाएँगी ना?

वैसे, यह तो ठीक है कि उनके अब के कामों की अपनी सीमा है।

अब 'जागरुक आदिवासी संगठन' उनके सहयोग से यहाँ अपनी जड़ जमाना चाहता है।

कैसे हो पाएगा यह?

यहाँ आने पर हमने नाचणी की अंबील (मँडुए का आटा छाछ में पकाकर बनाया गया पेय) पी थी।

फिर पालवीबाई के घर भोजन के लिए गए। वे चुस्त महिला थीं। प्रौढ़ थीं, पर शोख थीं। चलने-बोलने में नखरा था। नौ गज की साड़ी। सफेद ब्लाऊज।

उनका घर काफी बड़ा था। दुमंजिला। दरवाजे पर जीप खड़ी थी। बाजू में, पीछे की तरफ कई तरह के फलों के बड़े- बड़े पेड़ थे। पीछे की तरफ शौचालय भी बने थे। बैठक का कमरा शहर के मध्यवर्ग के घर जैसा था। दीवान बिछा हुआ, कुर्सियाँ, मेज, दीवार से लगा शोकेस, टी वी, एक पुराना बड़ावाला रेडियो। दरवाजे में मणियों के, ऊन के मोटे-मोटे वंदनवार, बाजू की दीवार पर उनके भाई यानी आदिवासी विभाग के मंत्री महोदय के फोटोवाला रंगीन कैलेण्डर।

दाल, चावल, भाकरी (ज्वार या बाजरे की मोटी रोटी), सब्जी, चटनी-खाना खाया।

पालवीबाई ने अपने बेटे का परिचय कराया। वह कॉन्ट्रैक्टर था।

"यहाँ की सड़कों के काम उन्होंने ही किए हैं।" देऊबाई ने बताया।

भोजन के बाद उन्होंने घूमकर अपना घर दिखाया। ऊपर की मंजिल के एक कमरे में बड़े कोठार थे, सुंदर बुनावटवाले।

फिर एक आदमी एक रजिस्टर लेकर आया। इस इलाके से चुनाव के मैदान में उतरी औरतों की सूची थी, चुनी गईं, हारनेवाली, सभी की।

"हमने 'महिला राजसत्ता आंदोलन' के लिए यह सूची तैयार की है। यहाँ उनका शिविर आयोजित करना है।" देऊबाई ने कहा।

इस सूची के कारण मेरा काम काफी आसान हो गया। फिर चर्चा हुई कि यहाँ का सर्वे कौन कर सकता है। देऊबाई और पालवबाई ने मिलकर तीन-चार नाम चुने। उनमें से दो लड़के गाँव के ही थे। पढ़े-लिखे थे। एक संवाददाता के रूप में काम भी कर रहा था। उन्हें बुलवाया। काम समझाया।

"विधायक महोदया को सूची दिखा लाइए।" देऊबाई ने कहा।

एक लड़का सूची लेकर गया।

हमें कुछ फुरसत मिली।

"अपनी चार बजेवाली बस तो गई। अब सात बजे बस मिलेगी।" देऊबाई ने कहा।

"आज यहीं रह जाइए न।" पालवबाई ने आग्रह किया।

"नहीं, कल सुबह की गाड़ी से मुझे वापस जाना है। दो महीने से घर नहीं गई हूँ। अब जाना ही होगा। कोई दूसरा वाहन—रिक्शा या जीप कुछ मिल सकता है?" मैंने पूछा।

"देखते हैं। कुछ तो मिल ही जाएगा।" वे बोलीं और एक बच्चे को सड़क की ओर भेज दिया। तब तक हमने अपने कागज समेट लिए।

लौटते समय देऊबाई का मूड कुछ खराब ही था। बोलीं, "आप उस संस्था के विरोध के बारे में कह रही थीं न। पर हमारे यहाँ तो सब ऐसा ही है। आपने तो आज सब देख ही लिया। विधायक महोदया का उपयोग तो कोई नहीं, पर उनके गुस्से को सम्हालते रहना पड़ता है। पालवबाई का निराला ही राग है। वे, उनका बेटा... आदिवासियों की अनेक योजनाओं का लाभ वे अपनी ओर मोड़ लेते हैं। सरकारी ऑफिस में आने से पहले ही उन्हें योजना की जानकारी हो चुकी होती है। कई योजनाओं के नाम पर कर्ज लेते हैं, पर चुकाते नहीं। हमारे बैंक की भी रकम बकाया है। मंत्री की साली हैं, इसलिए कोई कुछ बोल भी नहीं सकता। राजनीतिक संपर्क का इस तरह फायदा उठाते हैं। राजनीतिक वर्चस्व के कारण ये लोग अमीर हुए हैं। पर बाकी के आदिवासियों की स्थिति में कोई अंतर नहीं आया है।"

मैं बीच-बीच में हुंकारते हुए सुन रही थी।

"अब आप ही बताइए, अपनी गंदगी तो साफ कर नहीं सकते, दूसरों को क्या बताएँ कि साफ रहो?"

"आपने पालवबाई से कभी कुछ नहीं कहा?"

"एक-दो बार अप्रत्यक्ष रूप से कहकर देखा। पर कोई लाभ नहीं। अब उनके घर की ही बात देखिए। बड़े बेटे का निधन हो गया। उसकी पत्नी दो बेटियों को लेकर रहती है अकेले। इन्होंने धेले की भी सहायता नहीं दी उसे। कहती हैं, मेरा बेटा तो गया, मैं इसकी सहायता क्यों करूँ? बहू आपकी भले ही न हो, पर नातिनें तो आपकी हैं न? या वे भी आपकी नहीं हैं? दो वक्त का खाना तक नहीं मिलता था बच्चों को, माँ मजदूरी करने जाती थी।

आखिर मैंने ही सहायता दी। उसकी सिलाई कक्षा की फीस मैंने चुकाई। दो महीने उसका घर चलाया। योजना के जरिए मशीन दिलवाई। अब अपनी जरूरत भर का कमा लेती है। दूसरी औरतों के लिए इतना कुछ करते हैं हम, अपने घर की बहू की जिम्मेदारी क्यों झटक दें? उस समय तो मैंने उन्हें साफ कह दिया था कि

आपकी यह बात मुझे नहीं जँची।"

देऊबाई का स्वर कुछ हताशा से भरा लग रहा था।

एकाएक बोल पड़ी, "पर यह सब आप किसी से कहिएगा नहीं। मैंने तो बस यूँ ही आपको अपना जानकर बताया है।"

"किसी से नहीं कहूँगी देऊबाई, आप निश्चिंत रहिए।" मैंने उन्हें आश्वस्त किया।

7

आखिर कहीं से भी क्यों न हो, घर लौटना ही पड़ता है।

हर बार।

पूरे दो महीने बाद घर आने के कारण कुछ अजीब-सा लग रहा था।

ये इतनी सारी चीजें। ये कपड़ों के ढेर। यह फर्नीचर। ये गलीचे। ये सारी सजावटी वस्तुएँ। इनमें से किसी में भी मेरी गंध नहीं है। यह किसी दूकान जैसा या किसी दूसरे के घर जैसा लग रहा है। यह न अपना घर है, न अपनी पसंद। तो फिर इन सबकी देखभाल मैं क्यों कर रही हूँ? केवल आदत के कारण। पर क्यों?

इस बार फिर वे ही विचार।

एकदम से जोश आ गया।

शांता मौसी को बुलाकर कहा, "चलो, घर साफ करेंगे, ठीक करेंगे।"

दो-चार बड़े बक्से मँगाए। शो केस में रखी सारी वस्तुएँ उसमें भर दीं। बिट्टू की न जाने क्या-क्या चीजें सम्हालकर रखी थीं। खिलौने, छोटे कपड़े, टोपियाँ, कॉपियाँ, कॉमिक्स। बहुत कुछ उठाकर कचरे में फेंक दिया। जो ठीक-ठाक था, इस्तेमाल के योग्य था, वह सब शांता मौसी से कहा कि किसी को दे दे। साहब की कई चीजें घर में पड़ी थीं। ऐसे बर्तन, कपड़े और ऐसा ही छोटा-बड़ा सामान अलग किया, जो बहुत कम इस्तेमाल होता था, पर जिसकी जरूरत पड़ सकती थी। वह सब बाँधकर, पैक करके, ऊपर रखवा दिया।

करुणा आई थी। उससे कहा, "इन सजावटी चीजों में से तुम्हें कुछ चाहिए हो, तो ले जाओ।" उसने कुछ चीजें रख लीं।

सुमित्रा का फोन आया था, तो उससे भी पूछ लिया। पर धँसी हुई आवाज में वह बोली, "मुझसे अपनी ही चीजें सम्हालना नहीं हो पा रहा है। तुम्हारी बातें सुनकर तो ऐसा लग रहा है कि मैं भी क्यों न एक बार सारा घर इस तरह साफ कर लूँ।"

डबलबेड ने तो बहुत जगह घेर रखी थी। ड्रेसिंग टेबल निरुपयोगी प्रतीत हो रहा था। केवल बाल सँवारने होते हैं, उसके लिए बेसिन पर लगा आईना तो पर्याप्त

है। हॉल में रखा शो केस खाली हो गया था। केवल टी वी रखने के लिए एक ट्राली काफी हो जाती। वज़नी सोफे, कुर्सियाँ, डाइनिंग टेबल...किसी चीज की जरूरत नहीं थी। टीपॉय, गमले, ऐशट्रे...कितनी चीजें थीं। पुराना फर्नीचर खरीदनेवाले को बुलवाया और सब बाहर कर दिया।

जहाँ फर्नीचर दीवार से लगा रखा था, वहाँ दीवार पर कितने जाले लगे थे।

...और रंग के दाग—बड़े-बड़े, आँखों में घुसते हुए से।

शांता मौसी ने कहा, "अब यहाँ फिर से पुताई करनी पड़ेगी।"

कहा, "अभी तो रहने ही दें। इसकी भी आदत हो जाएगी धीरे-धीरे। देखिए घर कितना बड़ा और खाली नजर आ रहा है अब।"

उन्होंने कहा, "जमा करने में कितना समय लग गया था, पर निकाल देने में केवल चार घंटे लगे।"

सारे कमरे धो-पोंछकर साफ करवाए। दीवारें साफ की। दो दिनों तक घर भर में साबुन और फिनाइल की महक भरी रही।

परछत्ती से इजल उतारा। ड्राइंगबोर्ड भी था। जाले लगे थे उनमें। मैला भी बहुत हो गया था। साफ करवाकर सामने ही रखा, ताकि आते-जाते नजर पड़ती रहे और चित्र बनाने की इच्छा होती रहे। आड़ी-तिरछी ही सही, लकीरें अब उकेरी जाने लगी हैं और उम्मीद बँध गई है कि रंग भी मिल ही जाएँगे।

डॉ. दयाल के यहाँ मैंने जो स्केचेस बनाए थे, उन्हें देखकर सुमेध ने एक बार कहा था, "वाह! हम रिपोर्ट में ये स्केचेस भी डाल सकते हैं।"

साहब ने भी एक बार यही कहा था। जब मैंने हताश होकर रुआँसी आवाज में कहा था कि मैं कॉमर्शियल आर्टिस्ट नहीं हूँ और विज्ञापन के काम मैं कर ही नहीं पाऊँगी। जब मुझसे करवाए हुए एक-दो काम रिजेक्ट होकर वापस आ गए थे, यह तब की बात है।

साहब ने कहा था, "कोई बात नहीं। तुम पेंटिंग्ज करना चाहती हो न? करो। एक सूची बनाओ कि कितने कैनवास लगेंगे, कितने रंग, और जो भी जरूरत हो। प्रदर्शनी के लिए ताज या कौन-सी गैलरी बुक करनी होगी, उसका किराया कितना होगा, सब पता लगाओ। पत्रकारों और निमंत्रण-पत्रों की जिम्मेदारी मेरी। मुझे पूरा एस्टिमेट बनाकर दे दो, फिर साल भर पेंटिग्ज बनाती रहो। बाद में बढ़िया शो आयोजित करेंगे।"

मुझे तो कुछ सूझा ही नहीं कि मैं क्या कहूँ।

किस आकार के कितने कैनवासों की जरूरत होगी, यह कैसे तय हो? किस रंग के कितने ट्यूब्स चाहिए, यह हिसाब कैसे करूँ? और यदि काम करते हुए मुझे

जामुने रंग की बजाय पीले या लाल की बजाय काले रंग की ज्यादा जरूरत पड़ जाए तो? तब इस एस्टिमेट का क्या होगा? प्रदर्शनी के हॉल में कितने चित्रों के लिए स्थान है, यह देखकर साल भर में उतने चित्र बनाने होंगे। यह डेडलाईन। यदि उसे न निभा पाऊँ तो? और क्या इस तरह तय करके चित्र बनाए जा सकते हैं? किसके? क्या? जो बनाया है, क्या साहब को उसका स्पष्टीकरण देना होगा? कैसे? इसके बावजूद यदि वे चित्र न बिक पाएँ तो? तो साहब का जो नुकसान हुआ होगा, उसे पूरा कौन करेगा?

"थोड़ा स्टडी कर लो कि कौन-सा चित्रकार आजकल फॉर्म में है? किस प्रकार के चित्रों की मार्केट वैल्यू है?—वगैरह। जो रेग्युलर बायर्स हैं, मैं उनकी लिस्ट पाने की कोशिश में हूँ।" साहब ने कहा।

इस पर भी मुझे कोई जवाब नहीं सूझा।

पर अप्रत्याशित रूप से मुझे मुक्ति मिली। अनुभव हुआ कि शरीर में कुछ बदलाव हो रहा है। प्रेग्नेंसी कन्फर्म हुई।

फिर सारे प्रश्न ही बदल गए।

अनुजा से काफी दिनों बाद मुलाकात हुई। हम दोनों ही अपने-अपने फील्ड-वर्क में व्यस्त थीं। फिर वहाँ के अनुभवों का लेन-देन शुरू हुआ। समानताएँ, भेद...कुछ निष्कर्ष...कुछ जानकारी...किस्से...ऐसा ही बहुत कुछ।

अनुजा बचत दल की तारीफ करते नहीं थक रही थी।

मोगरज में पानी की समस्या हल करने के लिए सभी बचत दल की औरतों ने एकत्र मीटिंग आयोजित की और सरपंच को बाध्य किया कि वह पानी के प्रश्न की ओर ध्यान दे। सरपंच ने इस काम में सहायता करने से साफ इनकार कर दिया। तब सबने तय किया कि तहसील की पंचायत समिति में जाएँगे और वहाँ कोई ध्यान न दे, तो हंडा मोर्चे का आयोजन करेंगे। 15 अगस्त को वृक्षारोपण किया। गाँव में औषधि बनाने के लिए उपयुक्त वनस्पतियों का बगीचा तैयार किया।

वहाँ की सरपंच के बारे में अनुजा बता रही थी।

"उसने मुझे बताया कि उसे गाने सुनने, गाने का बहुत शौक है। इसलिए औरतें मुझे पसंद करती थीं। चुनाव जीतना मुश्किल नहीं रहा। बाद में सभी अधिकारियों के कार्यालयों से संपर्क हुआ। संकोच और डर रफूचक्कर हो गया। निर्णय क्षमता बढ़ गई। बोलती तो वह पहले से थी, पर अब बातों में सत्ता और सत्य का प्रभाव दिखाई देने लगा। संयुक्त परिवार होने के कारण घरेलू बातों से छुट्टी मिली। बच्चों की देखभाल अच्छी तरह हुई।

बचत दल से ही कर्ज लेकर गाँव में अपना चिकन सेंटर शुरू किया। फिर

प्रौढ़ साक्षरता केन्द्र में जाना शुरू किया। इससे अक्षरज्ञान पक्का हुआ और बचत दल का हिसाब लिखने का काम शुरू किया। संस्था की ओर से ही औषधिपूर्ण वनस्पतियों के बारे में प्रशिक्षण मिला। महिला मेलों में शामिल हुई। उससे गाँव के कार्यक्रमों में सामने आकर दो शब्द बोलने की हिम्मत मुझमें आ गई।"

अनुजा उसकी आवाज की नकल उतारते हुए बता रही थी।

फिर बोली, "मेरे लिए भाषा की समस्या है। पहले तो मराठी ही ठीक से नहीं समझ आती, उस पर ये आदिवासी बोलियाँ...और ज्यादा मुश्किल हो जाता है।"

"भाषा की समस्या का सामना तो मुझे भी कभी-कभी करना पड़ा।" मैंने बताया। "कई बार अनुवादक से सहायता ली। पर सीधे बातचीत का आनंद उसमें नहीं मिलता। अच्छा, तुम्हें क्या कहीं चुड़ैलवाले मामले मिले?"

"औरतें कह रही थीं कि अब वैसा कुछ ज्यादा रहा नहीं। एक गाँव में ऐसा कुछ था, वहाँ चुनी गई एक औरत सरपंच पद की उम्मीदवार थी। तो लोगों ने उसे इसी बात से डराया-धमकाया था।"

बोलते हुए अनुजा बीच में ही कुछ गंभीर हो जाती थी। हमेशा जैसी हँसमुख नहीं लग रही थी। चुटकुले नहीं सुना रही थी।

लग रहा था कि उसके दिमाग में कुछ और चल रहा है।

आखिर मुझसे पूछे बिना नहीं रहा गया।

तो बोली, "मैं शादी तोड़ने की सोच रही हूँ।"

पूछा, "क्यों? तीन-चार सालों से तुम्हारा अफेयर चल रहा था। पहले दोनों के घर से विरोध था, कोशिश करके दोनों घरों की सहमति पाई। तुम तो पिछले महीने कर्नाटक में उसके घर जाकर सब देख आनेवाली थी न? गई थी या नहीं?"

"हाँ, गई थी।"

"तब क्या वहाँ कुछ हुआ? या कोई दूसरी समस्या?"

"अब शादी वगैरह करने का मन ही नहीं है।"

"अरे, पर उसके लिए कोई कारण तो होगा न?"

"ऐसे निश्चित रूप से बताना मुश्किल है। मैं उसके घर हो आई न...तीन दिन रही वहाँ। टिपिकल कन्नड़ ब्राह्मणों का परिवार है वह। अत्यंत कर्मठ लोग। उस घर में इतने सारे लोग रह रहे थे कि कौन किसका क्या लगता है, पता चलना मुश्किल था। वहाँ मेरे साथ किसी ने बुरा बर्ताव नहीं किया। सबके मन में कुछ कुतूहल ही था। पर तकलीफ कुछ नहीं हुई। सब वैसे सुशिक्षित लोग थे। उसकी माँ भी मेरे साथ अच्छी थीं। पर हमेशा यही लगता रहा कि वहाँ नहीं निभ पाएगा मुझसे। हमेशा कैसे रहूँ उस घर में? उन लोगों के साथ? वहाँ का भोजन भी इतना अलग था कि क्या कहूँ। ठीक है कि सामिष भोजन नहीं चलता, तो बाहर जाकर खाया जा सकता है। पर रोज के भोजन का क्या? भाषा अलग, लाईफ स्टाइल अलग,

कैसे निभे?"

"अरे, पर यह जरूरी तो नहीं कि तुम लोग वहीं रहो? वह अपनी वकालत कहीं भी कर सकता है। तुमने तो अपना काम अब तक शुरू भी नहीं किया है। कहाँ करना है, वह भी तुम तय कर सकती हो। निश्चित तय करके निर्णय कर सकते हो तुम दोनों। घर के लोगों के साथ अच्छे संबंध बनाए रखकर भी तो ये निर्णय लिए जा सकते हैं। यह सब सोचकर तुम्हीं लोगों ने तय किया था न? ये सारे प्रश्न मैंने ही तुमसे पहले पूछे थे। उस समय तो तुमने यह कहकर सब झटक दिया था कि सब बहुत आसान है। फिर एकाएक ऐसा क्या हो गया कि तुम्हें वे ही बातें मुश्किल लगने लगी हैं?"

"नहीं...पर नहीं हो पाएगा मुझसे।" अनुजा ने कहा।

"क्या तुमने इस बारे में अपने उससे...क्या नाम बताया था...? हाँ, शेखर...शेखर से बात की है?"

"कहा है उससे सब। बहुत दुख हुआ है उसे। उसने भी कई विकल्प सुझाए, जैसे तुमने सुझाए हैं। पर मन नहीं मान रहा है।"

"ठीक है अनुजा, ठीक हुआ कि तुमने समय पर फैसला किया है। पर आगे की क्या सोची है तुमने?"

"अब यह परियोजना पूरी हो जाएगी। रिपोर्ट लिख चुकने के बाद मैं 'प्रगत' का काम छोड़ दूँगी। तुमसे कहा था न कि मैं अपना खुद का कोई काम शुरू करना चाहती हूँ। आजकल उसी के बारे में सोच रही हूँ और योजना बना रही हूँ।"

हमने फिर से फाइलों की ओर ध्यान लगाया।

पर लगता रहा कि कुछ अलग ही घट रहा है, जिसका मुझे पता नहीं चल रहा है। अनुजा उस शेखर से इतनी अधिक जुड़ी हुई थी कि क्या कहें। उसका नाम भी सुन लेती, तो शरमा जाती थी। उसके साथ जीवन बिताने के कितने मनसूबे रचे थे उसने। अनुजा की बातों से लगता था कि शेखर भी समझदार है। और इतने सालों में क्या अलग संस्कृति, अलग आदतें आदि का अनुजा को एहसास नहीं हुआ होगा?

शादी टूटने का यह कारण तो निश्चित नहीं है।

इस प्रकार का कोई ठोस निर्णय लेने के बाद आदमी के चेहरे पर जो एक मुक्ति का भाव होता है, वह तो उससे कोसों दूर था। लग रहा था कि अभी भी उसके मन में कोई संभ्रम, कोई उलझन है।

हमेशा जी खोलकर बातें करनेवाली अनुजा ने आज इतने नपे-तुले उत्तर दिए थे कि और कुछ पूछने का कोई फायदा ही नहीं था। यदि बताना चाहती होती, तो खुद ही बताया होता उसने।

सोमनाथ गायब था। मीटिंग के लिए आया ही नहीं था। इसलिए पता नहीं चल रहा

था कि उसके काम का क्या हुआ होगा। जाकर चौती से पूछा, "सोमनाथ का कोई संदेश है?"

तो वह बोली, "आपके लिए कुछ नहीं।"

मैं झल्ला गई। कहा, "मेरे लिए संदेश का सवाल ही कहाँ उठता है? वह आज मीटिंग के लिए नहीं आया। आज आगे के काम तय करने थे। वह सारा काम अब आगे धकेलना होगा। इसीलिए पूछा।"

वह बोली, "उसकी पत्नी बीमार है, इसलिए आ नहीं पाएगा।"

"पहले ही यह बात ठीक से कही होती, तो क्या हो जाता?"

"आजकल यहाँ किसी का कुछ ठीक पता ही नहीं चलता। सब इतना अजीब चल रहा है। छीः ...छोड़कर चली जाऊँ लगता है, पर दूसरी नौकरी भी तो मिले।"

"ऐसा क्या हुआ है?"

"कुछ नहीं।" वह फिर से तीखे तेवर दिखाने लगी।

"उसके घर का पता, या कोई फोन नंबर हो, तो दे सकोगी?" मैंने पूछा।

उसने अलमारी से एक रजिस्टर निकालकर सामने पटका, "लिख लीजिए पता। उसके पास फोन नहीं है।"

पता ढूँढकर लिख लिया।

दोपहर तक सुमेध आया। इस बीच वह रिपोर्ट देख चुका था।

सुमेध ने कहा, "यह कैसे सब अधूरा-सा काम किया है। तुमसे तो मेरी यह उम्मीद नहीं थी। अब यह सब मुझे ही बार-बार जाँचते बैठना पड़ता है। आई एम फेड अप यार।"

मेरा तो दिमाग ही घूम गया।

"इतनी बार...बार-बार मैं तुम्हें सारे ब्यौरे दिखाया करती थी न सुमेध, पर उस समय तो तुमने कुछ भी नहीं कहा। और अब एकाएक सब गलत कैसे दिखने लगा है तुम्हें?"

"हाँ...अब तुमसे मुझे यह भी सुनना पड़ेगा...उस समय तुम्हें छूट दी थी, उसी के नतीजे भुगत रहा हूँ अब।"

"किस छूट के बारे में कह रहे हो सुमेध?"

"प्रफुल्ला तुम केवल स्नातक हो, वह भी चित्रकला में। इस काम का क्या तुम्हें कोई पूर्वानुभव था? क्या ऐसे काम से दूर का भी कोई संबंध था? पर दिया मैंने तुम्हें यह काम।"

चौंक पड़ी मैं।

क्या कह रहा है सुमेध?

क्या यह वही आदमी है जिसके साथ मैंने काम शुरू किया था?

अब मैंने भी आपा खो दिया। कहा, "क्यों दिया काम? क्या मैं पूछने आई थी कि मुझे कोई काम मिलेगा क्या? तुमने मुझसे पूछा था कि काम करोगी? क्यों पूछा था तुमने ऐसा? दया के कारण? किसलिए दया? और मेरे प्रति ही क्यों... परित्यक्ता हूँ इसलिए?"

"बेकार मेरी जबान मत खुलवाओ प्रफुल्ला।"

"क्यों? बोलो न...तुम जो चाहो बोलो। मुझमें हिम्मत है सुनने की।"

सुमेध ने एकाएक पैंतरा बदला। शांत स्वर में बोला, "मुझे लगा था प्रफुल्ला कि तुम मेरी पूरक हो। पर अब पता चल रहा है कि ऐसा है नहीं। तुम मेरे काम की चौखट में फिट नहीं आ रही हो। तुम्हारे दिमाग में कुछ और ही चलता रहता है। दूसरे, काम को समझकर ठीक से काम करने के लिए तुम तैयार नहीं हो। तुम्हारे काम में कोई अनुशासन ही नहीं है...और सब जगह सब कुछ बोलने से काम नहीं बनता। उसके बिना भी कई काम किए जा सकते हैं। तुम एक बार ठीक से तय कर लो कि तुम क्या करना चाहती हो। ऐसे पचड़ेवाले काम करने हों, तो 'जागरुक आदिवासी संगठन' में काम करो। 'प्रगत' में ऐसा सब नहीं चलेगा।"

"कौन-से पचड़ेवाले काम? और कौन-सी बातें सब जगह नहीं बोलनी चाहिए? तुम साफ-साफ कहो सुमेध, इस तरह संदिग्ध बातें मत करो।"

"ठीक है, बोलेंगे इस बारे में बाद में।"

"पर तब तक मैं क्या करूँ?"

"जो काम तुम्हें सौंपा है, उसे जारी रखो और जितना कहा है उतना ही करो। बस। आज मेरी एक लंच मीटिंग है। बाद में मिलेंगे। चलो अनुजा।"

अनुजा फाइलें ड्रावर में रखकर, पर्स उठाकर उसके साथ चल दी। मैं वैसे ही हताश-सी कुर्सी पर बैठी रही।

सब कुछ कितना अनिश्चित हो जाता है बार-बार।

ठीक से कुछ समझ ही नहीं आता।

मन संभ्रम में पड़ा रहता है।

हम किसी के हाथ का खिलौना बनकर क्यों रहें इस तरह? सुमेध को भी ऐसा सब कहने की क्या जरूरत थी?

सुमेध से साफ-साफ बात करने के उद्देश्य से दोपहर को 'प्रगत' में फोन किया। पता चला कि वह एक सप्ताह के लिए बाहर गया है। तब सुमित्रा को फोन

किया और शाम को मिलना तय किया। शायद उससे कुछ पता चले। कम-से-कम इतना तो पता चलता कि कहीं उन दोनों के बीच कोई झंझट तो नहीं और यदि हो, तो मैंने सुमित्रा को जो सलाह दी थी, कहीं उसका कोई संबंध तो नहीं... । मुझे लौटे एक हप्ता हो गया था, पर सुमित्रा से मुलाकात नहीं हुई थी। मैं तो घर को साफ और ठीक-ठाक करने में व्यस्त थी।

सुमित्रा इस समय ऑफिस में होगी, यह सोचकर ऑफिस में फोन किया, तो पता चला कि वह महीने भर की छुट्टी पर है। अचानक इतनी छुट्टी क्यों ली है उसने? तबियत तो ठीक है न? उसकी, बच्चों की? तीन महीने लगातार बाहर ही घूम रही थी मैं, उससे मिली ही नहीं थी।

वैसे शांता मौसी सारी बातें बताती रहती हैं मुझे, पर इस बारे में वे भी कुछ नहीं बोलीं। लौटने पर उनसे पूछा, "इस बीच आप सुमित्रा के यहाँ गई थीं? कुछ बताया नहीं मुझे, उसकी तबियत तो ठीक है न?"

शांता मौसी ने कहा, "एक बार गई थी मैं। सुमेधभाई ने दरवाजा खोला। जब पूछा कि सुमित्रा दीदी हैं घर पर, तो 'बाथरूम में है', कहकर जोर से दरवाजा बंद कर लिया। तब मैं दुबारा नहीं गई। उन्हें यदि पसंद न हो हमारा आना-जाना, तो क्यों जाऊँ? आपकी बात अलग है। कुछ भी हो, आखिर मैं नौकर ही तो हूँ।"

अब इस पर मैं क्या कहती?

"यदि ऊब जाऊँ, तो करुणा दीदी के घर जाना मुझे अच्छा लगता है। बच्चियों के कारण मन तो लगा रहता है।" उनका बोलना जारी था।

तब उठी और फोन किए बिना ही सुमित्रा के घर जा धमकी।

दरवाजा खोलनेवाली सुमित्रा को देखकर मैं सहम गई। आँखों के चारों ओर काले घेरे और गाल की हड्डियाँ उभरी हुईं। कुछ बोली ही नहीं, आओ, बैठो...कुछ नहीं। मैं दरवाजा बंद करते हुए उसके पीछे-पीछे भीतर गई। वह मानो अनिच्छा से एक-एक कदम उठा रही थी। उसकी ओर देखा नहीं जा रहा था। वह बेंत की गोल कुर्सी पर पाँव समेटकर चुपचाप बैठी रही।

मैंने डाइनिंग टेबल के पास की कुर्सी उसके पास खींच ली। उसके हाथ अपने हाथों में थामे, पर क्या बोलूँ, कुछ सूझा नहीं। दोनों चुप।

आखिर पूछ ही लिया मैंने।

"तुम्हें कुछ तकलीफ है सुमित्रा? तबियत ठीक है न?"

"नहीं,...कुछ नहीं हो रहा।" उसने क्षीण आवाज में कहा।

"क्या हालत हो गई है तुम्हारी? डॉक्टर के पास गई थी?"

"हाँ।"

"क्या कहा डॉक्टर ने?"

"दवाई दी है। कहा कि खास कुछ नहीं। केवल थकान है।"

यह केवल थकान नहीं थी। और भी कुछ था। पर क्या, वह समझ नहीं आ रहा था।

"क्या सुमेध आया था तुम्हारे साथ?"

"कहाँ?"

"कहाँ क्या? डॉक्टर के पास? आया था क्या?"

"नहीं, वह आकर क्या करता? जब सचमुच जरूरत हुआ करती थी, तब तो कभी नहीं आया। आया भी तो चिड़चिड़ाते हुए, मानो एहसान कर रहा हो। अब तो कुछ हुआ ही नहीं है मुझे।"

"तुम लोग समुपदेशक के पास गए थे?"

"हाँ, पाँच सीटिंग्ज हुईं। दो मेरी, दो उसकी, एक हम दोनों की एक साथ।"

"क्या हुआ फिर?"

"कुछ नहीं। नया कुछ भी नहीं।"

उस महिला ने मुझसे पूछा, "शराब पीता है? ड्रग्ज लेता है? दूसरा कोई व्यसन है? किसी औरत के साथ अफेयर है क्या? वेश्या के पास जाता है? तुम्हें मारता-पीटता है? शारीरिक पीड़ा पहुँचाता है?...ऐसा ही बहुत कुछ।

इन सारे प्रश्नों के उत्तर मेरे पास नकारात्मक थे।

जब ऐसे ठोस कारण हों, तो उपाय खोजे जा सकते हैं। अलग होने के लिए भी तुरंत कोई कारण बताया जा सकता है। किसी को यह कैसे समझाया जा सकता है कि रोज आपका कचरा किया जाता है, आपको सड़ाने के लिए रखा गया है, अपने विकास के लिए आपका खाद के रूप में इस्तेमाल किया जा रहा है और तुर्रा यह कि सड़ांध आ रही है कहकर नाक पर रूमाल भी रखा जा रहा है?

वह अपनी बात पर दृढ़ था। सारे भ्रम। वे उसे इतने सच लगते हैं कि क्या बताऊँ। वह इस बात को मानता ही नहीं कि वह किसी जिम्मेदारी को टाल रहा है। इतना झूठ बोला उसने कि वह किस तरह भरपूर कमा रहा था, उसका कितने बड़े-बड़े लोगों से संपर्क है...ऐसा ही बहुत कुछ।

ऊपर से यह शान जताना कि वह घर के कामों में कितनी सहायता करता है। जो लोग यह सब सहजता से करते हैं न, उन्हें ये बातें किसी को बताने की जरूरत नहीं पड़ती। पर यह करने का उद्देश्य भी अपनी शान झाड़ना हो, तो क्या किया जा सकता है? बीच के विवरणों की दरारें बड़ी चतुराई से भर देता था वह।

पहले भी मुझे एक बार समुपदेशक के पास जाना पड़ा था। ऑफिस में बहुत तनाव बढ़ गया था। निर्णय ठीक से नहीं कर पा रही थी, इसलिए मैं खुद ही गई थी। मुझे उससे काफी लाभ हुआ। यह रास्ता मैंने खोजा था। यहाँ मुंबई में आपको

सलाह देने के लिए शुभचिंतक वगैरह नहीं होते। प्रोफेशनल्स ही ढूँढने पड़ते हैं। वे भी तटस्थता से सलाह देते हैं। आपका हित ही उनका उद्देश्य होता है। दूसरी कोई बात उनके मन में नहीं होती। मुझे नहीं लगता कि इस तरह समुपदेशक के पास जाकर मैंने कोई गलती की थी। पर यह आदमी...वहाँ उसने कहा कि 'पागल है'। क्या समुपदेशक और मनोचिकित्सक का अंतर वह नहीं जानता? और मान लो, गई भी होती मैं कभी मनोचिकित्सक के पास, तो क्या हुआ होता? क्या शरीर की तरह मन की बीमारी नहीं होती कभी किसी को? यह मुंबई में रहनेवाला, ऊँची जाति का, उच्च शिक्षित..."

"इसमें जाति और शिक्षा का क्या संबंध है सुमित्रा?"

"है। होता ही है। हम न मानें, तब भी होता है।"

"थक गई हूँ मैं। मुझमें अब न उसका विरोध करने की ताकत है, न सहन करने की। वह केवल यही सोचता है कि हर बात को कैसे भुनाया जा सकता है। मैं पूरी तरह हार चुकी हूँ।

समुपदेशक ने कहा कि दोनों की प्लस-माइनस बातों पर हम विचार कर चुके हैं। दोनों को पूरी बातें खुलकर बताई गई हैं। अब आगे का फैसला आपको ही करना है। तलाक लेना हो, तो सहजता से कभी भी ले सकते हैं। पर शादी बनाए रखनी हो, तो तुम दोनों को ठीक तरह से सोचना होगा।

एक-दो दिन लगा कि ठीक बर्ताव कर रहा है। पर फिर पता चला कि कुछ भी बदलना संभव नहीं है।

तसल्ली बस इतनी है कि मन की सारी बातें कह डाली मैंने।"

सुमित्रा मेरे हाथों में हाथ रखे वैसे ही बैठी थी। लग रहा था मानो मेरा स्पर्श भी वह महसूस नहीं कर पा रही है। न रो रही थी, न दुख मना रही थी। न पीड़ा से कुलबुला रही थी। मानो वह सारे एहसासों से परे चली गई हो।

"तो फिर, तलाक के बारे में क्यों नहीं सोचती सुमित्रा? मैंने साहस कर पूछा।

तलाक लेकर क्या करूँ? प्रश्न तो रहेंगे ही। केवल उनका स्वरूप बदल जाएगा, बस। कम-से-कम इन प्रश्नों की आदत तो हो गई है मुझे। अब तलाक लेकर भी मेरा क्या भला होनेवाला है?"

"ऐसा क्यों कहती हो? बहुत-सी औरतें बच्चों को लेकर अकेली रहती हैं। या दूसरी शादी कर लेती हैं। तुम्हारे पास अच्छी नौकरी है। चाहे तो कहीं और ट्रान्सफर करा लो। अकेले रहने का आत्मविश्वास आ जाए, तब तलाक ले लेना। कम-से-कम इन रोज की छोटी-छोटी परेशानियों से तो छुटकारा मिलेगा। ऐसा क्यों सोचती हो कि कुछ भी नहीं होगा?"

"हं।"

"इस बारे में सोचकर देख लो।"

"नहीं। अब किसी बात का मन ही नहीं होता। यहाँ तक कि कुछ सोचने का भी मन नहीं करता।"

वह फिर वैसी ही खामोश हो गई। इतना बोलकर जैसे उसने कोई कर्ज उतार दिया था और अब एक भी शब्द का उच्चारण करना आवश्यक नहीं रह गया था।

मैंने हलके से उसके हाथों से अपने हाथ हटा लिए।

8

रोहा के 'आदिवासी एकजुट संगठन' से प्रतिमा का फोन आया कि "चुनी गई महिलाओं के एक दिवसीय शिविर का आयोजन अलिबाग में किया गया है। हो सके, तो जरूर आना। बल्कि निश्चित आना।"

मैंने पूछा, "शिविर निश्चित रूप से किस संदर्भ में है?"

हाल ही में इतना घूम चुकी थी कि फिर से बाहर जाने की इच्छा नहीं थी। यदि कुछ नया, निराला हो, तो ही जाऊँगी, अन्यथा नहीं, यही सोचकर पूछा था। पर एक बार प्रतिमा से मिलने की इच्छा भी थी ही।

प्रतिमा ने बताया, "26 जनवरी के संदर्भ में है। अभी-अभी मुख्यमंत्री जी ने जी.आर. जारी किया है। इस वर्ष कई चुनी गई महिलाएँ पहली बार ध्वज-वंदन करनेवाली हैं। उनसे कोई गलती न हो। लोगों को उतना ही बहाना काफी होता है। एकाध जगह की बात होती, तो कार्यकर्ता जा सकते थे। पर इस बार सभी जगह... यानी महाराष्ट्र की कुल 9700 ग्राम पंचायतों में महिला सरपंच हैं और इस वर्ष वे ध्वज-वंदन करेंगी! अपने क्षेत्र में कोई गलती न हो. कम-से-कम इतना तो हम ध्यान रखना चाहते हैं।"

वह बहुत उत्साह से बोले जा रही थी। आखिर मैंने 'आऊँगी' कहा। वैसे भी अलिबाग बहुत दूर नहीं था। पिछली बार उससे मुलाकात नहीं हो पाई थी। तो तय किया कि इस मौके को हाथ से न जाने दूँ।

नियत समय पर अलिबाग पहुँच गई।

प्रसन्नता से भरा वातावरण लग रहा था। बहुत-सी औरतें जमा हुई थीं। वातावरण अनौपचारिक था। शुरू में नारे लगाए गए...

''वोट हमारा, राज हमारा...ले के रहेंगे, ले के रहेंगे...!!
ग्रामसभा किसकी?...मेरी आपकी हम सबकी...!!
गाँव का कामकाज चलाएगा कौन?...आप और हम, और कौन?''

अपने आप ही माहौल बन गया। फिर एक गीत हुआ। फिर प्रतिमा ने मुख्य कार्यक्रम की शुरुआत की।

प्रस्तावना में उसने कहा, "देश स्वतंत्र हुआ, क्या देश केवल पुरुषों का स्वतंत्र हुआ? औरतों का नहीं? बच्चों का नहीं? आदिवासियों का, गरीबों का नहीं? देश तो सबका है न! पर फिर भी औरत झंडे को प्रणाम करने नहीं आ सकती, औरत देशभक्ति का गीत नहीं गा सकती, वह झंडा नहीं फहरा सकती...ऐसा क्यों? आज हमारी सरकार ने कहा है कि औरत को भी अधिकार है, वह भी झंडा फहरा सकती है। जहाँ-जहाँ महिला सरपंच है, वहाँ महिला ही झंडा फहराएगी। मुख्यमंत्री जी ने कहा है कि गाँव के सरपंच के हाथों ही झंडा फहराया जाएगा, फिर सरपंच चाहे स्त्री हो या पुरुष। 26 सितंबर की शाम को महाराष्ट्र के मुख्यमंत्री जी ने मुंबई में यह महत्त्वपूर्ण घोषणा की है। इस समय उन्होंने यह भी घोषित किया कि इस संबंध में आवश्यक सरकारी आदेश शीघ्र ही जारी किया जाएगा और उसका कार्यान्वयन किया जाएगा। नए वर्ष के आरंभ में यह आदेश सब तक पहुँच चुका है।

इस बात से आप सब परिचित हैं, पर यह नहीं जानते कि यह हुआ कैसे।

इस आदेश ने यह दिखा दिया है कि हमें कोई भी चीज बोले बिना, झगड़ा किए बिना, संघर्ष किए बिना नहीं मिलती। देवणी गाँव की ग्राम पंचायत की सदस्य कुशवार्ता वेले ने अपने कुछ अनुभव सुनाए थे। उसे ध्यान में रखते हुए मुख्यमंत्री जी ने यह घोषणा की है। ग्राम पंचायत के सरपंच पद पर महिला का चुनाव हुए दस साल हो गए, फिर भी झंडा फहराने का अधिकार पाने के लिए सरकारी आदेश जारी करना पड़ता है। यह बात एक मायने में अपने पुरुष सहकर्मियों के लिए अपमानजनक है। पर वे इस बात को अब तक नहीं समझ पा रहे हैं। बल्कि औरत के हाथ में झंडे की रस्सी देने में ही वे अपमान का अनुभव कर रहे हैं।

कई जगहों पर ऐसी घटनाएँ भी हुई हैं, कि सरपंच महोदया के आने से पहले ही चुपके से झंडा-वंदन का कार्यक्रम जल्दबाजी में निपटाया गया। कुछ स्थानों पर ऐसा अनुभव भी मिला कि सरपंच महोदया के बजाय ग्रामसेवक, भूतपूर्व सरपंच, स्वतंत्रता सेनानी, पुलिस मुखिया आदि के नाम सुझाए जाते हैं। यदि इनमें से किसी भी नाम के लिए वह स्वीकृति न दे, तो अंततः उसके पति का ही नाम सुझाया जाता है और कोशिश की जाती है कि घर के ही सदस्य के हाथों उसकी कुर्सी के पेंच ढीले करा दिए जाएँ।

कई औरतों के इसी प्रकार के अनुभव हैं। उनमें से कुछ आज यहाँ उपस्थित हैं। बाद में वे अपने अनुभव सुनाएँगी ही। दोपहर के सत्र में हम उन संघर्ष के प्रसंगों के बारे में सुनेंगे, जो पिछले दो-तीन वर्षों में झंडा-वंदन में सहभागी होने को लेकर उत्पन्न हुए।

उससे पहले आज के सुबह के सत्र में हम झंडा-वंदन के संबंध में कुछ

जानकारी हासिल करेंगे। झंडा-वंदन के लिए जाते समय झंडे को गाँठ कैसे लगाई जाती है? सूत्र संचालन कैसे किया जाए? झंडे के संबंध में कुछ नियम हैं, उनका पालन कैसे किया जाए?—आदि बातों के बारे में हम प्रशिक्षण प्राप्त करेंगे।"

औरतें ध्यान से सुन रही थीं।

बाद में झंडा-वंदन की प्रत्यक्ष प्रस्तुति भी उन्होंने सावधानी से देखी।

उठकर, पास जाकर झंडे में लगी गाँठ देखी।

झंडा फहराया जाने पर सबके चेहरे पर मुस्कान थी। आँखों में तिरंगा प्रतिबिंबित था।

जो भी कपड़े उनके पास थे, उन्हीं में से जरा ठीक-ठाक कपड़े पहनी हुईं औरतें...अपनी रंग उड़ी, आधी साड़ी का, इकलौते ब्लाऊज के होने का एहसास उन्होंने कोरे कपड़े के लहराते तिरंगे में जैसे विलीन कर दिया था।

"तो अब नाचेंगे न दीदी?" मंगाबाई ने पूछा।

प्रतिमा को हँसी आ गई। उसने हामी भरी, तो सब तेजी से उठकर आईं।

प्रतिमा मेरी ओर देखकर बोली, "मेरे मन में प्रश्न था कि क्या हम इन्हें अपने हमेशावाले देशभक्ति के गीत सिखाएँ, पर वे सारे गीत तो मानक मराठी या मानक हिन्दी में हैं। अर्थ समझाकर गीत याद करवाने से तो यही अच्छा रहा। हर कोई अपने-अपने तरीके से स्वतंत्रता का उत्सव मनाए, यही ठीक होगा, है न!"

मैंने कहा, "फिर भी, हम एक और काम कर सकते हैं। दोपहर को उन्हें अर्थ समझाते हुए एक-दो गीत सुनाएँगे और कहेंगे कि अब वे सब मिलकर अपनी भाषा में एक गीत रचें।"

"अपनी भाषा में? क्या तुम उनकी भाषा कहना चाहती हो?"

मैं पल-भर रुकी। फिर कहा, "अब उनका-अपना ऐसा कुछ अलग लगता ही नहीं। पता ही नहीं चल रहा कि अपनी भाषा कौन-सी है।"

"क्या तुम्हारा यह इन्वॉल्बमेंट कुछ ज्यादा ही नहीं हो रहा है?" प्रतिमा ने कहा और चुप रही।

औरतों ने घेरा बना लिया था।

मैं उनके दमकते चेहरे निरख रही थी।

लगा, यहाँ आकर मैंने अच्छा ही किया।

वड़गाँव के शिविर की तुलना में यहाँ का वातावरण बहुत ही अलग, उत्साहपूर्ण था।

कितना विरोधाभास था...अविश्वास प्रस्ताव के बोझ तले दबी हुई औरतें, निराश औरतें...हम वहाँ उनकी आशा को जीवित रखने की कोशिश में लगे थे।

लेकिन यहाँ की औरतों ने अगली सीढ़ी पर कदम रख दिए थे। प्रारंभिक बाधाओं पर उन्होंने प्रयत्नपूर्वक मात की थी। एकजुट हो गई थीं।

गुंजोटी गाँव की शकुंताबाई ने अपने अनुभव सुनाने शुरू किए।

"प्रतिमा दीदी ने पहले जब गाँव में मीटिंगें आयोजित कीं, तब आदमी लोग ही जाया करते थे। हम सोचती थीं कि हमारा वहाँ क्या काम। एक बार प्रतिमा दीदी ने पूछा, तो कह दिया, 'हमारे यहाँ की औरतें नहीं आएँगी, वे शरमाती हैं।' पर प्रतिमा दीदी और संगठन के कार्यकर्ताओं ने जोर दिया, तो हम लोगों ने धीरे-धीरे जाना शुरू किया।

फिर चुनाव आए। तब गाँव में मुझे और रखमाबाई को खड़ा किया गया चुनाव के लिए। हमने खूब प्रचार किया और दोनों ने चुनाव जीता। रखमाबाई सरपंच बनी और मैं सदस्य। पर पति को लोग चिढ़ाते थे। कहते थे, 'पत्नी कुर्सी पर बैठेगी, नेता भी बनेगी, और तुम उसके नौकर बनकर रह जाओगे...।'

चुन लिए जाने के बाद खुशी प्रकट करना भी मुश्किल। मन में हँसी आती हो, पर पति की गुस्सैल आँखें देखकर चुप रहना पड़ता था।

हमारी मीटिंग होती, तो उसे क्लेश होता। पर बोलता कुछ नहीं था। गाली गलौज नहीं, मारपीट नहीं। केवल चुप रहता। चुप रहकर देखता रहता। पहले बहुत बुरा लगता था। पर फिर मैंने ध्यान देना ही छोड़ दिया। तय किया कि उसकी तरफ देखूँगी ही नहीं और मानकर चलूँगी कि वह घर में है ही नहीं। कोई मारे तो उसका हाथ पकड़ा जा सकता है, गाली दे, तो मुँह दबाया जा सकता है, पर कोई केवल देखता रहे, तो क्या उसकी आँखें बाँध सकते हैं?

पिछली बार औरतों ने मीटिंग में तय किया कि पन्द्रह अगस्त को सब झंडा-वंदन के लिए जाएँगी। प्रतिमा दीदी को बताया। पर उनका कहीं और कार्यक्रम था। उन्होंने कहा, "इस बार नहीं आना हो सकेगा। पर तुम लोग जरूर प्रभातफेरी निकालना और रखमाबाई के हाथों झंडा-वंदन भी करवाना। इस बात पर डटे ही रहना।"

स्कूल के बच्चों की प्रभातफेरी के समय सब औरतें भी साथ हो गईं, तो सबको बहुत आश्चर्य हो रहा था।

दीदी ने नारे भी याद करवाए थे...

भारतीय स्वतंत्रता किसकी?
स्त्री पुरुष सबकी...
पढ़ा लिखा आदमी सोचेगा
स्त्री पुरुष को समान मानेगा...

इस तरह के नारे लगाते हुए गाँव भर में प्रभातफेरी निकली।

फिर हम स्कूल पहुँचे। झंडा-वंदन का कार्यक्रम शुरू हुआ। औरतें पहली बार ही झंडा-वंदन के लिए आई थीं। पता नहीं चल रहा था कि वहाँ खड़े कहाँ होना चाहिए? स्कूल की मास्टरनी आगे आई, बड़े गुरुजी से बात की, फिर हमें दाहिनी तरफ जगह बनाकर दी। गाँव के लोग हमारी तरफ इस तरह टकटकी लगाए देख

रहे थे मानो कपड़े पहने हुए बंदरों को देख रहे हों। पर बच्चे खुश थे...कि माँएँ आई हैं स्कूल में। सामने दिखाई दे रही हैं। वे अपनी माँओं की तरफ हाथ हिला रहे थे, हँस रहे थे।

पर फिर बड़े गुरुजी ने झंडा-वंदन के लिए उपसरपंच को आगे बुलाया।

औरतें चौंक गईं। एक-दूसरे का मुँह देखने लगीं। कोई कुछ नहीं बोलीं। अब झंडे की रस्सी खिंचने का मान तो सरपंच का है। पर इस बार सरपंच एक औरत है, इसलिए उपसरपंच से कहा। मीटिंग में तय हुआ था कि ऐसा कुछ हो, तो विरोध करना है। पर समय आने पर सभी औरतों के मुँह ऐसे बंद, जैसे मटके का मुँह कपड़े से बाँधा गया हो।

आखिर मैं आगे बढ़ी। किसी न किसी को तो बोलना ही होगा। कहा कि 'सरपंच के होते हुए उपसरपंच से झंडा-वंदन कराने के लिए मेरा विरोध है।'

लोग कहाँ सुननेवाले थे? आवाज करना शुरू किया। बच्चों से भी ज्यादा कोलाहल शुरू हुआ। सभी पुरुष कुछ न कुछ कहने लगे। जो पति थे, वे अपनी-अपनी पत्नी को डाँटने लगे। बड़े गुरुजी कुर्सी से उतरकर लोगों के पास गए। उनके पीछे-पीछे ग्रामसेवक भी भागा। समझाकर बोले, 'शोर मत कीजिए, मैं औरतों के साथ बात करता हूँ...'

बड़े गुरुजी रखमाबाई के पास आकर बोले, ''इस बार जाने दीजिए। आप लोगों ने हमें पहले नहीं बताया था कुछ इस बारे में। अगली बार से ध्यान रखेंगे। तब ऐसा नहीं होगा। पर अभी मैंने उपसरपंच को सामने बुलाया, सबके सामने कहा कि वे झंडा-वंदन करेंगे, तो अब उन्हें बुलाकर मना करूँ, इस तरह अपमान करना क्या ठीक होगा?''

मैंने कहा, ''हर साल तो सरपंच ही करते हैं न झंडा-वंदन। उस समय तो आपने कभी उपसरपंच को नहीं बुलाया आगे? इसी साल क्यों उपसरपंच की याद आई? सरपंच एक औरत है इसलिए?''

तो उधर लोगों ने मेरे पति को घेर लिया। उससे कहने लगे कि ''चूड़ियाँ पहनकर चूल्हा सम्हालो।''

सारा मामला गडबड़ हो गया।

तब तक कुछ औरतें चली गईं। पर कुछ जमी रहीं। बिलकुल नहीं हटीं।

आखिर रखमा सरपंच ही आगे बढ़कर बोली कि ''जाने दो न शकुंताबाई। बेकार बात न बढ़ाओ।''

अब वही ऐसा बोले, तो क्या? मेरी तो बोलती बंद हो गई।

फिर उपसरपंच ने रस्सी खींची। झंडा-वंदन हुआ। बच्चों ने देशभक्ति के गीत गाए। दो बच्चों ने भाषण रटे थे, वे सुनाए। सब बढ़िया कार्यक्रम हुआ।

फिर उपसरपंच ने भाषण किया। गाँव के एक-दो नेता भी बोले। बोलते क्या? केवल औरतों पर ताने मारे।

आखिर बड़े गुरुजी आगे आए। अकेले वे ही औरतों के पक्ष में बोले। कहा, "जो चल रहा है, वह ठीक नहीं है। कानून औरतों के पक्ष में है। वे शिकायत करेंगी, तो जेल भी जाना पड़ सकता है। औरत को सम्मान देने से हमारी इज्जत मिट्टी में नहीं मिलेगी। वे अपने ही घर-गाँव की औरतें हैं, कहीं दूसरे गाँव की नहीं। अपने देश में महिला प्रधानमंत्री हुई थीं। अभी अपनी जिलाधिकारी एक महिला ही हैं। पिछली बार तहसीलदार महिला ही थीं। अब पुलिस विभाग में भी औरतें आ गई हैं। औरतें अब हवाई जहाज भी उड़ाने लगी हैं। अपने गाँव में ऐसे भेदभाव न रखें। सच कहें तो हमसे ही गलती हुई। हमें पहले ही ठीक तरह से पूछ लेना चाहिए था। पर इतने सालों में औरतें कभी झंडा-वंदन के लिए आई ही नहीं थीं, इसलिए ऐसा हुआ।"

फिर मैंने भी भाषण दिया। कहा, "हम औरतें भी गाँव में ही रहती हैं न, तो गाँव के कार्यक्रम में हमें क्यों नकारा जाता है? हमारे लड़के-लड़कियाँ आते हैं, गुंडे-मवाली भी आते हैं, फिर औरतें क्यों न आएँ?

अपने आदिवासी लोगों में क्या ऐसा रिवाज है? पंचायत लगे, तो भी औरतें आकर बैठती हैं, नाचने के लिए एकत्र होती हैं। बाजार जाती हैं। मेले में जाती हैं। बताइए तो, केवल पुरुष कहाँ जाते हैं? पुराने लोग भी इस तरह औरतों और पुरुषों को अलग नहीं समझते थे। अब आप लोग पढ़-लिख गए, तो औरतों को अलग करने लगे। औरत को अलग करके क्या आप लोगों की गृहस्थी चल पाएगी?

और सरकार क्या पागल है जो उसने औरतों को अधिकार दिए हैं? सरकार सोचती है कि औरतें भी कुछ बातें समझती हैं...इसीलिए अधिकार दिए हैं ना? संस्था की दीदी ने हमें जानकारी दी है। तब हम समझी हैं। अब आप लोग भी समझ जाइए। सब लोग साथ होंगे, तो अपने गाँव में कितने ही अच्छे काम किए जा सकते हैं।"

ऐसा सब हुआ। पर बात यहीं पर नहीं रुकी।

जब हम घर लौटीं, तो मेरे पति को भूतपूर्व सरपंच ने बुलवाया। लौटने पर मैंने पूछा कि क्यों बुलवाया था, तो कुछ भी नहीं बताया मुझे। मुँह लटकाए बैठा रहा केवल, बिना एक शब्द बोले।

"आज यहाँ रखमाबाई भी आई है। चाहे तो उससे पूछ लीजिए सच क्या है और झूठ क्या। पर इस बार उसे पीछे नहीं हटना चाहिए।"

प्रतिमा ने रखमाबाई की ओर देखकर पूछा, "तो अब रखमाबाई, क्या इरादा है?"

सारी औरतें मुड़कर रखमाबाई की ओर देखने लगीं।

रखमाबाई ने कहा, "दीदी, इस बार तो मैं झंडा-वंदन करूँगी। स्कूल के मुख्याध्यापक ने ऐसा संदेश भी भेजा है। इसीलिए तो आज यहाँ आई हूँ झंडे के बारे में जानने के लिए। और हाँ, ऐसा नहीं कि मैं पिछली बार पीछे हट गई थी।

अब शकुंता की सोच अलग है, मेरी अलग। एक बार चुन ली गई, तो अगली बार मुझे घर पर नहीं बैठना है। गाँव के काम केवल एक बार चुन लिए जाने से

नहीं हो जाते। सबको समझना पड़ता है। सम्हालना पड़ता है। तब अगली बार भी लोग वोट देते हैं।

शकुंता फटाफट सब बोल गई। मैं ऐसी नहीं हूँ। यदि भरी हुई गागर एकदम से उलट दें, तो क्या सारा पानी नीचे गिर सकेगा? नहीं गिरेगा। गागर को तिरछा पकड़कर ही धीरे-धीरे उंड़ेलना पड़ता है। तब पानी बेकार नहीं जाता, ठीक से गिरता है।

''राजनीति खेलनी हो, तो दीदी, इस तरह कुछ सोच-विचार कर काम करना पड़ता है।"

रखमाबाई का स्वर एकदम शांत था। पर अपनी बात वह बड़ी दृढ़ता के साथ कह रही थी। आक्रामकता के साथ बोलने की बजाय या विवादास्पद वक्तव्यों की बजाय अपने विचार ठीक तरह से समझाकर बताने की ओर उसका रुझान अधिक था।

प्रभावी दोनों थीं। बस, तरीका अलग था।

अनुबाई ने कहा, "हमारे गाँव में तो चार साल पहले ही औरतों की प्रभातफेरी निकलनी शुरू हो चुकी है। अब औरतें ही पुरुषों से कहती हैं कि प्रभातफेरी के लिए निकलो, केवल झंडा-वंदन किसलिए? चलो, बच्चों के साथ-साथ नारे लगाते हुए, चिल्लाओ, भारतमाता की जय!

बढ़िया नकल करते हुए वह बोली, तो सब हँसने लगीं।

जिवाबाई ने कहा, "हमारे गाँव में तो अभी भी झंझट ही चल रहा है। क्या होगा पता नहीं। जब मैंने कहा कि अब मैं सरपंच हो गई हूँ, तो मैं ही झंडा-वंदन करूँगी, तो ग्रामसेवक ने कहा कि औरत के हाथों झंडा-वंदन कराना हो, तो बीडीओ से अनुमति लेनी पड़ेगी।"

प्रतिमा ने कहा, "इसमें बीडीओ का क्या संबंध? क्या वे नहीं जानते कि सरकार ने जी.आर. जारी किया है? तुम्हारे यहाँ क्या जिलाधिकारी का आदेश नहीं आया? जिलाधिकारी मैडम से बात कर ली है मैंने। अब ऐसा करते हैं कि उस पत्र की एक और प्रति दोपहर तक मँगा लेते हैं। जेरॉक्स निकलवाकर रख देंगे। जिस गाँव में समस्या उठेगी, वहाँ औरतों को यह पत्र दिखाया जा सकता है।"

"हमारे गाँव में भी यही कहते हैं कि चुप रहो, वर्ना गाँव में झगड़ा हो जाएगा। जिस तरह पति ने त्याग दिया है, क्या गाँव भी तुम्हें उसी तरह त्याग दे? इस तरह की बात कहते हैं।" एक और महिला ने खड़े होकर कहा।

प्रतिमा बोली, "औरत चाहे विधवा हो या परित्यक्ता, झंडा-वंदन से इसका कोई संबंध नहीं है। जैसा शकुंताबाई ने कहा है, आदिवासी लोग अन्य लोगों की कई गलत पद्धतियों को अपनाने लगे हैं। वैसे भी पुरुष पहले ही नाखुश रहते हैं झंडे की रस्सी औरत के हाथ सौंपने में, उस पर यदि औरत विधवा या परित्यक्ता हो, तो वे उसे झंडा-वंदन करने का सम्मान आसानी से नहीं देंगे। कुछ न कुछ रोड़ा अटकाएँगे ही।

पर इस बार अपने कार्यकर्ता तैयार बैठे हैं। जहाँ-जहाँ ऐसे प्रश्न उठने की

संभावना है, या पिछली बार विरोध किया गया है, ऐसे गाँवों में जाकर संस्था के कार्यकर्ता झंडा-वंदन के कार्यक्रम में सहभागी होंगे। उल्टे-सीधे बहाने बनाने का अवसर किसी को नहीं दिया जाएगा।

इस बार औरतें झंडा-वंदन भी करेंगी और पिछली बार जैसे सीताबाई ने नारियल तोड़ा था, वैसे नारियल भी तोड़ेंगी।"

पिछले पन्द्रह अगस्त को सीताबाई ने गाँव में धमाल मचा दी थी। उनके गाँव के स्कूल में टेपरिकार्डर लाया गया था। उस पर राष्ट्रगीत का कैसेट बजाया जाता और अध्यापक तथा छात्र केवल सावधान की मुद्रा में खड़े रहते।

सायगाटा में हुए अधिवेशन से लौटने के बाद से सीताबाई के मन में कुछ अलग कर दिखाने की ललक मचल रही थी। उसने संस्था के कार्यकर्ताओं से राष्ट्रगीत की धुन, शब्द, उच्चारण आदि सब अच्छी तरह सीख लिया। उसके लिए चार बार तहसील हो आई। बड़े उत्साह के साथ बचत दल की औरतों को राष्ट्रगीत याद करवाया। फिर झंडा-वंदन से दो दिन पहले स्कूल में जाकर कहा कि इस बार कैसेट नहीं लगानी है। बचत दल की औरतें झंडा-वंदन में शामिल होंगी और राष्ट्रगीत गाएँगी।

परेशान गुरुजी ने गाँव के नेता को बुलवाया। वे बोले, "पहले हमें सुनाइए, फिर तय करेंगे।"

तब औरतों ने अच्छी तरह गाकर सुनाया। तब नेता ने गुरुजी को ही डाँटा कि "स्कूल के बच्चों को अब तक राष्ट्रगीत गाना क्यों नहीं सिखाया गया?"

झंडा-वंदन का शानदार कार्यक्रम हुआ। जोरदार आवाज में औरतों ने राष्ट्रगीत गाया। फिर सीताबाई ने नारियल तोड़कर सबको टुकड़े बाँटे।

प्रतिमा ने मुझे बताया, "सीताबाई बहुत जबरदस्त महिला हैं। मीटिंग में कोई इधर-उधर की बात करने लगे या विषय से भटक जाए, तो साफ सुनाती हैं कि मुद्दे की बात कहिए।

पिछले महीने हमारे सभी बचत दलों के अध्यक्षों की मीटिंग थी। एक औरत हिसाब ठीक तरह से प्रस्तुत नहीं कर सकी। कारण पूछने पर उसने बताया, "संस्था की दीदी आईं नहीं, इसलिए हमारे दल की मीटिंग नहीं हुई और हिसाब भी नहीं हो पाया।" तो मेरे कुछ कहने से पहले ही सीताबाई ने कहा, "दल किसका है, दीदी का या आपका? ये हाल है!"

"उसका पति भी संस्था का काम करता है। हमारी संस्था के लिए यह अच्छी जोड़ी है।"

चाय का समय हुआ तो प्रतिमा ने सीताबाई को बुलवाया। मेरा परिचय कराया। पर सीताबाई बोलने के लिए उत्सुक नजर नहीं आई। प्रतिमा को भी एहसास हुआ। आखिर उसने पूछ ही लिया, "क्या हुआ है? गाँव में या घर में कोई परेशानी तो नहीं? चुप क्यों हो?"

"दीदी, आजकल आपके भाई मेरे साथ बहुत झगड़ा करते हैं।" सीताबाई ने कहा।

"मारता-पीटता है क्या?" प्रतिमा ने चौंककर पूछा।

"नहीं, वैसे हमेशा नहीं पीटता।"

"हमेशा नहीं, यानी कभी-कभार तो पीटता ही है न?"

सीताबाई चुप रही।

"पति से मार खाते समय तुम लोगों की ताकत कहाँ चली जाती है?" प्रतिमा कुछ झल्ला गई थी। "क्या आज यहाँ आया है?"

"नहीं आए हैं।"

"पर इसका कारण क्या है? पहले तो कभी तुमने यह बात कही नहीं थी। अब उसे ऐसी दुर्बुद्धि क्यों सूझी है?" प्रतिमा की आवाज में अब कुछ चिंता थी।

"कुछ नहीं दीदी...संस्था के हिसाब-किताब की ओर मैं कुछ ध्यान देती हूँ, खर्च के कारण पूछती हूँ, इसलिए नाराज होते हैं। अब काम तो हम दोनों मिलकर ही करते हैं। तो हिसाब दोनों मिलकर क्यों न करें? मैं भी सातवीं पास हूँ। जैसा आपने बताया है, वैसा ही पूरा हिसाब मैं रखती हूँ—तारीख, खर्च की रकम, कारण और बाकी। उन्हें भी तो ऐसा ही करना चाहिए न? केवल मेरे कहने के कारण नहीं, पर इसलिए कि संस्था की ऐसी ही पद्धति है, तो लिखना चाहिए न? यदि मीटिंग में आप उन्हें सबके सामने डाटेंगी, तो मुझे ही बुरा लगेगा न? हिसाब-किताब को लेकर हमारे बीच तनाव हो, यह ठीक बात है क्या? अब आप ही बताइए कि क्या उपाय किया जाए?"

प्रतिमा को हँसी आ गई। बोली, "फिर भी, आगे से तुम उसके हिसाब की ओर ध्यान मत देना। मैं उसे ठीक से समझा दूँगी। और हाँ, सबके सामने नहीं डाटूँगी, जब अकेले मिलेगा तब डाटूँगी, तब तो ठीक है न? पर ऐसा एक ही बार। सीताबाई, जब सबके सामने किसी से कुछ कहा जाता है न, तब बाकी लोगों को भी पता चलता है कि क्या गलत है और क्या नहीं करना चाहिए। उसमें किसी का अपमान करने का उद्देश्य नहीं होता। पर तुम चिंता मत करो। मैं समझा दूँगी उसे।"

चाय की प्यालियाँ उठाकर सीताबाई चली गई।

"कार्यकर्ता की शराबखोरी और पत्नी की पिटाई--इन दोनों बातों को रोकना बहुत मुश्किल होता है।" उसकी ओर देखते हुए प्रतिमा ने कहा।

भोरसी गाँव की सरपंच अंजनाबाई अपने अनुभव सुनाने के लिए खड़ी हुई।

भोरसी में कई सालों से बहुत राजनीति चलती थी। सड़क के किनारे का गाँव, इस कारण बड़े नेता लोग भी सहजता से आते-जाते रहते थे। उस गाँव में सभी पक्ष थे। अंजनाबाई भाजपा की थी।

प्रतिमा ने कहा, "हमारे सामने यह सवाल ही था कि आखिर अंजनाबाई भाजपा में कैसे गई। उस समय हमने उससे कई प्रश्न पूछे। पर वह अपने निर्णय पर दृढ़ थी। जो सिखाया गया था उसे, वह बिना चूके बोलती थी। अब हिंदुत्ववाद और आदिवासी का क्या संबंध है? इस प्रश्न का भी उत्तर था उसके पास। पर संगठन उससे यह तो नहीं कह सकता था न कि वह अमुक पक्ष का काम करे या न करे।"

मैंने कहा, "अलग बात लगती है। बाद में अंजनाबाई से बातचीत करनी होगी।"

"कर लेना। बाद में भी अपने को समय मिलेगा।" प्रतिमा ने कहा। "तुम आज ही लौटने की जल्दी मत मचाना। रात मेरे साथ ही रह लेना। चाहे तो सवेरे वापस जाना। या फिर...ऐसा भी कर सकती हो कि यहाँ तक आई ही हो, तो आसपास के गाँवों की कुछ और औरतों के साथ बातचीत कर लो। मेरे पास कुछ कहानियाँ हैं, वे देख लेना। उनके आधार पर बातचीत करने के लिए एक-दो का चुनाव कर लेना। इससे तुम्हें भी कुछ अलग मामले मिल जाएँगे।"

यह बात मुझे भी जँच गई।

इस बार के भोरसी गाँव के झंडा-वंदन का बहुत बोलबाला हुआ।

विरोधी पक्ष के पुरुषों ने गजब ढाया। सरपंच महोदया का घमंड वे चूर-चूर करना चाहते थे। पर रास्ता नहीं मिल रहा था। रात-रात भर बहुत साजिशें रची जाती रहीं। केवल इसलिए विरोध नहीं कर सकते थे कि वह औरत है। इससे उनका पिछड़ापन सिद्ध हो जाता। साथ ही एक बार किसी मीटिंग में किसी ने कहा था कि औरतों को सिर उठाकर नहीं बोलना चाहिए, तो उसे सुनकर अंजनाबाई ने साही की तरह काँटे फैला दिए थे; बोली थी, "यह बात अपने नेताओं को सुनाइए और उनसे पूछिए कि दिल्ली की सोनियाबाई सिर उठाकर उनकी ओर देख भर ले, इस उम्मीद में वे कितने चक्कर काटते हैं।"

एकाध दिन ऐसा भी आता था कि घर में बच्चों के लिए रोटी के साथ सब्जी तक नहीं होती थी। पर इस स्थिति में भी अंजनाबाई ने गाँव में बहुत काम किया।

गाँव में बहुतों के पास खेती थी, पर खेती के लिए पानी नहीं था। एक पतली धारा थी, पर वह पानी के बजाय रेत की धारा ही लगती थी।

अंजनाबाई ने चक्कर काटकर रोजगार गारंटी योजना के तहत काम पाया। प्रतिमा की सहायता से एक संस्था से भी सहायता मिली। उसके साथ गाँव के लोगों द्वारा श्रमदान किया जाना जरूरी था। हर घर से एक आदमी लेकर श्रमदान कराया।

नदी से रेत निकालकर बाँध बनाना तय किया। आंगनबाड़ी के बच्चों के लिए मिले अनाज के खाली बोरे पंचायत समिति के पास पड़े थे। वे माँग लिए। बोरों में रेत भरकर खेतों के पास के नदी-नालों के किनारे पर बाँध बनाए।

लोगों की जरूरत भर का पानी मिलने लगा। फिर भी बचने लगा। खेती, पशु, कपड़े धोना आदि सब कामों के लिए पानी उपलब्ध हुआ। रेत निकालने के कारण नदी की धारा भी मोटी हो गई। बहुत-सी खेती जो पानी के अभाव में नष्ट हो गई होती, बाँध के कारण बच गई। गाँव के कई लोग बेरोजगार थे, उन्हें रोजगार गारंटी योजना के तहत काम मिला।

यह सब बहुत सहजता से या विरोध के बिना नहीं हुआ। पर अंजनाबाई ने यह सबक सीखा कि जहाँ आर्थिक संदर्भ आते हैं, वहाँ विरोधी भी चुप रहते हैं। उसने समय-समय पर यह मुद्दा उठाना शुरू किया कि चुनाव के समय शराब पिलाना या कुछ सामान, पैसे या कपड़े देना, इसकी अपेक्षा निश्चित स्वरूप का रोजगार उपलब्ध कराना अधिक महत्त्वपूर्ण होता है।

पन्द्रह अगस्त के झंडा-वंदन के लिए अंजनाबाई ने काफी तैयारी की थी।

महिला मंडल की बैठक में विस्तार से चर्चा की जा चुकी थी। प्रभात फेरी, झंडा-वंदन, ग्रामसभा, ग्रामसभा में उपस्थित किए जानेवाले प्रश्न...सब कुछ भली-भाँति तय किया था। प्रतिमा दीदी ने जो पोस्टर्स दिए थे, वे भी गाँव भर में लगा दिए थे...

"जो मिलेगा, उससे कहेंगे, ग्रामसभा की बात कहेंगे
ग्रामसभा में मिलकर जाएँगे, ग्रामसभा में मिलकर बोलेंगे।"

यह सब देखकर विरोधी पक्ष के लोगों का पारा चढ़ने लगा।

एक ने दिमाग चलाया, "क्यों न झंडे की रस्सी ही कमजोर कर दें?"

"उससे क्या होगा?" दूसरे ने पूछा।

"क्या होगा? अरे, जब वह सरपंच झंडा फहराने जाएँगी, तो रस्सी टूट जाएगी, फिर उसकी क्या इज्जत रह जाएगी?"

"पर किसी को पता चल गया तो?"

"कैसे पता चलेगा? तुम बताओगे या मैं बताऊँगा? हम मुँह खोलेंगे तब न किसी को पता चलेगा..."

फिर क्या और कैसे करना है, उसकी सारी योजना बन गई।

पर दूसरे विरोधी पक्ष को इस योजना का पता नहीं था। उन्होंने तय किया कि चाहे कुछ हो जाए, औरत को झंडा-वंदन नहीं करने देंगे। भले ही स्कूल के मुख्याध्यापक से कहेंगे ताकि कोई झंझट ही न हो। ऐन वक्त पर शोर मचाएँगे और सरपंच महोदया को वापस भेज देंगे।

पन्द्रह अगस्त को गाँव की औरतों ने सुबह जल्दी उठकर अपने काम निपटाए, बच्चों को खिला-पिलाकर अच्छे कपड़े पहनकर, बालों में फूल सजाकर उन्होंने प्रभातफेरी की तैयारी की।

दूसरी ओर दोनों विरोधी पक्ष अपनी-अपनी योजनाओं को अंजाम देने में लगे थे।

पहले पक्ष के लोग न कुछ बता सकते थे, न छिपा सकते थे। किसी तरह कुछ कहने का प्रयास किया, "करने दो न सरपंच महोदया को ही झंडा-वंदन, क्या होता है करने से? झंडा-वंदन के पवित्र अवसर पर झगड़ा क्यों करें? किसी ने शिकायत कर दी तो बेकार परेशानी..."

पर दूसरा पक्ष मानने को तैयार ही नहीं था। उन्होंने पहले पक्ष के लोगों को हिजड़े जैसा कहा, तो आपस में गाली गलौज शुरू हो गया।

स्कूल के शिक्षक खीझ गए। बच्चे पंक्ति छोड़कर तितर-बितर होने लगे।

औरतों की गोद के छोटे बच्चे रोने लगे। वे वहीं मैदान में बैठ गईं। कुछ घर लौट गईं।

पर दूसरे पक्ष का आग्रह कायम था कि सरपंच महोदया की बजाय मुख्याध्यापक ही झंडा-वंदन करें।

आखिर अंजनाबाई झुक गईं।

मुख्याध्यापक झंडा-वंदन के लिए सामने आए। पहले पक्ष के लोग आँखें फाड़े देखने लगे। झंडा ऊपर चढ़ने लगा। बच्चों की नजरें झंडे पर थीं और पहले पक्ष की नजरें झंडे की रस्सी पर। झंडा फहराने के लिए मुख्याध्यापक ने झटका दिया और खट् से रस्सी टूटी।

पहले पक्ष के लोगों ने मन-ही-मन गालियाँ बकते हुए आँखें बंद कर लीं।

बाकी लोगों का मुँह खुला का खुला रह गया और मुख्याध्यापक पसीने में नहा गए।

खबर फैल गई कि भोरसी गाँव के मुख्याध्यापक जब झंडा-वंदन कर रहे थे, तब रस्सी टूट गई। उन्हें तुरंत निलंबित किया गया। सरपंच महोदया को फंसाने के लिए बुने गए जाल में मुख्याध्यापक फँस गए।

जाँच-पड़ताल करने के लिए पुलिस आई। दोनों पक्षों के नेता आए। जाँच-पड़ताल का नाटक नहीं, सचमुच जाँच हुई। उसमें पहले पक्ष के लोग दोषी पाए गए। पक्ष के वरिष्ठों ने उन्हें जिला कार्यालय में बुलवाया। वहाँ खूब खिंचाई हुई। लौटे तो मुँह बंद कर।

इन सारी घटनाओं से अंजनाबाई ने पूरा लाभ उठाया। गाँव में बड़ी सभा आयोजित की गई। पक्ष के लोग थे ही। प्रतिमादीदी और संस्था के कार्यकर्ता भी आए। समाचार-पत्रों के लोग आए। बड़े शोर-शराबे में सभा सम्पन्न हुई।

अंजनाबाई ने सभा में कहा, "एक औरत का विरोध करने के लिए जो लोग झंडे का अपमान करने से नहीं हिचकिचाए, वे गाँव का क्या भला करेंगे? लड़ना ही है तो अपनी लड़ाई मतपेटी के जरिए लड़ें। हम काम न करें, तो हमसे जवाब-तलब करें। हम गलत रास्ते पर चलें, तो सही रास्ता दिखाएँ...झंडे की रस्सी कमजोर करने में किस शक्ति का प्रदर्शन करते हैं आप? आपके पास ताकत है, तो उसे अच्छे कामों

के लिए इस्तेमाल करें।

उस सभा में प्रतिमा भी बोली। "अंजनाबाई का कहना सही है। जब हम अपनी शक्ति, अपनी क्षमता का उपयोग समाज विघातक कामों के लिए करते हैं, तब न केवल समाज का बल्कि अपना खुद का भी नुकसान करते हैं।

हमें सोचना चाहिए कि समाज को हमारी जरूरत है या नहीं? यदि है, तो क्यों है?

यदि हम अपने को समाज का प्रतिनिधि कहते हैं, उसके लिए लोग हमें चुनें, इस प्रकार की उम्मीद रखते हैं, तो क्या केवल सत्ता का प्रयोग करने से काम होगा? समाज को हमारा उपयोग सत्ता के लिए या वर्चस्व दिखाने के लिए नहीं बल्कि सेवा और सहयोग करने के लिए होना चाहिए। केवल विरोध के लिए विरोध करने का नतीजा क्या हुआ? आप यह देख ही रहे हैं। अंजनाबाई और उसके सभी साथियों से मुझे यही कहना है कि विरोधियों ने आपके साथ जैसा बर्ताव किया, वैसा आप उनके साथ कदापि न करें। अपनी पक्षनिष्ठा सिद्ध करने के लिए दूसरे पक्ष के लोगों का अंधा विरोध न करें। यदि वे आक्रामक भूमिका लेते हैं, हिंसक कर्म करते हैं, तब भी उस द्वेष के रास्ते पर आप न चलें। इससे मन में दरारें पड़ने लगती हैं।

पक्ष की राजनीति ऊपरी स्तर पर बिलकुल अलग होती है। ग्राम स्तर की बात अलग है। एक गाँव के निवासी के रूप में आप एक-दूसरे को देखें। गाँव के हित और विकास के बारे में सोचें।

विरोधियों को नहीं, विरोध को नष्ट कीजिए।"

इस सभा के बाद गाँव की राजनीति के सभी स्तरों पर खलबली मच गई।

इस पृष्ठभूमि को देखते हुए इस वर्ष के झंडा-वंदन की ओर सबकी निगाह लगी थी। पूछा गया था कि क्या 26 जनवरी को पुलिस बंदोबस्त की जरूरत पड़ेगी? अंजनाबाई ने यह कहकर पुलिस बंदोबस्त नकार दिया था कि ग्रामवासियों पर उसे भरोसा है।

फिर भी...क्या होगा? सब कुछ ठीक तरह से सम्पन्न तो होगा न?...इस प्रकार का भय उसके मन में था ही।

इसीलिए प्रतिमा ने तय किया था कि झंडा-वंदन के लिए वह भोरसी गाँव में जरूर जाएगी।

शाम को रोहा में प्रतिमा के घर वापस आए। संगठन की जीप थी ही।

जीप में बैठते समय मुझे मन-ही-मन हँसी आ गई।

इन लोगों का कहना है कि संगठन के पास अपना वाहन हो, तो कार्यक्षमता बढ़ती है। किसकी कार्यक्षमता? संस्था चालकों की? परियोजना प्रमुखों की? यह कार्यक्षमता सामान्य कार्यकर्ता के पास कभी भी नहीं होती, क्यों? उनसे जंगल नापने

की उम्मीद रखी जाती है, ऐसा भेदभाव क्यों? इसके जवाब में कहा जाता है कि ऐसा किए बिना उसके मन में काम के प्रति लगन उत्पन्न नहीं होगी, उसे लगेगा कि यह काम तो आसान है। हम लोगों ने संगठन शुरू करते समय जो कुछ भी झेला है, उसका थोड़ा-बहुत तो अनुभव उन्हें भी मिलना चाहिए, वगैरह।

तो फिर केवल प्रमुखों के लिए वाहन क्यों? अपने इलाके में कभी भी, कहीं भी, समय-असमय घूमने के लिए। एक ही दिन काम का निरीक्षण करने एक से अधिक स्थानों पर जाना हो, किसी आपात् स्थिति में रात-बेरात कहीं आना-जाना हो, ज्यादा सामान ले जाना हो, तो आपके पास आपका खुद का वाहन होना ही चाहिए।

अधिकांश भागों में बस की सुविधा नहीं है। जहाँ बसें जाती भी हैं, वहाँ दिन में एक या दो बार ही जाती हैं। इसमें काफी समय बरबाद होता है। शुरुआती काल में पैदल घूमना ठीक था। लोगों से मुलाकात हो जाया करती थी। संपर्क बढ़ता था। अब उसकी जरूरत नहीं रही। काम इतना बढ़ गया है कि जो है, वही निभता नहीं। फिर उसमें और ज्यादा की क्या जरूरत? अब लोगों को संस्थाओं-संगठनों के महत्त्व पता चल गया है। वे अड़चनें आने पर स्वयं संगठन के पास चले आते हैं, हमें उनके पास जाने की आवश्यकता नहीं रही।

ये सारी बातें बार-बार सुनकर मुझे याद हो गई थीं। यदि यह न होता, तो शायद आश्चर्य होता।

पर मुझे अब भी ऐसा लगता था कि समाज के विविध स्तरों पर होनेवाले सूक्ष्म परिवर्तनों को क्या केवल इस तरह घूम-फिर कर अनुभव किया जा सकता है? संस्था-संगठनों में कार्यकर्ताओं के बीच कनिष्ठ-वरिष्ठ का भेद कितना विचित्र प्रतीत होता है। सरकारी कार्यालयों की तरह कोई निरीक्षक हमारे कामों का निरीक्षण करने के लिए आए, केवल टेबल वर्क करनेवाले लोग सालोंसाल फील्डवर्क करनेवाले कार्यकर्ता से उल्टे-सीधे सवाल पूछें, फंडिंग एजेंसियों के लोग कभी संदेह तो कभी सराहना की नजरों से देखते हुए किए गए कामों का मूल्यांकन करें...यह सब उस सामान्य कार्यकर्ता को कैसा लगता होगा? फिर शायद वह भी सरकारी कर्मचारी की तरह इधर-उधर देखे बिना केवल तय कामों का लक्ष्य पूरा करने या कागज-रिपोर्टों में अपना काम दर्शाने के चक्र में फँस जाता होगा।

दिन भर बहुत बोल चुकी प्रतिमा थक गई थी। घर पहुँचने तक वह जीप में ऊँघती रही।

प्रतिमा का एक छोटा-सा फ्लैट था कि बेडरूम, हॉल, किचन और टेरेस। किसी भी अन्य मध्यवर्ग के घर में होती हैं, उतनी चीजें थी—टीवी, फ्रिज, वाशिंग मशीन वगैरह। फर्नीचर बहुत ज्यादा नहीं था, नीचे भारतीय बैठक—ताकि कई लोग आराम से बैठ सकें या सो सकें। बेडरूम में दो बड़ी अलमारियाँ—किताबों और फाइलों से भरी हुईं।

नहाई। एकदम ताजगी महसूस हुई।

प्रतिमा का नहाना-धोना निपटते तक टेरेस पर बैठी रही।

पैलेट की तरह रंगों से भरा आकाश अब मटमैला हो चला था। जैसे कहीं अज्ञात से कोई नर्म कपड़े से बचे-खुचे रंग पोंछ दे रहा हो।

नीचे लगा नारियल का पेड़ टेरेस से भी ऊपर उठ गया था और उसके पत्तों की जाली-सी बन गई थी। गर्दन उठाकर मैं उसकी ओर देखती रही। कॉलेज के दिनों में कई बार मन में आता था कि पीठ के बल लेटकर ऐसी जाली का चित्र बनाऊँ, पर नहीं हो पाया था।

जाली का हरा रंग धीरे-धीरे मिटता गया।

धीरे-धीरे आकाश में भरे रंग, रंगों की लकीरें फीकी होती गईं और एक ही रंग के, जरा से उजले आकाश की पृष्ठभूमि में वह जाली पेन्सिल स्केच जैसी दिखाई देने लगी। सिक्स बी पेन्सिल की नर्म, काली, मोटी नोंक...और अभ्यस्त हाथों की रेखाएँ...लग रहा था कि कोई चित्र बनाते समय वीडिओ कैसेट बनाया गया हो और मैं उसे रिवाइंड होते हुए देख रही हूँ।

अब अँधेरा गहराता जाएगा। फिर इस पेन्सिल स्केच में दुबारा रंग भरे जाएँगे। पर ये पहले जैसे शुद्ध या उजले रंग नहीं होंगे। ये चौथी श्रेणी के गहरे भूरे रंग होंगे। हल्के-हल्के वे गहरे होते जाएँगे...जैसे प्रत्येक प्रसन्न रंग में काले रंग की एक एक बूँद हौले-हौले घुलती जाए।

"इतना क्या देखे जा रही हो?" बाहर झाँकते हुए प्रतिमा ने पूछा।

"एक बार तुम्हारे घर कागज और रंग लेकर आना चाहिए। इस टेरेस पर पीठ के बल लेटकर इस जाली को रंगना चाहती हूँ।"

"क्या तुम चित्र बनाती हो?" उसने पूछा।

"मेरी चित्रकला में ही स्नातक हूँ। बीच के दिनों में मैं यह भूल ही गई थी। अब फिर धीरे-धीरे शुरुआत की है। सब दुबारा याद कर रही हूँ। मुझे तो लगता था कि सब खत्म हो गया है, पर जो भीतर रहता है, वह इतनी आसानी से नष्ट नहीं होता। हाँ, बहुत अभ्यास की जरूरत है। समय की खाई उसी से भरी जा सकती है।'

फिर प्रतिमा ने बातें करते हुए एक ओर घर के काम निपटाने शुरू किए. अभी हमें खाना भी पकाना था।

यह तब की बात है, जब प्रतिमा ने इस इलाके में स्वतंत्र रूप से काम करना तय किया। पहले सप्ताह में एक बार वह मुंबई अपने घर जाया करती थी। फिर धीरे-धीरे पन्द्रह दिनों में एक बार, महीने में एक बार जाने लगी। इतने सालों तक संगठन के कार्यालय में ही रहती थी। पर अब संगठन का काम भी बहुत बढ़ गया था। इसलिए दो साल पहले उसने यह फ्लैट खरीदा। उसका पति एक बड़ी कंपनी में ऊँचे पद पर था, उसके खर्च के लिए पैसे भेज दिया करता था। बाद में एक ट्रस्ट

की तरफ से उसे डेढ़ हजार रुपये महीने का वेतन मिलने लगा। यह रकम बढ़ती गई। तब उसने पति से पैसे लेना बंद कर दिया। बहुत ही जरूरत पड़े, तो उसे खबर कर देती थी। पर अकेले की जरूरतें और खर्च ही कितना होता है? बीच में उसे दो बड़े पुरस्कार भी मिले थे, तब उसने यह फ्लैट खरीदा।

उसने बताया, "कुछ लोगों का कहना था कि पुरस्कार की रकम संगठन को दी जाए। पर मैंने अलग सोचा। पहली बात तो यह कि संगठन के बढ़ते कामों के कारण कार्यालय में रहना मुश्किल होता जा रहा था। दूसरी बात, संगठन के लिए मैं हूँ, मेरा सारा समय है, मेरी सारी क्षमताएँ और ताकत मैंने संगठन पर ही केन्द्रित की हैं, तो फिर अलग से रकम भी देना जरूरी नहीं है। जो लोग समय नहीं दे सकते, अपना कौशल नहीं दे सकते, वे अवश्य रकम देकर अपनी सहभागिता दर्शाएँ। जब जरूरत थी, तब मैंने कभी पैसे के बारे में नहीं सोचा। पर अब चौबीस घंटे काम करने का मन नहीं करता। थोड़ा परे हटकर देखना भी आना चाहिए। यदि उत्साह बनाए रखना हो, तो विश्राम आवश्यक है...और उसके लिए एक ऐसी जगह भी चाहिए, जिस पर अपना हक हो, जहाँ से कोई जाने के लिए न कह सके ऐसी अपनी जगह..."

मैं भी इस बात से सहमत थी। पर मन में संदेह था ही। मैं भी तो अनुभव कर रही थी कि अकेले का खर्च चाहे जितना भी कम क्यों न हो, पर शहर में रहने पर कुछ निश्चित स्वरूप के खर्च होते ही हैं, जिन्हें हम न तो टाल सकते हैं और न बदल सकते हैं। लाईट-पानी-फोन के बिल, फ्लैट की देखभाल का खर्च. मकान-कर और हजार प्रकार के कर...आप चाहें अकेले रहें या दुकेले, यह कभी बदलता नहीं।

पर उसने बताया कि फोन का बिल संस्था चुकाती है। सफर के लिए कोई खर्च नहीं होता। बाहर रहने पर खाने-पीने का खर्च भी संस्था के नाम पर होता है। और, महीने में पच्चीस दिन तो वह बाहर ही होती है।

इसीलिए आज घर में खाना पकाने से पहले हमें चावल चुनने से काम शुरू करना था।

टिपिकल पद्धतिवाली स्वयंसेवी संस्थाओं में प्रतिमा की कोई रुचि नहीं थी। इसलिए विकास कार्यों की बजाय संघर्षात्मक कार्यों पर ही वह ज्यादा जोर देती थी। फंड प्राप्त करना, उतने भर के लिए परियोजनाएँ चलाना और फंड खत्म हो जाने पर परियोजना भी खत्म—प्रतिमा के गले यह बात उतरती नहीं थी। पर निश्चित ही कई जगहों पर ऐसा ही होता होगा। क्योंकि इस प्रकार के किस्से मुझे एंजला भी सुना चुकी थी। मैंने वे प्रतिमा को भी बताए। उसे यह बात बड़ी दुखदायक लगती थी कि संस्था के लाभ के लिए अन्याय-अत्याचार से पीड़ित लोगों के प्रश्नों को ठंडे बस्ते में रख दिया जाए।

बोलते समय प्रतिमा की छोटी छोटी गोल आँखें चमकती रहतीं। उसके

शुरुआती दिनों के अनुभव बहुत अद् भुत थे।

"एक बार ठंड के दिनों में जमीन के मामले में घूमते हुए पता चला कि एक बस्ती में एक छोटे बच्चे को निमोनिया हो गया है। उसे अस्पताल ले जाना तय किया। उस बच्चे के घर के लोगों को समझाया। बच्चे को जिस कपड़े में लपेटा था, वह जैसे चिंदी हो गया था। बच्चे की माँ भी आधी साड़ी में। तब मैंने अपने दुपट्टे में बच्चे को लपेटा और गोद में उठा लिया। पर अस्पताल ले जाने के बाद मन में यह बेचैनी होती रही, कि शरीर पर दुपट्टा नहीं है। लगता रहा कि छाती खुली रह गई है और लोगों की नजरें वहीं टिकी हैं। देखा, कितनी सीधी-सादी बातें होती हैं—एक छोटा-सा अनुभव—पर उससे मेरे सारे सांस्कृतिक संदर्भ गड़बड़ा गए।"

भोजन की तैयारी करते हुए हम बातचीत कर रही थीं। सब्जी को बघार देने के बाद वह बोली, "भोजन का तो भगवान ही मालिक था। पहली बार जब थाली में बड़े चूहे का मटन परोसा गया, उस समय मन की क्या हालत हुई...शब्दों में बताना मुश्किल है। पर धीरे-धीरे आदत होती गई। अब थाली में कछुआ, बंदर, साँप, जंगली बिल्ली, कुछ भी आए, तो झटका नहीं लगता। सुननेवाले ही डर जाते हैं।

मुझे भी थोड़े समय पहले खाए मेंढक के रस्से की याद से हँसी आ गई।

बातें करते हुए आराम से खाना खाया।

फिर वापस शॉल लपेटकर टेरेस पर आकर बैठ गईं।

सगनीबाई के केस की बात चली।

प्रतिमा ने कहा, "मेरा विचार कुछ अलग है। किसी में भी परिवर्तन करना आसान नहीं होता। यह अच्छी तरह सोचना चाहिए कि हमें परिवर्तन किसमें लाना है।

आदिवासियों की भी अपनी एक संस्कृति है। उसे एकाएक अलग कैसे रखा जा सकता है? इस समूह का भी एक इतिहास है। उनकी अपनी भाषा है। कलाएँ हैं। सपने हैं। नैतिक मूल्य हैं और विचारधारा भी है। जिनके लिए हम अनाड़ी या पिछड़े हुए जैसे शब्दों का प्रयोग करते हैं, क्या उनके आचरण में निहित दर्शन के बारे में जानने की कोशिश करते हैं? क्या उनकी भूमिका समझने की कोशिश करते हैं?

सबसे पहले हम यही नहीं मानते कि उनके अपने भी कुछ विचार होंगे। शहरों के पढ़े-लिखे लोगों की यही भावना होती है कि सोचने, अध्ययन करने का, यानी पूरे ज्ञान का ठेका उन्हीं के पास है।

और तब, हजारों साल पुराना, गहरी धँसी जड़ोंवाला पेड़ हम खोदकर उखाड़ देते हैं, यह कहकर कि वह रास्ते में बाधक है। उसकी छाया, फल-फूल, उस पर बने घोंसले, उसके नीचे बने चबूतरे पर बने देवी-देवताओं के मंदिर, उसकी टहनियों पर लटकनेवाले भूत-प्रेत और इसके कारण बने रहनेवाले पर्यावरणीय संतुलन के बारे में

हम जरा भी नहीं सोचते।

हाँ, यह बात सच है कि उनमें अपने प्रश्नों के बारे में, उन प्रश्नों के कारणों के बारे में एहसास उत्पन्न होना चाहिए। परिवर्तन लाना है उनकी गलत धारणाओं, अंधविश्वासों और निष्क्रिय प्रवृत्तियों में। क्योंकि उनकी सारी जीवन पद्धति पर ही उसका प्रभाव होता है। पर पहले हमें उन सबके बारे में समझ लेना होगा। कई बार उसके पीछे भी पर्यावरण का विचार होता है, समाज को एकत्र बाँधने का विचार होता है।

परिवर्तन यानी क्या? क्या यह परिवर्तन शाश्वत होता है, या उसमें भी कालानुरूप बदलाव लाना होगा? क्या हमारे सामने इस बात का निश्चित चित्र है कि बदला हुआ समाज कैसा होना चाहिए? या फिर, जिस सदोष मूल्य व्यवस्था से बाहर निकलने के लिए हम संघर्ष कर रहे हैं, वही व्यवस्था हम उन पर लादने जा रहे हैं?

और बदलाव के ये प्रयास एक बार करने से काम नहीं चलेगा। बार-बार प्रयोग करने से ही ये धारणाएँ बदल सकती हैं। पहले इस बात की जाँच करनी चाहिए कि जिस बात को हम विकास का नाम देते हैं, क्या वे भी उसे विकास कहते हैं? या उनकी विकास के संबंध में कुछ अलग धारणाएँ हैं?

यदि ऐसा कुछ भी किए बिना, मन में पूर्वग्रह रखकर हम चाहे जितना गला फाड़ें, वे हमारे सामने तो सब मान लेंगे, पर घर जाकर पहले जैसा ही वर्ताव करते रहेंगे।

प्रतिमा का यह दृष्टिकोण, उसकी सोच मुझे अच्छी लगी थी। किसी प्रश्न को समझ लेने और उसके बारे में बोलने का उसका तरीका संवेदनक्षम था और सामनेवाले की किसी बात से यदि सहमति न हो, तो उसके मतों का आदर करने जितनी समझदारी भी उसमें थी। इसीलिए उसके साथ बातचीत करना, चर्चा करना और विवाद करना भी आनंददायक अनुभव था।

"परंतु प्रतिमा, कई क्षेत्रों में यह भी दिखाई देता है कि...यानी इतनी अधिक योजनाएँ होती हैं...कि लोगों की नजरों में उनका कोई मूल्य ही नहीं रह गया है। अपने किसी काम के लिए हाथ-पाँव हिलाने के लिए भी वे राजी नहीं होते। घर के लिए बाँस हो या खपरैल, अनाज हो या सिलाई मशीन...जो भी मिले उसे बेचकर पैसे कमाना और शराब पीकर गँवा देना, बस। हप्ते भर में फिर वही ढाक के तीन पात। डॉ. दयाल तो कहते थे कि प्राथमिक स्वास्थ्य केन्द्रों के बाहर रखे कचरे के डिब्बों में देखो...वहाँ कितनी ही दवाएँ फेंकी गई दिखाई देंगी। गर्भावस्था में मिलनेवाले पैसों की योजना का लाभ लेने के लिए अस्पताल में आना ही पड़ता है। आते हैं, पैसे लेते हैं, दवाएँ फेंक देते हैं। दवाओं के मामले में ये हाल हैं, तो बाकी मामलों का भगवान ही मालिक है।"

"कार्यकर्ता का काम तो यहीं शुरू होता है।" प्रतिमा ने शांत स्वर में कहा। "हम जो कहते हैं कि परिवर्तन लाना है, तो परिवर्तन ऐसी बातों में लाना होगा। उनके मत बदलने चाहिए और उसके लिए मन बदलना जरूरी है। उसके लिए

कार्यकर्ता की प्रवृत्ति भी वैसी होनी चाहिए। यदि कार्यकर्ता ही लालची और पैसों पर नजर रखनेवाला हो, तो वह लोगों को कैसे बदलेगा?

दूसरी बात यह कि विदेशी धन के साथ-साथ अन्य कई बातें हैं, जिनके कारण कार्यकर्ता और संस्था का पतन होता है। फंडिंग के बोलबाले में हम भूल जाते हैं कि अपने तेजोवलय में औरों को शामिल करने के लिए अधिकांश कार्यकर्ता राजी नहीं होते। उनका ज्यादा ध्यान संस्था का महत्त्व, सम्पत्ति और उसका स्थान ऊँचा उठाने की ओर ही लगा रहता है, समाज हित की ओर नहीं।

तब उनका काम अधिकाधिक रूटीन स्वरूप का होता जाता है और न प्रश्न सुलझे होते हैं न खत्म हुए होते हैं। अनेक बार एक ही स्वरूप के प्रश्न बार-बार सामने आते हैं और उनके साथ-साथ मन सख्त होता जाता है। संस्था में हो रहे कामों का मूल्यांकन करना और नए-पुराने सबको साथ लेकर आवश्यकतानुसार दिशा बदलना, नए मार्ग निर्माण करना यह संस्था के नेतृत्व की कसौटी होती है।"

"पर क्या ऐसी पद्धति के कार्यकर्ता की प्रवृत्ति मूलतः ऐसी ही होती है? अब 'जागरुक आदिवासी संगठन' का ही उदाहरण देख लो। समाज के प्रति आंतरिक लगाव के साथ उन्होंने काम शुरू किया। उसके साथ उनकी विशिष्ट विचारधारा भी थी। पर धीरे-धीरे ये लोग व्यावसायिक बनते गए...इतने व्यावसायिक कि कोई निर्णायक घटना उनके लिए मात्र एक 'केस' होती है। उसका एक समाचार बनता है और संस्था की रिपोर्ट को समृद्ध करनेवाला एक अच्छा और नया मुद्दा उन्हें मिलता है!

किसी की सहायता करें, तो वह व्यक्ति केवल 'लाभार्थी' होता है।

अन्याय से पीड़ित जीता-जागता इंसान जेल के कैदी की तरह या किसी बड़े अस्पताल के मरीज की तरह केवल एक 'क्रमांक' बनकर रह जाता है।

फिर समाजविज्ञान की चौखट के भीतर उसका अध्ययन करना, विवेचन, अनुसंधान, निष्कर्ष...किसी वस्तु की तरह उसका इस्तेमाल, अधिक समय तक जरूरत पड़नेवाली हो, तो उसकी देखभाल अन्यथा जरूरत पूरी होने पर फेंक देना..."

"पर सब ऐसे नहीं होते प्रफुल्ला। इसमें ऐसे लोग भी होते हैं, जो इंसान को इंसान समझते हैं, उनके पास भावनाओं की नमी होती है।

जब आदमी का कार्यक्षेत्र व्यापक होता जाता है और उस समय यदि सभी अधिकार अपने ही हाथ में रखे जाएँ, जिम्मेदारियों का विभाजन करने से बचते रहें, तो अकेले आदमी के कंधों पर बोझ बढ़ता जाता है...तब जो प्रश्न लोगों के जीवन-मरण के प्रश्न होते हैं, वे भी उसके लिए नेमी प्रश्न बन जाते हैं।

संस्थाचालक, ट्रस्टी आदि लोग इस प्रकार से व्यापक विचार करनेवाले होते हैं, पर नए, कम उम्र के व्यक्ति को साथ लेकर चलना उतना आसान नहीं होता। यह विवाद का विषय है कि उन्हें प्रशिक्षण दिया जाए या काम पर ही केन्द्रित रखा जाए। उम्र बढ़ने के बावजूद अपनी कार्यक्षमता जताने के लिए कुछ लोग अतिरिक्त

उत्साह से स्वयं ही सारे काम करते रहते हैं। इस कारण भी नए लोगों को प्रशिक्षित करने का काम पिछड़ जाता है।

नए कार्यकर्ता नियत चौखट के भीतर फँस जाते हैं और मन से सामाजिक काम की भावना नष्ट होकर वहाँ केवल नौकरी की भावना शेष रह जाती है। संस्थाचालकों को यह दिखाई देता है, अनुभव होता है, पर फिर भी इसे टालने के कोई उपाय नहीं किए जाते।

नए व्यक्ति की रचनात्मकता धीरे-धीरे समाप्त हो जाती है।

कभी ऐसा भी होता है कि जिनके लिए काम किया जा रहा है, उनसे कुछ उम्मीदें रखी जाती हैं। यदि वे पूरी नहीं होतीं, तो मन में कड़वाहट आ जाती है। पर काम तो टाला नहीं जा सकता, तब केवल व्यावहारिकता शेष रह जाती है।

कई बार ऐसा भी होता है कि किसी विशिष्ट उद्देश्य से आंदोलन का आरंभ हुआ होता है। वे उद्देश्य पूरे हो जाते हैं, या समय के प्रवाह में शेष ही नहीं रहते। तब कार्यकर्ता के सामने सवाल होता है कि अब क्या करें? अपनी कार्यक्षमता का काफी कालखंड इसमें बिताया होता है, दूसरा कुछ काम करने का रास्ता या तो खुद बंद किया होता है या बंद हो चुका होता है। तब प्रश्नों को पूरी तरह न सुलझाना...संभव होने के बावजूद न सुलझाना या प्रश्नों के बाकी होने का आभास निर्माण करना...इस प्रकार की चतुराई दिखाई जाती है।

ऐसा नहीं कि हमेशा आर्थिक आकर्षण होंगे ही, केवल आर्थिक सुरक्षा भी जरूरी होती है। युवावस्था का उत्साह खत्म हो चुका होता है, कई बार उद्देश्य पूरे न हो पाने के कारण असफलता की भावना मन में होती है, निराशा होती है। यह सब इन रास्तों से बाहर निकलता जाता है।" प्रतिमा गंभीरतापूर्वक अपने अनुभवों का सार बता रही थी।

"प्रतिमा, मुझे एक और बात का एहसास हुआ है। कार्यकर्ताओं में समाज या व्यक्ति में बदलाव लाने की क्षमता होती है, पर अपने ही बनाए परिवर्तनों को या काल एवं परिस्थिति के अनुसार हुए परिवर्तनों को स्वीकार करने की मानसिकता उनमें विकसित नहीं हुई होती। उन्हें यह एहसास ही नहीं होता कि अपनी सिखाई बात अपने पर ही उलट सकती है। संस्था के दूसरी-तीसरी पंक्ति के कार्यकर्ता जब न्यूनतम वेतन की माँग करते हैं, या परियोजना के नाम पर चल रहे बालश्रम का विरोध करते हैं, तब ये संस्थापक कार्यकर्ता अपने आप ही मालिक की भूमिका में आ जाते हैं। अपने ही दिए वक्तव्यों को वे भूल जाते हैं। यह विरोधाभास प्रतीत होता है।" मैंने अपना एक और मुद्दा बिना हिचकिचाए सामने रखा।

"कुछ जगहों पर ऐसा हुआ है अवश्य।" प्रतिमा ने एक निःश्वास के साथ कहा।

फिर फंडिंग के विषय पर बात आई।

सुमेध के बारे में भी बात चली।

"उसकी पत्नी को उसका बर्ताव दोगलेपन का लगता है, मुझे भी।" मैंने कहा। "पर उसे ऐसा नहीं लगता। उसका मत है कि हमें कालानुरूप बदलना चाहिए। अपने पास गाड़ी है, बड़ा फ्लैट है, मोबाइल है, लैपटॉप है...ये सारे उसे विकास के लक्षण प्रतीत होते हैं। उसकी दृष्टि में विकास का अर्थ है अपने को सुखपूर्वक रहने के लिए आवश्यक प्रतीत होनेवाले सभी साधनों को खरीद पाने की क्षमता उत्पन्न होना। उसकी पत्नी उससे बिलकुल सहमत नहीं है। तब उसका तर्क है कि विकास चाहिए पर आर्थिक सुधार नहीं, यह कहना ही दोगलापन है।"

"मुझे ऐसा नहीं लगता।" प्रतिमा ने कहा। "मैं यह नहीं कहती कि कार्यकर्ता को अपना आर्थिक विकास नहीं करना चाहिए या उसे अमीर नहीं होना चाहिए। पर केवल अपना ही आर्थिक विकास करना किसी भी कार्यकर्ता का...फिर वह चाहे किसी भी काल का क्यों न हो...उद्देश्य कैसे हो सकता है? कार्यकर्ता को सामुदायिक विकास के बारे में ही सोचना चाहिए।"

"सच है तुम्हारी बात।" मुझे खुशी हुई कि मेरे हाथ अचूक मुद्दा आया है। "प्रफुल्ला, मुझे यह तो बताओ कि तुम्हें सुमेध की बातें पसंद नहीं हैं, तो तुम उसके साथ काम क्यों करती हो?"

"मुझे ये सारी बातें अब कहीं जाकर समझ आने लगी हैं। अब तक मैं उस सीढ़ी तक नहीं पहुँची हूँ, जहाँ पहुँचकर कुछ निष्कर्ष निकालकर ठोस निर्णय लिए जाते हैं। मैं अभी यह सब अनुभव कर रही हूँ, देख रही हूँ, समझ रही हूँ। मुझे लगता है कि उससे पहले ही कोई राय कायम करना उचित नहीं होगा। कम-से-कम आज तो मैं डॉ. दयाल कहते हैं इसलिए, सुमित्रा कहती है इसलिए या तुम या और कोई कहता है इसलिए...मैं इसे मान लेने की गलती नहीं करूँगी। कोई आज कितना भी अपना क्यों न प्रतीत हो, पर किसी पर भी आँखें बंद कर भरोसा नहीं किया जा सकता। दूसरी बात यह कि विचारों के मामले में हम सालोंसाल दूसरों पर क्यों निर्भर रहें? कब तक निर्भर रहें?"

"ठीक कहा।" प्रतिमा बोली। "वास्तव में, इस प्रकार के कामों में जी-जान लगा देने की भी एक उम्र होती है। उस उम्र में ज्यादा कुछ सोचे बिना हम कूद पड़ते हैं और एक अलग दिशा में हमारी यात्रा शुरू हो जाती है। जब हम बदलते हैं, तब दूसरों के साथ हमारे संबंध भी बदल जाते हैं। औरों को महत्त्वपूर्ण लगनेवाली बातें हमें फालतू लगने लगती हैं। कुछ समय तक मध्यवर्ग के प्रश्नों की ओर हमारा ध्यान नहीं जाता, पर वे सुलझते नहीं। सुख विषयक अपनी कल्पना को समाज से जोड़ना उतना आसान नहीं होता जितना प्रतीत होता है।"

"हाँ, लेकिन बहुत-सी औरतें यह नहीं समझ पातीं कि अपने आप को खो देने या अपनी क्षमताएँ समेटकर किसी दूसरे की दया पर जीने की अपेक्षा यह कहीं ज्यादा अच्छा है। या, ऐसा भी हो सकता है कि जब उनकी समझ में यह बात आती

है, उस समय काफी देर हो चुकी होती है। तब वे बिना हाथ-पाँव हिलाए अपना बाकी जीवन बहा देती हैं और खामोशी से समाप्त हो जाती हैं। सच बताऊँ प्रतिमा, बीच के कुछ समय में मैं भूल ही गई थी कि मेरी भी कोई पसंद-नापसंद है, कल्पना है, या मैं भी किसी चीज के बारे में सोच सकती हूँ...। हर बात से डर लगने लगा था मुझे...पर जब इन औरतों के चेहरे में अपना प्रतिबिंब देखना शुरू किया, तब वह डर हल्के-हल्के अनजाने में ही धुँधला होता गया...इस मुक्ति का अनुभव मैंने पहली बार वड़गाँव के पहाड़ पर किया था केवल एक क्षण के लिए, और उस समय लगा था कि ऐसा क्षण दुबारा जीवन में कभी नहीं आएगा। पर आज वही क्षण इतना व्यापक हो गया है कि उसने मेरा पूरा जीना ही घेर लिया है।"

उस मुक्ति की भावना का अनुभव करते हुए हम दोनों प्रसन्न मन से जाने कितनी देर वहीं बैठी रहीं।

चार

1

फील्ड पर जाने से पहले 'टाइम्स' के लिए तीन लेख लिखे थे। विषय था, 'ग्राम पंचायत और स्त्रियाँ'। उन्होंने अलग दृष्टिकोण से और भी कुछ लिखने के लिए कहा था। उसकी रूपरेखा बनानी थी।

और बंगलौर में एक सेमिनार था, 'आदिवासियों के स्वशासन कानून' के बारे में, जिसका आमंत्रण मिला था मुझे। इस बार केवल जाना नहीं था, बल्कि प्रपत्र भी पढ़ना था। यानी, तैयारी करना जरूरी था।

सुमेध से पूछना भी जरूरी था।

बीच में एक बार श्रीप्रिया का पत्र मिला था। वह सामाजिक क्षेत्र में कार्यरत महिलाओं का व्यक्तिकोश तैयार कर रही थी। उसने पूछा था कि क्या मैं उसके काम में कोई सहायता दे सकती हूँ? समाचार-पत्रों में हमेशा आनेवाले नामों से सबका परिचय होता है, पर छोटे-छोटे गाँवों में, पाडों-बस्तियों में रहकर, शोहरत का लालच रखे बिना काम करनेवाले भी कुछ लोग होते हैं। ऐसे लोगों का परिचय अधिक जरूरी होता है। मैं चूँकि 'प्रगत' के काम के लिए ऐसी बस्तियों-गाँवों में घूम ही रही थी, तो उस काम को करते हुए ही श्रीप्रिया का काम करना मेरे लिए आसान था। उसके लिए अलग समय या धन खर्च करने की आवश्यकता नहीं थी। उसका एक छोटा-सा

ही फॉर्म था, बस उसी को भरकर लेना था।

उसका कूरियर आया, उस समय आवक-जावक के टेबल पर सोमनाथ बैठा था। उसने बिना देखे लिफाफा खोला, आवक का क्रमांक दिया, मुहर लगाई और अन्य पत्रों के साथ ट्रे में रख दिया। उसके बाद ट्रे सीधे सुमेध के टेबल पर।

सुमेध ने मुझे बुलवाया। लिफाफा हाथ में दिया और बोला, "लिफाफा खुला था, इसलिए मैंने पढ़ा। तुम जब यहाँ काम कर रही हो, तो इस प्रकार से कोई दूसरा काम नहीं कर सकती।"

मैंने कुछ कहने का प्रयास किया, पर कोई फायदा नहीं हुआ।

"बाहर के दूसरे काम करोगी, तो यहाँ के काम पर ध्यान नहीं दे पाओगी और मैं नहीं चाहता कि यहाँ के काम पर विपरीत परिणाम हो।" उसने अपना फैसला सुना दिया।

तब मैं भी क्या करती। श्रीप्रिया को मना कर दिया। हाँ, उसे सुमेधवाला कारण नहीं बताया, बस, कुछ तबियत वगैरह का कारण बताकर टाल दिया। हाँ, इतना अवश्य लिखा कि आगे से घर के पते पर ही पत्र भेजना।

अभी उसका दूसरा पत्र आया हुआ था। मैं नहीं थी, इसलिए यहाँ पड़ा रहा और उत्तर क्यों नहीं आया यह जानने के लिए दूसरा पत्र। सारा झंझट ही हो गया।

उस पर लौटने के बाद सुमेध के लगाए ये आरोप।

क्या हुआ है, यह समझने का कोई रास्ता ही नहीं था।

सुमेध गायब ही हो गया था। घर आता ही नहीं था। बीच में शायद दो दिन आया था, पर 'प्रगत' के कार्यालय में ही रुका और वहीं से बाहर चला गया फिर से। उसके बाद वह पन्द्रह दिनों के लिए जर्मनी जानेवाला था। तब तक मेरा अगले चरण का काम शुरू हो जाता, यानी मैं बाहर फील्ड पर होती। जब तक उसके साथ मिलना-बोलना नहीं होता, तब तक दिमाग को यह बात कुरेदती रहेगी कि क्या हुआ होगा।

सुमित्रा की अपनी हालत इतनी बुरी थी कि उससे कुछ पूछना ही बेकार था।

अनुजा संपर्क में नहीं थी और सोमनाथ छुट्टी पर था।

चौती का दिमाग बिगड़ा हुआ। फोन पर भी ठीक से बात नहीं करती थी।

लगा कि पता नहीं क्या दुर्बुद्धि हुई और मैं घर वापस लौटी।

करुणा के यहाँ गई, तो वह बैग भर रही थी। बोली, "पैठण जा रही हूँ भैया के यहाँ। उसके बेटे का उपनयन संस्कार है। निमंत्रण पत्र तो भेजा ही था, फोन भी किया था।" फिर कुछ हिचकते हुए बोली, "उसने फोन पर बताया कि तुम्हें भी निमंत्रण

पत्र भेजा है, केवल रिवाज है, इसलिए।"

"क्या मतलब?"

"यानी, तुम न आओ, तो ही बेहतर...यानी, वही कह रहा था ऐसा कि तुम तो पति और बेटे के साथ आओगी नहीं। लोग बेकार पूछताछ करते रहेंगे।"

"ओह!"

"तुम बुरा मत मानना। ऐसा सब तो चलता ही रहता है। आखिर वह एक गाँव है, मुंबई नहीं। एक हिसाब से देखें, तो उसकी बात भी सही है। तुम कोई उपहार वगैरह देना चाहती हो, तो मेरे पास दे देना। बता सकते हैं कि तुम काम में बहुत व्यस्त होती हो। घर में ही रहती थी, तब की बात अलग थी, अब अलग है। कुछ उपहार दोगी, तो अच्छा दिखेगा। वैसे भी, वह अपना अकेला भाई है और उसका एक ही बेटा। लोग पूछेंगे ही कि बहनों ने क्या दिया। मैंने जो खरीदा है वह भी दिखाती हूँ तुम्हें। दूकान में जाने के लिए, कुछ खरीदने के लिए तुम्हारे पास समय न हो, तो लिफाफे में पैसे रख देना। उसने अपने लिए बहुत कुछ किया है। अपने को कुछ करने का मौका एकाध बार ही मिलता है।"

क्या कहती इस पर? ऐसा नहीं कि मुझे उपनयन संस्कार के कार्यक्रम में बहुत रुचि रही हो, पर मन में बात खटकती ही रही। किसी भी लड़की के लिए मायका केवल भाई के घर तक ही तो सीमित नहीं होता। सारा बचपन, घर, गाँव, गाँव में रहनेवाली सहेलियाँ, अड़ोसी-पड़ोसी, जान-पहचान के लोग...मन में कितना कुछ भर आया। वहाँ के पेड़-पौधों से लेकर माँ-भाभी के हाथ के बने व्यंजनों तक हर बात याद आने लगी। गले में जैसे कुछ फँस गया।

मन घबराने लगा।

करुणा से कहा, "रात शांता मौसी के हाथों लिफाफा भेज दूँगी।"

उसके चेहरे पर संतोष फैल गया।

बचपन के समय का एकाध टुकड़ा अचानक याद आता है। पर उस याद को मैंने ही दृढ़तापूर्वक पीछे कर दिया। जैसे कोई टुकड़ा अच्छी तरह काटकर अलग रख दिया जाए। वैसे भी, याद करने जैसी कोई बहुत अच्छी बातें थीं भी नहीं। इसलिए तय किया कि दुख देनेवाली बातों को बार-बार मन में आने ही नहीं दूँगी।

जब बिट्टू के समय गर्भवती थी, तब, रेवती की मृत्यु हुई तब, नौकरी छोड़कर घर पर रहना शुरू किया तब, या साहब जब कुछ ज्यादा ही बुरा बर्ताव करते तब... वह सब मन में घुमड़ता रहता। फिर वहीं जम जाता। लगता कि आकाश से गिरकर खजूर पर अटक गई हूँ। यह भी लगता कि यह कभी खत्म नहीं होगा, मेरे मरते दम तक इसमें कोई बदलाव नहीं आएगा। पर बदल गया, बहुत कुछ बदल गया। भले ही

सब खत्म न हुआ हो, पर सब बदल अवश्य गया।

एक बार खिड़की के बाहर मधुमक्खियों का छत्ता टूट गया था। मैं घर में ही थी। क्या हुआ है, यह जानने के बाद खिड़की बंद करने तक कुछ मधुमक्खियों ने काट लिया। जमीन पर बैठते हुए मैंने पलंग पर पड़ी चादर खिंचकर ओढ़ ली, पर तब तक कुछ मधुमक्खियाँ मेरे बालों में घुस गईं। धोए हुए, उलझे हुए बाल और उसमें फड़फड़ातीं, दंश करने का प्रयास करतीं, और ज्यादा उलझती जातीं मधुमक्खियाँ। उनकी असहनीय गुनगुनाहट और पंखों की आवाज न निकालकर फेंक सकती थी, न रहने दी जा सकती थीं।

साहब के संदर्भ उसी तरह मेरे अस्तित्व में ही फँसे हुए, आवाज करते हुए फड़फड़ा रहे हैं।

और, सब कुछ को दूर सरका देने की युवावस्था की दृढ़ता अब मैं दिखा नहीं पा रही हूँ। अब यह भरोसा नहीं है कि एक और टुकड़ा काटकर अलग रख देने की शक्ति मुझमें बाकी है या नहीं।

फिर भी कोशिश तो करनी ही होगी।

बिखरे हुए स्व को ठीक तरह से एकत्र करना होगा।

फुला दीदी, हमारे बीच एकता होनी चाहिए।...सच है, अपने भीतर भी एकता होनी चाहिए। सब कुछ के बीच मेल बिठाना आना चाहिए।

सवेरे जब पर्स ठीक कर रही थी, तब सोमनाथ का पता लिखा कागज हाथ आया। सोचा, एक बार जाकर देख लेना चाहिए कि उसकी पत्नी की तबियत कैसी है। घर दूर था, पर मुंबई में पास भी क्या होता है? दूसरे, घर में बैठकर भी मुझे क्या करना था? दीवार की तरफ देखते-बैठने की बजाय सोमनाथ की पत्नी को देखकर आना ठीक होगा।

साथ में कुछ फल लेकर गई।

पुरानी चाल की डगमगाती सीढ़ियाँ। उनकी लकड़ी इतनी घिस गई थी कि फिसलकर गिर जाने का डर लग रहा था। सोमनाथ का कमरा तीसरी मंजिल पर दाहिनी तरफ से दूसरा। दरवाजा उढ़काया हुआ। दरवाजे पर घंटी थी ही नहीं। तब साँकल खटखटाई।

"खुला ही है दरवाजा..." भीतर से सोमनाथ की खीझी हुई आवाज आई। तब दरवाजा धकेलकर भीतर गई। मुझे देखकर सोमनाथ झटके से खड़ा हो गया। जैसा घर अस्त-व्यस्त, वैसा ही वह स्वयं। छेदों वाली बनियाइन। मैले से रंग की शॉर्ट... बालों से भरे दुबले-पतले पाँव। उसका चेहरा इतना लज्जित दिख रहा था कि क्षण भर के लिए मुझे लगा कि न आती तो ही अच्छा होता। पर फिर चेहरे पर मुस्कान

चिपकाए भीतर गई।

कहा, "ऑफिस से तुम्हारा पता लिया। मालूम हुआ था कि तुम्हारी पत्नी की तबियत ठीक नहीं है। तो ऐसे ही मिलने चली आई।"

"हाँ, बैठिए...बैठिए न" उसने घर की इकलौती कुर्सी आगे सरकाई। दूसरी ओर पलंग पर उसकी पत्नी लेटी हुई थी। एक छोटा लड़का टीवी के सामने बैठा, गर्दन उठाए एकाग्रता से देख रहा था। पलंग के दूसरी तरफ पार्टिशन डला हुआ। उधर रसोई और गुसलखाना।

"ए...टीवी बंद कर।" वह बच्चे पर चिल्लाया।

लड़का भी उससे कुछ कम नहीं था, बोला, "आवाज धीमी करता हूँ।"

"पानी दूँ?" सोमनाथ ने पूछा।

"हाँ, थोड़ा-सा।...और ये फल रख लो।" मैंने उसे थैला थमाया।

"क्यों बेकार तकलीफ की? वह सो रही है।" वह धीरे-से बोला।

"क्या तकलीफ है?"

"पेट में ट्यूमर है। ऑपरेशन करना पड़ेगा। काफी खर्च होगा। उसी के इंतजाम में लगा हूँ।"

"ऑफिस से कोई सहायता मिली?"

"सुमेध भाई से कहा है।"

"तो?"

"तो क्या? उन्हें उस अनुजा की तरफ से नजर हटाकर दूसरी तरफ देखने का समय मिले, तब न होगा कुछ।"

"क्या कह रहे हो सोमनाथ?"

"सच कह रहा हूँ।"

"पर सुमेध ऐसा नहीं है। देखो सोमनाथ, मैं पिछले दो-तीन सालों से उसे जानती हूँ। कॉलोनी में, ऑफिस में कभी किसी महिला के साथ लंपट की तरह बातें करते मैंने नहीं देखा उसे। हाँ, हमें उसकी कई बातें पसंद नहीं हैं, यह बात अलग है। पर इसलिए ऐसे आरोप नहीं करने चाहिए। मैं तो कई बार उसके साथ अकेली होती हूँ, पर कभी गलत बात नहीं कही उसने।"

"आपके साथ वह ऐसा बर्ताव कैसे करेगा? आप शादीशुदा हैं। उसे कुँवारी लड़कियाँ चाहिए।" सोमनाथ ने फटाक से कहा।

मैं तो अवाक् रह गई।

"झूठ नहीं कह रहा हूँ। अपने मन की बात भी नहीं। मैंने ही कई बार उनका बुकिंग किया है, रेलवे का, होटल का। संदेश भी पहुँचाए हैं। इसीलिए तो मुझे नौकरी पर रखा है। एक बार तंग आकर छोड़कर चला भी गया था। पर फिर लौटना पड़ा कुत्ते की तरह पूँछ हिलाते हुए। कहीं कोई काम ही नहीं मिलता था। क्या करता?

उस चौताली को भी यही लगता है। एक बार काम ज्यादा था, इसलिए ऑफिस में जल्दी आई थी, तो दर्शनीय दृश्य दिखाई दिया। अब, हम टीवी पर देखते हैं, फिल्मों में देखते हैं, क्या उसे मन से निकाल नहीं देते? फिर, वह न तो उसका पति है, न अनुजा उसकी माँ। समझाने पर भी समझती नहीं। अपना वेतन गिन कर लो और चुप रहो।" सोमनाथ की गाड़ी चलती जा रही थी।

"क्या उसके घर में सुमित्रा को यह बात पता चली होगी?"

"कौन पूछेगा और कौन बताएगा? यहाँ बाजूवाले फ्लैट में क्या चल रहा है, यह बात किसी को पता नहीं चलती, तो पति ऑफिस में क्या करता है, यह बात कैसे पता चलेगी?"

"सुमित्रा की तबियत भी आजकल ठीक नहीं रहती है।"

"तबियत की तो बात ही न करें। मेरे पीछे तो जैसे अस्पताल ही लग गया है। पहले माँ की बीमारी। वह उसी में गुजर गई। फिर बहन आई प्रसूति के लिए। भाई का एक्सीडेंट हो गया। उसके बाद हमारे सपूत सीढ़ियों से फिसलकर गिर पड़े और हाथ की हड्डी टूट गई। अब इसका ट्यूमर। दिमाग काम ही नहीं कर रहा है। महँगाई तो ऐसे बढ़ रही है कि बस और हमारी सालाना वेतन वृद्धि केवल सौ रुपये।" सोमनाथ ने कहा।

मैंने गहरी साँस ली। कुछ देर बैठी। सोमनाथ ने एक गिलास में शरबत लाकर दिया। पी लिया। तब तक उसकी पत्नी भी जाग गई। सोमनाथ ने उसका परिचय कराया। कहा, "दीदी तुमसे ही मिलने आई हैं।"

उसके चेहरे पर एक उदास मुस्कान आई।

"यदि किसी सहायता की जरूरत हो, तो कहना। मेरा बहुत अच्छा चल रहा हो, ऐसी बात नहीं। पर एकाध हजार रुपये दे सकती हूँ तुम्हें।" उसके हाथों में पैसे थमाते हुए मैंने कहा।

सोमनाथ शर्ट पहनकर नीचे तक आया। कहा, "अपने ऑफिस से केवल आप ही देखने आईं। सहायता की।"

"हर आदमी का एक वक्त होता है। कोई न कोई तो मिल ही जाता है निभा ले जानेवाला। उसका खयाल रखना। अस्पताल में कब भर्ती कर रहे हो? क्या वहाँ रुकना पड़ेगा? मुझे बताना। कभी भी फोन कर सकते हो।"

"फिर आइएगा।"

"आऊँगी...यह अचानक तुम से आप पर क्यों आ गए? उसकी कोई जरूरत नहीं है।"

"मैंने कुछ उलटा-सीधा कहा हो, तो..."

"यह सब याद रखने के लिए नहीं होता सोमनाथ। हम साथ काम करते हैं, तो यह सब चलता ही है...चलो, चलती हूँ।"

"दाहिनी तरफ बस स्टॉप है। स्टेशन की तरफ जानेवाली बसें वहीं मिलेंगी। या कहीं और जाना है?"

"स्टेशन पर ही। घर ही जाना है। तुम्हारे घर ही आई थी, और कोई काम नहीं था।" मैंने कहा और दाहिनी तरफ मुड़ गई।

मन में आया कि एकाएक सारे ग्रह-नक्षत्र बिगड़ गए हैं आजकल। कोई अच्छी बात सुनाई ही नहीं देती। जो भी पत्थर उठाती हूँ, उसी के नीचे से बिच्छू निकल आता है।

शाम को सुमित्रा को जबरदस्ती डॉक्टर के पास ले गई। डॉक्टर ने कहा, "सारी बीमारी मानसिक है। दवाएँ दे रहा हूँ मैं। पर एक बार मनोचिकित्सक के पास जाएँ, तो बेहतर होगा।"

दवाएँ लेकर वापस लौटे।

एकदम मन में आया कि कहीं इसे सुमेध और अनुजा के बारे में पता तो नहीं लग गया...उसी के कारण तो उसकी मनःस्थिति ज्यादा बिगड़ नहीं गई...। फिर कुछ सावधानी से पूछा, "सुमित्रा, कहीं सुमेध का कोई प्रेम-प्रसंग तो नहीं चल रहा।"

"यदि वैसा कुछ सीरियसली होता, तो भी मैं समझ लेती।" उदास मुस्कान के साथ सुमित्रा बोली।" पर प्रेम वह क्या करेगा खाक? उसकी उतनी लेवल ही नहीं है। कुछ टाइमपास करता रहता है। हर चार महीने बाद किसी नई लड़की के फोन आने शुरू हो जाते हैं। वह पुरानी हो जाए, तो दूसरी। मेरी आवाज सुनकर लड़कियाँ सीधे फोन रख देती हैं। फिर एक बार उसे आड़े हाथों लिया। कहा, जो भी तुम्हारे झमेले हैं, सब घर के बाहर होने चाहिए। घर में सिगरेट नहीं, शराब नहीं और लड़की तो बिलकुल नहीं। आजकल कोई अनुजा है, उसके फोन आते रहते हैं। उससे पहले कोई श्वेता थी।"

"पर सुमित्रा..."

"उन लड़कियों को वह कितनी झूठी बातें बताता है, अपने बारे में कितना बढ़ा-चढ़ाकर कहता है कि वह कितना कर्तृत्वशाली है, वगैरह। किसी जमाने की इतनी-सी कोई बात...कभी मुझे भी ऐसी ही बातें सुनाया करता था...इसीलिए तो उसे अच्छी तरह पहचानती हूँ मैं। कर्तृत्व कैसा...तो यही कि कैसे अमुक को लपेटे में लिया, कैसे अमुक को उल्लू बनाया, किसके पास से कितना डोनेशन झटक लिया और किसे ठगते हुए फंड जमा किया...यही सब। सब कुछ दूसरों के दम पर। बुरा इस बात का लगता है कि अपनी सारी क्षमता, अपनी बुद्धि वह गलत कामों में व्यर्थ गँवा रहा है। यह सोचकर ही शर्म महसूस होती है कि इसी आदमी से मैंने कभी प्यार किया था।"

"क्या इसी बात की परेशानी है?"

"नहीं, पर अब इन सब बातों से मन ऊब गया है। शिकायत करने का भी मन नहीं होता। बोलना या झगड़ना निरर्थक लगने लगा है। कोई उत्साह ही बाकी नहीं। नौकरी तक करने का मन नहीं होता। काम में मन नहीं लगता। लगता है कि कहीं भाग जाऊँ। कहाँ जाऊँगी? कहाँ तक जाऊँगी?"

"सच है।" मैंने सहमति दर्शाई।

"तुम ऐसा तो नहीं सोचती न कि मैं केवल शिकायत ही किए जा रही हूँ? उसके खिलाफ केवल जहर ही उगल रही हूँ?...यह सब बोलना मुझे भी अच्छा नहीं लगता। लगता है कि कुछ अच्छी बातें बोलूँ, अच्छी किताबें पढ़ूँ, अच्छी बातें सोचूँ, सुशांत के भविष्य के सपने देखूँ...पर नहीं हो पाता। चाहे लाख कोशिश कर लूँ, पर अंततः मेरे विचार उन्हीं नकारात्मक रास्तों पर चल पड़ते हैं। कुछ समझ नहीं आता कि क्या करूँ?"

"आज डॉक्टर के यहाँ हो आए हैं हम, तुमने सुना है न कि वे क्या कह रहे थे? इतना ज्यादा मत सोचो। मन को शांत रखने की कोशिश करो।"

"वही तो नहीं हो पाता। इतने विचार होते हैं दिमाग में एक-दूसरे से असंगत। सोती हूँ तब भी पता नहीं चलता कि सपना देख रही हूँ या जागते हुए कुछ सोच रही हूँ। आजकल तो ऐसा लगता है कि मर जाना ही आसान है, कम-से-कम इन सब बातों से छुटकारा तो मिलेगा।

परसों मीरा रोड पर एक औरत ने पटरियों पर जान देने की कोशिश की। डेढ़ साल के छोटे बच्चे को लेकर आई थी। ऐन समय पर मन डावाँडोल हो गया। लगा कि बच्चे को न मरने दे, इसलिए उसे उठाकर दूर फेंकना चाहा। तब तक उसकी बैठक बिगड़ गई। बच्चे को हल्की-सी चोट लगी है और उसके दोनों पाँव गए। मेरी पड़ोसन का पति मोटरमैन है न, उसी की गाड़ी के नीचे हुआ यह सब। वह उसे अस्पताल में देखने गया था बाद में। सास सताती है इसलिए यह सब किया और अब सास उसे घर में लेने को भी राजी नहीं। इसीलिए सोचती हूँ कि मरना है तो पूरी तरह मरना ही है। मरने के लिए कुछ करें और विकलांग होकर रह जाएँ, ऐसा नहीं होना चाहिए।"

"क्या उल्टी-सीधी सोचती हो? सुशांत के बारे में तो सोचो।"

"मरने की बात सोचनेवाली औरतों की जान इसी तरह अटकती होगी न? आजकल कितने समाचार पढ़ते हैं हम कि बच्चों के साथ आत्महत्या की...कुएँ में कूद गई, जला लिया, फाँसी लगा ली...डरो नहीं, मैं सुशांत का ऐसा कुछ नहीं करूँगी। उसकी तकदीर उसके साथ। पर मुझे तो अब सब कुछ व्यर्थ लगने लगा है।"

"ऐसा कुछ नहीं होगा सुमित्रा। तुम ठीक से दवाएँ खाओ, जरूर फर्क पड़ेगा। तुम जानती हो न कि मेरी कितनी बुरी हालत हो गई थी। पर सबसे बाहर निकल ही आई। अक्सर यह हमें ही तय करना होता है सुमित्रा, कि हमें फँसे रहना है या मुक्त

होना है। तुम निश्चयपूर्वक तय करोगी तो सब बदल सकता है। सच, ये दवाएँ लेनी शुरू करो। मन न हो, तब भी नियमित रूप से लेती रहो। तीन-चार दिन देखेंगे। नहीं तो बाद में मैं तुम्हारे लिए किसी मनोचिकित्सक से अपाइंटमेंट ले लेती हूँ। धीरज बनाए रखो, मैं हूँ तुम्हारे साथ। तुम इसमें से अवश्य बाहर निकल आओगी।"

"पता नहीं..."

"सब ठीक हो जाएगा।"

"कुछ ठीक नहीं होगा प्रफुल्ला, कुछ भी नहीं...।" सुमित्रा फुसफुसाती रही।

आखिर मैंने सेमिनार के लिए जाना तय कर लिया

सोचा कि सुमेध मना कर दे, तो सीधे छुट्टी लेकर जाऊँगी। ज्यादा से ज्यादा वह क्या कर लेगा? फिर से नौकरी से निकाल देने की धमकी देगा, और क्या?

फिर सुमेध को ई-मेल भेजी कि मुझे इस प्रकार से सेमिनार का निमंत्रण मिला है और उसके लिए मैं तीन दिन बंगलौर जाना चाहती हूँ। तारीखें सूचित कीं। यह भी लिखा कि प्रत्यक्ष मुलाकात न हो पाने के कारण ई-मेल भेज रही हूँ।

बंगलौर की संस्था को सूचित किया कि मैं आऊँगी। प्रपत्र लिखना शुरू किया।

अनुमान था कि 'टाइम्स' में मेरे लेख पढ़ने के कारण ही यह निमंत्रण भेजा गया होगा।

कहीं ऐसा तो नहीं कि सुमेध से पूछे बिना, उसे दिखाए बिना मैंने ये लेख लिखे, इसलिए वह भड़क गया हो?

पर उसने तो कहा था कि मैंने कहीं कुछ कहा था इसलिए...मुझे तो कुछ याद नहीं आ रहा था।

पर ऐसी कितनी ही बातें हैं, जिनसे उसका कोई संबंध नहीं है और वे मेरी वैयक्तिक बातें हैं। मैं लिखती हूँ, चित्र बनाती हूँ, कार्यक्रमों में जाती हूँ, किसी से मिलती-बोलती हूँ...इन सबका उसके यहाँ की नौकरी से कोई संबंध नहीं है। फिर यह सोचने का कि उसे क्या लगेगा, या उससे अनुमति लेने का सवाल ही कहाँ उठता है? जो भी हो, पर इस तरह अधर में रहना ठीक नहीं। जो कुछ उसके मन में था, वह साफ-साफ कह देता, तो अच्छा होता।

जाने दो, अब सेमिनार के बारे में ही सोचूँ। उसमें मन लगेगा, तो बाकी सब पीछे रह जाएगा।

इस सेमिनार में 'आदिवासी स्वयंशासन कानून' की कमजोरियों पर विचार किया जानेवाला था। स्वाभाविक था कि कुछ मुद्दे एक जैसे होंगे। इसलिए मुझे भली-भाँति

विचार करना था कि मैं क्या प्रस्तुत करना चाहती हूँ। यहीं अपने फील्डवर्क का उपयोग होगा। निश्चित और अचूक उदाहरण दिए जाने चाहिए। एक-दो नहीं, कई उदाहरण...क्योंकि एकाध उदाहरण अपवादात्मक हो सकता है और उसके कारण सार्वत्रिकता का बोध नहीं होता। इस कानून के संदर्भ में केन्द्र और राज्य सरकार के संबंध में अलग-अलग विचार किया जाना चाहिए। क्योंकि राज्य के अलग नियमों का विपरीत परिणाम हो सकता है।

ये सारी बातें दिमाग में चक्कर काटने लगीं। संदर्भ पुस्तकें जमा कर उनमें सिर गड़ा दिया। फील्डवर्क के केस-स्टडीज सामने रखीं। हो सकता है कि मेरे मुद्दे औरों से ज्यादा अलग न हों, पर अनुभव अलग हो सकते हैं...उन्हीं पर जोर दिया जा सकता है...

धीरे-धीरे मैं उन अक्षरों में डूब गई।

बंगलौर तक का सफर अच्छा कटा। समय पर पहुँच गई।

सेमिनार की शुरुआत अच्छी हुई। सेमिनार में कुछ ऐसे लोग होते हैं, जो हर सेमिनार में मिलते हैं। कई लोग एक-दूसरे के परिचित होते हैं। दिल्ली में जिनसे मुलाकात हुई थी, ऐसे कुछ लोग भी थे।

महाराष्ट्र से प्रा. सयाजी जाधव थे, जिनसे वड़गाँव में मिली थी।

और ज्यादा किसी से मुलाकात नहीं हुई।

कई एन.जी.ओज के प्रतिनिधि थे। कानून के अध्येता थे। स्थानीय स्तर पर नेतृत्व करनेवाली महिलाएँ थीं। एक मंत्री और तीन नगरसेविकाएँ भी...इस बार कुछ सरकारी प्रतिनिधि भी थे।

पर सोचने की बात यह थी कि इनमें से कोई भी आदिवासी नहीं था।

मुझे एकाएक अशोक की याद आ गई..."हम अपने बारे में खुद तय करेंगे, बाहर के लोग हमारे बारे में न सोचें..." उसने कहा था। शायद आज जो मैं देख रही हूँ, वह उसने कई बार देखा होगा, अनुभव किया होगा। अवश्य ही उसके कुछ नकारात्मक और पीड़ादायक अनुभव होंगे।

प्रयत्नपूर्वक मैंने उसकी बातें मन से हटा दीं।

अब आगे पूरा समय एक ही विषय मन में घुमड़ता रहेगा—'आदिवासी स्वयंशासन कानून' ने वास्तव में क्या दिया है?

पहले सत्र में केवल कानून का इतिहास बताया गया, जो लगभग सभी को मालूम था। विवाद के मुद्दे शुरू हुए दूसरे सत्र से।

पहला मुद्दा था—आदिवासी क्षेत्रों की ग्रामसभाओं को यह अधिकार दिया गया है कि वे अनुसूचित जनजातियों की रूढ़ियों, परंपराओं, सांस्कृतिक विशेषताओं, सामूहिक

साधन-सामग्री और विवादों पर निर्णय करने की प्रचलित पद्धतियों की रक्षा करें।

दूसरा मुद्दा था—पंचायत के माध्यम से ग्रामसभा को यह अधिकार दिया जाता है कि वह स्थानीय साधन-सम्पत्ति के उचित उपयोग, उस पर आधारित विकास योजनाओं, आदिवासियों की जमीन का विस्थापन आदि के संबंध में सिफारिश करे।

दूसरे प्रपत्र का संदर्भ आर्थिक था।

शुरू में ग्राम पंचायतों को मिलनेवाली आर्थिक सहायता के बारे में विवेचन किया गया। यह अचूक तरीके से प्रस्तुत किया गया था। अब तक वित्त आयोग ने अपनी रिपोर्ट में जो सूचनाएँ दी हैं, उन पर कोई कार्रवाई नहीं की गई है। इसीलिए ग्राम पंचायतों को मिलनेवाला निधि अपर्याप्त है और जो उपलब्ध है, वह भी योजनाओं में बँधकर आनेवाला है। इसीलिए चुनकर आए लोग अपने क्षेत्र की जरूरतों, अड़चनों आदि के संबंध में चाहकर भी कुछ ज्यादा काम नहीं कर सकते और लोगों को इस बात का पता न होने के कारण उन्हें लगता है कि जिन लोगों को हमने चुना है, वे कोई काम करते ही नहीं।

स्वयंशासन कानून में आदिवासियों की सामूहिक साधन-सम्पत्ति पर ग्रामसभा के अधिकारों के विषय में कई बातें कही गई हैं। परंतु जंगल उत्पादों और जंगल की जमीन के संबंध में ग्राम-सभा को कुछ गौण वन-उपजों तक ही सीमित अधिकार दिए हैं।

वनोत्पादन का विषय ग्रामसभा के अधिकार क्षेत्र में नहीं रखा गया है।

बाजार-हाटों के, गाँव के पानी के छोटे संचयों के और उसके इस्तेमाल के प्रबंधन का अधिकार आदिवासी इलाकों की ग्रामसभाओं को नहीं दिया गया है।

आदिवासी इलाकों के पानी, मिट्टी, पत्थर, रेत आदि की रॉयल्टी ग्रामसभाएँ वसूल कर सकती हैं, परंतु अब तक यह काम तहसीलदार ही करते आए हैं।

क्या इस कानून की जानकारी अब तक राजस्व विभाग को नहीं है?

स्थिति ऐसी है मानो स्वयंशासन का कानून स्वयं ही अनाथ हो। 'आदिवासी स्वयंशासन कानून' बन जाने के बावजूद उसके अनुसार जो नियम या प्रशासनिक व्यवस्था तैयार होनी चाहिए, वह नहीं हो पाई है। ग्रामसभाओं को मिले इस विशेष अधिकार की दृष्टि से 'पंचायत राज' व्यवस्था के तहत कार्यरत अधिकारियों को कोई प्रशिक्षण नहीं मिला है।

जन-जागृति के लिए भी केवल स्वयंसेवी संगठनों और जन-संगठनों ने ही मेहनत की है।

इस प्रपत्र के बाद काफी चर्चा हुई।

अपने देश में पाँचवीं पंचवार्षिक योजना के बाद ऐसे चिह्न नजर आने लगे थे कि सरकार को स्वयंसेवी संगठनों की ओर ध्यान देना पड़ेगा। आगे चलकर सातवीं

पंचवार्षिक योजना में तो सरकार ने ही यह नीति तय की कि सरकार के ग्रामीण विकास कार्यक्रम में स्वयंसेवी संस्थाओं-संगठनों की भी सहभागिता हो।

यह कोई एकाएक नहीं हुआ था। ये संस्थाएँ लोगों के साथ, लोगों के बीच और लोगों को साथ लेकर काम करती थीं, इसलिए उन्हें लोगों से जो सहयोग-सहभागिता मिलती थी, वह सरकारी विकास-कार्यों में नहीं दिखाई देती थी।

सरकार के माध्यम से निधि उपलब्ध करानेवाली 'अंतरराष्ट्रीय मुद्राकोष' और 'वर्ल्ड बैंक' जैसी संस्थाओं ने भी शर्तें रखीं थीं कि उनके द्वारा दिया जानेवाला धन स्वयंसेवी संस्थाओं के जरिए ही विकास कार्यों के लिए खर्च किया जाए। इसीलिए आज भी बहुत-सा सरकारी धन स्वयंसेवी संस्थाओं के माध्यम से ही खर्च होता नजर आता है।

इसके मूल में एक कारण लोगों और दान देनेवालों के मन में यह मान्यता भी है कि सरकारी शासनतंत्र की तुलना में स्वयंसेवी संस्थाएँ अधिक लगन से काम करती हैं, वे ज्यादा ईमानदार होती हैं और अधिक लोकाभिमुख भी होती हैं।

सरकार और स्वयंसेवी संस्थाओं के बीच मतभेद का एक मुख्य कारण यह भी है।

चर्चा का यह केन्द्रबिंदु था और इसीलिए सरकारी प्रतिनिधि एकदम दूसरे छोर के मत प्रकट कर रहे थे।

वैसे, चर्चा के इस स्वर से मेरा भी विरोध था कि सरकारी अधिकारियों ने कुछ भी नहीं किया और जो कुछ भी किया, स्वयंसेवी संस्थाओं ने ही किया। मेरा मानना था कि संस्थाओं की सीमाएँ और उनकी कार्य-पद्धति के दोष भी सरकारी सीमाओं और दोषों जितने ही उल्लेखनीय हैं।

दोपहर के भोजन के समय भी इन्हीं बातों पर बातचीत होती रही।

भोजन के समय फिलहाल महाराष्ट्र में काम करनेवाले ए.एस. बैनर्जी नामक एक आई.पी.एस. अधिकारी से परिचय हुआ। जहाँ डॉ. दयाल काम करते हैं, उस जिले के नजदीकी जिले में वे जिला पुलिस अधीक्षक थे। उन्होंने वकालत भी पास की थी। कानून से संबंधित चर्चा होनेवाली थी, इसलिए वे इस कार्यक्रम के लिए आए थे।

"आपने केवल सरकार पर टिप्पणी नहीं की, इसलिए मुझे अच्छा लगा।" वे बोले।

"जी। केवल टिप्पणी के लिए टिप्पणी कर मुझे सेमिनार में अपना डंका नहीं बजाना है। बेहतर यही है कि जो मन को उचित लगे, बुद्धि जिसे माने, वही बोला जाए।" मैंने कहा।

वे हँस पड़े।

"आपके इलाके में भी आना है मुझे।" मैंने कहा।

"अवश्य आइए। कोई कभी आता ही नहीं उस तरफ। काम खत्म होने पर केवल पुस्तकों का ही साथ होता है। बातचीत करने के लिए भी कोई नहीं मिलता अपनी लेवल का।"

"यदि मन में यह तय कर लिया हो कि अपनी लेवल अलग है, तो यह प्रश्न

उठेगा ही।" मैंने कहा।

"क्या कहना चाहती हैं आप?" बैनर्जी का स्वर एकदम बदल गया। शायद उन्हें लगा कि मैं बहुत उद्धत हूँ।

"यह मैं अपने अनुभवों के आधार पर कह रही हूँ। आपको चोट पहुँचाना मेरा उद्देश्य नहीं था। क्योंकि मेरे सामने ऐसा सवाल कभी उठा ही नहीं। घर में, सफर में, काम के स्थान पर...कहीं भी हो, किसी भी उम्र के लोग हों, स्त्री-पुरुष-बच्चे हों, किसी भी जाति-धर्म के हों, पढ़े-लिखे या अनपढ़ हों, मजदूर हों या आप जैसे अधिकारी हों...मैं सबके साथ समान सहजता से बातचीत कर सकती हूँ। जब हम उस स्तर पर उतर जाते हैं, तब किसी के भी साथ संवाद स्थापित करना आसान हो जाता है। यदि अपने अधिकार का, अपने अहंकार का कवच चढ़ा रखा हो, तब यह संभव नहीं।"

"आपका मुद्दा विचार करने योग्य है।"

"और, अपने को इस बंधन में भी नहीं जकड़ना है कि मेरी पसंद के विषय अमुक ही हैं। हर एक के पास हमें बताने जैसा, सिखाने जैसा कुछ न कुछ तो होता ही है। बस, हमें उसका स्वीकार करना आना चाहिए।"

"वेल। आपकी बात इंटरेस्टिंग है। यानी, सुनना अच्छा लग रहा है। वास्तविकता में कितना उपयोगी होगा, पता नहीं।"

"एक बार आजमाकर तो देखिए। शायद आपके लिए यह कुछ कठिन ही हो। अधिकार-पद पर जिम्मेदारी सम्हालते हुए करना अलग बात है और मेरी तरह अनुसंधान के निमित्त से घूमना, संवाद स्थापित करना—दोनों अलग बातें हैं। इसलिए पता नहीं, मेरा अनुभव आपके कितने काम आएगा, पर कोशिश कर देखिए।"

"अवश्य...और आप भी सूचित कीजिए कि हमारी तरफ आप कब आ रही हैं।" वे बोले।

अधिकांश एनजीओज के प्रपत्र एक जैसे ही थे। उन्होंने बताया कि अपने इलाके में ग्रामसभाओं के आयोजन और उसमें महिलाओं की सहभागिता बढ़ाने के लिए उन्होंने क्या प्रयास किए हैं। उन्होंने प्रयास किए थे कि मकान का कर, घरों का रिकार्ड, बिजली का मीटर, पीने का पानी, बाड़ियों-बस्तियों तक सड़कें, काश्तकारों को जमीन, स्कूल, विकास योजनाओं के लाभार्थियों का चुनाव, गरीबी रेखा के नीचे आनेवालों का रिकार्ड, राशनकार्ड और उस पर मिलनेवाला अनाज, वन-जमीन पर बसीं बस्तियाँ और खेती, भूमिहीनों को मिली जमीन पर कब्जा आदि विविध विषयों पर ग्रामसभा में चर्चा हो, उस पर प्रस्ताव रखे जाएँ और उन्हें पारित किया जाए।

किसी ने भी स्पष्ट रूप से यह नहीं बताया था कि महिलाओं के साथ होनेवाले

अन्यायों-अत्याचारों को सामने लाने के संबंध में किसी भी प्रकार के विशेष अधिकार ग्रामसभाओं को हैं।

सेमिनार का दूसरा दिन काफी रंगतवाला था। पहली बात तो सफर की थकान, दिमाग में नेमी कामों का विचार, वैयक्तिक प्रश्न आदि बातों से दूसरे दिन छुटकारा मिल जाता है। सबका आपस में परिचय हो जाता है। मुख्य बात यह कि संवाद का सूत्र गूँथा जाने लगता है। अन्य बातें अपने आप अलग हो जाती हैं और हम केवल सेमिनार का ही विचार करने लगते हैं। वैसे, यह मेरा निरीक्षण था, जरूरी नहीं कि दूसरे लोग भी ऐसा ही सोचते हों।

आज के सत्र की विशेषता यह थी कि आजकल के मुद्दों को आगे बढ़ानेवाले या अधिक स्पष्ट करनेवाले अनुभव और उदाहरण प्रस्तुत किए गए।

कहते हैं कि व्याख्यान की अपेक्षा कथाएँ अधिक रंग चढ़ाती हैं। वैसा ही हुआ।

बंगलौर घूमकर देखने या कुछ खरीदारी करने में मुझे कोई रुचि नहीं थी। एक बार साहब के साथ उनके कठोर अनुशासन के तहत यह देख चुकी थी। पर एक बार जंगल का स्वाद पता चल जाए, तो कृत्रिम बाग-बगीचे मन को मोहित नहीं कर पाते। साफ-सुथरी चौड़ी सड़कें, अँधेरा घिरना शुरू होते ही जगमगानेवाली अनगिनत बत्तियाँ, ऊँची इमारतें और असंख्य वस्तुओं से लदी-फदी असंख्य दूकानें...एक दूसरे को न पहचाननेवाले और समृद्ध कहलानेवाले मनुष्यों की बस्तियों में घूमने की बजाय अब जंगलों में बनी बस्तियाँ ही अधिक अच्छी लगने लगी थीं। दूसरी अच्छी बात यह थी कि इनमें से अधिकांश आदिवासी बस्तियों को अब तक देहातों की भी हवा नहीं लगी थी। इसलिए सर्वत्र साफ-सुथरापन होता था। किसी भी आदिवासी बस्ती में ऐसा दृश्य कभी दिखाई नहीं दिया कि गंदगी और कचरा बिखरा है, नालियाँ अवरुद्ध हैं या मैला पानी सड़क पर बहा जा रहा है...। घर के पास भी कचरा डालने की जगह तय की हुई और दीवाली के समय एक दिया यहाँ भी जलाया जाना कितना स्वाभाविक लगता था।

पर शाम को कमरे में बैठे रहना अच्छा नहीं लग रहा था। क्या करूँ यह सोच ही रही थी कि वहाँ की चार-पाँच नगरसेविकाएँ मिलने आ पहुँचीं। फिर कमरे में बंद होकर बैठने की बजाय टेरेस पर बने रेस्टोरेंट में ही चली गईं बातचीत करने।

प्राथमिक परिचय होने के बाद स्वाभाविक ही रातों को होनेवाली बैठकों के बारे में बात चली।

उनमें रागिनी दीदी कुछ प्रौढ़ महिला थीं। वे अनुभव में भी वरिष्ठ थीं। उन्होंने

कहा, "राजनीति में सभी महत्त्वपूर्ण बैठकें और निर्णय रात में ही लिए जाते हैं। दिन भर का कामकाज, बैठकें, मेल-मुलाकात अलग बात है। परंतु पक्षान्तर्गत गुटबाजी हो या पक्षीय दाँव-पेंच हो, रात-बेरात, आधी रात को होनेवाली मुलाकातें और मद्यपान सहित होनेवाले भोज इसमें महत्त्वपूर्ण भूमिका निभाते हैं। इसीलिए अधिकांश महिलाएँ वहाँ जाना पसंद नहीं करतीं।

कई स्थानों पर तो पर-पुरुष के आगे परदा-प्रथा का भी पालन किया जाता है। घर के भी किसी पुरुष के सामने आँखें उठाकर, नजरें मिलाकर बात करने का रिवाज नहीं है, गर्दन ऊँची कर चलना भी स्वीकार नहीं। पुरुष और महिलाएँ दोनों इसी वातावरण से आए हुए। दोष किसे दें? पुरुष-प्रधान मनोवृत्ति तो दिखाई देती ही है, इसमें उनका राजनीतिक स्वार्थ भी साधा जाता है।

पुरुष प्रधान संस्कृति द्वारा रचित यह एक षड्यंत्र है ताकि राजनीति में प्रवेश करने का महिलाएँ तिरस्कार करें या यह सोचकर उससे विन्मुख हों कि यह क्षेत्र अपने लिए है ही नहीं।"

कौशल्याबाई ने भी उनका समर्थन किया। वे देखने में तो बहुत पारंपरिक वृत्ति की प्रतीत हो रही थीं। जरी की साड़ी। माथे पर पल्लू। भरपूर जेवर। नाक में जगमगाता हीरा। पर उनके घर का पूरा वातावरण ही राजनीति में रचा-बसा था, इसलिए राजनीति की भली-बुरी बातों की जानकारी घर के लोगों को भी थी।

उन्होंने कहा, "फिर कई बार घर के पुरुष या पक्ष के पुरुष सहकर्मी नेता गण संरक्षक की भूमिका निभाने लगते हैं कि तुम लोग रात की बैठकों में मत आओ, वहाँ का वातावरण अच्छा नहीं होता, वगैरह। तब अधिकांश महिलाओं को दिन भर का परिश्रमपूर्ण काम सौंपा जाता है। रातों की बैठकों की कार्य पद्धति का इस्तेमाल अक्सर सक्षम महिलाओं को पीछे धकेलने के लिए हेतुपूर्वक किया जाता है। यह भी बड़ा प्रश्न है कि रात की बैठकों में सहभागिता न होने के कारण अकस्मात् रूप से मिलनेवाली महत्त्वपूर्ण जानकारी कैसे मिल सकती है और उसके कारण सकारात्मक दाँव-पेंचों की राजनीति खेलना हमारे लिए कितना संभव होगा?"

कुछ देर रुककर एक युवा आधुनिक नगरसेविका की ओर देखकर वे फिर बोलीं, ''जो रात-बेरात वहाँ रुक सकती हैं, वहाँ के वातावरण के पुरुषों के निकष जिन्हें स्वीकार होते हैं, वे गिनी-चुनी महिलाएँ ही वहाँ जाती हैं। ऊँचे पद पर भी पहुँच जाती हैं। पर क्या इन महिलाओं की ओर पुरुष अपनी सहकर्मी होने की भावना के साथ देख सकते हैं?''

उनका संकेत मैंने समझा, कहा, "बहुत-सी बातें इस पर भी निर्भर हैं कि महिलाओं का आपस में कितना संवाद है। यदि महिलाएँ अपनी माँगों को आगे बढ़ाने के लिए किसी पक्ष निरपेक्ष मंच की स्थापना कर दबावगुट तैयार करें, तो सरकार को झुकना पड़ेगा। यदि पक्षीय संदर्भ देखें, तो वस्तुतः वहाँ स्त्री-पुरुष भेद

उत्पन्न होने का कोई कारण ही नहीं है। चाहे पक्ष संगठन का काम हो या प्रचार का काम, स्त्री या पुरुष दोनों यह काम कर सकते हैं। वास्तव में देखें तो अन्य ऐसे कई काम हैं, जो महिलाएँ सहजता से कर सकती हैं। पर मजे की बात यह है कि महिला को अनिवार्यतः महिला एवं बाल-विकास विभाग सौंपा जाता है। इससे यह अर्थ निकलता है कि यह या तो महिलाओं का ही विषय है, या फिर महिलाओं को अन्य मामलों की समझ नहीं है।"

रागिनीबाई ने कहा, "औरतों को दौरे करना आना चाहिए। मतदाताओं की समस्याएँ सुलझाने के लिए रात-बेरात कहीं भी जाना पड़े, तो उसके लिए तैयार रहना चाहिए। कार्यकर्ताओं को सम्हालना पड़ता है। जाति के गणित हल करने पड़ते हैं। एक ओर विरोधियों की कार्रवाई से खुद को बचाना पड़ता है, तो दूसरी और लगातार उन्हें मात देने के प्रयास में लगे रहना पड़ता है। किसी पर भी ज्यादा भरोसा करने से काम नहीं बनता। जो कुछ भी करना है, हमेशा जागते रहकर, ध्यान रखते हुए करना होता है। स्त्री हो या पुरुष, राजनीति के क्षेत्र में कार्यरत किसी का भी यह पूर्णकालिक काम होता है। अपने यहाँ औरतों को इस प्रकार से पूर्णकालिक काम की आदत नहीं होती। घर का काम तो होता ही है। घर के लोग यदि छूट दे भी दें, तो भी घर का खिंचाव होता है और डर भी, कि कहीं घर ही अपने हाथ से न निकल जाए। इसलिए राजनीति में उतरने के लिए महिलाओं को बहुत ज्यादा तैयारी करनी पड़ती है।"

इन औरतों में स्वरूपा कुछ आधुनिक प्रतीत हो रही थी। यानी, बाल कटे हुए। सबसे मुख्य बात यह कि उसके पास इंजीनियरिंग की डिग्री थी। प्रेम विवाह किया था। पति का स्वतंत्र व्यवसाय था। उसमें वह भी सहायता करती थी।

व्यवसाय के सिलसिले में महानगरपालिका के कई चक्कर उसे काटने पड़ते थे। बहुत लोगों से परिचय भी हुआ। फिर धीरे-धीरे उसमें रुचि उत्पन्न हुई। उनका वॉर्ड महिलाओं के लिए आरक्षित हो गया, तो एक कोशिश कर देखने के लिए उसने राजनीति में प्रवेश किया।

उसने काम जो किए, वे भी कुछ अलग प्रकार के थे। उसने शहर में महिलाओं के लिए स्वतंत्र स्विमिंग पूल बनाया। शहर में और भी स्विमिंग पूल थे, उनमें से कुछ में महिलाओं के लिए दो घंटे आरक्षित थे। पर यह दो घंटे का समय जब पुरुष न आ सकते हों, तब ऐन दोपहर का विचित्र समय था। तब स्वरूपा के प्रयासों से यह नया स्विमिंग पूल बना।

उसने कहा, "घर से समर्थन मिलने का मतलब यह नहीं होता कि घर की जिम्मेदारियाँ खत्म हो गई हैं। एक ओर तो घर के लोगों के इगो सम्हालने पड़ते हैं, दूसरी ओर कार्यक्षमता के साथ काम भी करने पड़ते हैं। हम राजनीति में होते हैं, तो अपने ही अनजाने घर की छोटी-छोटी बातें बदलती जाती हैं।

घर में अपने नाम से आनेवाले पत्रों, निमंत्रणों की संख्या बढ़ती है। हमेशा फोन आते रहते हैं। मिलने के लिए, अपने काम लेकर या अपनी समस्याएँ लेकर लोग आते रहते हैं। कई बार उनके काम करने के लिए समय-असमय बाहर जाना पड़ता है। जन संपर्क बढ़ाने के उद्देश्य से ऐसे कार्यक्रमों के लिए भी जाना पड़ता है, जिनका न तो घर से संबंध होता है, न राजनीति से। अपने पक्ष और पालिका की मीटिंगों में तो जाना ही पड़ता है। ठीक इसी समय पर घर में कोई समस्या या अड़चन हो, कोई काम या कोई घरेलू कार्यक्रम हो, तो यह सोच-सोच कर सिर घूमने लगता है कि किस बात को प्रधानता दी जाए। फिर यह सब किसी से कहा भी नहीं जा सकता। लोगों का कहना होता है कि तुम खुद राजनीति में गई हो, कर पाओ तो करो, वर्ना छोड़ दो।

अपना समाज मानता है कि ऐसी महिलाएँ ही राजनीति में जाती हैं, जिन्हें घर-बार की, गृहस्थी की फिक्र नहीं होती। इसीलिए राजनीति में आई महिलाओं की ओर लोग पहले से ही पूर्वग्रह दूषित दृष्टि से देखते हैं।

सामाजिक कामों में संलग्न महिलाओं को जो आदर मिलता है, वैसा आदर राजनीति में कार्यरत महिलाओं के हिस्से में बहुत कम आता है।"

आंध्रप्रदेश की एक बड़ी स्वयंसेवी संस्था की ओर से अजिता आई थी। उसने कहा, "मूलतः राजनीति की ओर देखने का हमारा या हमारे समाज का दृष्टिकोण ही मलीन है। चुनाव में खड़े होने के निकष अब आपके काम को नहीं माना जाता, बल्कि यह देखा जाता है कि आप कितना पैसा खर्च कर सकते हैं, या कितनी गुंडागर्दी कर सकते हैं। चुनाव में विरोधियों को समाप्त करने के लिए पैसे बाँटे जाते हैं। शराब की नदियाँ बहाई जाती हैं। प्रत्याशियों या मतपेटियों का अपहरण या बोगस मतदान जैसे काम स्वाभाविक रूप से किए जाते हैं। राजनीति में उतरनेवाली महिलाओं से यह पूछा जाता है कि क्या वे यह सब कर पाएँगी? यह पूछकर उनकी कुल क्षमताओं को न्यूनतम आँका जाता है। या सलाह दी जाती है कि यह सब प्रचलित पद्धति से करने के लिए तैयार हों, तो राजनीति में आएँ।

जिस तरह पुरुष इस बात के अपराधी हैं कि पहले स्वयं समझौते किए, फिर व्यवस्था के दोषी होने का डंका बजा दिया, उसी तरह महिलाएँ भी अपराधी हैं। इसलिए समाज का दृष्टिकोण ही बदल जाता है। लोग सोचते हैं कि स्त्री हो या पुरुष...अपने बलबूते, विचारों और कामों की ताकत के बूते पर कोई भी राजनीति नहीं करता, बल्कि सभी लोग गलत रास्ते को ही अपनाकर राजनीति करते हैं।"

हिंसा, भ्रष्टाचार, जातीयता, धर्मांधता आदि के कारण हमारी पूरी राजनीति सड़ गई है। औरतों को इसी समय यह सोचना होगा कि उन्हें इस सड़ांध से बचना है या नहीं। औरतों को पुरुषप्रधान राजनीति से अपने आप को बचाना होगा।

"हमें ऐसी महिलाएँ नहीं चाहिए जो विरोध करती हों, दूसरे पक्ष की महिला

की साड़ी भरी सभा में खिंचती हों, या विरोधियों और सरकारी अधिकारियों के मुँह पर कालिख पोतती हों, गाली-गलौज करती हों, पक्ष का काम कहकर मोर्चे में पथराव करती हों या सड़क पर खड़े वाहन जलाती हों। यदि राजनीति में स्त्रियों के आने के बावजूद इस प्रकार की गलत पुरुष-प्रधान परंपराएँ ही जारी रहें, तो मतदाता को क्या फर्क पड़ेगा—चाहे वह स्त्री को चुने या पुरुष को।"

मैंने महाराष्ट्र की कोठेवाड़ी का मामला बताया। कोठेवाड़ी में महिलाओं की उम्र तक की परवाह किए बिना बलात्कार किए गए थे।

मैंने कहा, "ऐसे समय पर पक्ष को एक ओर रखकर महिलाओं का प्रश्न समझकर एक होना चाहिए। ऐसा नहीं होता कि पानी, ईंधन और मजदूरी के प्रश्न सुलझा लिए, तो महिलाओं के प्रश्न समाप्त हो गए। महिलाओं की अस्मिता के साथ होनेवाला खेल सबसे गंभीर मुद्दा है। दहेज की शिकार, बलात्कार, छेड़छाड़, विवस्त्र जुलूस, चरित्र पर छींटें उड़ाना आदि घटनाओं के विरोध में एक होकर संघर्ष किया जाना चाहिए।

आप लोग चाहे किसी भी पक्ष की हों, पर केवल महिला होने के नाते अलग-अलग कारणों से दो-चार बार एकत्र आकर तो देखिए। चाहे तो इसके लिए कुछ रचनात्मक काम ढूँढिए। यहाँ तक कि औरतों द्वारा मिलकर किए गए मनोरंजन के कार्यक्रम भी चल सकते हैं।"

उन्हें यह सलाह पसंद आई। फिर इस बात पर चर्चा हुई कि ऐसे कौन से कार्यक्रम हो सकते हैं। अजिता ने उन्हें कुछ अच्छे उपक्रम सुझाए। इसमें कुछ प्रतियोगिताओं का, खेलों का, एक दिवसीय शिविरों का...हस्तकला से लेकर स्वास्थ्य और कानून तक के विषयों का समावेश किया जा सकता था। केवल व्याख्यान की बजाय उनकी उसमें सीधी सहभागिता होती। छोटे उद्योग-व्यवसायों के बारे में जानकारी या मार्गदर्शन करनेवाला कार्यक्रम भी किया जा सकता था।

मैं सुन रही थी। शहरों की निर्वाचित महिलाओं और देहातों-बस्तियों की निर्वाचित महिलाओं की कार्य पद्धतियों और प्रश्नों में कितना अंतर था।

एक-दो अपवाद के मामले छोड़ दें, तो पक्ष की राजनीति से देहातों की औरतों को अब तक कोई परेशानी नहीं हुई थी। हो सकता है कि इसका कारण ग्राम पंचायत स्तर के उनके सीमित अधिकार और कमजोर आर्थिक बाजू हो। पर कल को यदि उन्हें विधायकों-सांसदों की तरह सीधे विकास निधि मिलने लगे, तो पक्षों का ध्यान ग्राम पंचायतों के चुनावों की ओर तुरंत चला जाएगा और तब गाँवों से निर्वाचित महिलाओं को कई नई बातों का सामना करना पड़ेगा।

चुनी गई महिला केवल महिला होने के नाते स्त्रियों का प्रतिनिधित्व करती है, यह मानना आज की प्रचलित आर्थिक-राजनीतिक व्यवस्था में बुद्धिमानी नहीं होगी।

देश भर की महिलाओं की राजनीति का इतिहास देखें तो यह नहीं कहा जा सकता कि इंदिरा गाँधी से लेकर जयललिता और मायावती तक सत्ता का उपभोग लेनेवाली किसी भी महिला ने स्त्रियों को सक्षम करनेवाले निर्णय लिए हों।

इसलिए इस भ्रम को मन से निकाल देना होगा कि महिलाओं को चुनने से समाज में अच्छा बदलाव आएगा, या चुनी गई महिलाएँ प्रचलित राजनीति का चेहरा-मोहरा बदल देंगी।

यदि चुनी गई महिलाएँ महिलाओं की ही राजनीति करें, तो उनका प्रतिनिधित्व अर्थपूर्ण हो सकता है।

सेमिनार समाप्त हुआ।

उसमें हुई चर्चाओं के आधार पर मुझे लगा कि कुछ अलग लिखा जा सकता है। अब मुझे यह आवश्यक प्रतीत होने लगा था कि अपनी बात को केवल सेमिनार की चौखट में न रखकर सामान्य जनों तक पहुँचाने के लिए समय समय पर प्रसार माध्यमों का सही इस्तेमाल किया जाना जरूरी है।

उन लेखों की रूपरेखा मन में बनाते हुए ही मैं मुंबई लौटी।

2

बंगलौर से लौटी, तो पता चला कि सुमेध आकर चला गया है। हम दोनों बार-बार एक दूसरे से नहीं मिल पा रहे थे।

पर इस बार मैंने तय कर लिया था कि भले ही निर्धारित कार्यक्रम में परिवर्तन करना पड़े, पर सुमेध से मिले बिना नहीं जाऊँगी।

उसकी कही अधूरी बात दिमाग को कुरेद रही थी। उसे खत्म करना जरूरी था।

"यह मत सोचना कि मैं केवल दोष ही दिखा रही हूँ, ज्यादा होशियारी दिखा रही हूँ...अकारण या केवल विरोध के लिए टिप्पणी कर रही हूँ। काम की जरूरत मुझे भी है, इस काम के प्रति आत्मीयता भी है, मेरे मन में लोगों के प्रति भी आत्मीयता है। पर तुम्हारी बातें सुनने के बाद मेरे मन में एक प्रश्न उठ रहा है। तुम ही बताओ, हमारी निष्ठा काम के प्रति होनी चाहिए या संस्था के प्रति?" मैं बोल रही थी।

आश्चर्य की बात यह थी कि मेरी सुनते हुए सुमेध खामोश बैठा था।

उसी ने कहा था, "तुम्हें संस्था के बारे में...विशेषकर संस्था की आर्थिक बातों के विषय में 'जागरुक आदिवासी संगठन' की दीदी से बात नहीं करनी चाहिए थी। अपने जो भी विचार हों, दूसरे पहलू पर गौर किए बिना वे विचार लोगों के सामने व्यक्त करना ठीक नहीं। क्या हम घर की बातें चार लोगों के बीच में बोलकर अपनी,

परिवार की, घर की बदनामी करते हैं? संस्था के संबंध में भी हमें इसी तरह सोचना चाहिए। प्रत्येक संस्था में कोई न कोई कम-ज्यादा बात होती ही है। 'जागरुक आदिवासी संगठन' में कुछ कम दोष नहीं हैं। पर इस तरह बोलकर हम अपनी ही संस्था की प्रतिमा खराब करते हैं। वैसे, यह कहना भी ठीक नहीं कि प्रतिमा खराब होती है, क्योंकि यहाँ हर कोई हरेक को पहचानता है। पर इसे हमारा दोष माना जाता है कि इस तरह सीधे बोलनेवाले लोगों को हम अपनी संस्था में रखते हैं। इसीलिए मैंने उस दिन इतनी कड़ी बात कही।"

सुमेध कितने उलझे हुए वक्तव्य दे रहा था। उसका दिया उदाहरण ही मुझे गलत लग रहा था। यह तो मैंने स्वयं अनुभव किया था कि घर में यदि प्रश्न हों, अड़चनें हों, गलत बातें घट रही हों, तो केवल प्रतिष्ठा का ध्यान रखकर चुप रहने के आगे चलकर कितने बुरे परिणाम होते हैं। अन्य अनेक घरों में भी यही अनुभव किया था। फिर ऐसा भी नहीं होता कि चुप रहने से प्रतिष्ठा बनी रहती हो। क्योंकि किसी न किसी रास्ते से ये बातें घर से बाहर आ ही जाती हैं, फैलती जाती हैं। उनके बारे में भली-बुरी चर्चाएँ भी होती हैं। समय-समय पर पीठ पीछे की जानेवाली टिप्पणियों और उपहासों का सामना भी करना ही पड़ता है। एक बार साफ-साफ बोलने से बाद में सिर झुकाकर हमलों का सामना करने या टिसुए बहाने की नौबत नहीं आती।

यह तो मैंने कई बार देखा था...अनुभव किया था कि बोलने के कारण, सलाह-मशविरा करने के कारण हम ठीक से विचार कर पाते हैं। केवल भावनाओं में बहे बिना दूसरे पहलू पर भी सोच सकते हैं। इससे प्रश्न सुलझाने में सहायता मिलती है। जब रेवती थी, तब उससे बोलते रहने से कई बातें आसान हो गई थीं। लोकल ट्रेन के हमारे ग्रुप में भी हमने एक-दूसरे से बातें कर कई प्रश्नों से बाहर निकलने के रास्ते ढूँढे थे। हर बार विकल्प मिल ही जाते हों, ऐसी बात नहीं। पर क्या केवल परिस्थिति को स्वीकार करना या नकारना ही हमारे हाथ में होता है? कितनी ही बार यह भी अनुभव किया था कि निर्णय भले ही अपने को ही लेने पड़ते हों, परंतु साफ-साफ बात कहने से संभ्रम दूर हो जाते हैं।

आज सुमेध को यह सब समझाना होगा।

मैंने आर्थिक विषयों के संबंध में बात की, यह शायद अच्छा ही हुआ।

काफी देर तक हम बातें करते रहे।

मैंने कहा, "तुम समाज सेवा को व्यवसाय समझते हो न, तो फिर स्टाफ के साथ व्यावसायिकों की तरह बर्ताव क्यों नहीं करते? तुम्हें ऐसा क्यों लगता है कि स्टाफ को कर्मचारी नहीं, कार्यकर्ता होना चाहिए? क्या उन्हें अपना, अपने परिवार का पेट नहीं पालना है? उन्हें घर-बार की जरूरत नहीं है? बच्चों को शिक्षा नहीं देनी है? यदि हम चाहते हैं कि हमारे कार्यक्षेत्र में कर्मठ और युवा लोग आएँ, वे साल-छह

महीने में काम छोड़कर न जाएँ, तो उनकी न्यूनतम जरूरतों को ध्यान में रखते हुए उन्हें अच्छा वेतन देना ही होगा। अन्यथा सोमनाथ जैसे सामान्य कूवतवाले या जिन्हें जीवन में कुछ भी करना संभव नहीं हुआ और बुढ़ापे में मनोरंजन या समय बिताने के लिए आनेवाले श्याम काका जैसे लोग ही तुम्हें मिलते रहेंगे।

जरा सोचो सुमेध, एक ओर तो हम करोड़ों की परियोजनाओं पर काम करने की बात कहते हैं, सामाजिक बोध की बात कहते हैं, अधिकारों के लिए संघर्ष करने के लिए कहते हैं, तो दूसरी ओर मुंबई जैसे शहर में अपने कर्मचारी को कुछ सौ रुपये का वेतन देते हैं। इस पर यह भी उम्मीद रखते हैं कि करोड़ों रुपयों का आखिर क्या होता है, इस बारे में वह पूछताछ न करे। क्या यह सब तुम्हें दोगलापन नहीं लगता? क्या संस्था के कर्मचारियों को, संगठन के कार्यकर्ताओं को सूचना का अधिकार नहीं मिलना चाहिए?

दूसरी बात यह कि 'जागरुक आदिवासी संगठन' में मैंने जो कुछ भी कहा, वह तुम्हारी शिकायत करने या संस्था की बदनामी करने के लिए नहीं कहा। वहाँ मैंने कुछ और ही बात देखी। सभी कार्यकर्ताओं को—चाहे शहरी हों या गाँव के—एक ही तराजू में तोला जाता था। दीदी ने मुझसे वहाँ काम करने के बारे में पूछा था, तो स्वाभाविक ही मैंने वेतन के बारे में पूछताछ की। वह इतना कम था कि मेरे फ्लैट का मेंटीनेंस, लाइट-फोन के न्यूनतम बिल, दो वक्त की दाल-रोटी और दवा-पानी जैसे दैनिक खर्च भी उससे पूरे नहीं हो सकते थे। अत्यंत प्राथमिक जरूरतें भी पूरी न हुई होतीं। आज मुझे साहब से भरण-पोषण का खर्च मिलता है, अन्यथा इतनी कम रकम में क्या इस शहर में जी पाना मेरे लिए संभव था? सबको लगता है कि अकेली औरत का खर्च ही कितना होता होगा? ज्यादा से ज्यादा प्रति व्यक्ति होनेवाला भोजन का खर्च कम होने से बनिए और दूध का बिल कम हो सकता है, पर शहरों में बाकी के खर्च इस बात पर निर्भर नहीं होते कि घर में कितने लोग रहते हैं।

तब उन्होंने कहा कि हम सभी कार्यकर्ताओं को समान वेतन देते हैं। शिक्षा कम या अधिक, शहरी है या ग्रामीण, आदिवासी या गैर आदिवासी, स्त्री है या पुरुष...ऐसा कोई भी भेद किए बिना हम सबको समान वेतन देते हैं।

यह कहना कितना आक्षेपार्ह था।

क्या वे सचमुच नहीं जानती थीं कि भेद कहाँ करना है और कहाँ नहीं करना है? या वह केवल सुविधाजनक दिखावा मात्र था?

स्टाफ के जो लोग शहर से आते थे, उनके पास खेती का एक इतना-सा टुकड़ा तक नहीं था। शहर के कर उन्हें चुकाने पड़ते थे, वहाँ के जीवन-स्तर का खर्च उन्हें करना पड़ता था। इसके विपरीत, बिजली के तार पर तार फँसाने से बिजली मुफ्त। संस्था की ओर से खेती के औजार, खाद, बीज, सब मुफ्त। अन्य कई योजनाओं से मिलनेवाले लाभ। खेती का पूरक कोई और व्यवसाय। कम-से-कम रोज का उपवास

तो नहीं होता था उनके लिए। शहर में सब लोग अमीर और सुस्थिति वाले तो नहीं होते। कितने ही कार्यकर्ता झोंपड़े में, चॉल में रहते हैं। उनके पास संस्था के वेतन के अतिरिक्त आमदनी का और कौन-सा जरिया है? गाँव के और शहर के या आदिवासी और गैर आदिवासी कार्यकर्ता के बीच इस प्रकार तुलना करने से कैसे चलेगा?

और, यदि शिक्षा का भेद नहीं है, तो वहाँ के पुराने कार्यकर्ता यही सोचते हैं कि हमने ठीक तरह से शिक्षा प्राप्त नहीं की, तो हमारा क्या बिगड़ा। तब बच्चों को भी वे ठीक से पढ़ाते नहीं। एम.एस.डब्ल्यू कर चुके कई युवक वहाँ इतनी कम तनख्वाह पर काम कर रहे थे कि क्या कहूँ। पढ़े-लिखे में से एक भी ऐसा नहीं मिला मुझे, जो किसी दूसरे विकल्प की तलाश में न हो।

क्या यह संस्था की दृष्टि से बुरी बात नहीं है? आप नए कर्मचारी को काम पर लेते हैं, उसे प्रशिक्षण देते हैं, काम का अनुभव प्राप्त कर वह थोड़ा तैयार हो जाए, तो अधिक अच्छे वेतन की इच्छा लेकर वह दूसरी ओर मुड़ जाता है।

'प्रगत' की भी यही स्थिति है, सुमेध।

और वहाँ भी यही बात मैंने कही थी। उन्होंने बड़े सुविधाजनक तरीके से कुछ बातों को टालते हुए कुछ बातें तुम्हें बताई होंगी और यह बात तुम्हें बताई ही नहीं होगी।"

"हाँ", सुमेध ने कहा। "ये बाकी की बातें तो उन्होंने मुझे नहीं बताईं। इतना अवश्य कहा कि उन्होंने तुम्हें काम का ऑफर दिया है।"

काफी चर्चा हुई।

मैंने कहा, "मुझे काम का यह क्षेत्र पसंद है। लोग खुद होकर एकत्र आते हैं, कुछ अच्छा करने की इच्छा रखते हैं, मिलजुलकर विचार-विनिमय कर निर्णय लेते हैं और सबकी सहभागिता के साथ काम करते हैं, यह प्रक्रिया कितनी सुंदर है।

बहुत कम क्षेत्रों में यह दिखाई देता है कि हम अपना अस्तित्व बनाए रखकर भी समूह में हैं। यह कितनी विशेष बात है कि हम अपनी वृद्धि, अपने में होनेवाले सकारात्मक परिवर्तन आदि का अनुभव करते रहते हैं।

मुझे लगता है कि केवल त्रुटियों या दोषों की शिकायतें करते रहने की बजाय उसमें से एकाध उलझन को सुलझाना अधिक श्रेयस्कर है। मैं मानती हूँ कि प्रत्येक व्यक्ति में अच्छा काम करने की प्रवृत्ति थोड़ी-बहुत मात्रा में होती ही है। कुछ लोगों में इसकी मात्रा औरों की तुलना में अधिक होती है और ऐसी विविध संस्थाओं में हमें वे लोग मिल जाया करते हैं।

अच्छाई को बढ़ाते चलना और बुराई को घटाते चलना...यह बात उतनी आसान नहीं होती...न समाज के संदर्भ में, न स्वयं के संदर्भ में। इसीलिए हम गुट बनाते हैं, नेतृत्व का चयन करते हैं और संस्था स्थापन करते हैं।

आज महाराष्ट्र में कितनी अधिक संख्या में संस्थाएँ हैं। पर उनके संदर्भ में

मुझे कुछ अलग ही एहसास हो रहा है...

मैं पहली बार आदिवासी इलाके में घूमी, तो गुलगुले गालों वाले बच्चे देखकर मुझे बहुत अच्छा लगा था। पर वह खुशी टिक नहीं पाई। शीघ्र ही मुझे पता चला कि वह सूजन थी...केवल सूजन और मैं उसे स्वास्थ्यपूर्ण विकास समझ रही थी। वह मेरा अज्ञान था। उससे पहले मैंने कभी ऐसा कुपोषण देखा ही नहीं था। तब मुझे अपने पर ही लज्जा हो आई थी।

अब ऐसा लगता है कि ये संस्थाएँ भी ऐसी ही सूजन हैं।

कार्यकर्ताओं के पास इतनी हिम्मत नहीं होती कि नेताओं से कहें कि वे गलत हैं। यदि किसी में ऐसी हिम्मत हो भी, तो नेता सुनने के लिए तैयार नहीं होते। तब वह कार्यकर्ता क्या करेगा, उस संस्था को छोड़कर अपनी खुद की दूसरी संस्था शुरू करेगा। वह भी फिर उसी चक्र में फँस जाएगा और उससे अलग होकर और नए गुट, नई संस्थाएँ फलती-फूलती रहेंगी और सूजन बढ़ाती रहेंगी।

हम 'एकमत' शब्द का प्रयोग करते हैं सुमेध, पर सच यही है कि प्रत्यक्ष में वह विवश होकर स्वीकार किया गया किसी एक का ही मत होता है।"

सुमेध ने कहा, "तुम्हारी कई बातें सही हैं। सब मुझे ठीक ही लगती हों, यह बात नहीं। या ऐसा भी नहीं कि वे सभी व्यावहारिक हों। जब तक हम उस स्थान पर नहीं जाते, उस कुर्सी पर नहीं बैठते, तब तक यह ठीक से पता नहीं चल सकता कि सच क्या है, वास्तविकता क्या है। पर यह बात बहुत अच्छी है, कि तुम इन सबके बारे में सोचती हो।"

खुलकर बातें करने से विवाद भले ही खत्म न हुआ हो, पर लगा कि तनाव कुछ पिघल गया है। फिर भी मुक्ति का एहसास नहीं हो रहा था।

सोचा कि इस तरह समझौते करते हुए यहाँ रहने की अपेक्षा सीधे त्यागपत्र दे देना चाहिए।

पर हाथ में लिए कामों का क्या? वे मेरे बिना रुके नहीं रहेंगे। मैं न करूँ तो कोई दूसरा करेगा। फिर भी, पता नहीं क्यों, एकाएक इस प्रकार का निर्णय मैं नहीं ले पा रही हूँ।

अब अगले कार्यक्रम के अनुसार मराठवाड़ा का काम पूरा होने के बाद विदर्भ में जाना था। वह इलाका वैसे तो अनुजा के लिए था, पर सुमेध ने कहा कि उसे 'प्रगत' का कोई दूसरा महत्त्वपूर्ण काम सौंपा है, इसलिए उसका बाकी काम मैं ही पूरा करूँ।

वैसे भी मराठवाडा का काम तो मुझे ही सौंपा गया था। उससे आगे आंध्र की

सीमा से लगा इलाका भले ही विदर्भ में आता हो, पर मराठवाड़ा से संलग्न होने के कारण सफर की दृष्टि से मैं ही पूरा करती, तो सुविधाजनक होता। इसलिए वहाँ तक तो जाना ही था, उसमें यह भी जुड़ गया।

एक बार सोचा कि अनुजा को सौंपे गए काम के बारे में सुमेध से पूछूँ, पर वह भी कुछ कम चालाक नहीं है। उसका जवाब भी तैयार होगा, ऊपर से ऐसे दर्शाएगा मानो वह कुछ जानता ही न हो।

दूसरे, अब मैं दुबारा उसके साथ विवाद में पड़ना नहीं चाहती थी।

काम करना स्वीकार किया है, तो उसे ठीक तरह से निपटाकर अपना रास्ता पकड़ने का ही विकल्प शेष था। बाहर से यह अनुमान नहीं लगाया जा सकता था कि इस इलाके में इतना जंगल होगा। लगता था कि शायद पहले रहा हो, पर अब न हो।

यहाँ आते समय दोहरी उत्सुकता थी। एक यह कि यहाँ का काम खत्म होने के बाद डॉ. दयाल के यहाँ जाना था। दूसरे, बैनर्जी जी से दुबारा मुलाकात हो जाती। उनकी ईमानदारी के चलते ही उन्हें इस दुर्गम इलाके में भेजा गया था। पर इस अवसर से भी उन्होंने लाभ उठाया था। यहाँ भी वे हिम्मत के साथ काम में लगे हुए थे। इसलिए यहाँ आने पर उनसे मिलना तय किया था। उन्हें इस आशय का पत्र भी 'प्रगत' से भेज दिया था।

बस से उतरकर सीधे उनके कार्यालय पहुँची।

बैनर्जी जी से मुलाकात हुई। उन्हें अपने काम का स्वरूप बताया। साथ में परियोजना से संबंधित कुछ कागजात थे, वे दिखाए।

"कहाँ-कहाँ होकर आई हैं आप?" उन्होंने पूछा।

विस्तार से बताया। कहा, "मराठवाड़ा से यहाँ आई हूँ। वहाँ की दो तहसीलों के तीन-तीन गाँव घूम चुकी हूँ। पहले भी एक बार वहाँ गई थी। पर इस तरफ पहली बार आई हूँ। अब केवल यहीं की प्राथमिक रूपरेखा बनानी बाकी है। बाकी सब तरफ का काम हो चुका है। इसके बाद सर्वेक्षण शुरू होगा। सर्वेक्षण के समय यहाँ अधिक समय के लिए दुबारा आना पड़ेगा।"

"यह इलाका नक्सलवादियों की कार्रवाई का इलाका माना जाता है। अन्य आदिवासी इलाकों की तरह यहाँ घूमना आसान नहीं है। क्या आपने जिलाधिकारी से मुलाकात की है?"

"नहीं, बस से उतर कर सीधे आपसे मिलने ही चली आई।" मैंने हँसकर कहा। "आपसे मिलने-बोलने की बहुत उत्सुकता थी मन में। सेमिनार के समय और ज्यादा बातचीत नहीं हो पाई। इस बीच आपके बारे में काफी कुछ सुन चुकी हूँ।"

वे हँस पड़े।

बोले, "सामान्य आदमी हूँ। अलग क्या होगा मुझमें? सीधे यहाँ आईं हैं, यानी चाय तक नहीं पी होगी आपने।"

उन्होंने चाय मँगाई।

"यहाँ की दो तहसीलें चुनी हैं हमने। अब यहाँ से उस तरफ ही जाऊँगी। दुरवस का गेस्ट हाऊस बुक किया है।" मैंने बताया।

तब तक उन्होंने जिलाधिकारी को फोन लगाया। उनसे बात की। उन्होंने कहा कि कार्यालय में एक आवेदन पत्र देकर घर का, कार्यालय का नाम-पता सब विस्तार से लिखकर रखूँ।

बैनर्जी जी ने कहा, "आपको अधिक समय देना चाहिए था। आपने आने की तारीख, समय सब सूचित किया था, पर आजकल एक अजीब से मामले में अटका हुआ हूँ। अक्सर हमारे काम के साथ ऐसा ही होता है। अचानक कुछ अप्रत्याशित घट जाता है..."

एक बार मन में आया कि क्या हुआ है, पूछूँ, पर अन्य बातों में समय गँवाती, तो आगे की सारी योजना गड़बड़ा जाती। इसलिए मोह टाल दिया।

"क्या आपको कार की जरूरत है? कार्यालयीन नहीं, मेरी अपनी है। उसे ले जा सकती हैं।" बैनर्जी जी ने कहा।

"अं...नहीं, यदि हम इस तरह से स्वतंत्र वाहन लेकर जाते हैं, तो लोग सोचते हैं कि कोई सरकारी अधिकारी या नेता आया है। अकारण दूरी निर्माण हो जाती है।" मैंने स्पष्टीकरण दिया।

"ठीक है। वैसे भी कार ज्यादा उपयोगी नहीं हो पाएगी। घंटे-डेढ़ घंटे की दूरी तय करने के बाद आगे रास्ता ही नहीं है। पर कोई अड़चन मालूम हो, तो निःसंकोच होकर फोन कीजिए।" बैनर्जी जी बोले।

फिर से बस स्टैंड पहुँची।

अब दुरवस।

गेस्ट हाऊस पहुँची, तो पता चला कि वहाँ कमरा खाली नहीं है।

"पर मैंने तो बुकिंग किया था।" मैंने झल्लाकर कहा।

"हाँ, पर विधायक साहब का दौरा निकला अचानक, तो रद्द कर दिया आपका बुकिंग।" काउंटर पर बैठे आदमी ने निर्विकार भाव से कहा।

"तो फिर, क्या यहाँ रहने लायक कोई लॉज वगैरह कुछ होगा?"

उसने दो नाम बताए। एक के साथ बीयर बार संलग्न था। इसलिए दूसरा चुना। पर वहाँ जाने में फिर समय बरबाद होगा, यह सोचकर तय किया कि यहीं फ्रेश हो लूँ और तहसीलदार साहब से मिलकर ही बाद में लॉज पर जाऊँ।

"यदि अब तक विधायक साहब न आएँ हों, तो क्या आप मुझे फ्रेश होने के लिए एक कमरा खोलकर दे सकते हैं? दस पन्द्रह मिनट लगेंगे।" मैंने उस आदमी से कहा।

कुछ अचाहे ही उसने कमरा खोल दिया। फ्रेश हुई। सामान ज्यादा नहीं था। पर साथ लेकर घूमना आसान भी नहीं था। यहीं रख देती, पर भरोसा नहीं हो रहा था। इसलिए बैग लेकर ही तहसीलदार के कार्यालय में पहुँची। ग्यारह बज चुके थे, पर उनका कोई अता-पता नहीं था। उधर जिला पुलिस अधीक्षक और जिलाधिकारी भी समय पर पहुँचे थे, दस बजे उनसे मुलाकात भी हो चुकी थी और यहाँ ऐसा हाल था।

कोई ठीक से बोलने-बताने के लिए भी तैयार नहीं।

पता चला कि तहसीलदार साहब घर से ही काम देखते हैं। उनका क्वार्टर कार्यालय के बाजू में ही था। आखिर उनके घर ही चली गई। काम तो कुछ हुआ नहीं, परेशानी हुई सो अलग।

वैसे ही झल्लाते हुए, पता ढूँढते हुए उस लॉज तक पहुँची। काउंटर पर बैठा आदमी मेरी ओर टकटकी बाँधे देखता रह गया। उसे अनदेखा कर किराया पूछा। कहा, कि अच्छा साफ-सुथरा कमरा दीजिए।

"अकेली रहेंगी या कोई और भी है साथ में?" उसने पूछा।

"अकेले।" मैंने शांतिपूर्वक उत्तर दिया।

एक ही दिन का सवाल था, पर कमरे में घुसते ही बदबू का भभका उठा। वहाँ रुकना मुश्किल था। पर और कोई रास्ता नहीं था। हर कोने में पान की पिचकारियाँ। कचरे का डिब्बा भरा हुआ। टूटे टीपॉय पर सिगरेट के अधजले टुकड़े। रूमबॉय से कमरा साफ करवाकर पलंग पर दूसरी चादर बिछाने के लिए कहा। फिर भी उस पलंग पर बैठने तक का मन नहीं हुआ। कुर्सी पर ही बैठी रही। चाय मँगाई। कुछ ही देर में इस बात की ओर ध्यान गया कि बरामदे में आवाजाही बढ़ गई है। चायवाला लड़का आया, तो उतनी देर में पाँच-सात लोग झाँकते हुए निकल गए, यह दर्शाते हुए कि बरामदे में यों ही टहल रहे हैं।

चायवाले लड़के ने फिर पूछा, "अकेली ही रहेंगी यहाँ?"

हामी भरते हुए मैंने पूछा, "यहाँ का फोन तो चालू है न?"

वह बोला, "चालू है। पर यहाँ से नहीं कर सकते। बाहर काउंटर पर जाकर ही करना होगा।"

चाय पीकर काउंटर पर गई।

अब बैनर्जीजी से बात किए बिना कोई चारा नहीं था।

पुलिस मुख्यालय को फोन लगाया। पूछा, "बैनर्जी साहब से बात कर सकती हूँ?"

ऑपरेटर ने पूछताछ की। बताया कि मैं प्रफुल्ला हूँ। मुंबई से आई हूँ। सवेरे ही बैनर्जी साहब से मुलाकात हुई थी। वे जानते हैं कि मेरा क्या काम है। उन्हें फोन दीजिए।

दो मिनट में ही बैनर्जी साहब फोन पर आए।

उनसे कहा, "बहुत मजबूर हूँ, इसीलिए आपको तकलीफ दी। यहाँ के तहसीलदार से मिली। पर वे जरा भी सहयोग नहीं दे रहे हैं। कार्यालय में तो थे ही नहीं। पूछने पर पता चला कि हस्ताक्षर के लिए फाइलें घर पर ही भेजी जाती हैं। आखिर मैं भी उनके घर पहुँची। दिन के साढ़े ग्यारह बजे वह आदमी पूरे नशे में था। वह खुद नहीं समझ पा रहा था कि वह क्या बोल रहा है। बोला, कि यहाँ क्यों आई हैं, मुंबई में मंत्रालय में ही आपका काम हो जाता। बहुत उल्टी-सीधी बोले जा रहा था। उनसे यहाँ के गाँवों की प्राथमिक जानकारी मिले बिना मैं अपना काम शुरू भी नहीं कर सकती। इस इलाके में और कोई स्वयंसेवी संस्था भी नहीं है, जिससे कुछ सहायता मिल सके। इसलिए मजबूर होकर सरकारी कर्मचारियों के सहयोग पर निर्भर रहना पड़ रहा है। मेरा उद्देश्य किसी की शिकायत करना या कोई टिप्पणी करना नहीं है। पर मुझे अपना काम तो करना ही है न।"

"आप गेस्ट हाऊस में ही हैं न?" बैनर्जी जी ने पूछा।

"जी नहीं, वहाँ का बुकिंग उन्होंने अचानक रद्द कर दिया है। कहते हैं कि विधायक महोदय आनेवाले हैं। इसलिए यहाँ एक लॉज में ठहरी हूँ।"

"वहाँ का फोन नंबर बताइए।"

काउंटर पर पूछकर फोन नंबर बताया।

"ठीक है, आप कोई चिंता न करें। आपका काम ठीक तरह से निपट जाएगा। मैं वैसी सूचनाएँ दे देता हूँ।" बैनर्जी जी ने आश्वस्त किया। कुछ तसल्ली हुई।

फोन रखते हुए आसपास देखा, तो काउंटर पर बैठे आदमी से लेकर पास के बेंच पर बैठे हुए या बरामदे में टहलनेवाले सभी लोगों के चेहरों की रंगत बदली हुई थी। फोन के पैसे देकर वापस कमरे की तरफ चली, तो काउंटर पर बैठे आदमी ने कहा, "कुछ चाय, नाश्ता चाहिए हो, तो बताइएगा मैडम, स्पेशल बनवा दूँगा।" उसकी आवाज बदली हुई थी।

"आपके यहाँ क्या अच्छा मिलता है?" मैंने पूछा।

"यह तो देहात है मैडम, आप जैसे बड़े लोग यहाँ आते नहीं। पर आप जो कहेंगी, बनवा दूँगा।" वह शर्मिंदा लग रहा था।

"फिलहाल तो कुछ नहीं चाहिए। पर दोपहर को खाना अच्छा खिलाइए। बहुत मसालेदार या तीखा नहीं, कुछ भी सादा-सा।...मेरे लिए तहसील कार्यालय से फोन आए, तो कमरे में ट्रान्सफर कर दीजिए।"

"जी मैडम।"

फोन की बात दूर, आधे घंटे में तहसील कार्यालय से जीप लेकर एक आदमी ही चला आया। बोला, "साहब ने भेजा है। आपको जिस किसी जानकारी की, कागजातों की जरूरत है, वह देने के लिए कहा है।...मैं गेस्ट हाऊस में पूछताछ करता आया हूँ। कल सुबह आपको एक कमरा मिल सकता है। बैनर्जी साहब का संदेश है कि ठीक इंतजाम न

हो रहा हो, तो जिला मुख्यालय में आइए, वहाँ के गेस्ट हाऊस में भी कह रखा है।"

तब सामान समेट कर रख दिया। पैसे सारे अपने साथ ही ले लिए और उसके साथ चल पड़ी।

दूसरे दिन चिचगुड़ा के लिए निकली। वहीं से आगे सातटेकड़ी जाना था। लॉजवाले ने जैसा बताया था, नाके पर जीप मिली। खचाखच जीप भर गई थी, फिर भी वह ठहरा हुआ था। देखते-देखते जीप में कम-से-कम तीस लोग भर दिए गए। स्त्री-पुरुष...आगे, पीछे, छत पर, खिड़की से लटकते हुए लोग। उन्हीं में अपना बड़ा-सा बैग लिए मैं भी।

धूप चढ़ने लगी थी। ठंड पिघल रही थी। कभी ठंडा तो कभी गर्म मौसम मालूम होता था। पिछली गर्मी की शुरुआत में ही मैंने अपने इस काम की भी शुरुआत की थी।

इस बीच कितना कुछ घट गया था। सालों से बिना कुछ घटे एक ही रेखा पर चलता जीवन और एकाएक चारों ओर से घटनाओं की बौछार। उसके कारण सब कुछ कितना उलट-पुलट गया था। कितना कुछ बदल गया है। जिनके बारे में कभी सोचा भी न था, वे बातें जीवन का हिस्सा बन गई हैं।

चिचगुडा के मोड़ पर जीप रुकी। आगे पैदल जाना था। वहीं से आगे सातटेकडी भी। दुरवस में रहते हुए ही रास्तों के बारे में जानकारी पा ली थी। पर यह नहीं जानती थी कि कागज पर बनीं सड़कें प्रत्यक्ष में कैसी होंगी और कितनी उपयोगी होंगी।

यहाँ सारी माडिया-गोंड जनजातियों की बस्ती है।

चिचगुड़ा के सरपंच का नाम-पता मुझे मिल गया था। वह कुछ पढ़ा-लिखा था और ठीक-ठाक मराठी भी बोल लेता था। गाँव में चौथी तक स्कूल था। आगे की पढ़ाई के लिए कुछ बच्चे तहसील मुख्यालय की आश्रमशाला में पढ़ रहे थे। बैनर्जी जी की मेहरबानी से तहसील कार्यालय में इतनी जानकारी तो मिल ही गई थी।

चलना शुरू किया। घंटा भर चली। चारों ओर खामोशी। पाँव तले चरमराते पत्ते। पतझड़ के कारण जंगल वीरान लग रहा था। बीच में ही एकाध सदा-हरित पेड़ दिख जाता। सागौन था। पर आज इधर-उधर कहीं देखने का मन नहीं था। पता नहीं क्यों, पर इस काम में मन नहीं लग रहा था। लग रहा था कि यह परियोजना जल्दी पूरी हो जाए और कोई नया काम मैं अपने तरीके से शुरू करूँ।

बीच में ही एक गड़रिया नजर आया। उससे पूछा, तो मेरी भाषा उसकी समझ में नहीं आ रही थी। फिर केवल गाँव का नाम बताया...चिचगुड़ा। पर शायद मैं कुछ

अलग ही उच्चारण कर रही थी। बड़ी मुश्किल से उसे समझ आया। फिर उसकी समझ न आनेवाली भाषा में संकेत। उससे केवल इतना समझ आया कि अभी बहुत दूर चलना है। फिर एक पेड़ की छाया में बैठी। साथ में कुछ फल थे और चने-मुरमुरे। थोड़ा खाकर पानी पिया और कुछ देर मस्त झपकी ली।

बस और जीप के सफर में पूरा शरीर धक्के खा-खाकर दर्द करने लगा था। बहुत देर चलने से पाँव भी सख्त हो गए थे। पर उसी के कारण मन में उठी उदासी की भावना नष्ट हो गई थी।

फिर से उत्साह जागा।

मुझे अब यह बात अच्छी तरह समझ आ गई थी कि शरीर की तकलीफें बढ़ाते चलो, तो मन का दर्द कम होता जाता है।

लग रहा था कि अब थोड़ा ही अंतर रह गया है, जंगल विरल हो चला था। पर अचानक सामने नदी आ गई।

बाप रे...यह तो पता ही नहीं था।

अब इस नदी को कैसे पार करूँ?

चारों ओर देखा। किनारे-किनारे कुछ दूर चली। पर कोई फायदा नहीं। दूर-दूर तक कोई नाव नहीं नजर आ रही थी। न लोग दिख रहे थे, न बस्ती।

आसपास का जंगल एकाएक इतना बड़ा हो गया, कि मैं उसमें एक छोटे से कीड़े की तरह मानो खो गई।

नदी तक जाकर किनारे पर खड़ी रही। पानी में पाँव डुबोए, फिर बाहर आई। नदी की गहराई या प्रवाह का कोई अनुमान ही नहीं था। फिर जाऊँ कैसे और जाऊँ भी, तो इस बात का क्या भरोसा कि जहाँ जाना है, वह गाँव नदी के उस पार ही होगा? यदि वह गाँव इसी किनारें पर दाहिनी या बाईं तरफ कहीं हो, तो? अब क्या करूँ?

पीठ पर लटका बैग नीचे उतार कर रख दिया और वहीं रेत में पालथी मार कर बैठ गई। गर्मी के दिन हैं, इसलिए इतना बड़ा दिन है। ठंड के दिन होते, तो अब तक पेड़ों की फुनगियों से उतर कर इस पानी पर अँधेरा फैल गया होता।

भालू आ जाए, तो?

कहते हैं कि इस जंगल में जंगली भैंसे भी होते हैं...और जंगली सूअर भी कितने भयानक होते हैं...अब अँधेरा होने से पहले कोई रास्ता तो मिलना ही चाहिए।

सुन्न होकर कुछ देर पानी की तरफ देखती रही।

अचानक जैसे कोई जादू हो गया। देखते-देखते जंगल से कुछ औरतें और पुरुष बाहर निकल आए। मैं उनकी ओर देखकर खुशी से चिल्लाते हुए उठ खड़ी हुई।

वे सब अचकचाकर जहाँ थे, वही रुक गए।

तब मुझे कुछ होश आया। फिर से मेरी संकेतों की भाषा। चिचगुड़ा गाँव का केवल नाम बताना। अनजान भाषा में प्रश्न और अनुमान से दिए गए उत्तर। सरपंच

का नाम बताया, तब कुछ बात बनी।

उन लोगों की बातों से पता चला कि नदी के उस तरफ जाना पड़ेगा और वे लोग भी उधर ही जा रहे हैं।

मैंने बैग फिर से पीठ पर लटका लिया। कलाई घड़ी उतारकर पर्स में रख दी। सलवार मोड़ते हुए घुटनों तक ऊपर चढ़ा ली। पर कुरता भी काफी लंबा था। उसे कमर तक उठाकर सलवार के भीतर खोंस दिया।

औरतें मेरी इस तैयारी को आश्चर्य के साथ देख रही थीं। मैं उन्हें देखकर मुस्कराई, तो वे भी मुस्करा दीं। बोलने का तो सवाल ही नहीं था। एक शब्द भी समझ में न आया होता। सारे स्वर कानों से टकराकर लौट रहे थे...जैसे ट्रेन के सफर में बंद खिड़की के काँच से टकराकर, पल-भर चमककर जुगनू गिर पड़ते हैं।

सब दाहिनी तरफ कुछ दूर तक चलते रहे।

एक स्थान पर पानी में उतरे।

क्षण भर के लिए पानी में हलचल मची।

पानी की गीली ठंडक पैरों की त्वचा को जैसे चाटती रही। फिर पैरों से लेकर सारे शरीर में एक अनजानी-सी गर्माहट फैलती चली गई। कोमल लहरें लिपटती रहीं। कपड़े गीले हो रहे थे और वह गीलापन ऊपर सरकता जा रहा था।

अचानक एक जगह पर पाँव धँस गए। पानी जांघों तक पहुँचा। कलेजा मुँह को आ गया। पर साथ चलती औरत ने मुझे सम्हाल लिया।

फिर अपने आप एक छोटी-सी शृंखला ही बन गई...मानो किसी नर्म स्पर्शवाले सख्त धातु को मोड़कर बनाई गई छोटी-छोटी कड़ियाँ एक दूसरे में फँसाई गई हों।

पानी में डूबे पाँवों को जैसे आँखें मिल गई हों।

आगे और भी गहरा होता गया पानी। कमर तक। लगा, अब संतुलन खो दूँगी। फिर इस वेगवान प्रवाह में मैं बह जाऊँगी। कहाँ तक बहूँगी? अपनी ही कल्पना पर हँसी आ गई। पर डर नहीं लगा। उल्टे लगा कि बहते जाने में हर्ज ही क्या है? एक बार अपने आप को पानी के हवाले कर देखूँ, प्रवाह का अनुमान लगाऊँ और देखूँ तो सही कि वह कितने वेग से और कहाँ तक मुझे ले जा सकता है? बहती ही जाऊँ।

पर फिर पानी का स्तर घटता गया।

किनारे पर थी, तो लग रहा था कि नदी का पात्र छोटा है, पर प्रत्यक्ष में काफी चौड़ा था।

पानी घटते-घटते फिर घुटनों से नीचे उतर गया और कपड़ों से बूँदें टपकने लगीं।

रेत पर- गीले पाँव थरथरा गए।

अब तक भ्रम था कि मुझे पहाड़ों और जंगलों की अच्छ आदत हो गई है, पर

इस नदी को देखने के बाद भ्रम टूटा। इसके बाद भी और न जाने कितने अप्रत्याशितों का सामना करना पड़ेगा। पर इस बात का भी भरोसा हो चला था कि मैं भी हिम्मत जुटाकर किसी भी प्रसंग का सामना कर सकती हूँ।

यह सब अपने आप से भी बार-बार कहते रहना भी जरूरी था, ताकि मन में यह बात पक्की होती रहे।

सोचा, क्षण भर के लिए ही सही, पर यह डर की भावना आती कहाँ से है?

और किसे पता...शायद उसी अनाम जगह से साहस भी चला आता हो।

इन लोगों ने, लग रहा था कि मुझे काफी सहजता के साथ स्वीकार कर लिया है। वैसे अब मैं उनसे ज्यादा अलग भी नहीं दिख रही थी।

साल भर में मेरा हुलिया बहुत कुछ बदल गया था। त्वचा का रंग झुलस गया था। ठीक तरह से कटे बाल टेढ़े-मेढ़े बढ़ गए थे। भौंहों की देखभाल तो कबकी बंद हो गई थी।

भाषा तो भयानक रूप से मिलावटी हो गई थी।

अलगाव के कई निशान मिटते गए थे। जैसे मुझ पर से काट कर फेंके गए टुकड़े फिर आकर अपनी जगह पर चिपक गए हों, और मैं अपने मूल स्वरूप में पहुँच गई हूँ।

बैनर्जी जी ने ऐसी कई बातें बताई थीं, कि डर बढ़ गया था। शायद मन में तनाव भी था। पर स्वाभाविक ही एक सरकारी अधिकारी होने के नाते उनके अनुभव कुछ अलग ही होंगे। मन-ही-मन मैंने तय कर लिया कि अबसे कोई कुछ भी बताए, तो उसे ज्यादा महत्त्व नहीं दूँगी और बिना किसी पूर्वग्रह के आगे बढ़ती रहूँगी।

आगे चलना शुरू किया। शायद सभी थके हुए थे। आपस में कोई कुछ नहीं बोल रहा था। हर एक के सिर और कंधों पर काफी बोझ भी था। लगता था कि बाजार से होकर आए हैं सब। अँधेरा घिर आने के बावजूद रास्ता खत्म नहीं हो रहा था।

कपड़े गीले होने के कारण शरीर से चिपक गए थे, चलने में कठिनाई हो रही थी।

देखते-देखते इतना अँधेरा हो गया कि लगा अब कुछ भी नहीं दिखाई देगा। आगे से एक टॉर्च भी साथ रखना होगा...मन में सूची बननी शुरू हो गई।

भूख महसूस होने लगी थी। घर में होती, तो अकेले खाने-पीने की इच्छा न होने के कारण भूखे पेट ही सो गई होती। पर खाने को कुछ न हो, तो खाने का मन होता ही है।

घनी झाड़ियों में से बाहर निकले। तारे निकलने लगे थे। कुछ ही मिनट में इतना उजाला हो गया आसपास...कि मन एकाएक सुख की अनुभूति से भर गया।

बस्ती दिखाई देने लगी।

यह समझना मुश्किल था कि यह वही गाँव है, जहाँ मुझे जाना था, या कोई और गाँव है। किसी से कुछ भी पूछने की झंझट में पड़े बिना वैसे ही उनके पीछे-पीछे चली गई। फिर साथ की एक औरत मुझे अपने घर में ले गई। घर में छह-सात लोग थे। पर खामोशी थी। पता नहीं चल रहा था कि यह रात के प्रभाव के कारण है या सचमुच एक वीरान शुष्कता फैली है। यदि पहली बार ही ऐसी किसी जगह पर रहना पड़ता, तो मैंने इस परियोजना से छुट्टी ही कर ली होती। पर अब तक बहुत अनुभव मिल चुके थे—गिरगिट के साथ खाने के और बकरी के साथ सोने के भी।

वहीं किसी तरह कपड़े बदले।

घर में चावल पके हुए थे। चूल्हा जल रहा था। सुना था कि इस इलाके के लोग चूल्हा बुझाते नहीं। प्रत्यक्ष देख भी लिया।

एक लड़की ने चावल के साथ खाने के लिए उबले अंडे सामने रखे। पर वे अंडे मुर्गी के तो नहीं लग रहे थे। पता नहीं किसके थे? बिना कुछ पूछे खा लिए। स्वाद भी कुछ अलग था। चार निवाले खाते ही उस नए स्वाद की भी आदत हो गई। तेज भूख लगी थी। खाकर सब खत्म किया। फिर मन को धमकाया कि आगे से इस प्रकार के सवाल वह न उठाए।

खाते समय मैं संकेतों से कुछ शब्द पूछ रही थी। समझकर याद रखने का प्रयास कर रही थी। जैसे भात यानी गाटो, अंडा यानी मेंज, प्याज यानी उल्लिंग, खाना पकाना यानी अटना...है यानी मन्ता, नहीं यानी हिल्ले, खाना यानी तिन्दाना, देखना यानी हुडना, देना यानी हियाना, करना यानी कियना...

भोजन के बाद उस औरत ने बर्तन समेटकर रखे।

मैंने बैग से शॉल निकाला और ओढ़कर सो गई...इतनी सहजता से, मानो सालों से मैं इन्हीं लोगों के बीच सोती आई हूँ।

अलग-अलग जगहों पर, अलग-अलग घरों में आजकल मुझे बहुत सहज स्वाभाविक लगने लगा था। सच तो यह था कि ये सारे घर अनेक अभावों से भरे थे...पैसा, अनाज, कपड़े, बर्तन...इनमें से न्यूनतम जरूरत की चीजें भी यहाँ नहीं थीं। ये घर मेरे नहीं थे, न मेरे किसी रिश्तेदार के या मित्रों के थे। इनमें से अधिकांश लोगों से मैं पहली बार मिल रही थी और यह पूरी संभावना थी कि इनके साथ कुछ घंटे या

कुछ दिन बिता देने के बाद जीवन में फिर कभी मेरा यहाँ आना न हो, या उनके साथ मेरी फिर कभी मुलाकात ही न हो। इन सब लोगों से—वे अब मुझे 'लोग' नहीं लग रहे थे, फिर बातें करना शायद न हो। फिर भी वे सब मुझे 'अपने' लग रहे थे।

इन घरों में मुझे जो सुसंस्कृत सहयोग की भावना दिखाई दी थी, जो आदर भाव, विश्वास, आत्मीयता, प्रेम, आनंद...जो भी दिखाई दिया था, वह शहर के किसी भी घर में इतनी सहज उत्कटता के साथ शायद ही मिले।

यहाँ तक कि मुंबई के अपने फ्लैट में भी मुझे इतना खुला अपनापन अनुभव नहीं हुआ था। मानो वह फ्लैट एक सुविधा मात्र थी, किसी नियत समय भर के लिए...मानो वह 'घर' नहीं था!

सुबह उस औरत ने एक-दो और लोगों को बुलवाया। कल के साथी झाँक कर गए। पता नहीं चल रहा था कि वे सब आपस में क्या बातचीत कर रहे हैं। मैं भी कितनी नादान थी जो उस एक कोश को पढ़ने और दो-चार शब्दों को याद करने से समझ बैठी थी कि अब मैं उनकी भाषा समझ लूँगी।

पर थोड़ी ही देर में उस औरत ने भीतर आकर संकेतों से मुझे कुछ बताया, उससे मेरी समझ में केवल इतना आया कि यह चिचगुड़ा नहीं है और अब दो लोग मेरे साथ आकर मुझे चिचगुड़ा पहुँचा देंगे।

कमर में लंगोटी और सिर पर रूमाल लपेटे दो लड़के उसके साथ खड़े थे। उनमें से एक तो बिट्टू की ही उम्र का था। सबसे मुस्कराकर बिदा ली और उन लड़कों के साथ चल दी। रास्ते भर उनसे पूछती रही कि इसे या उसे क्या कहते हैं। यह सफर शीघ्र खत्म हो गया। रास्ते बहुत अजीब थे, शायद शॉर्टकट होंगे। घंटे भर में पहुँच भी गए।

सीधे सरपंच के घर में।

सरपंच का नाम मासू कोटनाक। उसके दादा, पिता दोनों गाँव के पेरमा यानी पुजारी थे। इसलिए उनके परिवार का गाँव में महत्त्वपूर्ण स्थान है। कोई भी संकट आने पर लोग पहले उनके पास आते हैं।

इस खानदान में सबसे पहले मासू ने शिक्षा प्राप्त की। अब उनके बच्चे अच्छा पढ़ रहे हैं। एक तो नागपुर के मेडिकल कॉलेज में है। अंक कम मिले थे, पर मासू की जान-पहचान तथा आरक्षित सीट का लाभ मिला। मासू का कुछ संबंध आंदोलनकारियों से था। इसलिए पुलिस उनके पीछे थी। एक बार तो उन्हें नक्सलवादी ठहराकर खत्म करने की चाल चली गई थी, पर बच गए। मारपीट हुई,

जेल की हवा खाई। पर उन्हीं दिनों कुपोषण के विषय पर महाराष्ट्र में खूब हो-हल्ला मचा था। इस कारण पत्रकारों के झुंड यहाँ आ रहे थे स्टोरी कवर करने। उनमें से किसी पत्रकार को मासू के बेटे ने पकड़ा। वह कहीं इस मामले को न उठाए, इस डर से मासू को छोड़ दिया गया। पर मारपीट के कारण पीठ में बहुत चोट लगी है। पहले जैसा घूमना-फिरना नहीं हो पाता। पर अपने लोगों के लिए, अपने गाँव के लिए कुछ करने की इच्छा अभी भी शेष है।

मैंने उन्हें अपना नाम-पता बताया। अपने काम की जानकारी दी। किस तरह करना है, यह चर्चा करते हुए फिर काम के घेरे में फँस गई।

सरपंच ने कहा, "इस सरकार की तो बात ही न करें। सरकार कभी वास्तव में होती नहीं। एक ओर आरक्षण देते हैं, योजनाएँ लाते हैं, जैसा आप कह रही हैं, सरकार कहती है कि स्त्रियों का दर्जा ऊँचा उठना चाहिए। पर वही सरकार हमारे घर-बार पर बुलडोजर चला रही है। हमसे जीने का अधिकार ही छीना जा रहा है। ये आपके बड़े-बड़े बाँध, कारखाने, अभयारण्य...सब हमारे सीने पर पाँव रखकर खड़े किए जाते हैं। यदि हम शांति के तरीके से अपने अधिकार माँगते हैं, तो जेल में बंद कर देते हैं, मारपीट करते हैं, पर हम चुप नहीं रहेंगे। मेरी कमर टूट गई तो क्या, मेरे बच्चों के शरीर में मेरी ही हड्डियाँ हैं। वे भी उतनी ही मजबूत हैं। पर बच्चे अच्छे से पढ़-लिख जाएँ। वही बात इस गाँव में होती नहीं। गुरुजी आज आते हैं, कल नहीं। परसों आए, नरसों नहीं। वह आने लगे, तो बच्चे भाग जाते हैं। उन्हें पकड़कर लाना पड़ता है, जबरदस्ती स्कूल में बिठाना पड़ता है। यहाँ आकर कोई रहता नहीं। बरसात में चार महीने स्कूल बंद रहता है। गर्मी में छुट्टी ही होती है। चौथी पास बच्चों को अपना नाम तक लिखना नहीं आता और ठीक तरह से चार शब्द पढ़ भी नहीं सकते।"

सरपंच की आवाज में तड़प थी। एक औरत आई बरामदे में। केवल कमर में एक कपड़ा लपेटा हुआ, ऊपर खुला। बोली, "मका पुलाये तीहनीर? इगा हविंग बगड़ा दोरकुनूंग।"

सरपंच ने हँसते हुए कहा, "पूछ रही है कि आम की कढ़ी खाओगी? यहाँ कहीं मटन नहीं मिलता, कह रही है।"

"मटन की कोई जरूरत नहीं। मुझे आम की कढ़ी ही चलेगी। कभी खाई नहीं है मैंने।" उसकी तरफ देखते हुए मैं बोली।

बच्चे मराठी में पढ़ रहे थे, इसलिए शायद वह कुछ-कुछ मराठी समझ रही थी, पर बोल नहीं पा रही थी।

उसने हँसते हुए कहा, "होईनूंग। पलक होईनूंग।"

"कह रही है कि खट्टी होती है, दाँत खट्टे हो जाएँगे।"

"होने दो। आम खाकर दाँत खट्टे हो जाएँ, इतनी बूढ़ी हो गई हूँ, तब भी खाऊँगी। पर पलक का क्या अर्थ है?"

"दाँत।" सरपंच ने कहा।

"मुश्किल है। इन शब्दों के बचपन से ही कुछ अलग अर्थ मन में होते हैं और यहाँ इस तरह दूसरे ही अर्थ सुनने पर उन्हें याद रखना बड़ा कठिन हो जाता है।" मैंने कहा।

"वही तो मैं कह रहा हूँ।" सरपंच बात को अपने विषय पर ले आए। "अब यही देखिए, हमारे बच्चों को मराठी की किताबें पढ़ाना कितना मुश्किल होता है। चौथी कक्षा के बाद फिर हिन्दी और अंग्रेजी भी। अब तो पहली कक्षा से अंग्रेजी शुरू कर दी है। मैं पाँचवीं की कक्षा में महीने भर बैठा, वहाँ अंग्रेजी सुनी और स्कूल छोड़कर भाग आया।"

लग रहा था कि वे स्कूल के अलावा और कुछ बोलना ही नहीं चाहते।

मैंने फिर विषय को अपने काम की ओर मोड़ा। कहा कि निर्वाचित औरतों से मिलना है।

फिर उन्होंने बच्चों को पुकारा और संदेश भेजे।

मुझसे कहा, "शाम को औरतें इकट्ठा हो जाएँगी। अब आप खाना खाकर आराम कीजिए।"

शाम को पच्चीस-तीस औरतें जमा हो गईं। लड़कियाँ कमर में कपड़ा लपेटे हुए और ऊपर चोली पहने हुए। पर किसी भी युवा या प्रौढ़ स्त्री के शरीर पर चोली नहीं थी। पर गले में ढेर सारी मालाएँ। चेहरा, हाथ, पीठ पर गोदना बनाया हुआ। गोदने के बेल-बूटों के कारण पीठ तो इतनी सुंदर दिख रही थी कि क्या कहूँ। अधिकांश आदिवासी औरतों की तरह उनकी त्वचा भी चिकनी, चमकदार थी।

मुझसे पहले उन्होंने ही पूछना शुरू किया। "वेआग बोग बाई आंदोग? वेर बेके वातोर?"

शायद वे मेरे बारे में कुछ पूछ रही थीं।

"इकेन मावा भूम हुळला वातोर" सरपंच ने बताया।

भूम यानी भूमि। हुळला यानी देखना। शायद बता रहे हैं कि मैं उनका गाँव देखने आई हूँ...

मैं कुछ वाक्य डायरी में लिखने की कोशिश कर रही थी, पर बातचीत इतनी तेजी से आगे बढ़ रही थी कि आखिर मैंने लिखना बंद कर दिया।

सोचा, भाषा बाद में सीख लूँगी। पहले अपना काम तो पूरा करूँ।

फिर भी शब्दों के ज्ञान में वृद्धि हो ही गई। पता चला कि चुनाव यानी पोलो,

कागिद यानी कागज...यानी मतपत्रिका, पट्टे यानी पक्ष, चिट्ठि यानी मत, चित्रा यानी चिह्न, ठसा यानी मुहर...वगैरह।

पूछा, "यहाँ निर्वाचित महिलाएँ कौन हैं?"

उनमें से दो निर्वाचित थीं। निर्विरोध। क्योंकि कोई चुनाव के लिए खड़े होने को ही तैयार नहीं था। बहुत समझाने पर दोनों के नाम तय हुए। उनमें से एक बूढ़ी, अनुभवी औरत थी और दूसरी युवा, पर अच्छी झगड़ालू औरत थी। उसका नाम था रेवटी।

औरतों ने कहा, "उसकी आवाज बड़ी है, इसलिए उसको चुना।"

एक ने कुछ ताना मारा। सब हँस पड़ी। कारण पता नहीं चला।

तब सरपंच ने कहा, "हमारे यहाँ एक कहानी कही जाती है। कहानी पक्षियों के चुनाव की है। मोर ने पक्षियों से कहा कि मैं तुम्हारा राजा हूँ। पर पक्षियों को यह स्वीकार नहीं था। सबने मिलकर सोचा कि राजा किसे बनाया जाए। तो पहला सवाल उठा कि राजा कैसा हो? तो निर्णय हुआ कि वह बड़े सिरवाला यानी बुद्धिमान हो, बड़ी आँखोंवाला यानी दूरदृष्टि रखनेवाला हो और उसकी आवाज गंभीर हो। जब इस प्रकार के पक्षी की खोज शुरू हुई, तो इस कसौटी पर उतरनेवाला एक ही पक्षी मिला—उल्लू। उसके साथ राज्य सम्हालने के लिए टिटिहरी, बगुला और कबूतर को चुना गया। तब से उल्लू पक्षियों का राजा है।"

सुनकर मजा आ गया। यह तो प्रजातंत्र ही था। और चुने गए चार लोगों में एक स्त्री भी थी—टिटिहरी!

इस कहानी के कारण बाकी के प्रश्नों से पहले यहाँ चुनाव का विषय ही हाथ में लिया गया। परंतु यहाँ के निर्विरोध चुनाव और समाज में स्त्रियों की स्थिति को देखते हुए चुनाव की बात ही यहाँ बड़ी बाहरी और अस्वाभाविक लगने लगी।

यहाँ औरतें पुरुषों के कंधे से कंधा मिलाकर खेती के सारे काम करती हैं। हल भी चलाती हैं। पुरुषों की तरह खुदाई भी करती हैं।

यानी, बहुत से प्रश्नों का यहाँ कोई मतलब ही नहीं था। मानो ये प्रश्न किसी दूसरी दुनिया के थे, इस दुनिया से उनका कोई संबंध ही नहीं था।

खाने-पीने की बात चली, तो पता चला कि ये लोग एक नीलकंठ पक्षी के अलावा सारे पक्षी और प्राणियों का मांस खाते हैं।

"क्या गर्भवती औरत को भरपेट खाना मिलता है?" मैंने पूछा।

सबने हामी भरी। एक औरत ने बताया कि "गाँव में शिकार हो, तो हर घर में हिस्सा पहुँचाया जाता है। गर्भवती औरत के पेट में पल रहे बच्चे का भी हिस्सा होता है।"

यह तो बड़ी ही अच्छी, सुंदर, सुसंस्कृत बात थी।

पर दो शादियाँ धड़ल्ले से होती थीं। तलाक भी आसान था। स्त्रियों का पुनर्विवाह स्वीकृत था।

अब महत्त्वपूर्ण बात जो बाकी थी वह थी सरकारी योजनाओं और बाहर की दुनिया के साथ किए जानेवाले संघर्ष के बारे में। इसमें से शिक्षा संबंधी जानकारी तो सरपंच महोदय दे ही चुके थे।

रेमटीबाई ने अपने संघर्ष का किस्सा सुनाया।

एक दिन वह और कुछ अन्य औरतें बाजार से लौट रही थीं। नदी तक आने के बाद उन्होंने देखा कि एक ट्रक वहाँ खड़ा है और मजदूर नदी के किनारे से रेत उठाकर ले जा रहे हैं। रेमटीबाई ने उन्हें रोका। कहा, "हमारे गाँव की सीमा के भीतर की रेत किसे पूछकर ले जा रहे हैं? अनुमति पत्र दिखाइए, वर्ना दंड भरिए।"

ट्रक के ड्राइवर ने पूछा, "आप पूछनेवाली कौन हैं?"

रेमटीबाई ने बताया कि वह ग्राम पंचायत की सदस्य है।

ड्राइवर ने सपने में भी नहीं सोचा था कि ऐसी कोई समस्या आएगी। रेत वह न तो अपने लिए ले जा रहा था न अपने मालिक के लिए। किसी ठेकेदार ने मालिक से कहा होगा। अब बीच में ही ड्राइवर क्या करे? रेत लिए बिना वापस भी नहीं जा सकता। जाना-आना, पेट्रोल, मजदूरी सब बेकार जाता।

फिर भी उसने अकड़ दिखाने की कोशिश की। कहा, "पैसे चाहिए हों, तो रसीद बुक दिखाइए।" ऊपर से तहसीलदार से शिकायत करने की भी धमकी दी।

रसीदबुक तो था नहीं। औरतें सिटपिटा गईं। पर पुरुष सहायता के लिए आगे आए। उन्होंने कहा, "औरतें तहसील मुख्यालय में जाकर रसीद बुक छपवाकर ले आएँगी। तब तक ट्रक यही रहने दो।"

आखिर ड्राइवर ने 50 रुपये निकालकर दे दिए चुपचाप। रेमटीबाई ने वे बचत दल के खाते में जमा किए।

उसके बाद तय किया कि सरपंच के साथ तहसील मुख्यालय जाकर इस बारे में जानकारी प्राप्त की जाए।

रेमटीबाई से कहा कि उसके कामों की शुरुआत कैसे हुई और वह कौन-कौन से काम करती है, आदि विस्तारपूर्वक बताए।

रेमटीबाई ने बताया, "सरपंच के प्रोत्साहन से गाँव में छोटे-मोटे काम किया करती थी। उन्हीं के कहने से बचत दल बनाए। गाँव में मेरा काम देखने के बाद जिले के बचत दलस समिति में मेरी नियुक्ति हुई। फिर बचत दल की सभी अध्यक्ष

औरतों की एक संस्था बनी। संस्था के अलग-अलग कार्यक्रमों में मैं शामिल होने लगी। मेले, शिविर, मीटिंगें होने लगी। उनमें कई बार बड़े लोगों के भाषण सुनने को मिले। बाद में जिले में हमारी बचत दल परिषद थी। वहाँ भाषण दिया, इसलिए पंचायत समिति की अध्यक्ष महोदया ने मुझे पुरस्कार भी दिया।

मैंने भाषण में कहा कि गरीबी रेखा के नीचे वाले परिवारों का फिर से सर्वे किया जाना चाहिए। सरकार सोचती है कि गरीब लोग गरीब बनकर ही रहें। सरकार का नियम है कि जिन घरों पर खपरैल चढ़े हैं, जहाँ टीवी, रेडियो है, उनका नाम गरीबी रेखा के नीचे नही आएगा। यानी गरीबों को मनोरंजन की आवश्यकता नहीं है।"

"मेरी बातें सुनकर वहाँ आए पत्रकार चकित रह गए। जिले के समाचार-पत्र में समाचार छपा। मुझे कहाँ पढ़ना आता है? सरपंच के बेटे ने शहर से समाचार पत्र की कतरन भेजी, उसे सरपंचजी ने गाँव में सभा आयोजित कर पढ़कर सुनाया।

इस तरह काम करने से गाँव में मेरी साख बढ़ गई। अनुभव मिले। जिले से लौटकर गाँव की औरतों को बताना शुरू किया कि वहाँ क्या-क्या हुआ, किसने क्या कहा, वगैरह। इससे गाँव में बचत दलों की संख्या बढ़ी। हमारे गाँव के लोग तो अब मुझे ही अध्यक्ष कहते हैं। यह भी कहते हैं कि अब यह औरत चुप बैठनेवाली नहीं।

एक दो बार कुछ शराबियों ने कहा कि औरत जात को यह सब करने की क्या जरूरत है?

पर मैंने ध्यान नहीं दिया और सरपंचजी भी नाराज हुए। उनसे बोले कि तुम लोग तो शराब पीने के अलावा कोई काम नहीं करते हो। पत्नी की कमाई खाते हो और ऊपर से उसी को पीटते हो। रेमटीबाई जैसा एक काम तो करके दिखाओ, तब कहना।

सब चुप रह गए।

मैंने मन में सब सोच रखा था कि मुझे क्या करना है। लोगों के बीच बोलना सीखा। सामनेवाला आदमी कैसा है, उसे पहचानना और किसके साथ किस तरह बोलना चाहिए, यह भी सीखा।

निर्वाचित होने के बाद औरतों से आग्रह किया कि ग्रामसभा में आएँ। तब वे कई कारण बताकर कहतीं कि नहीं आ पाएँगी। पहली ग्रामसभा में एक भी औरत नहीं आई। फिर धीरे-धीरे वातावरण बदल गया। वे आने लगीं। योजनाओं को समझने का प्रयास करने लगीं। पुरुष भी अपनी पत्नी से कहने लगे कि अध्यक्षबाई के पास जाओ।"

फिर योजनाओं के बारे में प्रश्नोत्तर हुए। लेकिन प्रश्न पूछने में कोई उत्साह नहीं था। सब यंत्रवत् लग रहा था।

ये समूह चर्चाएँ, सर्वे, आंकड़े, रिपोर्टें...

सुमेध ने कहा था, "यह भी बहुत महत्त्वपूर्ण होता है प्रफुल्ला। रिपोर्टों से बहुत

कुछ निष्पन्न होता है। उसी के आधार पर कई निर्णय लिए जाते हैं। बदले जाते हैं। तुम्हारा यह पहला ही काम है, इसलिए तुम समझ नहीं पा रही हो। रिपोर्टों का भी अपनी जगह एक अलग महत्त्व होता है।"

"मानती हूँ सुमेध।" मैंने कहा। "काम शुरू करते समय, करने के बाद कितनी ही रिपोर्टें संदर्भ के लिए देखी हैं। उसी से उनका महत्त्व भी समझती रही हूँ। परंतु रिपोर्टों से मेरा विरोध है ही नहीं। हम जिस तरीके से काम कर रहे हैं, उस तरीके पर मुझे आपत्ति है। उसके लिए जिस मात्रा में हम पैसे खर्च कर रहे हैं, उस पर मुझे आपत्ति है। इसीलिए यह काम करने का मेरा मन ही नहीं करता।"

पर सुमेध ने कहा, "यह एक अवस्था होती है। सभी लोगों के जीवन में यह कभी न कभी आती है। फिर ऐसा लगने लगता है कि हम जो कर रहे हैं, वह सब गलत है, निरर्थक है। पर इस प्रकार की दो-तीन परियोजनाओं पर काम करोगी, तो तुम्हारे विचार बदल जाएँगे। यहाँ अभ्यस्त हो जाने के कुछ वर्षों बाद तुम्हें आज के अपने विचार याद कर हँसी आएगी।"

मैं चुप रही, पर सोचती रही कि क्या सचमुच मैं भी इतनी बेशर्म हो जाऊँगी? यहाँ रहने पर...ऐसी दो-तीन परियोजनाओं पर काम करने के बाद...यहाँ अभ्यस्त हो जाने के बाद...

पर यदि मैं यहाँ रहूँ ही नहीं, तो?

यहाँ से सातटेकड़ी जाना था।

रेमटीबाई और सरपंच ने कहा, "हम भी आपके साथ आ रहे हैं।"

"किसलिए? मुझे रास्ता बता दीजिए, मैं चली जाऊँगी।" मैंने कहा।

"नहीं, वहाँ के लोग कुछ ठीक नहीं हैं। रास्ता भी कठिन है।" सरपंच जी ने कहा।

"लोग ठीक नहीं हैं यानी?" मुझे कुछ आश्चर्य हुआ।

"धीरे-धीरे समझ जाएँगी आप।" वे बोले।

मुझे बैनर्जी जी की बात याद आई। उन्होंने बहुत गलत तो नहीं कहा होगा। उनका उद्देश्य मुझे भयभीत करना नहीं, बल्कि सावधान करना रहा होगा।

सरपंचजी ने फिर शिक्षा के विषय पर बातचीत शुरू की।

"हमारे गाँव में फिर भी काफी अच्छी स्थिति है। अब आप सातटेकड़ी में देखेंगी...वहाँ क्या-क्या परेशानियाँ हैं। तीन तरफ से पानी से घिरा और सात पहाड़ियों के बीच बसा गाँव। हमारे यहाँ बिजली के खंभे तो हें, कभी-कभी बिजली भी होती है। पर उनके यहाँ खंभे भी नहीं है। स्कूल नहीं, आंगनबाड़ी नहीं, स्वास्थ्य सेविका

वहाँ नहीं जाती। कुछ समय पहले नागपुर की एक संस्था के लोग काम करने आए थे। पर लोगों ने उन्हें इतना सताया, भगा ही दिया। इन लोगों की क्या बताऊँ... कब सुधरेंगे, महादेव ही जाने।" वे बोले।

महादेव? मैं कुछ संभ्रम में पड़ गई। पढ़ा था कि यहाँ के भगवान हैं पेरसापेन...पर महादेव? क्या यह हिंदू संस्कृति का प्रभाव है? पर इस जंगल में, दूसरी जाति-धर्म के लोग आजू-बाजू न होने के बावजूद? फिर मैंने उसी के बारे में जानकारी पाना शुरू किया।

मजेदार बातचीत चलती रही । पतझड़ के बीच चलने में कोई तकलीफ नहीं हुई।

फिर रेमटीबाई ने एक कहानी सुनाई...गोंडों की उत्पत्ति कथा थी वह।

"एक जंगल था, तीन तरफ से पानी से घिरा। एक तरफ जमीन, बीच में जंगल। वहाँ रहते थे जुगाड़ राहूड दाऊ और सोनदेवी अव्वाल। उनकी एक बहुत ही सुंदर बेटी थी, नाम था कंकालकाली। वह प्रतिदिन स्नान करने नदी पर जाती। लौटने पर उसके पिता उसे तराजू में तौलकर उसका वजन देखते। यह जाँचने के लिए कि कहीं उस पर किसी की पापी नजर तो नहीं पड़ी। कंकालकाली इतनी नाजुक थी कि उसका वजन हमेशा गुलाब के सात फूलों जितना ही होता था।

एक दिन हमेशा की तरह कंकालकाली नदी पर स्नान करने गई। नहाते समय उसे पानी में यहवेला और बोधीवेला के प्रतिबिंब दिखाई दिए। उन्हें देखकर उसके मन में मोह निर्माण हुआ। वह उन प्रतिबिंबों को पकड़ने का प्रयास करने लगी। पर प्रतिबिंब कैसे पकड़े जा सकते हैं? प्रतिबिंब तो हाथ आए नहीं, हाँ उसके सत्व में जरूर अंतर आ गया। उसे भारीपन महसूस होने लगा। वह किसी तरह अपने घर पहुँची।

हमेशा की तरह पिता ने उसका वजन किया। पाया कि उसका वजन ज्यादा है। उन्होंने क्रोधित होकर कहा, ''तुम्हारा शील भ्रष्ट हो गया है। तुम घर से निकल जाओ।''

बेघर कंकालकाली जंगलों में भटकने लगी। उसके पेट में गर्भ बढ़ रहा था। मजबूर होकर वह एक गूलर के पेड़ के नीचे बैठ गई। वहीं प्रसूत हुई। उसके जो बच्चे हुए, उनमें से आधे हिंसक थे और आधे अहिंसक। बच्चों के जन्म के बाद कंकालकाली ने उन्हें अपने आधे वस्त्र में लपेटा और महुए के वृक्ष के नीचे रख दिया।"

रेमटीबाई बता रही थी और सरपंचजी अनुवाद कर सुना रहे थे। कहानी तो वे भी जानते होंगे पर रेमटीबाई अपने तरीके से बता रही थी। यहाँ तक पहुँचने के बाद वे बीच में ही बोले, "उसी की याद में गोंड औरतें कमर में आधा वस्त्र ही लपेटती हैं।"

"कंकालकाली ने बच्चों को इस तरह रखा कि महुए के पेड़ से रस टपकेगा,

तो वह अचूक बच्चों के मुँह में ही टपकेगा। फिर वह अपने पिता के पास वापस गई। पर उन्होंने उसे घर में नहीं आने दिया। निरुपाय होकर वह शक्तिदेवी जंगोबाई की शरण में गई।"

कहानी काफी लंबी थी। गोंडों की उत्पत्ति का वह इतिहास ही था। जंगल के पशु-पक्षियों और फल-फूलों की उत्पत्ति का इतिहास था। कहानी खत्म हुई, तब हम पहाड़ी की तलहटी में बैठे थे।

फिर सरपंच जी से गाँव के बारे में जानकारी लेना शुरू किया।

उन्होंने बताना शुरू किया, "सातटेकड़ी गाँव पहाड़ियों के बीच बसा है। इस गाँव के चारों तरफ पहाड़ हैं। इसलिए कहीं भी जाना हो, तो गाँव के लोगों को एक पहाड़ तो चढ़ना ही पड़ता है। बरसात में तीन तरफ से पानी से घिर जाता है। वहाँ से सारे रास्ते बंद हो जाते हैं। केवल चिचगुड़ा की तरफ से आनेवाला रास्ता ठीक रहता है। पर चिचगुड़ा तक जाकर भी क्या करेंगे? क्योंकि नदी में इतना पानी भर जाता है कि उसे पार करना असंभव हो जाता है। इस नदी पर एक बार पुल बनाना शुरू किया गया था। पर कई सालों से वह अधबना ही पड़ा है। अब वह अधबना पुल भी इतना खराब हो गया है कि फिर पुल बनाना हो, तो पहले से शुरुआत करनी होगी। इस गाँव में माडिया, गोंड, कोलाम तथा कुछ परधान जनजाति के लोग रहते हैं। सभी पुरुष शराबी हैं, कुछ काम नहीं करते। एकाध ठीक हो, तो भी उन्हें सरकारी योजनाओं से लाभ उठाने की आदत लगी है। औरतें मजबूत हैं।"

पहाड़ी चढ़े। चढ़ती धूप के कारण पसीने की धाराएँ बह रही थीं। थोड़ा सुस्ताने के लिए बैठे। पत्थर पर बैठकर मैंने नीचे गाँव की तरफ नजर डाली और प्राण जुड़ा गए। शांत, खुला परिसर, दूसरी तरफ तीन पहाड़। ध्यान से देखा तो पाया कि बस्तियाँ योजनाबद्ध तरीके से नहीं बसी हैं। बिखरे हुए घर। लगता था कि कई घर खेतों में ही बने थे।

जिस पहाड़ी पर चढ़े थे, अब उस पर से उतरना था। ज्यादा ऊँची न होने के कारण जल्दी उतर गए।

सरपंचजी के परिचित लोग थे। मुख्य घर था नेरोबाई का।

नेरोबाई की आँखें चमकदार थीं। इधर की अधिकांश औरतों जैसी ही नाक कुछ दबी हुई। कमर में लाल चौखटोंवाला कपड़ा। सीना खुला। गले में अलग-अलग प्रकार के रंगीन मणियों की मालाएँ।

वह पानी की गागर ही उठाकर बाहर ले आई। हाथ-पाँव धोकर पानी पिया। फिर उसने चाय बनाने के लिए पानी चढ़ाया और गाँव की अन्य महिलाओं को बुलाने के लिए बच्चों को दौड़ाया।

थोड़ी ही देर में उसके आँगन में कुछ औरतें जमा हो गईं...मसरी, कारी, गिल्ले, माली...हर एक से परिचय हुआ।

इनमें से माली ने चुनाव जीता था। रणीबाई नामक एक और महिला ने चुनाव जीता था, पर इस समय वह गाँव में नहीं थी, कही बाहर गई हुई थी।

पहले तो दैनिक अड़चनों के बारे में बातें शुरू हुईं। इससे औरतों ने खुलकर बोलना शुरू किया।

एक ने बताया, "अब गाँव के पासवाला जंगल रहा नहीं। इसलिए ईंधन के लिए पहाड़ के उस पार जाना पड़ता है। बरसात में इतना पानी कि नमक की खेती भी नहीं रहती और गर्मी में जान मुँह को आ जाती है। जिस स्थान पर जमीन में झरना फूटता है, वहीं गड्ढा खोदकर औरतें पीने का पानी भरती हैं। कुँए को कुहीसुवा कहा जाता है। पास का झरना सूख जाए, तो दूर के झरने से पानी लाना पड़ता है। औरतें चाहती हैं कि कम-से-कम पीने के पानी की सुविधा तो बस्ती में ही हो जाए।"

यहाँ के अधिकांश लोग खेती करते हैं। पानी ज्यादा नहीं है। जंगल में स्थित होने और पहाड़ी परिसर होने के कारण खेती लगातार नहीं हो पाती। पहाड़ी और पथरीला इलाका है। खेती से कम उपज मिलती है। नमी की व्यवस्था नहीं है और तकनीकों से दूर हैं। दिन-प्रतिदिन खेती की उपज कम होती जा रही है। ग्राम प्रमुख जब तक बोवाई न करे, बाकी के लोग बोवाई नहीं कर सकते। इसलिए कई बार बोवाई में देर हो जाती है।

इस इलाके में जंगल होने के कारण कुछ लोग महुआ, चिरौंजी, टेंभर, तेंदूपत्ता आदि पर भी गुजारा करते हैं। कई औरतें तेंदूपत्ते इकट्ठा करने का काम करती हैं। उसके लिए उन्हें लगभग पाँच किलोमीटर दूर जाना पड़ता है। तेंदूपत्ते के 100 बंडलों के लिए 140 रुपये मिलते हैं। कुछ औरतें महुआ चुनने भी जाती हैं।

सरपंचजी ने कहा, "इस इलाके के लोगों में अंधविश्वास भी बहुत है। भगवान, भूत, भगत आदि पर बहुत विश्वास रखते हैं। उनसे संबंधित सभी त्यौहार, विधि आदि का अचूकता से पालन करते हैं। मनौती मानते हैं। अलग-अलग त्यौहारों के लिए बकरा या मुर्गे की बलि चढ़ाते हैं, उसके लिए सब मिलकर पैसा जमा करते हैं। इन कार्यक्रमों में पैसा और समय दोनों बरबाद होता है। इसका असर आर्थिक स्थिति पर होता है।"

मसरीबाई ने कहा, "गाँव में पुलिस-पाटील नहीं है। इसलिए अपराध नोट करना, शिकायत लिखना असंभव है।"

दूसरी औरत ने कहा, "सरकारी कर्मचारी इधर झाँकने के लिए भी नहीं आते। आज तक हमारे गाँव में एक भी सरकारी अधिकारी या कर्मचारी नहीं आया। हम जिला या तहसील मुख्यालय में जाते हैं, पर वहाँ के लोगों को तेलुगू या माडिया भाषा न आने के कारण उनके साथ बातचीत में अड़चनें आती हैं।"

यही शिकायत चिचगुड़ा की औरतों की भी थी।

सातटेकड़ी की औरतों को इस बात पर भरोसा ही नहीं है कि पैसे दिए बिना कोई सरकारी काम हो सकता है।

बहुत-सी औरतों ने किसी भी ग्रामसभा या पंचायत समिति की बैठक में भाग नहीं लिया था, क्योंकि वे मानती थीं कि जाति-पंचायत के कामों की तरह यह काम भी पुरुषों का ही है। गाँव की जिन औरतों को ग्रामसभा की जानकारी है, वे सोचती हैं कि साल में एक बार बैठक में उपस्थित होने का कोई मतलब नहीं, उससे कोई फायदा नहीं होनेवाला।

ग्रामसेवक के बारे में पूछा, तो एक औरत बोली, "पिछले साल एक बार उसको देखा था।"

"सरकारी लोग केवल खाने-पीने के लिए आते हैं। सब्सिडी के पैसे साहब खाता है। ग्रामसेवक और उसका ऊपरवाला साहब। कम पैसे मिलने पर भी हमें ही सारे चुकाने पड़ते हैं।" एक और महिला ने कहा।

मालीबाई तो शुरू से ही गुस्से में ही थी। बोली, "कुछ देना नहीं है, तो मत दो। पर हमारे खाली मटके-गागर तो हमारे लिए रहने दो। घास-फूस का है तो क्या, घर तो है न, उसे क्यों तोड़ते हैं?"

"क्या बात है?" मैंने पूछा।

मालीबाई विधवा थी। उसके छह छोटे-छोटे बच्चे थे। दो महीने पहले ही पुलिस ने उसका घर तोड़ दिया था। घर के दो-चार मटकों में जो कुछ अनाज जमा था, उसे आँगन में बिखेर दिया था और मटके फोड़ डाले थे।

उस पर आरोप था कि उसने अपने घर में नक्सलवादियों को आश्रय दिया था और शस्त्र छिपा रखे थे।

"पर पुलिस को यह बात पता कैसे चली?" मैंने पूछा।

पता चला कि यह गाँव की ही राजनीति का नतीजा था।

गाँव के मुखिया को लगता था कि मालीबाई चुनाव ही न लड़े। मालीबाई को सबक सिखाने के लिए उसी ने पुलिस को झूठी खबर दी थी। पुलिस ने विश्वास किया उसकी बात पर, क्योंकि मालीबाई का पति कोपा पुंगाटी नक्सलवादियों से मिला हुआ था। वैसे इस गाँव के पाँच-सात युवक नक्सलवादियों से मिले हुए थे। पुलिस की एक कार्रवाई के दौरान कोपा की मृत्यु हो गई थी।

पर यह काफी पुरानी बात थी।

"पुलिस यह क्यों सोचती है कि जैसा मेरा पति था, मैं भी वैसी ही हूँ? पुलिस संदेह करे, यह बात एक बार समझ आती है, पर क्या गाँव के लोग नहीं जानते कि मेरे क्या विचार हैं? पत्नी का विचार क्या पति से अलग नहीं हो सकता? गाँव के लोगों का, मुखिया का, इस तरह दगा देना क्या ठीक है? उस बात को याद कर अब भी मेरी जान जलती है।"

"रणीबाई के साथ भी यही हुआ। उसके सरपंच बनते ही मुखिया ने ग्रामसेवक के साथ मिलकर ग्रामपंचायत के महत्त्वपूर्ण कागजात ही गायब करवा दिए। पिछले साल कागजात लेकर ग्रामसेवक जो गायब हुआ है, आज तक वापस नहीं आया है। फिर उसके पति को भड़काया। उसका पति है इरपा नैताम। उससे कहा कि 'तुम्हें बीस हजार रुपये देता हूँ, अपनी पत्नी से कहो कि त्यागपत्र दे दे।' इरपा को कुछ पैसे पेशगी भी दिए। रणीबाई ने गालियाँ देकर वे पैसे लौटाने को बाध्य किया पति को, तो खेत पर जाते समय उसे धमकियाँ दी गईं।

मैं पूछने गई, तो मुखिया ने कहा, ''मुझे लगा था कि पंचायत में अच्छी औरतें आई हैं, पर तुम लोग तो मेरा बार-बार अपमान कर रही हो।''

रणीबाई को किसी चेक पर हस्ताक्षर चाहिए हों, तो उपसरपंच हर बार झंझट खड़ी करता है। पर पिछली बार मसरीबाई उपसरपंच थी और मुखिया सरपंच। तब उसे कुछ भी पढ़कर सुनाए बिना चेक पर, नोटिस पर जबरदस्ती हस्ताक्षर करने को कहते थे।"

चेक वगैरह शब्दों को सुनकर मुझे कुछ आश्चर्य ही हुआ था। मैंने पूछा, "तुम लोग बैंक जाती हो? बैंक कहाँ है?"

"तहसील मुख्यालय में जाना पड़ता है। पढ़ना नहीं आता, पर पंचायत का काम है, इसलिए सब धीरे-धीरे समझ लिया है।"

"किसने समझाया?"

सबकी नजरें चिचगुड़ा के सरपंच की ओर उठीं।

हम बातचीत कर रही थीं, कि इस बीच एक औरत साथ में दो छोटी लड़कियों को लिए आई।

"रणीबाई आ गई।" मालीबाई ने उल्लासपूर्वक कहा।

फिर बातचीत का केन्द्र रणीबाई हो गई।

उसने बताना शुरू किया, "कभी हम औरतें कहीं मिल जातीं, तो घर के ही सुख-दुख की बातें किया करतीं। उसके अलावा और कुछ बातें मालूम ही नहीं थीं। पर नागपुर की संस्था के लोग आने लगे और हमने गाँव की अड़चनों, प्रश्नों पर बातें करना शुरू किया। उन लोगों की बातें धीरे-धीरे हमारे गले उतरने लगीं। औरत यदि घर चला सकती है, तो गाँव क्यों नहीं? ज्यादा मेहनत औरत ही करती है, पर उसे मौका मिले, तब न वह गाँव के लिए मेहनत करेगी? गाँव के हर प्रश्न का परिणाम सबसे पहले औरत को ही भुगतना पड़ता है। इसीलिए किसी भी प्रश्न को सुलझाने के लिए औरत पहल करेगी ही। कई पुरुष केवल अपने ही बारे में सोचते हैं और अपनी ही जेब भरते हैं। शराब मिले, तो बस। यह नहीं देखेंगे कि घर में बच्चों के मुँह में डालने के लिए दाना है या नहीं। पर औरत ऐसा नहीं कर सकती। जो भी मिले, पहले बच्चों को समान रूप से बाँट देती है। शराबी पति के लिए भी अलग रख देती है। तो फिर, गाँव में कोई योजना आए, तो औरत ही ठीक-ठीक तय कर सकती है

कि किसे क्या देना चाहिए या किसे किस चीज की जरूरत है। औरत ही सही बँटवारा कर सकती है। हम लोगों ने इस तरीके से सोचना शुरू किया।

नागपुर की विकास संस्था ने हमारी तहसील में अनाज कोष की योजना शुरू की। गाँव के कई जरूरतमंदों को उन्होंने साहूकारों के अनाज-कर्ज से मुक्ति दिलाई। पर हमारे गाँव के लोग तो यही देखते थे कि सरकारी योजनाओं को कैसे हासिल करें और ज्यादा से ज्यादा मुफ्त में कैसे पाएँ। संस्था के अनाज कोष की शर्त थी कि दिया गया अनाज चार सालों में वापस दिया जाना चाहिए।

एक बार नेरोबाई ने कार्यकर्ताओं को रोककर पूछा, ''आपने पास के चिचगुड़ा गाँव में योजना लागू की है, हमारे गाँव में क्यों नहीं?''

उन्होंने बताया, ''आपके गाँव के किसी आदमी ने अनाज लौटाने की गारंटी नहीं दी। इसलिए अनाज नहीं दिया।''

हम सोचने लगीं। अब हम क्या नहीं जानती थीं कि हमारे गाँव के पुरुषों की कुवत क्या है? तब क्या करें? फिर हम दोनों मिलकर चिचगुड़ा गईं और मासू सरपंच से मिलीं। उनके कहे अनुसार औरतों की मीटिंग बुलाई। फिर औरतों ने सोचकर कार्यकर्ताओं से कहा कि अनाज लौटाने की गारंटी हम देती हैं।

अँगूठा लगाकर उस आशय का आवेदन भी दिया।

तब संस्था ने बीस औरतों के एक गुट को तीन मन के हिसाब से अनाज दिया। जिसे धान चाहिए था उसे धान और जिसे रागी चाहिए उसे रागी। अन्य गाँवों में अनाज का लेन-देन, भंडारण, बँटवारा, वसूली आदि सभी काम पुरुष करते हैं। यहाँ वह काम औरतों ने किया। ठीक चार सालों में अनाज लौटाया। उनका लाभ देखकर अपने आप औरतें आगे आईं। दूसरा गुट तीस औरतों का हुआ। उन्हें भी लाभ दिलाया।

बाद में जब संस्था की बैठक हुई, तो उसमें पुरुषों से ज्यादा औरतें ही थीं। संस्था के और गाँव के लोग चकित रह गए। संस्था के कारण हमें कई बातें पता चलीं। उन्होंने कई सरकारी योजनाओं की जानकारी भी दी। उसमें कुछ पात्र औरतों को लाभार्थी के रूप में चुना भी गया। औरतों को तुरंत यह बात समझ में आ गई कि मीटिंग में आने के कारण ही उन्हें ये सारी बातें पता चली हैं।

औरतों में सहयोग और एकता की भावना बढ़ी। उन्होंने गाँव के, घर के, रोजगार के प्रश्नों को पुरुषों की सलाह के बिना ही सुलझाना शुरू किया। फिर चुनाव आए, तो मुझे और मालीबाई को चुना। केवल नेरोबाई दो मतों से पराजित हुई।

अब हमारी माँग है कि घर हो या जमीन, उस पर पत्नी का भी नाम होना चाहिए। उसका भी हक है। तो मुखिया का कहना है कि ''यह हिंदू कोड बिल के अनुसार है, हम आदिवासी उस कानून को क्यों माने?''

उसकी बातों में आकर पुरुषों ने भी विरोध करना शुरू किया है।

''पर अब हर बात पर मुखिया भी हमारे साथ चर्चा करने लगे हैं। यह बहुत

बड़ा बदलाव आया है कि विवश होकर ही सही, औरतों की राय पर विचार किया जाने लगा है।"

दोपहर में नेरोबाई के यहाँ कुछ खाया था। रात को रणीबाई ने खाने पर बुलाया। खाने में भात था, साथ में मटन...और एक अलग ही बढ़िया स्वादवाली चटनी थी। खट्टी, जरा-सी नमकीन। पूछा तो रणीबाई बोली, "यह सुखाई गई लाल चींटियों की चटनी है।"

सरपंच ने बताया, "ये चींटियाँ नमकीन होती हैं। चटनी में नमक डालने की जरूरत नहीं होती। बरसात में नमक की फसल नष्ट हो जाती है, तब इसी चटनी से गुजारा होता है। अब गर्मी में इन चींटियों को सुखाकर रख देंगे।"

शाम को गाँव घूमकर देखना तय किया। छोटे-छोटे मंदिर, खेत, पानी की सुविधाएँ, कुछ घर...सब देखा, बहुत घूमी।

शाम को बरामदे में बैठकर बातें हो रही थीं। स्त्री-पुरुष दोनों की संयुक्त मीटिंग थी। सरपंचजी से सलाह करते हुए सोच रही थी कि आज की मीटिंग में मुझे क्या बोलना होगा।

पानी भर चुकने के बाद नेरोबाई पास आकर बैठी।

उसके मन में कसक थी कि केवल दो मतों से वह पराजित हुई थी। पराभव की पूरी कहानी सुना रही थी वह।

उससे कहा, "यह कोई आखरी चुनाव तो नहीं था। अगली बार पूरी तैयारी के साथ खड़े होना और निर्वाचित होकर दिखा देना। तब तक करने के लिए बहुत कुछ है। उसके लिए निर्वाचित होना ही जरूरी नहीं है। पर इतना याद रखना कि किसी की भी दुष्टतापूर्ण कार्रवाई को सहन नहीं करना है और एक बार हार गई हूँ, यह सोचकर हिम्मत नहीं हारनी है। चुनाव हारने का अर्थ यह नहीं कि राजनीति से, गाँव के कामकाज से पीछे हट जाएँ। बल्कि गाँव की हर घटना की ओर ध्यान देकर, प्रश्नों के बारे में सक्रिय रहकर, लोगों के सामने अपनी बात लगातार रखनी चाहिए। दूसरे, जो लोग चुनी गई हैं, वे तुम्हारी ही सहेलियाँ हैं। तुम्हें उनका साथ हमेशा देना चाहिए। यह बहुत जरूरी है कि उन्हें सहयोग, समर्थन मिले और उनका विश्वास बना रहे। सोचकर देखो इस बात पर।"

नेरोबाई ने कहा, "आप ठीक कहती हैं, पर मन को बुरा तो लगता ही है।"

"नेरोबाई, पराजय का दुख याद करने में हमें अपनी शक्ति बरबाद नहीं करनी चाहिए। उसे स्वीकार करना चाहिए, समझना चाहिए और कोशिश करनी चाहिए कि फिर से वह हमारे हिस्से में न आए। तुम रणीबाई और मालीबाई के काम में सहायता

दो। काम का तरीका समझ लो। साथ ही तुमसे जो बने, वे छोटे-बड़े काम गाँव के लिए, गाँव के लोगों के लिए खुद करती रहो..। कुछ ऐसा करो कि अगली बार लोग स्वयं ही तुम्हें कुर्सी पर बिठा दें। सत्ता और भ्रष्टाचार में जो सांठ-गांठ है, उसे खोलने का प्रयास हमें करना चाहिए।"

मुस्कराती नेरोबाई की आँखों का पानी भी मुस्करा दिया।

रात साठ-सत्तर लोग जमा हो गए।

पुरुषों में से कुछ को मराठी आती थी। काम के लिए शहर में जाने के कारण थोड़ा-बहुत बोल भी सकते थे।औरतें ज्यादा से ज्यादा कहीं जाएँगी, तो बाजार जाएँगी। सरकारी कार्यालय के काम हो या पुलिस विभाग से संबंधित काम हो, कोर्ट में जाना हो या बच्चों को स्कूल में पहुँचाने का घरेलू काम हो, ये सारी जिम्मेदारियाँ पुरुषों के कंधों पर थीं। इन कामों के बहाने घर से बाहर निकलने का अवसर औरतों को नहीं मिल पाता था।

केवल भाषण देने के चक्कर में पड़े बिना हमेशा की तरह बातचीत, चर्चा आदि तरीके से काम शुरू हुआ। गाँव के प्रश्न, अड़चनें, उपाय वगैरह।

फिर औरतों के अधिकार का मुद्दा आया।

पुरुषों की ओर मुड़कर मैंने कहा, "आप लोग सबको शिकार का समान हिस्सा देते हैं न? फिर घर में, खेती में, गाँव में, सत्ता में औरत को समान हिस्सा क्यों नहीं दिया जाता? घर और खेती औरत के नाम पर होने में हर्ज क्या है?"

इस पर बहुत चर्चा हुई। इतनी, कि कुछ पुरुष गुस्से में उठकर चले गए।

मालीबाई ने कहा, "आप उनकी तरफ कोई ध्यान मत दीजिए। अब सब शराब के अड्डे पर जाकर पड़े रहेंगे। रोज का समय हो गया न उनका, तलब रुकेगी कैसे? यदि ये बातें न भी उठी होतीं, तब भी वे लोग चले ही गए होते।"

फिर गाँव की बातों से हटकर बातचीत का विषय औरतों के जीवन पर सिमट गया।

मुझे बहुत अफसोस हो रहा था कि उनकी भाषा मैं नहीं समझ पा रही हूँ। सरपंचजी लाख अच्छे अनुवादक हों, पर औरत की अपनी एक भाषा होती है। उसे प्रत्यक्ष समझ पाती, तो ज्यादा अच्छा होता।

एक-एक उदाहरण लेकर हम बातचीत करते रहीं कि घरेलू स्तर पर क्या काम किए जा सकते हैं और औरतों के प्रश्न कैसे सुलझाए जा सकते हैं।

छोटे बच्चे गोद में ही सो गए थे। बड़े लड़के-लड़कियाँ ऊँघ रहे थे, पर सुन रहे थे। अच्छा लग रहा था कि नई पीढ़ी हमारी इन बातों को सुन रही है।

कई मुद्दों पर बातें कीं, जैसे, लड़कियों को शिक्षा देना, बालविवाह रोकना, पति द्वारा मारपीट या हिंसा को अपनी तकदीर न मानकर संगठित रूप से विरोध करना आदि।

मैंने कहा, "केवल विचार करने से कुछ नहीं होता। हम कहते हैं न कि

सरकारी नीति है, कानून है। पर वह केवल कागज पर होने से काम नहीं बनता। उसके कार्यान्वयन के लिए हमें ही कोशिश करनी पड़ती है। यह भी उसी तरह की बात है। हमें अपने हाथ बाँधकर नहीं रखने हैं। देखिए तो अपने हाथ कितने लंबे होते हैं? क्या वे पहुँचते हैं किसी दूसरी औरत तक? पहुँचते होंगे, तो क्या हम एक-दूसरे का हाथ थाम सकती हैं? अपने विचारों को कृति में बदलने के लिए इसी तरह सबका एक होना जरूरी है। हममें से हरेक के तन-मन में जंगोदेवी का अंश होता है। उसे पहचानना होगा। पहचानकर इस शक्ति का अच्छा उपयोग किया जाना चाहिए। फिर मुझ जैसे या सरपंचजी जैसे समविचारों वाले लोग आपका समर्थन करेंगे। एक बार आप अपनी शक्ति को पहचान लें, उसका इस्तेमाल करना सीख लें, तो आप खुद इतनी स्वयंभू हो जाएँगी कि बाद में हमारे समर्थन की, सहयोग की आवश्यकता ही नहीं रहेगी। आपके साथ आजू-बाजू की बस्तियों में रहनेवाली औरतें भी बदलती जाएँगी। जो भी अच्छी बात, अच्छे विचार होते हैं, वे दिये की तरह चारों ओर की दुनिया को उजाले से भर देते हैं। उस उजाले की निशानी मुझे आप लोगों के चेहरे पर अभी से दिखाई देने लगी है।"

काफी देर तक और कई विषयों पर बातें हो चुकी थीं। कल सवेरे मुझे लौटना था। पर मन यहीं अटक गया था। पाँव लौटना नहीं चाहते थे। लग रहा था कि यहाँ से जा ही नहीं पाऊँगी। जैसे कुछ मंत्र चल गया हो। पता नहीं ऐसा क्यों हो रहा था। वस्तुतः वड़गाँव की तरह मैं इस गाँव से दिल नहीं लगा बैठी थी। यहाँ के जंगल ने, पेड़ पौधों ने मेरा ध्यान आकर्षित नहीं किया था। जयाबाई या तारूबाई की तरह मैं यहाँ की औरतों से भी मन का रिश्ता नहीं जोड़ पाई थी। फिर भी एक पुकार सुनाई दे रही थी। भले ही भाषा समझ में न आती हो, पर भीतर कहीं यह एहसास हो रहा था कि यह पुकार मेरे लिए ही है। शरीर भारी हो गया। छाती में जैसे दूध उतर आया हो। कुछ सूझ नहीं रहा था।

मालीबाई ने पूछा, "दीदी, क्या कल सचमुच चली जाओगी?"

यों ही बालों पर हाथ फेरते हुए मैंने कहा, "हाँ, जाना तो पड़ेगा ही। बुरा एक ही बात का लग रहा है कि तुम लोगों के साथ मैं तुम्हारी भाषा में बात नहीं कर पाई। पर क्या करूँ? हम दोनों एक-दूसरे की भाषा नहीं जानती थीं। मालीबाई, छुट्टियों में बच्चे आ जाएँ, तो उन्हें कहिए सबको थोड़ा-बहुत कुछ सिखा दें।"

"सीखना तो अवश्य चाहिए कुछ न कुछ।" मालीबाई ने कहा।

"इतना पानी भरना पड़ता है, खाना पकाना होता है, काम रहते हैं...फिर पढ़ें कैसे?" एक औरत बोली।

"पोते की स्लेट लेकर एक बार लिखकर देखने की कोशिश कर रही थी, तो उसने हाथ से छीन ली। देख-देखकर सीखना मुश्किल है। कोई हाथ पकड़कर सिखाए, तो कुछ बात बने।" दूसरी ने खेदपूर्वक कहा।

फिर से बहुत खुसफुसाहट हुई।

"क्या तुम लोगों के मन में सीखने की इच्छा सचमुच है?" बातें पूरी कर मैं उठ ही रही थीं, कि सहज ही पूछ लिया।

बोलना, शब्दों के माध्यम से कुछ कहना बहुत आसान होता है अक्सर, पर कोई उसे इतनी गंभीरता से लेने लगे, तो बेचैनी होने लगती है। दूसरे, हमें शिक्षा इतनी आसानी से, बिना किसी संघर्ष के मिली होती है, कि मन में उसके लिए कोई मूल्य ही नहीं होता। जिस तरह हम मानकर चलते हैं कि पेट भर खाना या जरूरत भर का कपड़ा हमें मिलेगा ही, उसी तरह यह भी मानकर चलते हैं कि शिक्षा तो हमें मिलेगी ही।

"यहाँ बच्चों को पढ़ाने की सुविधा नहीं है, तो औरतों को कौन सिखाएगा?" सरपंचजी बोले।

"उस नागपुर की संस्था के लोगों को जैसे भगा दिया था, वैसा नहीं करोगी, तो कुछ सुविधा हो भी सकती है।" मैंने हँसकर कहा। "मैं कल जिलाधिकारी से बात कर देखती हूँ। उनसे कल मिलना तय हुआ है।"

"दीदी, क्या आपको लगता है कि आपके कहने से वह कोई कार्रवाई करेगा?" मालीबाई ने ठसक के साथ कहा।

उससे सहमत थी मैं, पर उम्मीद नहीं छोड़ना चाहती थी। कहा, "कोशिश करने में क्या हर्ज है?"

"उससे अच्छा, तुम ही क्यों नहीं आकर रहती यहाँ?" एकाएक रणीबाई बोली।

एकदम से सन्नाटा छा गया।

फिर नेरोबाई हँसकर बोली, "तुम्हें अपने गाँव में झोपड़ा बनाकर देने की जिम्मेदारी मेरी।"

"देखती हूँ। अभी तो कुछ नहीं कह सकती, पर सोचूँगी जरूर।" मैंने उठते हुए कहा।

यह महसूस कर बेचैनी हो रही थी कि सभी औरतों की निगाहें मुझी पर टिकी हैं।

रात बिस्तर पर लेटे-लेटे वही बात सोचती रही। अचानक ऐसा लगा जैसे अशोक के प्रश्न का उत्तर मिल गया हो।

अपने प्रश्न स्वयं सुलझाना सीखना चाहिए। हम जैसे बाहरवालों को चाहिए कि जहाँ जरूरत है, वहाँ शुरुआत करें, आदत होने तक सहयोग दें और फिर कुछ अलग हटकर अवलोकन करते रहें। जब यह भरोसा हो जाए कि उन्हें एहसास हो गया है, तब दूसरी जगह, दूसरे समूह की ओर चलें। संस्था स्थापन कर उसे एक स्थान पर मजबूती देते रहने से वह संस्थान में बदल जाती है। इसे टालने का यही

तरीका है। कार्यकर्ता को चाहिए कि वह योग्य व्यक्तियों को तैयार करे, उन्हें उनकी जिम्मेदारी का एहसास दिलाए, और फिर उनके हाथों में काम सौंपकर वहाँ से तन-मन से अलग हो जाए।

सातटेकड़ी से वापस दुरवस और वहाँ से होते हुए जिला मुख्यालय आई। गेस्ट हाऊस पर गई। सामान समेटकर बैनर्जी जी को फोन किया। दोपहर हो चली थी।

बैनर्जी जी गेस्ट हाऊस में आए। उन्हीं के साथ खाना खाया। मैं उन्हें चिचगुडा और सातटेकड़ी के अनुभव सुना रही थी।

"सफर में और कोई तकलीफ तो नहीं हुई?" उन्होंने कुछ चिंता भरे स्वर में पूछा।

"नहीं, सचमुच नहीं। पर क्या यहाँ पहले किसी के साथ कोई घटना घटी है?" मुझे कुछ आश्चर्य हो रहा था।

"हाँ। पहले कुछ अपहरण के मामले हुए थे। गोंडों पर पीएच.डी करनेवाले एक प्राध्यापक को इतना पीटा गया था कि उनकी जान खतरे में पड़ गई थी। मारपीट की कुछ और भी घटनाएँ हुई हैं। बीच में नागपुर की एक संस्था ने इस इलाके में कुछ काम करना शुरू किया था, चार-पाँच सालों तक काम भी किया। पर फिर उनमें से दो को मार डाला गया और मामले को दुर्घटना का रूप दिया गया। पूरा जंगल, सड़कें सँकरी होती हैं। किसी के भी शरीर पर ट्रक चढ़ाकर भागना संभव है। कभी-कभी एक डॉक्टर आया करता था बाजू के तहसील मुख्यालय में। सप्ताह में दो दिन। मुफ्त उपचार करता था। एक दिन किसी को खबर मिली कि उसके पास पैसे हैं, तो बस, खून हो गया। पैसे नहीं मिले सो अलग। बेकार जान चली गई। हमने बाद में हत्यारों को पकड़ा। पर इन लोगों में इस बात का एहसास ही नहीं है कि उनके लिए एक आदमी जंगल रौंदता हुआ आता है, दवा-पानी करता है, उसे जान से क्यों मारें? बहुत कठमुल्ला हैं ये लोग। किसी बाहरी आदमी को आसानी से भीतर नहीं आने देते।"

मैंने कहा, "एक बात याद आ रही है। सातटेकडी जाते समय रास्ते में दो-तीन जगहों पर बड़े-बड़े पत्थर रखकर उसके नीचे कुछ चिट्ठियाँ रखी हुई देखी थीं। पर वे गोंडी भाषा में थी, मैं तो समझ नहीं सकी। साथवाले लोगों ने भी नहीं बताया कि क्या लिखा था। मैंने भी ज्यादा कुछ पूछा नहीं। पर यह ध्यान में ही नहीं आया कि ऐसी कोई बात होगी।"

बैनर्जी जी ने बताया कि, "वे चिट्ठियाँ लौट जाने को कह रही होंगी। साथ में उन्हीं के लोग थे, इसलिए बच गईं आप।"

"वह सारा इलाका मुझे बहुत अच्छा लगा। ऐसा लगता है कि वहीं रहूँ और कोई काम शुरू करूँ। यानी संस्था वगैरह नहीं, अपने करने जितना काम। चिचगुड़ा के सरपंच चाहते हैं कि शिक्षा की सुविधा कुछ हो वहाँ। लगातार यही बात कह रहे

थे वे। सातटेकड़ी की औरतों ने तो मेरे लिए झोपड़ा बनाने की बात भी कही। मुझे भी लग रहा है। यहाँ आने में हर्ज ही क्या है?"

बैनर्जी जी चकित हो सुनते रहे। फिर तमतमाए स्वर में बोले, "मैं इतनी देर से जो कुछ भी कह रहा था, वह आप सुन रही थीं न?"

"जी, सुन रही थी। पर मुझे नहीं लगता कि वास्तविकता केवल इतनी ही है। चार दिनों में मैंने उसके दूसरे पहलू का भी अनुभव किया है, जो शायद आपने कभी न देखा हो। मुझे लगता है कि सभी जगह भले-बुरे लोग होते हैं और बुरे लोगों में भी कुछ न कुछ अच्छाई जरूर होती है। दूसरी बात यह, कि भले-बुरे अनुभव भी सर्वत्र मिलते ही हैं। हिम्मत के साथ उनका सामना करना पड़ता है। बुरा ही घटेगा ऐसा सोचकर आगे ही न बढ़े, इसका कोई मतलब नहीं...ज्यादा से ज्यादा क्या होगा? जख्मी करेंगे, हाथ-पाँव तोड़ेंगे, बलात्कार करेंगे, ज्यादा से ज्यादा मार डालेंगे। मर गई तो गई, यह तो कभी भी, कहीं भी हो सकता है। मेरे घर में भी हो सकता है। क्या फर्क पड़ता है? मुंबई में रहकर मैं ऐसा कौन-सा सुंदर, अद्वितीय जीवन जीनेवाली हूँ कि किसी अनामिक भय से यहाँ आना टाल दूँ?" फिर बैनर्जी जी के चेहरे पर छाए उद्वेग को देखकर हँसते हुए कहा, "हाँ, यदि मेरी हत्या वगैरह हुई, तो आपको परेशानी होगी, पर वैसे भी, वह आपका काम ही है।"

वे भी कुछ शांत हुए। पर बोले, "इतना बुरा कुछ नहीं होगा। पर भली-भाँति सोचकर निर्णय करें। यह आसान नहीं है। दूसरे, आपके पास किसी संस्था का या लोगों का समर्थन भी नहीं होगा। यहाँ अकेले क्या काम करेंगी और कैसे करेंगी आप?"

"उसके बारे में भी विस्तार से सोचूँगी और फिर निर्णय लूँगी। देखूँ कितना हो पाता है। पर काम करना है, यह तो तय है। ऐसा कभी नहीं होता कि कोई भी साथ नहीं है। कोई न कोई होता ही है। समय आने पर वे ही लोग कभी सहारे की लाठी बनते हैं, कभी पुल, कभी माथे की छत या कभी धीरज का हाथ बनकर अपने जीवन में आते हैं। जब इतने अच्छे लोग मिलते हों, तो उन्हीं में से कोई हत्यारा होगा, इस संभावना को नकारा नहीं जा सकता।

जब इस इलाके में आना तय किया था, तब चित्र यही दिख रहा था कि इस इलाके में कोई भी संस्था नहीं है और कोई भी परिचित नहीं है। पर अचानक आपसे मुलाकात हो गई। वह भी कहाँ, तो बंगलोर जैसी किसी तीसरी ही जगह में, सेमिनार में। यहाँ आने की बात सुनकर आपने सहायता का हाथ आगे बढ़ाया। वादा निभाया। आप जैसे कई अच्छे लोग मिले मुझे यहाँ, बिना कोई कामना किए मेरे लिए आगे का रास्ता सुगम बनानेवाले लोग।

मैं यदि घर में ही सोचते बैठी होती, पति नहीं, बेटा नहीं तो अब मेरा क्या होगा, इस प्रकार से चिंता करती रहती, पति से भरण-पोषण की रकम पर गुजारा करती रहती, तो यह कुछ भी न हुआ होता।"

"यानी, आप मन में पक्का तय कर चुकी हैं। ठीक है, आएँगी, तो मुझसे जो भी संभव होगा, करूँगा ही आपके लिए।"

खुले दिल से हँसते हुए मैंने कहा, "देखिए, एक रास्ता तो मिल ही गया न।" फिर कुछ गंभीरता से कहा, "अभी कुछ भी पक्का तय नहीं किया है। केवल मन में यह बात आई है, बस। अभी तो 'प्रगत' की यह परियोजना पूरी होनी बाकी है...एक-दो और भी अच्छे विकल्प मेरे सामने हैं। उनके बारे में भी सोचना चाहती हूँ। पर आपसे संपर्क बनाए रखूँगी। जो भी तय करूँगी, आपको सूचित कर दूँगी।"

चलते समय बैनर्जी जी ने कहा, "आप कुछ देर आराम कर लें। जिलाधिकारी से मिल लें। फिर शाम को दुबारा मिलेंगे। यदि ज्यादा थकी न हों, तो शाम को एक कार्यक्रम है। आपको शायद अच्छा लगेगा।"

"क्या कार्यक्रम है?" मैंने निरुत्साह से पूछा।

"जिले की आश्रमशालाओं के आदिवासी बच्चों की नृत्य-प्रतियोगिताएँ हैं। मुझे पुरस्कार वितरण के लिए बुलाया है। देखिए, यदि आप चाहें, तो आ सकती हैं।"

आदिवासी बच्चों के नृत्य की बात सुनकर मेरा मन बदल गया और मैंने आना स्वीकार किया।

बैनर्जी जी ने छह बजे के आसपास ही गाड़ी भेज दी। पहले उनके घर गई। मजे में गप्पें लगाईं, खाया-पिया। आनंद से शाम बिताई।

बैनर्जी जी ने कहा, "दोपहर को आपने कहा था कि आप कोई संस्था नहीं शुरू करना चाहतीं, यह बात मुझे अच्छी लगी। संस्था हो, तो उसके साथ-साथ कई समझौते भी शायद करने पड़ते होंगे। जैसे हमें नौकरी में करने पड़ते हैं। कहा जाता है कि इसमें से कई कामों की जिम्मेदारी सरकार की है। सरकार का मुख्य काम है नियोजन करना, पर शासनकर्ताओं ने उसे कल्याणकारी राज्य का स्वरूप दिया है।"

"जब मैं कहती हूँ कि संस्था नहीं शुरू करूँगी, तो उसके पीछे मेरे अनेक उद्देश्य हैं। हो सकता है कि वे मेरी सीमाएँ हों। मैंने जैसा कि सेमिनार में कहा था, सरकार भी कई काम करती रहती है। धर्म के माध्यम से भी कई काम होते हैं। अर्थ व्यवस्था भी कई काम करती है। पर उनकी कई सीमाएँ हैं। कुछ दोष उनमें हैं। इसीलिए कई काम या तो नहीं हो पाते, या गलत तरीके से किए जाते हैं। कई बार काम करते समय उनके परिणामों के बारे में नहीं सोचा जाता। एक तरफ तो लगता है कि विकास हो रहा है, पर दूसरी तरफ सामाजिक या सांस्कृतिक स्तरों पर फिसलन का सामना करना पड़ता है। उसी से कई विपरीत और अनुचित बातों का उदय होता है। इन बातों की ओर ध्यान दिए बिना ही काम किए जाने के कारण समाज को ऐसे लोगों की या संस्थाओं की जरूरत महसूस होने लगती है।"

"जैसा कि आपने कहा, सीमाएँ तो हैं ही। पर हम लोगों द्वारा निर्माण किए गए कई कारण भी हैं। जिसके कारण संभव होने के बावजूद कई अच्छे काम नहीं हो पाते। उसमें मेरे जैसे लोगों का दम घुटता है। निरंतर दबाव, बार-बार होनेवाले ट्रान्सफर, मानसिक क्लेश...यदि अपने विचारों के अनुसार काम करें, तो यह सब सहना पड़ता है और यदि न करें, तो भीतर की आवाज चौन की नींद सोने नहीं देती। हर प्रसंग में इन दोनों के बीच से रास्ता बनाने का करतब करते रहना पड़ता है। इसका कोई उपाय नहीं है।"

"नागपुर की कौन-सी संस्था यहाँ काम करती थी पहले? क्या मुझे उसकी कोई जानकारी मिल सकती है?"

"क्यों नहीं? मेरे पास कुछ रिकार्ड है। वह भी दिखाऊँगा आपको। अन्य स्वयंसेवी संस्थाओं की तरह ही वह संस्था थी। उसके प्रमुख ने दो-तीन बार राजनीति में प्रयास किया, पर सफल नहीं हुए। आखिर समाजसेवा की ओर मुड़े। संस्था की शुरुआत तो उन्होंने अपने अस्तित्व को बनाए रखने के लिए की थी, पर शीघ्र ही उन्हें पता चल गया कि अर्थार्जन का यह एक अच्छा रास्ता है। तब उन्होंने काम के विस्तार की बात सोची। परंतु काम के लिए इलाके का चुनाव गलत हुआ। धीरे-धीरे सरकते हुए भीतर तक गए होते, तो ऐसा न हुआ होता। पर उन्हें काफी मात्रा में धन मिला था और उन्होंने नदी के उस पार जाकर दो तहसीलों के भीतरी इलाके में एक साथ काम शुरू किया। पैसा बहुत था। जो विकसित देश होते हैं, उनके मन में प्रगतिशील देशों के लिए एक प्रकार की दया या सहानुभूति की भावना होती है। इस कारण उन्हें यह डर भी लगता रहता है कि ऐसे देशों की किसी बात का विपरीत परिणाम उन्हें न भुगतना पड़े। तब, इस अँधेरे को दूर करने के लिए वे मोमबत्तियाँ लेकर खड़े रहते हैं और हम लोग भी उस उजाले को ग्रहण करने के लिए हाथ जोड़े खड़े रहते हैं।"

"सही बात है। मैंने यह भी देखा है कि अक्सर पैसे देनेवाले ही यह रूपरेखा हमारे सामने रख देते हैं कि हमें क्या काम करना है और कैसे करना है। पर यह कोई नहीं देखता कि उनके पैसों का उपयोग उसी काम के लिए किया जा रहा है या नहीं या कोई चोर रास्ता ढूँढा गया है। 'जागरुक आदिवासी संगठन' में एक ही काम तीन संस्थाओं को दिखाकर यह बताया जाता था कि यह काम उन्हीं के पैसों से हो रहा है। वड़गाँव के 'समन्वय' में भी यही स्थिति थी। अभी मैं मराठवाड़ा में जहाँ-जहाँ जाकर आई, वहाँ सभी जगह लगभग ऐसी ही स्थिति है। 'प्रगत' के माध्यम से छोटे बच्चों के लिए मैंने जो काम किया था, उसके लिए मिले करोड़ों रुपयों में से एक पैसा भी मैंने उन बच्चों के लिए खर्च होते नहीं देखा। इसकी तुलना में पुणे में एक लड़की घरेलू स्तर पर ऐसे बच्चों के लिए अकेले के बल पर काम कर रही है और उसके परिणाम इससे कई गुना अच्छे हैं। क्योंकि, उसका उद्देश्य 'काम करना' है, जबकि संस्थाओं का उद्देश्य होता है 'पैसा कमाना।' वे औरों से सहायता लेकर परावलंबी बनती हैं और

दूसरों को सहायता देकर उन्हें भी परावलंबी बनाती हैं। जिस तरह सरकार से जवाब-तलब किया जाता है, उस तरह लोग मनमानी करनेवाले और भ्रष्टाचार करनेवाले कार्यकर्ताओं से जवाब तलब नहीं कर सकते।"

उसके बाद हमने यहाँ की वास्तविक जरूरतों, संभाव्य अड़चनों और किस काम को किस तरीके से शुरू किया जा सकता है, आदि बातों पर बातचीत की।

देर रात को कार्यक्रम में शामिल होने निकले।

जाने तक काफी रात हो चुकी थी। चाँद बीच आकाश में आ गया था। अँधेरे का रंग बदलनेवाला उसका सहज प्रकाश। पूर्णिमा नहीं थी, तब भी। पर शायद और दो-तीन दिनों बाद ही होगी। उत्तर रात्रि में तो चाँद और भी नारंगी होता गया।

खुला मैदान। किनारे लोग गोलाकार में बैठे हुए। उत्साह से सराबोर बच्चों के झुंड। माइक पर नृत्य की घोषणा की जा रही थी। बताया जा रहा था कि नृत्य किस आदिवासी जनजाति का है, उसकी विशेषताएँ, गायक-वादकों की जानकारी आदि... फिर ढोल बजने लगा।

जोरों की ललकारी के साथ चमकीले, काले रंग के शरीरोंवाला एक दल उछाल के साथ मैदान में अवतीर्ण हुआ।

'ए रे वाई रो, ए रे वाई रो, मर्मीत वाईरो, मर्मीत वाईरो...रे रेलाँ रे...
मर्मीत वाई कब्बड किसी अटू, नम्म संगीन, सत्र संगोन जीवाअस्ता वाई
सांगोना दीवाना बारी वायो...रे रेलाँ...रे रेलाँ...'

ढोलक का बजना रुका। एक शिक्षक माइक पर गीत का अर्थ बता रहे थे, 'मेहमानों, विवाह में आइए, विवाह में आइए और काम करके जाइए। हमारे आमंत्रण को नकारें नहीं। हम आपके हैं और आप हमारे हैं। इसीलिए प्रेमपूर्वक विवाह में आइए। साली के साथ कुछ हँसी मजाक करेंगे, बड़ा मजा आएगा। हमारे मजे में आप भी शामिल होइए। मेहमानों, आइए।...'

ढोलक फिर कड़कने लगा। नया दल नाचने के लिए मैदान में उतरा। रंगे हुए शरीर। कुछ के चेहरे पर मुखौटे रंगे हुए। एक ने तो अपने चेहरे पर काले-सफेद रंग से मोर का मुखौटा इस तरह रंगा था कि मैं देखती ही रह गई। कमर में मोरपंख बाँधे हुए। यह शिकार-नृत्य था। आगे मोर और पीछे सारे शिकारी। सबके सिरों पर मोरपंख गोलाकार में बाँधे हुए। हर एक के सिर पर कम-से-कम डेढ़-दो सौ पंख तो होंगे ही। वह टोपी इतनी अच्छी तरह बाँधी हुई थी कि वे चाहे कैसे भी मुड़ते हों, उछलते हों, झुकते हों, वह इधर से उधर भी नहीं खिसकती थी। कमर में रंगीन किनारीवाली धोती। उसे पहनने का तरीका भी वैशिष्ट्यपूर्ण था। धोती घुटनों तक ही थी। पर उसकी किनारी जाँघों पर से बड़ी ही सुंदरता से मोड़ी गई थी। कसकर बाँधा गया लांग। इस कारण उन लड़कों के कूल्हे एकदम गोल और आकर्षक लग रहे थे। ऊपरी बदन खुला। पीठ और पेट पर सफेद रंग की नक्काशी और कपास के छोटे छोटे

गोले बनाकर चिपकाए हुए।

प्रमुख नर्तक के हाथों में शस्त्र। बाकी के लोग केवल नृत्य करने के लिए। केवल ढोलक की ताल पर उस बड़े-से मैदान में वे लोग जाने कितनी देर कितने तरह के नृत्य करते रहे।

एक के बाद एक दल आ रहा था। सभी नृत्यों में विविधता थी। लौटते समय भी मन में एक गीत के बोल गूँज रहे थे...

"रेलाँ...रेलाँ....रेलाँ...
नावा रे...
नावा रे च्याते मरका मरा, मरका मरा वारून बाता रे
आली श्रृंगार डोले बाता रिरीलो रेलाँ रिरीलो...
नावा रे च्याते लिंबु मरा, लिंबु मरा वारून बाता रे
आली श्रृंगार डोले बाता रिरीलो रेलाँ रिरीलो...
नावा रे ज्वानी मेता हौशा
तू रं हिद मंता...?
रिरीलो रेलाँ रिरीलो..."

देखते-देखते पाँवों में लय समा गई। सारा अंतराल सिमटकर उस गीत जितना हो गया। शब्दों में घुली सुरों की एक रेशमी लड़ी-सी हल्के से खुलती हुई अनुभूति को अर्थों के धागे से बाँधती रही।

माइक पर अर्थ बताया जा रहा था, मेरे प्रियतम, देखो...मेरा बाग कैसे खिला है। आम के पेड़ पर बौर खिला है। वह हवा के झोंकों में हिलोरें ले रहा है। वह देखो नीम का पेड़। हवा में डोल रहा है। कितना सुंदर दिख रहा है। सेवती का पौधा देखो...और यह बेरी का पेड़। वे भी हवा में डोल रहे हैं। कितने सुंदर दिखाई दे रहे हैं। इस सीताफल के पेड़ की तरफ देखो। वह भी हवा में डोलता हुआ कितना सुंदर दिखाई दे रहा है। मेरे यौवन की स्थिति भी ऐसी ही तो है। पर तुम कहाँ हो? ऐसी बहार में तुम मेरे पास नहीं हो...।

बिस्तर पर लेटी, पर नींद कोसों दूर थी।

यहाँ से अब डॉ. दयाल के परिसर में जाना था।

एक अलग ही निराकार उत्सुकता मन में उठ रही थी। सुबह उठी, तब भी मन भ्रमों से भरा था।

बस के बारे में पूछने पर पता चला कि दस बजे बस मिलेगी। यानी पूरे तीन घंटे का समय हाथ में था। सारा सामान समेटा। लिखे गए कागज ठीक से, क्रम से सहेज कर रखे। अब इस क्षण करने के लिए कोई काम बाकी नहीं था। तब कॉफी मँगाई।

बाल्कनी में जाकर गाँव की तरफ देखते बैठी रही...घर...इक्के-दुक्के पेड़...

इसके पार फैला हुआ एक जंगल है...उस जंगल में एक गाँव...जहाँ जाकर बसने, जीने और मरने के बाद उसी मिट्टी में मिल जाने की इच्छा है मेरे मन में...सातटेकड़ी।

अब पहले डॉ. दयाल से मिलना है।

उनसे मिलने की प्रतीक्षा करती रही।

घूँट-घूँट कॉफी पीती रही और ऊबती रही।

3

डॉ. दयाल ने कहा, "चलो, आज स्कूटर लेकर चलें। जीप एंजला के लिए रहने दो, कोई इमर्जेंसी आ जाए, तो उसे परेशानी नहीं होगी।"

चल पड़े।

सड़क के किनारे खड़े सरसराते पेड़ों को पीछे छोड़ते शुरू हुआ सफर। कुछ देर का। कभी भी खत्म होने का संदेह मन में जमाते हुए ही शुरू होनेवाला।

बस्ती पीछे छूटी। खालिस जंगल शुरू हुआ। उस सँकरी राह पर उतार-चढ़ावों को सावधानी से पार करते हुए स्कूटर भागता रहा।

ऐसे कितने ही पेड़ों की भीड़, जिनके नाम तक मालूम नहीं। दोनों हाथों की लपेट में भी न समानेवाले मजबूत तने। हिरनों का एक झुंड तेजी से सड़क पार कर गया। पलक झपकते ओझल हो गया। मैं पूरे जंगल को जैसे आँखों में भरे ले रही थी।

बीच में ही दूर कहीं हल्के झलकते घर। बस्तियाँ। खुले बदनवाले लोग।

कुछ देर स्कूटर रोककर हम उन्हें देखते रुके रहे।

डॉ. दयाल ने कहा, "ये लोग ऐसे ही न रह जाएँ। यह सब बदलना होगा।"

फिर हम इसी बारे में बातचीत करने लगे कि क्या बदलना चाहिए और क्या नहीं।

नदी का किनारा दिखाई दिया, तो एक मोड़ पर स्कूटर रोका।

लगा, कि यह पूरा सफर पैदल किया जाना चाहिए था।

सहजता के साथ और आहिस्ता-आहिस्ता।

उतार से चलकर किनारे तक आए। घनी झाड़ी। बड़े-बड़े पत्थर और पानी का क्षीण प्रवाह। पत्थरों पर अद्‌भुत लाल छटा। शाम की किरनों के कारण उनकी चमक और भी बढ़ गई थी। जैसे किसी समय यहाँ घमासान युद्ध हुआ हो और तपोभंग हुए क्रोधित किसी ऋषि ने श्राप दिया...सारी सेना शरीर के जख्मों से बहते रक्त के साथ पत्थर बन गई।

इस नदी किनारे के जंगल में मैंने पहली बार अंजनलता और कचनार के वृक्ष देखे। इनकी जड़ें मजबूत इच्छाशक्तिवाली होती हैं। यदि बीच में कोई पाषाण या चट्टान आ जाए, तो अन्य अधिकांश पेड़ों की जड़ें उसके बाजू से अपना मार्ग बदलकर

आगे बढ़ती हैं, या वहीं तक जाकर रुक जाती हैं। परंतु अंजनलता और कचनार की जड़ें इन पाषाणों को भेदकर आगे बढ़ती हैं। इसीलिए इन पेड़ों को अश्मांतक भी कहा जाता है। उन लालिमा लिए काले अदभुत रंगछटाओं वाले पत्थरों को भेदकर, उनके टुकड़े कर आगे बढ़ती हुई जड़ें...यह दृश्य कभी भुलाया नहीं जा सकता।

अचानक मुझे बैनर्जी जी के साथ देखे गए नृत्यों की याद आई और मन उलसित हो उठा।

डॉ. दयाल को वह सारा अनुभव सुनाते हुए मैंने पूछा, "क्या आपने कभी वे नृत्य देखे हैं?"

"हाँ, देखे हैं न।" वे हँसकर बोले।

"पर एक प्रश्न आता है मन में। उन लोगों की परिस्थिति इतनी विपरीत है...कुपोषण, उपवास, उपचारों का अभाव, शरीर पर अपर्याप्त वस्त्र...इस परिस्थिति में ये लोग इतनी प्रसन्नता के साथ, आँखों में आनंद के दीप जलाकर किस तरह नाच सकते हैं?" डॉ. दयाल से मैंने कुछ आश्चर्य से ही पूछा।

उन्होंने चौंककर क्षणभर मुझे देखा और बोले, "वे लोग जीवित हैं प्रफुल्ला।"

जाने कितनी देर मैं स्तब्ध बैठी रही।

सोचा, मैं इस बात को अक्सर क्यों भूल जाती हूँ कि मैं भी जीवित हूँ? मुझे भी तो इस पूरी दुनिया के अन्य कई आयामों का अनुभव लेना है–इस सपाट जमीन पर की इस सरपट के अलावा। खुलकर हँसना है, बिना किसी भय के इन पेड़-पौधों के बीच मुक्त विचरण करना है। गुनगुनाना है। जो जी में आए, वह बोलना है... बिना यह सोचे कि इस शब्द का उच्चारण करूँ या न करूँ। बचपन में सड़क पर चलना भी होता था, तो मैं हाथ-पाँव नचाते हुए ऐसे चलती थी, मानो उड़ रही हूँ। उसी तरह मुझे इधर-उधर भटकना है। कई बातें हैं, जो जीवित हैं, पर न जाने किस रसायन के घोल में डुबोकर काँच के पात्र में रख दिया गया है उन्हें। कुछ मैंने खुद ही, कुछ दूसरों ने। उन्हें फिर से बाहर निकालना होगा। फिर से जीने की शुरुआत करनी होगी।

पत्थरों पर बैठकर साथ लाई कॉफी पीते हुए और कचनार के पेड़ों को, पत्थरों को भेदकर बाहर निकली उनकी जड़ों को देखते हुए मैंने डॉ. दयाल से कहा, "इस दृश्य ने मुझे यह एहसास दिलाया है कि मैं, मेरी क्षमताएँ, मेरी इच्छा शक्ति, प्रेम...सब कुछ आपके सामने कितना कमजोर, कितना दुर्बल है। परंतु दुर्बल होने या आपके बराबर का न होने के बावजूद इतना तो निश्चित है कि यह सब बहुत ईमानदार है।"

डॉ. दयाल शांत। मानो मैंने एक शब्द भी न कहा हो, उन्होंने कुछ भी न सुना हो।

"तुम्हारी उम्र क्या होगी प्रफुल्ला?" डॉ. दयाल ने अप्रत्याशित रूप से पूछा।

"अभी...होगी पैंतीस-छत्तीस।" अपने ही शब्द कहीं दूर से, अपने आप आते लगे।

"इस तरह से पूछना वैसे सभ्यता नहीं समझी जाती, फिर भी..."

क्या कहूँ, कुछ समझ न आने के कारण मैं केवल मुस्करा दी।

उन्होंने एक दीर्घ निश्वास छोड़ा। वह उच्छ्वास किसी हरी-भरी लता की तरह मेरे अस्तित्व को लपेटते हुए कोमल- कोमल बनता हुआ सरसराकर ऊपर तक चढ़ गया। उसके सिरे की लालिमा ली हुई पारदर्शी पत्तियाँ आँखों में प्रतिबिंबितं हो गईं।

"कुछ और अधिक होनी चाहिए थी..."डॉ. दयाल ने कहा।

"क्या?" मैंने चौंककर पूछा।

"अं...यानी तुम्हारी उम्र।"

"उससे क्या हुआ होता?" मैंने पूछा। वास्तव में अब तक मेरा ध्यान उस लता की तरफ ही था। पर प्रश्न पूछते-पूछते अपनी ही आवाज से चौंककर वह वापस अपने स्थान पर आ गया...और सारी बात एकदम साफ हो गई।

वे शायद यह सूचित करना चाहते थे कि उम्र के साथ-साथ मैं कई बातों को आप ही लांघकर आगे बढ़ी होती, कामों पर ध्यान केन्द्रित करने के लिए और मुक्त हो गई होती। उन्हें भी यह पता चल गया कि मैंने बात समझ ली है। वे फिर कुछ नहीं बोले।

फिर मैंने उन्हें सातटेकड़ी के परिसर, वहाँ के लोगों के साथ हुई बातचीत आदि के बारे में बताया। जिस समय मैंने ये सारी बातें एंजला को बताई थीं, वे काम में व्यस्त थे।

डॉ. दयाल ने कहा, "ऐसा नहीं कि समझौते किए बिना ठोस भूमिका पागलपन की उम्र में ही अपनाई जा सकती हो। पागलपन और उम्र का कोई संबंध नहीं होता। लोग किसी भी उम्र में चित्र बनाना शुरू कर सकते हैं, लिखना शुरू करते हैं, जिस रास्ते पर चलकर आधी से ज्यादा उम्र बीती हो, उससे एकदम विपरीत दिशा में जानेवाला कोई काम शुरू करते हैं। बीज तो बहुत पहले बोया गया होता है, अंकुर निकलने में कभी एक दिन लगता है तो कभी सालों बीत जाते हैं। कब अंकुर फूटेगा, कहा नहीं जा सकता। उमर का, यश-अपयश का विचार अब मत करो। ऐसे काम करते समय परिणामों का न सही, पर प्रयासों का संतोष अवश्य मिलता है।"

मैं सुन रही थी। कहा, "आपके कामों को देखकर कई प्रश्नों का उत्तर अपने आप मिल जाता है। आपके और एंजला के दृष्टिकोण कितने भिन्न हैं। उसे लगता है कि पीड़ितों की सेवा करना ही सच्चा काम है। जरूरत पड़ने पर अपने स्वास्थ्य को अनदेखा करते हुए भी वह काम करती है। उसमें बहुत अधिक स्टैमिना है और उसकी जड़ें संभवतः उसकी आध्यात्मिक प्रवृत्ति में हैं।...और आपका झुकाव है पीड़ा की जड़ ही उखाड़ देने की तरफ। आज हम जो भी परिस्थिति देखते हैं, आप उसके कारण ढूँढते रहते हैं।"

"सच है।" डॉ. दयाल ने कहा। "अपने यहाँ की अधिकांश समस्याओं की जड़ गरीबी में है, सम्पत्ति और सत्ता के अत्यधिक केन्द्रीकरण में है और विषम समाज अर्थव्यवस्था में है। पर कितनी स्वयंसेवी संस्थाएँ इस संबंध में सोचती हैं?"

"तो फिर, संस्था कैसी होनी चाहिए?" मैंने पूछा।

"संस्था में सेवा भावना के अलावा उद्यमशीलता भी होनी चाहिए। सहानुभूति के साथ-साथ गुणवत्ता और कार्यक्षमता को भी महत्त्व दिया जाना चाहिए। कार्यकर्ताओं को चाहिए कि वे इंसानियत खोजें। उनके मन में पीड़ितों के प्रति एंजला की तरह अपार करुणा हो और राणू की तरह अन्याय के प्रतिकार की प्रखर आँच भी हो। तुमने एक बार पूछा था कि काम करना यानी वास्तव में क्या करना है? ऊपरी तौर पर इसके प्राथमिक स्वरूप के अनेक उत्तर हो सकते हैं। लोगों की शिक्षा की व्यवस्था करना, उन्हें स्वास्थ्य-सेवा उपलब्ध कराना, उनकी आजीविका के लिए उद्योग-धंधों की सुविधा जुटाना, उन्हें स्वावलंबी बनाना, उनके लिए जो योजनाएँ हैं, उन्हें उनका लाभ दिलाना, अन्याय न होने देना और यदि हो, तो उसका विरोध करने के लिए एकजुट बनाए रखना...आदि कई बाते हैं। चाहे एक व्यक्ति हो या व्यक्तियों का समूह, सबमें अपनी पीड़ा को मात देने की सामर्थ्य आनी चाहिए। कम-से-कम इतनी सामर्थ्य तो आनी ही चाहिए कि अपने सामने खड़े संकटों, दुखों, अड़चनों का स्वाभिमान के साथ मुकाबला कर सके।"

"यह आसान नहीं है डॉक्टर।" मैंने कहा। "अब मेरा ही उदाहरण देख लीजिए। अपने बारे में सोचते-सोचते मैं औरों के बारे में भी सोचने लगी। फिर धीरे-धीरे मेरे अपने विचार और अन्य लोगों के बारे में किए जा रहे विचारों के बीच की सीमाएँ धूसर होने लगीं। कभी-कभी तो मैंने अपने आप को एक केस के रूप में भी देखा। तब अपने खुद के प्रश्न सुलझाना आसान हो गया। परंतु औरों के प्रश्न सुलझाने के लिए अत्यधिक मेहनत करने की तीव्र इच्छा और बिना ऊबे, बिना निराश हुए काम करते रहने की लगन होनी चाहिए। इसके लिए जरूरी है कि निरपेक्ष भाव से काम करना सीखा जाए।"

"इतना ही काफी नहीं है। विद्यमान परिस्थिति और काल में कार्यकर्ता के पास प्रबंधन कौशल और व्यावसायिक बुद्धि होना भी उतना ही आवश्यक है।" डॉ. दयाल बोले।

क्षण भर के लिए ऐसा लगा कि आसपास के जादूभरे प्राकृतिक सौन्दर्य और खुलती जाती प्रेमानुभूति को अलग रखकर मैं यह सब क्या बोले जा रही हूँ। पर तुरंत यह एहसास भी हो गया कि उसके बिना यह सुफल-संपूर्ण होगा ही नहीं। यदि परिपूर्णता का अनुभव करना हो, तादात्म्य स्थापित करना हो, तो यह बातचीत, यह बर्ताव अनिवार्य है। इसी के कारण तो हम एक दूसरे के निकट आए हैं। सारे सामाजिक संदर्भों को छोड़ दें, तो हमारे बीच का धागा ही टूट जाएगा। साथ होना, न होना बराबर हो जाएगा। तब मैंने फिर से उनकी बातों पर ध्यान केन्द्रित किया।

लौटते समय डॉ. दयाल की चौड़ी छाती पर बार-बार जुगनु टकरा रहे थे। उनसे बचने का व्यर्थ प्रयास करते हुए वे स्कूटर चला रहे थे। फिर शहर नजदीक आता गया और जुगनुओं की संख्या कम होती चली गई।

एक दिन के आराम के बाद अब काम शुरू करना आवश्यक था।

तब राणू के साथ बैठकर रूपरेखा तैयार की कि यहाँ किस-किस से मिलना होगा, किन-किन गाँवों को भेंट देनी होगी, किस बस्ती में समूह चर्चा का आयोजन किया जाए, आदि।

दोपहर को हालोली जाना तय किया।

"आज मैं आ सकता हूँ तुम्हारे साथ। पर कल से तुम्हारे साथ जाने की जिम्मेदारी राणू की। कल से तुममें से कोई भी मेरे साथ की उम्मीद न रखे।"

"क्यों?" एंजला ने पूछा।

"मैं व्यस्त हूँ। किस काम में, यह अभी नहीं बताऊँगा।" डॉ. दयाल ने एंजला की तरफ देखते हुए उसे चिढ़ाने के स्वर में कहा।

एंजला ने मुँह बनाया। उसका लाल हुआ चेहरा देखकर मैं और राणू हँसने लगे।

राणू ने हालोली में संदेश भेज दिया था। इसलिए मेरा काम काफी आसान हो गया था। डॉ. दयाल तो साथ थे ही।

पर वहाँ पहुँचने पर पता चला कि उनका वहाँ कोई और काम था। मुझे एक औरत के हवाले कर वे कहीं निकल गए। मैं क्षणभर अवाक् रह गई, फिर उस औरत की तरफ मुड़ी। वे गाँव की सरपंच थीं।

सीधे मुझे ग्राम पंचायत के कार्यालय में ही ले गईं। आराम से कुर्सी पर बैठीं। हमारे पीछे-पीछे तेरह-चौदह वर्ष की एक लड़की आ पहुँची। वह उन्हीं की बेटी थी। स्कूल में पढ़ रही थी। माँ की बात का मराठी में अनुवाद कर मुझे सुनाने का काम डॉ. दयाल ने उसे सौंपा था।

हमने बातचीत शुरू की।

मैंने संक्षेप में अपने काम और उद्देश्य के बारे में बताया।

वे बोलीं, "गाँव के कई कार्यक्रमों का निमंत्रण औरतों को भेजा ही नहीं जाता। हाल ही में 'आदिवासी कला वस्तु निर्माण केन्द्र' का उदघाटन हुआ। वह सरकारी कार्यक्रम था। गाँव के सभी छोटे-बड़े नेताओं को निमंत्रण भेजा गया। सरपंच होते हुए भी मुझे नहीं बुलाया गया। यही माना जाता है कि गाँव की चौपाल, गाँव में होनेवाले सार्वजनिक कार्यक्रम आदि सब केवल पुरुषों के लिए ही हैं। सरपंच बनने से पहले की बात है। हम औरतों के बचत दल की बैठकों के लिए कोई ठीक जगह नहीं मिल रही थी। ग्राम पंचायत की चाबी कभी ग्राम सेवक के पास होती, कभी आंगनबाड़ी की बाई के पास। मास्टरजी ने धमकाया कि स्कूल में नहीं बैठने देंगे। तब सोचा कि गाँव में ऐसी कौन-सी जगह है, जहाँ इतनी औरतें एक साथ बैठ सकें? गाँव में एक हनुमानजी का मंदिर है। वहाँ जगह थी। पर वहाँ मीटिंग के लिए बैठने

का सबने विरोध किया। सबसे पहले विरोध किया वहाँ ताश खेलते बैठनेवाले लोगों ने। पर हम दृढ़ रहीं। कहा, तुम लोग शराब पीकर ताश खेलते बैठते हो मंदिर में, उससे हनुमानजी को कोई तकलीफ नहीं होती, और औरतों के आने से होती है? तब सब चुप रह गए।"

"अब चुन लिए जाने के बाद भी क्या कोई परेशान करता है?" मैंने पूछा।

"करते हैं न। एक पुरुष सदस्य तो हमेशा तंग करते हैं। एक बार तो ग्रामसभा के समय सारे लोगों के सामने उसने मुझे गालियाँ दीं। आखिर मैंने पंचायत कार्यालय से पुलिस को फोन किया। तो पुलिस ने कहा कि ग्रामसभा में उपस्थित लोगों के हस्ताक्षर के साथ लिखित शिकायत दर्ज कीजिए, तब हम कार्रवाई करेंगे। अब इस पर क्या कहा जा सकता है? पुलिस भी कहाँ अपनी है? ये लोग सोचते हैं कि बार-बार परेशान करने से मैं तंग आकर त्यागपत्र दे दूँगी। कहते हैं कि मेरे त्यागपत्र के बाद सब कुछ उप सरपंच की ही चलेगी। इसीलिए ये लोग हमेशा धमकाते रहते हैं कि अविश्वास का प्रस्ताव लाएँगे।"

"आप लिख-पढ़ सकती हैं?" मैंने पूछा।

"नहीं। मुझे बाहर घूमने-फिरने की आदत है। तहसील कार्यालय में, पंचायत समिति में, कहीं भी अकेली जाती हूँ। डरती नहीं। सच बताऊँ दीदी, लिखने-पढ़ने की भी कोई दिक्कत नहीं है। यह मेरी बेटी स्कूल में पढ़ती है। बड़ी बेटी तो बी.एड. कर रही है। उसे स्कूल में शिक्षिका बनना है। तहसील मुख्यालय में अकेली जाती-आती है। मेरी बहू भी सातवीं पास है। बेटा ज्यादा पढ़ नहीं पाया है, दसवीं में अटक गया। तीन बार परीक्षा दी, निकल ही नहीं पाया। यदि वह पढ़ लिया होता, तो और भी पढ़ी-लिखी बहू लाई होती। हमारी तरफ अब बहुत-सी लड़कियाँ पढ़ने लगी हैं। पर पति से ज्यादा पढ़ी-लिखी पत्नी कैसे लाएँ? तो, लिखने-पढ़ने के काम में बेटी-बहुएँ पूरी सहायता देती हैं। बड़ी तो बचत दल का पूरा हिसाब-किताब रखती है।"

"ग्राम पंचायत के कामों की जानकारी आपको कैसे मिली? काम करते समय कोई अड़चन...जैसे पुरुष सदस्यों का विरोध, तंग करना आदि के अलावा...अन्य कोई अड़चन आई? गाँव से किस प्रकार का सहयोग मिलता है?"

"दीदी, यह काम करना हो न, तो गाँव की हर बात मालूम होनी चाहिए। जानकारी एक बार जमा करना पर्याप्त नहीं। सब बदलता रहता है। जानकारी अद्यतन होनी चाहिए। गाँव के प्रश्न, गाँव के लोगों के आपसी संबंध...किसका किससे झगड़ा है, क्यों है? प्रश्न कौन से हैं? जरूरतें क्या हैं? कौन से काम पहले होने चाहिए? यह सब पहले मालूम करना चाहिए। उसी प्रकार यह भी तय करना पड़ता है कि हमें किसके साथ कैसे संबंध रखने हैं। दाँवपेंच लड़ाने पड़ते हैं। जो करना है, उसका फैसला सही समय पर करना पड़ता है। प्रसंग देखकर निर्णय बदलने भी पड़ते हैं। कोई हमसे बेईमानी करता हो, तो उसे सबक सिखाना पड़ता है। जरूरत पड़े, तो दया दिखाए

बिना बिच्छू की तरह कुचलना पड़ता है। अपने विरोधी को मात देने का कोई भी अवसर गँवाने से काम नहीं चलता। इस बारे में भी बहुत सावधानी बरतनी पड़ती है कि गाँव के लोगों का समर्थन हमेशा मिलता रहे।"

"इतनी-सी ग्राम पंचायत में इतना सब कुछ?" मैं हैरान रह गई। इतने स्थानों पर इतनी औरतों से मिली, बातें की, पर ऐसी बात किसी ने नहीं कही थी।

"हमारी तरफ बहुत गंदी राजनीति चलती है दीदी, प्रत्याशी का अपहरण भी करते हैं। विधायक महोदय को ध्यान रखना पड़ता है। एक चुनाव के लिए कम-से-कम पच्चीस हजार रुपये खर्च हो जाते हैं।"

"क्या कहा?" मेरी हैरानी की कोई हद ही नहीं थी।

"और क्या!" वह हँस दी।

"आपने भी इतना खर्च किया है?"

"पचास हजार तो लगे ही होंगे!" उसने शांतिपूर्वक कहा।

"पर इतना खर्च किया कहाँ से? और क्यों?"

"करना तो पड़ता ही है। कुछ भी चाहिए, तो पैसे तो देने ही पड़ेंगे न। अब यही देखिए, हमारी तरफ घरकुल योजना की सूची में नाम लिखाने के लिए तीन हजार लेते हैं। कलेक्टर साहब तक जाते हैं पैसे। सभी मामलों में ऐसा ही होता है।"

"और आप यह सब बेहिचक बताए जा रही हैं।"

"पता चला है कि आप इस संबंध में अध्ययन कर रही हैं, तो सच तो बताना ही पड़ेगा। दूसरे, आपके बारे में हमने सारी जानकारी हासिल की है। आप केवल अध्ययन करेंगी और लिखेंगी, आपकी तो परीक्षा भी नहीं होनेवाली। तो आपके लिखने भर से क्या होता है? मैं न बताती, तो गाँव के लोग बता ही देते। क्या फर्क पड़ता है? और आपके पास इस बात का क्या सबूत है कि मैंने आपको यह सब बताया है? कुछ भी नहीं। आप मेरा बाल भी बाँका नहीं कर सकतीं। एक अभ्यस्त राजनीतिज्ञ की तरह वे बोलीं।

मेरी तो बोलती ही बंद हो गई। आज पता चल रहा था कि एंजला का क्रोध कितना उचित है।

इतने में एक बूढ़ा आदमी पंचायत की सीढ़ियाँ चढ़कर आया।

"क्या काम है?" लड़की ने अनुभवी की भाँति पूछा। माँ चुप ही थी।

"कागज अटके हैं।" उसने कहा।

"कौन से कागज?"

"बूढ़े लोगों को सरकार पैसे देती है न, उसका आवेदन दिया था।" उसने कहा।

"और दाना-पानी?"

"मैं कहाँ से क्या दे सकता हूँ बेटी, पेट के लिए भी कुछ मिलता नहीं।"

"तो काम कैसे होगा? सरपंच को सरकार वेतन तो देती नहीं। आपके लिए रोज यहाँ क्या मुफ्त ही आकर बैठेंगे?"

"ऐसा नहीं बेटी, पर तुम ही बताओ अब मैं क्या करूँ, कहाँ से लाऊँ?"

बेटी ने माँ की ओर देखा। माँ ने सिर हिलाया।

फिर बेटी ने कहा, "कोई जल्दी नहीं है। अभी तुम्हारा काम हो जाएगा। पर पैसे मिलने पर उसमें से देने पड़ेंगे। बाद में शिकायत मत करना। जो कहना है अभी कहो। चाहे तो सोचकर बताना।"

"ठीक है। कर दो मेरा काम।" बूढ़े ने थके हुए स्वर में कहा।

उसके पीछे पीछे मैं भी निकली।

"दीदी, घर चलिए। चाय पीकर जाइए।" लड़की ने कहा।

अनसुना करते हुए मैं सीढ़ियाँ उतर गई।

पेड़ की छाया में दो-चार छोटे बच्चे खेल रहे थे। उनसे पूछा कि डॉ. दयाल कहाँ हैं? पीछे से सरपंच महोदया ने बच्चों को उनकी भाषा में समझाया। कूदते-फाँदते बच्चों के पीछे मैं भी चुपचाप सिर झुकाए चल दी।

यह पहला झटका था।

बैनर्जी जी ने बताया था, उसकी यह शुरुआत थी।

लगा कि शायद इसीलिए डॉ. दयाल मेरे साथ नहीं रुके होंगे।

बच्चे मुझे एक झोंपड़े में ले गए।

देखा कि एक औरत चारपाई पर कराहते हुए लेटी थी और डॉ. दयाल उसे इंजेक्शन दे रहे थे।

"क्या हुआ है?" मैंने सहजता से पूछा।

"इसके पेट में ट्यूमर था।" डॉ. दयाल बताने लगे।"पर पहले ध्यान नहीं दिया। वह बढ़ता गया। पहले जड़ी-बूटियाँ खाईं। फिर ट्यूमर पक गया। तो दाग दिए। मैंने जब इसे पहली बार जाँचा था, तब जख्म से खून और पीब बह रहा था। शरीर पर कपड़ा भी नहीं रहने दिया था उसने। चारपाई पर बिस्तर नहीं। चारपाई के नीचे खून, पीब और पेशाब का जैसे कुंड बन गया हो। भयंकर बदबू फैली थी। सबने यही मान लिया था कि अब यह मरनेवाली है, इसलिए कोई ध्यान भी नहीं देता था। किसी तरह उठाकर हम ही उसे अस्पताल ले गए। ऑपरेशन किया। महीने भर तक वहाँ रखा। अब बच गई है, तो हमने कहा कि कुछ परहेज रखे। पर नहीं रख पा रही। खाती ही रहती है। कल खेत में एक मरा हुआ मोर मिला, तो वही खा लिया। वह मोर जहरीली दवा से मरा था। उसका मांस यहाँ सात लोगों ने खाया, सबकी हालत खराब

है। यह आठवीं है। बाकी के लोग अस्पताल आए थे, पर इसकी मुँह दिखाने की हिम्मत नहीं हुई। आखिर मुझे ही आना पड़ा।"

वह औरत शर्मिंदगी से देखे जा रही थी।

मैं भी इस पर क्या कहती?

"क्या और भी किसी ने मोर का मटन खाया था?" डॉक्टर साहब ने पूछा।

"और नहीं किसी ने खाया।" उसने शर्मिंदा होकर कहा।

"पर मोर को क्यों खाते हो तुम लोग? इतना सुंदर पक्षी है?" मुझसे कहे बिना नहीं रहा गया।

"वे हमारी खेती को नुकसान पहुँचाते हैं। सुंदर वगैरह होंगे आप शहरवालों के लिए। पिछले साल मेरी अरहर की खेती पूरी नष्ट कर दी। फिर इस बार हम बारूद भरकर ही बैठे थे। एक बार दो-चार धमाके कर दिए जाएँ और एकाध मोर खेत में शहीद हो जाए, तो दूसरे मोर दुबारा उधर कभी नहीं आते। वे उस जगह को पहचानते हैं। मोर हमारे खेतों में हुल्लड़ मचाते हैं। मिर्चें, अरहर टिकने नहीं देते। इसीलिए लोग मोरों के पीछे पड़ते हैं। हमेशा हम मार कर ही खाते हों, ऐसा नहीं। गर्मी में लोगों को पानी नहीं मिलता, मोरों को कहाँ से मिलेगा? पानी के बिना वे तड़पकर मर जाते हैं। जंगल में लकड़ियाँ बीनने जाते हैं, तब कई बार ऐसे तड़प कर मरे हुए मोर मिल जाते हैं। तब उन्हीं को लाकर खाते हैं।" सुननेवालों में से एक ने कहा।

यह तो और भी भयानक बात थी।

मेरे उखड़े चेहरे को देखकर डॉ. दयाल बोले, "अब चलो।"

हालोली से लौटते हुए मुझे डॉ. दयाल ने रास्ते में ही एक मोड़ पर उतार दिया। बोले, "मेरा एक महत्त्वपूर्ण काम है। उसे पूरा कर आधे घंटे में आता हूँ। तुम घर जाकर एंजला से कहना कि कुछ देर लगेगी मुझे आने में।"

मैंने सहमति में गर्दन हिलाई और टहलते हुए घर पहुँची।

शाम की शुरुआत...

ठंडी पड़ी धूप...

नीम के फूलों की गंध हवा में भरी हुई...

दयाल ने कहा था, "सब कुछ बहुत बुरा ही हुआ हो ऐसा नहीं है प्रफुल्ला। बहुत कुछ अच्छा भी निष्पन्न हुआ है। ऐसा न होता, तो अनिच्छापूर्वक जबरदस्ती की गृहस्थी निभाते हुए और तकलीफें सहती हुई रह गई होती तुम। अब अपनी सारी क्षमताओं का इस्तेमाल कर कई अच्छे काम कर सकती हो।"

मेरे चेहरे पर हँसी झलकी थी।

"तुम यहाँ भी काम कर सकती हो।" वे फिर बोले थे।

उस समय मुझे एंजला की याद आई थी।

कोई भी अपना नहीं था, पर ऐसे देश में केवल डॉ. दयाल पर पूरा विश्वास

रखकर वह उनसे विवाह कर यहाँ आई थी।

और मैं?

काम को महत्त्वपूर्ण मानते हुए हम तीनों एकत्र आए हैं...दयाल, एंजला और मैं...। और अब यह क्या घट रहा है हमारे बीच? हम ऐसा बर्ताव कैसे कर सकते हैं? क्यों? कब तक?

यदि काम करना हो, तो यह सब यहीं रोकना होगा। ये बातें आगे नहीं बढ़नी चाहिए। एक दूसरे को चोट पहुँचाए बिना ठीक से सोच समझकर यह रोक लगानी होगी।

अब कोई मोह नहीं चाहिए। न धन-दौलत का, न घर-बार का, न कपड़ों का, न सोने-चाँदी का, न बच्चों का, न शारीरिक इच्छाओं का और न मानसिक आधार का...।

अब इन सबसे मुक्त होकर सहज, स्वाभाविक रूप से जीना आना चाहिए।

लगा कि किसी ने संभ्रम का जाल शरीर पर फेंका है। तड़प रही हूँ, पर बाहर नहीं निकल पा रही हूँ।

अस्पताल में वापस आकर देखा, आज एंजला के पास भीड़ कम थी। वह जल्दी खाली हो गई। उसे डॉ. दयाल का संदेश दिया। फिर गर्म कॉफी के घूँट लेते आराम से बातें करती बैठी रहीं हम।

और एक बेनाम फोन आया कि डॉ. दयाल के साथ दुर्घटना घट गई है।

दिमाग में केवल भीड़। पहले रेवती...अब डॉ. दयाल?

जहाँ कहीं मैं दोस्ती का हाथ बढ़ाती हूँ, वहाँ ऐसा क्यों होता है?

बीच में ही सुन्न लगता था, बीच में ही दिमाग में खलबली।

आसपास के लोगों का कोई भान नहीं। किसी से कुछ बोलने, सुनने की इच्छा ही नहीं थी।

कितना सोचती रही, किसी बात का भरोसा ही नहीं हो रहा था।

ज्यादा गंभीर नहीं है। होश आने में कुछ समय लगेगा। तभी पता चलेगा सब कुछ...यानी क्या हुआ वगैरह।

अभी-अभी वह कह चुकी थी कि समय पड़े, तो यहाँ सलाह देने लेने के लिए कोई दूसरा डॉक्टर तक नहीं है। पर उसे आदत थी समय पड़ने पर डॉ. दयाल को ऑपरेशन के लिए सहायता करने या उनकी अनुपस्थिति में किसी अप्रत्याशित मामले को निभा ले जाने की, वही आदत आज उसके काम आ गई।

ऊपरी तौर पर वह जितनी भी शांत दिखे, पर स्वयं डॉ. दयाल को ही ऑपरेशन टेबल पर ले जाने का तनाव उसके चेहरे पर साफ झलक रहा था।

इस बीच पुलिस आ गई थी। बाहर बहुत भीड़ जमा हो गई थी।

निश्चित ही यह स्वाभाविक दुर्घटना नहीं थी। दुर्घटना की गई थी। लोगों में यह फुसफुसाहट थी, पर पुलिस उस ओर ध्यान दिए बिना चुप थी।

बैनर्जी जी ने बताया था, "इस इलाके में काम करना बहुत कठिन है प्रफुल्ला। आर्थिक गणित बहुत अलग हैं यहाँ के। उनमें राजनीतिक हित संबंध निहित हैं। वे लोग अपने आड़े सामान्यतः किसी को आने नहीं देते। शराब, जंगल की कटाई, तेंदूपत्ता सब इन्हीं के हाथ में है। वे लोग कितनी ही सरकारी योजनाओं का लाभ उठा ले जाते हैं। आप सोच भी नहीं सकतीं, इतना अधिक भ्रष्टाचार और अव्यवस्था है यहाँ। इसीलिए कोई भी स्वयंसेवी संगठन यहाँ विकसित होना तो दूर, स्थापित भी नहीं हो सका। यदि ऐसा कोई आए भी और इस बात का संदेह हो कि वह तकलीफ देनेवाला हो सकता है, तो उसे खत्म कर दिया जाता है। इधर के लोगों की किसी को मारने की प्रचलित पद्धति है ट्रक से उड़ा देना। रास्ते सँकरे होते हैं। दुर्घटना का बहाना सहज ही बनाया जा सकता है।"

बीच में ही बाहर से राणू की क्रोधभरी आवाज सुनाई दी, "यह उनके पापों का फल है। अच्छा काम करनेवाले लोगों की यहाँ जरूरत ही नहीं है किसी को।"

फि उसे समझानेवाली आशा की आवाज। पूरी दुनिया ही धूसर होती चली गई।

हमारा पूरा ध्यान इधर डॉ दयाल की तरफ था और उधर उसी समय अस्पताल के पीछे बनी दो झोंपड़ियाँ धड़धड़ाकर जलने लगीं। किसी का ध्यान गया, सो अच्छा हुआ, वर्ना आग को अस्पताल तक पहुँचने में देर नहीं लगी होती। कुएँ का मोटर पंप शुरू किया और अस्पताल के सामने जमा हुए लोग आग बुझाने दौड़े।

डॉ. दयाल के होश में आते ही पुलिस की छानबीन शुरू हो गई।

दुर्घटना के साथ-साथ अब आगजनी भी थी।

किसी ने इसे व्यवस्थित रूप से सोच समझकर कार्यान्वित किया था। यह आग तो मानो इस बात की धमकी थी कि डॉ. दयाल भले ही बच गए हों, पर डर खत्म नहीं हुआ है।

आखिर मैंने अपने सम्पर्क की कुछ स्वयंसेवी संस्थाओं के प्रमुखों को फोन किया। मुंबई के पत्रकार मित्रों को भी सूचित किया। उनसे अनुरोध किया कि देखें, यदि कुछ राजनीतिक संपर्कों का उपयोग किया जा सकता है। बीच में ही बैनर्जी जी

की याद आई, तो उन्हें भी फोन किया। घटना का पता उन्हें चल ही गया था। उन्होंने पूछा कि क्या वे कुछ सहायता कर सकते हैं? सबसे महत्त्वपूर्ण बात यह जानना था कि अब आगे क्या करना होगा। उनकी दी सूचनाओं के कारण आगे की कई अड़चनें टल सकती थीं।

पर अस्पताल में वह फोन किसने और कहाँ से किया था? सवाल तो था, पर यह भी सच था कि उसी फोन के कारण लोग डॉ. दयाल तक जल्दी पहुँच गए थे और उनके प्राण बच गए थे।

मैं पहली बार पुलिस के सामने जबानी देते बैठी थी।

हजार प्रश्न—कहाँ गए थे? क्यों? दोनों ही गए थे या और कोई भी था? जीप क्यों नहीं ले गए? स्कूटर क्यों ले गए? डॉक्टर साहब ने आपको बीच रास्ते में ही क्यों उतार दिया? क्या आपका कोई झगड़ा हुआ था? डॉ. दयाल आपको छोड़कर कहाँ गए थे? क्या आज दिन भर में किसी के साथ कोई विवाद का प्रसंग आया था? उन्होंने यह क्यों नहीं बताया कि वे कहाँ जा रहे हैं और क्या काम है? या उन्होंने बताया था, पर आप हमसे छिपा रही हैं?

सिर घूमने लगा। यदि बैनर्जी जी ने पहले सावधान न किया होता, तो ऐसे प्रश्न सुनकर मैंने जरूर कोई धांधली मचाई होती।

एंजला डॉक्टर साहब के पास थी और उसने साफ कह दिया था कि उनके पूरी तरह होश में आने से पहले वह कोई जवाब नहीं देगी। पुलिस विवाद कर रही थी कि एंजला सहयोग नहीं दे रही है, पर राणू ने आवाज ऊँची की।

पूरी रात और दूसरा पूरा दिन इसी पशोपेश में बीता।

डॉ. दयाल होश में आए।

फिर विस्तार से पूरी बात का पता चला।

पीछे से आ रहे ट्रक ने डॉ. दयाल के स्कूटर को उड़ा दिया था। स्वाभाविक ही ट्रक का नंबर नहीं दिख पाया था। रास्ते सँकरे थे। वे उड़कर बाजू की झाड़ी में गिर पड़े। शरीर में काँटे घुसते हुए और ट्रक धूल उड़ाता तेजी से भागता हुआ...इसका अनुभव करते-करते ही उनके होश खो गए थे।

हम सब उनके चारों ओर जमा थे। उनकी आँखों में पहचान थी, पर अधिक बोलने की स्थिति में वे नहीं थे। बीच में ही ग्लानि आ जाती थी और वे आँखें बंद कर लेते थे।

चुपचाप उनके पास बैठी रही।

चौड़ा माथा...विरल होते बाल...फीका गुलाबी रंग...

ऐसा लगा मानो किसी नीले प्रकाश की तीव्र किरन मेरी छाती में पेशियों को जलाती चक्कर काट रही है...

लगा कि यह एक दुःस्वप्न ही होगा। उसे भुलाते-भुलाते नींद खुल जाएगी।

नींद खुलते ही मैं वे शब्द बोलूँ, जो उस चट्टान पर बैठकर बातचीत करते समय मैंने टाल दिए थे..."आपकी खनकती उष्ण हँसी की आवाज मेरे कानों में सदा गूँजती रहती है...आपके स्पर्श के फूल खिलते हैं, तो मेरी हड्डियों में अंकुर फूटने लगते हैं..."

पर अक्सर अपनी ही लिखी कविता की पंक्तियाँ शायद सच नहीं होतीं।

दुनिया इतनी बदल जाती है...

जीने का स्तर धीरे-से सरककर दूसरे ही अंतराल में चला जाता है।

एंजला शांत बैठी थी। सामने टेबल पर बाइबिल, शाम की किरणों में उसका चेहरा उजला हो गया था और बाइबिल के शब्दों का संतोष उसकी आँखों से छलक रहा था। मेरी आहट सुनकर उसने गर्दन उठाकर देखा। मैं उसके सामने कुर्सी पर बैठ गई। कुछ समय खामोशी में बीता।

"अब आगे क्या करने की सोची है एंजला?" आखिर मैंने हिम्मत कर पूछ ही लिया। "यानी, क्या वापस अमेरिका जाने की सोच रही हो? बाहर बहुत उल्टी-सीधी बातें सुनाई दे रही हैं। गाँव-देहातों के लोग और यहाँ का स्टॉफ चाहता है कि तुम न जाओ, जबकि स्थानीय राजनीति में शामिल नेता और उनके अनुयायी तुम्हारे जाने की बेसब्री से प्रतीक्षा कर रहे हैं। पर कोई यह नहीं जान पा रहा है कि तुमने क्या तय किया है। सबके मन में यही प्रश्न है।"

"उसी का उत्तर ढूँढ रही हूँ।" सामने रखे ग्रंथ की ओर देखते हुए वह बोली।

पल-भर के लिए मैं चुप ही रह गई। सैंकड़ों वर्ष पहले लिखे गए किसी पुराने से ग्रंथ में वह आज के प्रश्नों का उत्तर खोज रही है। यह श्रद्धा भी क्या चीज है...

"तुमने आगे क्या करना सोचा है?" अप्रत्याशित रूप से एंजला ने मुझसे मेरा ही प्रश्न पूछ लिया।

मेरी उँगलियाँ एक-दूसरे में उलझ गईं। दोनों हाथों की बंधी मुट्ठी पहाड़ के शिखर जैसी। अपने फीके सफेद-से नाखूनों की ओर मैं देखती रही।

क्या करना है मुझे आगे? आगे...आगे...आगे...मन की रिक्ति में शब्द गूँजने लगे। कैसी फड़फड़ाहट...और फिर एकदम शांति...

डॉ. दयाल का चेहरा आँखों के सामने आ गया...फिर एंजला के बारे में खयाल...

अचानक मुझे रेमटाबाई की सुनाई कंकालकाली की कहानी याद आई।

नदी के पानी में दिखाई दे रहे प्रतिबिंबों के प्रति उसके मन में आकर्षण जागा था।

दो पुरुषों के प्रतिबिंब। वे भी ऐसे पुरुष, जो दैवी प्रतीत हो रहे थे।

पर वह प्रतिमा के प्रति प्रेम था...

पकड़ने की लाख कोशिश करने के बावजूद प्रतिबिंब उसके हाथ नहीं आए थे...पर उसके कारण बहुत कुछ सहना पड़ा था। घर से बेघर कर दिया जाना, सत्व गँवा देने का आरोप, जंगल में अकेले प्रसूत होना, बच्चों को पेड़ के नीचे छोड़ देना, तब भी पिता वापस घर में न आने दे, तो जंगोबाई यानी शक्ति देवी के आश्रय में रहना... शक्ति...स्वयं की आंतरिक शक्ति। बाहर कहीं भी सहारा न मिलने पर अपने भीतर मुड़ी हुई, आत्मशक्ति का अनुभव लेना चाहती एक सामान्य स्त्री। एक सामान्य मोह के कारण उत्पन्न कितने आरोप, चुनौतियाँ, विपदाएँ...सबको लांघकर शक्ति देवी तक पहुँची हुई वह सामान्य स्त्री...कंकाल काली।

"मैं यहाँ नहीं आ सकूँगी।" मैंने एकाएक निर्णय लेते हुए कहा।

थोड़ी देर फिर चुप्पी छाई रही।

"क्यों?" एंजला ने पूछा।

"मैं खुद ही ठीक से नहीं जानती थी एंजला...यह कि मुझे यदि यहाँ आने की इच्छा है, तो वह वास्तव में किसलिए? यहाँ के काम का खिंचाव है या डॉ. दयाल के प्रति आकर्षण...पता नहीं चल रहा था। सचमुच...और हम काम के बल पर तो टिक सकते हैं, केवल मोह के बल पर टिक पाना संभव नहीं है..."मेरी आवाज काँपने लगी। पर यह बिलकुल भीतरी आवाज थी। उसमें कोई दुराव-छिपाव नहीं, सब सच।

एंजला की आँखें भर आईं। बहने लगीं। शाम का प्रकाश और भी सुनहरा हो गया था। उसमें आँसू चमकने लगे। मैं उठकर उसकी कुर्सी के पास गई। दोनों हाथों से उसे लपेट लिया। मेरे सीने में मुँह छिपाकर वह फफककर रो पड़ी।

धीरे-धीरे एंजला की सिसकियाँ थमीं। मैंने उसे गिलास में पानी उँडेलकर दिया। पानी पीकर एंजला चेहरा धोकर आई।

बाहर से आशा ने कमरे में झाँका। फिर बाकी के सहकर्मी भी आए। सब कमरे में एकत्र हो गए थे। सबकी आँखों में यही उम्मीद थी कि अब एंजला यहीं रहने का निर्णय सुना दे।

एंजला ने बाइबिल का एक पृष्ठ खोल दिया, जिसे मैंने ऊँचे स्वर में पढ़ना शुरू किया।

"यह दुर्भाग्य की बात है कि तुम्हें यह नहीं समझ आ रहा कि तुम क्या माँग रहे हो। जो दुख का प्याला मैं पीने जा रहा हूँ, क्या तुम उसे पी सकोगे?"

"प्रभु, हम यह कर लेंगे।" वे सहजता से बोले।

"जो प्याला मैं पीनेवाला हूँ, जो बलिदान मुझे स्वीकार करना है, वह शायद तुम

स्वीकार कर भी लोगे, पर मैं यह तय नहीं कर सकता कि मेरी दाहिनी तरफ और बायीं तरफ कौन बैठेगा। भगवान ने जिसके लिए जो सोच रखा है, उसे वही मिलेगा।''

उनकी माँ के चले जाने के बाद जेम्स और जॉन पर दस लोगों ने हमला बोल दिया। ईसा मसीह के मन में यह देखकर करुणा उपजी कि वे लोग सत्ता और अधिकार के मोह में किस तरह लिपटे जा रहे हैं, महत्त्वाकांक्षा और मत्सर की दीमक ने किस तरह उन्हें खोखला बना दिया है।

उन्हें पास बुलाकर उसने उनसे कहा, ''इस दुनिया में जो सत्ताधारी माने जाते हैं, वे प्रजा पर अत्याचार करते हैं। बड़े लोग अधिकार दर्शाते हैं। परंतु तुम लोगों की बात अलग है। तुम्हारी प्रवृत्ति आध्यात्मिक होनी चाहिए। तुममें से कौन श्रेष्ठ बनना चाहता है? उसे सबका सेवक बनना चाहिए। तुममें से किसे प्रथम होना है? उसे तुम्हारा गुलाम बनना चाहिए। मैं स्वयं सेवा कराने के लिए नहीं, बल्कि सेवा करने के लिए और अपने प्राणों का मोल चुकाकर मानवता को मुक्त करने के लिए आया हूँ।''

सत्ता मनुष्य को किस तरह भ्रष्ट कर देती है? निरंकुश सत्ता कैसे पूरी तरह नष्ट कर देती है? सत्ता के कारण मनुष्य के शरीर पर अधिकार रखा जा सकता है, उसके कारण अहंकार विकसित होता है, परंतु आत्मा सड़ जाती है। सेवा के कारण मनुष्य की आत्मा से मित्रता की जा सकती है और ऐसी मित्रता चिरंतन होती है। इसीलिए बलिदान के लिए तैयार रहना ही महानता की ओर जाने का वास्तविक मार्ग है।

ईसा मसीह ने उन्हें यह सब समझा दिया।.0

पढ़ चुकने के बाद मैंने सबके चेहरों की ओर देखा। अब इसके बाद हरेक को अपना निर्णय स्वयं करना था विचारपूर्वक...एंजला को, मुझको और अन्य सभी सहकर्मियों को भी...

सुबह मैं और एंजला अस्पताल के पिछवाड़ेवाली खुली जगह में गए। जले हुए दो झोंपडों की राख बिखरी हुई थी वहाँ।

"यहाँ बीच में ही एक कचनार का पेड़ है। हम इन झोंपड़ों की जगह पर अपने सहकर्मियों के लिए तीन-चार छोटे घर बनाने का विचार कर रहे थे। पर तब यह पेड़ बीच में आ जाता और तोड़ना पड़ता। अब मुझे लगता है कि यह पेड़ यहीं रहने दिया जाए। अस्पताल बाँधते समय एक बड़ा कचनार का पेड़ तोड़ना पड़ा था...एकदम बीच में ही था। इसलिए मजबूरी थी। अब इसे बचाया जा सकता है। हो सकता है कि उसी पेड़ की किसी जड़ से यह पेड़ बना हो। इस दाहिनी तरफ घर बनाए जा सकते हैं।" एंजला ने कहा।

"पर डॉक्टर साहब का इरादा तो अलग था न?" मैंने पूछा।

"हमें आगे से इस तरह जरूरत से ज्यादा भावुक होना टालना चाहिए प्रफुल्ला। सब कुछ उनके तय किए अनुसार नहीं हो सकता। उसने भविष्य के बारे में जो सोचा था, उसमें उसका स्वस्थ होना भी माना गया था। पर आज वैसी परिस्थिति नहीं है। केवल इतना सोचने से काम नहीं चलेगा कि उसे दुख पहुँचाए बिना या उसके स्वप्नों को धक्का लगाए बिना जो संभव है, वह किया जाए। बल्कि श्रेयस्कर यही होगा कि आज के समय का विचार कर अपने तरीके से सोचते हुए कृति की जाए।" एंजला ने कहा।

मन भर आया।

लगा, न जाने कितने सालों की रुकी हुई रुलाई अब फूट पड़ेगी।

पर आँखें हमेशा की तरह सूखी थीं।

टहलते हुए हम दाहिनी तरफ आईं। उसका विचार था कि एक छोटा-सा मैदान या बगीचा बनाया जाए और उसमें छोटे-छोटे कमरे बनाए जाएँ, जिसमें मरीजों के रिश्तेदार थोड़े समय के लिए रह सकें। अब उस बरगद के पेड़ के पास भी वे कमरे बनाए जा सकते थे।

"अपनी आर्थिक सहायता करनेवाले सभी लोगों और संस्थाओं को सूचित करना पड़ेगा कि हम काम बंद नहीं कर रहे हैं, बल्कि नए जोश के साथ जारी रखनेवाले हैं। क्या तुम इस आशय के एक पत्र का मसौदा तैयार कर दोगी?"

"क्यों नहीं, आज ही कर देती हूँ।" मैंने कहा।

तब तक आशा एक लंबे पाईप को नल से जोड़कर ले आई थी। उसने कहा, "सोमा को संदेश भेजा था। वह बैलगाड़ी में मिट्टी भरकर ले आया है।"

"इस राख पर मिट्टी की एक तह जमा देंगे और पानी देकर जमीन को जरा ठोंकेंगे।" अश्मांतक कचनार वृक्ष की जड़ की तरफ देखते हुए मैंने कहा।

उसने गर्दन हिलाई और सोमाभाई की लाई मिट्टी हाथ में लेकर हम देखने लगीं। इस मिट्टी में छोटी-छोटी जड़ें अटकी हुई थीं। कुछ चरमराए हुए पत्ते, एकाध सूखी घास का गुच्छा। देखते-देखते ऐसा लगा मानो उत्तर मिल गया हो। मिट्टी को भी एक जगह से दूसरी जगह ले जाया जा सकता है। अपने अंगभूत गुणों के कारण वह दूसरी जगह भी घुल-मिल जाती है...पत्थरों पर, चट्टानों पर भी। और अपने भीतर नई हरियाली के बीजों को जमाकर उन्हें विकसित कर सकती है...

मुझे वह नदी का किनारा याद आया।

डॉ. दयाल के साथ की वह शाम।

जख्मी, शापित सैनिकों की तरह दिखाई देनेवाले वे बड़े-बड़े लालिमा लिए पत्थर और चट्टानों को फोड़कर फैली हुईं कचनार वृक्ष की जड़ें।

अश्मांतक...

डॉ. दयाल जैसी। जगह-जगह पर जीवन झोंकते हुए काम करनेवाले अन्य कई

ज्ञात-अज्ञात कार्यकर्ताओं जैसी।

और मेरे मन में अब मेरी भी यही प्रतिमा थी...

मैं भी अब अपने आप को ऐसा ही बनाना चाहती थी।

लाखों सुनहरे फूलों से लदे ऊँचे उठते जानेवाले, आकाश को छूनेवाले टहनियों के हाथ और परिस्थिति की चट्टानों को भेदकर निश्चित मार्ग पर आगे बढ़नेवाली दृढ़ जड़ें।

मैं भी बनना चाहती थी...अश्मांतक

"कहाँ खो गई हो?" एंजला ने पूछा।

"यहीं तो हूँ।" मैं बोली।

पर आँखों के आगे दिखाई दे रहे थे वे जुगनु, जो जंगल से लौटते हुए डॉ. दयाल के सीने से टकरा रहे थे...आग के उन नन्हे-नन्हे गुच्छों की मार से बचते हुए वे गाड़ी चला रहे थे...

उस गाड़ी का भयानक ढाँचा ही अब शेष था।

एंजला की ओर मुड़कर मैंने कहा, "हम मिलते रहेंगे एंजला। सहजता से जैसे भी बन पड़े। मित्रता बनाए रखकर, बिना कोई पूर्वग्रह मन में रखे।

परंतु यदि मेरे बारे में ही कहूँ, तो इस मोड़ पर आकर मुझे ऐसा लग रहा है कि स्वतंत्र रूप से काम करना ही अधिक अच्छा होगा।

वैसे, अभी उसके लिए काफी समय है। प्रगत की परियोजना पूरी हो जाए, तब सारी योजना बनाऊँगी।"

"पर फिर जाओगी कहाँ?"

"सातटेकड़ी।" मैंने दृढ़तापूर्वक कहा।

मेरी आँखों के सामने अपनी नन्हीं मुट्ठियों को बंद रखे वे बच्चे दिखाई दे रहे थे, जिन्हें आदिमाता ने आधे वस्त्र में लपेटकर महुए के पेड़ के नीचे रख दिया था।

कुछ हिंसक, कुछ अहिंसक।

4

घर पहुँची तो पता चला कि बिट्टू आया था।

घर बंद था इसलिए करुणा के घर गया था। रेवती की दोनों बेटियों को छोटी माता निकली थी। करुणा की सहायता के लिए शांता मौसी उसी के यहाँ ज्यादा समय तक रहती थीं। वैसे भी वे अकेले ऊब जाती थीं। सुमित्रा के यहाँ उन्हें अच्छा

नहीं लगता था, पर करुणा के यहाँ बच्चियों के साथ उनका समय अच्छा कटता था।

पहले वे हमेशा मुझे पूछा करती थीं कि क्या वे करुणा के यहाँ जा सकती हैं। फिर एक बार मैंने उनसे कह दिया, "मेरे मना करने का सवाल ही नहीं उठता। शांता मौसी, आप इस घर की नौकर नहीं हैं अब, एक सदस्य ही हैं। आप जब चाहें, जहाँ चाहें, जा सकती हैं, रह सकती हैं, जो चाहें कर सकती हैं।"

फिर भी, आदत से लाचार वे मुझे हर बात बताया करती थीं।

मेरे लौटने की तारीख उन्होंने बिट्टू को बताई थी और उस समय वह वापस आनेवाला था। किसलिए आनेवाला था, कुछ पता नहीं चल रहा था।

शांता मौसी से खोद-खोद कर पूछा, पर उन्होंने इतना ही कहा कि बिट्टू ने उनके साथ ज्यादा बातें नहीं कीं। शायद मौसी को बताया हो।

आखिर करुणा ने बताया, "कह रहा था कि वहाँ पढ़ाई ठीक से नहीं हो पाती। अगला वर्ष बारहवीं का वर्ष है। छुट्टियों से ही क्लासेस शुरू करने होंगे। उधर घर में छोटा बच्चा, उसका रोना, बीमारी...बिट्टू को ऐसे कोलाहल की आदत नहीं है। वैसे वह अंजली बिट्टू की सारी देखभाल करती है। समय पर खाना-पीना वगैरह। पॉकेटमनी भी भरपूर मिलता है। कॉलेज में उसी की पहचान पर प्रवेश मिला है...बिट्टू बता रहा था।"

"तो अब वह चाहता क्या है?"

"चाहेगा क्या? वह यहाँ आकर रहना चाहता है। साल भर का ही सवाल है, कह रहा था। फिर वह इंजिनियरिंग के लिए जाएगा। उसके बाद विदेश। उसने सब कुछ तय कर रखा है। मन में कोई उलझन नहीं कि यह करूँ या वह करूँ। एकदम पक्के विचार हैं उसके।"

"हूँ।... मेरे स्वर में कोई उत्साह नहीं था।

"केवल 'हूँ' क्या कह रही हो? वह तुम्हारे पास वापस आ रहा है, यह जानकर क्या तुम्हें कोई खुशी नहीं हुई?"

"वह मेरे पास नहीं आ रहा है करुणा। वह अपनी सुविधा के लिए इस शहर में, मेरे घर में आना चाहता है और वह भी कुछ नियत समय के लिए।"

"जो भी हो, वह आ तो रहा है न? उसका खूब ध्यान रखना। अच्छा खिलाना-पिलाना। पढ़ाई करवाना अच्छी तरह से। पूरा ध्यान रखना उसका। फिर देखना, वह उधर वापस नहीं जाएगा। उस चुड़ैल की तब उसे याद भी नहीं आएगी। तुम्हारा प्रेम देखकर वह अपनी गलती समझ जाएगा और फिर हमेशा तुम्हारे पास ही रहेगा।" करुणा बोले जा रही थी। अपनी कल्पना का आनंद उसके चेहरे पर झलक रहा था।

मैंने कुछ नहीं कहा।

"मैंने उसे बहुत समझाया।" वह आगे बोली।

"क्या? क्या-क्या समझाया है तुमने उसे?"

"दूसरा क्या, यही? तुमने भले ही उससे कुछ न कहा हो, पर मैं क्यों न कहूँ? उससे कहा, कि तुम्हें नौ महीने पेट में रखा उसने, तुम्हारे लिए इतने कष्ट सहे...और अब तुम इस तरह बरताव कर रहे हो उसके साथ..."

करुणा की आवाज धीरे-धीरे धीमी पड़ती गई और कुछ भी सुनाई देना बंद हो गया। वह उत्साह से बोले जा रही थी, पर मुझे केवल उसके हिलते हुए होंठ ही दिखाई दे रहे थे। फिर पूरे घर में धुंध-सी छा गई और होंठ भी दिखने बंद हो गए। विस्तृत पठार पर लाल मिट्टी में आधे दबे पत्थर की तरह मैं उस धुंध को ओढ़े बैठी रही।

शाम को कई दिनों बाद बाजार गई। कई छोटी-मोटी चीजें खरीदनी थीं।

जूतों के तल्ले घिसकर अब उसमें से काँटे-कंकड़ भीतर घुसने लगे थे। दोपहर घर लौटते समय तो डामर की सड़क की आँच भी लग रही थी। अब दूसरे जूते खरीदना जरूरी था। पर्स की भी यही हालत थी। एस.टी.—जीप के सफर में, कचरे और धूल में, बाड़ों-बस्तियों के कीचड़ और मिट्टी में उसका चाहे जैसा इस्तेमाल किया गया था। अब गर्मी का मौसम आ रहा था, तो गॉगल, टोपी...कई महीनों के बाद इस तरह खरीदारी करते हुए घूम रही थी।

अचानक अशोक मिल गया। बहुत खुशी हुई मुझे...और उसके चेहरे पर भी प्रतिबिंबित हुआ। सड़क पर ही बातचीत करते खड़े रहे हम।

वह कुछ दुबला, उदास दिखाई दे रहा था।

कारण पूछा तो हमेशा की तरह कुछ संभ्रम में पड़ने के बाद सारी बातें कहकर मुक्त हो गया।

उसने जो भी बताया, वह सचमुच धक्कादायक ही था।

अशोक और जिजा को संगठन से निकाल बाहर कर दिया गया था।

जिजा का तो सवाल नहीं था, वह कब की तलाक ले चुकी थी। पर अशोक विवाहित था, तीन छोटे बच्चे थे उसके। विवाहित कार्यकर्ता के साथ प्रेम-प्रसंग को संगठन की दृष्टि से अनैतिक माना गया था। इस पर खूब विवाद भी हुआ।

अशोक ने दीदी से कहा, "मैं जिजा के साथ विवाह करनेवाला हूँ। चाहे तो आज ही कर लेता हूँ।"

पर दीदी नहीं मानीं। बोलीं, "तुम्हारी पहली पत्नी और बच्चों का क्या? हम

लोगों को कानून बताते हैं कि दो पत्नियाँ नहीं होनी चाहिए। उसका क्या कोई मतलब नहीं है?"

अशोक ने कहा, "मैं पत्नी और बच्चों की जिम्मेदारी टाल तो नहीं रहा हूँ न। वे लोग तो मेरे ही घर में रहेंगे। जिजा के लिए एक और कमरा बना देने से हो जाएगा। दोनों का चूल्हा अलग होगा। फिर सवाल ही कहाँ आता है?...और आपका ये कानून हमें लागू नहीं होता। हम उसे क्यों माने? एक बात और, दो ही नहीं तीन-तीन शादियाँ किए हुए कार्यकर्ता हैं न अपने संगठन में? उनके विरुद्ध तो कोई कुछ नहीं कहता।"

"उनकी शादियाँ संगठन में आने से पहले ही हो गई थीं।" दीदी ने चिढ़कर कहा। "और सवाल क्यों नहीं उठता? आर्थिक स्थिति को कैसे सम्हालोगे तुम?"

"अभी भी तो पत्नी मजदूरी करने जाती है, मैं कमाता हूँ। जिजा भी कमाती है। किसी का किसी पर बोझ नहीं। आगे भी ऐसा ही चलेगा।"

दीदी ने अगला मुद्दा उठाया, "घर में सौतों का झगड़ा शुरू हो जाएगा तो तुम्हारे और जिजा के—दोनों के काम पर विपरीत असर होगा।"

"झगड़ा कहाँ नहीं होता दीदी?" अशोक ने हताश होकर कहा। "सौतों में ही क्यों, पति-पत्नी, भाई-भाई, भाई-बहन...सभी के बीच होते हैं झगड़े। अपने यहाँ क्या कम शिकायतें आती हैं?...और, यदि मेरी पत्नी को कोई आपत्ति नहीं है, जिजा भी राजी है, जाति-पंचायत या गाँववालों को भी कोई आपत्ति नहीं है, तो संगठन ही क्यों रोक लगा रहा है?"

"सवाल सिद्धांत का है।" दीदी ने कहा। "अपने आचरण के द्वारा कार्यकर्ता को अच्छे आदर्श सामने रखने चाहिए। कार्यकर्ता ही मनमानी करने लगें, नैतिकता छोड़कर बर्ताव करने लगें, तो वे समाज में कैसे परिवर्तन ला सकते हैं?"

"यह आपके शहरी और ब्राह्मणी विचार हैं दीदी। आपकी बातें जो हैं, वे आदर्श, आपके विचार नैतिक और हमारे यहाँ जो इतने सालों से चला आ रहा है, वह बेकार और अनैतिक?...यह कैसे चलेगा? हम आदिवासियों की दृष्टि से देखें, तो इसमें कोई गलती नहीं है और न कुछ अनैतिक है। मैं ज्यादा पढ़ा-लिखा नहीं हूँ, पर अनपढ़ भी नहीं हूँ। आप हमें इतना कम न समझें दीदी।"

"यहाँ जाति का तो कोई सवाल ही नहीं उठता अशोक। हम यह सब नहीं मानते। और, किसी को कम समझना हमारा उद्देश्य नहीं है। तुम सारी बातों को गड़बड़ा रहे हो।"

"नहीं दीदी, गलती आप कर रही हैं। सगनीबाई के मामले में भी ऐसी ही गड़बड़ी की थी आपने। उस समय उसकी गलती थी, तो उसे सजा मिलनी चाहिए थी। बिरादरी की दृष्टि से वही ठीक होता। वह दावे की रकम चुकाकर तलाक ले सकती थी और फिर अपनी पसंद के पुरुष के साथ शादी कर सकती थी। पर उसने

वैसा नहीं किया। पति के घर में रहकर दूसरे के साथ संबंध रखे। उसने अनैतिक काम किया था। पर संगठन ने उसका समर्थन किया। इसलिए अब लोग सोचने लगे हैं कि बिरादरी का कानून तोड़ने में कोई हर्ज नहीं है। किसी को किसी बात का भय नहीं रहा। जिजा को तो बिरादरी में इतना मान था, वह इस मामले के कारण सारा नष्ट हो गया। आप मानेंगी यह सब संगठन के कारण हुआ।"

"वह बात अलग है अशोक। तुम अकारण बात बढ़ा रहे हो। उस पर काफी चर्चा की जा चुकी है। हमारा विरोध उसे दी जा रही सजा की पद्धति से था। हमने यह कभी नहीं कहा कि वह अनैतिक आचरण करे।"

अशोक केवल एक कड़वी हँसी हँस दिया। उससे दीदी और भी भड़क गईं। फिर अशोक ने संगठन की सभी कार्य पद्धतियों की धज्जियाँ उड़ाना शुरू किया।

आदिवासियों के लिए काम करने के नाम पर गैर आदिवासियों ने अपने घर भर लिए, हमारा इस्तेमाल किया...वगैरह उसके हमेशा के आरोप तो थे ही।

पहले गाँव के प्रश्न गाँव में ही सुलझ जाते थे। अब संगठन के पास जाओ, पुलिस में जाओ, कोर्ट में जाओ और वहाँ पैसे देकर काम कराओ। पंचों के सामने कोई झूठ नहीं बोलता था, अब यहाँ वकील ही बताते हैं कि किस तरह झूठ बोलना है। पंचों की एक बैठक में फैसला हो जाता था। अब दस-दस साल तक चक्कर काटने पड़ते हैं। आप लोगों ने अपनी गलतियों से भरी संस्कृति को हम पर लादते हुए हमारी सभी अच्छी बातों को नष्ट कर दिया है।

...ऐसा ही बहुत कुछ।

बहुत झगड़ा हुआ।

आखिर दीदी ने गुस्से में अशोक से कह दिया, "तुम्हें दो में से एक का चुनाव करना होगा, संगठन या दूसरी शादी।"

"शादी।" अशोक ने एक शब्द में अपना फैसला सुना दिया।

जिजा भी दृढ़ रही।

आसपास बाजार की भीड़ थी, उसी के बीच खड़े-खड़े अशोक ने सारी बातें बताईं।

"पर अब तुम लोग क्या कर रहे हो?" मैंने कुछ चिंता से पूछा।

"जो सब लोग करते हैं, वही। खेती और मजदूरी। मैं अब गाँव में छोटी-सी दूकान शुरू करना चाहता हूँ। उसी उद्देश्य से बाजार का अनुमान लगाने के लिए मैं यहाँ आया था।"

"मुझे लगता है कि फालतू जिद में फँसकर संगठन ने दो अच्छे कार्यकर्ताओं को खो दिया।" मैंने अफसोस के साथ कहा।

"पर वे तो ऐसा नहीं सोचते!" अशोक का गुस्सा अभी भी कायम था।

मुझे एकदम से जयाबाई की याद आई। अब तो जिजा भी वहाँ नहीं है। तो अब उसका क्या होगा? क्या कर रही है, पता नहीं। आखिर मुझसे रहा नहीं गया,

अशोक से पूछ ही लिया।

तो वह बोला, "आप जानती नहीं फुला दीदी? जयाबाई तो दो महीने पहले ही संगठन से निकल गई है।"

"क्या कहा?" यह आज के दिन का दूसरा धक्का था। "कहाँ गई?"

"उसका बर्ताव ठीक नहीं था दीदी। यानी, वैसे कुछ बुरा बर्ताव नहीं करती थी, पर सबके साथ ही हँसती-बोलती रहती थी। बोलते समय बहुत नजदीक आ जाती थी।"

"क्या उल्टी-सीधी बोल रहे हो? अरे...उसकी उमर कितनी है..."

"कोई ज्यादा नहीं है दीदी। बच्चे जल्दी पैदा हो जाएँ, तो औरतें बूढ़ी नजर आने लगती हैं।" उसने कहा। "ऐसा नहीं दीदी कि उसका कोई खराब उद्देश्य ही हो। पर ज्यादा बोलने की आदत ही थी उसे। बहुत-से कार्यकर्ताओं ने शिकायत की थी। दीदी ने एक-दो बार समझाया भी था। सच पूछें, तो एक हाथ से वह ज्यादा काम नहीं कर पाती थी। संगठन का काम ही उसके लिए ठीक था। पर क्या करते? आखिर उसे जाने के लिए कहना पड़ा।"

"पर अब कहाँ गई है वह? कुछ अता-पता मालूम है? अब वह क्या करती है?"

"संगठन के कार्यालय के पीछेवाले पहाड़ की बायीं तरफ से जाने पर जो कायरी गाँव पड़ता है, वहाँ जांभूलपाड़ा में रहती है वह। वहाँ गाँव में उसने झोपड़ा बनाया है। अब शराब बनाती है।"

"बाप रे...और यदि पुलिस पकड़ ले, तो?"

अशोक समझदारी के साथ मुस्कराया। "कैसे पकड़ेगी पुलिस? पहले ही हप्ता बाँध रखा है।"

इस पर कुछ भी कहने का मन नहीं हुआ। उदास लगने लगा।

एक कागज पर घर का पता, फोन नंबर लिखकर दिया। कहा, "दुबारा कभी बाजार वगैरह के लिए आओगे, तो घर पर जरूर आना। जिजा को भी ले आना। एक बार दोनों जरूर आओ।"

"आऊँगा दीदी।" अशोक ने कहा।

घर पर महावीर का पत्र आया पड़ा था। सहज ही लिखा हुआ, बिना किसी खास विषय के। अच्छा लगा। यह कितनी अच्छी बात है कि एक ही क्षेत्र में काम करनेवाले समान विचारोंवाले लोगों के संबंध काम के बिना भी टिके रहते हैं। पिछले महीने उसके बेटी हुई थी और अब वह तथा उसकी पत्नी दोनों बच्ची की देखभाल में व्यस्त थे। काम हमेशा की तरह चल रहा था। कुल मिलाकर ठीक चल रहा था।

किए गए काम की विस्तृत रिपोर्ट तीन-चार दिन सिर खपाकर तैयार की और सुमेध को भेज दी। मन बेचैन था। उसे फोन कर बताया कि मुझे एक सप्ताह की छुट्टी चाहिए, आराम की जरूरत है। उसके बाद आगे का काम करूँगी।

लग रहा था कि कहीं कोई हिंस्र पशु छिपा है, जिसकी नज़र मुझ पर ही है। कभी भी वार कर सकता है...यह चक्कर अभी खत्म नहीं हुआ है...कुछ ऐसा अजीब एहसास हो रहा था। सीने में कुछ हो रहा था, पर क्या? समझ नहीं आ रहा था।

दोपहर कुछ खाकर सो गई। शाम घिर आई थी, फिर भी बिस्तर से बाहर निकलने का मन नहीं कर रहा था। शांता मौसी दो बार देखकर गई कि कहीं मुझे बुखार वगैरह तो नहीं है। अचानक प्रगत के कार्यालय से सोमनाथ का फोन आया।

"एक बुरी खबर है दीदी।"

"क्या हुआ?"

"सुमेधभाई ने फोन पर आपको खबर देने के लिए कहा है। वे ऑफिस से उधर ही जाने के लिए निकले हैं। पर आपको पहले सूचित करने के लिए कहा है। हम बाकी के लोग भी ऑफिस बंद कर वहीं जाने के लिए निकल रहे हैं।"

"अरे, पर हुआ क्या है वह तो बताओ पहले।"

"यानी, क्या हुआ दीदी, यानी...अपनी सुमित्रा दीदी हैं न...सुमेधभाई की मिसेस... उनका एक्सीडेंट हो गया है...पुलिस स्टेशन से फोन आया था।"

"एक्सीडेंट? कहाँ? और वह...कहाँ है? कैसी है?..."

"उधर ही वसई के आगे पटरियों पर मिलीं वे। पटरियाँ पर करते हुए ट्रेन के नीचे आ गईं। कहते हैं कि टुकड़े-टुकड़े हो गया है शरीर। मैं फोन रखता हूँ। हम लोग उधर आ ही रहे हैं।" उसने कहा।

मैं वहीं बैठ गई। दिमाग चकराने लगा। आवाज सुनकर शांता मौसी बाहर आईं।

"क्या हुआ, क्या हुआ..." पूछ रही थीं।

उनसे कहा, "सुमित्रा ने आखिर अपने मन की ही की शांता मौसी। मैं कुछ न कर सकी।"

फिर उन्होंने करुणा को फोन किया। वह भी आ गई।

हम सुमेध के घर गए।

एक चाबी पड़ोस के घर में होती थी। उसे लेकर दरवाजा खोलकर रखा। करुणा ने शांता मौसी की सहायता से सामान सरकाकर हॉल में जगह बनाई। टीपॉय ले जाकर बेडरूम में रखते हुए मुझे सुमित्रा की दवाओं की बोतलें दिखीं—सीलबंद। न तो कोई बोतल खोली हुई थी और न कोई भी दवा एक भी बार खाई गई थी। मैं हताश वहीं बैठी रही।

दो-एक घंटे बाद सुमेध आया। साथ में एक पुलिस अधिकारी।

"पोस्टमार्टम हो रहा है, इसलिए कुछ और समय लगेगा।" वह बोला।

करुणा से कहा, "पालनाघर की बाई को फोन कर सूचित कर देना और कहना कि आज की रात सुशांत को वहीं रहने दो।"

सुमित्रा ने आत्महत्या की थी।

वसई से नालासोपारा के दौरान पटरियों पर मिली वह। दो स्टेशनों के बीच में ज्यादा अंतर होने की वजह से वहाँ लोकल ट्रेनें ज्यादा वेग पकड़ लेती हैं। फिर सुमेध के आने के बाद पता चला कि लोकल ट्रेन के नीचे नहीं, उसने राजधानी एक्सप्रेस के नीचे जान दी थी। वह विरार जानेवाली पटरी पर थी। राजधानी तो प्रचंड वेग से धड़धड़ाती आती है और निकल जाती है। क्षण भर में ही टुकड़े-टुकड़े हो गए होंगे।

सफेद कपड़े में बँधी गठरी घर आई।

केवल चेहरा ठीक था। भयानक दिख रहा था। वीरान। तेज नष्ट हुई मृत त्वचा। सूखे, अधखुले होंठ, पथराई आँखें।

पड़ोसी जमा हो गए थे। ले जाने की तैयारी हो रही थी।

सुमेध होंठ कसकर बाँधे सुमित्रा के सिर के पास बैठा था।

ऑफिस का स्टाफ भी आ गया था।

सुमेध ने कहा, "ज्यादा कुछ नहीं करना है। मेरा इन बातों पर विश्वास नहीं है।"

"तैयारी हो गई।" बाहर से किसी ने कहा।

सब उठे। सुमित्रा के कलेवर को उठाकर ले जाते हुए मैं केवल देखती रही। खिन्न। रात खाना लेकर करुणा आई। तब तक मैं और शांता मौसी सुमेध के घर पर ही थीं।

स्नान के बाद चाय पीते हुए सुमेध ने कहा, "मुफ्त का झंझट हो गया सब। गृहमंत्रीजी को फोन किया तब कहीं ज्यादा परेशान हुए बिना लाश मिली। पहचान थी इसलिए अच्छा हुआ, वर्ना जेल जाने की ही नौबत आ जाती। कितने पापड़ बेलने पड़े। अब उसकी मेडिकल फाइल ढूँढनी पड़ेगी कि कहाँ रखी है।"

"पलंग के पासवाले साईड टेबल की दराज में है।" मैंने कहा।

"हाँ, तुम ही ले गई थीं न उसे डॉक्टर के पास?"

"हाँ, पर कोई फायदा नहीं हुआ। उसने एक भी दवा नहीं खाई। सारी ज्यों कि त्यों सीलबंद हैं। अभी देखा मैंने।"

"क्यों खाएगी? क्यों खाएगी वह? इस तरह मरकर मुझे सताना चाहती थी न वह। आखरी दम तक परेशान किया।"

"यह तुम क्या कहे जा रहे हो सुमेध?"

"किसी बात का कोई मोल ही नहीं था उसकी नजर में...कितना किया उसके लिए, पर किसी बात की सराहना नहीं की कभी उसने।"

"सुमेध, क्या कभी तुमने ऐसा कुछ किया जो उसे चाहिए था? या तुम ही तय

कर बैठे कि उसका सुख किस बात में है।" मेरी आवाज तेज होने लगी।

शांता मौसी बीच में आ गईं। "अब ज्यादा कुछ मत कहिए। जो हुआ सो उसके साथ गया सुमेधभाई। आप दो निवाले खा लीजिए।"

घर लौटी, पर नींद नहीं आ रही थी।

मरने के बाद भी सुमेध उसके बारे में अच्छा नहीं बोल रहा था।

जैसा सुमित्रा ने कहा था, वैसा ही होगा सब कुछ। वह उसे पागल साबित कर साफ बच जाएगा...पर यह कोई नहीं देखेगा कि पागलपन के इस रास्ते पर वह क्यों आई...कभी नहीं देखेगा...

क्यों किया सुमित्रा तुमने ऐसा? क्यों किया?...

बेचैनी होने लगी।

आखरी बार देखा गया सुमित्रा का भयानक चेहरा आँखों के सामने से हटने का नाम नहीं ले रहा था।

अब मैं क्या करूँ सुमित्रा?

क्या करूँ?

खिड़की के पटलों पर सुबह दस्तक देने लगी।

उस उजले क्षण में एकाएक कौंध गया मन में कि प्रगत का त्यागपत्र दूँ।

बिस्तर पर उठ बैठी और सामने कागज खिंचा।

त्यागपत्र लिखकर हस्ताक्षर कर दिए।

दुबारा लेटते हुए मन में कहा, तुम्हारी आत्मा को ईश्वर शांति दे सुमित्रा।

त्यागपत्र लिखकर रखा पर सुमेध कुछ दिनों तक ऑफिस नहीं जानेवाला था। सुशांत का इंतजाम करने में लगा था। साथ ही विद्वान लोगों के साथ उसकी चर्चाएँ, विचार विमर्श चल रहा था कि सुमित्रा की आत्महत्या को दुर्घटना साबित किया जाए या कहें कि पागलपन के दौर में उसने आत्महत्या की।

अचानक खाली समय मिल जाने के कारण मैं कुछ परेशान हो गई।

डॉ. दयाल का स्वास्थ्य ठीक होता, तो उन्हीं से पूछ होता। परंतु अभी दो-तीन महीने और उनके लिए आराम करना जरूरी था। फिर कम-से-कम एंजला से तो बात करूँ, यह सोचकर फोन मिलाया, तो वह हमेशा की तरह ऑपरेशन थिएटर में थी।

सोचा, यह ठीक ही हुआ।

अब आगे के सारे अपने फैसले मैं खुद अपनी जिम्मेदारी पर कर सकूँगी। यह शुरुआत है।

जो भी होना है, अब उसका सामना तो करना ही पड़ेगा। परंतु इस समय यदि मुझे इस व्यवस्था में निहित अमानुषता का एहसास हुआ है, तो इन तथाकथित प्रस्थापितों का विरोध करने में मुझे अपनी सारी क्षमताएँ लगा देनी होंगी।

मैंने अपना काफी समय परिस्थिति के वश में रहकर व्यतीत किया है। पर अब यह भी समझ आ गया है कि हम स्वयं भी परिस्थिति के लिए जिम्मेदार होते हैं। अब मुझे परिस्थिति को अपनी ओर मोड़ना होगा...अच्छी क्षमताओं को आजमाते हुए. ..अनुकूलता की दिशा में।

यदि कोई काम करना ही है, तो सुमेध का, डॉ. दयाल का, प्रतिमा का, या श्रीप्रिया का ही सही, पर सहारा चाहिए ही क्यों? यदि किसी ने यह सहारा छीन लिया, या वह स्वयं ही खिसक गया, टूट गया, तो मैं फिर से गिर पड़ूँगी। यदि कभी न भी गिरूँ, तो भी मन में इस बात का डर छिपाए हुए ही जीना पड़ेगा। अब लगन के साथ सीधे बढ़ते जाना सीखना चाहिए, पर उसके लिए बीच गें अंतराल होना आवश्यक है।

फिर सोचा, यह सारी तैयारी करते हुए श्रीप्रिया का काम पूरा करने में सहायता दी जा सकती है। इससे मन किसी न किसी काम में उलझा रहेगा।

अब सामने कई काम थे, जो मुझे करने थे...काम...जो सिर्फ मेरे थे।

पहली बात यह कि सातटेकड़ी जाने की बात पक्की तय करना। बैनर्जी जी और मासू सरपंचजी को इस बात की सूचना देना।

दूसरे, आर्थिक मामलों को ठीक से समझकर खर्च की व्यवस्था करना। यदि इस फ्लैट को बेच दूँ, तो कुछ रकम हाथ आ सकती है। उसे बैंक में रखने से नियमित रूप से ब्याज मिलता रहेगा। तब साहब से भरण-पोषण के लिए रकम लिए बिना भी मैं अपना गुजारा स्वयं कर सकूँगी। गहनों को अभी न बेचकर मुश्किल दिनों के लिए उन्हें बचाकर रखा जाए।

तीसरे, कुछ आवश्यक बातें सीख लूँ। जैसे, प्रथमोपचार।

चौथा और मुख्य काम था आगे के कामों की प्राथमिक रूपरेखा बनाना।

जैसा कह गया था, बिंटू आया। बैग लेकर ही आया। यानी, बाप की तरह वह भी मानकर चल रहा था। कुछ कहा नहीं। सोचा, पहले सुन तो लूँ कि वह क्या कहता है।

खूब लंबा हो गया था। मूँछें भी निकल आई थीं।

यह मेरा बेटा?

पूरे डेढ़ साल बाद देख रही थी उसे।

पहले चाय दी, फिर नाश्ता।

खाते-खाते ही उसने जल्दी-जल्दी वे ही बातें बताईं, जो करुणा मुझे पहले ही बता चुकी थी। बोला, "केवल एक साल रहूँगा मैं यहाँ।"

उसके खा चुकने के बाद मैंने पूछा, "यह किसने तय किया?"

पहले तो वह चौंक गया। फिर बोला, "घर में मैं इस बारे में बात कर चुका हूँ डैडी से और ममा से भी।"

तो अब यह आंटी से ममा तक आ गया है! क्षण भर के लिए मन में जलन-सी हुई। फिर मिट गई। लगा, इतना अधिक स्वार्थी बेटा होने, न होने से क्या फर्क पड़ता है?

"परंतु तुम्हें यदि मेरे घर पर रहना है, तो क्या तुम्हें मुझसे पूछने की आवश्यकता महसूस नहीं हुई?" मैंने सीधे सवाल दागा।

"डैडी मेरा पूरा खर्च देनेवाले हैं...और यह घर भी तो डैडी का ही है।" उसकी आवाज में अहंकार था।

"घर डैडी का था। अब नहीं है। कानूनन अब वह मेरा है। केवल मेरा। और केवल खर्च का सवाल ही कहाँ आता है? पैसा तो है ही, उसका इस्तेमाल कर तुम कहीं भी रह सकते हो? उसके लिए यहाँ आने की क्या जरूरत है?"

"क्या मतलब? होस्टल में खाना-पीना ठीक से मिलेगा नहीं। यहाँ जैसी फ्लैक्सिबिलिटी भी वहाँ नहीं मिलेगी। वहाँ उल्टे अपने काम मुझे खुद ही करने होंगे। तब पढ़ाई पर ध्यान कैसे दे पाऊँगा? और फिर, मेरे बारे में तुम्हारी भी कोई जिम्मेदारी है या नहीं? माँ हो तुम मेरी।"

"तो तुम्हें इस बात की याद है। डेढ़ साल में पहली बार घर का रास्ता भी याद आया।" अनजाने में ही मेरी आवाज में कड़वाहट आ गई।

"ठीक है। तुम्हारा यही इगो-प्रॉब्लेम होगा, तो पूछ लेता हूँ मैं। क्या मैं यहाँ रहने आ सकता हूँ?" वह कुत्सित भाव से हँसते हुए बोला।

"नहीं।" मैंने दृढ़तापूर्वक कहा।

वह एकदम से उठ खड़ा हुआ। शायद समझ नहीं आ रहा था कि क्या कहे। देखते-देखते उसके चेहरे पर क्रोध की आड़ी-तिरछी रेखाएँ फैल गईं। अब उसका चेहरा एकदम से साहब जैसा ही दिखने लगा।

"नालायक, साली..." उसके माथे की नस फड़कने लगी। बिलकुल साहब जैसी ही।

पल-भर के लिए डर गई।

फिर लगा, इसमें घबराने जैसी क्या बात है? सारी पुरानी आदत की बात है। मानो मुझे पता था कि अब वह क्या करने जा रहा है। मैंने उसका उठा हुआ हाथ ऊपर ही ऊपर पकड़ लिया। पूरी ताकत से।

कठोर शब्दों में कहा, "खबरदार। यदि ऐसे शब्द इस घर में मुँह से निकाले तो. ..और रहने की बात दूर, अब इसके बाद किसी भी बात के लिए तुम इस घर में पाँव नहीं रखोगे, समझे।"

इन सारी बातों का मन पर एक तनाव-सा छाया था, वह नष्ट हो गया।

लौटते समय चित्र बनाने के लिए कागजों का एक बड़ा-सा गट्ठर खरीदा और कुछ नए रंग।

कुछ सूझे या न सूझे, लकीरें खींचते रहना है। तब उसी में से मिलते रहेंगे उँगलियों की पोरों से खिलनेवाले रंगों के स्रोत। रुकना नहीं है। मुड़कर देखना नहीं है। और, केवल शब्दों के जरिए चित्रों के बारे में विचार नहीं करना है। तब इन नए कोरे कागजों को भी फिर से धीरे-धीरे अपनी भाषा मिल जाएगी।

रात को श्रीप्रिया को पत्र लिखना शुरू किया

मैंने हाल ही में प्रगत से त्यागपत्र दे दिया है।

इसलिए कुछ समय के लिए ही सही, मैं तुम्हारे कामों में सहायता देने के लिए मुक्त हूँ। तुम्हारे काम के बहाने मैं महाराष्ट्र की ऐसी महिलाओं से मिल सकूँगी, उनके कामों का अध्ययन कर सकूँगी, जो सामाजिक क्षेत्र में कार्यरत हैं।

इसी के समानांतर मैं अपने लिए भी कोई काम निश्चित कर सकूँगी।

श्रीप्रिया, हम सोचते हैं...पर ऐसा कभी नहीं होता कि सारी बातें एक स्थान पर आकर खत्म हो जाएँ। वे जीवन के समानांतर चलती रहती हैं।

घर में सालों तक सब कुछ सहती रही। पर मेरे मन में तलाक शब्द नहीं आया था। कभी नहीं सोचा था कि अपने रक्त-मांस से सिंचा हुआ अपना बेटा इतनी छोटी उम्र में मुझे इस तरह झटककर चला जाएगा। अब बिट्टू में ऐसा क्या है, जिसे मैं अपना कहूँ? कुछ भी नहीं। तो फिर साल भर के लिए जिम्मेदारी निभाने का नाटक किसलिए? मेरा निर्णय योग्य ही है, अब उसके बारे में नहीं सोचती।

और बहुत-सी बातें हैं, जिनके बारे में विचार करना चाहिए...

दस-पन्द्रह साल पहले यदि मुझसे किसी ने कहा होता कि मैं इस तरह जंगलों-वनों में भटकूँगी, भाषा न जानते हुए भी इतनी औरतों के साथ बातचीत करूँगी, खुले स्थानों में रहूँगी, खरगोश और मेंढक खाऊँगी, तो मैंने उसे पागल करार दिया होता। पर यह सब हुआ।

इस इतने से सफर में इतने लोग मिले, जितने जन्म से लेकर अब तक नहीं मिले थे। वे मुझसे बोले, पास आए, दूर गए, किसी से दोस्ती हुई तो कुछ संबंध टूट भी गए।

कितनी ही औरतों के चेहरे में मैंने अपने ही जीने का प्रतिबिंब देखा।

रेवती के साथ सुमित्रा आई और अपनी दुर्बलता को मजबूत करते हुए मृत्यु की गोद में सो गई।

डॉ. दयाल से मिली, तब लगा कि अब तक यह आदमी कहाँ था, जो मेरे लिए

आज इतना निकट का हो गया है? मेरा कौन-सा अंश उसकी प्रतीक्षा करते हुए रिक्त रह गया था?

मेरा तलाक हुआ। बिट्टू भी साहब के साथ चला गया...उस समय ऐसा लगा था कि सब कुछ खत्म हो गया। अब इसके बाद जीवन का न कोई अर्थ है न कोई दिशा।

आसपास केवल एक रेत की नदी है। जिसमें वर्ष किसी नाव की तरह दबे हुए हैं...जो बह नहीं सकते थे...

डर लगता था कि आकाश से आशीर्वाद की तरह आती पानी की बूँदें भी इस रेत में लुप्त हो जाएँगी...

और मैं खड़ी हूँ रेत में पाँव गड़ाए अपने आप पर बाँबी चढ़ने की प्रतीक्षा में...

उस समय एहसास भी नहीं था कि मन में प्रवाह की कामनाएँ हैं।

पर प्रवाह थे।

कभी नदी का पात्र बीच में ही बहुत गहरा हो जाता है और वहाँ पानी भँवर की तरह घूम-घूमकर रुक जाता है। गहराई को भरते-भरते वहाँ जमा हो जाता है। लगता है कि रुक गया। पर पानी का स्तर बढ़ने पर अपने अंतर्निहित वेग के साथ नए रास्ते खोजते हुए आगे बढ़ता चला जाता है। यह सब कुछ-कुछ वैसा ही हो गया है।

उस प्रवाह में नए लोग मिलते गए। अलग घटनाएँ घटती गईं। विचार स्पष्ट हुए और संवेदनाएँ भी साकार हुईं। बहुत से अमूर्त घटक पास आते गए और उनसे एक अर्थपूर्ण आकार तैयार हो गया।

इसी मोड़ पर डॉ. दयाल के पास जाने से पहले ही मैंने दूर जाने का फैसला कर लिया। पर उसके बाद मुझे खालीपन महसूस नहीं हुआ। बल्कि कई उत्कट एहसासों के प्रसन्न, गीले रंग मेरे जीने को सहज समृद्ध कर गए।

बहुत मुक्त महसूस कर रही हूँ।

अब फिर से नए मोड़ पर आकर खड़ी हूँ। पर अब मैं पहले की तरह...यह नहीं कहूँगी कि भविष्य में कुछ नजर नहीं आ रहा, या डर लग रहा है...। क्योंकि अगला कोई नन्हा-सा क्षण चमकता हुआ सामने आएगा और तेजस्विता के साथ जगमगाता हाथ बढ़ाकर कहेगा, चलो, यह है तुम्हारा मार्ग।

...और मैं भी तब सहजता से निर्णय ले लूँगी।

❑❑❑